Anette Göttlicher
Maries Tagebuch

Drei Paul-Romane in einem Band

WER IST EIGENTLICH PAUL?

SIND SIE NICHT ALLE EIN BISSCHEN PAUL?

AUS DIE MAUS

Rowohlt Taschenbuch Verlag

SONDERAUSGABE

Veröffentlicht im Rowohlt Taschenbuch Verlag,
Reinbek bei Hamburg, August 2010
Copyright © 2010 by Rowohlt Verlag GmbH, Reinbek bei Hamburg
«WER IST EIGENTLICH PAUL?»
Veröffentlicht im Rowohlt Taschenbuch Verlag,
Reinbek bei Hamburg, Februar 2004
Copyright © 2004 by Rowohlt Verlag GmbH, Reinbek bei Hamburg
«SIND SIE NICHT ALLE EIN BISSCHEN PAUL?»
Veröffentlicht im Rowohlt Taschenbuch Verlag,
Reinbek bei Hamburg, Februar 2005
Copyright © 2005 by Rowohlt Verlag GmbH, Reinbek bei Hamburg
«AUS DIE MAUS»
Veröffentlicht im Rowohlt Taschenbuch Verlag,
Reinbek bei Hamburg, Februar 2006
Copyright © 2006 by Rowohlt Verlag GmbH, Reinbek bei Hamburg
Umschlaggestaltung any.way, Barbara Hanke/Cordula Schmidt
(Foto: neuebildanstalt/Morian)
Druck und Bindung CPI – Clausen & Bosse, Leck
Printed in Germany
ISBN 978 3 499 25393 5

WER IST EIGENTLICH PAUL?

SIND SIE NICHT ALLE EIN BISSCHEN PAUL?

AUS DIE MAUS

TEIL I TEIL I **TEIL I** TEIL I **TEIL I** TEIL I

DONNERSTAG, 8. AUGUST 2002 –
DIE ELEMENTARE FRAGE

Was ist der Sinn des Lebens? Gibt es eine Wiedergeburt? Ist meine Kreditkartenrechnung schon abgebucht? Nein, das sind sie nicht, die wirklich wichtigen Fragen. Heute qualifiziert sich nicht mal: Wo ist bloß das rosa T-Shirt mit dem Dalmatiner drauf?

An diesem «für die Jahreszeit zu kühlen» Donnerstag stellt sich mir, Marie, 27, befindlich am Küchentisch, dritter Stock, Zweizimmerwohnung in München-Neuhausen, nur eine einzige Frage: Warum, verdammt, meldet sich der Kerl nicht? Es war doch so ein schöner Abend. Letzten Donnerstag. Hmpf. Ich habe keinen der Fehler gemacht, die ich sonst gerne begehe. Weder habe ich ihm nach dem ersten Bier erzählt, dass meine Tochter, die ich irgendwann haben werde, Franziska heißen soll, noch schwärmte ich ihm von Brad Pitt vor. Ich habe ihm nicht anvertraut, dass ich perlsacktierkaufsüchtig bin, und habe «Ich bin gleich wieder da» gehaucht statt «Ich geh mal pinkeln». Ich habe verschwiegen, dass ich mir manchmal Kantaten von Bach anhöre (was stimmt), und nebenbei erwähnt, dass ich jeden Tag die «Süddeutsche» lese (was nicht ganz stimmt). Ich war brillant. Ich habe ihm zugehört, ihn angemessen bewundert (was nicht schwer war, seufz), ihn zum Lachen gebracht und schließlich sogar dazu, dass er mich lustvoll, zärtlich und sehr, sehr lange küsste, mitten im belebten Biergarten. Obwohl mir danach gewesen wäre, habe ich ihn nicht in meine Wohnung verschleppt, sondern bin vorgegangen wie im «So angle ich mir den Traummann»-Ratgeber empfohlen: Ich habe Leidenschaft gezeigt (was nicht schwer war, seufz) und mich dann am Riemen gerissen. Ich war perfekt.

Und warum ruft er jetzt nicht an?

Ich werfe den Computer an, surfe zu Google und tippe Rat suchend ein: «Warum ruft er nicht an?» Hoppla. Treffer. Ich bin nicht die Einzige. Ich klicke mich durch Foren und stoße immer wieder auf das gleiche Muster. Frau trifft Mann, es ist schön, sie ist verknallt, er ruft nicht an. Lösung gibt's keine. Nicht am Telefon warten, Anrufbeantworter einschalten und raus ins Vergnügen, lese ich da. Na ja, da wäre ich auch selbst noch drauf gekommen … aber nichts ist so einfach im Zeitalter der Handys. Ehrlich gesagt, warte ich ja nicht mal auf einen Anruf. Viel schlimmer. Ich warte auf eine SMS. Eine Kurzmitteilung. Bis zu 160 Buchstaben, die meinen Tag, meine Woche, ach was, mein Leben! retten könnten. Das Handy (ich beginne es zu hassen) ist stumm gestellt, damit ich ab und zu draufgucken kann in der Hoffnung, das erlösende Briefumschlagssymbol zu erblicken.

Warum meldet er sich nicht? Marie, es ist immer so, wie du es dir am wenigsten vorstellen kannst, sage ich mir. Also. Er ist verunglückt (Hilfe!). Er hat sich beide Arme gebrochen und kann deswegen sein Handy nicht bedienen. Sein Handy wurde gestohlen, ist runtergefallen, auf den Grund der Isar gesunken, hatte einen Kurzschluss. Er hat aus Versehen sein Telefonbuch gelöscht. Er musste beruflich spontan in die Serengeti, nach Grönland oder Thüringen und hat dort kein Netz. Seine Mutter, Schwester, beste Freundin oder sonst jemand ist tot, schwer erkrankt oder sonst was. Er hat ein Interview mit Verona Feldbusch geführt, sich unsterblich in sie verliebt und mich auf der Stelle vergessen. Er hat ein Interview mit David Beckham geführt, sich unsterblich in ihn verliebt, ist spontan schwul geworden und jetzt mit Becks zusammen. Nach einer Stunde ist sogar meine ausschweifende Phantasie am Ende, die 5-Minuten-Terrine ein kühler, klebriger Klumpen, und ich bin zutiefst besorgt. Dann fällt mir die einzige Lösung ein, die ich nicht bedacht habe. Er meldet sich nicht, weil er keine Lust dazu hat. Hmpf. Ich sollte mal das rosa T-Shirt mit dem Dalmatiner drauf suchen.

FREITAG, 9. AUGUST 2002 –
DAS NOTFALLPROGRAMM

Heute Morgen erwachte ich nach einem diffusen Traum. Es spielten ein Hecken-Labyrinth, eine angebissene Käsesemmel und der Schlosser Bernbacher aus «Pumuckl» eine Rolle darin. Was will mir das sagen?? Na, egal. Jedenfalls ging mein erster Blick aus schlafverklebten Augen – natürlich – zum Handy. Und d-d-da w-w-war es: das Briefumschlagssymbol!!!
Mit zitternden Händen hob ich die Tastensperre auf. Mein Puls gebärdete sich, als hätte ich gerade einen 800-Meter-Lauf in zwei Minuten hinter mich gebracht. Allerdings zählen für mich 800 Meter zur Langstrecke, und in zwei Minuten beschleunige ich höchstens mein Auto von null auf hundert. Mein Daumen zitterte über der «Lesen»-Taste, während ich das, was folgen sollte, schon im Geiste vor mir sah. Ein kleines Pfeilchen für die ungelesene Message und dahinter ein Name. PAUL. Und dann wurde mir schlecht. Was, wenn da stünde: «Tut mir Leid, Marie, ich bin noch nicht bereit für eine Beziehung. Du solltest mich vergessen. Sei mir nicht böse, es hat nichts mit dir zu tun.» Ein halbes Jahr Hoffen und Bangen, Flirten und Mailen, SMSen und Warten wäre umsonst gewesen. Aber die Nachricht könnte ja auch lauten: «Süße, es war wunderschön, und ich vermisse dich schon. Wann sehen wir uns endlich wieder?»

Ich holte tief Luft, befahl meinem Gehirn, ein Signal an den Daumenmuskel zu schicken, und drückte die Taste. Das Display flackerte kurz und grün auf. Ich fiel auf mein zerwühltes Bett zurück, als habe einer der Klitschko-Brüder die Schlagkraft seiner gestreckten Rechten an meinem Magen getestet. Die SMS kam von Veronika. Von meiner besten Freundin Vroni. Ob wir heute Abend zusammen auf die Piste gehen wollten. Kann die nicht anrufen???

Es ist 14 Uhr, und ich sollte seit einer halben Stunde in der Sprechstunde meiner Professorin sitzen, um die Fortschritte (was ist das??) meiner Magisterarbeit in Neuerer Deutscher Literatur mir ihr zu besprechen. Stattdessen hänge ich hier immer noch im rot karierten Schlafanzug und Filzpantoffeln herum, meine Frisur (was ist das??) sieht aus, als hätte ich mich der wieder auferstandenen 80er-Jahre-Punkwelle angeschlossen, und ich kann Pauls letzte sieben SMS auswendig. So geht das nicht weiter, Marie, sage ich laut zu mir. Das Notfallprogramm muss in Kraft treten. Das sieht aus wie folgt:

1. Ich dusche, creme mich mit Shiseido-Lotion für circa zehn Euro pro Bein ein, föhne meine Haare und lege ein dezentes Tages-Make-up auf.
2. Ich schalte mein Handy aus. Autsch. Das tut weh.
3. Ich rufe Martin an und verabrede mich mit ihm für später im Café Reitschule. Soweit ich weiß, hat er immer noch keine Freundin, weil ihm keine schön, klug, witzig und blond – kurz, Marie genug ist. Jaaaa, Frauen können grausam sein.
4. Ich rufe Vroni, Beate, Alexa und Marlene an und verplane mein gesamtes Wochenende. Ich weiß zwar noch nicht, wie ich an einem einzigen Sonntag entspannt frühstücken, schwimmen, die Avantgarde-Ausstellung im Haus der Kunst besichtigen, lunchen, inline-skaten und abends in den Biergarten gehen soll, aber darüber mache ich mir Gedanken, wenn es so weit ist.

5. Ich erleichtere den Supermarkt um die Ecke um circa ein Kilo Pfefferminztaler und drei Schachteln rote Gauloises.
6. Ich fläze mich auf mein Sofa und ziehe mir die letzte Doppelfolge von «Sex and the City» rein, die ich mir am Dienstag aufgenommen habe.

Scheint zunächst keine gute Idee zu sein. Carrie verbringt Wahnsinnsnächte mit Mr. Big. Hmpf. Blase frustriert Rauch aus. Doch, ha, schon kommt sie, die Krise. Drei Nächte nebeneinander und ohne Sex, o mein Gott. Würde mir und Paul nicht passieren. Ach, Paul ... Stopp! Und schließlich das Ende. Carrie fordert eine eindeutige Liebes- und Absichtserklärung von Mr. Big. Ja, ist die noch zu retten?? Das war's dann wohl ... «Ich heulte eine Woche lang», sagt Carrie am Schluss in die Kamera.
Ich fang gleich schon mal an, Schwester. Aber vorher treffe ich Martin und lasse mir mein schwer angeschlagenes Selbstwertgefühl aufpolieren.

SONNTAG, 11. AUGUST 2002 – EISZEIT

Ich habe nicht viel Zeit. Gerade komme ich vom Frühstück im Ruffini mit Marlene und bin so gut wie auf dem Weg ins Schwimmbad mit Beate. Heute mit Sauna, denn draußen regnet es bei circa 12 Grad ... Aber auch bei den Männern ist ganz offensichtlich die Gefühlseiszeit ausgebrochen! Liegt das daran, dass die Fußball-WM vorbei ist und der gesamte 2002er Gefühlsvorrat der Testosterongesteuerten vom Bangen, Hoffen, Jubeln und Leiden mit unseren Bundes-Kickern aufgebraucht ist? Ich weiß es nicht. Was ich weiß: Das Treffen mit Martin am Freitag war ein Reinfall, egotechnisch. Wie kann man nur so kalt sein! Ich durchleide wegen Paul eine schlimme emotionale Phase, und was macht Martin, der bisher immer vergeblich für mich schwärmte und mich besser erquickte als ein 100-Euro-Besuch bei der Kosmetikerin inklusive Augenbrauenzupfen? Er spricht von einer anderen. Was heißt da spricht – er schwärmt. Mit verklärtem Blick, weicher Stimme und dümmlichem Grinsen. Ich habe irgendwann gar nichts mehr gesagt und nur tief getroffen an meinem Caipi genuckelt. Nicht, dass er das bemerkt hätte. Dieser gefühllose Klotz.

Gestern Abend, Samstag, ging es deprimierend weiter. Ich war auf einer Party bei «meinen Jungs», einer chaotischen, aber liebenswerten WG in Schwabing, die schon drei Putzfrauen in den Wahnsinn getrieben hat. Sie hatten Besuch von einem Mädel aus der Provinz, die wahrscheinlich eingeschult wurde, als ich meinen ersten Vollrausch erlebte ... Aber hübsch, okay. Das Gebalze ging los, und die Jungs zogen alle Register. Cocktailmixen, Bierflaschen-lässig-mit-dem-Feuerzeug-aufschnipsen, Gitarre spielen, Zigaretten drehen, verärgerte Nachbarn beruhigen, spanischsprachiges Liedgut zelebrieren und so weiter, die ganze Palette. Am Ende machte Tom das Rennen. Ich persönlich vermute den Grund ja darin, dass er in der Küche voller Leute den strategisch besten Platz hatte, was die räumliche Nähe zu der Kleinen betraf. Bernd nämlich klemmte zwischen Kühlschrank und einem betrunkenen Kollegen, der «Mööönsch, geile Paaady hier» grölte und ihm herzhaft auf die Schulter haute. Anyway. Ich ging irgendwann, aber ich weiß, wie es enden wird. Die Kleine wird sich im Kitzinger Jugendzimmer die Augen aus dem Kopf weinen, während Tom eine Runde joggen geht und später beim Betrachten der Partyfotos zu Bernd rüberfeixen und eines von diesen männertypischen Siegeszeichen machen wird. Nicht, dass Tom kein feiner Kerl wäre. Er ist ein Freund, und ich schätze ihn sehr. Er hat es, wie so viele seiner Artgenossen, einfach nur drauf, Spaß ohne Gefühlsrisiko zu leben.

Eigentlich beneidenswert. Wäre ich ein Mann, würde ich jetzt mein Wochenende wirklich genießen und in der Sauna nach Frischfleisch Ausschau halten, statt sehnsüchtig an Paul zu denken und mich zum tausendsten Mal zu fragen, warum er sich in Schweigen hüllt. Oh, apropos Sauna. Ich muss los.

DIENSTAG, 13. AUGUST 2002 –
SMÖRREBRÖD

Wie gerne würde ich von einem Happy End mit Paul berichten. Doch es gibt leider keines. Er hat sich nämlich nicht gemeldet. Gestern habe ich in einem Anfall blinder Wut mein Handy an die Wand geschmissen, sodass ich endlich vorm Warten auf eine SMS meine Ruhe hatte. Himmlisch.
Eine Stunde später kam ich – zufällig – am Nokia-Shop vorbei, als ich einen neuen Weg zur U-Bahn ausprobierte. Nicht, dass ich den entspannenden handylosen Zustand beenden wollte. Aber man kann sich ja mal informieren!

Mist, wo muss denn da die SIM-Karte rein? Und wie herum? Ah, okay. Ich habe ein neues Handy! Hurr… äh, ja.

Und es klingelt auch schon! «Hallo?» Niemand. Es klingelt weiter. Es ist das Festnetz-Telefon.
«Hallooo?»
«Marie, bist du das?»
«Beate, Schatz, wer sonst sollte bitte in meiner Wohnung ans Telefon gehen?»
«Hat er sich gemeldet?»
«Hast du einen Auftritt?»
Das war gemein. Beate ist Sängerin – eine gute Sängerin, doch leider besteht ihr Publikum meist aus Duschgel, Zahnbürste und genervten Nachbarn.

«Mach dich nicht verrückt», rät sie mir und übergeht die Spitze, «das ist er doch nicht wert!»
«Nein, wirklich nicht. Eigentlich ist er gar nicht so umwerfend …»
Es gibt wirklich tollere Männer als Paul. Er hat ganz normale blonde Haare, die ihm bestimmt bald ausgehen werden. Seine Augen sind von ganz normaler grüner Farbe mit kleinen goldenen Pünktchen drin, wenn er lacht. Sie werden dunkler, wenn er ernst schaut. Und wie gut die blonden, dichten Wimpern dazu passen, wenn er die Augen schließt beim Küssen … Dann ist da diese kleine, bogenförmige Narbe am Kinn. Woher er die wohl hat? Und seine Stimme. Diese tiefe, warme und wahnsinnig männliche Stimme. «Darf ich dich mal küssen?», fragte diese Stimme, nachdem er mich circa drei Minuten lang mit einer Mischung aus Verwunderung, Begeisterung und Zärtlichkeit angeblickt hatte …
«Mariiiiiie!!!»
«Beate, ja, was ist denn?»
«Ich hab dich was gefragt!»
«Jaja. Ich meine: ja, klar, sowieso!»
«Marie.»
«Ja?»
«Ja, klar, sowieso ist keine adäquate Antwort auf die Frage, ob ich nun das rote Sofa von Segmüller, das beige von Who's Perfect oder das graue von IKEA kaufen soll.»

Es gibt viele Fehler, die man während der Sommerferien an einem Spätnachmittag in München machen kann. Einen Parkplatz am Viktualienmarkt suchen ist einer, ein öffentliches Freibad besuchen ein anderer. Aber der größte heißt IKEA. Nach zwei Stunden «Der kleine Kevin möchte bitte aus Småland abgeholt werden» und «Probieren Sie unser leckeres Smörrebröd im Restaurant» verlassen wir schwer bepackt das Schlachtfeld. Ich kann bis an meinen Lebensabend jeden Tag ein Teelicht für

Paul anzünden, ohne welche nachkaufen zu müssen, und Beate hat zwar immer noch kein Sofa bestellt, besitzt jetzt aber viele Kisten aus der Abteilung «Sammeln & Verwahren» (auf denen kann man auch prima sitzen), ein neues Proseccoglas-Set und drei vor Gesundheit strotzende Fici (Ficusse? Ficanten?), die spätestens übermorgen demonstrativ alle Blätter von sich werfen und sich tot stellen werden. Atmosphärische Veränderung und so. Wahrscheinlich müsste man sie rund um die Uhr mit «Der kleine Kevin möchte bitte aus Småland abgeholt werden» beschallen, damit sie sich wohl fühlen.

MONTAG, 19. AUGUST 2002 – FREUDE, SCHÖNER GÖTTERFUNKEN

Die gute Nachricht: Ja. Es ist geschehen. Paul hat angerufen. An-ge-ru-fen. Keine SMS geschickt, nein, mir seine wunderbare, dunkle, sanfte Stimme geschenkt ... Wie gut, dass ich abgewartet habe.

Okay, ich habe in den zwei Wochen, die er sich nicht gemeldet hat, ungefähr zwei Päckchen Zigaretten am Tag geraucht statt meiner sonst üblichen zwei Stück, habe vier Kilo ab- und fünf wieder zugenommen (oder umgekehrt??), habe mein altes Handy gegen die Wand geschmissen und mir ein neues gekauft für Geld, das ich nicht besitze – aber das ist jetzt alles vergessen. Denn er hat angerufen.

Marlene war mir ganz schön in den Ohren gelegen: «Warum zum Teufel rufst DU ihn nicht an?»

Mir fielen eine Menge plausibler Antworten ein. Weil ich die Frau bin und der Mann sich melden muss. Weil er sich von selbst rühren soll, wenn er Interesse an mir hat. Weil ich das Reh bin und er der Jäger ist. Weil ich ihn nicht unter Druck setzen will. Weil ich den Eindruck vermitteln muss, nicht wirklich interessiert zu sein. Womit wir wieder bei der Reh-und-Jäger-Kiste wären ... Den wahren Grund jedoch verschwieg ich sogar Marlene. WEIL ICH MICH NICHT TRAUE. So einfach ist das.

Die schlechte Nachricht: Sein Anruf kam aus Sachsen. Seine Schwester hat einen Dresdner geheiratet, und Paul muss jetzt Möbel retten und Sandsäcke schleppen. Ich hänge stundenlang vor dem Fernseher, ziehe mir die Berichte aus den Hochwassergebieten rein und meine mindestens fünfmal, Pauls Blondschopf entdeckt zu haben. Er sieht sicher sehr sexy aus in Shorts und einem schlammverschmierten T-Shirt, mit spielenden Muskeln schwere Dinge stemmend oder einen Golden Retriever aus den Fluten rettend ... Ich träume, bis mich mein schlechtes Gewissen einholt. Hunderttausende sind in Not, und ich schwelge in Heldenromantik. Sofort werfe ich den Rechner an und überweise 50 Euro auf ein Spendenkonto. Gleich geht es mir besser. Wofür ich mich sofort wieder schäme. Ich muss unbedingt nochmal Florian Illies' «Anleitung zum Unschuldigsein» lesen.

Die halb gute, halb schlechte Nachricht: Paul sagte, er melde sich, sobald er von der Elbe zurück sei – wann das sei, wisse er nicht. Ich bin also wieder mal am Warten. Aber dieses Mal wird es mir dabei besser gehen. Er wird sich melden, da bin ich mir ganz sicher. Momentan hat er eben wichtigere Dinge im Kopf – Schwester, Sandsäcke, Sachsen. Ist okay. Ich beschließe, tätig zu werden, und hänge mich ans Telefon. Dieses Mal sind die Jungs dran. Innerhalb von zwei Stunden haben wir für Samstagnachmittag ein Charity-Fußballturnier an der Isar organisiert, dessen Einnahmen für die Flutopfer gedacht sind. Fußball zieht immer, und der Samstag wird ein voller Erfolg! Meine Freundinnen und ich dürfen von mittags bis abends in der Sonne sitzen, braun werden, halb nackten Männern beim Kicken zusehen und Bier für zwei Euro verkaufen, wovon ein Euro in die

Hochwasserkasse wandert. Der Duft von gegrilltem Fleisch zieht durch die Isarauen, die Polizei fährt vorbei, sagt aber nichts (Grillen ist hier eigentlich verboten), die Sinne sind nach ein paar wohltätigen Bieren leicht benebelt, und am Ende gewinnen die «Ackerprols» aus Höhenkirchen. Ein schöner Tag.

FREITAG, 23. AUGUST 2002 – BERLINER TRÄUME

Nur nicht aufwachen, denke ich, als die Stimme des gut gelaunten Radiomoderators immer lauter an mein Ohr dringt und ich schon beginne, den Sinn (?) seiner Worte zu begreifen. Nein, bitte nicht, ich will nicht, noch nicht ... Ich ziehe die Bettdecke über meinen Kopf und versuche gleichzeitig, den Off-Knopf des Radioweckers zu finden. Endlich erwische ich die richtige Taste, und himmlische Ruhe herrscht in meinem vom Morgenlicht durchfluteten Schlafzimmer. Etwa fünf Sekunden später reißt mich ohrenbetäubender Lärm aus meinem Einschlummern. Empört krabble ich unter meiner Decke hervor und sehe aus dem Fenster. Auf dem Balkongeländer sitzt, fast noch besser gelaunt als der Radiomoderator, ein Vogel und singt (?) aus voller Kehle. Dabei späht er neugierig in die Wohnung. Ich zische ihm etwas von Hausfriedensbruch und Amselgeschnetzeltem zu, was ihn aber nicht im Geringsten zu beeindrucken scheint, und flüchte anschließend vor seinen starren Blicken ins Badezimmer. Wäre ich doch nur an die Landshuter Allee gezogen statt in diese idyllische Neuhausener Seitenstraße, dann würden mich morgens keine aufdringlich trällernden Gartenhühner wecken, sondern das gleichförmige Vibrieren eines Schlagbohrers von der Baustelle an der Ecke ...

Unter der Dusche schließe ich die Augen und versuche, den wunderschönen Traum der letzten Nacht zurückzuholen. Ich weiß, wenn ich mich nicht gleich daran erinnere und ihn festhalte, ist er für immer verloren.

Ich war in Berlin, und es war Frühherbst, ein milder Abend. Ich musste zu einem Termin und fuhr mit der S-Bahn Richtung Mitte. Die Bahn fuhr an verfallenden alten Bahnhofsgebäuden und von Gras überwucherten Abstellgleisen vorbei, die Sonne schien schräg in das alte Abteil mit den unbequemen Holzbänken, und in der warmen Luft tanzten Staubkörner. Der Zug bremste, als er in den nächsten Bahnhof einfuhr, ich blickte aus dem fleckigen Fenster nach vorne auf den Bahnsteig und sah ihn schon von weitem. Er war der einzige Mensch weit und breit und saß ruhig auf einer grünen Holzbank. Sein Gesicht war der einfahrenden Bahn zugewandt, genauer gesagt, mir. Er lächelte und stand auf, als der Wagen, in dem ich mich befand, exakt vor der grünen Bank zum Stehen kam. Wie selbstverständlich ging ich zur Tür, öffnete sie und trat in die Wärme des Abends auf den verlassenen Bahnsteig. Es roch nach Schmieröl und warmem Holz. Keiner von uns sagte ein Wort, und wir fielen uns nicht in die Arme. Er nahm meine Hand in seine, und wir gingen los, die Landstraße entlang. Ach ja, ich vergaß zu erwähnen, dass sich die Location inzwischen gewandelt hatte. Ich kann mich erinnern, mitten im Traum angesichts der staubigen Landstraße, die schnurgerade zwischen gelben Weizenfeldern auf den Horizont zulief, kurz gedacht zu haben: was für ein Klischee, wie in einem zweitklassigen Roadmovie. Jedenfalls wanderten wir weiter, schweigend, Hand in Hand, und ab und zu blieben wir stehen, um uns anzusehen. Er lächelte mich an und legte seine Hand an mein Gesicht, und ich schmiegte es hinein. Er küsste mich nicht, er nahm mich nicht mal in den Arm, und doch fühlte ich mich am richtigen Platz und aufgehoben wie lange nicht mehr.

Das ist alles, was ich von diesem relativ unspektakulären Traum rekonstruieren kann. Doch das warme Gefühl ist noch da, genauso stark wie im Schlaf, und es ist so intensiv, als sei die Begegnung real gewesen.

Ich steige aus der Dusche, wickle mir ein Handtuch um den Körper und eines um die Haare und tappe aus dem dichten Wasserdampf hinaus in den Flur. Nach diesem Tagesbeginn fühle ich mich wie die Heldin eines modernen Romans. Jetzt muss ich erst mal eine rauchen, befinde ich und ignoriere das Gefühl, gar keine Lust auf eine Zigarette zu haben. Romanheldinnen rauchen auch immer erst mal eine, wenn sie nach einem mystischen Traum aus der heißen Dusche kommen. Auf dem Balkon überkommen mich leichte Zweifel daran, ob Romanheldinnen auch morgens nicht in der Wohnung rauchen. Wahrscheinlich nicht. Genauso wenig, wie sie Probleme damit haben, ein handelsübliches Feuerzeug zu bedienen. Endlich habe ich es geschafft, die Zigarette (Kippe, würde es im modernen Roman vermutlich heißen) anzuzünden, und inhaliere den ersten Zug.
Fünf Minuten später schlurfe ich mit eiskalten Füßen und einem unguten Gefühl im Magen zurück ins Wohnzimmer. Das Romanfeeling ist verschwunden. Doch die Wärme ist wieder da, sobald ich an meinen Traum denke. Da fällt mir etwas auf. Der Mann aus meinem Traum ... Das war nicht etwa Paul. Das war Peter. Sehr biblisch. Weniger biblisch hingegen war meine Zeit mit Peter vor über zehn Jahren ...

Peter, meine erste große Liebe. Ich war 17 und er 31. Und es war Sommer. Als ich ihn kennen lernte, dachte ich, er sei schwul. Er erzählte nämlich immer von Anikó. Und ein Name, der auf -o endete, war für mich, die ich damals noch nicht sehr weit gereist war, eindeutig männlich. Peter war wunderbar, und ich wiegte mich in Sicherheit, denn erstens war ich ein alberner

Teenager mit unmöglicher Frisur, und zweitens war er ja «vom anderen Ufer», wie mein Vater sich auszudrücken pflegte (und es noch heute tut). Peter rezitierte auswendig Gedichte, mit ihm konnte ich mich über alles unterhalten und kam mir gar nicht blöd dabei vor. Ein bisschen verwirrt war ich schon, als er mich auf einmal in den Arm nahm und küsste. Doch die Verwirrung löste sich schnell auf, als er mir von seiner Frau erzählte. Zu spät. Ich war verliebt. Wir verbrachten ein paar glückstaumelige Tage, ich lernte richtig küssen und auch sonst einiges über Männer. Es war die schönste Zeit meines Lebens. Klar, dass sie bald ein Ende hatte. Als Peter mich verließ, schrieb mir meine Mutter ohne mit der Wimper zu zucken eine Entschuldigung für die Schule, und ich blieb eine Woche im Bett, um zu heulen. Danach reagierte ich zwei Monate lang äußerst empfindlich auf die Worte «Berlin», «Peter», «Heinrich Heine», «Rilke», «junge Frau» und derer mehr, machte einen großen Bogen um diverse Kuss-Schauplätze in München und erlebte meinen ersten Vollrausch. Erfuhr auch gleich, dass der gegen Liebeskummer nur bedingt hilfreich ist. Ein Jahr lang schrieb ich ein Brief-Tagebuch für Peter, klebte Fotos und Eintrittskarten ein. Ich habe es ihm nie gegeben. Die drei Briefe, die er mir geschrieben hat, habe ich heute noch. Und mir wird heute noch warm ums Herz, wenn ich an ihn denke.

Da ist das Gartenhuhn wieder. Seine Kehle schwillt, und es bereitet sich offensichtlich auf eine weitere Arie vor. «Am-sel-ge-schnet-zel-tes» zische ich ihm zu und starre es mit stechendem Blick an. Der Vogel klappt den Schnabel zu und ergreift die Flucht. Wenigstens eine Sache klappt wie im Roman.

DIENSTAG, 27. AUGUST 2002 – JUST GIRLS

Oh, mein Kopf. Kaum zu glauben, aber er schmerzt immer noch. Heute ist Dienstag. Die Party war am Samstag. Ich werde alt. Ich *bin* alt.

Wir sieben Mädels trafen uns am Samstag in der Lisboa Bar, um Alexas Freiheit ein letztes Mal hochleben zu lassen. Alexa heiratet nämlich nächste Woche. Sie ist drei Jahre jünger als ich und hat schon den Mann fürs Leben gefunden, während ich wahlweise von Paul oder Peter träume und der goldene Ring am Finger eine so tollkühne Vision ist wie eine Last-Minute-Pauschalreise zur Venus.

Wir nutzten die Happy Hour, und schnell war jeder freie Quadratzentimeter des Tisches mit Caipi-Gläsern zugestellt. Um Alexa herum versammelten sich zusätzlich ein paar Wodka pur. Drei Stunden später kannten wir nicht nur den Namen der ersten Bettgefährtin des Barkeepers, sondern auch all die Geschichten unserer ersten Zungenküsse, Namen und Telefonnummern der Jungs am Nachbartisch (und Vroni war vermutlich bestens mit den Goldkronen des größten und breitschultrigsten von ihnen vertraut). Irgendwie müssen die Erinnerungen an die ersten Küsse sie inspiriert haben. Gut, ihr erster Kuss lag laut Selbstauskunft auf unserer Skala («1 = die Nacht war sehr, sehr dunkel» bis «5 = very hot») bei minus 4. Da kann man gar nicht genug nachholen.

Wir beglichen die Rechnung. Ich unterdrückte eine gewisse Klammheit beim Gedanken an meinen (morgigen) Kontostand und ersetzte sie durch das «Jetzt-ist-es-eh-schon-egal»-Gefühl. Dann zogen wir weiter in den Kunstpark Ost, vorbei an allen «Hey-voll-krass-guck-mal-die-Bunnys»-Typen und «Ich-spar-auf-den-Führerschein»-Jungs direkt in den ersten Club. Natürlich war es noch viel zu uncool früh (wer lässt sich schon vor ein Uhr nachts in einem Münchner Club blicken?), aber dafür konnten wir einen guten Platz in der Ecke ergattern. Nähe zur Bar, Blick auf die Tanzfläche, Rücken zur Wand. Perfekt. Abgesehen davon, dass die Raumtemperatur kuschelige 40 Grad betrug, meine zarten Sandalen ihre Riemen unbarmherzig in meine Fesseln schnürten und der DJ ausschließlich wahnsinnig innovativen 70er-Jahre-Sound auflegte (It's raining men – na halleluja), war es wirklich sehr witzig. Wir tanzten wild, um unseren Kreislauf in Schwung zu halten, tranken viel, um den Flüssigkeitshaushalt auszugleichen, und beobachteten die anwesenden Männer.

Ich ertappte mich dabei, wie ich die Menge nach 1,90-Männern scannte und die Dunkelhaarigen keines Blickes würdigte. Der da drüben, der hatte kurze, strubblige, blonde Haare wie Paul ... Und der an der Bar ungefähr seine Figur. Ein nagendes Gefühl machte sich in meiner Magengegend breit. So etwas wie ... Sehnsucht. Ich lehnte mich an die kühle Stahlwand und schloss die Augen. Wenn Paul jetzt hereinkäme («Der geht doch nicht in solche ‹Hin und Mit›-Schuppen», sagte meine innere Stimme), also, wenn er trotzdem zur Tür hereinkäme ... in beigen Jeans und einem weißen Hemd mit hochgekrempelten Ärmeln ... Er würde sich suchend umsehen ... mich entdecken ... Würde sein unverschämt süßes Grinsen aufsetzen und auf mich zusteuern ... Sich zu mir hinunterbeugen, «Naaaa?» sagen und mich dann küssen ... («Wer weiß, wen er gerade küsst», zeterte die innere Stimme, «das Hochwasser ist längst abgeflossen, und er hat sich immer noch nicht bei dir gemeldet!»)
«Aua!», kreischte eine mir sehr vertraute Stimme, und ich riss die Augen auf. «Warum trittst du mich?» Ich versuchte, Marlene etwas von meiner durchaus tretwürdigen inneren Stimme und Paul im Hochwasser zu erklären. Sie schaute mich besorgt an. «Mädels, ich glaube, Marie kippt gleich um», rief sie, und

ehe ich protestieren konnte, hatten sie mich aus dem Club bugsiert. Woraufhin Beate vor lauter frischer Luft einen Kreislaufkollaps bekam. Was nichts daran ändert, dass es später heißen wird: «Wisst ihr noch? Alexas Junggesellinnenabschied, bei dem Marie in der Disco zusammengeklappt ist?»

MONTAG, 2. SEPTEMBER 2002 – BRIEF AN PAUL

München, 2. September 2002
Lieber Paul,
ich glaube ja eigentlich nicht, dass du das hier jemals lesen wirst. Trotzdem – falls wir uns je wieder sehen ...

Natürlich werde ich ihm diesen Brief nie im Leben geben. Aber es tut gut, ihn zu schreiben.

Wahrscheinlich kannst du's dir nicht vorstellen, aber ich denke wirklich permanent an dich. Morgens, wenn ich aufwache und mein Handy einschalte, um nachzuschauen, ob vielleicht eine SMS von dir da ist. Dann auf dem Weg zur Uni oder zu einem meiner Jobs – wusstest du, dass die Straße, in der du wohnst, so liegt, dass man quasi immer daran vorbeikommt?

Bullshit. Ich komme dauernd zu spät, weil ich immer Umwege über Haidhausen mache.

Dann kommt das Lied im Radio, von dem ich dir bei unserem Treffen erzählt habe. Obwohl wir es nie zusammen gehört haben, ist es das Paul-Lied für mich ... O Paul, ich vermisse dich, deine grünen Augen, deine Stimme, deinen Blick, deinen Händedruck, deinen Kuss ...

Gott, wie kitschig. Und geklaut von Goethe: «Und seiner Rede Zauberfluss/Sein Händedruck/Und ach! sein Kuss!» Faust I. Immerhin studiere ich nicht umsonst Germanistik.

Was ist denn das? Meine Handtasche bewegt sich. Spinne ich? Sie kommt auf der Tischplatte auf mich zu. Es dauert circa zehn Sekunden, bis ich begreife: Das Handy vibriert in der Tasche. Etwa eine SMS? Tatsächlich. Wird wohl Vroni sein, die heute auf die Blade Night gehen will. Ich speichere meinen angefangenen Brief an Paul und drücke auf «Lesen». GAAAAAH! «Hey, Marie, ich bin wieder da. Endlich. Habe dich vermisst. Bin total fertig. Brauche viel Zuneigung und Zärtlichkeit. Paul.» Klar, jetzt muss ich als begehrenswerte Frau mindestens eine Woche mit meiner Antwort warten ... Ich fange an zu tippen: «Das könnte sich einrichten lassen. Sofern ich diejenige bin, von der du das gerne hättest ...» Schwupp, weg damit. Zitter. Drei endlose Minuten später: «Natürlich du. Kommst du mich besuchen?» Dann eine Uhrzeit und eine Adresse. Hab ich doch längst recherchiert, Paul. Wozu hat man Freunde bei der Polizei. Mist, schon in einer halben Stunde. Keine Zeit zum Duschen. Schnelle Katzenwäsche, Zähne putzen, Deo, frische Unterhose (man weiß ja nie, Marie), Wimperntusche, lecker Blistex Silk&Shine aufgetragen und ab die Post. Während ich durch den Mittagsverkehr radle, verdränge ich den Gedanken an das, was ich da gerade tue. Der Kerl lässt mich drei Wochen lang zappeln, und dann schnippt er mit dem Finger, und ich eile. Aber egal, ich will jetzt meinen Spaß!

Zwanzig Minuten später fahre ich in der mir wohl bekannten Straße vor. Tief durchatmen. Klingelknopf drücken. Gaaaaaaanz ruhig, Brauner. Paul öffnet die Tür. Oh, wow. Er sieht noch viel besser aus als in meiner rosaroten Erinnerung. «Marie ...», sagt er nur, und dann küsst er mich. Meine Knie werden augenblicklich zu Butter. Es ist wie die Begegnung eines Verdurstenden mit der einzigen Wasserquelle der Wüste Gobi.

Plötzlich sind wir im Wohnzimmer. Undeutlich nehme ich eine geschmackvolle, stilsichere, unspießige Einrichtung wahr. 10 von 10 Punkten dafür, Paul. Und 100 von 10 Punkten dafür, wie du mich küsst. Nach einer Ewigkeit voll wilder Küsse komme ich wieder zu mir und überlege mir, dass ich jetzt vielleicht auch mal was tun sollte. Also lasse ich meine Hand unter sein Hemd krabbeln und male mit meinen Fingernägeln Muster auf seine Haut. Gut, dass ich ausnahmsweise mal etwas gezüchtet habe, was man ohne zu lügen Fingernägel nennen kann. Sehr sexy. Knopf für Knopf öffne ich sein Hemd. Das darf doch nicht wahr sein. Er ist perfekt. Muskulös, aber nicht zu gestählt, männlich behaart, aber nicht zu sehr, und wie er riecht … Mhmmmm. Ich küsse mich langsam nach unten …

Eine Stunde später bin ich wieder auf dem Heimweg. Wir haben beide zu tun. Sexgöttin Marie radelt durch München. Er ist verrückt nach mir. Er kann nicht mehr leben ohne meine Berührungen. Er ist mir verfallen. Ich bin eine Göttin.
Eine weitere Stunde später muss ich mir eingestehen, dass ich schon wieder nicht die Coolere bin. Er mag körperlich süchtig sein nach mir. Aber ich bin seelisch süchtig. Ich brauche sein Lächeln, die Art, wie sich dabei seine Nase kräuselt, das Vibrieren seiner Stimme in meinem Magen, die goldenen Punkte in seinen grünen Augen. Anyway. Ich gestatte mir, glücklich zu sein.

FREITAG, 6. SEPTEMBER 2002 – INSOMNIA

Ich bin so müde, dass ich aufgedreht bin wie selten. Ich rede viel und schnell (okay, momentan aus Mangel an Gesprächspartnern nicht) und tippe in chefsekretärinnentauglicher Geschwindigkeit diese Zeilen in den Laptop. Und das, obwohl ich meine Fingernägel immer noch besitze und fleißig weiterzüch-

te. Meine Fingernägel, mit denen ich am Montag noch Muster auf Pauls Haut gezeichnet habe. Oooooh. Dieses wohlige Ziehen im Magen stellt sich auch nach vier Tagen noch ein, wenn ich an mein Rendezvous mit diesem blonden, großen, himmlisch riechenden Sexgott denke ...
Allerdings bin ich nicht deshalb so müde, weil ich nachts wach liege und an Paul denke. Dazu habe ich momentan keine Zeit. Denn der Heiratswahn geht in die zweite Runde – morgen ist Tanja, meine Sandkastenfreundin, dran. Und ich habe mir schon im März vorgenommen, für sie eine Hochzeitszeitung zu machen.

Im April habe ich intensiv daran gedacht, im Mai erste Ideen entwickelt. Dann kamen der Juni, die Fußball-WM und wichtigere Dinge. Im Juli war ich im Urlaub, und dann kam der ganze Stress – Warten auf Paul. Vorgestern fiel mir mein Vorhaben wieder ein ...

Und gestern war schon die zweite Nacht, die ich vor dem Rechner verbrachte, Bilder scannte, Layout bastelte, rauchte (im Schlafzimmer!! Pfui), fluchend und wahnsinnig kreativ. Links von mir befand sich ein Berg von leeren Bounty-Papieren, ich will gar nicht wissen, zu wie vielen Kalorien deren Inhalt kumuliert ist, und die Maus bewegte ich mit der rechten Hand unter einem Stapel von Probeausdrucken. Ich kriegte die Zeitung tatsächlich gebacken. War aber klar, dass beim Drucken der vorletzten Seite die Kartusche leer war. Vielleicht hätte ich doch mal im Handbuch nachschlagen sollen, was dieses aufdringlich blinkende rote Lämpchen unter der Anzeige «Cartridge low» bedeutet. Es ist nämlich ein bisschen schwierig, um vier Uhr morgens irgendwo eine Kartusche für den Drucker HP Deskjet 880 C aufzutreiben.

Zum Glück gibt es Computer-Hannes, der mich seit Jahren erfolglos anhimmelt (leider sieht er so aus, wie man ihn sich vorstellt) und der sich nicht entblödet, mitten in der Nacht einmal quer durch München zu fahren, um mir die benötigte Hardware zu bringen ... Danke, Hannes. Ich weiß, das Leben ist schwer. Für uns alle.

Jedenfalls ist die Zeitung jetzt im Copyshop und wird gerade versiebzigfacht. Zeit genug für mich, den Wecker auf 18 Uhr zu stellen und mich zu einem Nickerchen auf die Couch zu begeben. Zum Einschlafen nehme ich das Heftchen mit den Sextipps der vorletzten «Cosmopolitan» mit aufs Sofa und spiele die schönsten Ideen gedanklich mit Paul durch. Mhmmmm ... Ichmusswirklichschermüdeschein. Glbischlafgleischein ...

SAMSTAG, 21. SEPTEMBER 2002 – E-MAIL VON PAUL

Eigentlich wollte ich heute von meinem Urlaub in Griechenland erzählen, von der wilden Felseninsel Karpathos, vom Duft nach Pinien und Rosmarin, von der Weichheit des Meerwassers auf meiner Haut, wenn ich morgens bei Sonnenaufgang an den einsamen Strand unserer Bucht hinunterwanderte und im goldenen Wasser schwimmen ging. Ich wollte von Delphinen und samtmäuligen Eseln berichten, von den traurig klingenden griechischen Balladen, die den ganzen Tag aus dem Lautsprecher der Strandtaverne tönten, vom Sand zwischen meinen Zehen und davon, wie toll es ist, sich eine Woche lang nicht schminken zu müssen und die Haare an der warmen Luft trocknen zu lassen ... Doch ich erspare dem geneigten Leser diese Ansammlung von platten (wenn auch wahrheitsgetreuen) Klischees, denn inzwischen ist etwas viel Spannenderes passiert.

Gestern, ich war gerade mit meinem freitäglichen Bürojob beschäftigt, kommt vormittags eine E-Mail von Paul.

«Bist du im Büro?»

«Ja», maile ich zurück und wundere mich ein bisschen, was die Frage soll.

«Ich denke gerade an dich. An dich in meinem Bett», lese ich zwei Minuten später. Schluck. Ich habe mit einem harmlosen Wie-geht's-denn-so-und-wie-war-Griechenland gerechnet, aber nicht mit so etwas ...

«Da wäre ich jetzt gerne. Mhmmmm ...», schreibe ich zurück, klicke auf «Senden» und würde mich im gleichen Moment am liebsten in den Finger beißen. Das war zu ehrlich, zu direkt, Marie, hadere ich mit mir, du machst es ihm zu leicht!

«Was würdest du dann tun? Und was soll ich mit dir machen?» Wumm. Die Blutverteilung in meinem Körper gleicht einem IKEA-Parkplatz, Samstag, 15 Uhr. Alles vollkommen durcheinander, hyperaktiv und voller Staus. Paul, ich könnte Romane darüber schreiben, was ich mit dir machen würde und was du mit mir anstellen sollst. Die würden dann allerdings sofort auf dem Index jugendgefährdender Schriften landen. Ooooh, ich muss mir schnell etwas einfallen lassen, denke ich, und leichte Panik mischt sich in das Chaos in meinem Hirn und Körper, Mensch, mir fällt doch sonst immer was ein ...

In diesem Moment betritt mein Chef das Büro und setzt sich mir gegenüber an den Schreibtisch, um irgendeine Kooperation zu besprechen. «M-hm», höre ich Business-Marie sagen, «klar, das machen wir» und «Ich schreibe gleich mal ein Exposé», während eine andere Marie, die ich eigentlich gar nicht kenne, in ihren Computer tippt:

«Ich würde dich ausziehen. Und mich dann von dir ausziehen lassen. Und du würdest sagen, dass du mich schön findest in der schwarzen Unterwäsche, die ich heute trage. Und dann ... Jetzt du.» Plimm, gesendet. Chef verlässt zufrieden das Büro, hocherfreut ob der unkomplizierten Delegierung einer unangenehmen Aufgabe. Ich fühle mich zum Bersten sexy. Auf den «Senden & Empfangen»-Button prasselt ein Mausklick-Stakkato ein, bis das erlösende Didldidim ertönt. GAAAAAH. Nein, ich will jetzt nicht den aktuellen «Fit For Fun Newsletter» lesen!!! Nach endlosen zwei Minuten schließlich die nächste Mail von Paul.

«Ja, ich würde dich schön finden. Unwiderstehlich schön. Ich stelle mir vor, wie du jetzt meinen Schwanz in die Hand nimmst und dich dann zu mir hinunterbeugst ...» Mein Magen zieht sich zusammen, und das Blut hat sich nun auf eine Marschrichtung geeinigt: Alle Mann zur Körpermitte! Mein Hirn ist leer, nur einen einzigen Gedanken kann ich noch formulieren: Paul, ich will dich so sehr. Ich rutsche auf meinem Bürostuhl herum und tippe meine Antwort.

Zwei Stunden später bin ich mit roten Wangen, zerzausten Haaren und glänzenden Augen wieder im Büro und um drei Erkenntnisse reicher.
Erstens: E-Mailen kann wahnsinnig erotisch sein.
Zweitens: Mein Chef kann ganz schön blöd schauen, wenn seine Mitarbeiterin fluchtartig und mit einem genuschelten «Mussmalwegarbeiteheuteabendlänger» das Büro verlässt.
Drittens: Die Sache mit dem Jäger und dem scheuen Reh hat nur bedingt Gültigkeit – sorry, Oma. Manchmal wollen Männer eben keine sanftäugigen Bambis, sondern Frauen, die einfach tun, worauf sie Lust haben.

DIENSTAG, 24. SEPTEMBER 2002 –
ALBTRAUM IN LACHSROSA

Es ist KALT. So kalt, dass sogar Marie – «Ich bin nicht wie alle anderen Frauen, die ständig frieren» – heute Morgen ihren Wintermantel ausgräbt. «Kind, kauf dir doch mal eine schöne

Übergangsjacke für den Herbst», höre ich meine Mutter im Geiste sagen, als ich diverse Schuhkartons entleere, um den Kellerschlüssel zu finden. Allein bei dem Wort «Übergangsjacke» läuft es mir noch kälter den Rücken runter. Das impliziert Hässlichkeit, oder? Aber egal, der Wintermantel muss jetzt her, und Voraussetzung dafür ist der verflixte Kellerschlüssel! Es ist erstaunlich, wie viele Behältnisse für Kleinkram sich in meiner Wohnung befinden. Oh, wie nett, da ist ja eine Postkarte von Jenny! Wusste gar nicht, dass sie in Südfrankreich war. Ich lege die Karte zurück in den Karton. Dabei sehe ich, dass sie von 1998 ist. Ähem, und da ist ja auch das Ticket für das Champions-League-Spiel des FC Bayern im November 2001. Marlene musste damals alleine gehen, weil ich meine Karte verlegt hatte, war tierisch sauer und guckte offenbar den ganzen Abend so böse, dass sie nicht einen einzigen netten Fußballfan kennen lernte ... Ah, endlich, der Kellerschlüssel.

Gestern verbrachte ich einen interessanten Abend. Hochzeit Nummer drei von vier in diesem Jahr steht kurz bevor, und aus diesem Grund erhielt ich einen Anruf von einer mir unbekannten Frau. «Servus, Marie, i bin d'Verlobte vo Tinas Kusäng», schallte es mir aus dem Hörer entgegen, «i hob denkt, mir kennt'n wos für d' Hochzeit vo da Tina mochn!» Ich heuchelte Enthusiasmus und verabredete mich für den Abend mit der Verlobten von Tinas Cousin. Beim Auflegen fiel mir ein, dass ich nicht nach ihrem Namen gefragt hatte. Aber zur Not würde ich sie halt einfach mit «Hallo, Verlobte von Tinas Cousin» begrüßen.

Des Abends begab ich mich also in den Stadtteil, in dem die Verlobte von Tinas Cousin wohnt. Ich fand gleich einen Parkplatz. So viel zum Positiven. Na ja, auch sonst eine nette Wohngegend, nette kleine Häuschen, die Caritas an der einen Ecke, gegenüber das Café Sonnenschein für unsere älteren Mitbürger, daneben ein Fachgeschäft für orthopädische Einlagen und

Stützstrümpfe. Eine Gegend, in der ich, offen gestanden, nicht tot über den Zaun hängen möchte. Die Verlobte von Tinas Cousin wohnt im ausgebauten Dachgeschoss des elterlichen Hauses. Als ich sie (sie heißt übrigens Gertrud) ob dieser Tatsache aufrichtig bedauerte, erntete ich Unverständnis: Das sei doch superpraktisch, «d' Mama» kaufe immer für sie ein, und Miete müsse sie auch keine zahlen. Okay, wer's mag, dachte ich und befahl mir, tolerant und offen zu sein. Ich betrat die Wohnung und schüttelte freiwillig meine Schuhe von den Füßen. Interessant, dass man einen Parkettboden so auf Hochglanz polieren kann! Die Einrichtung – einfach, aber geschmacklos – schien Gertrud komplett in der Abteilung «Young Living» eines großen Möbelhauses erstanden zu haben. Ich setzte mich auf einen der obligatorischen Stühle – blaues Polster, Mond und Sterne drauf –, betrachtete die lachsfarbene Sofalandschaft und Franz Marcs «Blaues Pferd» an der Wand und versuchte, nirgendwo hinzufassen, um keine Fingerabdrücke zu hinterlassen. Dann gab es Pasta (nicht etwa Nudeln) in Tellern, auf denen «Pasta» stand. Die Untersetzer, Servietten und das Besteck waren ebenfalls mit «Pasta» beschriftet. Ich begann mich unwohl zu fühlen. Deshalb besuchte ich das «stille Örtchen» (das stand tatsächlich auf der Klotür). Dort wurde die Farbwelt des Wohnzimmers aufgegriffen: lachsrosa Klofußumpuschelung*, lachsrosa Klodeckelbezug und – ich traute meinen Augen kaum – ein lachsrosa KloBRILLENbezug! Schauder. Was soll's, gutes Training für die Oberschenkelmuskulatur. Ich ignorierte die fünf in Reih und Glied stehenden Sagrotanflaschen, die mich auffordernd anblickten, wusch mir die Hände mit lachsrosa Pfirsichseife und setzte mich wieder auf den Mond&Sterne-Stuhl. Zwei Stunden später durfte ich endlich gehen. Im Auto zündete ich mir erst mal eine Zigarette an und fuhr dann rau-

---

* © Max Goldt

chend, laut Puddle Of Mudd («She fucking hates me») hörend und viel zu schnell nach Hause. Dieser Ausgleich musste einfach sein. Nicht, dass mich lachsrosa Klofußumpuschelungen noch in den Traum verfolgen.

DONNERSTAG, 26. SEPTEMBER 2002 –
OANS, ZWOA, GSUFFA!

Nie wieder trinke ich Bier.

Gestern wollte ich mir eigentlich einen gemütlichen Abend vor dem Fernseher machen. Doch Vroni und Marlene waren dagegen. «Marie, hol das Dirndl aus dem Schrank, wir gehen auf die Wiesn!» – «Ohne mich», protestierte ich, doch leider kennen die Mädels mich zu gut. Sie erzählten mir fünf Minuten lang von der riesigen Stimmung, duftenden Hendln, schäumenden Maß Bier und dem Duft nach gebrannten Mandeln, und zuverlässig setzte der Hilfe-ich-könnte-was-verpassen-Reflex ein, und ich bügelte die Dirndlschürze zu.

Zwei Stunden später werden wir in einem Menschenstrom ins Hacker-Zelt gesogen. Ziemlich neblig hier, denke ich, als wir uns durch die vollen Gänge schieben, ducke mich in letzter Sekunde unter einem Maßkrug weg, der über meinem Kopf lustig zur Musik geschwungen wird, und klopfe dem 1,60 großen Italiener auf die Pfoten, der sich sehr für den Stoff meiner Bluse interessiert.
«Ist wie immer furchtbar hier, gell?», schreit Vroni mir ins Ohr und deutet auf einen rotgesichtigen Touristen mit Dortmund-Trikot, der auf der Bierbank einen Strip zu den Klängen von «I'm too sexy for my shirt» probiert. Da das einzig Bayerische an ihm seine Ottfried-Fischer-Statur ist, schaue ich lieber schnell wieder weg.

«Ist wie immer geil hier, gell?», ruft Marlene einskommafünf Maß später. Vroni stimmt begeistert zu, bevor sie sich wieder ihrer Neueroberung aus Melbourne zuwendet. «How do you say ‹What did you say?› in German?», will mein Sitznachbar Dave aus Dublin wissen. «Was hast du gesagt», erkläre ich ihm. «Oh, that's complicated», findet er, und ich sage: «In Bavarian, it's just ‹HA?›.» Das gefällt ihm. Der Bedienung weniger. Sie will eigentlich lieber 6 Euro 80 für das Bier haben und stemmt grimmig die Hände in ihre beeindruckenden Hüften. Blitzschnell händige ich ihr 14 Euro aus, lächle zuckersüß, tausche meinen fast leeren Bierkrug gegen einen neuen (schlecht eingeschenkten) und beginne, Dave die Sache mit den Noagerln zu erläutern, die man auf keinen Fall trinken darf … Als Marlene, Vroni, Dave und ich um 23 Uhr 30 in der überfüllten U-Bahn klemmen, die gerade mitten im Tunnel stehen geblieben ist, sind wir uns einig: «Hey Baby» ist ein tolles Lied, den Ketchup-Song hingegen kann man ab der zweiten Maß getrost in der Pfeife rauchen. Australier sind furchtbar süß und haben kein Gefühl für den Wert des Euro. Und überhaupt ist die Wiesn das Größte. Besonders das leckere Bier.

Nie wieder trinke ich dieses Zeug. Vor lauter Hacker-Pschorr-der-Himmel-der-Bayern-Seligkeit habe ich vergessen, was ich allen «Zuagroasten» stets predige: Nach dem Besuch des Oktoberfests ist umgehend eine dreifache Dosis Alka-Seltzer einzuwerfen, dann bekommt man auch kein Kopfweh. Außer, man hat Noagerl getrunken.

Heute lässt der Kater allmählich nach. Zeit, meinen Geburtstag nächste Woche zu planen. Ich glaube, ich werde auf die Wiesn gehen. Paul würde ich allerdings auch gerne sehen … Doch ich weiß nicht, ob es eine gute Idee ist, ihn mit der geballten Ladung meiner Freundinnen und Freunde zu konfrontieren. Ich werde das anders lösen.

Lieber Paul,
ich habe am kommenden Mittwoch Geburtstag und möchte dich gerne zum Frühstück einladen.
Ehrlich gesagt, würde ich mich am liebsten selbst bei dir einladen. Du wärst das schönste und leckerste Frühstück, das ich mir vorstellen kann ...
Aber Kaffee & Croissant irgendwo wären auch okay.

Glatte Lüge! Hoffentlich versteht er das so, wie's gemeint ist: ein verbales Zugeständnis an die Etikette.

Wenn du Lust (und Zeit) hast, sag mir doch einfach Bescheid.

Ich hoffe doch sehr, dass er Zeit hat. Die Lust werde ich ihm schon machen.

Liebe Grüße
Marie

Es wird der schönste Geburtstag meines Lebens, wenn ich dich sehen kann, und der traurigste, wenn nicht, hätte ich schreiben sollen. Aber ich glaube, melodramatisches Pathos löst bei Männern wie Paul den Fluchtreflex aus. Und das will ja keiner.

SAMSTAG, 28. SEPTEMBER 2002 – MAX, HIM UND BROM

Heute Vormittag war ich im PEP. Das sind die sensationellen Perlacher Einkaufs-Passagen. Ich liebe das PEP, auch wenn sich dort die versammelte Neu(!)perlacher Jugend im Saturn vor den Computerspielen drängelt, das Parkhaus immer überfüllt ist und es nicht mal einen H&M gibt.
Ich hatte vor fünf Minuten eine sündteure Dior-Netzstrumpf-

hose für Mittwoch (das Geburtstagsfrühstück!) erstanden und kämpfte gerade mein schlechtes Gewissen wegen der 30 Euro für einmal Anziehen nieder – da lief ich Max über den Weg. Max, meinem Ex. Er hätte mich gar nicht gesehen, war wie meistens ein kleines bisschen zerstreut und mit seinen Gedanken irgendwo anders. Aber ich konnte ihn nicht so einfach an mir vorbeilaufen lassen. Nicht nach sechs gemeinsamen Jahren. Also stellte ich mich ihm in den Weg.

«Marie!» Er grinst sichtlich erfreut und fährt sich mit der Hand durch die kurz geschnittenen Haare. Gut sieht er aus: leicht gebräunt, hellgraue Cargo-Hose mit Seitentaschen und dazu ein langärmeliges, dunkelblaues T-Shirt. Fesch. Anscheinend hat mein modischer Einfluss post-relativ doch noch gewirkt, und er betritt jetzt freiwillig H&M-Filialen.
«Hallo, Max!»
«Wie geht's?», fragen wir zeitgleich und lachen. Gar nicht verlegen. Das ist uns früher dauernd passiert, dass wir zur gleichen Zeit das Gleiche sagten. Ich halte ihm meinen gekrümmten kleinen Finger hin – und er hat es nicht vergessen, unser «Fingerhakeln». Ich muss schlucken und frage schnell, ob er Zeit für einen Kaffee hat. Er hat. Ohne Worte schlagen wir den Weg zu Segafredo ein. Teil unseres alten Samstagvormittag-Rituals: Wir fuhren zusammen ins PEP, stellten dort wie immer fest, dass ich dringend Klamotten brauchte und er die CD-Abteilung von Saturn durchkämmen wollte. Also trennten wir uns und trafen uns später bei Segafredo, um uns gegenseitig die Neuerwerbungen vorzuführen.
Max bestellt zwei Milchkaffee, auch das weiß er noch, und wir suchen uns einen Tisch in der Ecke. Er stellt die prall gefüllte Hugendubel-Tüte zwischen seine Füße, anscheinend liest er immer noch gerne. Doch ich sehe auch den aktuellen «Kicker» herauslugen. Wir unterhalten uns über das vergangene Jahr, in dem wir uns nicht gesehen haben.

«Und, hast du eine ...», frage ich ihn nach einer Ewigkeit und traue mich nicht, ihm in die Augen zu schauen.
«Nein, nicht wirklich», antwortet er, «und du?»
«Ich auch nicht», sage ich und denke mit Bedauern, dass das absolut der Wahrheit entspricht. Ich müsste lügen, wenn ich Paul als meinen neuen Freund bezeichnen wollte. Dahin ist es – wenn überhaupt – noch ein langer Weg ... Irgendwie bin ich erleichtert, dass Max solo ist. So, wie er aussieht, liegt es sicher nicht am Mangel an Gelegenheiten. Er spielt wieder mehr Fußball, erzählt er, und das sieht man ihm an. Am liebsten würde ich mich zu ihm hinüberbeugen und an seinem Hals schnuppern, um diesen vertrauten Duft einzuatmen, der sechs Jahre lang zu mir gehörte. Doch ich lasse es lieber. Zu viele Erinnerungen kämen hoch. An die vielen kleinen Rituale, die gemeinsamen Urlaube in Griechenland und Italien, Österreich und Schottland, an die Abende bei unserem Lieblings-Thailänder, an das Bettzipfelmonster, das mich am Einschlafen hinderte, bis ich nachgab und das Schlafzimmerfenster öffnete ...

Zum Abschied küssen wir uns auf die Wangen und beschließen, uns bald mal wieder zu treffen. Dann trennen wir uns. Aus alter Gewohnheit drehe ich mich nach ein paar Schritten noch einmal um, und siehe, auch Max tut es. «Grüß Him und Brom!», ruft er mir zu. Him und Brom sind zwei Stoffkühe, die seit unserer Trennung bei mir wohnen. «Ja», sage ich leise, sehe Max hinterher, wie er davongeht, die Hugendubel-Tüte schwenkend, und fühle eine wunde Stelle irgendwo ganz tief drinnen.

DONNERSTAG, 3. OKTOBER 2002 –
GEBURTSTAG MAL ZWEI

Schwarze Katze von links. Gut, dass ich nicht abergläubisch bin. «Na, du kleine Miezekatze?», säusle ich und gehe in die

Hocke. Fauch. Okay, dann eben nicht. Als ich mich wieder aufrichte, dreht sich alles um mich, und mein Kopf dröhnt. Könnte sein, dass das von gestern kommt.
Es ist sieben Uhr morgens, und ich bin auf dem Weg in meine Wohnung. Hinter mir liegen 15 Stunden Wiesn-Exzess. Aber von vorne.

Mein Geburtstag beginnt 24 Stunden früher. Meine Eltern wollen mich heute sehen, also quäle ich mich in der Morgendämmerung aufs Land hinaus. Meine Mutter erzählt gut gelaunt vom Urlaub auf Mallorca. Ich finde es zwar weniger entscheidend, ob es das beste Frito Mallorquin in Alcudia oder Pollença gibt und wo genau in der Holledau die neuen Urlaubsbekannten ihr Haus bauen, aber ich bin froh, nichts reden zu müssen …
Zwei Stunden später düse ich mit dem Auto in die Stadt – zum Geburtstagsfrühstück mit Paul. Im Radio kommt nur Chart-Mist, also lege ich die Maria-Callas-CD ein und fahre voller Vorfreude auf die Autobahn. Kurz vor München überhole ich an einer leichten Steigung einen Lkw. Dann geht alles sehr schnell. Ein Auto kommt mir auf meiner Spur entgegen. Es fährt direkt auf mich zu. Das Nächste, was ich registriere, ist, dass ich mit meinem Auto auf dem Pannenstreifen stehe. Der Motor ist aus, und ich scheine noch zu leben. In weiter Ferne höre ich das Tatütata eines Polizeiautos. Ich zittere am ganzen Körper und schaffe es erst nach zehn Minuten, den Wagen wieder anzulassen und weiterzufahren. Das war knapp. Verdammt knapp.
In dieser Verfassung kann ich unmöglich Paul gegenübertreten. Der würde mich für total hysterisch halten. Ich schreibe ihm eine SMS mit der Erklärung, was passiert ist, und fahre nach Hause. Zwei Kannen Tee und fünf Zigaretten später hört das Zittern langsam auf.

Um vier Uhr nachmittags treffe ich mich mit meinen Freunden auf der Wiesn. Wir feiern den Geburtstag eines Freundes – der liegt zwar schon ein paar Tage zurück, aber sein Vater ist ein hohes Tier bei der Augustiner-Brauerei und hat Tische in einer Box reserviert. Ich starre in meinen Maßkrug, kratze akribisch das Salz von meiner Brezn und kann nur an eines denken: Paul. Wie gerne hätte ich dich heute gesehen. Und jetzt hab ich's selbst vermasselt. Weil ich hysterisch bin. Wie gerne wäre ich jetzt bei dir. Vielleicht würdest du mich ja sogar verstehen, mich fest in den Arm nehmen und mir sagen, wie froh du bist, dass mir nichts passiert ist. Auf einmal fühle ich mich völlig fehl am Platz hier im Bierzelt, zwischen all meinen Freunden, inmitten der grölenden Menschenmenge und der ausgelassenen Stimmung. So geht das nicht, Marie, sage ich mir und höre auf, mein Bier anzustarren. Stattdessen trinke ich es. In großen, durstigen Schlucken und gleich drei (Maß, nicht Schlucke) hintereinander. Und siehe da, es dauert nicht lange, und mein Kopf hört auf zu grübeln. Pauls Bild verblasst für den Moment, und mir geht es richtig gut. Irgendwann spielt die Band «Guten Abend, gut' Nacht». Wird wohl der Rausschmeißer sein. Dann muss ich noch Toboggan fahren, Schnaps trinken und werde energisch daran gehindert, mir ein Taxi nach Hause zu nehmen. Ich kann mich des Weiteren dunkel an das Gedränge im Lido erinnern, an eine Mittvierzigerin, die mein Dirndl hinreißend fand und alle fünf Minuten fragte, wo ich es gekauft hätte (ichhabsnichtgekaufthabsgeerbt!!!), und an mehrere Aperol Sour, die ich nicht bestellt hatte, aber trotzdem trank …

Endlich stehe ich vor meiner Wohnung. Ich schleppe mich die drei Stockwerke hoch, entledige mich meiner Schuhe und des Dirndls, schalte Bayern 2 ein und lasse mich auf das Sofa fallen. Etwas zwickt mich in den Rücken. Ich greife unter mich und ziehe die unausgepackten Netzstrümpfe hervor. Kann die jemand brauchen? Größe I in Dark Honey. Nein, stopp. Ich werde Paul wiedersehen. Ich weiß es ganz genau. Aber vorher muss ich ausschlafen.

DIENSTAG, 8. OKTOBER 2002 – ALPENTRÄUME

Die Welt ist schön im Oktober. Besonders schön ist sie, seit Paul mich anrief und mir sagte, dass er mich sehr vermisse. Seitdem trage ich nicht nur ein dauerhaftes Grinsen, sondern auch ein warmes Gefühl im Bauch mit mir herum. Ich sehe lauter schöne Dinge und Menschen, interessiere mich für neue Wissensgebiete, unterstütze amazon.de kaufkräftig beim Erreichen der schwarzen Zahlen – kurz, ich bin höchst inspiriert. Sogar jetzt, morgens um acht Uhr (!) auf meinem Balkon. Der Himmel ist malkastenblau, und die Sonne scheint mir ins Gesicht. Ich zünde mir eine Zigarette an, setze mich auf meinen wackligen Balkonstuhl und schließe die Augen …

Mit Paul in den Bergen. Postkartenidylle pur: ein Weg unter bunt gefärbten Bäumen, eine Almwiese und eine kleine Hütte. Nur für uns beide. (Wo gibt's denn so was, wirft die innere Stimme, Abteilung Realität, ein, du bist ja nicht mal Mitglied im Alpenverein! Will ich auch gar nicht sein, gebe ich zurück und lenke meine Gedanken wieder zu der kleinen Hütte.) Vor dieser steht eine schiefe alte Holzbank, auf der Paul und ich uns nun niederlassen, etwas außer Atem vom Aufstieg. Wir sehen uns an, und ich kann nichts dagegen tun, dieses breite Grinsen wächst in meinem Gesicht und lässt sich nicht aufhalten. Möchte ja nicht wissen, wie ich aussehe, wenn ich Paul so anstrahle. Hmmmm, anscheinend doch nicht zu schlecht, denn er legt die Hand um meinen Hinterkopf, zieht mich zu sich heran und küsst mich. Glückswellen (Hormone nennt man das, berichtigt die innere Stimme) schwappen durch meinen Körper und versammeln sich in der Körpermitte. Ich spüre das starke Bedürfnis, Paul festzuhalten und nie wieder loszulassen. Und dann ist da noch was. Dankbarkeit. Dafür, dass ich es bin, die hier in der Sonne auf der Almhüttenbank sitzt und von Paul geküsst wird. Dass ich hier oben mit ihm allein sein darf, während unten im Tal Hunderttausende frustriert ihrem langweiligen Job nachgehen, versuchen, nicht über ihr langweiliges Leben nachzudenken, und abends zu ihren langweiligen Ehemännern bzw. -frauen nach Hause gehen. Und den Fernseher einschalten.

Paul schiebt unterdessen seine Hand unter mein T-Shirt. Wie ich ihn liebe, diesen Moment, wenn er zum ersten Mal meine Haut berührt. Es ist immer wie das allererste Mal. Ich zupfe sein Hemd aus der Hose und lege meine Hand auf seine Brust. Das genügt, um ihm ein wohliges Stöhnen zu entlocken und dass er mich fester an sich heranzieht. Am liebsten würde ich Paul jetzt sofort alle Klamotten vom Leib reißen, aber ich spiele lieber noch ein bisschen mit unserer Lust und fingere gekonnt ungeschickt an seinem Gürtel herum. Paul nimmt mein Gesicht in beide Hände, sieht mir in die Augen (in seinen tanzen wieder die goldenen Pünktchen) und sagt außer Atem: «Bitte, schlaf mit mir, Marie!» Dann hebt er mich hoch und transportiert mich groschenromanverdächtig und anscheinend ohne dass meine 58 Kilo seinen Rücken überfordern auf die sonnenüberflutete Almwiese. Nein, kein Kuhfladen weit und breit und auch keine piksenden Silberdisteln, schließlich ist dies ein Traum! Kurz kommt mir ein Lied von Heino in den Sinn: «... in der dritten Hütte hab ich sie geküsst, keiner weiß, was dann geschehen ist ...» O doch, ich weiß es. Die Kühe auf der Almwiese wissen es, mampfen aber diskret und schweigend weiter. Vielleicht weiß es auch ein Wanderer, sitzt jetzt still vor sich hin schmunzelnd in der nächsten Hütte und trinkt ein Weißbier auf uns.

«Können wir nicht immer hier oben bleiben?», fragt Paul nach einer Ewigkeit und malt mit dem Zeigefinger eine Linie von meiner Schulter bis zur Hüfte. Ich bekomme sofort eine Gänsehaut. «Ist dir kalt?», will er wissen. Ich schüttele den Kopf und sehe ihn einfach nur an. Mein Wortschatz ist zu klein, um jetzt etwas Passendes zu sagen ...

«... und jetzt wird es 9 Uhr! Piep-piep-piiiiiiep.» Ich reiße die Augen auf und kann es nicht fassen: Ich habe eine ganze Stunde auf dem Balkon verträumt. Die Berge kann man von hier aus leider nicht sehen. Aber ich weiß, dass es sie gibt. Und sie sind schön im Oktober.

FREITAG, 11. OKTOBER 2002 –
DAS NOTFALLPROGRAMM II

Normalerweise bin ich ja ziemlich cool. Ich meine: Ich kann einparken, bei H&M zehn Teile für 100 Euro kaufen und trotzdem aussehen, als würde ich in Design-Läden shoppen. Ich kann Männer wie Paul verführen. Ich besitze keine Diddl-Tasse, bin erklärte Gegnerin von Klofußumpuschelungen (insbesondere in Lachsrosa), weiß, was die Abkürzung DKNY bedeutet, und bestelle meine Kontaktlinsen im Internet. Ich heule nicht bei «Titanic», brauche aber ein Taschentuch, wenn in «SatC» Carrie ihrem Herzensbrecher Mr. Big begegnet. Ich weiß, bei wie vielen Punkten der DAX im Moment steht, und kann mir, wenn es sein muss, Wodka pur in den Hals kippen, ohne zu schlucken. Ich habe einen schwulen Kumpel, der mir die besten Kneipen verrät, höre Coldplay statt Lighthouse Family und weiß, dass ich mit braunem Lippenstift aussehe, als hätte ich gerade Spaghetti Bolognese gegessen. Kurz: Ich finde mich im Grunde ziemlich klasse.

Heute allerdings nicht. Gestern war ich noch stolz, dem Husten, Schniefen und Röcheln rund um mich herum widerstanden zu haben, heute hat es mich selbst erwischt. Aber wie. Vielleicht hat mir die Stunde Träumen auf dem Balkon am Dienstag nicht gut getan. Gedanken an Schäferstündchen mit Paul auf einsamen Almwiesen liegen mir momentan ohnehin so fern wie eine Teilnahme am Medienmarathon. Paul sicher auch, wenn er mich sehen könnte. Meine Augen sind klein und rot, meine Nase ist dafür umso größer. Und rot. Meine Frisur könnte man nur mit viel gutem Willen als Out-of-Bed-Look durchgehen lassen, und in meinem Kinder-Schlafanzug mit Mäusemotiven darf mich nie, niemals jemand sehen …

Doch auch für Krankheit gibt es bei Marie ein Notfallprogramm. Wenn mich schon keiner hätschelt und umsorgt, mir Sinupret aus der Apotheke holt und frischen Tee aufbrüht, will ich wenigstens so richtig in Selbstmitleid baden. Keiner kümmert sich um mich, keiner hat mich lieb. Keiner sehnt sich nach mir. Paul schon gleich dreimal nicht. Fast schon genüsslich male ich mir aus, wie er gerade mit einer attraktiven Kollegin (1,75 m groß, kastanienbraune, lange Naturwelle, Konfektionsgröße 36 und Julia-Roberts-Lächeln) flirtet. Sehe es beinahe vor mir, wie sie beim Reden ihre Hand (mit gepflegten, mittellangen Fingernägeln und perfekter French Manicure – etwas, das ich nie hinkriegen werde, und wenn ich 100 Jahre alt werde) auf seine legt und er fasziniert auf die dunkle Locke schaut, die ihr verführerisch ins Gesicht fällt … Stopp. Das wird jetzt doch zu hart. Ich zünde in meiner halbdunklen Wohnung ein paar Kerzen an. Draußen ist es neblig und will nicht hell werden. Dann lege ich «Stabat Mater» von Pergolesi auf, wickle mich in meine Kuscheldecke und schlürfe meinen Tee. Endlich kann ich mal den Bücherberg angehen, den ich zum Geburtstag bekommen habe. Eigentlich fühle ich mich gar nicht mehr so schlecht. Wenn nur diese verstopfte Nase, die Kopfschmerzen und der wunde Hals nicht wären. Krank sein ist ziemlich uncool. Eigentlich.

MONTAG, 14. OKTOBER 2002 – AMÉLIE UND STRAWBERRY CHEESECAKE

Dafür, dass ich mich am Freitagabend noch das ganze Wochenende den Taschentuchumsatz fördernd und mit einer ausgewachsenen Erkältungsdepression auf dem Sofa herumliegen sah, waren Samstag und Sonntag dann doch ganz nett.

Gut gelaunt treffe ich gegen 20 Uhr bei Marlene ein. Vroni ist auch schon da. Wenn wir drei zusammenlegen, kriegen wir eine runde Erkältung hin: Marlene hat Fieber und Kopfschmerzen, ich schniefe, und Vroni hustet und hat Halsweh. Die ideale Voraussetzung für einen dieser «gemütlichen Videoabende», für die ich normalerweise glaubwürdige Ausreden wie «Och, du, danke für die Einladung, aber ich möchte heute so gerne noch meine Steuererklärung fertig machen» parat habe. Wir sehen uns «Die fabelhafte Welt der Amélie» an. Einer meiner Lieblingsfilme. Die Mädels kennen ihn noch nicht, also reiße ich mich zusammen und verschone sie mit «Jetzt kommt eine super Szene, gleich, gleiiiiich!» und vorfreudigem Gekicher. Das kann ich nämlich selbst nicht leiden. Meine Lieblingsszene aus dem Film ist die, in der Amélie Nino, in den sie verliebt ist, in das Bistro bestellt, in dem sie arbeitet. Er verspätet sich um zehn Minuten, und Amélie denkt über den Grund nach. Es folgt eine wilde Geschichte, die mit Ninos Entführung von seinem Arbeitsplatz beginnt und ungefähr 27 Wendungen später damit endet, dass Nino ein afghanischer Freiheitskämpfer mit einem Teewärmer auf dem Kopf geworden ist. Marlene fand diese Szene etwas abstrus, doch ich liebe Amélies Gedankengänge. Sie sind mir so vertraut. Kurz nach dem schönsten Filmkuss aller Zeiten («Da passiert ja gar nichts», beschwert sich Marlene, während ich mir verstohlen die Tränen aus den Augen wische) ist der Film leider vorbei. Nichts gegen meine heiß geliebten Freundinnen, aber ich habe jetzt keine Lust, mich über die neuesten IKEA-

Möbel, die beste Brotchips-Sorte und die nervigsten MTV-Moderatoren zu unterhalten. Also mache ich mich aus dem Staub. Manchmal ist es ganz nützlich, krank zu sein.

Am Sonntag treffen wir uns wieder. Marco, Alexas frisch gebackener Ehemann, lädt uns und noch fünf andere Freunde zum Abendessen ein. Mhmmm, denke ich, als ich mir das dritte Mal vom Coq au Vin geben lasse, den hätte ich auch geheiratet. Als wir fertig geschlemmt haben, fällt mir ein, dass ich den Nachtisch vergessen habe. Seitdem mein erster und bisher letzter Versuch, eine selbst gemachte Nachspeise mitzubringen, nicht sonderlich honoriert wurde («Was, äh, ist das eigentlich?» – «Tiramisu!» – «Oh, äh, schmeckt ... interessant!» – «Meint ihr, ich habe es übertrieben mit dem Amaretto?» – «Ach was ...»), bringe ich immer Eis mit. Heute nicht.
«Kommt, Mädels, lasst uns einen Verdauungsspaziergang machen», scheuche ich Marlene und Vroni auf und erkläre ihnen draußen, dass wir jetzt schnell irgendwo Häagen-Dazs-Eis herbekommen müssen. Ist ja wohl kein Problem, Sonntag um 22 Uhr 30 in München.
Von wegen. Wir sind hier mitten in Haidhausen, und weit und breit kein geöffneter Laden. Tolle Weltstadt. Endlich finden wir eine Tankstelle. «Haben Sie Häagen-Dazs?», frage ich hoffnungsvoll den Kassenmenschen. Hilfsbereit beginnt er, mir seine verschiedenen Motorölsorten aufzuzählen. Danke, vielleicht ein andermal.
Es endet damit, dass wir mit dem Taxi zur nächsten Großtanke auf der Rosenheimer Straße fahren. Dort stehen wir vor dem Häagen-Dazs-Schrank (hurra!) und entscheiden uns schließlich für fünf Töpfe Eis.
Schon circa neunzig Minuten, nachdem wir zu unserer Runde um den Block aufgebrochen sind, treffen wir wieder bei unseren Freunden ein. Blöd nur, dass Alexa und Marco inzwischen alleine sind. Die anderen müssen halt morgen früh raus. Da sit-

zen wir nun, fünf Leute, fünf Töpfe leckerstes Eis. Klar gibt's einen Tiefkühlschrank, aber da müssen wir jetzt ohne fremde Hilfe durch! Wir lassen die Becher reihum gehen und fangen an zu spachteln. Strawberry Cheesecake muss man besonders gut im Auge behalten, damit der Topf nicht zu lange bei einem Löffler hängen bleibt. Längeres Schweigen eines Essers ist höchst verdächtig. Crème Caramel wird anfangs etwas stiefmütterlich behandelt, holt aber im Laufe des Rennens auf und schlägt am Ende sogar Macadamia Brittle. Das Beste an diesem Eis ist: a) Es stehen keine Kalorienangaben drauf, und b) man kann unendlich viel davon essen, ohne dass einem schlecht wird.

PS: Keine Nachricht von Paul. Ich fürchte, er hat mich vergessen. Was ich von mir nicht behaupten kann. Ich vermisse ihn. Leider kann ich meine Sehnsucht nicht jeden Tag in amerikanischer Eiscreme ertränken ...

DONNERSTAG, 17. OKTOBER 2002 – LIFE IS A ROLLER COASTER

Das Leben ist eine Achterbahn. Und momentan bin ich wieder mal ganz unten, dort, wo die Schwerkraft einen so richtig zusammenstaucht, wo sie auf den Magen und die Atmung drückt und man das Gefühl hat, es geht nie wieder nach oben.

Es ist nicht so, dass ich es nicht versucht hätte. Ich bin kein Jammerlappen. Ich habe in dieser Woche gearbeitet wie ein Tier (sogar mit meiner verhassten Magisterarbeit bin ich weitergekommen). Ich war schwimmen, joggen, Sushi essen, habe alte Freunde angerufen, meine Wäsche gewaschen, meinen Eltern im Garten geholfen und tatsächlich die Unterlagen für meine Steuererklärung zusammengesucht. Und zwischenzeitlich war ich schon auf dem richtigen Weg. Alles easy, Marie, habe ich

mir gesagt, es kommt, wie's kommt, you can't hurry love, in zwei Wochen wanderst du vielleicht vergnügt mit Paul durch die Berge und hast alles vergessen, worüber du dir jetzt so viele Gedanken machst ... Womit wir endlich beim Thema wären. Paul. Mein großer, blonder, himmlisch küssender Paul, dessen Stimme es schafft, mir eine wohlige Gänsehaut auf den ganzen Körper zu zaubern – er ist wieder mal vom Erdboden verschwunden. Seit einer Woche habe ich nichts mehr von ihm gehört. Und ich werde allmählich wahnsinnig. Drei Seelen wohnen, ach, in meiner Brust (Goethe).
Die eine sagt: «Er weiß, dass du leidest, wenn er sich nicht meldet. Also ist etwas passiert, was ihn vom Anrufen abhält. Fang schon mal an, dir Sorgen zu machen.»
Die zweite meint: «Sei kein hysterisches Mädchen, sondern eine souveräne Frau. Männer haben eben manchmal andere Dinge zu tun. Wichtige Dinge, aber das kannst du als Frau, der die Liebe am wichtigsten ist, natürlich nicht verstehen. Warte ab, er wird sich melden, und alles ist wieder in Butter!»
Seele Nummer drei schlägt vor: «Vergiss Paul. Wer ist eigentlich Paul? Es ist doch sonnenklar. Er hat keine Lust mehr auf dich. Er hatte seinen Spaß, und jetzt ist es vorbei. Würde er dir das mitteilen, hätte das für ihn nur Stress zur Folge. Und Stress, insbesondere mit Frauen, können Männer nicht leiden.»

Wem soll ich jetzt glauben? Wer von den dreien spricht die Wahrheit? Werde ich das je erfahren und vor allem – wann? Tapfer sein ist ganz schön anstrengend. Aber ich bin ja kein Jammerlappen. Und hysterisch auch nicht. Nein. Ich kann gut ohne Paul leben. O ja. Du wirst doch nicht heulen, Marie? Ach so, es ist nur der Druck auf die Tränendrüsen hier unten in der Achterbahn. Ja klar. Kann mal jemand das verdammte Ding wieder anschieben???

DIENSTAG, 22. OKTOBER 2002 – VON EINER, DIE AUSZOG, SPASS ZU HABEN

Zurück auf dem Boden der Tatsachen. Da mir momentan erotische und romantische Höhenflüge anscheinend nicht vergönnt sind (die einzige Nachricht, die ich seit Ewigkeiten von Paul erhielt, kam per SMS und lautete ungefähr so: «Bin unterwegs, melde mich spätestens zur nächsten Sonnenfinsternis wieder») und es auf die Dauer einfach langweilig ist, neben dem Handy auf dem Sofa zu sitzen und sich langsam, aber sicher zur «Tatort»-Expertin zu entwickeln, musste ich etwas unternehmen. Und was macht man als junge, attraktive Frau in einer Stadt wie München? Ausgehen, klar. Ich schnappte mir also Vroni, und wir zogen los.

Gärtnerplatzviertel, Samstagabend, 21 Uhr 30. Im Holy Home sind schon die Fenster beschlagen, und einige Leute sind trotz einstelliger Außentemperatur auf die Straße ausgewichen. Trotzdem quetschen wir uns noch irgendwie rein. Zum Glück weiß der Typ hinter der Bar, was wir trinken wollen. Bestellen wäre schwierig bei dem Krach. Oder wie stellt man pantomimisch Aperol Sour dar? Die Gläser in der Hand, versuchen wir Spaß zu haben. Hm, irgendwie schwierig heute Abend. Unterhalten geht nicht. Zu laut. Tanzen geht auch nicht. Zu eng. Flirten? Aussichtslos. Das Publikum hier sieht so aus, als würde es nächste Woche eine Ex in Erdkunde schreiben oder zumindest noch drei Scheine bis zum Vordiplom benötigen. Vroni und ich schütten wort- und tatenlos je drei Drinks runter und verständigen uns dann mit Handzeichen darauf, woanders hinzugehen.

Doch im Klenze 17, im Ododo, in der Aloha Bar und im Hit The Sky sieht's nicht besser bzw. leerer aus. Warum müssen sich ausgerechnet heute alle Münchner im ausgehfähigen Alter rund

um den Gärtnerplatz versammeln? Die sollen doch im Kunstpark Ecstasy schlucken, sich in Haidhausen um Parkplätze prügeln oder in Schwabing höhere Töchter aufreißen!
«Forum?», brüllt Vroni mir im Next Door ins Ohr. Ich schaue auf die Uhr und nicke heftig: «Ja, Happy Hour!»
Zehn Minuten später sitzen wir an der Bar des Café Forum, vor uns ungefähr 29 mit Eiswürfeln gefüllte Cocktailgläser nebst einem gestressten, aber nichtsdestotrotz wahnsinnig coolen und lässigen Barkeeper. Ich überlege ernsthaft, ob es eine Barkeeperverordnung gibt, in der geschrieben steht, dass ein Glas nicht einfach aus dem Regal genommen und hingestellt werden darf, sondern sich vorher mindestens achtmal in der Luft überschlagen haben muss?
Gegen ein Uhr vibriert Vronis Handy. Sie guckt drauf, fängt debil an zu grinsen, drückt mir 20 Euro in die Hand und murmelt einen Satz, in dem «Marc», «soooo süß» und «viel Spaß noch» vorkommt. Und weg ist sie. Verdattert starre ich meiner Freundin hinterher.

Eine Stunde später bin ich fast zu Hause angekommen. Ich hatte keine Lust auf U-Bahn-Fahren und habe die Strecke nach Neuhausen zu Fuß zurückgelegt. Nicht mal Ausgehen gelingt mir momentan. Frustriert schmiege ich mich in Vronis neuen Kuschelschal, den sie im Forum vergessen hat. Der gehört jetzt mir, als Entschädigung dafür, dass sie mich einfach sitzen lässt. Gerecht, oder?
Ich biege gerade in die Tür meines Wohnhauses, als ich Musik höre. Nicht laut, aber deutlich. Ich bleibe stehen und lausche, aus welcher Richtung die Töne wohl kommen. Ich trete zurück auf die Straße. Dann erkenne ich die Quelle der Musik. Vor meinem Haus parkt ein kleiner weißer Fiat Uno. Das Radio läuft und spielt klassische Musik, ich glaube, es ist Vivaldi, ein Konzert für Querflöte. Ich könnte nun beruhigt sein, «Na, hoffentlich springt der morgen an» denken und die drei Stockwer-

ke zu meiner Wohnung hinaufsteigen. Doch ich bleibe, wo ich bin. In der kalten Herbstnacht stehe ich im Stockfinstern mitten auf der verlassenen Straße und lausche dem Flötenkonzert, das aus dem Fiat Uno dringt. Ich höre das Stück noch bis zu Ende.

In meiner Wohnung blinkt der Anrufbeantworter. Eine irre Hoffnung treibt meinen Adrenalinspiegel in die Höhe. Vielleicht Paul, der festgestellt hat, dass die nächste Sonnenfinsternis in Deutschland erst am 3. September 2081 stattfindet?

Es ist Vroni. Offensichtlich postkoital entspannt und ohne den Anflug eines schlechten Gewissens fragt sie, ob wir uns morgen zum Kaffee treffen wollen. Ich glaube, ich habe keine Zeit. Geschichten von Wolke sieben kann ich momentan noch weniger gebrauchen als den nervigen GEZ-Mann vor meiner Tür. Wenn die wenigstens mal knackige junge Typen einstellen würden!

MONTAG, 28. OKTOBER 2002 – UND EWIG LOCKT DER MANN

Männer sind wirklich seltsam, ich kann es nicht oft genug wiederholen. Paul zum Beispiel, mein (na ja) Paul. Unmissverständlich hatte er mir doch am letzten Freitag klar gemacht, dass meine Anwesenheit in seinem Leben momentan so erwünscht sei wie Schimmelpilz in der Parmesandose. Er habe da ein Problem, mit dem er aber selbst klarkommen müsse, drei Ausrufezeichen!!! Ich fühlte mich an ein Kapitel aus dem Buch «Warum Frauen nicht einparken können und Männer nicht zuhören» oder so ähnlich erinnert. Darin geht es um die männliche Angewohnheit, sich bei kleineren oder größeren Krisen auf einen einsamen Felsen zurückzuziehen und keinen mit raufzulassen. Als Felsen kann übrigens auch mal der Fernsehsessel dienen. Denn wenn jeder Mann bei Problemen in die Berge fahren würde, müsste man die Salzburger Autobahn zwanzigspurig ausbauen.

Da ich eine kluge und erwachsene Frau bin, unterdrückte ich brav meinen «Ich-will-dir-helfen-weil-ich-dich-gern-habe»-Reflex und beschäftigte mich zunächst damit, mir einzureden, Pauls Problem hätte nichts mit mir zu tun und alles würde wunderschön weitergehen, wenn er sich erst wieder gefangen hätte. Doch das klappte natürlich nicht. Sondern warf weitere Fragen auf. Wann wird das sein? Wird das so sein? Was, wenn nicht? Wie lange hältst du es aus zu warten, in dieser Ungewissheit? Und vielleicht hat es doch was mit dir zu tun? Aber warum sagt er dann nichts? Das ginge mich doch wirklich was an ...

Schluss damit, Marie, sagte ich laut zu mir (dummerweise befand ich mich da gerade im Supermarkt vor dem Süßigkeitenregal – die Leute dachten bestimmt alle, ich hätte ein Pfefferminztaler-Suchtproblem). Lautlos fuhr ich fort: Du darfst deine Stimmung nicht immer so von den Männern abhängig machen. Das Leben hat noch viele andere Dinge zu bieten. Pfefferminztaler zum Beispiel.
Guten Mutes stürzte ich mich also ins Wochenende, ergötzte mich am Anblick der föhnbedingt zum Greifen nahen Alpen (geh weg aus meinem Kopf, Mit-Paul-in-den-Bergen-Traum!), begeisterte mich mit Vroni für antike Buchvitrinen und tat alles, wirklich alles, um mir Paul aus dem Kopf zu schlagen und gute Laune zu haben. Es klappte auch einigermaßen, und am Sonntagnachmittag war ich richtig gut aufgelegt.

Dann piepte mein Handy. Arglos drückte ich auf «Lesen». «Willst du meine Hände auf deinem Körper?» stand da. Es handelte sich hierbei um Pauls Hände.

Ja, es ist mir bewusst, dass ich diese SMS unbeantwortet hätte lassen sollen, dass sie wahrscheinlich nur aufgrund eines akuten Hormonstaus geschrieben und abgeschickt wurde und dass ich es mit 28 Jahren besser wissen sollte. Aber er hatte mir schließlich eine Frage gestellt, und die galt es wahrheitsgemäß zu beantworten.

Am Ende musste dann doch das warme Wasser meiner Badewanne genügen, um meinen Körper zu streicheln. Ich stellte mir vor, es seien Pauls Hände, und verfluchte innerlich Sturmtief Jeanett, das mir mit umgestürzten Bäumen und überfluteten Straßen einen Strich durch die Rechnung gemacht hatte. Und ich schimpfte mit mir selbst. Weil ich durch ein paar Kurzmitteilungen von Paul beschwingter und glücklicher bin als durch den schönsten Alpenblick, die antiksten Vitrinen und alle Pfefferminztaler dieser Welt (oder zumindest meines Supermarktes).

MITTWOCH, 30. OKTOBER 2002 – WANN IST EIN MANN EIN MANN?

Letzte Nacht hatte ich den abgefahrensten Traum meines Lebens. Dagegen sind die Verfolgungsjagd durch Bangkok, mein Tête-à-tête mit Mr. Big in seinem Wochenendhaus in den Hamptons (Carrie kratzte heulend an den Jalousien) und sogar der Lotto-Sechser mit Superzahl reiner Kinderfasching.

Letzte Nacht träumte ich, ein Mann zu sein.

Ich stehe also morgens auf und gehe erst mal aufs Klo. Das macht Spaß, Pinkeln im Stehen! Hätte ich ja nie gedacht, dass das Entleeren der Blase Freude bereiten kann. Aber gut. Für einen Dienstagmorgen ganz okay.

Unter der Dusche überprüfe ich den Zustand meines Schwanzes und meiner Hoden (alles in bester Ordnung) und überlege mir, ob ich onanieren soll. Aber dann kann ich mich nicht entscheiden, welche meiner Lieblingsphantasien (Pamela Anderson nackt am Strand? Die Massenorgie in meiner Stammkneipe? Die Maskierte auf dem Faschingsball?) ich heranziehen soll und lasse es einfach. Zu anstrengend.

Ich schmeiße das nasse Handtuch in die Ecke, es wird schon irgendwann und irgendwie wieder trocknen, ziehe Jeans und T-Shirt an, verteile großzügig Gel auf meinem Kopf und prüfe das Stadium meines erblich bedingten Haarausfalls. In meiner Tabelle trage ich die aktuelle Zentimeterzahl des Abstands zwischen Augenbraue und Haaransatz ein. Mist, wieder ein Millimeter mehr. Ich bekomme eine Glatze. Ich muss an was anderes denken, sonst werde ich noch schlecht gelaunt. Hm ... morgen Abend ist Fußball, Champions League, Bayern spielt. Ich werfe meinem Spiegelbild das unwiderstehliche «Großer-Junge»-Grinsen zu, das bei den Mädels so gut ankommt, und verlasse das Haus.

Auf dem Weg zur Arbeit komme ich an einem Plakat vorbei, auf dem das Konzert einer Britpop-Band angekündigt wird. Ich glaube, Tina hat mir davon erzählt und mich gefragt, ob ich mitkommen will. Ich bin nicht darauf eingegangen, weil der Termin erst im Dezember ist und es sein kann, dass ich dann mit den Jungs beim Skifahren bin. Hm, Tina. Die ist eigentlich schon ganz süß. Wenn ich daran denke, wie sie es mir neulich mit dem Mund besorgt hat ... Ich sollte sie mal anrufen.

Hey, du Arschloch, geh von der Straße runter, wenn du den ersten Gang nicht findest! Es ist schon seit mindestens 1,5 Sekunden grün! Grüner wird's nicht!

Im Büro gibt's eine Menge Arbeit. Wen wollte ich noch mal anrufen? Ach ja, Tina. Aber ich habe momentan so viel zu tun, da reicht die Zeit nicht mal für einen Blowjob-Quickie in der Mittagspause. Und schon gar nicht für die nötige Nachbereitung,

damit es nicht der letzte war: mindestens ein Anruf, eine E-Mail und am besten zehn SMS. «Du bist der helle Wahnsinn» zum Beispiel und noch etwas fürs Herz, «Ich vermisse dich», damit sie nicht denkt, ich wolle nur Sex von ihr. Will ich zwar, aber ... oder? Was will ich von Tina? Weiß nicht genau. Und ich habe jetzt echt keine Zeit, darüber nachzudenken. Ich werde sie in zwei Wochen mal anrufen, wenn der Stress weniger geworden ist. Sie versteht das bestimmt.
Abends treffe ich mich mit meinen Kumpels in meiner Stammkneipe. Dafür muss Zeit sein. Mann muss sich ja entspannen! Sieben Bier später wanke ich betrunken nach Hause und werfe erst mal alle Klamotten von mir. Nackt bin ich halt doch am schönsten. Auf Eurosport wird das legendäre WM-Halbfinale von 1982 zwischen Deutschland und Frankreich wiederholt. Geil. Einen 1:3-Rückstand aufholen und dann im Elfmeterschießen gewinnen. Das waren noch Männer. Nicht wie dieser Beckham mit seiner schwulen Frisur. Eher so wie ich.

Das war also in etwa mein Traum. Erleuchtet, aber auch etwas deprimiert gehe ich (ich, Marie, weiblich) unter die Dusche und überlege *nicht*, ob ich onanieren soll. Ich hänge das Handtuch ordentlich auf und spreche ein Morgengebet, obwohl ich nicht besonders religiös bin. Lieber Gott, bitte, lass Paul anders sein. Nur ein bisschen.

MONTAG, 4. NOVEMBER 2002 – NACH DEM SEX IST VOR DEM SEX

Ich mag das nicht. Das «nach dem Sex». Nicht, dass jemand mich falsch versteht – ich liebe es, erschöpft und schwer atmend auf feuchte Kissen zu sinken, Prosecco runterzukippen wie Wasser, zärtliche Küsse auszutauschen, die nicht mein Provisorium im rechten Eckzahn gefährden, dem Objekt meiner Begierde tief in die Augen zu sehen und zu spüren, wie letzte Zuckungen der gerade erfahrenen Lust meinen Körper vibrieren lassen. Das ist wunderbar.

Was ich nicht mag, ist die obligatorische und notwendige «So-jetzt-werden-wir-wieder-vom-Tier-zum-Menschen»-Phase. Ich *will* nicht wieder zum Menschen werden, zumindest nicht so schnell, will nicht wieder diese Marie sein, die ihr Studium nicht gebacken bekommt, deren Topfpflanzen ständig vertrocknen und die den frauenromanverdächtigen Wodka Absolut (und sonst nichts) im Tiefkühlfach hat.

Aber es muss sein. Also höre ich mich selbst reden, höre mich im Plauderton meine letzten Saufgeschichten zum Besten geben. Ich sehe mich mit Paul am Küchentisch sitzen, eine Zigarette rauchen, die zerzausten Haare ordnen und ihm, dem ich vor zehn Minuten noch meine Jacuzzi-Phantasie ins Ohr raunte und seine Reaktionen darauf deutlich an meiner nackten Hüfte spürte (mhmm …), belangloses Zeug aus meinem belanglosen Leben erzählen. Wir werden jetzt wieder normal, schließlich müssen wir in einer Viertelstunde beide an unseren Schreibtisch zurück.

Ich hasse mich dafür, dass ich nicht einfach die Klappe halten oder zumindest intelligente Beobachtungen von mir geben kann. So viele Zwiegespräche habe ich in den letzten Wochen mit Paul geführt – in meinem Kopf –, und jetzt fällt mir nichts mehr davon ein, was ich ihm alles sagen wollte. Ich rede, um zu reden und damit er nicht zu Wort kommt, um «du, ich muss dann allmählich mal wieder …» zu sagen.

Ich bin undankbar. Ich hatte gerade den besten Sex meines Lebens, er dauerte anderthalb Stunden, ich bin voll auf meine Kosten gekommen, und Paul ist danach nicht sofort aufgesprungen und ins Bad gerannt, sondern hat zärtlich mit dem Zeigefinger die Linie meiner Hüften und Taille nachgezeichnet – genau wie in meinem Alpen-Traum. Er war perfekt in jeder Hinsicht, und er kann nichts dafür, dass man Momente nicht festhalten kann und selbst die schönsten Minuten mal ein Ende haben.

Nach dem Sex ist vor dem Sex, könnte ich in Abwandlung eines Fußballspruches denken (denn Fußballsprüche stimmen *immer*!) und mich einfach auf das nächste Mal freuen. Ich versuche es, doch die räsonierende innere Stimme meldet sich mal wieder zu Wort: Vielleicht siehst du Paul nie wieder, gibt sie zu bedenken, möglicherweise war es das letzte Mal! Und eine kalte Angst kriecht mir den Nacken hoch. Was, wenn er mein postkoitales Geplapper genauso doof findet wie ich? Er kann ja nicht wissen, dass ich eigentlich viel tollere Gesprächsthemen auf Lager habe, die mir leider kurzfristig entfallen sind.

Stop thinking. Das ist ein Befehl. Es war doch so schön. Warum jetzt alles kaputtmachen? Ach, Paul, ich bin nicht so doof, wie du jetzt vielleicht denkst. Ich war doch nur nervös.

MITTWOCH, 6. NOVEMBER 2002 – SHANTI, SHANTI, SHANTI

Mann, bin ich schlecht gelaunt! Ich verstehe das gar nicht. Sonst laufe ich in den Tagen nach einer Begegnung mit Paul dauergrinsend durch die Gegend und terrorisiere meine Umwelt mit fröhlichem Pfeifen und einer unerträglich aufgeräumten Stimmung. Dieses Mal nicht. Dabei war es am Montag mit Paul vielleicht sogar noch toller als die Male davor. Das macht mir ein bisschen Angst. Wo soll das hinführen? Es ist ja nicht so, dass der erste Sex mit ihm schlecht gewesen wäre und es

jetzt langsam besser würde. Nein, im Gegenteil, schon das erste Mal war gigantisch. Und jetzt bin ich schon so weit, dass mir die beschreibenden Worte ausgehen. Das berühmte Erdbeben trifft es noch am ehesten.
Aber ich schweife ab. Ich bin schlecht drauf, übellaunig, kratzbürstig und ein bisschen novemberdepressiv. Also beschloss ich gestern, wieder mal in Yoga zu gehen.

Als ich nach halbstündiger Parkplatzsuche abgehetzt im Yoga-Zentrum eintreffe, hat die Stunde vor zehn Minuten begonnen. Ich stürze an dem «Du-nimm-dir-erst-mal-nen-Tee-du»-Typen am Eingang vorbei in die Umkleide und werfe mich in meine (nicht 100 % baumwollene, Schande) Sporthose. Fünf Minuten später liege ich neben 20 anderen Entspannungswilligen auf dem harten Sisalteppichboden und versuche, Leichtigkeit einzuatmen. Ehrlich gesagt, atme ich erst mal nur Räucherstäbchengestank ein, und mir wird schlecht. «Wenn Gedanken kommen, lasst sie einfach vorüberziehen wie Wolken ...», säuselt Yogalehrerin Isholdi (Isolde aus Fürstenfeldbruck). Prompt kommen sie, die Gedanken. Gedanken an Paul. Quälende Gedanken daran, dass es nicht so recht vorangeht mit ihm und mir. Angst, etwas falsch zu machen und ihn zu vergraulen. Shanti, Marie, denke ich – wenn schon Gedanken, dann wenigstens schöne! Doch nicht mal die Erinnerung an Pauls Haut auf meiner, an seine hungrigen Küsse und seinen Blick, als er meinen BH aufhakte, können helfen. Steif wie ein Brett und so entspannt wie ein 100-Meter-Läufer vor dem Start liege ich da. Das hat heute keinen Sinn.

Später sitze ich bei Vroni auf dem Sofa, wir schlürfen unseren selbst kreierten Lieblingscocktail (eine krude Mischung aus Wodka, Limettensaft, Grenadine, Cointreau und einem undefinierbaren violetten Sirup) und sehen «Sex and the City» an. Carrie ist glücklich mit ihrem neuen Freund – dann jedoch trifft sie Mr. Big auf einer Party. Gerade hatte sie ihn erfolgreich aus ihrem Leben verbannt. Kurze Zeit später – der neue Boyfriend holt gerade Kaffeefilter vom Koreaner an der Ecke – steht Big vor Carries Wohnungstür, völlig fertig, und sagt ihr, wie sehr er sie vermisse ...

«Big ist ein Arsch», stellt Vroni fest und zerbeißt lautstark einen Eiswürfel.

«Wieso ist er ein Arsch?»

«Weil er ein Arsch ist. Was fällt ihm ein, nach einem Jahr einfach wieder in ihrem Leben aufzutauchen und alles kaputtzumachen?»

«Aber wenn er sie doch noch immer liebt ...», gebe ich zu bedenken.

«Das ist keine Entschuldigung. Ein Jahr zuvor wollte er sie nicht. Jetzt ist sie über ihn hinweg, und er hat kein Recht, wieder bei ihr anzuklopfen!», murrt Vroni.

«Wenn sie über ihn hinweg wäre, würde er sie nicht so verunsichern!»

«Sie kann nicht über ihn hinwegkommen, wenn er ständig wieder auftaucht!»

«Er ist halt ihre große Liebe», sage ich nachdenklich und rühre mit dem Strohhalm in meinem Neuhausen Fizz, «und über diese eine große Liebe kommt man nie wirklich hinweg ...»

«Es sei denn, man zieht mit ihr zusammen und klaubt täglich ihre dreckigen Unterhosen vom Badezimmerboden auf!», relativiert Vroni meine Aussage.

«Du meinst wohl wöchentlich!»

Inzwischen ist der Abspann von «SatC» vorbei, und «Coupling» beginnt. Patrick, der gut ausgestattete Weiberheld der britischen Serie, wird vom «Schrumpfmann» heimgesucht. Vroni und ich kringeln uns mitleidsfrei auf dem Sofa und beglückwünschen uns gegenseitig dazu, Frauen zu sein. Darauf noch einen Neuhausen Fizz.

SAMSTAG, 9. NOVEMBER 2002 – DER GANZ NORMALE WAHNSINN

Ich glaube nicht, dass ein Mann sich vorstellen kann, zu welchen Affen sich verliebte Frauen machen. Ich rede nicht von leer gepusteten Gehirnen, blödem Gefasel und albernem Gekicher beim Date. Gemeint ist auch nicht die tagelange Vorbereitung der Frau auf ein solches, begleitet von Anrufen bei allen verfügbaren Freundinnen («Was meinst du? Ist das rote Top zu sexy? Und passt es zu dem schwarzen Rock, du weißt schon, der mit dem Lederband? Ja, meinst du? Und welche Schuhe? Mit den Colleges sehe ich aus wie 'ne Saftschubse!!!») und unweigerlich gekrönt von folgendem Ritual: Wir rupfen alle Klamotten aus dem Schrank, verteilen sie im Schlafzimmer, rennen verzweifelt zwischen Kleiderbergen hin und her und entscheiden uns letztendlich für das schwarze Top mit den Federn am Ausschnitt, weil wir in unserer Frauenzeitschrift gelesen haben, dass man Männer damit zum Anfassen verleitet. Leider ist ausgerechnet dieses Top verschwunden. Spurlos. Erneute Anrufe bei den Freundinnen: «Wann und wo hatte ich das schwarze Federtop zuletzt an?» Schreckliche Ahnung: O Gott, ich hatte es auf Ralfs Party an. Da, wo es diesen ausgezeichneten Caipirinha gab. O Gott. Habe ich es etwa dort ... Mir geht zum Beispiel bis heute ein schwarzer Wonderbra ab. Ich kann mich beim besten Willen nicht entsinnen, wo er geblieben sein könnte. Und es hat sich auch kein ehrlicher Finder gemeldet.

Im Falle des Federtops erinnert frau sich schlussendlich an den Weihnachtsabend 2000, an dem sie wieder mal nicht auf ihren Vater gehört hat («Die oberen Kerzen zuerst anzünden, Schnuppel») und daraufhin federtopbedingt im Stil von Jeanne d'Arc kurz in Flammen stand. Nicht ganz so heldenhaft, dafür aber umso hysterischer.

Nein, von dieser Sorte Zum-Affen-machen rede ich nicht. Nicht einmal von dem Paar edler kniehoher Stiefel, dem teuersten

Oberteil meiner Shopping-Karriere (musste danach 20 Teile bei H&M mitnehmen, um den Schnitt auf die normalen 15 Euro pro Teil zu senken) oder der Dior-Netzstrumpfhose für 30 Euro. Diese Sachen habe ich alle Paul zu verdanken bzw. Dates mit Paul, aus denen dann nichts wurde. Na ja.
Aber darum geht's mir gar nicht. Ich spreche hier vom ganz alltäglichen Wahnsinn im Leben einer verliebten Frau.
Das fing bei mir mit 14 an. Meine beste Freundin Sabine und ich spielten in diesem Alter noch mit Playmobil, lasen «Blitz der schwarze Hengst» und longierten uns gegenseitig auf der Wiese hinter Sabines Elternhaus. Wir waren Kinder, und Jungs fanden wir doof. Ebenso verachteten wir unsere gleichaltrigen Klassenkameradinnen, die schon mit männlichen Wesen «gingen» und diese auf der Bank am Spielplatz küssten. Igittigitt. Sabine und ich standen da drüber. Ich glaube, wir waren nicht sonderlich integriert in die Gemeinschaft der Gleichaltrigen, doch das war uns egal. Wir hatten uns und waren unzertrennlich. Und anders als die anderen. Wie cool.

Alles änderte sich an einem Dienstagmorgen vor der Geschichtsstunde. Sabine und ich lungerten vor dem Klassenzimmer herum und beobachteten die höheren Jahrgangsstufen. Auf einmal, ich weiß es noch, als sei es gestern gewesen, schubste Sabine mich an und schaute dabei ganz komisch: «Guck mal, da kommt der Sascha. Der is fei süüüüß!»
Ich schwieg. Schockiert. Paralysiert. In diesem Moment wusste ich: Das war's jetzt mit der Kindheit. Ab sofort wirst du erwachsen. Mein nächster Gedanke war: Mist, ich brauche schleunigst auch jemanden zum Süßfinden! Klar, dass es ein Typ aus dem Jahrgang zwei Klassen über uns sein musste. Das war damals einfach so. Blöd nur, dass ich keinen der Jungs kannte. Ich war nicht im Sportverein, nicht in der SMV, und auch die Schülerzeitung konnte mich nicht locken. Was also tun?

Am nächsten Tag standen Sabine und ich wieder an der Treppe und blickten auf die Jungs herab, die hinaufstiegen. Sabine hielt nach Sascha Ausschau. Als Oliver, Sabines großer Bruder, in Sichtweite kam, nahm ich meinen Mut zusammen und meinte ganz lässig zu meiner Freundin: «Du, dein Bruder schaut aber auch nicht übel aus. Eigentlich ist er sogar ganz süß!»
Von diesem Tag an war die Falle zugeschnappt. Sascha und Oliver wurden von Sabine und Marie süß gefunden, das heißt innig geliebt und heiß und verzweifelt verehrt. Blöd nur, dass die beiden nichts davon wussten. Zwei Jahre lang ging das so. Unsere Highlights waren bescheiden, ließen uns aber tagelang in Schwärmerei und Liebe taumeln.
«Er hat ‹Hi!› gesagt!!»
«Eeeeecht? Du hast es aber gut …»
«Und wie er dabei geschaut hat …»
Sabine trat dem Leichtathletikverein bei, weil Sascha dort trainierte, und ich belegte den Kurs «Tücher und Schals gekonnt drapieren» an der örtlichen VHS, um meine Klavierstunde von Mittwoch- auf Donnerstagnachmittag verlegen zu können und somit vor Oliver an der Reihe zu sein. Nie werde ich vergessen, wie er einmal zu früh dran war und mir zuhörte, als ich Beethovens Mondscheinsonate vortrug. Mucksmäuschenstill saß er hinter mir, und ich bildete mir während des Spielens ein, er habe vor lauter Ergriffenheit Tränen in den Augen. In Wahrheit säuberte er wahrscheinlich eher seine Fingernägel und freute sich, dass ich überzog und die Zeit von seiner Klavierstunde abging.
Es war trotz ausbleibenden Erfolges eine schöne Zeit. Sabine und ich hatten ein Thema bzw. zwei Themen, über die wir stundenlang und mit nicht nachlassender Begeisterung reden konnten. Jeder Satz des Angebeteten wurde analysiert, zerlegt, interpretiert. Wir verzehrten uns vor Sehnsucht, schrieben kleine Heftchen mit schlechten Gedichten voll, verzierten alle Hefte, Ordner und Bücher in dieser putzigen Wolkenschrift mit den

Namen unserer «Boys» und führten ansonsten mit Leidenschaft Listen. Diese Listen lege ich übrigens heute noch an, wenn mich ein Mann interessiert. Allerdings im Kopf, nicht mehr auf Karopapier. Damals sah das ungefähr so aus:

> *Oliver*
> Geburtstag: 28. Januar 1972 (Wassermann, super mit Waage!)
> Größe: 1,86 m (perfekt)
> Haarfarbe: braun
> Augenfarbe: grün-braun-grau
> Hobbys: Sport (Radfahren, Fußball, Volleyball, Skifahren)
> Kleidung: Jeans, T-Shirt, Sweatshirt, Pulli, braune Lederjacke, Tennissocken (bäh)
> Bevorzugte Musikrichtung: NDW, Rock, ABBA

Und so weiter. Was halt wichtig war, damals, mit 14 Jahren.

Heute, 14 Jahre später, hat frau mehr Möglichkeiten, technisch, finanziell und unabhängigkeitsbedingt. Deswegen nimmt der Wahnsinn noch groteskere Formen an. Lass Paul am Rande ein Buch erwähnen, das er gerade liest, irgendwann gelesen hat oder eventuell vorhat, in Zukunft zu lesen – noch am selben Tag geht bei amazon.de eine Bestellung von mir ein. Er hat sich mit Begeisterung den «Herrn der Ringe» im Kino angesehen? Klar, dass Marie am nächsten Abend vor der Leinwand sitzt. Dass sie schon ganz am Anfang der «Beziehung» seinen Namen in diverse Suchmaschinen eingespeist und höchst interessante Dinge über ihn herausgefunden hat, versteht sich von selbst. Wow, er hat beim Silvesterlauf 1997/98 den 149. Platz belegt und trug die Startnummer 41. Aha, sein virtueller Fußballverein beim Kicker Managerspiel nennt sich «FC Blutgrätsche». Wie aufschlussreich. Ui, auf der Fanseite der Toten Hosen gibt es einen Gästebucheintrag von ihm. Ob das wohl sein Vater ist, der dem «Modelleisenbahnverein Krefeld-Oppum» vorsitzt? Und so weiter.

Ich bin noch nicht fertig. Der Alltag einer verliebten Frau hat noch mehr abstruse Tätigkeiten zu bieten. Gerne fahren wir kilometerweite Umwege und rechtfertigen sie vor uns selbst mit Argumenten wie «super Schleichweg» oder «ist am Innsbrucker Ring nicht eine neue Baustelle, die ich so umgehen kann?», um an der Wohnung des Angebeteten vorbeizufahren. Nein, wir wollen ihn nicht sehen. Wäre ja peinlich, wenn er aus der Haustür käme, und wir tuckerten dort gerade vorbei. Wir wollen nur kurz in seiner Nähe sein oder zumindest in der Nähe seiner Wohnung.

Versteht sich von selbst, dass wir das Auto, das er fährt, täglich überall zu sehen glauben. Dabei spielt es eine untergeordnete Rolle, ob er einen dunkelblauen Golf oder einen kanariengelben alten Buick fährt.

Schließlich die Krönung des Irrsinns: Nachnamen ausprobieren. Selbstverständlich werden wir im (unwahrscheinlichen) Falle einer Heirat unseren eigenen Nachnamen behalten. Trotzdem widerstehen wir der Versuchung nicht, seinen Namen mal an unseren Vornamen dranzuhängen ... natürlich passen die beiden perfekt zueinander. So wie er und wir. Wenn das kein gutes Omen ist ...

Damit da kein Missverständnis aufkommt: Wir tun dies alles nicht, um uns anzubiedern und ihm zu gefallen. Es interessiert uns wirklich mehr als alles andere, welche Bücher er liest, Filme er sieht, wo er sich aufhält und wie er lebt. Wir wollen die Welt mit seinen Augen sehen. Vielleicht können wir ihn dann ein wenig besser verstehen.

Es ist gut, dass die Männer nicht wissen, was mit uns Frauen passiert, wenn wir verliebt sind. Zum Glück kriegen sie von alledem nichts mit, denn wir sind leise, schlau und unauffällig am Werk. Und Männer kriegen ja sowieso erst sehr spät etwas mit. Wenn die wüssten. Sie würden von blanker Panik überwältigt und – alle gleichzeitig – vor den Frauen in die Berge fliehen. Die Autobahnen wären wochenlang verstopft, die Profifußballer, sofern nicht selbst geflüchtet, bekämen die Sinnkrise angesichts gähnend leerer Stadien, und der Bierabsatz im Deutschland nördlich der Alpen würde rapide absinken. Die Frauen hingegen würden wahnsinnig werden, weil sie nicht mehr genug Beschäftigung für ihre leistungsstarken Hirne und Herzen hätten. Und das will ja schließlich keiner.

MONTAG, 11. NOVEMBER 2002 – NOBODY SAID IT WAS EASY

Meine schlechte Laune war hartnäckig. Am liebsten wäre ich Freitag und Samstag mit einem guten Buch zu Hause geblieben und hätte meine kleine Novemberdepression ausgelebt. Doch es kam sowieso anders.

Vroni hat Liebeskummer. Ihre süße Neueroberung Marc, dessentwegen sie mich neulich allein an der Bar des Café Forum sitzen ließ, ist nach drei rauschhaften Nächten über Tag zum Arschloch mutiert.
«Er sagt, er kann keine Beziehung mit einer Frau eingehen, die er übers Bett kennen gelernt hat!», erzählt Vroni mir schniefend und zwischen Empörung und Verzweiflung schwankend.
«Aber er war doch derjenige, der von dem *ganz Besonderen* zwischen euch geredet hat ...»
«... ja, und dass er diese ganzen Dating-Regeln – von wegen Sex erst beim 105. Treffen und so – verkrampft und albern findet ...»
«... und dass er sich noch nie zu einer Frau so schnell so hinge-

zogen gefühlt hat wie zu dir und auf Frauen steht, die tun, wozu sie Lust haben?»

«Ja!!!» Vroni versteht die Welt nicht mehr.

«Und jetzt sagt er, er will dich nicht, weil ihr in die Kiste gehüpft seid, bevor ihr zweimal essen wart?»

«Wir waren eigentlich nie essen», sagt Vroni nach kurzer Denkpause, «meinst du, das war falsch?»

«Hey, erinnere dich bitte daran, warum ihr nie essen wart», gebe ich zu bedenken, «weil er dich nämlich beim Abholen lieber im Flur vernascht hat.»

«Ja», schnieft Vroni, «und er sagte, wie toll er das fände, dass ich so spontan und leidenschaftlich sei und nicht so verspießt wie andere Frauen, die vor jeder Berührung um Erlaubnis gebeten werden wollen!»

«Vergiss ihn, der wollte nur seinen Spaß!», rate ich meiner Freundin und verdränge den Gedanken daran, wie oft ich Paul getroffen habe und wie oft wir dabei *nicht* miteinander im Bett waren. «Zieh dir was Nettes an, wir gehen uns betrinken!»

Das klappt natürlich so nicht. Das Thema «Marc-der-zum-Arschloch-wurde» beherrscht den Abend, und bei den Lychees im Sushi+Soul haben sie offensichtlich den Wodka vergessen. Aber wir haben es zumindest versucht.

Sonntagabend dann das Konzert von Coldplay. Ich fahre in Begleitung von Max, meinem Ex, ins Zenith in Freimann. Weil er der Einzige ist, der einen wirklich guten Musikgeschmack hat, und weil wir die Musik der vier Briten vor zwei Jahren zusammen in Schottland «entdeckt» haben. Nachdem ich dem Zwei-Meter-Schrank vor mir verklickert habe, dass sein AC/DC-Tour-Shirt (was macht der überhaupt hier??) sehr schön ist, ich es aber jetzt auswendig kann und lieber den Sänger von Coldplay sehen würde, wird es ein gigantischer Abend. Die Musik rieselt durch meinen Körper, Chris Martins Worte berühren meine Seele:

Nobody said it was easy
It's such a shame for us to part
Nobody said it was easy
No one ever said it would be this hard
Oh take me back to the start
Tell me you love me
Come back and haunt me
Oh and I rush to the start ...

Ich lehne mich an Max an, der hinter mir steht und sich zur Musik wiegt, seine Hände sind über meinem Bauch gefaltet, Bilder von schottischen Landschaften ziehen durch meinen Geist, und auf einmal fällt alles, was mich seit Wochen belastet, von mir ab.

Später liege ich allein im Bett und spüre dem Konzert nach. Wie gerne hätte ich jetzt jemanden neben mir, jemanden, der mich sehr gut und lange kennt und weiß, dass ich jetzt weder reden noch Sex haben will, jemanden, der einfach nur den Arm um mich legt und mit mir einschläft.

MITTWOCH, 13. NOVEMBER 2002 – DER PROFI-TIPP DER COSMO-HURE

Das Gespräch mit Vroni über Marc-der-zum-Arschloch-mutierte geht mir nicht aus dem Kopf. Mich beschleicht ab und an das Gefühl, meine «Beziehung» mit Paul könnte aus seiner Sicht vielleicht doch eher nur sexueller Natur sein. Okay, es sagt nicht viel aus, dass wir bei unseren bisherigen Treffen fast immer miteinander geschlafen haben, und es ist sicher auch nicht weiter beunruhigend, dass wir noch nie essen waren. Eingeladen hat er mich ja schon öfter, aber es wurde nie etwas daraus. Und doch werde ich dieses Gefühl einfach nicht los. Gut, Marie, denke ich mir, wenn es so ist – wenn es so sein sollte –, welche Konsequenzen ziehst du daraus? («Konsequenzen?», höhnt die innere Stimme, «benutze keine Fremdwörter, deren Sinn du nicht kennst!») Also, was folgt für mich aus dieser möglichen Tatsache?

Version 1: Ich bin mir zu schade für so etwas, ich rufe Paul an und sage ihm das, knallhart und unmissverständlich.

Version 2: Ich versuche, die sexuelle Beziehung mit viel Geduld und Raffinesse in eine «richtige» Beziehung umzumodeln.

Version 3: Ich akzeptiere die sexuelle Natur unserer Beziehung und genieße sie einfach.

Ich muss nicht lange überlegen. Nummer 1 entspricht nicht meiner Natur, Nummer 2 klingt anstrengend und wenig erfolgversprechend. Daran haben sich schon Scharen von Frauen die Zähne ausgebissen. Also Nummer 3. Was bleibt mir anderes übrig. Und der Sex mit Paul ist wirklich sensationell. Ich muss an eine der frühen «Sex and the City»-Folgen denken. «Sex like a man» hieß die – Carrie schnappte sich ihren Verflossenen Curt, ließ sich von ihm oral verwöhnen und hatte dann, als er sich auf den Rücken legte und sich auf seinen bzw. ihren Part freute, einen dringenden Termin. Ich erinnere mich dunkel, dass ihre Strategie am Ende der Folge nicht wirklich befriedigend aufging, aber ich bin ja nicht Carrie, Paul ist nicht Curt, und Probieren geht über Studieren.

Ich angle die aktuelle «Cosmopolitan» unter dem Couchtisch hervor und lasse mich inspirieren. Wenn schon «nur» Sex, dann richtig. Also. Weiterbildung. Mhmm, ein erotischer Adventskalender. Eine Idee für jeden Dezembertag bis Weihnachten. Na ja, man muss es ja nicht gleich übertreiben. Ich will mir Paul und seine Manneskraft noch länger erhalten. Schließlich ist er schon 36. Also weiter. Ein Artikel über eine Teilzeithure, sehr interessant. Zwischentitel: «Profi-Tipp: nichts unter dem Mantel tragen törnt Männer mehr an als die schärfsten Dessous.» Aha. Ich hielt die textilfreie Frau mit Trenchcoat für ein plattes

Klischee aus «Playboy»-Kurzgeschichten, aber wenn die Cosmo-Hure das empfiehlt?
Ich kann es ja mal antesten. Die innere Stimme («Da macht sich jemand jetzt komplett zum Affen!») ignorierend, entledige ich mich meiner Klamotten und schlüpfe in meinen Wintermantel. Zwischen Bad und Wohnzimmer fühlt sich das an wie ein Bademantel. Halb so schlimm. Aber wie ist es draußen? Bevor ich diese erotische Variante am lebenden Objekt (Paul) anwende, muss ein Testlauf her. Neuhausen – Staatsbibliothek und zurück, gebe ich mir vor, ich muss sowieso ein Buch holen. Blick aufs Thermometer. Knackige sieben Grad hat's draußen. Sind Strumpfhosen unter dem Mantel erlaubt? Oder wie macht die Cosmo-Hure das ohne Blasenentzündung? Halterlose Strümpfe, beschließe ich, sind okay. Ich fühle mich wahnsinnig verrucht, als ich die Dinger endlich dort habe, wo sie hingehören. Vor den Spiegel, Mantel zu, Mantel auf – wow. Ich sehe schon Paul vor mir, wenn ich mein Geheimnis lüfte, sehe seinen gierigen Blick, das Leuchten in seinen Augen, und dann wird er ... Halt. Erst der Testlauf.
Ich schlüpfe in schlichte College-Schuhe, man muss es ja nicht übertreiben, und verlasse mutig meine Wohnung. Gott sei Dank begegnet mir auf den drei Stockwerken nach unten niemand. Ich trete auf die Straße. Hui, das zieht ganz schön von unten, hallo Zystitis! Aber da muss ich jetzt durch. Ich will schon mein Auto aufsperren, da kommt mir ein Gedanke. Was, wenn ich einen Unfall habe und ins Krankenhaus muss? Der Dienst habende Sanitäter würde diesen Tag sicher rot in seinem Kalender anstreichen. Ich höre ihn schon abends in der Kneipe vor seinen versammelten Kumpels: «Stellt euch vor, wir hieven die Alte auf die Trage, rein in den Sanka, und ich knöpfe ihren Mantel auf für die Erstversorgung – boah, ey, denk ich mir, bin ich besoffen, oder ist das Versteckte Kamera! Das Mädel hat nichts an unter ihrem Mantel!» Ungläubige, sabbernde Blicke der anderen. «Gar nichts?» – «Nö, ey, sach ich doch, nix, nien-

te, nada, nullinger!» – «Und sah sie gut aus?», will ein Kumpel wissen und formt seine Hände zu Schalen, «Titten und so?» Bevor der Sanitäter mit roten Backen meine Anatomie beschreibt und den anderen der Sabber aus den Mundwinkeln tropft, unterbreche ich diesen Gedankengang und laufe spontan zur U-Bahn. Zwei Männer begegnen mir. Gucken die sonst auch immer so komisch, oder bilde ich mir das ein? Der Mantel geht bis über die Knie, sie können nichts sehen, Marie, beruhige ich mich. Dann die Treppe zur U-Bahn. Nächstes Problem. Die Leute, die von unten kommen, können mir bestimmt unter den Mantel gucken. In der Maillinger Straße gibt es keinen Lift. Also laufe ich zu Fuß die Nymphenburger Straße bis zum Stiglmeierplatz hinunter, dort gibt es Laufbänder, die sanft nach unten fahren. Ich schwitze jetzt schon. Mir zittern die Knie. Doch hinsetzen geht nicht. Im Stehen erscheint mir die Sache sicherer. Stunden später, so kommt es mir vor, erreiche ich endlich die StaBi. Ich eile die Gänge entlang (aber nicht zu schnell, ein Mantelknopf könnte aufgehen) und hole mein bestelltes Buch ab. Am Ausgabeschalter sitzt heute Stefan, die Sahneschnitte aus meinem Linguistik-Seminar. Alle Mädels aus dem Kurs haben ein Auge auf ihn geworfen. Er ist aber auch zum Anbeißen? Eins neunzig groß, H&M-Model-Typ, wuschelige Haare und ein sehr freches Grinsen. Ich weiß, dass er an seiner Doktorarbeit schreibt, schlau ist er also auch noch. Nicht zum Aushalten. Er wohnt in einer Altbauwohnung im Lehel, ich habe seine Adresse mal zufällig auf seinem Bibliotheksausweis gesehen. Auf dem Klingelschild steht nur sein Name. «Hi, Marie», sagt er und grinst sein Grinsen. Er kennt meinen Namen, wundere ich mich, da fährt er schon fort: «Hier ist dein Buch. Sag mal, hast du jetzt schon was vor? Ich habe hier Schluss und würde gerne einen Kaffee trinken – kommst du mit?» Ganz falscher Film, denke ich mir und kann es nicht fassen. Wie oft habe ich mir schon die langweiligen Diskussionen über die Semantik von Farbadjektiven damit versüßt, mir ein Kaffee-Date (allerdings

eher à la «Kommst noch auf'n Kaffee mit rauf?») mit Stefan-Schneckerl vorzustellen. Und jetzt fragt er mich. Und ich stehe vor ihm, im Wintermantel mit nichts drunter als ein paar zwickenden Strümpfen in «taube». Mist, Mist, Mist. «Du, äh, tut mir Leid, aber ich ...» Ich was? Ich bin leider nackt unter meinem Mantel?? «Ich habe heute nichts ...» Marie, reiß dich zusammen! Er schaut schon ganz komisch, gleich wird er seinen Röntgenblick einschalten, und dann weiß er darüber Bescheid, dass du gerade der Teilzeithure aus der «Cosmopolitan» nacheiferst! «Ich habe heute nichts ... für Linguistik getan, und nächste Woche ist doch mein Referat ...» Super. Jetzt hält er dich zwar nicht für die Oberschlampe, aber stattdessen für die Oberstreberin. Was wohl besser ist? «Schade, dann ein andermal», meint der süße Stefan, grinst erneut und denkt sich seinen Teil, als ich hastig mein Buch schnappe (aber nicht zu hastig – die Knöpfe!), «Na, dann ciao» murmele und hochroten Kopfes die StaBi verlasse.
Eine halbe Stunde später bin ich unfall- und skandalfrei wieder in meiner Wohnung. Mann, ist das anstrengend, eine verruchte Frau zu sein. Ich werde das noch üben müssen.

DONNERSTAG, 14. NOVEMBER 2002 – WAS WILL ICH EIGENTLICH?

Gestern traf ich mich mal wieder mit meinem guten Kumpel Simon. Er ist zwei Jahre jünger als ich, arbeitet für ein abgefahrenes Szenemagazin und hat derzeit das Problem, dass nur «ältere Frauen» auf ihn stehen. Für ihn sind das die 28- bis 36-Jährigen, na, danke recht schön, aber ich verzeihe ihm diese jugendliche Arroganz und höre mir lieber seine Geschichten an.
«Weißt du, eigentlich mag ich sie ja auch, die älteren Frauen», sagt er, zieht an seiner Kippe und fährt fort: «Ich finde es sehr

anziehend, wenn eine Frau weiß, was sie will. Wenn sie nicht die Krise kriegt, weil sie Samstagabend mal nicht auf die Piste geht.»
Ich überlege scharf, ob ich in letzter Zeit mal eine «Es-ist-Samstag-21-Uhr-und-ich-sollte-unterwegs-sein»-Krise hatte. Nein. Wirklich nicht. Dass ich mir ab und an selbst SMS schicke, um zu testen, ob vielleicht das Handy kaputt ist (sie kommen immer an, also hat mich doch keiner lieb), gilt nicht. Auch nicht, dass ich mich kürzlich von Computer-Hannes ins Roma (uah!) einladen ließ, weil mir zu Hause die Decke auf den Kopf fiel. Es kam halt nichts im Fernsehen, und ein gutes neues Buch war auch nicht greifbar. In diesem Punkt mache ich also beruhigt einen Haken hinter «erwachsen» und denke weiter nach. Weiß ich, was ich will?

Als ich circa 14 war, wusste ich genau, was ich wollte: nichts mehr tun müssen, was ich nicht will. Und einmal mit Sabines Bruder knutschen. Letzteres erreichte ich schlappe drei Jahre später, indem ich selbigem beim Frühlingsfest drei mit Schnaps gepanschte Maß Bier einflößte und den Willenlosen dann in mein Kinderzimmer im Haus meiner toskanaurlaubenden Eltern verschleppte. Dort knutschte ich mit ihm. Mehr wurde leider nicht draus, wie man sich vorstellen kann. Eine jungfräuliche 17-Jährige, die ein bisschen zu wenig «Bravo» gelesen hat, ein ebenso unschuldiger 19-Jähriger mit ungefähr zwei Promille und ein (!) aus dem väterlichen Nachtkästchen geklautes Kondom mit dem Haltbarkeitsdatum von 1977 – das ist nicht gerade der Stoff, aus dem nachtfüllende Sexorgien sind. Aber ich schweife vom Thema ab.
Gleich nach dem Abi hatte ich geschafft, was ich wollte. Ich tat nichts mehr, was ich nicht wollte. Keine Klavierstunden mehr, kein Basissport am Donnerstagnachmittag, kein «Räum dein Zimmer auf, morgen kommt die Putzfrau» – ich war frei. Und glücklich.

Doch jetzt tue ich schon zehn Jahre lang nichts mehr, was ich nicht will, von Steuererklärungen, Frauenarztbesuchen und Reifenwechseln mal abgesehen. Und langsam, aber sicher drängt sich die Frage auf: Was will ich? Wie soll mein Leben aussehen?
Mir fällt ein Gespräch ein, das ich vor einiger Zeit zu fortgeschrittener Stunde mit Charly, einem Freund von Max, im Lido alias Eat the Rich führte. Es bestand darin, dass wir uns stundenlang Stichworte zuwarfen. «Was wir lieben, was wir hassen» war der Titel dieser höchst anregenden Unterhaltung, die eigentlich keine war.
Was ich liebe: im Winter abends durch die Straßen gehen und heimlich in die erleuchteten Fenster gucken. Duschen. Aus dem Kino kommen und sich so komisch unwirklich fühlen. Im Biergarten knutschen und nicht merken, dass ein Gewitter vor dem Losbrechen steht und alle anderen Leute heimgegangen sind. Lieder mit Menschen verbinden, für immer. Die druckfrische «Süddeutsche» am Samstagvormittag. Das Gefühl, mal wieder ans Meer fahren zu wollen.
Was ich hasse: mich beim Einparken verschätzen und gegen den Randstein fahren. Aus einem schönen Traum durch MediaMarkt-Werbung geweckt werden. Überhaupt aus einem schönen Traum geweckt werden. Abends in der Kneipe sitzen und eigentlich lieber in der Badewanne sein wollen. Keine Zeit für Tagträume haben. Jemanden in mich hineinschauen lassen und dann merken, dass es ihn nicht interessiert.
Was ich liebe: allein sein, wenn ich allein sein will. Apfelschorle mit viel Wasser, wenn ich durstig bin. Ohne Sattel auf meinem Pferd durch den Wald reiten. Einen Tag mit Sport draußen verbringen und abends müde und erschöpft sein. Schlafen dürfen, wenn ich müde bin. Einen Menschen unterschätzt haben. Pfefferminztaler von Wissoll. Bei Föhn die Berge sehen und Sehnsucht nach ihnen bekommen. Milch in schwarzen Tee gießen und mich über die wolkigen Muster freuen. Britische Filme, in denen Pubs mit Teppichboden vorkommen.

Und so weiter. Doch hilft mir das bei der Frage: Was will ich? Ein bisschen. Aber lange nicht genug. Ich muss weiter darüber nachdenken.

DONNERSTAG, 21. NOVEMBER 2002 –
FUSSBALL UND SEINE FOLGEN

Ich komme nicht zum Nachdenken, weil immer etwas los ist. Vielleicht muss man sein kleines Leben zwischen Job(s), Supermarkt, Fernsehcouch und Kneipe nur abwechslungsreich genug gestalten, um die Frage nach dem eigentlichen Ziel bewusst aus den Augen zu verlieren. Vielleicht liegt der Sinn des Lebens darin, sich nicht zu viele Gedanken über ihn zu machen, sondern einfach zu leben. Wenn man sich im Fernsehen Interviews mit Leuten anhört, die auf irgendeine Art und Weise gehandicapt sind (Behinderung, Krankheit, Gefängnis etc.), äußern sie stets nur einen Wunsch, sie wollen «ein ganz normales Leben führen». Unter einem «ganz normalen Leben» stelle ich mir so eines wie meines vor. Arbeiten, lernen, Freizeit gestalten, Freunde haben, ein paar Hobbys, ab und zu in den Urlaub fahren, putzen, schlafen, essen, sich manchmal betrinken, viel lachen, Sex haben, ab und zu frustriert sein … Einerseits frage ich mich: Was ist daran erstrebenswert? Wenn ich in Todesanzeigen lese «Nach einem erfüllten Leben verschied viel zu früh …», läuft in meinem Kopf ein Film ab. Ich sehe ferne Landschaften, abenteuerliche Situationen, Todesnähe, ich sehe schöne Frauen und exotische Männer, wilden Sex, viele Punkte auf dem Miles&-More-Konto, ich sehe New York, Bangkok und Mexico City, sehe Macht und Reichtum, Safari-Hüte und weiße Kleider, Geburt und Tod, Kinder und alte Menschen, wilde Tiere und hohe Berge. Oder so. Ich sehe nicht mein Leben – die Uni, diverse Großraumbüros, den Laptop, die WG der Jungs, meine Zweizimmerwohnung mit dem kränkelnden Bambus, die angefan-

gene Magisterarbeit, das Haidhauser Augustiner, die Steuererklärung, den Bäcker an der Ecke.
Andererseits fühle ich mich eigentlich ganz wohl in meinem kleinen Leben. Klar will ich Abenteuer in fernen Ländern erleben, die Welt bereisen und in khakifarbenen Shorts durch Dschungel oder Wüste streifen. Aber bitte immer mit Rückflugticket. Und mein Handy hätte ich auch gerne dabei. Abenteuer light, ist es das, was ich suche? Bin ich zu feige für das wahre, wilde Leben, zu bequem? Ich sollte mal darüber nachdenken. Aber ich komme ja nicht dazu, weil immer was los ist.

Am Samstagvormittag rief Max mich an und fragte, ob ich Lust hätte, ihm bei einem Fußballturnier auf dem Land zuzusehen. Die Alternative für diesen Tag hieß Wohnungsputz, deshalb ließ ich mich recht schnell überreden und trat die Reise ins Münchner Outback an.
Einige Stunden später habe ich tatsächlich die Halle gefunden, in der das Event stattfindet. Ich betrete die Tribüne, setze mich in die erste Reihe und werde das Gefühl nicht los, von ungefähr vierzig Augenpaaren unverwandt angestarrt zu werden. Vorsichtig sehe ich mich um. Ungefähr vierzig Augenpaare gucken schnell in die andere Richtung. Ich stelle fest, dass ich das einzige weibliche Wesen weit und breit bin. Okay, es gibt für Frauen gewiss Attraktiveres als ein Fußball-Hallenturnier des örtlichen Burschenvereins. Wäre im Nachbardorf ein D&G-Lagerverkauf beheimatet, säße vielleicht auch ich nicht hier.
Ich konzentriere mich auf das Geschehen in der Halle. Freiwillige Feuerwehr gegen den FCKW (FC Kick and Win). Der FCKW kickt – und verliert haushoch. Als Nächstes laufen meine Jungs auf. Max sieht mich gleich und schießt vor lauter Begeisterung das vorentscheidende 4:0. Nach dem Spiel haben sie eine Dreiviertelstunde Pause. Und kommen zu mir auf die Tribüne. Ich muss zugeben, es ist kein schlechtes Gefühl, zwischen

so vielen strammen Fußballerwadln zu sitzen und der einzige anwesende Fan zu sein. In ihren Trikots und kurzen Hosen sehen sie alle zum Anbeißen aus, und ihre Begeisterung über das gewonnene Auftaktspiel ist ansteckend. Darauf erst mal ein isotonisches Getränk. Es sieht zwar aus wie Bier, aber die werden schon wissen, was sie tun!

Nach zwei Stunden – der neue Mankell liegt ungelesen neben mir, denn Hallenfußball ist überraschend unterhaltsam – kommt Verstärkung in Form von Marlene, und als die Jungs das Halbfinale erreicht haben, sind wir schon acht Mädels. Unsere Gesänge könnten in der Bayern-Fankurve des Olympiastadions neue Impulse setzen, und wenn einer unserer Jungs aufs Tor zustürmt, halten sich die Umsitzenden vorsichtshalber die Ohren zu. Kreiiiiiisch, das macht Spaß!

Das Wunder geschieht, und das Team «Café Neuhausen» gewinnt tatsächlich das Turnier! Nach der Pokalübergabe (und einer Sektdusche meinerseits – ist gar nicht so einfach, aus dem Ding zu trinken und dabei auch noch gut auszusehen) beschließen wir, in die Stadt zu fahren und im Eat The Rich weiterzufeiern.

Ich komme etwas später, weil ich erst mein Auto zu Hause abstelle. Zum Umziehen ist leider keine Zeit mehr. In Jeans, hellblauem Kapuzenpulli, nahezu ungeschminkt (das heißt Wimperntusche und ein bisschen Lipgloss) und mit ziemlich zerzausten Haaren quetsche ich mich in die zum Bersten volle Bar. Das Eat The Rich ist bekannt als «Baggerschuppen», allerdings werde ich dort so gut wie nie angequatscht. Und heute sowieso nicht, denke ich mir, in dem Outfit und total derangiert ... Drei Meter weiter werde ich eines Besseren belehrt.

«Wohin des Wegs, schöne Frau? Darf ich dich auf einen Caipirinha einladen?» Ich blicke mich nach dem aufgetakelten Superweib hinter mir um. Doch weit gefehlt. Da ist niemand.

Meint der Typ etwa mich? Vorsichtshalber ignoriere ich ihn (obwohl der gar nicht so übel aussieht und eigentlich ganz nett wirkt) und drängle mich weiter durch die Menge.
«Hey, Süße, das bringt doch nix, bleib halt einfach hier», grinst ein Mann vom Typ «Tigi-Haargel-Model», strahlt mich aus blauen Augen an und weist mir einen Barhocker zu. Ich bin perplex. Noch nie zuvor bin ich von so einem «Schneckerl», wie Beate sagen würde, angesprochen worden! Wenn ich sonst ins Lido gehe, geht dem eine einstündige Beauty-Session voraus, der Wonderbra wird eingesetzt, und mein Lippenstift harmoniert mit der Farbe meines Lidschattens. Doch kein Kerl bemerkt das je ...
Als ich endlich bei meinen siegreichen Jungs angelangt bin, habe ich fünf neue Sprüche gehört und drei Handynummern zugesteckt bekommen. Ob ich diesen Grunge-Look von heute nächste Woche wieder hinkriege? Ich kann doch nicht jedes Wochenende Fußball gucken und mit Sekt duschen ...

DIENSTAG, 26. NOVEMBER 2002 – WAS KOSTET DIE WELT?

Meine Mutter ruft an. Ich sehe ihre Nummer auf meinem Display und überlege, ob ich daheim bin oder nicht. Ich muss nämlich in einer Stunde los zu meiner Professorin, und das könnte knapp werden ...
«Hm, ja?»
«Schnuppel?»
«Ja-haaa ...»
«Gut, dass ich dich erwische. Du bist ja nie zu Hause, immer habe ich diesen grässlichen Anrufbeantworter dran!»
Auf den du nie sprichst, denke ich und sage: «Was gibt's denn, Mama, ich muss gleich weg!»
«Hier ist ein Brief für dich angekommen!» Papierrascheln im

Hintergrund. «Mit der Hand adressiert und eine sehr hübsche Briefmarke! Darf ich die ...» Verstärktes Rascheln.
«Klar, und bei der Gelegenheit kannst du ihn gleich öffnen und mir vorlesen!»
«Aber der ist an dich persönlich!»
«Mama ...»
«Ja gut, dann mach ich ihn mal auf, Moment ...» Sie legt den Hörer hin, um den Brieföffner zu holen. Manchmal frage ich mich, ob es wirklich notwendig war, meinen Eltern diese teure ISDN-Anlage mit Mobilteilen in jedem Raum zu installieren.
Es stellt sich heraus, dass es sich bei dem Brief um die Einladung zu einem Klassentreffen der Grundschule handelt. Ich rechne nach – 22 Jahre sind seit meiner Einschulung vergangen. O mein Gott. Ich bin alt.
«Schnuppel?!»
«Ja-ha?»
«Ich hab hier grad dein erstes Klassenfoto gefunden. Also, du bist ja sooooo süß darauf. So frech und pfiffig», flötet meine Mutter begeistert, und ich überlege, wann ich das Wort «pfiffig» das letzte Mal gehört habe. Ich glaube, eine Dorffriseuse aus Oberpframmern bezeichnete so den Haarschnitt, den sie mir verpassen wollte. Ich verließ damals fluchtartig den Salon und schmiss mein Geld wieder Tony & Guy in den Rachen ...
«Und diese ‹Was kostet die Welt›-Körperhaltung ...» Meine Mutter ist immer noch hin und weg. «Ich schick's dir mal schnell per Mail!»
Zehn Minuten später macht mein Laptop «didldidim», und ich empfange ein sauber eingescanntes, mit Photoshop bearbeitetes und auf 40 KB runtergerechnetes Klassenfoto im jpg-Format. Ich bin verblüfft. Vor einem halben Jahr hielt meine Mutter Outlook Express noch für ein Fensterputzmittel und glaubte mit einem Browser den Kalk aus der Dusche zu kriegen. Ungern erinnere ich mich an diesen Sonntagmorgen, an dem ich gerade mit meinem damaligen TNS (Three-Night-

Stand) die 8-Uhr-Potenz eines 20-jährigen Sportstudenten testete, als meine Mutter mich auf dem Handy anrief. Verzweifelt und den Tränen nahe. Der Bildschirmschoner war angegangen.
Und jetzt das.
Ich betrachte das Klassenfoto der 1a aus dem Jahre 1980 und frage mich, was wohl aus den anderen geworden ist. Aus meinem Schulweg-Ehepartner Michael zum Beispiel, der mich vier Jahre lang jeden Morgen abholte und jeden Mittag heimbegleitete. Vielleicht hat er inzwischen eine Agentur für Bodyguards?
Und was ist aus mir, Marie, geworden, 22 Jahre nach der Einschulung? Meine Haare sind circa 20 Zentimeter kürzer und vier Nuancen blonder. Quer gestreifte rosa Pullis trage ich nur noch (allein) im Bett. Frech bin ich nur noch, wenn ich mindestens zwei Gin Fizz intus habe. Genau genommen bin ich immer noch in der Ausbildung. Doch das kommt vom vielen Arbeiten – da bleibt nicht so viel Zeit für das Studium. Immer noch umgebe ich mich auf Fotos lieber mit Männern als mit Frauen. Doch heute versuche ich zu schlucken, während der Fotograf den Auslöser betätigt. Alter Model-Trick gegen Doppelkinn, habe ich mal in der «BUNTEN» gelesen.
Ich freue mich schon auf das Klassentreffen. Muss vorher unbedingt zum Friseur. Gleich mal bei Tony & Guy anrufen.
Das Telefon klingelt.
«Hm, ja?»
«Schnuppel? Ich wollte nur wissen, ob meine Mail angekommen ist!»
Ich muss lachen. Scannen und Mails mit Anhang verschicken, darin ist meine Mutter inzwischen ein Profi. Doch das Misstrauen ist geblieben ...

PS: Gestern habe ich Paul wieder gesehen. Ich hätte nie gedacht, dass ein Novembernachmittag so schön sein kann. Schöner als ein Song von Coldplay, schöner als Skifahren bei Sonnenschein und drei Grad minus, schöner als Ausschlafen an einem nebligen Sonntagmorgen, schöner als ein Big Mac nach drei Wochen Rohkostdiät. Schöner sogar als die Abendstimmung auf der Isle of Skye und das Grillenzirpen auf Karpathos. Huch, jetzt wird es kitschig. Aber, Paul, lieber Paul, du weißt schon, wie ich's meine.

MITTWOCH, 4. DEZEMBER 2002 – CAPTAIN SUBTEXT

Schade, dass diese Glückseligkeit nach Treffen mit Paul nie lange anhält. Jedes Mal werde ich süchtiger nach mehr. Und gestern war ich schon wieder am Rande der Verzweiflung. Ich musste mit jemandem reden.

Ich geb's zu – «Captain Subtext» ist nicht auf meinem Mist gewachsen. Könnte aber von mir sein, dieses Phänomen und sein Name. Bedauerlicherweise stammt er aus dem Mund von Jeff aus der Serie «Coupling».

Doch Captain Subtext ist auch außerhalb britischer Sitcoms weit verbreitet und treibt hier in München sein Unwesen. Gestern Abend zum Beispiel. Ich war mit meinem Freund Martin unterwegs. Martin ist mein bester Ratgeber, was Männerprobleme angeht. Er ist hetero, sieht gut aus (hat also Kontakt zu Frauen), kennt mich seit 15 Jahren und war lange Zeit verliebt in mich. Bis er sich im Sommer in diese brünette Schl..., äh, in Viola verguckte. Ich glaube ja nicht, dass sie die Richtige für ihn ist. Ich glaube, sie nutzt ihn nur aus, braucht einen Mann zum Vorzeigen und fürs Bett, ist aber nicht wirklich an Martins Seele interessiert. Und er fällt drauf rein, weil sie Kleidergröße 36 trägt, trotzdem eine respektable Oberweite hat und dazu auch noch ein hübsches Gesicht. Männer sind so simpel. Neulich habe ich Viola ganz aus Versehen mit «Hallo, Samantha!» begrüßt, als ich sie auf einer Party traf. Es dauerte ungefähr drei Minuten, bis sie die Frechheit begriff und sich verfärbte. Doch zu diesem Zeitpunkt befand ich mich schon in sicherer Entfernung.

Aber zurück zum Thema. Ich sitze also mit Martin im Haidhauser Augustiner. Herbert «Das Leben ist nicht fair» Grönemeyer röhrt (nix gegen seine Musik, aber haben die hier früher nicht anderen Sound gespielt?), die Luft ist blau von Zigarettenrauch, und wir fangen an, uns zu unterhalten.

«Und, wie läuft's mit Sam... Viola?», frage ich und lächle ihn an.
Captain Subtext: Ich will gar nicht wissen, was du mit der alles treibst, erspar mir die Details, sag «Och, geht so» und frag mich, was es Neues von Paul gibt. Ich muss mir nämlich was von der Seele reden und brauche deinen männlichen Rat.
«Och, geht so», sagt Martin. «Nein, eigentlich läuft es super!» Er strahlt, und ich merke, wie meine Gesichtsmuskeln sich verkrampfen.
«Sie ist wirklich total süß, ganz anders, als alle denken. Nicht der toughe männermordende Vamp. Im Grunde ist sie total sensibel, verletzlich und sehr gefühlvoll ...»
«Hm-mh, manchmal sind Menschen ganz anders, als man dem ersten Eindruck nach denkt», werfe ich ein, seufze theatralisch und puste einen Rauchkringel unter die Lampe.
Captain Subtext: Ich rede von Paul, also frag mich endlich nach ihm!
Martin kapiert. Na also. Beinahe hätte ich ihm mit dem Zaunpfahl eins überbraten müssen.
«Und bei dir, gibt's was Neues von Paul?»
«Mja, könnte man so sagen ...»

Captain Subtext: Komm, frag noch ein bisschen nach, ich will nicht den Eindruck machen, dass ich es nötig habe, darüber zu sprechen.

«Jetzt lass dir nicht alles aus der Nase ziehen. Wart ihr nur wieder zusammen im Bett, oder habt ihr endlich mal über eure Zukunft gesprochen? Ich sag's dir, Marie, der will nur mit dir in die Kiste! Sei doch nicht so verdammt naiv!»

«Sag mal, hast du eigentlich dein Auto schon verkauft? Ich wüsste da jemanden …»

Captain Subtext: Ganz falsch, mein Lieber. 10 Minuspunkte auf dem Freundschaftskonto. Ich wollte mir nicht von dir anhören, was ich selber insgeheim befürchte, ich wollte dir davon erzählen, dass Paul mir am Wochenende sagte, dass er jeden Tag Sehnsucht nach mir hat und dass er mich liebt. Ich wollte dir erzählen, dass ich ihm daraufhin schrieb, mir ginge es genauso, ich wolle aber trotzdem momentan nicht über die Zukunft nachdenken, sondern den Augenblick genießen und ihn ganz genau kennen lernen. Und dann wollte ich gerne von dir wissen, Martin, warum Paul sich seitdem nicht mehr meldet und ob das was zu bedeuten hat. Darauf hätte ich von dir gerne gehört, dass das ganz normal und harmlos ist, dass dein süßes Mariechen sich mal wieder viiiiel zu viele Gedanken macht, dass du für Paul und mich eine rosige Zukunft siehst und von Anfang an gewusst hast, dass Paul und Marie zusammengehören. Ich wäre glücklich und voller positiver Sehnsucht nach Paul heimgegangen, hätte aufgehört, ihn mit SMS zu terrorisieren, und alles wäre gut gewesen.

Während Martin die letzten Wartungen und Jahresinspektionen seines VW Polo referiert, tippe ich unter dem Tisch eine weitere SMS an Paul.

«Was sagst du dazu, wie die Unterhachinger Rostock aus dem DFB-Pokal gekickt haben? Cool, oder?»

Captain Subtext: Vergiss mich nicht! Melde dich! Ich halte das nicht länger aus ohne dich, Paul!

MONTAG, 9. DEZEMBER 2002 – ON THE ROAD

Am Wochenende besuchte ich Beate in Stuttgart, wo sie gerade ein Engagement hat. Sie singt Weihnachtslieder in kalten Kirchen. Als Ausgleich dazu schlugen wir uns die Nacht in einer heißen Bar um die Ohren. Wir lernten großzügige Schwaben kennen, einen melancholischen Rheinländer und einen ganz und gar nicht steifen Hamburger. So viel zum Thema Vorurteile und deren Beseitigung.

Gestern fuhr ich dann leicht verkatert und in typischer Sonntagnachmittagsstimmung zurück nach München. Im CD-Player trug Robbie Williams sein neues Werk vor, ich dachte an seinen genialen Auftritt bei «Wetten dass ...?» am Vortag (für den «FC Scheiße» statt Schalke und diesen unschuldig-treuherzigen Blick hätte ich dich knutschen können, Robbie. Na ja, nicht nur dafür. Überhaupt. Generell. Okay, reicht wieder) und sang viermal hintereinander laut Track 6 mit:

> *Tryin' to love somebody*
> *Just wanna love somebody right now*
> *There's just no pleasing me*
> *Tryin' to love somebody*
> *Just want to love somebody right now*
> *Baby lay your love on me ...*

Perfekt. Draußen wurde es dunkel, schwäbische Weihnachtsbäum(l)e flogen am Autofenster vorbei, und Marie war die einsame Heldin der Autobahn. Die profanen Freuden der vorigen

Nacht (Musik, Alkohol, Tanz) konnten sie nur kurzzeitig von ihrem tief empfundenen Weltschmerz ablenken. Kluge Menschen können nicht dauerhaft glücklich sein, weil sie viel zu viel nachdenken. Wie war das – «Das Genie geht an der Welt zugrunde» oder so ähnlich? Und natürlich befindet diese tragische Heldin Marie sich nicht in einer kuschelig-puscheligen, heimeligen Zweierbeziehung à la «Was kommt denn heute im Fernsehen, Liebling?» oder «Morgen sind wir bei Tom und Sandra eingeladen», sondern lebt eine vermutlich aussichtslose, deswegen aber wahnsinnig leidenschaftliche und einmalige Liebe zu einem Mann, der sie zwar schrecklich begehrt, sie aber aus irgendeinem Grund nicht haben will oder kann. Ach, wie bin ich doch anders als die anderen, keine zentralgeheizte Romantik zwischen IKEA-Vitrine und Kirschbaumimitat-Laminat, keine Pärchenhandschuhe zum Nikolaus und keine peinlichen Kosenamen. Ich unterdrücke mit Gewalt den Gedanken daran, wie gerne ich sonntags mal «Hattrick – 2. Liga» mit Paul gucken würde und dass ich nicht unbedingt was dagegen hätte, mit ihm bei Tom und Sandra oder Jens und Margit eingeladen zu sein. Sogar die Vorstellung, von Paul beim samstäglichen Einkauf gefragt zu werden, ob noch Eier vorhanden seien oder wir welche kaufen müssten, entbehrt nicht eines gewissen Reizes ... Schnell kurble ich das Fenster runter und zünde mir eine Zigarette an. Das darf doch wohl nicht wahr sein. Derartige Anwandlungen kann ich wirklich nur meinem durch Verliebtheit verblendeten Zustand zuschreiben.

Ich wechsle die CD und lege die ein, die Paul und ich hörten, als wir das letzte Mal miteinander schliefen. 18 von Moby. Ich liebe diese Scheibe. Das einsame, tapfere Autobahncowgirl Marie passiert Ulm-Elchingen, während Moby singt: «I fly so high and fall so low.» Sie fragt sich nicht, was sie ihrem Pantoffel tragenden So-gut-wie-Ehemann am Abend kochen soll, sondern erinnert sich mit einem Ziehen im Magen an die unanständigen Worte, die Paul ihr ins Ohr flüsterte, als er sie im Hausflur nahm, weil der Weg ins Schlafzimmer vor lauter Lust zu weit war. Sie denkt mit Gänsehaut daran, wie er aufstöhnt, wenn ihre Hand unter sein T-Shirt fährt und unter den Bund seiner Calvin Kleins gleitet. Und wie sich seine weichen Haare dabei anfühlen. Sie liebt Paul für diese Momente, aber sie liebt ihn noch wegen tausend anderer Kleinigkeiten, von denen es so viele erst zu entdecken gibt. Sie liebt ihn für die Art, wie er sie ansieht, wenn sie spricht. Dafür, dass er ihr manchmal nicht einfach Feuer gibt, sondern ihr eine Zigarette in seinem Mund anzündet und dann rüberreicht. Dafür, dass er sie «Süße» nennt, was sonst kein Mann darf. Dafür, dass seine Hände zittern, wenn er ihr die Tür aufmacht, und dass er dann behauptet, er zittere immer. Dafür, dass sie sich traut, ihm Gedichte zu schicken. Dafür, dass sie sich schön fühlt, wenn sie bei ihm ist. Dafür, dass er manchmal schwer zu durchschauen ist und ihr Rätsel aufgibt. Dafür, dass sie schon tausend Tode gestorben ist aus Angst, ihn nicht wiederzusehen.

Ich frage mich, wie es wohl weitergeht mit Paul und mir. Ob ich sein Geheimnis herausfinden werde – warum er mich nicht will. Und ob ich es überhaupt herausfinden will.

Mein Handy piept. Bevor ich es aus der Tasche gekramt habe, weiß ich, dass es Paul ist, der mir schreibt. Ich zähle Weihnachtsbaum Nummer 47, lese das Schild «München 98 km» und freue mich, dass ich noch nicht gleich zu Hause bin.

MITTWOCH, 11. DEZEMBER 2002 – DER SCHÖNE ANDI

Heute Morgen ging mein erster Blick zum Handy. Ich erhoffte eine Kurzmitteilung, die mir sagt, dass ich eine E-Mail bekommen habe, welche mir mitteilt, dass Paul meine E-Card mit dem Gedicht, die ich ihm letzte Woche schickte, abgeholt hat.

Kompliziert? Ach was. Ich bin eben eine moderne Frau und total vernetzt. Habe es zwar immer noch nicht geschafft, mein WAP-Handy so zu konfigurieren, dass ich nachgucken kann, ob es gerade regnet oder schneit, aber ich bekomme immer mit, wenn mir jemand eine Mail schickt. Jedenfalls blieb das Handy-Display heute leer und meine schöne Karte ungelesen. Hmpf.

Im Radio erzählt der Alfons aus Unterbirnbach, dass er heute elf Grad unter null gemessen hat (wen interessiert's?? Ich merke selber, dass ich friere!), als ich nackt und nass vom Duschen durch meine Wohnung tappe und das Mobiltelefon suche, das gepiept hat. Hurra, eine Nachricht. Lesen. Hm, weder von Paul noch von GMX. Wer zum Teufel schreibt mir da? «Hallo, schöne Frau, es war toll mit dir gestern Abend. Ich hoffe, wir sehen uns bald wieder. Du bist echt der Hammer. Ich denke an dich, Andi.» Andi??? Welcher Andi? Andi … Ich brauche einen Kaffee.

Zehn Minuten später sitze ich im Frotteebademantel am Küchentisch, und langsam kommt die Erinnerung zurück. Andi. Der «schöne Andi». Die Party. Die Caipi-Bar. Eigentlich bin ich ja nur wegen Vroni mitgegangen. Nachdem sie Marc-der-zum-Arschloch-wurde endlich in den Wind geschossen hat, sei sie offen für neue Begegnungen, sagte sie, und diese Party im Schickimicki-Laden Erste Liga sei die ideale Gelegenheit, um mal wieder unseren Marktwert zu testen.

Meiner ist erhöht dank meiner neuen schwarzen Corsage aus dem Kokaii-Lagerverkauf. Ich fühle mich sehr vamphaft, männermordend und verwegen. Trotzdem muss ich mir ein bisschen Mut antrinken. Vroni und ich tanzen gerade ausgelassen zu «Merry Christmas» von Shakin' Stevens, ich vergesse meine Angst, dass mein Busen aus der Corsage hüpfen könnte, und es ist richtig lustig. Da steht er plötzlich vor mir. Groß, dunkelhaarig, wahnsinnig gut aussehend, duftend, grinsend. Der schöne Andi. «Hallo, Marie», sagt er mit seiner umwerfend männlichen Stimme, «ich hätte dich beinahe nicht erkannt!» Gott sei Dank, denke ich, als wir uns das letzte Mal sahen, war ich 19, trug einen langen Zopf mit Samthaargummi, zu kurze Jeans, eine Weste mit Paisley-Muster und dachte, Schminken hieße, möglichst viel dunklen Lippenstift aufzutragen. Wie war ich in ihn verliebt, in den schönen Andi, den jede wollte. Ich kaufte mir damals sogar eine Flasche mit seinem After Shave (das obligatorische Cool Water, glaube ich) und tröpfelte ein wenig davon auf mein Kopfkissen, um von ihm zu träumen.

Und jetzt steht er vor mir und strahlt mich an! Freut sich, uns zu sehen, mich und meine Corsage. Wir quatschen ein wenig über frühere Zeiten. Ich merke, dass er noch cooler und smarter ist als damals. Er arbeitet als Richter, hmmmm, wenn ich mir ihn so in seiner Robe vorstelle ... Ich erzähle aus meinem Leben, hebe den gut bezahlten Job hervor und lasse elegant unter den Tisch fallen, dass ich immer noch kein Magisterzeugnis habe. Was dann passiert, ist wie aus einer Soap, deren Autor eine mittlere Schaffenskrise hat. Der DJ legt einen langsamen Song auf, und Andi sieht mich schweigend an. Dann nimmt er mich an den nackten Schultern, dreht mich ein bisschen, bis ich mit dem Rücken zur Wand stehe, drückt mich sanft gegen letztere und küsst mich ... «Nicht doch!», fährt es mir durch den Kopf, und für einen Moment flammt Pauls geliebtes Gesicht vor meinem inneren Auge auf. Doch es ist schon zu spät. Ich werde geküsst und küsse. Und das Teufelchen auf meiner Schulter (ja, genau das aus dem Lied «Jein» von Fettes Brot) sagt: «Du wolltest ihn immer haben und er dich nicht. Jetzt will er dich, also nimm ihn dir und denk nicht an Paul. Selbst schuld, wenn er sich nicht um dich kümmert. Außerdem hast du keine Beziehung mit ihm, du bist frei, also – go ahead! Der Sinn des

Lebens liegt im gegenwärtigen Moment!» Als das Teufelchen fertig ist mit seiner Predigt, bin ich mitten in einer wilden Knutscherei mit dem schönen Andi. Ich spüre die neidischen Blicke der umstehenden Frauen und merke, wie mir Knie und Wille weich werden ...

Ich brauche eine Zigarette. Wo ist das Teufelchen heute, am Morgen danach? Allein das Engelchen (wo warst du gestern??) lässt sich blicken und guckt vorwurfsvoll. «Ja, ich weiß, was du sagen willst, also spar dir die Worte!», fauche ich es an und werfe mein Feuerzeug nach ihm. Es zieht die goldenen Augenbrauen hoch und flattert kopfschüttelnd davon. Da sitze ich nun, allein gelassen mit einer Mischung aus schlechtem Gewissen, Trotz und dem guten Gefühl, von einem umwerfenden Mann begehrt zu werden. Und es bleibt die Frage: Was genau ist noch passiert? Offensichtlich habe ich ihn nicht mit nach Hause genommen. Puh. Bei ihm waren wir auch nicht, das wüsste ich wohl noch. Ich rufe Vroni an.
«Süße, weißt du, was Andi und ich gestern ... ich meine, wie weit ...?», frage ich kleinlaut.
«Sachmaweissuwievieluhresis??», krächzt es aus dem Hörer, «mentmal.» Ich höre Wasserrauschen und Gurgeln. Dann Vroni, schon artikulierter: «Keine Panik. Alles im grünen Bereich. Du bist nach einer halben Stunde Knutschen umgekippt – Sauerstoffmangel, vermute ich», sie kichert ein bisschen hämisch, «und dann hat Andi uns zu dir gefahren, und wir haben dich ins Bett gebracht. Er hat deine Hand gehalten, war sehr besorgt und wahnsinnig süß. Zufrieden?»
«Hm-hm ...»
Peinlich. Umgekippt. Na ja, immerhin hat mich das vor Schlimmerem bewahrt ...

Das Handy piept wieder. Andi again. «Darf ich dich morgen Abend zum Essen einladen?»

Ooooouuuuh. Was soll ich nur tun. Ich wollte doch morgen Paul sehen.

Apropos Paul. Wo steckt eigentlich Paul?

DIENSTAG, 17. DEZEMBER 2002 – JUCHHE AUF DER ALM

Bevor ich über mein erstes Skiwochenende dieser Saison berichte, noch ein Nachtrag zu Paul und dem schönen Andi. Ich entschied mich am Donnerstag – natürlich – für Paul. Wenn ich ehrlich bin, habe ich keine Sekunde darüber nachgedacht, Glühweintrinken mit Paul (inklusive Busfahren, eiskalten Füßen, roter Nase und beschwipstem Geplappere meinerseits) gegen ein Essen mit Andi (inklusive Abgeholtwerden im BMW, dem besten Tisch im angesagtesten Lokal, edlem Wein und erlesenen Komplimenten) einzutauschen. Erstens ist Andis Welt nicht die meine (ich fühle mich in seinen Locations immer wie Aschenputtel mit zwei linken Füßen und grundsätzlich falsch gekleidet), und zweitens vermisste ich Paul schon wieder ganz schrecklich.
Ich stand also mit Paul am Glühweinstand, und wir unterhielten uns. Er sah soooo sexy aus mit seiner Wollmütze. 99 Prozent der Männer ähneln mit solch einer Kopfbedeckung auf frappierende Weise einem Mitglied der Panzerknackerbande oder lassen einen befürchten, sie könnten gleich anfangen, «Das ist mein Herz aus Glaaaa-haaas» zu singen. Nicht so Paul. Ich hätte ihn auffressen können vor Zuneigung, Bewunderung und Liebe. Gerade, als ich überlegte, ob er wohl sauer wäre, wenn ich seine lustige Story vom duschenden Boris Becker unterbrechen und ihn einfach küssen würde, trat ein edler Lodenmantel mit Kaschmirschal und schweinsledernem Aktenkoffer zu uns. Der schöne Andi. Eine Flucht war zwecklos.

«Hallo, Marie!», sagte er. «Du hier? Ich dachte, du bist heute in Hamburg und kannst deswegen nicht mit mir essen gehen?»
Im Lügen war ich noch nie gut. Mist, Mist, Mist.
«Hiiii, Andi!! Äh, ich, also, umpf, weißt du ...», stotterte ich, doch er hatte inzwischen Paul entdeckt, der schweigend dastand und die schöne Stirn unter seiner Mütze runzelte.
«Ah, grüß Gott!», sagte Andi betont höflich, «na, dann will ich nicht weiter stören. Schönen Abend noch!» Und weg war er.
Ich atmete auf und ermunterte Paul, seine Geschichte weiterzuerzählen. Doch der war auf einmal ganz seltsam.
«Wer war'n das?»
«Och, das war nur der schö... der Andi, den kenn ich schon gaaaaanz lang, ein alter Kumpel!», rief ich, eine Spur zu fröhlich.
«Soso. Der schöne Andi.» Puh, kann Paul finster schauen!!
Ich konnte es nicht fassen. Paul war eifersüchtig. Meinetwegen. Innerlich jubilierend, hatte ich alle Mühe, ihn wieder zum Lächeln zu bringen. Hinterher an der Bushaltestelle wollte er mich gar nicht freiwillig küssen. Er guckte einfach geradeaus. Dummerweise bin ich circa 21 Zentimeter kleiner als er, da helfen auch die Stiefel mit den hohen Absätzen nichts. Ich musste meinen verführerischsten Kind-und-Vamp-Blick aufsetzen und ihn zwei Minuten lang an der Jacke zupfen, bis er endlich weich wurde und sich zu mir hinunterbeugte ...

Doch jetzt zum Skiwochenende. Jeder Münchner hat sich ja sicher schon mal gefragt: Wo befindet sich die Wiesn, wenn gerade nicht Oktoberfest ist? Ich weiß es jetzt. Sie befindet sich in der Edelweißhütte in Obertauern. Unglaublich. Um 15 Uhr, draußen schien die helle Nachmittagssonne, fielen wir (ungefähr 20 Jungs und fünf Mädels) in besagte Hütte ein. Kurz vor 16 Uhr ging es zu wie bei Karstadt zu Beginn des Sommerschlussverkaufs. Punkt 16 Uhr dann auf einmal laute Musik: «Juchhe auf da Oim, juchhe auf da Hüttn!» Ich sah mir selbst verwundert zu, wie ich innerhalb von zwei Minuten von Stimmung null («Mann, ist das voll hier, wo bleibt mein Bier, und überhaupt, ich will hier raus!») auf Stimmung hundert (gröl, tanz, trink, schäker) katapultiert wurde. Ein groteskes Bild – Menschen in Skistiefeln, die auf den Bänken ausgelassen Sirtaki tanzen. Die alte Frage – warum entblößen immer nur die unsportlichen, am Rücken behaarten und tendenziell unappetitlichen Männer ihre Oberkörper? Ein Exemplar dieser Sorte stand direkt neben mir und präsentierte mir stolzgeschwellt und mit erhobenen Armen tanzend seinen männlich-herben Duft. Sollte mich wohl anmachen. Uargh. Zum Glück retteten mich die fünf Minuten zuvor kennen gelernten original «Steyrer Buam», indem sie den Nackerten fast unmerklich, aber bestimmt von mir abdrängten. Danke, Jungs.

Exakt zwei Stunden und etliche Hüttenkracher à la «Schifoan», «Skandal im Sperrbezirk» und «Ketchup Song» später war dann abrupt Schluss. «Polizeistund», rief der DJ und scheuchte alle aus der Hütte. Tja. Gar nicht so einfach, nach vier Weißbier und im Stockfinstern a) die vorher irgendwo hingeschmissenen Skier zu finden, b) sie anzuschnallen (dazu muss man kurz auf einem Bein stehen, für alle Nichtalpinisten) und c) damit einen steilen Berg hinunterzufahren. Zum Glück gab es Bernd, an den ich mich dabei kreischend und quietschend klammern durfte. Bis zum «Schirm», dem nächsten Einkehrpunkt unten am Ende der Skipiste. Danach weiß ich nicht mehr allzu viel. Ist aber vielleicht auch besser so ...

DONNERSTAG, 19. DEZEMBER 2002 – LUST

Heute Morgen wache ich ungewöhnlich früh auf. Der Radiowecker zeigt 6 Uhr 30. Ich bin putzmunter, obwohl ich gestern erst um zwei ins Bett gekommen bin. In meinem Magen kribbelt es. Das erinnert mich an das Gefühl, das ich als sechsjähriges Mädchen hatte, wenn mein Geburtstag endlich da war und ich ab fünf Uhr morgens schlaflos dem Moment entgegenfieberte, an dem meine Eltern mit einer brennenden Kerze an mein Bett traten, flüsternd und wispernd («Pssssst, sie wacht gleich auf!»), und dann mit noch morgenrauer Stimme «Happy birthday to you» sangen. Danach gab's Geschenke.

Hab ich was verpasst? Ist heute schon Weihnachten, steht ein besonderer Termin an, ist ein spezieller Tag? Mir fällt nichts ein. Außer dass ich heute unbedingt meine Lohnsteuerkarte abgeben und die Zahnarztrechnung bezahlen muss. Das kann's ja auch nicht sein. Vorsichtshalber stehe ich mal auf.

Als ich aus der Dusche komme, stürze ich mich nicht wie sonst so schnell wie möglich in die Klamotten, sondern bleibe nackt vor dem Spiegel stehen und betrachte mich. Es gefällt mir, was ich da sehe. Auch mal was Neues. Normalerweise finde ich immer etwas zu meckern, wenn es um meinen Körper geht. Doch heute ... Ich creme mich ein und schaue dabei in den Spiegel. Gut, dass mich keiner sehen kann. Wie furchtbar narzistisch. Als ich die gute Kanebo Creme auf meinen Busen auftrage, wird mir bewusst, was los ist. Ich habe Lust. Ich fühle mich zum Bersten sexy. Ich will angesehen werden, geküsst, angepackt, berührt, ich will Sex. Jetzt. Sofort. Auf der Stelle. Nicht heute Abend und nicht heute Nacht. Jetzt, um drei viertel sieben an einem nebligen Donnerstagmorgen. Dumm nur, dass kein Mann in Sicht ist. Mein Magen zieht sich schmerzhaft zusammen, als ich mir vorstelle, wie es wäre, wenn jetzt einer in mein Bad treten würde. Er müsste groß sein, so groß wie Paul, blond, wenn's geht, gut gebaut und frisch geduscht. Und nackt. AAAAAAAH. In meinem momentanen Zustand könnte ich für nichts garantieren. Nur dafür, dass der Gute diesen Morgen nie in seinem Leben vergessen würde. Ich würde ihn ... Aber stopp. Marie, es ist kein Mann greifbar und schon gar nicht Paul!

So betrachtet, fühle ich mich plötzlich gar nicht mehr so gut. Irgendwie ... billig wirkt meine eigene Lust plötzlich auf mich. Bin so frustriert. Unbefriedigt. Wie blöd. Nur weil ich eine allein stehende (dieses Wort!! Grässlich, ich muss dabei an alte Frauen in Seniorenwohnheimen mit lila Alpenveilchen auf dem Fensterbrett denken) Frau bin, die aus unerfindlichen Gründen donnerstagmorgens gegen sieben Lust auf Sex hat, muss ich mich doch nicht schämen. Ich spiele mit dem Gedanken, Paul eine eindeutige SMS zu schicken. Er hat das schließlich schon oft genug getan, und ich fand das immer wahnsinnig erregend. Doch ich zögere. Was, wenn er einfach nicht darauf antwortet? Ich kann mir lebhaft vorstellen, wie mies ich mich dann fühlen würde. Ein triebgesteuertes Wesen. Und wer weiß, in welcher Situation ich ihn erwischen würde. Schlimmstenfalls in einer, in der er an alles denkt, nur nicht an Sex mit mir. Er könnte lachen oder den Respekt vor mir verlieren. Nein. Ich lasse das lieber. Obwohl ... Wenn er jetzt Zeit hätte ... Gott, was ist heute nur mit mir los? So kenne ich mich ja gar nicht!

Die Lust hält an. So einfach lässt sie sich nicht verscheuchen. Als ich im Auto ins Büro fahre (gut, dass heute ein Job-Tag ist), höre ich Radio und bin völlig verständnislos für die Themen, über die sich die Leute Gedanken machen. Weiße Weihnachten oder wieder nicht? Gans oder Ente an Heiligabend? Silvesterparty auf dem Tollwood oder am Friedensengel? Meine Herren, wie unwichtig ist das doch alles. Nebensächlichkeiten, die sich sowieso irgendwie ergeben werden. Ich, Marie, habe ein existenzielles Problem. Ich bin jung, schön, sexy, aber keinen interessiert es! Verschwendete Schönheit. Glatte, weiche Haut, die keiner anfasst. Kurven, die niemand mit den Fingern nachzeichnet. Ein knackiger Hintern, der nicht von zwei kräftigen Männerhänden umgriffen wird.

So, ich muss jetzt schleunigst an was anderes denken. Das ist ja frustrierend. Habe ich die Lohnsteuerkarte jetzt eingesteckt oder nicht? Und wo, verflixt nochmal, ist die blöde Zahnarztrechnung???

SAMSTAG, 21. DEZEMBER 2002 – DER MANN, DAS EWIGE RÄTSEL

Den schönen Andi habe ich endgültig vergrault. Ich habe ihn versetzt, angelogen und meine Schwindelei ist aufgeflogen – und das auch noch vor den Augen eines Konkurrenten. Den sehe ich nie wieder.
Davon war ich fest überzeugt, bis – ja, bis ich heute einen Anruf von ihm erhielt. Nichts ahnend ging ich an mein Handy, das nur «unbekannter Teilnehmer» anzeigte.

«Hallo, Marie, wie geht's dir?» Er klingt fröhlich und aufgeräumt, als sei nichts gewesen!
«Oh, hallo Andi», sage ich, immer noch leicht misstrauisch.
«Marie, ich weiß, es ist Samstag und du hast sicher schon was vor, aber ... wenn du zufällig noch nicht verabredet sein solltest, würdest du dann mit mir auf eine Party gehen?»

Er ist tatsächlich nicht böse. Und er will mit mir weggehen. Am Samstagabend. Auf eine private Party. Man weiß ja, was das bedeutet. Wenn du einem Mann nicht besonders wichtig bist bzw. am Anfang einer sich anbahnenden Beziehung mit ihm stehst, dann lädt er dich an einem Montag-, Dienstag- oder Mittwochabend zum Essen ein. Donnerstag ist in Großstädten schon wieder viel zu sehr «Ausgehtag», da trifft man sich mit Freunden und geht in Clubs tanzen, die donnerstags die coolste Musik und die trendigsten Gäste haben. Freitag ist tabu und Samstag sowieso. Sonntag hingegen ist der Tag für Pärchen, die schon Pärchen sind. So ist das. Und wenn ein Mann eine Frau auf eine private Party mitnimmt, heißt das, dass er sich a) gerne vor seinen Freunden mit ihr zeigt und b) es in Kauf nimmt, sie nicht mehr so einfach ignorieren und unter «Wie hieß die Blonde aus der Ersten Liga gleich nochmal?» ablegen zu können, wenn sie ihn nach einer Weile langweilen oder nerven sollte. Zumindest eine Freundschaft muss er ihr später vortäuschen, wenn er private Partys mit ihr besucht. So ist das.

«Marie, bist du noch dran?», will der schöne Andi wissen. Mist, jetzt ist mir durch diese Gedanken wertvolle Ausredenfindezeit verloren gegangen. Blöderweise habe ich heute Abend wirklich nichts vor. Ich bin schlecht gelaunt und wollte meinen Vorweihnachtsfrust alleine mit einer Flasche Rotwein und «Deutschland sucht den Superstar» (sehr frustverstärkungsgeeignet) kultivieren.
«So ein Zufall, gerade hat mir Vroni abgesagt, weil sie Kopfweh hat!», trällere ich in den Hörer. Schon wieder eine Lüge. Na ja.
«Prima, dann hole ich dich gegen halb neun ab, okay?», freut sich Andi.

Ich bin verwirrt. Und resümiere: Ich habe Andis Essenseinladung nicht angenommen, ihn angelogen, ihn vor einem anderen Mann in eine peinliche Situation gebracht und danach nicht den Mumm gehabt, ihn anzurufen und mich zu entschuldigen. Ich habe mich gar nicht mehr bei ihm gemeldet. Das war am einfachsten. Kurz, ich habe ihn schlecht behandelt und kein Interesse an ihm bekundet. Im Gegenteil.

Ich fasse weiter zusammen: Ich habe mich bei Paul in poetischen Worten für den wunderschönen Weihnachtsmarktabend bedankt, ihm noch ein paar nette SMS geschickt, ein Weihnachtsgeschenk für ihn liegt fertig verpackt neben mir. Ich habe ihm gesagt, dass ich ihn vermissen werde über die Feiertage und dass ich ihm gerne persönlich ein frohes Fest wünschen würde. Kurz, ich habe ihn gut behandelt und ihm das Gefühl gegeben, dass mir was an ihm liegt.

Was folgt daraus? Paul hat dieses Jahr keine Zeit mehr für mich, er fährt mit Freunden in die Berge und ist im Vorbereitungsstress. Ich werde ihn erst nächstes Jahr wiedersehen, und ich fürchte, ich werde an Silvester um 00 Uhr 01 vergeblich auf eine SMS mit einem sehnsuchtsvollen Neujahrskuss warten. Hoffentlich ist das Netz überlastet, dann kann ich es wenigstens darauf schieben.
Andi hingegen geht aufs Ganze und lädt mich samstagabends ein, ihn auf eine Party zu begleiten. Er ist definitiv interessiert an mir. Obwohl ich ihn behandelt habe wie den letzten Dreck.

Weil, Marie, weil! Wieso weil? Weil was? *Weil* du ihn schlecht behandelt hast, läuft er dir hinterher, sagt meine innere Stimme belehrend. Ja, ja, Jagdinstinkt, Beute, Eroberungstrieb, entgegne ich, das kenne ich doch, du hast wohl zu viele Frauenzeitschriften gelesen, das ist doch alter Käse, und daran sollte im 21. Jahrhundert keine Frau mehr glauben! Die innere Stimme hebt nur die Augenbrauen (haben Stimmen Augenbrauen?) und schweigt spöttisch. Und sie hat natürlich Recht. Das Exempel war deutlich genug. Dumm nur, dass mir das erfolgreiche Schlechtbehandeln von Männern nur bei Exemplaren gelingt, die mich nicht wirklich interessieren. Wenn mir etwas an einem Mann liegt, mutiere ich zum prima Beispiel für den «Don't»-Kasten eines jeden Frauenzeitschriften-Artikels zum Thema «So kriegen Sie ihn – 10 Wege, sich den Traummann zu angeln». Ich habe fast immer Zeit, wenn er mich sehen will (auch wenn ich dafür wochenlang verabredete «Mal wieder in Ruhe quatschen»-Abende mit lieben Freundinnen canceln muss oder Nachtschichten einlege, um meine Arbeit zu schaffen), ich schreibe definitiv zu viele SMS, ich beantworte Mails, Anrufe und Kurznachrichten vor Ablauf der 12-Stunden-Frist, ich sage ihm, wenn ich ihn vermisse oder scharf auf ihn bin.

Ganz falsch. Weiß ich doch. Aber wenn einer sich nur für mich interessiert, weil er mich erobern muss und so zwischen Bürosessel, VW-Golf-Sitz und Fernsehcouch ein bisschen den Jäger aus der Urzeit spielen kann, dann geht es ihm nicht um mich, sondern nur um das Spiel. Und solche Männer brauche ich, Marie, nicht. Ich habe so viel mehr zu bieten.

Oh, in einer Stunde schon steht Andi vor der Tür. Ich werde dieses leicht durchsichtige schwarze Oberteil anziehen. Dann ahnt er, was er eventuell haben könnte (unwahrscheinlich, aber das muss er ja nicht wissen), sieht aber nichts Genaues. Das wird sein Interesse steigern. Ich hasse dieses Spiel. Aber heute Abend werde ich es spielen. Und zwar perfekt!

SONNTAG, 22. DEZEMBER 2003 – RACHE IST GLITSCHIG

Punkt halb neun stand der schöne Andi gestern vor meiner Tür. Ziemlich lässig aussehend. Hellgraue Cargo-Hose, dunkelblauer Rollkragenpulli und die Haare gekonnt gestylt, sodass es wirkte, als käme er gerade vom Holzhacken und nicht aus seinem Design-Badezimmer.
Wir fuhren in Andis BMW zur Party-Location – ein wunderschöner Altbau in der Hohenzollernstraße in Schwabing. War ja klar. Auch klar war, dass Andi direkt vor der Tür einen legalen Parkplatz fand. Als wir das Jugendstil-Treppenhaus mit Mosaik am Boden, Stuck an den hohen Wänden und knarzenden Holzstufen betraten, wurde ich ein wenig neidisch und dachte mir, dass mein Leben bestimmt viel besser und erfolgrei-

cher wäre, wenn jeder Tag damit beginnen würde, diese wundervolle Treppe hinunterzusteigen. Ich war also der Wohnungsinhaberin von vornherein nicht gerade wohl gesonnen. Als sie die Tür öffnete, erfror mir mein sowieso schon künstliches Grinsen im Gesicht. Vor mir stand, im schulterfreien Abendkleid, mit Hochsteckfrisur und rotem Lippenstift – Tamara. Die meistgehasste Person meiner Schulzeit. Dass sie fünf Zentimeter größer ist als ich, fünf Kilo weniger wiegt, goldfarbene Naturlocken besitzt und ein hübsches Gesicht hat, reichte damals schon, um sie als potenzielle Freundin zu disqualifizieren. Such dir nie eine Freundin, die größer, schlanker und schöner ist als du. Das ist schlecht fürs Ego und kann dich für dein Leben negativ prägen. Aber damit nicht genug – Tamara war zudem nicht dumm und schaffte es mit List, Tücke und Wonderbra, mir Björn auszuspannen, mit dem ich damals vier Tage lang ging. Okay, es ist 14 Jahre her. Und ich bin nicht nachtragend. Aber ich vergesse nichts.

«Neiiiiiin, das giiiiibt's ja nicht!», quiekte Tamara und platzierte ihre Hand strategisch geschickt am tiefen Ausschnitt ihres Kleides. «Mariiiiie! Dass wir uns mal wieder sehen!» Blöde Zufälle gibt's schon, dachte ich, fühlte mich plötzlich schäbig und nackt in meinem halb durchsichtigen Oberteil und ließ widerwillig zu, dass Tamara die Luft neben meinen Ohren küsste. Ich murmelte etwas von «Du siehst toll aus», griff mir Andis Hand und zog ihn in die Wohnung.

Eine typische Party von Leuten um die dreißig. Im Hintergrund bejammerte Xavier Naidoo aus Bang&Olufsen-Boxen den Verlust seiner Freundin, in einer Ecke versammelten sich sieben Nudelsalate und vier Tiramisus zu einem traurigen Buffet, und zu trinken gab es Prosecco, Rotwein und Warsteiner. Und das in Bayern. Ich quetschte mich zu den anderen frierenden Rauchern auf den Balkon. Viele waren es nicht. Genauer gesagt, war ich dort alleine mit Tamaras furchtbar coolem 16-jährigen Cousin, der mir mit der selbst gedrehten Kippe zwischen den Zähnen ein lässig-knappes «Hiya» entgegennuschelte. «Hey», antwortete ich, zündete mir meine Zigarette an und schwieg eine Runde mit dem namenlosen Jungen. Irgendwann musste ich wieder rein.

Als ich in Tamaras und Jürgens (Jürgen ist ihr Verlobter, ein Immobilienmakler, der von ihr mit «Bärchen» tituliert wird) Bad stand und nachsah, was meine Haare so trieben, kam mir eine teuflische Idee. Wieder mal war sie leider nicht von mir selbst, ich sage es gleich. Ich hatte sie in einem Roman gelesen.*
Ich nahm etwas Wet Gel (haha!) aus einer Tube und machte mich auf die Suche nach dem Schlafzimmer. Ich betrat es, schloss die Tür hinter mir und zerwühlte das sorgsam gemachte Bett. Auf dem schwarzen (!) Laken verschmierte ich den Klecks Haargel. Dann mischte ich mich wieder unters Partyvolk. Eine Rothaarige im kurzen Rock war perfekt für meinen Plan. Ohne dass sie es merkte, pickte ich ein Haar von ihrem Rücken, schlüpfte unauffällig zurück in Tamaras und Jürgens Schlafzimmer und platzierte das lange, rote Haar auf dem Kopfkissen. Ich überlegte kurz, ob ich Andi bitten sollte, Jürgen und die Rothaarige unter einem Vorwand für eine Viertelstunde aus Tamaras Sichtkreis zu entführen, ließ es dann aber bleiben. Man muss es ja nicht übertreiben.

Ansonsten gibt es von dieser Party nicht mehr viel zu berichten. Als Andi mich gegen drei Uhr morgens vor meiner Wohnung absetzte, signalisierte er akuten Kaffeedurst und wollte mir tatsächlich einreden, im Treppenhaus lauerten mannigfaltige Gefahren auf mich. Ich wies ihn darauf hin, dass er in der Feuer-

---

* «Nö» von Claudia Frenzel

wehreinfahrt stand. Ich würde schon mal raufgehen, wenn er einen Parkplatz fände, könne er ja noch nachkommen. Nach zwanzig Minuten tat Andi leicht gereizt per Handy kund, er habe jetzt die Schnauze voll, Neuhausen sei parkplatztechnisch indiskutabel, und er werde seinen BMW jetzt zu Hause in Harlaching vor seiner Haustüre abstellen. Selbst der schöne Andi findet eben manchmal keine Parklücke. Glück gehabt, Marie, dachte ich mir und ignorierte die innere Stimme, die wissen wollte, warum ich ihm nicht einfach gesagt hatte, dass ich allein bleiben wollte.

So ging's doch auch. Und zwar viel eleganter.

FREITAG, 27. DEZEMBER 2002 –
JAHRESRÜCKBLICK 2002

Noch gut drei Tage hat das Jahr. Zeit für einen sentimentalen, unsachlichen, einseitigen persönlichen Jahresrückblick.

Klar, welche Überschrift 2002 später in meinen Memoiren tragen wird: Paul. Er ist das Beste und zugleich Schlimmste, was mir in diesem Jahr widerfahren ist.

Doch unsere Geschichte beginnt schon im Herbst 2001. Ich arbeitete an einem gut bezahlten Projekt in einer Firma. Eines Tages kam meine Assistentin Biggi, ein 20-jähriges Prachtweib mit blonder Lockenmähne, einem hübschen Puppengesicht, Körbchen- oder besser Korbgröße 95 D und einem gut dazu passenden Arsch in mein Zimmer geschwebt und seufzte theatralisch: «Also der Typ drei Büros weiter ... Eine Sahneschnitte, dat sach ich dir ...» Was?, dachte ich, da sitzt eine Sahneschnitte von Mann, und ich hab ihn nicht bemerkt? Als besagter Typ das nächste Mal auf dem Weg zum Klo an meiner Bürotür vorbeilief, guckte ich ihn mir an. Na ja, nicht schlecht, dachte ich. Das war's. Biggi hingegen war schwer verliebt. Jedes Mal, wenn Paul bei uns vorbeiging (und das tat er dauernd), himmelte sie ihn kuhäugig an, ließ ihren Busen wallen, lachte glockenhell, schmiss die blonden Locken nach hinten und erzählte mir dann, was sie mit ihm vorhatte. Flirten, verführen, hörig machen, heiraten. Oder so ähnlich.

Eines Abends musste ich einen Artikel fertig schreiben und saß gegen neun Uhr noch im Büro, als Paul plötzlich in der Tür stand. Lass mich bloß in Ruhe, ich muss das hier fertig kriegen und will nach Hause, dachte ich und sagte: «Komm rein, willst du eine Zigarette?»
Er wollte. Und kam rein. Das Ergebnis war, dass ich erst weit nach Mitternacht nach Hause kam. Die Zigarette am Abend wiederholte sich. Eigentlich unterhielt ich mich nur mit Paul, weil Biggis Nasenflügel immer so schön bebten, wenn ich ihr am nächsten Morgen davon erzählte.
Einige Zeit später lud Paul mich zum Essen ein. Für einen Montagabend übrigens. Es wurde ein anstrengendes Wochenende. Samstag ging ich mit meinen Freundinnen shoppen und kaufte Sachen, die Männern gefallen. Durchsichtige Oberteile, schmale Röcke, hohe Stiefel, alles schlicht, aber sexy. Und teuer. Sonntag ging ich zum Skifahren, nervte Marlene von morgens um sieben bis abends um acht mit dem Thema Paul und brauchte insgesamt fünf Weißbier, um mich zu entspannen. Und das alles nur, um Biggi zu ärgern.

Am Montag erschien ich dann dezent aufgebrezelt und etwas angespannt im Büro. Wo wir wohl hingehen würden? Kneipe an der Ecke oder Szene-Lokal? Sushi oder Schweinebraten? Und hinterher, «Da ist deine U-Bahn», Cocktail in einer Bar oder gar «Magst noch auf 'nen Kaffee ...?» Ich unterhielt mich mit Biggi über Pauls Style. Ich fand, dass er erfrischend natürlich aussah.

«Also, ich glaube nicht, dass der morgens so aussieht, bevor er im Bad war!», mutmaßte Biggi, und ich ergötzte mich an ihrem empörten Gesicht, als ich grinsend erwiderte: «Na, das werde ich dir dann ja morgen sagen können!» Wieso bin ich gemein? War ja nur ein Scherz. Nicht, dass hier etwas falsch verstanden wird: Ich hatte keineswegs vor, am ersten Abend mit Paul ins Bett zu springen. Ich interessierte mich ja noch nicht mal richtig für ihn. Gut, ich hatte mehrere hundert (damals noch) Mark für mein Outfit ausgegeben und war unglaublich nervös, aber das lag nur daran, dass ich schon lange nicht mehr von einem halbwegs akzeptablen Mann zum Essen eingeladen worden war …

Stunden später war ich ziemlich betrunken, rotwangig und lag in den Armen von Vroni. «Dieses Arschloch!», fauchte ich zum hundertsten Mal. Paul hatte mich versetzt! Am Nachmittag war er grußlos aus dem Büro gestürzt. Um seinen Schlabberpulli und die Cordhose gegen ein stylishes Outfit zu tauschen, dachte ich. Kurze Zeit später dann die telefonische Absage. «Die Gründe erzähle ich dir lieber persönlich.» Ich will sie gar nicht wissen, dachte ich. Sicher sind sie groß, schlank und brünett. Genüsslich malte ich mir aus, wie ich Paul am nächsten Tag eiskalt ignorieren und künftige Annäherungsversuche kühl und souverän abblocken würde.
«Hey, alles klar bei dir?», tippte ich 12 Stunden später in eine E-Mail. So viel zum Thema Konsequenz und Geradlinigkeit. Aber er sah sooooo fertig und bemitleidenswert aus, ich konnte ihm einfach nicht böse sein! Verzeihen zeigt Größe, dachte ich und gab ihm noch eine Chance.

Beim nächsten Date kaufte ich keine Klamotten. War auch gut so, denn natürlich klappte es wieder nicht. Ich blieb wahnsinnig cool, ersparte diesmal Vroni mein frustriertes Selbstmitleid und ging stattdessen zwei Stunden lang joggen. Klar, dass Paul seine zweite Chance verwirkt hatte und es niemals eine dritte geben würde. Ich habe ja schließlich auch meinen Stolz.

Zwei Monate später war ich gerade mit Picknickdecke und frischen Brezn, in weißer Bluse und neuen Jeans unterwegs in den Englischen Garten, als mein Handy piepte und mein drittes Date mit Paul zunichte machte. Er habe einen dringenden Auftrag, der heute noch fertig werden müsse. Statt einfach zu schweigen und ihn aus meinem Leben zu streichen (damals wäre das noch leichter gewesen!), schickte ich ihm eine SMS, die in 160 Zeichen die gesamte Pampigkeit enthielt, die ich aufzubieten habe.

Ich hörte nichts mehr von Paul. Ließ bestimmt 1000-mal «Weep» von Reamon im CD-Player laufen, bekam jedes Mal ein rotes Gesicht vor Wut und Scham, wenn ich daran dachte, wie er mich versetzt hatte, und war ansonsten heilfroh, dass es Frühling war, ich mit meinen Freundinnen an den Gardasee flüchten, im Carrie-und-Samantha-Stil um falsche Louis-Vuitton-Handtaschen feilschen konnte und mir das Leben ohne Paul jede Menge Abwechslung bot.

Am allerersten Tag, an dem ich kein einziges Mal an Paul dachte, es war Ende Mai, piepte mein Handy, und ich bekam eine SMS – so, als ob nie etwas gewesen wäre. Dafür bewundere ich die Männer! Wie sie das immer hinbekommen. Natürlich erlitt ich einen Rückfall. Ich war zwar so schlau, mich nicht mit ihm zu verabreden – als ich ihn jedoch zwei Wochen später beim Fußball-WM-Gucken in der Stadt traf, war es um mich geschehen. Nein, verliebt war ich nicht in Paul, aber er hatte meinen Ehrgeiz angestachelt. Außerdem sah er im Sommer noch um einiges besser aus als im Winter. Ich hatte fest vor, mir diesen Mann zu schnappen, und sei es nur für eine Nacht. Einer, der sogar in komischen Allzweck-Dreiviertelhosen, peinlichen

Badeschlappen und im verwaschenen T-Shirt mit Zahl vorne drauf zum Anbeißen aussieht, verspricht unbekleidet den Himmel auf Erden. Ich würde Paul kriegen, ihn verführen und in den Wahnsinn treiben. Und mich dabei auf keinen Fall in ihn verlieben.

Ich sah Paul noch ein paar Mal beim Fußballgucken. Er mich allerdings nicht. Es war seltsam – ich kam kurz vor Spielbeginn in die überfüllte Muffathalle, Hunderte von Menschen, hauptsächlich Männer, drängten sich auf Bierbänken, an Stehtischen und in den Gängen. Ein total unübersichtlicher Haufen durcheinander wuselnder Leute. Mir genügte ein Blick, und ich hatte Paul entdeckt. Eine Frau sah ich nie an seiner Seite. Und registrierte mit einer Mischung aus Befremden und Angst, wie erleichtert ich darüber war.

Eine Woche nach dem verlorenen Finale piepte mein Handy. «Die WM ist vorbei und das Leben so leer ...», schrieb Paul. Was sollte das nun wieder heißen? Fülle mein Leben? Mir ist gerade ein bisschen langweilig, weil ich nicht mehr Slowenien gegen Paraguay gucken kann? Oder war es eine reine Feststellung? Ich wurde nicht recht schlau aus ihm. Und je mysteriöser seine SMS wurden, desto mehr wollte ich ihn. Gut gespielt, Paul. Schließlich verabredeten wir uns für den 1. August im Biergarten. Der Rest ist bekannt ...

Paul kriegen, ihn verführen und in den Wahnsinn treiben. Da kann ich mir ja auf die Schulter klopfen. Das wäre geschafft. Leider habe ich im Eifer des Gefechts meinen vierten Vorsatz vernachlässigt. Dumm gelaufen. Sehr dumm.

DIENSTAG, 31. DEZEMBER 2002 – PAUL
VERGESSEN

Es muss ein Ende haben. Das Jahr hat noch acht Stunden, ich bin mit 15 lieben Freunden auf einer tollen Hütte in Kärnten und habe mich gerade ein wenig in mein Bett gelegt, angeblich, weil ich müde bin und für abends «vorschlafen» möchte. In Wirklichkeit habe ich einen akuten Sehnsuchtsanfall nach Paul. Und ich sehe ein, dass es so nicht weitergeht. Ich liebe ihn, aber er will mich nicht. Er spielt mit mir, ist hauptsächlich an Sex interessiert, und all seine Liebesschwüre sind leere Worte, verursacht durch Hormonstaus und Notstände. Mir ist nämlich aufgefallen, dass er Dinge wie «Du fehlst mir so» und «Ich bin verliebt in dich» nur schreibt, wenn uns mindestens 200 Kilometer trennen. Komisch, dass ich das noch nicht früher bemerkt habe.
Es muss ein Ende haben. Wenn Paul nicht mein Freund sein will, muss ich einen Schlussstrich ziehen. Ich mache mich sonst nur selbst fertig. Es muss ein Ende haben.

Wie vergisst man einen Menschen? Wie vergesse ich Paul, wenn ich nicht mal meinem Zeigefinger befehlen kann, die Löschen-Taste zu drücken und Pauls «Ich liebe dich»-SMS in die digitalen Jagdgründe zu befördern? Wie soll ich ihn aus meinem Gedächtnis, Hirn und Herzen verbannen, wenn ich nicht mal in der Lage bin, seine Kurzmitteilungen vom Chip meines Handys zu tilgen? Das ist, als wolle jemand den Mount Everest ohne Sauerstoffgerät besteigen, der schon am Montgelasberg Atemnot bekommt.

Jemanden zu vergessen ist wohl die schwierigste Aufgabe für Geist und Seele, die es gibt. Paradoxerweise sind es ja selten unangenehme Zeitgenossen, die man vergessen will. Sondern Menschen, die einem wehtun, weil man sie liebt. Und von Wollen kann eigentlich auch nicht die Rede sein. Ich will alles, nur nicht Paul vergessen. Ich will ihm nahe sein, mit ihm reden, ihn spüren, hören, riechen, schmecken und sehen, ich will ihn lieben, ihm vertrauen und mit ihm Winterreifen kaufen gehen. Ich will ihn dazu bringen, vor Lust laut zu schreien, und ich will morgens den Abdruck der Kissennaht auf seiner Wange sehen. Ich will sogar mit ihm streiten, weil meine Klamotten den Stuhl im Schlafzimmer blockieren, ich will, dass er Bratkartoffeln für mich macht und mich seinen Kumpels als seine Freundin vorstellt. Das alles und noch viel mehr ... würde ich wollen, wenn ich Pauls Freundin wär. Bin ich aber nicht. Werde ich niemals sein.

Klar habe ich meinen Spaß mit ihm. Doch wenn ich mal die paar Stunden im Monat, in denen ich glücklich bin mit Paul, denen gegenüberstelle, in denen ich zweifle, vermisse, mich sehne, Angst habe, schlecht drauf bin und meine Freunde nerve, ergibt sich ein schiefes Bild. Zahlenmäßig sind die glücklichen Paul-Stunden gnadenlos unterlegen. Sicher, eine von ihnen macht locker drei schwarze Ohne-Paul-Tage gut. Und trotzdem geht die Rechnung nicht auf. Für mich zumindest nicht. Und da ich außerdem noch so was wie Stolz besitze (halt die Klappe, innere Stimme, sehr wohl besitze ich eine Menge Stolz!), sehe ich einfach nicht mehr ein, dass Paul mein Leben so sehr bestimmt, obwohl er nie präsent ist.

Also: Paul vergessen!

Dazu gibt es diverse Vorgehensweisen.

a) Die Verdrängungs-Methode
Jeder Gedanke an den zu Vergessenden wird konsequent zur Seite geschoben. Hilfreich ist dabei das Zerreißen von Bildern des zu Vergessenden. Ferner ist Ablenkung in Form von Unter-

nehmungen, Reisen, Arbeit, Sport, Partys, Alkohol (aber nicht zu viel, kann zu unkontrollierbaren emotionalen Rückfällen führen, siehe Punkt C) etc. sehr förderlich. Dauer des Unterfangens: einige Wochen bis mehrere Jahrzehnte.
Störfaktoren: Aktives Eingreifen des zu Vergessenden in den Verdrängungs- und Ablenkungsprozess durch Anrufe, SMS, E-Mails oder schlimmstenfalls persönliches Auftreten.

b) Die Miesmach-Methode
Der zu Vergessende wird konsequent schlecht gemacht. Gut geeignet zur Durchführung dieser Methode sind eingeweihte, spitzzüngige Freundinnen, die den zu Vergessenden noch nie besonders schätzten (man erkennt sie u. a. daran, dass man von ihnen öfter den Satz «Der hat dich gar nicht verdient» zu hören bekam) und ihn fortan nur noch mit «Vollgaser», «Arschloch», «Flachwichser» oder ähnlichen Kraftausdrücken bezeichnen dürfen. Ferner nehme man ein möglichst unvorteilhaft aufgenommenes Lichtbild des zu Vergessenden und entdecke darauf zahlreiche optische Makel. Sollte es wider Erwarten keine geben, eignen sich Bildbearbeitungsprogramme wie «Caricature» hervorragend zum Verunstalten des eingescannten Bildes.
Störfaktoren: Leibhaftiges Erscheinen des zu Vergessenden in stylisher Kleidung und/oder nach mehrwöchigem Ski- oder Badeurlaub.

c) Die Alkohol-Methode
Aufkommende Gedanken an den zu Vergessenden werden konsequent in Alkohol ertränkt. Kann bei mangelnder Übung allerdings auch die gegenteilige Wirkung haben und die Sehnsucht verstärken. Am besten Testrunde im Beisein guter Freunde durchführen.
Störfaktoren: Leber/innere Organe, Kontostand, Arbeitgeber, Vermieter, wohlmeinende Freunde, Eltern, Sozialamt.

d) Die Aha-Effekt-Methode
Hierbei ist es erlaubt, sich so lange hemmungslos dem durch den zu Vergessenden verursachten Herzschmerz hinzugeben, bis der Stolz, sofern noch vorhanden, aufbegehrt oder man über sich selbst lachen muss.
Störfaktoren: siehe C).

e) Die Justiz-Methode
Man bombardiere den zu Vergessenden so lange und vehement mit Anrufen, SMS, E-Mails, Geschenken, Briefen und ungebetenen Besuchen, bis einem eine einstweilige Verfügung des zuständigen Amtsgerichts verbietet, sich dem zu Vergessenden auf weniger als hundert Meter zu nähern bzw. Kontakt mit ihm aufzunehmen. Mit etwas Glück tritt vorher der Aha-Effekt, siehe D), ein.
Störfaktoren: Vernunft, Stolz, Selbstachtung, Selbstironie, Selbstbewusstsein.

f) Die Einzig Konsequente Methode
Man teile dem zu Vergessenden ruhig und ohne Szene oder Drama mit, dass er aus diversen Gründen (können mündlich oder schriftlich dargelegt werden) den Status eines zu Vergessenden erlangt hat. Man bittet ihn höflich, aber bestimmt und keine Widerrede duldend, sich nie wieder zu melden und sich rückstandslos aus unserem Leben zu entfernen.
Störfaktoren: Diese Methode erfordert ein hohes Maß an Konsequenz, Mut und Format.

Tja, und hier liegt der Hund begraben. Ich, Marie, bin klug, humorvoll, habe Phantasie und Esprit, bin hilfsbereit, mitfühlend, leidenschaftlich, kann zuhören und lieben. Allerdings bin ich leider weder konsequent noch mutig. Ich habe eine Scheißangst davor, Paul zu verlieren. Format gehört nicht zur Serienausstattung meines Charakters. Würde ich Methode F, die Einzig Konsequente Methode, Paul zu vergessen, jemals anwenden, dann nur aus der Hoffnung heraus, Paul würde dadurch aufwachen, sehen, was er im Begriff ist zu verlieren, und mir auf der Stelle einen Heiratsantrag machen. Na ja. Okay. Letzterer muss nicht sein, aber zumindest der Schwur ewiger, bedingungsloser Liebe und Treue wäre nicht schlecht. Hoffnung allerdings ist der ärgste Feind des Vergessens.

Ich werde gleich morgen damit anfangen, Paul zu vergessen.

TEIL II TEIL II **TEIL II** TEIL II **TEIL II** TEIL II

MITTWOCH, 1. JANUAR 2003 – ZWEI VORSÄTZE

Paul vergessen, das ist mein erster und wichtigster Vorsatz für das Jahr 2003. Mein zweiter Vorsatz, klar, mit dem Rauchen aufhören. Oder nein, streichen wir das wieder. Das verträgt sich nicht mit Vorsatz 1. Ich brauche die Gauloises als Seelenpflaster. Also, Vorsatz Nummer zwei: gesünder ernähren. Als Ausgleich zum Zigaretten- und Pfefferminztalerkonsum, der in der nächsten Zeit exponential ansteigen wird. Gesünder ernähren heißt (immer schön konkret werden, sonst wird das nichts mit den guten Vorsätzen): weniger Süßkram (Pfefferminztaler ausgeschlossen), weniger Fett (zum Glück gibt's bei Aldi seit neuestem auch fettarme Milchprodukte), mehr Obst und Gemüse, mehr Reis, keine Fertiggerichte, also auch keine 5-Minuten-Terrinen mehr!

Das neue Jahr kann kommen. Ich bin gewappnet. Es wird das Jahr einer selbstbewussten, erfolgreichen, lebensfrohen Marie werden, die sich nicht mehr zum Affen macht wegen eines Typen wie Paul, die keine sehnsüchtigen, bekloppten SMS mehr schreibt, die ihr Handy auch mal für ein paar Stunden aus den Augen lassen kann und ihr Glück nicht von einem Mann abhängig macht.

Kurz nach Mitternacht stehe ich also mit meinen Freunden auf dem Balkon unserer angemieteten Hütte in Kärnten. Ich habe eine Gänsehaut. Nicht von der Kälte, sondern wegen Beethovens Neunter Symphonie, die aus dem Ghettoblaster dröhnt. «Freude schöner Götterfunken, Tochter aus Elysium, wir betreten feuertrunken, Himmlische, dein Heiligtum.» Uuuuuaah. Unten im Tal explodieren die Feuerwerkskörper und in meinem Magen tausend kleine Champagner-Bläschen. Eine standesgemäße Art, das neue Jahr zu begrüßen. Besonders stolz bin ich darauf, dass ich mein Handy in der Stube liegen gelassen habe. Interessiert mich doch gar nicht. Ich bin total happy im Hier und Jetzt, kurz nach Mitternacht mit meinen Freunden auf dem Balkon unserer Hütte ...

Als wir nach einer Stunde wieder hineingehen, streift mein Blick zufällig das Display meines Mobiltelefons. Oh. Eine Kurzmitteilung. Nicht weiter verwunderlich, am 1.1. um 1 Uhr. Bestimmt meine Mutter oder ein Bekannter. Ach, ich kann ja mal schnell gucken. Ist ja nur eine SMS.

«Ich danke dir für das letzte Jahr. Freue mich auf dich in 2003. Als Person. Als Frau. Als Geliebte. Du weißt gar nicht, wie sehr ich dich vermisse. Kuss, Paul»

GAAAAAH. Die Silvesterraketen sind plötzlich in meinem Magen. Was soll das jetzt? Ich hatte mich schon darauf eingestellt, still, unbemerkt und sehr heldenhaft zu leiden, weil Paul natürlich nicht dran denken würde, mir einen Neujahrsgruß zu senden. Und jetzt tut er es einfach! Fast schon unverschämt. Und natürlich sind meine Gedanken nicht mehr in Österreich auf 1500 Metern Höhe bei Vroni, Marlene, Martin, Beate, Alexa und all den anderen, sondern bei Paul, der auch in den Bergen ist, irgendwo im Tirolerischen. Der Chor singt das Finale von Beethovens Neunter, und ich liege dazu im Geiste in Pauls Armen, schmiege mein Gesicht an seinen Hals, atme seinen Duft ein, der mich glücklich und willenlos macht, und küsse das kleine Muttermal auf seinem linken Schlüsselbein. Und Paul, Paul nimmt mein Gesicht in seine schönen Hände, sieht mich an und küsst mich. Und während er mich küsst, beginnt seine rechte

Hand auf meinem Körper umherzuwandern, bis ich schneller atmen muss und er auch, und dann flüstert er «Lass uns nie aufhören», dreht mich auf den Rücken und ich spüre seinen ...
«Mariiiiie, Foto!»
«Hä?» Es blitzt in just dem Moment, in dem mein Gesichtsausdruck den höchstmöglichen Grad an Blödheit annimmt. Ich versuche, nicht an den E-Mail-Verteiler zu denken, der in den nächsten Tagen die «lustigen Partybilder von der Silvesterhütte» empfangen wird, und wende mich vorsatzgemäß wieder dem Hier und Jetzt zu. Ich wollte Paul vergessen und nicht zu Beethovens Neunter heiße Szenen mit ihm phantasieren! Zum Glück hat jemand die CD gewechselt. Wir hören jetzt hüttentaugliche Musik. «Langsam find't der Dog sei End und die Nocht beginnt. In der Kärntner Strossn do singt aner Blowing in the Wind ...» Mein Lied. Vroni und ich haben schon Kloanstehschlangen (weiblich, versteht sich) am Faschingsdienstag auf dem Viktualienmarkt, auf dem Oktoberfest und auf diversen Après-Ski-Partys mit diesem STS-Lied unterhalten, sind absolut textsicher, und deshalb gröle ich auch jetzt automatisch und aus vollem Herzen mit. Je lauter ich singe, desto mehr verblasst Pauls Bild, und je wilder ich tanze, desto weniger deutlich kann ich seine Hände auf meinem Körper spüren. Später beginnen wir mit einem Spiel, das, soweit ich mich erinnere, zuletzt beim verlängerten Wandertag der 11. Klasse im Jahre 1992 zum Einsatz kam. Wir tranken Wodka Ahoi, und zwar um die Wette. Das geht so: Man schütte sich ein Päckchen Ahoi-Brause, bevorzugt mit Waldmeistergeschmack, auf die Zunge, kippe ein Stamperl Wodka hinterher und schüttle wie bekloppt den Kopf. Dann schlucke man das schäumende Gemisch auf einmal hinunter. Das Ergebnis sind lustige Niesanfälle, peinliche Digitalfotos und ein schnell erworbener Rausch ... Nach der dritten Runde setze ich aus und beobachte lieber, wie Marco meinem Freund Tom beibringt, Wodka (ohne Ahoi) in die Kehle zu gießen, ohne zu schlucken. «Dashatmireinrussischerprinz-

beigebracht», erklärt Marco, «damalsinparis», er hebt den Zeigefinger und die Stimme, «undasbeste, sbesteisdran: duwirstgaaaanichbesoffendavon ...» Es wird eine ausgelassene, lange Partynacht.

Morgens gegen fünf beschließe ich, dass es Zeit zum Schlafengehen ist, und schleppe mich in mein Bett. Ich weiß nicht, wie ich auf die blöde Idee komme, mir für den ersten Januar den Wecker (!) zu stellen, jedenfalls schalte ich dafür mein Handy wieder ein. Es piept. Meine Mutter? Ein Bekannter? Nein. Natürlich Paul. «Wäre jetzt so gerne bei dir.» ARGH, ich auch, Paul, aber weißt du nicht, dass ich mir vorgenommen habe, dich ab heute zu vergessen??? Wie soll ich das schaffen, wenn du mir solche SMS schickst? Typisch ist das ja schon. Seit über zwei Wochen habe ich nichts von ihm gehört, habe mich mit Phantasien gequält, die ihn mir in fröhlicher Runde (mit überdurchschnittlich hohem Anteil an Gisèle-Bündchen-Klonen, versteht sich) auf seiner Hütte zeigten. Und kaum beschließe ich, meinem Leiden ein Ende zu setzen und ihn aus meinem Leben zu verbannen, taucht er wieder auf, wenn auch nur in Form von 160-Zeichen-Mitteilungen. Haben Männer eigentlich Antennen dafür, wenn Frauen ihnen im Geiste den Rücken zuwenden? Spüren die so etwas? Anyway, mein erster und wichtigster Vorsatz für 2003 hat nicht mal die ersten fünf Stunden überlebt. Im Gegenteil. Ich bin gefangen in Gedanken an meinen blonden Sexgott, an seine wassergrünen Augen, an seine umwerfend sexy Stimme, die mir jedes Mal eine Gänsehaut über den Körper jagt, wenn ich sie höre. Ich kann an nichts anderes denken als an die Art, wie er mich ansieht, wenn wir uns treffen, als sähe er mich zum allerersten Mal, an seinen Blick, wenn er mir zuhört, und an seine Hände, die zittern, wenn sie mir zärtlich die Sonnenbrille aus den Haaren nehmen ... Okay. Das wird heute nichts mehr mit dem Vergessen. Ich gebe mich geschlagen, schlafe meinen Rausch aus und träume lebensecht von hemmungslosem, wildem Sex mit Paul.

FREITAG, 3. JANUAR 2003 – DIE FÜNF-MINUTEN-TERRINE

Ich bin ein wenig deprimiert. Dass mein erster Vorsatz – Paul vergessen – nicht umzusetzen war, dafür kann ich immerhin ihn statt meiner selbst verantwortlich machen. In den ersten Nächten des jungen Jahres bombardierte er mich mit sehnsüchtigen, verlangenden und ziemlich heißen SMS. Und ich verbrachte diese Nächte damit, meine 50 Quadratmeter zu durchtigern, mir auf dem Laminat kalte Füße zu holen und mich darin zu üben, so viel Sex und Erotik wie möglich in 160 schwarze Zeichen auf grünem Grund zu packen. Eine ganz neue Spielart war das. Wir trieben es wild, hart und zart, stellten die unglaublichsten Dinge miteinander an, und ich schämte mich kein bisschen! Höchstens dafür, dass Vorsatz eins kläglich gescheitert war.

Und heute, am ersten Freitag des Jahres, passierte das auch mit meinem zweiten Vorsatz. Ich habe vor lauter nächtlichem SMS-Schreiben doch glatt die Öffnungszeiten meines Supermarktes verschlafen. Hungrig sitze ich abends in meiner Wohnung und fahnde im Kühlschrank nach Essbarem. Was könnte man aus dem Vorhandenen zaubern? Heringsfilets mit Erdnussbutter an Paprika-Streichkäse-Ecken? Igitt. Auch wenn die Haltbarkeitsdaten wunderbar miteinander harmonieren würden, liegen sie doch alle im Sommer bis Herbst 2002. In den Schränken das gleiche Trauerspiel. Das Kartoffelpüreepulver aus dem 20. Jahrhundert (gut, so lange ist das noch nicht her!) riecht etwas staubig und ist von der Konsistenz her auch eher klumpig-klebrig, als ich es im Ausguss teste. Die Leicht-und-Cross-Schachtel ist noch originalverschlossen und tatsächlich nicht abgelaufen, aber leider gibt es nichts zum Draufschmieren. Ich überlege, was die findigen Menschen aus den Vorabend-Soaps tun, wenn sie in eine solche Situation geraten. Angenommen, sie sind gerade pleite und können deshalb nicht in den «Wilden Mann» oder ins «No Limits» beziehungsweise ins «Daniels» oder den «Fasan» zum Essen gehen. Klar, sie bestellen sich was. Ich hatte doch auch mal so einen Prospekt eines Bringdienstes ... Da ist er ja. Mit Bildern sogar. Kurz fällt mir Vronis Eigenheit ein, grundsätzlich nicht in Restaurants zu essen, bei denen die Gerichte auf der Speisekarte abgebildet sind. Dieser Spleen hat damals auf unserem Trip nach Rom dazu geführt, dass ich beinahe verhungert wäre, weil wir an mindestens 17 Lokalen vorbeigehen und die halbe Stadt durchqueren mussten, bis wir endlich – gegen 23 Uhr abends – eine Trattoria ohne naive Malerei fanden ... Aber zurück zum Bringdienstprospekt. Mir doch egal, ob da Fotos drin sind oder nicht – ich bin hungrig. «Mindestbestellwert 15 Euro» lese ich und denke, prima, ich habe sowieso keine Kippen mehr. «... ohne Zigaretten», lese ich weiter. Das Leben ist nicht fair. Und zu hungrigen Singles schon gleich dreimal nicht. Was kann ich dafür, dass ich alleine lebe und keinen Partner habe, der für die fehlenden 8 Euro 50 die Ente süß-sauer in sich reinschaufelt? Ich werfe den Prospekt in die Ecke und ziehe eine letzte Küchenschublade auf. Ja, was ist denn das? Meine Rettung! Eine Fünf-Minuten-Terrine. Die gesunde Ernährung muss warten, bis die Geschäfte morgen wieder geöffnet haben.

Immer wenn ich eine 5-Minuten-Terrine der Sorte «Spaghetti in Tomatensoße» esse, werde ich philosophisch. Broccoli-Nudel-Topf oder Kartoffelbrei haben diesen Effekt nicht. Normalerweise denke ich dann gerne darüber nach, was ich will in meinem Leben, ob ich mich als Versagerin fühlen muss, weil ich mein Studium immer noch nicht beendet habe, oder ob es nicht viel toller ist, dass ich seit fast zehn Jahren keinen Cent mehr von meinen Eltern angenommen habe. Ich denke darüber nach, ob ich zufrieden sein kann mit meinem Leben, weil ich gesund bin, genug Geld habe, tolle Freunde und eine hübsche

Wohnung in der schönsten Stadt des schönsten Bundeslandes von Deutschland. Bitte jetzt nicht das Buch an die Wand werfen, Hamburger, Berliner, Düsseldorfer und Vogelsang-Warsiner, klar sind eure Wohnorte auch total klasse. Ich verbringe gerne mal ein Wochenende an der Alster und liege an der Strandperle im Elbsand, ich liebe es, in der Hauptstadt Doppeldeckerbus zu fahren und mich von den Fahrern anschnauzen zu lassen, ich bin auch gerne am Rhein, trinke dort eure lustigen Löschzwerge, die ihr Bier nennt, und komme mir furchtbar bayerisch-urig-exotisch vor. In Vogelsang-Warsin im Kreis Uecker-Randow in Thüringen war ich noch nicht, muss ich gestehen, ich bin mir auch nicht sicher, ob ich viel verpasst habe, aber ich gehe im Sommer gerne mal auf Dorffeste oder Feuerwehrjubiläen in Oberpframmern oder Egmating und weiß, was Landleben heißt und dass es durchaus seine Reize hat.

Jedenfalls frage ich mich normalerweise über der Terrine, ob «Leben» nicht mehr bedeutet, ob ich nicht häufiger rauschhafte Nächte mit galaktischem Sex haben sollte (ach, Paul!), ob ich nicht mit dem Rucksack die Welt durchqueren oder zumindest irgendwo in New York, Bangkok oder Melbourne sitzen sollte, statt Woche für Woche München die Treue zu halten. Aber ich weiß nicht genau, ob mein Fernweh echt ist oder ob ich nur meine, ich müsse weg von hier, weil die Coolen eben immer «weg von hier» wollen, egal, ob sie mit «hier» Villingen-Schwenningen oder San Francisco meinen. Es ist schwer zu sagen, ob ich wirklich Lust habe, monatelang im gleichen T-Shirt und ohne Wella-Himbeerkugeln-Vollbad einen Rucksack durch feuchtheiße Länder zu schleppen, oder ob ich das nur wollen will, weil ich sonst was verpassen könnte und weil es sich lässig anhört, wenn ich später von «meiner Zeit in Südostasien» berichten kann. Im Prinzip bin ich, glaube ich, ein ziemlich bodenständiger Mensch, bodenständiger, als ich wahrhaben möchte. Vermutlich würde ich nach drei Wochen unter Palmen schreckliche Sehnsucht nach einer guten Leberknödelsuppe bekommen, einen gemütlichen deutschen Regentag vermissen und mich schlicht und einfach mit Heimweh herumquälen. Ich bin nicht der Typ, der nicht in Deutschland leben will. Erstens ist es anderswo auf Dauer auch nicht besser, weil man seine Probleme überallhin mit sich schleppt, und zweitens lebe ich gerne hier. Ich mag es sogar, dass alles seine Ordnung hat und geregelt ist. Als ich mal in Griechenland ein Auto mieten wollte und entsetzt feststellte, dass mein Führerschein auf der Kommode im Neuhausener Flur lag, winkte man lässig ab und teilte mir mit, hier könne man mit der Geburtsurkunde ein Passagierflugzeug mieten. Seitdem bin ich ein klein wenig nervös, wenn ich mit Olympic Airways fliege.

Wie sehr ich an meiner Heimat hänge, merke ich immer, wenn ich in Deutschland unterwegs bin. Neulich war ich wieder mal im Ruhrgebiet. Dort mutiere ich, deren Mutter aus Lüchow-Dannenberg stammt, regelmäßig zum Prototyp des Münchner Kindls. Und es macht mir einen Heidenspaß. Plötzlich finde ich, dass ich im Grunde ziemlich starken Dialekt spreche. Ich, die eigentlich bisher nur einmal in ihrem Leben ordentliches Bayerisch von sich gab, und zwar, als ich vor ein paar Jahren in einer Kneipe auf dem Land kellnerte und mich ein Gast verständnislos anstarrte, als ich ihn fragte: «Willst du noch 'n Bier?» «Mogst no a Hoibe, nachad bring i da oane», wiederholte ich damals, worauf er begeistert mit «Ja, oiwei!» antwortete. In Krefeld, Düsseldorf oder Dortmund jedenfalls muss ich immer München repräsentieren, auch wenn das manchmal in Peinlichkeit ausartet. Als ich das erste Mal dort war, lag ich in der Kneipe nach einer Stunde halb unter dem Tisch. Ich hatte gemeint, beim Alt-Trinken heraushängen lassen zu müssen, dass ich aus Bayern bin. Nicht nur, dass ich mehrfach betonte, dass wir daheim ja viiiiiel größere Biergläser haben – ich meinte auch, den Krefeldern meine trinkfeste Überlegenheit beweisen zu müssen, indem ich die 0,2-Portionen Altbier runterkippte wie Wasser. Leider ergeben zehnmal 0,2 ebenfalls zwei Liter. Ich werde heute noch rot, wenn ich daran denke, wie unmöglich ich mich benahm. Jeder zweite Satz fing mit «Also bei uns ...» an, und die denken wahrscheinlich heute noch, dass ich jeden Tag im Dirndl zur Arbeit gehe und Jodeln bei uns ein übliches Kommunikationsmittel ist. O mein Gott.

Aber ich wollte ja eigentlich etwas ganz anderes erzählen. Wo ist mein roter Faden? Ach ja, die Fünf-Minuten-Terrine. Während ich sie umrühre, damit ihre Temperatur den Siedepunkt verlässt, fange ich heute ausnahmsweise nicht an zu grübeln, was ich im Leben will. Ich grübele darüber, wer ich bin. Ich denke mir so oft «typisch Vroni», wenn meine beste Freundin etwas sagt oder tut. Aber denkt auch mal jemand «typisch Marie»? Gesagt hat es noch keiner, glaube ich. Bin ich so unkenntlich, dass es nichts gibt, was «typisch Marie» ist?

Neulich im Dezember saßen wir im Haidhauser Augustiner, meine besten Freunde und ich, und aus Spaß dachten wir uns Zweitnamen füreinander aus. Da gab es Vroni «Ich bin nicht da, geh du ans Telefon», Bernd «Ich sag ja, es zieht sich zu», Marlene «Ich geh zu Fuß nach Hause» und Martin «Ich muss dir unbedingt ein geiles Lied vorspielen». Als sie bei mir angelangt waren, kam der Kellner und teilte uns auffordernd mit, die Kneipe sei seit einer Dreiviertelstunde geschlossen. Also gingen wir, ohne dass ich meinen Zweitnamen bekommen hatte. Ich habe den Verdacht, dass der Kellner meinen Freunden ganz gelegen kam, weil sie sich so peinliches Schweigen ersparten. Marie, ähem, hmmmmm, also .... Marie «Zu der uns nichts Typisches einfällt»? Grummel. Ich glaube, so ist es wirklich. Warum sonst übernehme immer nur ich Redewendungen von meinen Freunden und nie umgekehrt? Ich kannte Vroni keine drei Wochen, da hatte ich schon ihr «a Riesn-Gschicht!» in Wort und Tonalität komplett verinnerlicht. Bernds «approximativ» habe ich mir an einem WG-Abend angeeignet und werde es seitdem nicht mehr los. Und wer, bitte schön, hat sich was von mir einverleibt? Paul sagte mal, wie toll er es fände, wie ich das Wort «furchtbar» ausspreche, mit dem bayerischen «ch» wie in «machen» und ohne «t». Seitdem ist es in meiner Benutzerstatistik wohl einige Plätze nach oben geklettert.

Aber es hat sich keiner was aus meinem Sprech-Repertoire angewöhnt. Es ist ja jedem schon mal aufgefallen, dass enge Freundinnen oft ähnlich reden. Bei mir und Vroni ist das auch so, wenn wir viel Zeit miteinander verbringen. Komischerweise habe ich das Gefühl, dass ich dann rede wie sie und nicht umgekehrt. Hmpf. Bin ich wirklich so konturlos, dass ich auf niemanden «abfärbe»? Oder bekommt man das einfach nicht mit? Vielleicht sagen meine Freunde ja dauernd «Das ist typisch Marie», wenn ich nicht dabei bin?

So, jetzt ist die Fünf-Minuten-Terrine wieder mal kalt, und die Oberfläche bildet schon Risse. Bäh. Dabei hatte ich doch eigentlich Hunger. Typisch Marie.

MONTAG, 6. JANUAR 2003 – FLIIIIIIEG!

Ich habe beschlossen, Paul noch eine Chance zu geben. Er scheint wirklich etwas für mich zu empfinden. Okay, unsere Korrespondenz der letzten Tage bzw. Nächte beschränkte sich thematisch rein aufs Sexuelle. Aber für mich wiegt die SMS vom 1. Januar weitaus schwerer. «Ich danke Dir für das letzte Jahr. Freue mich auf Dich in 2003. Als Person. Als Frau. Als Geliebte. Du weißt gar nicht, wie sehr ich Dich vermisse. Kuss, Paul». Klingt nicht danach, als sei sie unter Einfluss von drei Flaschen Rotwein oder zu viel Mitternachts-Prosecco entstanden, oder? Orthographisch korrekt. 158 von 160 möglichen

Zeichen ausgenutzt. Mit Groß- und Kleinschreibung. Sogar die «Dus» hat er großgeschrieben. Alles Zeichen für die Ernsthaftigkeit der Message. Also glaube ich daran. Fest und unerschütterlich. Dass es Paul ansonsten nur darum ging, wie er mich wo und auf welche Weise vernaschen wird, wenn wir uns wiedersehen, sagt gar nichts aus. Dieses starke Bedürfnis nach Sex mit mir ist eben der Ausdruck seiner großen Liebe. Ich habe mal in einer Frauenzeitschrift gelesen, dass Männer ihre Liebe am besten durch Sex und Zärtlichkeit ausdrücken können und weniger durch Worte oder andere Taten wie Frauen. Manche können ihre Gefühle sogar ausschließlich durch Sex zeigen. Jawoll.

Trotzdem schadet es nichts, nicht immer Zeit zu haben, wenn Paul mich sehen will. Meine Sehnsucht ist riesengroß und wächst von Stunde zu Stunde. Heute kommt Paul aus den Bergen zurück und hätte Zeit für mich. Aber ich nicht für ihn. Ich habe mich kurzfristig entschlossen, mit Max, Vroni und Marlene zum Dreikönigsspringen nach Bischofshofen zu fahren. Skispringen. Das schöne Wetter, die überzuckerten Berge und das Spektakel rund um Hannawald, Ahonen und Hautamäki werden mir gut tun und mich ablenken.

Um 14 Uhr soll das Hauptspringen losgehen, gegen 13 Uhr sind wir vor Ort. Es ist sonnig, lausig kalt und ziemlich überfüllt. Auf dem Fußweg zur Sprungschanze treffen wir auf Scharen von für die Tageszeit beeindruckend betrunkenen Österreichern. Das geht ja gut los. Nein danke, ich will jetzt nicht Jägermeister aus einem Schlauch trinken, echt lieb gemeint, später vielleicht. Ich habe noch nicht mal gefrühstückt! Kurz vor dem Eingang zum Zielgelände, für das wir Karten besitzen, ist Schluss. Nichts geht mehr. Was nun?
«Ich schau mal auf den Hügel rauf», sagt Max, «ob ich von dort sehen kann, warum es nicht weitergeht. Bin gleich wieder

da.» Und schon ist er weg und joggt den Berg hinauf. Ich bin beeindruckt. Als wir noch zusammen waren, war immer ich diejenige, die auf solche Ideen kam und die Initiative ergriff. Wären wir noch ein Paar, Max und ich, würde *ich* jetzt den Hügel hinaufkeuchen. Ich sehe ihm nach. Er sieht echt klasse aus, knackig und appetitlich. Ist mir das früher einfach nie aufgefallen, weil er mein Freund war, oder hat er sich verändert? Ich kann es wirklich nicht sagen. Immerhin habe ich ihm oft gesagt, dass sein schmaler, aber knackiger Po sein schönster Körperteil ist, dieser Po mit den süßen, tiefen Einbuchtungen an den Seiten und ohne die lästigen Einbuchtungen, die man Cellulite nennt. Haben Männer überhaupt Cellulite? Egal. Jedenfalls wusste er mein Kompliment nie zu würdigen, im Gegenteil, ich hatte eher immer den Eindruck, dass er ein bisschen beleidigt war ...

«Marie?»
«Ja, hier!» Der Po ist weg und Max mit ihm. Ich starre blicklos in die grüne Wiese, auf der etwas Reif liegt.
«Komm, wir rauchen erst mal eine», schlägt Marlene vor und hält mir die Zigarettenschachtel hin. Gute Idee. Erst mal eine rauchen hat sich bisher immer bewährt. Hat mich vor einigen Kurzschlusshandlungen («Ich rufe ihn jetzt auf der Stelle an und sage ihm, dass ich ihn niiiiiie wieder sehen will!») bewahrt und mir einmal sogar das Leben gerettet. Vielleicht. Da kam ich gerade von Paul und zitterte am ganzen Körper noch so, dass ich mich an mein Auto lehnte und erst mal eine rauchte, bevor ich mich für fahrtüchtig befand und den Motor startete. Einen Kilometer weiter stand ich im Stau. Auf dem Mittleren Ring hatte sich ein riesiger Unfall ereignet, ein Lkw war umgekippt und hatte einen Kleinwagen samt Fahrer unter sich begraben. Das Ganze war nur eine Zigarettenlänge her. Da sage noch einer, Rauchen sei ungesund! Ja, ich weiß, in den politisch und pädagogisch korrekten Vorabendserien rauchen nur die

Bösen, die, die freundlich tun, aber Böses im Schilde führen, diejenigen, die später auch Alkoholiker werden, Drogen nehmen oder zumindest eine ernsthafte Straftat begehen. Aber wenn man das Fernsehprogramm ein paar Stunden weiter Richtung Mitternacht verfolgt, merkt man, dass später Rauchen nicht mehr dazu dient, zwischen Gut und Böse zu unterscheiden. Oder im Kino – in «The Beach» wurde so viel geraucht, dass ich, die ich ja nicht körperlich nikotinabhängig bin, ein unwiderstehliches Bedürfnis nach einer Kippe bekam und nach dem Film draußen in der Kälte und an einer Straßenecke, an der es nach Pisse und Abfällen stank, mit meinem Feuerzeug rumhantieren musste. Genau wie die Leute, die ich sonst immer mitleidig und leicht verächtlich betrachte, weil sie es nicht mal zwei Stunden ohne Zigarette aushalten. Ganz schlimm war der Film «Lammbock». Ich liebte diesen Film, aber darin ging es die ganze Zeit um Gras, und es wurde unheimlich viel davon konsumiert. Ich hatte jahrelang keine Tüte mehr geraucht und musste plötzlich wehmütig an die Gardaseefahrt 1998 denken. Es wird mir eh keiner glauben, aber dort habe ich tatsächlich meinen ersten Joint geraucht. Ich musste husten und bekam dann einen Lachanfall, ich weiß nicht, ob wegen des Haschs oder weil ich meinte, irgendwie reagieren zu müssen. Jedenfalls war es ein toller Abend und sehr lustig. Als ich nach «Lammbock» mit Marlene und Vroni aus dem Kino kam, überlegte ich ernsthaft, wo ich jetzt einen Joint herbekommen könnte. Hauptbahnhof? Uah. Gruselig. Außerdem wollte ich ja nur ein bisschen Gras und weder Crack noch Koks. Studentenparty? Wir machten uns auf den Weg und suchten nach einer. Schließlich landeten wir in der Max-Emanuel-Brauerei auf einer gemischten Juristen- und BWLer-Feier. Hätten wir uns gleich denken können, dass das die falsche Adresse war. Wohin wir auch blickten – weiße Blusen unter beigefarbenen Pullundern, rosa Hemden unter grauen Strickwesten, rosafarbener Lipgloss, frisch rasierte Kinnpartien, auf jedem Tisch so viele Handys wie anwesende Personen außen rum – und keine Spur von Rauch in der Luft. Nicht mal normaler Zigarettenrauch. Wir verließen die Location rückwärts. Ich sehnte mir meine Freundin Jenny aus Krefeld herbei, die ab und zu ins nahe gelegene Holland fährt und von dort frisches Gras importiert. Anyway, der Abend blieb drogenfrei. Trotzdem bekomme ich seitdem immer, wenn ich Moritz Bleibtreu sehe, ungeheure Lust auf was zu rauchen ...

Als wir mit unseren Zigaretten fertig sind, kommt Max entspannt den Hügel heruntergetrabt. Gar nicht außer Atem berichtet er: «Der Zielbereich und die Tribünen sind überfüllt, weil die Qualifikation von gestern, als es schneite, auf heute verlegt wurde. Und jetzt gehen die Leute mit den Karten für die Quali nicht mehr raus, und wir haben Pech gehabt.»
«Ist ja auch wirklich ungewöhnlich, dass es im Januar schneit», lästert Marlene mit angesäuerter Miene, «hey, das ist eine WINTERsportart. Typisch Österreicher.»
«Entspann dich, Marlene», meint Max und wirkt gar nicht aufgeregt, «wir bekommen unser Geld zurück, ich habe einen Ordner gefragt.»
Ich bin beeindruckt. Und ein wenig stolz. Stolz auf meinen Exfreund. Darf ich das? Immerhin ist er erst so souverän, seit er nicht mehr mit mir zusammen ist. Na ja, egal. Darüber möchte ich jetzt nicht näher nachdenken.
Wir beschließen, den Hang neben den Tribünen hinaufzusteigen, um wenigstens von dort aus das Geschehen zu verfolgen. Vroni und Max klettern zügig bergauf, ich stapfe wacker in zweiter Reihe aufwärts und höre hinter mir Marlene keuchen. Blöde Raucherei. Mehr Sport wäre auch nicht falsch. Wie war das mit meinen guten Vorsätzen? Wie viele Kalorien ich wohl im Moment verbrenne? Verbrennen ist das Stichwort. Mir ist furchtbar warm. Ich muss was ausziehen. Dampfe schon.

Zwei Stunden später. Mir war noch nie in meinem Leben so kalt. Meine Schuhe sind auf der erst aufgetaut-matschigen und jetzt wieder fest gewordenen Wiese angefroren. Ich habe einen BH, ein Skiunterhemd, zwei T-Shirts, einen Pulli und meine Skijacke an und fühle mich, als wollte ich im Negligé Alaska erkunden.

«Frieren tut's nur die Armen und die Dummen», sagt Max und grinst mich von der Seite an. Unverschämter Kerl. Mir fällt keine schlagfertige Antwort ein. Wie meistens. Also schaue ich ihn an. Dies anscheinend auf Mitleid erregende Weise. Denn sein Grinsen wird zum Lächeln, er öffnet den Reißverschluss seiner Daunenjacke, tritt hinter mich und nimmt mich mit in das warme Innere seiner Jacke und in seine Arme. Wie damals auf dem Coldplay-Konzert atme ich seinen vertrauten Geruch ein und fühle mich auf einmal so wohl, so wohl wie abends auf meiner Couch mit der Kuscheldecke über mir und einem alten «Tatort» im Fernsehen.

Am Ende des Skispringens gewinnt einer. Ich weiß leider nicht mehr, wer. Überhaupt habe ich nicht viel von diesem sportlichen Ereignis mitbekommen, unser Standpunkt war nicht wirklich ideal. Etwa fünf Sekunden, nachdem der Springer startete, kam er zwischen den Bäumen hervorgeschossen, um weitere drei Sekunden später hinter einem Heustadel zu verschwinden. Kurz darauf merkten wir am «Aaaaaaaah» oder «Ooooooh» der Qualifikationskartenbesitzer, die unrechtmäßig unsere Plätze okkupierten, ob der Sportler sicher gelandet war oder ob es ihn im Zielraum zerlegt hatte.

Trotzdem war es ein schöner Tag an der frischen Luft, mit meinen besten Freundinnen und meinem Exfreund, der nicht nur einen knackigen Po, sondern auch überraschende neue Qualitäten besitzt. Eines ist allerdings gleich geblieben: Max hat immer warme Hände, egal, wie kalt es draußen ist. Meinen Taschenofen nannte ich ihn früher, wenn wir uns auf grottenschlechten Zweitligafußballspielen den Hintern abfroren und er mich mit seiner Wärme tröstete.

Als ich spät abends in meiner Badewanne liege und den Soundtrack von «Mondscheintarif» höre (perfekte Bademusik), fällt mir auf, dass ich den ganzen Tag fast gar nicht an Paul gedacht habe. Bis jetzt. Ich tappe zu meinem Bett, und das Letzte, was ich mit geschlossenen Augen sehe, ist Pauls Gesicht, die Lachfältchen um seine Augen, kurz bevor er mir etwas Schönes sagt.

DONNERSTAG, 9. JANUAR 2003 – ALWAYS ON MY MIND

Das war's dann wohl mit der Paul-gedankenfreien Zeit. Es hat mich wieder voll erwischt.
Manchmal fällt mir ein passender Ausdruck für einen Zustand, in dem ich mich befinde, nur auf Englisch ein. Ich weiß nicht, ob das daran liegt, dass das Englische einfach die treffenderen Bezeichnungen findet, oder ob einem diese Worte passender erscheinen, weil sie in so vielen Songs vorkommen, die man täglich im Radio hört, und deshalb einfach richtig klingen. Richtiger als ihre deutschen Synonyme.
Für den Zustand, in dem ich momentan bin, finde ich ebenfalls nur einen englischen Ausdruck: You are always on my mind. You bezieht sich, wie sollte es anders sein, auf Paul.
Es ist nicht dieses fast schon zwanghafte An-jemanden-Denken, bei dem man sich damit quält, was der andere wohl gerade (ohne einen) macht, ob er lacht oder schläft, isst oder spricht, liebt oder sich ärgert. Ich meine nicht dieses An-jemanden-Denken, bei dem man den anderen in jedem vorbeifahrenden Auto zu sehen vermeint, bei dem man beim Betreten einer Kneipe die

anwesenden Gäste scannt – der, an den man denkt, könnte ja auch hier sein. Ich meine vielmehr ... na, eben dieses «always on my mind»-Gefühl.

Ich weiß nicht, ob nur Frauen das kennen. Ich lebe einen ganz normalen Tag, stehe morgens auf, dusche, koche Kaffee, friere mir beim Rauchen auf dem Balkon die nackten Füße ab, kämpfe beim Haareföhnen mit dem Wirbel an der Stirn, fahre irgendwann ins Büro, weil heute ein Job-Tag ist, mache meine Arbeit, lache mit den Kollegen, esse mittags einen überteuerten Club-Wrap vom Coffeeshop, streiche abends fünf von 18 zu erledigenden Aufgaben auf der heutigen To-do-Liste, bin deswegen ein bisschen deprimiert, rufe meine Freundinnen an, treffe mich mit ihnen in einer Kneipe, esse wie immer das Chicken Saté, weil ich mich nicht entscheiden kann, trinke ein paar Apfelschorle, weil mir die Cocktailauswahl zu verwirrend ist, rauche eine halbe Schachtel Gauloises und falle später erschöpft ins Bett, um beim Auftreffen meines Kopfes auf das Kissen festzustellen, dass ich gar nicht mehr müde bin und eigentlich noch die Wiederholung von «SatC» angucken könnte. Nach dem Vorspann schlafe ich ein und erwache morgens von der nervigen Pro-Sieben-Frühstückssendung. Ein ganz normaler Tag eben. Und den ganzen normalen Tag lang ist Paul «on my mind». In jeder Minute, in jeder Sekunde. Nicht immer im Vordergrund. Oft eher weiter hinten. Aber immer da. Jedes Lied im Radio besingt unsere Geschichte, egal, ob es sich um einen traurigen Single-Song («Feel» von Robbie Williams), um ein glückliches Liebes-Lied («Your Body Is A Wonderland») oder um eine herzzerreißende Liebeskummer-Ballade («Der Weg» von Herbert «das Leben ist nicht fair» Grönemeyer) handelt. Wenn ich in der «Süddeutschen» einen interessanten Artikel lese, diskutiere ich im Geist mit Paul darüber. Wenn das Telefon klingelt, eröffnet das die theoretische Möglichkeit, dass er dran sein könnte. Jede E-Mail oder SMS tut das Gleiche. Doch nichts Konkretes ist nötig, um Gedanken an Paul auszulösen. Er ist einfach immer bei mir. Es ist kein himmlisches Gefühl, es tut aber auch nicht weh oder ist gar lästig. Es ist einfach da. Paul ist einfach da. Immer und überall. Er verfolgt mich nicht, er jagt mich nicht. Er begleitet mich. Manchmal allerdings wird er ein wenig aufdringlich. Dann spielt er sich in den Vordergrund, hindert mich am klaren Denken, am Arbeiten, daran, mein Leben zu leben. Dann sehe ich überall Nummernschilder mit seinen Initialen, entdecke seinen Blondschopf im Leuchtenbergtunnel und zwei Minuten später am Arabellapark. Genau in solchen Momenten spielen sie im Radio gerne eines «unserer» Lieder, die eher *meine* Lieder sind, da er vermutlich nicht mal aufhorcht, wenn er eines davon hört. Nur ich verbinde sie mit ihm. Sie verbinden uns nicht. Das ist einseitig. Dann fange ich an, mich zu fragen, wo er gerade steckt, ob er schon auf ist oder noch schläft, wie er wohl aussieht, wenn er träumt, ob er morgens im Bad auch mit dem Gesicht ganz nahe an den Spiegel geht und nachsieht, ob er noch derselbe ist wie gestern Abend. In solchen Momenten frage ich mich, ob er an mich denkt und wenn, wie und was er denkt. Ob er mich vermisst und wenn, wie sich das für ihn anfühlt. Ob Paul auch dieses warme Ziehen irgendwo zwischen Herz und Magen kennt, das einem die Tränen in die Augen treibt, wenn man sich darauf konzentriert. Ob er auch stille Zwiegespräche mit mir führt und sich im Geist Dinge und Ereignisse notiert, über die er mit mir sprechen will. Diese Phasen sind weniger angenehm. Exzessives Arbeiten, komplizierte Diskussionen, die Probleme anderer Menschen, laute Musik, Tanzen, Sport oder Alkohol helfen dagegen. Aber das ist anstrengend. Es geht an die Substanz. Doch mit etwas gutem Willen bin ich bald wieder in meinem Normalzustand. Im «You are always on my mind»-Zustand.

MITTWOCH, 15. JANUAR 2003 –
WOHNUNGSPUTZ

Paul kommt mich besuchen! Morgen Abend kommt er vorbei, wir werden zusammen etwas essen, vielleicht eine DVD anschauen und dann ... Er meinte, er würde über Nacht bleiben, wenn er dürfe ... Aber von vorne.

Gestern Abend ging ich ins Bett und stellte wie immer den Wecker meines Handys auf sieben Uhr. (Was nicht heißt, dass ich um sieben Uhr aufstehe. Vor neun Uhr morgens habe ich meistens so seltsame Kreislaufbeschwerden, ich kann dann nicht sprechen, geschweige denn arbeiten oder sonst etwas Sinnvolles tun. Aber ich liebe es, um sieben Uhr aufzuwachen, dämliche Guten-Morgen-Sendungen auf Radio Gong oder Energy oder Bayern 3 anzuhören, zu wissen, dass die meisten Berufstätigen jetzt schon frierend an den Bushaltestellen warten, und mich nochmal dekadent unter meine Decke zu kuscheln, die morgens grundsätzlich viel weicher ist als abends.) Normalerweise schalte ich das Handy, nachdem ich den Wecker gestellt habe, über Nacht aus. Gestern nicht. Keine Ahnung, weshalb.

Um ein Uhr nachts wurde ich vom dezenten «Fiiiiep» meines Mobiltelefons wach. Ich blickte neben mein Bett und sah ein grünes Leuchten. «1 Kurzmitteilung erhalten». Leicht genervt tippte ich auf «Anzeigen». Sicher eine Werbe-SMS. Weit gefehlt. «Paul» stand da, und ich fing wie immer blödsinnig an zu zittern. «Marie, ich muss dich sehen. Ich denke gerade an dich. Ich will von dir angefasst werden, dich anfassen, unsere Körper ineinander verschlungen, will in dir sein!»
«Ich will dich auch so gerne spüren», schrieb ich zurück und ließ eine recht detaillierte Schilderung der Küsse folgen, die ich auf seinem Körper und dort an ganz bestimmten Regionen platzieren würde. Und dann wurde es richtig heiß. Kurz kam mir

die Idee, ihn anzurufen und das Ganze per Telefon weiterzuführen, aber ich verwarf diese Idee schnell wieder. Schon komisch, diese Gemeinsamkeit zwischen Paul und mir. Wir sind beide Schriftmenschen und telefonieren nicht gerne. Etwa 20 SMS und anderthalb Stunden später hatten wir verabredet, uns am übernächsten Abend – Donnerstag – zu treffen. In seiner Wohnung ginge es diesmal leider nicht, schrieb Paul, seine Schwester aus Hamburg wohne diese Woche mit ihrem kleinen Sohn bei ihm. Kein Problem, ließ ich ihn wissen und lud ihn zu mir ein. Er könne es kaum erwarten, müsse jetzt leider schlafen, «Süße», lautete seine letzte SMS. Den Kopf voller unanständiger Ideen, schmutziger Phantasien und warmer, seliger Vorfreude schlief ich schließlich gegen vier Uhr morgens ein.

Vor fünf Minuten klingelte dann mein Wecker. Kreislauf hin, Kreislauf her, ich stehe schon unter der Dusche und versuche, nicht daran zu denken, dass ich nur drei Stunden geschlafen habe. Ich habe heute viel zu tun. Ich muss in die Staatsbibliothek, zu meiner Professorin, dann einkaufen – nein, vorher überlegen, was ich für Paul kochen könnte. Dann einkaufen und die Wohnung putzen. Das Bett frisch beziehen muss ich auch. Es ist das erste Mal in meinem Leben, dass ich mich auf einen Wohnungsputz freue! Und ich werde alles heute erledigen, denn morgen muss ich arbeiten.

Ich tappe aus der Dusche und suche Musik zum Wachwerden. Etwas Fröhliches muss her, Reamonn hat jetzt ausge«weep»t! Das Leben ist schön, ich weiß gar nicht, warum ich in den letzten Wochen so viel Trübsal geblasen habe. Trübsal blasen ist nicht besonders sexy. Ich wollte Paul vergessen, noch vor acht Tagen. Mein fester Vorsatz für 2003. Aber wer konnte auch ahnen, dass er sich für dieses Jahr anscheinend vorgenommen hat, alles wieder gutzumachen und nett zu mir zu sein? Ich bin keine Prinzipienreiterin, die eisern an ihren Vorhaben festhält. Ich bin flexibel und total offen. Man muss das Leben nehmen, wie es kommt, und auch bereit für spontane Richtungswechsel sein. Na gut, wenn ihr wollt, dürft ihr mich ab sofort «Miss Inkonsequent» nennen. Damit habe ich gar kein Problem.

Ah, da ist ja die CD, die ich suche. «So wie einst Real Madrid» von den Sportfreunden Stiller, ein Relikt aus musikalisch sehr lehrreichen Jahren, aus den Jahren, in denen ich mit Max zusammen war. Durch Max entwickelte ich erst Musikgeschmack, vor ihm kannte ich nur die Songs, die im Radio gespielt wurden. Anfang der neunziger Jahre tanzte ich im «Terminal» am Alten Münchner Flughafen zu Ace of Base, Twenty 4 Seven («Is It Love») und Culture Beat. Gemeinsam hatten die alle einen billigen Dance-Beat, eine eingängige (und oft geklaute) Melodie, meist von Frauen gesungen, und im Mittelteil einen rappenden Afro-Amerikaner. Ich fand das damals prima. Ich kannte es nicht anders. Ein Wunder, dass Max damals nicht sofort von unserer zwei Tage jungen Beziehung zurücktrat, als er meine CD-Sammlung in Augenschein nahm. Damals wusste ich noch nicht, dass ich keinen Musikgeschmack besaß und wie wichtig ihm Musik war. Durch ihn lernte ich in den nächsten Jahren guten Sound kennen. Oasis, Marillion, Depeche Mode (okay, die kannte ich schon vorher, allerdings wusste ich nicht, dass sie außer «Enjoy The Silence» noch andere Hits geschrieben hatten), Alan Parson's Project, Greenday, Radiohead, um nur einige zu nennen. Und im Jahr 2000 lernten wir dann gemeinsam Coldplay kennen, bekanntermaßen meine Lieblingsband. Genial, der sensible, intelligente, interessante Sänger Chris Martin. Weniger genial von ihm, dass er ausgerechnet mit Gwyneth Paltrow zusammen ist. Mit dieser makrobiotisch-spaßfreien, blutleeren Zicke, deren Oscar mir bis heute ein Rätsel ist. Seit wann gibt's Filmpreise fürs Nichtschauspielern? Das wäre ja so, als würde jemand den Pulitzerpreis dafür erhalten, dass er ein weißes Blatt Papier einreicht. Wahnsinnig innovativ und rebellisch. Wenn ich mal zu viel Geld und Zeit habe, gründe ich als Erstes einen «Wir hassen Gwyneth Paltrow»-Club.

Aber ich schweife schon wieder ab. Ich wollte die Sportfreunde Stiller in den CD-Player legen. Super Surf-Sound.

> *In all den wunderbaren Jahren, in denen ich nur knapp verlor, um eine Haaresspitze breit – ich war wohl noch nicht bereit – daran vorbeigeschlittert bin mit geschlossenen Augen und eingesperrtem Sinn, mit einem Herz, das wohl zu lang auf Eis gelegen hat. Oder war's die Gelegenheit, die gefehlt hat – in all den Jahren ...*

Ich gestehe, ich kapiere nicht genau, worum es geht – Fußball? Beziehung? Magisterarbeit? Stadtlauf? Aber egal, das Lied macht gute Laune. Und definitiv wach. Meinen Nachbarn anscheinend auch.

So. Anziehen. Was ziehe ich bloß an? Halt, Marie, ganz langsam. Heute ist Mittwoch. Paul kommt morgen, Donnerstag. Keine Panik. Du hast noch über sechsunddreißig Stunden Zeit, entweder etwas Passendes in deinen zwei Kleiderschränken zu finden oder zur Not etwas Neues käuflich zu erwerben. Ich werfe mich also in meine Lieblingsklamotten, Jeans und schwarzer Rollkragenpulli, schlürfe meinen Kaffee, rauche eine Zigarette, obwohl mir morgens schlecht davon wird, und überlege, womit ich am besten beginne. Das Unangenehmste zuerst, wäre normalerweise meine Devise, aber das ist der Termin bei meiner Professorin. Und der ist nun mal erst heute Abend um 18 Uhr. Mist. Die StaBi macht auch erst um neun auf. Also putzen.

Eine halbe Stunde später landet der Pulli in hohem Bogen auf der Couch, und ich versuche, die Speckfalten zu ignorieren, die sich über dem Bund meiner Jeans bilden, während ich auf dem Boden knie und mich bemühe, den Staubsaugerschlauch reptilienartig unter dem Sofa hin und her zu schlängeln, damit er die Wollmäuse einsaugt. Flupp-schmatz-tschock. Das war jetzt entweder eine Riesen-Wollmaus oder die eine graue Socke, die ich seit Wochen schmerzlich vermisse. Wozu habe ich eigentlich vorhin geduscht? Und wann habe ich das letzte Mal hier sauber gemacht? Früher dachte ich, Putzen hieße, fünf Minuten lang zu schmissiger und das laute Brummen übertönender Musik mit dem Staubsauger durch die Wohnung zu fegen, im Bad großzügig Antikal zu verteilen und abzuspülen («ohne Nachwischen» steht auf der Packung) und das dreckige Geschirr der letzten Woche in die Spülmaschine zu räumen. Diese Meinung behielt ich bei, bis Vroni in ihre neue Wohnung zwei Straßen weiter zog und ich mich bereit erklärte, ihr beim Umzug zu helfen. Ich kam also in ihre noch leere Wohnung, stemmte die Hände in die Hüften und fragte:
«Und, was soll ich machen?»
«Wenn du willst, kannst du putzen!», sagte Vroni und drückte mir einen Eimer und Putzlappen in die Hand.
«Okay ...» Ich nahm das Putzzeug und sah mich nach meinem Gegner um. Wo war der Schmutz? Bei mir zu Hause drängte er sich unübersehbar ständig auf, aber hier? Alles glänzte vor Sauberkeit.
«Äh, Vroni?»
«Ja?», kam es aus der Billy-Verpackung.
«Wo genau, meinst du, soll ich putzen?»
«Fang einfach mit den Türen an, okay?»
«Türen. Okay.» TÜREN??? Seit wann putzt man Türen? Kann man Türen überhaupt putzen? Muss man Türen putzen? Wollen Türen geputzt werden? Wie putzt man Türen? Ich war höchst erstaunt. Auf diese Idee wäre ich nie gekommen. Ich nä-

herte mich der nächstliegenden Tür, es war die zur Küche, bis mein Gesicht nur noch Zentimeter von ihr entfernt war. Immer noch kein Dreck. Aber gut. Ich putze mal los. Am Ende lag ich rücklings auf dem Küchenboden und entfernte mit einem angefeuchteten Q-Tip den Staub aus den Lamellen der Luftschlitze in der Küchentür.

Seitdem weiß ich, was für eine hinterhältige Spezies der gemeine Hausstaub ist und wo man ihn überall finden kann, wenn man nur nach ihm sucht. Und heute tue ich das. Staub, komm raus, ich kriege dich.
Als eine ganze Weile später meine 50 Quadratmeter glänzen, blinken und nach Frosch Allzweckreiniger duften wie sieben südspanische Orangenhaine, kommt der intellektuell anspruchsvollere Part des Projekts, meine Wohnung auf Pauls Besuch vorzubereiten. Aufräumen. Nein, nicht direkt. Eher strategisch weg- und wieder hinräumen. Geliebte Stofftiere, ihr müsst leider bis übermorgen in die Sockenschublade. Tut mir echt Leid. Schaut mich nicht so vorwurfsvoll an, Pinguin, Elefant und Frosch, und auch du nicht, Gromit! Nein, ihr lebt nicht, und ihr wisst das. Aber was, wenn Paul beim DVD-Gucken neben mir auf dem Sofa Lust bekommt, nicht nur an den Tortillachips, sondern auch ein bisschen an mir herumzuknabbern? Und was, wenn er sich dann von euch beobachtet fühlt und die Lust verliert? Sorry. Ihr versteht das doch. Schublade zu. Am Freitag dürft ihr wieder raus!
Mit schlechtem Gewissen (hoffentlich fürchten sie sich nicht im Dunkeln!) mache ich weiter. Jetzt sind meine Videos und DVDs dran. Sind sowieso nicht viele, aber gut zu sehen vom Sofa aus. «Casablanca»: ein Klassiker. Genehmigt. «Trainspotting»? Sehr subversiv-revolutionär und britisch. Paul mag England. Kann bleiben. «Jenseits von Afrika»? Einer meiner Lieblingsfilme, aber vielleicht ein bisschen zu schmalzig ... Weg damit. Obwohl – diese Szene, in der Robert Redford Meryl Streep zum

zweiten Satz von Mozarts Hornkonzert die Haare wäscht ... Oder dieser Dialog: «Wann hast du Fliegen gelernt?» – «Gestern!» Wunderbar. Ich glaube, er darf doch bleiben. Außerdem kann ich den Anfangssatz perfekt nachmachen. «Ich hatte eine Farm in Afrika ... Am Fuße der Ngong-Berge.» Und ein Schuss Sentimentalität ist doch sympathisch. Dann: «Wallace and Gromit». Entweder man liebt sie, oder man kennt sie nicht. Da Paul ja Großbritannien mag, kann es gut sein, dass er die Filme kennt, dann haben wir schon wieder etwas gemeinsam. Sehr gut. Das nächste, bitte. «Abgeschminkt». Herrlich! Kennt jemand die Szene, in der Maischa bei ihrem ONS im Bad steht und den Allibert öffnet, in dem die Kondome aufgereiht sind? «Aha. Vanille, Erdbeere, Banane, Kümmel ... KÜMMEL???» Vroni, Marlene und ich können uns auch in der siebenundzwanzigsten Wiederholung darüber scheckig lachen. Darf trotzdem nicht bleiben. Zu emanzig. Sicher ist sicher. Nächste DVD. Die komplette erste Staffel von «Sex and the City». Ganz nach vorne. Gehört in jeden anständigen Haushalt, und außerdem ist es die Originalfassung auf Englisch. Wirkt gebildet und kosmopolitisch. Und ich weiß, dass Paul «SatC» auch mag. Abso-fucking-lutely. Als ich ihm das erste Mal davon erzählte, wusste er nicht, wovon ich sprach, aber bei unserem nächsten Treffen erwähnte er, dass er sich die Serie jetzt auch immer ansehe und begeistert sei. Hurra, Paul ändert meinetwegen seine TV-Gewohnheiten! Weiter. «Herr der Gezeiten» mit Nick Nolte und Barbra Streisand. Schwülstiges Psychodrama mit viel Liebe und vielen Problemen, aber mit einem herrlichen Happy End, das keines ist. Zu diesem Thema ein andermal mehr. Eines meiner Lieblingsthemen. Das Video darf jedenfalls bleiben. Nächstes. «Titanic». Ein Grenzfall. Ob Paul den Film wohl mochte? Könnte ich mir schon vorstellen. Aber er war sicher nicht so bescheuert, ihn sich viermal im Kino anzusehen und dann auch noch das Video zu kaufen. Also lieber weg damit. Es bleiben noch akzeptable Filme wie «Einer flog übers Kuckucksnest», «Thelma und Louise» und «Die fabelhafte Welt der Amélie».

Weiter geht's bei den Büchern. Die komplette obere Reihe meines riesigen Bücherregals gehört in den Keller. Paul denkt doch, ich hätte mich emotional nie von meiner Kindheit gelöst, wenn er «Hanni und Nanni», «Dolly» 1–20, alle Bände von «Bille und Zottel» und die gesammelten Abenteuer der «Fünf Freunde» entdeckt. Ganz zu schweigen von «Pumuckl». Und die «Lurchi»-Bücher müssen ebenfalls weg, auch wenn ich sie als Kind so sehr geliebt habe. Ich bin jetzt 28 und erwachsen. Ich packe auch gleich noch die gesamte Reihe an dtv-Junior-Bänden mit in die Kellerkiste. Kann mich noch an jede einzelne der pädagogisch wertvollen Problemgeschichten erinnern, aber das tut nichts zur Sache.

Die große Lücke in meiner Bücherwand fülle ich mit meinen Uni-Büchern, die sich normalerweise in Stapeln rund um meinen Arbeitsplatz im Schlafzimmer türmen. «Prototypensemantik», das hört sich doch intellektuell an, «Geschichte der Deutschen Literatur» ebenfalls, und die rororo-Monographien von Kafka, Kleist, Hesse, Goethe, Heine und so weiter machen sich auch ganz gut. Nicht, dass ich sie alle gelesen hätte, aber das spielt keine Rolle ... Einen halben Meter Regal kann ich mit gelben Reclam-Heftchen füllen. Sehr gut. Dann noch die Reisebücher. Sieht aus, als wäre ich schon weit rumgekommen: Fast ganz Europa ist vertreten, außerdem Australien, Neuseeland, Südamerika, Thailand und Alaska. Die letzten fünf sind ausschließlich Wunschziele von mir, sollte mein Kontostand mal mehr als drei Tage lang die 1000-Euro-Grenze überschreiten oder ich endlich mit dem Studium fertig sein. Bin gespannt, was zuerst eintritt.

Als die Bücheranordnung geklärt ist, verteile ich noch einige ausgesuchte Souvenirs im Wohnzimmer: eine leere Dose Krefelder, meine Mini-Whisky-Sammlung aus Schottland, die antike englische Silberteekanne (Paul liebt England, erwähnte ich das bereits?) und das wertvolle Schachbrett samt Figuren, das mir mein Opa zu meinem zehnten Geburtstag schenkte. Bisher habe ich es immer als Untersetzer für meine Sammlung diverser hochprozentiger Alkoholika verwendet. Die verschwinden bis auf eine Flasche Wodka Absolut und einen teuren Portwein ebenfalls im Keller. Paul soll ja nicht denken, ich hätte ein Alkoholproblem.

Ganz am Schluss platziere ich die 1000 Seiten dicke Biographie von Thomas Mann wie zufällig auf dem Couchtisch und betrachte mein Werk. Perfekt. Fast. Die Biographie sieht definitiv zu ungelesen aus. Also Hände eincremen, Buch ein paar Mal kräftig durchblättern. Eselsohren hineinmachen und wieder glätten. Und dann den Einmerker auf Seite 780. Super. Stopp – ich habe die CDs vergessen. Auch sehr wichtig. Hier beschränke ich mich aufs Ausmisten, entferne sämtliche Bravo-Hits aus dem Regal, ebenso müssen Kuschelrock, Heart Rock und die «Leichte Klassik» dran glauben. Alles andere ist vertretbar.

Während ich mein perfekt vorbereitetes Wohnzimmer so betrachte, beschleicht mich der Gedanke, dass ich vielleicht durch das Entfernen diverser Stofftiere, DVDs, Bücher, Flaschen und CDs eine falsche Persönlichkeit suggerieren könnte. Ich bin halt so, ich spreche mit meinen Plüschtieren, ich liebe «Titanic», hänge an meinen Kinder-Pferdebüchern und habe sie gerne um mich, ich trinke öfter mal Alkohol und höre nicht nur coole, intelligente, zeitgemäße Musik. Wenn Paul mich nicht so mag, wie ich bin, ist das dann eine gesunde Basis für eine Beziehung? Doch ich schiebe den Gedanken schnell wieder beiseite. Es geht hier (noch?) nicht um eine Beziehung, sondern erst mal um einen schönen Abend zu zweit und eine lange, heiße Nacht. Oh, endlich eine ganze Nacht. Was ich alles mit ihm anstellen werde in dieser Nacht. Bin ich eigentlich pervers, weil ich so oft –

beim U-Bahn-Fahren, im Auto, abends vor dem Einschlafen, im Hörsaal (ähem) oder wenn Stefan Raab mal wieder nicht wirklich witzig ist und Harald Schmidt noch nicht angefangen hat – an Paul und den Sex mit ihm denke? Ein klein wenig besessen vielleicht? Am meisten liebe ich diesen Moment, wenn wir noch im Flur stehen und uns küssen, atemlos, wie verdurstend. Wenn ich seinen Pulsschlag hören kann und seinen fast verwunderten Gesichtsausdruck sehe. Wenn ich nicht weiß, wohin mit meinen Händen, weil ich ihn am liebsten überall gleichzeitig anfassen würde. Wenn ich dann meine Hände unter sein T-Shirt schiebe und merke, wie er die Luft anhält, während ich seine Haut berühre. Wenn ich weiß, dass er mir jetzt am liebsten die Kleider vom Leib reißen und mich auf der Stelle auf der Kommode im Flur nehmen würde, sich aber zurückhält, weil dieser Moment so schön ist. Wenn ich mich an ihn dränge und spüre, wie hart er schon ist ... Stopp. Wenn ich so weiterträume, halte ich es nicht mehr bis morgen Abend aus!

Hilfe! Es ist schon 14 Uhr, und ich muss noch in die StaBi, mich auf das Gespräch mit meiner Professorin vorbereiten! Bin schon unterwegs.

Auf dem Weg ins Uni-Viertel muss ich an meinen «Mantel ohne was drunter»-Test denken. Hm, ich habe das kein zweites Mal probiert. Ob Paul darauf abfährt? Immerhin hat mir dieser Test damals ein Kaffee-Date mit Stefan (genau: einsneunzig groß, H&M-Model-Typ, wuschelige Haare und ein sehr freches Grinsen) versaut. Für irgendetwas muss dieser Selbstversuch doch gut gewesen sein. Sollte ich es wagen und Paul morgen im Mantel, nur im Mantel, die Tür öffnen? Er könnte mich allerdings für bekloppt halten, wenn ich in meiner gut geheizten Wohnung Winterkleidung trage. Vielleicht kommt es dann gar nicht dazu, dass er herausfindet, wie wenig ich darunter anhabe, weil er vorher «Ichglaubichhabdieherdplatteangelassen» murmelnd das Weite sucht. Ich warte doch lieber noch ein bisschen damit. Dann habe ich wenigstens einen Grund, mir einen hübschen Sommermantel zu kaufen.

Schade, Stefan war heute gar nicht da. Und das, wo ich anständige Unterwäsche trage! Obwohl ... Wenn ich mich recht erinnere, habe ich heute in der mir eigenen Stilsicherheit einen rosa geblümten Slip, den ich aus Versehen mal mit einer neuen dunkelblauen Jeans zusammen gewaschen habe, mit einem grautransparenten BH kombiniert. Aber woher weiß Stefan das?
Ich habe ein paar weiterführende Bücher für meine Magisterarbeit gefunden und mir eine Menge wichtig aussehender Notizen gemacht. Auf zu Frau Professor.

DONNERSTAG, 16. JANUAR 2003 – SECHS WÖRTER STATT SEXY WORTEN ODER WARUM ICH WIEN HASSE

Mist. Verdammter Mist. Ich befinde mich in der blödesten Situation, in der eine bis über beide Ohren verliebte Frau sich befinden kann. Ich habe ein Date mit dem Mann meiner Träume, meine Wohnung ist perfekt auf sein Kommen vorbereitet, das Bett ist frisch bezogen – und es sind da zwei kleine Probleme aufgetreten.
Problem Nummer eins: meine Magisterarbeit. Unmissverständlich machte mir meine Professorin gestern klar, dass sie bis morgen Vormittag das fertige Exposé meiner Arbeit auf ihrem Tisch haben will. Ansonsten könne sie mir nicht garantieren, meine Arbeit weiter zu betreuen.

«Wie stellen Sie sich das vor, Frau Sandmann?», wollte sie wissen. Ihr Tonfall klang nicht besonders kooperativ. «Wir haben Mitte Januar. Abgabetermin ist Ende März, und Sie haben bisher …» Sie blätterte kurz in ihren Notizen. Als wüsste sie nicht auswendig, wie viel ich bisher geschrieben habe. «… Sie haben bisher ganze sieben Seiten zu Papier gebracht.» Immerhin, wollte ich aufmucken, doch sie kam mir zuvor: «Sieben Seiten Literaturangaben. Sieben Seiten – Sekundärliteratur.» Hörte ich da einen leichten Vorwurf aus ihrer Stimme? Ich schlürfte einen Schluck bitteren, kalten Kaffee aus der Diddl-Tasse «Beste Kollegin der Welt». Ich hasse Diddl-Tassen. Ich hasse dieses verstaubte, altmodische Institut für Literaturwissenschaften. Ich hasse das Büro meiner Professorin, in dem es immer kalt ist und nach alten Büchern muffelt. Ich hasse mich und meine Schlamperei, weil ich diese verflixte Magisterarbeit nicht gebacken kriege. Mit 28 Jahren haben andere Frauen schon zwei Studiengänge abgeschlossen, drei Jahre lang gearbeitet, ein Jahr im Ausland verbracht und sind gerade mit dem zweiten Kind schwanger. Halt, da war vorher noch was. Verheiratet sind diese Frauen selbstverständlich auch. Und ich? Kein Studienabschluss, kein Fulltimejob, kein Auslandsjahr, keine Karriere, kein Mann und erst recht kein Nachwuchs in Sicht.

«Also, Frau Sandmann, ich erwarte bis Freitag, zehn Uhr, Ihr Exposé», sagte meine Professorin abschließend und wagte es doch tatsächlich, mir noch ein «Frohes Schaffen» hinterherzuschmettern, als ich geknickt aus dem stickigen Zimmer schlich.

Problem Nummer zwei: Paul meldet sich nicht. Es ist wie verhext. Ich bin es ja gewöhnt, dass er Dates mit mir absagt. Aber ich dachte, das sei nur zu Anfang unserer Bekanntschaft so gewesen. Himmel, er weiß, was ihn erwartet, oder? Wir haben uns einen Monat und viele Feiertage lang nicht gesehen! Ihn erwartet eine sexuell ausgehungerte, mit wilden Phantasien angefüllte, verliebte Frau! Wenn ich nur ein Drittel von dem wahr mache, was ich in meinen SMS der letzten Nächte geschrieben habe, ist er der glücklichste Mann der Welt. Selbst wenn er nur

Sex von mir will – was hält ihn davon ab, den heute Abend zu bekommen? PAUL! Argh. Wo sind meine Pfefferminztaler?

So, Marie, nun ist aber Schluss mit Durch-die-Wohnung-Tigern und laut «Jetzt ist gut» von Such a Surge hören. Du hast noch eine kleine, zweigeteilte Chance. Du musst dein Exposé bis 20 Uhr fertig bekommen, und Paul muss sich melden. Letzteres nützt dir nur etwas, wenn Ersteres gelingt. Also: an die Arbeit!

Ich klappe das Notebook auf und beginne mit der Arbeit. Gott, ist das trocken. Dauernd spuken mir Pauls Sätze von vorgestern Nacht durch den Kopf. «Ich hake deinen BH auf und streife ihn dir ab. Dann küsse ich sanft deine Brüste ...» HAAAAALT! So kann ich nicht arbeiten! Ganz bestimmt wird niemand sanft meine Brüste küssen, wenn ich das jetzt nicht hinkriege!

Sieben Stunden später gebe ich auf. Ich habe ungefähr 165 PostIts in meine Bücher geklebt, zwei Bleistiftenden zerkaut, mir zweimal etwas Gesundes zu essen gekocht, danach sofort abgespült, war im Supermarkt, um Pfefferminztalernachschub zu besorgen, habe eine Schachtel Zigaretten auf dem Balkon geraucht. Und 642 Zeichen in das leere Word-Dokument auf meinem Bildschirm getippt. 112 Wörter, 2 Absätze, 13 Zeilen. Zu wenig Zeilen. Es reicht nicht. Ich schaffe es nicht. Nicht heute. Muss eine Nachtschicht einlegen. Es ist fünf Uhr nachmittags, und ich kapituliere.
Ein Blick auf mein Handy. Keine neue Kurzmitteilung erhalten, kein Anruf in Abwesenheit. Keine E-Mail. Kein Wort von Paul. Ich tippe in mein Mobiltelefon: «Hallo, Paul. Ich muss bis morgen früh das Exposé meiner Magisterarbeit abgeben. Können wir unser Treffen verschieben? Es tut mir so Leid. Kuss, Marie». JAAAA, es tut mir Leid. Es reißt mir das Herz heraus. Es bringt mich um. Aber es geht nicht anders. Ach, Paul. MISTMISTMIST.

Er antwortet nicht. Ach so, ich sollte die SMS vielleicht auch abschicken. Kein Problem. Nummer suchen ... Paul. Senden. Wirklich senden? Komm, Marie, drück auf «Ja». Ist nicht schwer. Und muss sein. Komm. Eins, zwei, zweieinhalb ... Drei. «Kurzmitteilung gesendet». HEUL.

«Es ist gut so, Marie», sagt das Engelchen auf meiner rechten Schulter, «es war allerhöchste Zeit, dass du ihm auch mal absagst! Wie oft hat er dich versetzt? Dreimal?» Ja doch, ich weiß das. Sogleich meldet sich Teufelchen von der linken Seite: «Das ist doch egal! Vergeben und vergessen! Mann, was hättet ihr für einen Spaß haben können heute Nacht. Endlich mal genug Zeit. Stundenlanger, hemmungsloser Sex. Zusammen duschen. Und dann weiter, bis ihr endlich erschöpft und ineinander verschlungen eingeschlafen wärt. Um am nächsten Morgen aufzuwachen und richtig schönen, langsamen, noch etwas verschlafenen Guten-Morgen-Sex zu haben ...» Halt die Klappe, fauche ich und schnippe ein Haar und das Teufelchen von meiner linken Schulter. Es flattert höhnisch lachend davon, und ich höre es aus der Küche kichern: «Stattdessen wirst du die ganze Nacht vor deinem Computer sitzen und tiefe Einsichten über die Geschlechterdifferenz in Marlen Haushofers Romanwerk in die Kiste tippen ... Wirklich sehr sexy ...»

Paul antwortet nicht. Ob er sehr sauer ist? Bevor ich nachdenken kann, habe ich schon «Bist jetzt sauer? Tut mir echt super Leid!» in mein Handy getippt und abgeschickt. Ich Depp. Ich Riesen-Rindvieh. Super Leid. Wie alt bin ich – fünfzehn? Superpeinlich, echt. Menno.

Was erblicken meine verheulten Augen? «1 Kurzmitteilung erhalten». O mein Gott.

«Bin in Wien und im Stress». Hey, guter Mann, woher soll ich das bitte schön wissen?!? Hellsehen gehört nicht zu meiner Serienausstattung. Ungewissheit und Traurigkeit weichen einer Mischung aus Wut und Verzweiflung. Was bildet der sich eigentlich ein? Was, wenn ich nicht abgesagt hätte? Wäre er einfach nicht aufgetaucht und hätte mich in meiner spiegelblanken, duftenden, sorgfältig präparierten Wohnung sitzen lassen? Mit einem filmreifen Porno im Kopf, in dem er und ich die Hauptrollen spielen, aufgebrezelt, geduscht, epil- und parfümiert, eingecremt und in einem zwickenden Spitzentanga ... Wie erniedrigend, wie erbärmlich!

Ich hasse Wien, ich hasse meine vorbereitete Wohnung, ich hasse mein kleines, langweiliges Leben, ich hasse Paul! Nein. Ich hasse die Tatsache, dass er in Wien ist und unser Date vergessen hat. Ich hasse mich, weil ich mir so viel Mühe und Gedanken gemacht habe und mir nun so richtig schön blöd vorkomme. Ich hasse das Gefühl, mein Leben, das mir bisher ganz gut gefiel, plötzlich nicht mehr zu mögen, weil Paul es nicht teilen will. Und am schlimmsten ist, dass ich Paul liebe. Dass er mir nicht egal ist.

Was mach ich jetzt nur? Ich gehe den Katalog meiner Notfallprogramme für akut verzweifelte Situationen durch.
Meine Möglichkeiten sind vielfältig:

1) Sinnlos betrinken, alleine. (Ich denke an meinen Wodka Absolut im Gefrierfach, dort, wo anständige Frauen in meinem Alter ihre Iglu-Salatkräutermischung und das Schlemmerfilet à la Bordelaise aufbewahren.)

2) Sinnlos betrinken, mit Vroni. (Was macht Vroni heute Abend? Ich habe keine Ahnung. Vor lauter bevorstehendem – ehemals bevorstehendem – Paul-Besuch habe ich bereits angefangen, meine Freunde zu vernachlässigen. So fängt's an.)

3) Ausgehen, aktuellen Marktwert testen und einen attraktiven Typen für einen netten, komplikationslosen ONS abschleppen. (Ich *will* keinen ONS. Will keinen anderen Mann. Will Paul. Nur Paul. Meinen Paul. Ist nicht mein Paul. Wird nie mein Paul sein. Ist Paul, der in Wien und im Stress ist.)

4) Drei Kannen Schlaftee trinken, sieben Baldrian-Hopfen-Dragees einwerfen, «Der Weg» von Herbert «das Leben ist nicht fair» Grönemeyer in Repeat-Funktion hören, das Leben so was von unfair finden, heulen, mir lebhaft vorstellen, die Baldrian-Hopfen-Dragees wären Schlaftabletten, sieben Abschiedsbriefe schreiben und schließlich sanft einschlummern. Und natürlich am nächsten Morgen wieder aufwachen.

5) Mami anrufen und ausheulen. (Kommt nicht infrage. Das letzte Mal, als ich das tat, war ich siebzehn, und Peter, meine erste große Liebe, hatte mir gerade recht überraschend eröffnet, dass er doch lieber bei seiner Ehefrau bleiben und nicht mit mir in Tasmanien, Dänemark oder Bad Reichenhall ein neues Leben beginnen wollte. Das ist jetzt 11 Jahre her. Ich sollte inzwischen ohne mütterlichen Beistand mit derartigen Situationen klarkommen. Außerdem hofft meine Mutter immer noch, dass ich bald Max heirate und sie in naher Zukunft bitte, unser Söhnchen für ein Wochenende zu betreuen ...)

6) Schreiben. Schlechte Gedichte verfassen, die sich auf keinen Fall reimen, in denen dunkle Wolken vorkommen, leere nächtliche Großstadtstraßen, winterlicher Regen im Gesicht (oder sind es doch Tränen?) und keine Interpunktion. Auf keinen Fall Interpunktion.

Ich werde erst mal Vroni anrufen und nachfragen, was sie heute Abend so macht. Es ist jetzt 20 Uhr. Wenn alles gut gegangen wäre, würde Paul jetzt vielleicht gerade klingeln, ich würde, bevor ich den Türöffner drücke, eine Strähne meines blonden Haares wie zufällig ins Gesicht zupfen, tief durchatmen und mich auf sein Lächeln freuen ... HALT. Der Selbstschutzmodus sollte sich jetzt aktivieren. Nicht dran denken. Hätte, wäre, könnte, würde – was soll das? Bestimmt hat es auch sein Gutes, dass das heute nicht klappte. Irgendwann werde ich die Schicksalhaftigkeit dieser Fügung erkennen und dankbar dafür sein.

«Mh-hm?»
«Vroniiiii ...»
«Fuldige. Iffin am Effen.»
«Das höre ich ... Sag Bescheid, wenn du fertig bist, ich hole derweil meine Zigaretten.»
«Marie?»
«Mahlzeit!»
«Was willst du? Ich bin sicher, du siehst phantastisch aus. Deine Haare sind super, Paul wird es nicht merken, dass deine Strähnchen schon drei Wochen alt sind, Männer sehen so was nicht, die sehen nur blond, und Blond ist gut. Hast du genug Kondome ...»
«Vroni!!!»
«Ähem. Hab ich was Falsches gesagt? Ihr benutzt doch Kondome, oder? Ich meine, du kennst ihn und seine Vorgeschichte ja noch nicht so gut, und man kann nie ...»
«VRONI!!!»
Ich muss relativ laut gekreischt haben, denn endlich hört sie mir zu. Und sie macht alles richtig. Sie sagt nicht, dass Paul sowieso ein Arschloch ist, das mich gar nicht verdient hat, dass ich ihn vergessen soll und mir lieber die Option auf einen Mann offen halten soll, der es gut mit mir meint. Genauso wenig sagt sie, dass alles halb so wild ist, dass ich mich zu sehr aufrege und es einfach mal locker nehmen soll. Vroni tut genau das Richtige. Sie hört sich meine siebzehn möglichen Erklärungen für Pauls Verhalten an, ohne mich zu unterbrechen und Sätze wie «Das

glaubst du doch selbst nicht» zu sagen. Sogar bei Variante elf (Paul bekam heute Mittag kurzfristig einen Spezialauftrag des österreichischen Geheimdienstes. Es wurde ihm streng untersagt, auch nur ein Sterbenswörtchen über seinen Aufenthaltsort zu verlieren. Unter akuter Gefahr für Leib und Leben schaffte er es, heimlich sein Handy einzuschalten und mir die sechs Worte «Bin in Wien und im Stress» zu senden) lacht sie mich nicht aus, sondern merkt nur kurz an, sie fühle sich irgendwie an den Film «Die fabelhafte Welt der Amélie» erinnert. Dann diskutieren wir die verschiedenen Möglichkeiten durch. Am Ende entscheiden wir uns für Nummer achtzehn. Paul hatte einen guten Grund, mir heute abzusagen, es tut ihm mehr Leid, als ich ahnen kann, und ich werde den Grund später erfahren. Das klingt doch gut. Vor allem das «es tut ihm mehr Leid, als ich ahnen kann».

Damit kann ich einigermaßen leben. Trotzdem brauche ich nach dem wohltuenden Vroni-Telefonat noch eine Badewannentherapie, kombiniert mit einer Mischung aus Notfallprogrammpunkt 1 und 4. Baldrian-Hopfen-Dragees mit eiskaltem Wodka. Nicht zur Nachahmung empfohlen! Irgendwie ist mir komisch, als ich aus der Wanne steige. Eine neue Designerdroge? Sehe schon die Schlagzeile in der «BILD» vor mir: «ATTRAKTIVE JUNGE STUDENTIN NACH ÜBERDOSIS IN BADEWANNE ERTRUNKEN», Untertitel: «Der tragische Tod der Marie S. – geschah er aus Liebeskummer? Welche Rolle spielt der geheimnisvolle Paul N.? Warum hat sich der österreichische Geheimdienst eingeschaltet?» Na ja, ich weiß nicht. Das wäre ja schon ein ganzer BILD-Artikel. Ob ich denen das wert bin? Wohl kaum. Paul wird also wahrscheinlich nie von meinem tragischen Ableben erfahren. Deshalb wird er auch nicht zu meiner Beerdigung erscheinen, wird nicht sehen, wie viele Freunde ich hatte, die um mich trauern, und wird nicht hemmungslos zu schluchzen beginnen, wenn sie «Mr. Tambourine Man» spielen wie in «Irgendwie und Sowieso», in der legendären Folge, in der Tango beerdigt wird ...

Mist, es ist erst 23 Uhr. Mir ist schlecht vom Heulen, vom Wodka, den Baldriantabletten und dem inhalierten Erkältungsbad. Boah, ist mir übel. Ich kann nicht mal rauchen. Von Pfefferminztalerkonsum ganz zu schweigen. Bleibt nur noch: ein Video. Da ist es. «Indecent Proposal» – Ein unmoralisches Angebot. Robert Redford, Traum meiner schlaflosen Nächte. Alexa und ich sind uns einig: Wir würden, wenn wir könnten, eine Million Dollar dafür *bezahlen*, eine Nacht mit ihm verbringen zu dürfen. Dass er unser Vater, ja theoretisch Opa sein könnte, stört uns nicht. Vergesst Brad Pitt, vergesst David Beckham, vergesst Enrique Iglesias. Allesamt konturlose Milchbubis. Ein Wort von Robert Redford, und ich wäre die Seine.
Ich brauche diesen Film jetzt. Okay, zwischendurch kann ich ein wenig vorspulen. Endlich kommt meine Lieblingsszene. Legendär, wie Diana und John alias Demi Moore und Robert «der Göttliche» Redford in seiner Limousine sitzen. Er weiß, dass sie gerne zu ihrem Mann zurückwill ... und er lässt sie gehen, indem er ihr erzählt, sie sei nur eine von vielen von ihm gekauften Frauen. Er weiß, dass das nicht stimmt, sein Fahrer und Vertrauter weiß es, und Diana weiß es auch. Doch sie geht. Der Fahrer fragt John, warum er das getan hat. Und er sagt: «I wanted to end it. She'll never look at me the way she looks at him.» O mein Gott. Wie edel, wie gut, wie weise. Wie immer muss ich spätestens hier hemmungslos heulen. Das Leben ist nicht fair. Und wenn es schon zu Demi Moore und dem großen Robert Redford nicht fair ist – wieso sollte es sich dann mir gegenüber anständig benehmen? Überhaupt – wie banal ist Glück. Wie banal, langweilig und ordinär. Lieber bin ich ein tragischer, interessanter Charakter als einer von diesen Menschen, denen ihr dauerhaftes Glück und ihre penetrante Fröhlichkeit aus allen Poren dringen und denen man immer heimlich wünscht, zu-

mindest mal mit Anlauf in einen großen, senfgelben, frischen Hundehaufen zu treten. Es gibt auch ganze Paare von dieser unausstehlichen Sorte. Solche Pärchen, die davon sprechen, dass sie «ihr Glück jetzt noch durch ein Baby krönen» wollen – «Nicht wahr, Knuffelchen, wir sind auch schon fleißig am Üben, hihi» –, und dann tatsächlich ein knappes Jahr später einen Wonneproppen auf die Welt bringen, der schon mit adrettem Seitenscheitel und Anti-Quengel-System den Mutterleib verlässt, schmerz- und ekelfrei durch Kaiserschnitt, versteht sich. Und dann bewohnen sie mitsamt ihrem perfekt in die Karriere- und Finanzplanung eingepassten Nachwuchs ein weißes Haus mit hellgrauen Holzelementen («Man muss sich architektonisch schon der Landschaft anpassen») in einem nicht als billig verschrienen Münchner Vorort, beim Babysitten muss man hauseigene Puschen anziehen, und im Winter zieren Lichterketten den Wintergarten. Okay, wenn ich ihnen jetzt auch noch den dunkelblauen Audi in die Garage stelle, mit dem Mama das Söhnchen Marvin donnerstags zum Judo fährt und Papa gerne mal auf der A99 mit 220 Sachen diesem schnarchigen BMW-Fahrer zeigt, wo der Bartel den Most holt – dann wird es ein bisschen zu klischeehaft, ich gebe es zu. Aber es gibt solche Leute. Meistens sind sie auch noch gar nicht ungebildet und im schlimmsten Fall sogar ganz nett. Das Leben ist grausam. Und aus mir spricht vermutlich nur der Neid der Besitzlosen.

Darauf noch einen Schluck Wodka. Der Film ist vorbei, und ich weiß wieder nicht, was mit Robert Redford alias John Gage weiter geschah. Was jetzt? Musik. Nix mehr mit Sportfreunde Stiller. Brauche jetzt was Tragisches. Ha, hab ich's. «Wenn das Liebe ist» von Glashaus.

> *Wenn das Liebe ist – warum raubt sie mir meine Kraft?*
> *Wenn das Liebe ist – warum bringt sie mich um den*
> *Schlaf? Wenn das Liebe ist – warum tut es so weh?*

Ja, genau. Cassandra oder Cassiopeia oder wie auch immer dieses Mädel mit der zerbrechlich-schönen Stimme heißt – sie versteht mich. Ich bin nicht die Einzige, die diese höllischen Qualen durchleidet. Danke. Repeat. Gute Nacht.

SONNTAG, 19. JANUAR 2003 – SCHIFOAN IST DES LEIWANDSTE

Paul hat sich nicht mehr gemeldet seit diesem unseligen Donnerstag. Und ich war zum Glück zu stolz, um ihm nochmal eine SMS hinterherzuschicken. Der kann mich mal, echt. Selbst bis über beide Ohren verliebte Frauen haben noch einen Rest von Würde. O ja.

Ich hatte nun die Wahl. Entweder weiter «Wenn das Liebe ist» im Repeat-Modus hören – im Auto, im MP3-Player, in der Stereoanlage zu Hause – oder etwas unternehmen, das meine Stimmung wieder hob. Ich brauchte Sonne und Licht. Und Leute. Da ein Kurztrip auf die Seychellen momentan magisterarbeits- und vermögensbedingt nicht drin ist, disponierte ich kurzfristig um. Ich entschied mich fürs Skifahren. Zum Glück hat Vroni dieses Jahr endlich einen Skikurs belegt.
Die vergangenen drei Jahre habe ich auf sie eingeredet wie auf ein krankes Pferd.
«Skifahren ist super, Süße, ich weiß gar nicht, wie du die langen Winter ohne das Brettlrutschen überstehst. Der Sport ist klasse, dieser Rausch, wenn man eine Pulverschneepiste runterfegt. Und dann erst das ganze Drumherum. Der blaue Himmel, der glitzernde Schnee, der Germknödel mit zerlassener Butter und Mohn auf der Hütte, das Knirschen der Kanten beim Schwingen, die frische Luft, die Kälte auf der Haut, diese wunderbare Müdigkeit am Abend …»
Spätestens hier unterbrach Vroni mich meist recht unwirsch

und faselte etwas von Unfallrisiko, den hohen Kosten einer Berufsunfähigkeitsversicherung für Selbständige und so weiter. Ich winkte dann mit den Augen rollend ab und vertagte die Überzeugungsarbeit auf Vronis nächste Winterdepression. Es half nichts. Diese Saison gab ich es auf. Endgültig. Nie würde ich mit meiner besten Freundin zusammen eine Piste hinunterschwingen, nie zu «Anton aus Tirol» unter Skischirmen tanzen. Zu schade – aber manche Tatsachen sind eben unabänderlich, und man muss sie akzeptieren.

Eine Woche später erzählte Vroni mir ganz beiläufig, sie habe jetzt mal einen Skikurs in Südtirol gebucht und freue sich schon darauf, endlich ihre neuen Carver auszuprobieren. Ich war baff. Typisch Vroni. Aber Hauptsache, sie lernte endlich Ski fahren. Jeder anständige Bewohner Bayerns kann Ski fahren und stürzt sich wochenends mit Begeisterung auf die Salzburger Autobahn, um zusammen mit Tausenden von Hamburgern, Holländern, Fürstenfeldbruckern und anderen «Preißn» den Bergen entgegenzuschleichen.

Heute Morgen, pünktlich um sieben, klingelt Vroni an meiner Tür. Ich verstaue meine violett-neongrünen, fünf Jahre alten und mangels Pflege kantenlosen und belagarmen Halbcarver sowie meine Skistiefel, die ich als 15-Jährige erwarb und die frappierende Ähnlichkeit mit zwei Gipsbeinen haben, in meinem Auto und betrachte ein bisschen neidisch Vronis Ausrüstung. Nagelneue, knallrote Carver, passende Skistöcke, schicke schwarze Skischuhe mit achtmal so vielen Schnallen wie meine. Und natürlich eine elegant-sportliche Skihose und ein fescher Anorak. Ich fahre seit Jahren nur noch in Jeans Ski. Es gibt keine Skihose, die mir passt und in der ich nicht gleichzeitig wie die fette Nichte des Michelinmännchens aussehe. Ich habe sie alle anprobiert. Die billigen von H&M genauso wie die teuren von The North Face, die ich mir sowieso nicht leisten kann. Immer das gleiche Ergebnis. Nach hosenlosem Verlassen des

Sportgeschäfts zwei Tage Diät und dann die Einsicht, dass es das nicht wert ist. Auf die tägliche Tafel Schokolade verzichten, nur um beim Skifahren gut auszusehen? Never ever. Seitdem fahre ich eben in Jeans. Und weil ich keines der Mädchen bin, die schon frieren, bevor sich die Temperatur der Frostgrenze nähert, sogar ohne Strumpfhosen drunter. Das geht wunderbar. Nur Hinfallen ist ungünstig. Und meine Mitfahrer müssen auf dem Heimweg im Auto Wüstenklima und heißen Wind im Fußraum erdulden, damit meine bis zu den Knien nassen und eisigen Hosen trocknen können.

Schon die Fahrt zur Steinplatte ist viel versprechend. Ich habe die Skifahr-CD im Auto.

> *Und wann der Schnee staubt, und wann die Sunn scheint, dann hob i alles Glück in mir vereint. I steh am Gipfel, schau oba ins Toi. A jeda is glücklich, a jeda fühlt se wohl ... Ja, i wui Schiiiiii foan ...*

Kurz vor Rosenheim merke ich, wie meine Laune sich langsam bessert. Am Chiemsee ist mein Lachen das erste Mal wieder echt.
«Weißt du noch, unsere Wuppertaler auf Mallorca?», kichert Vroni.
«Du meinst die, die immer ins ‹Don Schikotte› gingen, weil da die ‹Musick› so klasse war?»
Vor zwei Jahren flüchteten Vroni und ich spontan für eine Woche in den Süden. Eigentlich hätten wir auf eine Klausur in Germanistik lernen müssen. Doch bei diesem miesen deutschen Aprilwetter war unsere Motivation stark eingeschränkt. Bei mallorquinischer Frühlingssonne und 25 Grad unter Palmen, fanden wir, würde sich uns Bertolt Brechts Lyrik samt ihrer tieferen Bedeutung sicherlich mühelos erschließen. Wir buchten uns also in einem hübschen Hotelbunker in der dritten Rei-

he von El Arenal ein und bestiegen mit Sommerkleidchen, offenen Schuhen, Sonnencreme und circa fünf Kilo Büchern aus der Staatsbibliothek die LTU-Maschine nach Palma de Mallorca. Mit uns an Bord: die ersten Kegelclubs, schon morgens um neun mit nicht zu überhörendem Pegel, sowie eine Gruppe von solariumsvorgebräunten Mädels Ende dreißig, die – natürlich ohne ihre Männer – wild entschlossen war, auf ihrem einwöchigen Freigang noch brutzelbrauner zu werden, mindestens zwei spanische Kellner abzuschleppen und abends im «Oberbayern» ganz spontan zu strippen und dabei den nagelneuen Spitzenstring aus dem Quelle-Katalog zu präsentieren.

Ich weiß nicht, wo Kegelclub und Solariumsdauerabonnentinnen logierten – in unserem Hotel jedenfalls nicht. Außer uns gab es dort nur Familien mit kleinen Kindern und ältere Ehepaare. Mit einem solchen teilten wir unseren Frühstückstisch. Sie kamen aus Wuppertal und waren sehr nett, auch noch, nachdem Vroni als Auftakt zu einer Unterhaltung der Satz «Wuppertal? Ach, da wo neulich diese Schwebebahn abgestürzt ist, nicht?» rausgerutscht war. Als sie hörten, dass wir aus Bayern waren, erzählten sie uns begeistert von ihrem Urlaub am Schimmsee. «Schimmsee? Nö, kenne ich nicht. Ist das ein kleiner See?», fragte ich. «Och, nein, der ist ziemlich groß, sehr groß sogar, nicht, Heinz?», erwiderte die Ehefrau und fuhr fort: «Ich glaube, der ist sogar sehr berühmt, irgendein König hat da ein Schloss gebaut!» – «Hmmmm, Schimmsee, Schimmsee ... Nicht weit von München, sagten Sie?», rätselte Vroni, «vielleicht meinen Sie den Simssee?» – «Näh, näh, Schimmsee!», beharrte Frau Wuppertal.

Der Schimmsee blieb ein Rätsel – bis zum Tag unseres Heimfluges. Im Flieger, ich hatte gerade meinen üblichen Löffelklau begangen und studierte aus Langeweile die Sicherheitskarte im Sitz vor mir (Hilfe, da wird einem erst wieder bewusst, was auf so einem Flug alles schief gehen kann), fiel es mir plötzlich wie Schuppen von den Augen. Die Wuppertaler hatten den Chiemsee gemeint. Leider sah ich sie nie wieder, und es ist mir heute noch ein bisschen peinlich, dass ich als Münchnerin Bayerns größten See nicht kannte.

Eine Stunde und viele alte Geschichten später erreichen wir das österreichische Waidring. Ich bin so froh, dass ich Vroni habe. Mit schlafwandlerischer Sicherheit spürt sie, dass ich heute nicht über Paul sprechen will und auch nicht darüber, dass unser Date wieder mal nicht geklappt hat. Die Gefahr, dass ich in Tränen ausbreche, ist viel zu groß.

Der Tag ist perfekt. Mit der ersten Gondel gleiten wir über bezuckerte Bäume den steilen Berg hinauf. Oben bin ich gespannt. Ich fahre seit vierundzwanzig Jahren Ski, Vroni seit drei Wochen.
«Nehmen wir erst mal die blaue Piste, zum Einfahren, okay?», schlage ich vor. Auf blauen Pisten bin ich super. Und bei strahlendem Sonnenschein und griffigem Schnee wie heute erst recht. Ich wedle elegant die ersten zweihundert Meter der Piste hinunter, haue dann die Kanten in den Schnee und komme in einer Pulverwolke, die Stefan Eberharter im Zielbereich der Kitzbühler «Streif» vor Neid erblassen ließe, zum Stehen. Lässig auf die Skistöcke gestützt, blinzle ich in die Sonne und warte auf Vroni. Das dauert sicher noch. Schließlich hat sie nur eine Woche Skikurs gemacht. Wo sie wohl ... WAAAAAAH! Hiiiilfeeee!

«Sorry, auf den Punkt anhalten beherrsche ich noch nicht ganz perfekt!», entschuldigt sich meine Freundin, während ich mir den Schnee aus den Haaren schüttle und ein bisschen bereue, dass ich zu eitel bin, um mich michelinmännchenmäßig, aber wasserfest und skifahrtauglich zu kleiden. Na ja. Wer schön sein will, muss frieren.
Nach drei blauen Pisten fordert Vroni neue Herausforderungen: «Hey, gibt's hier keine roten Abfahrten?»

Kannst du haben, denke ich, und wir nehmen den Lift zum höchsten Gipfel des Skigebiets. Die rote Piste liegt noch im Schatten und ist stellenweise etwas eisig. Kurzzeitig packt mich das schlechte Gewissen, weil ich Vroni hier hinunterscheuche. Doch meine beste Freundin, die ich in- und auswendig zu kennen glaubte, überrascht mich. Heimlich hefte ich mich an ihre Fersen und fahre ihren akkuraten Bögelchen hinterher. Hatte ich erwähnt, dass die Kanten meiner Ski seit Jahren nicht mehr geschliffen wurden? Äußerst ungünstig auf Eis.

Wir machen Mittagspause auf der Terrasse einer Hütte. Als ich meinen Germknödel mit zerlassener Butter verspeise, fällt mir auf, dass ich seit heute Morgen nicht an Paul gedacht habe. Hurra. Mist. Damit ist es in diesem Moment vorbei. Als ich Paul vor über einem Jahr kennen lernte, war auch gerade Skisaison. Ich weiß noch genau, wie ich Vroni abends im Café Forum vorschwärmte.
«Weißt du, dieser Paul, der ist schon ein Schneckerl!»
«Aha.»
«Ja! Wie soll ich ihn beschreiben ...? Groß, blond ...»
«... breitschultrig, sportlich-trainiert, ich weiß, Marie. Von der Sorte gibt's allein in München ungefähr fünfzigtausend!»
«Neiiiin!», widersprach ich und orderte per Handzeichen zwei weitere Cosmopolitans bei Sven, dem Kellner, der aussieht wie Matt Damon (nur am Rande bemerkt).
«Weißt du, Vroni, Paul ist ein Typ, der sich beim Skifahren super machen würde. Schwarze Skihose, weißer Zopf-Rollkragenpulli, Dreitagebart, stylische Sonnenbrille, leichte Bräune im Gesicht ...»
«M-hm ...»
«Nicht gut?»
«Klingt ein bisschen wie die Piz-Buin-Werbung, Süße. Du bist doch sonst nicht so klischeegefährdet.»
«Ach, und du bist nur neidisch!»

«Worauf denn? Darauf, dass du vom Skifahren mit einem Typen träumst, der nicht mal ein Date mit dir auf die Reihe kriegt?»

Ich weiß nicht mehr, was ich damals antwortete («Hmpf», vermute ich mal), aber ich muss leider zugeben, dass Vroni Recht behalten hat. Und vor allem muss ich jetzt aufhören, an Paul zu denken. Der Tag ist viel zu schön, um sich traurige Gedanken zu machen.

Als wir nachmittags nach einem kleinen Abschluss-Willi an der Schneebar zum Auto zurückkehren, geht es mir so weit ganz gut. Ich denke, ich werde es überleben. Irgendwie. Vielleicht muss ich mich langsam damit abfinden, dass Paul mich einfach nicht zur Freundin haben will. Schöne Stunden ab und zu, sensationeller Sex, alles prima – aber bitte keine Verpflichtungen. Sollte ich ihn eventuell einfach mal fragen, warum wir nicht offiziell zusammen sind, warum ich nicht von «meinem Freund» spreche, wenn ich über Paul rede, und warum er mich nicht seine Freundin nennt? Warum wir manchmal so innig sind und er dann wieder wochenlang nichts von sich hören lässt? Warum er mir manchmal Dinge erzählt, die sein bester Freund nicht weiß, und mich dann wieder völlig aus seinem Leben ausschließt? Das wäre das Einfachste. Allerdings könnte ich ihn dadurch auch endgültig vergraulen. Vielleicht braucht er Zeit. Ich weiß so wenig von Paul. Nur Ausschnitte aus seinem Leben. Ich weiß, dass er gerne Fußball spielt, Bier trinkt und in den Bergen Mountainbike fährt. Ich weiß, dass ihm Autos egal sind und dass er gerne gute Bücher liest. Ich kenne ein paar Anekdoten aus seinem Leben, ich weiß, dass er bisher eine längere und einige kurze Beziehungen hatte – aber Näheres weiß ich nicht. Trotzdem meine ich, ihn schon ganz gut zu kennen. Besser, als es eigentlich möglich ist. Und vor allem bin ich wahnsinnig verliebt in ihn.

In ihn? Oder vielleicht doch eher in die Vorstellung, mal wieder richtig verliebt zu sein, jemanden bedingungslos toll zu finden, hemmungslos für einen Mann zu schwärmen und auch von ihm klasse gefunden zu werden? Es ist schon so lange her. Vor sieben Jahren, als ich gerade frisch mit Max zusammen war, fühlte sich das so ähnlich an. Doch mit den Jahren – und vor allem mit dem Zusammenwohnen – veränderte sich dieser Zustand. Ich weiß noch, wie ich nach ungefähr zweieinhalb Jahren feststellte, dass das jetzt wohl Liebe sein müsse. Weil ich meine Zeit immer noch am liebsten mit Max verbrachte, obwohl ich wusste, wie er aussieht, wenn er krank ist oder einen Kater hat. Weil ich mich immer noch jeden Tag darauf freute, mit ihm alleine zu sein, auch wenn wir uns nicht mehr bei jeder Gelegenheit die Klamotten vom Leib rissen und unsere Küsse kürzer wurden. Weil ich immer noch über seine Scherze lachen konnte, obwohl ich in manchen Situationen schon vorher ahnte, was er gleich sagen würde. Ich hatte alles vor mir gesehen. Heiraten mit 28, eine größere Wohnung, vielleicht in einem grünen Vorort, mit 30 das erste Kind, drei Jahre später das zweite. Ich freute mich darauf, und gleichzeitig machte es mir Angst. Sollte das alles gewesen sein? Wollte ich wirklich nie wieder mit einem anderen Mann schlafen, sollte es wirklich nie wieder ein erstes Date geben, einen ersten Kuss, ein erstes Mal? Würden meine Hormone nie wieder Karussell fahren, würde ich nie wieder schlaflose Nächte erleben, Magenschmerzen vor Aufregung, Kreislaufprobleme beim Erhalt einer E-Mail – nie wieder?

All das habe ich jetzt. Mit Paul. Ich glaube, ich habe echt einen an der Klatsche. Denn wonach sehne ich mich wohl jetzt? Nach klaren Aussagen, Sicherheit, Absehbarkeit, nach einer festen Beziehung, nach einer gemeinsamen Wohnung im Grünen. Es geht nicht, Marie, sage ich mir, was du willst, das gibt es nicht. Du zahlst immer einen Preis. Karussell fahrende Hormone und Herzklopfen bezahlst du mit fehlender Sicherheit und mit einer ungewissen Zukunft. Und umgekehrt. Auch mit Paul würde irgendwann der Zeitpunkt kommen, an dem dir auffiele, dass er auch nur ein Mensch ist. Du würdest herausfinden, dass er das Tragen von grellfarbenen Fußballtrikots erfolgloser englischer Vereine ziemlich cool findet, dass er bei einem Streit lieber mit seinem Kumpel saufen geht, als mit dir zu diskutieren, oder beim Nachmittagsschlaf auf dem Sofa das Kissen nass sabbert. Er würde dich nerven, wenn du nach einem anstrengenden Tag nach Hause kommst und er dich als Erstes fragt, ob du daran gedacht hast, Klopapier zu kaufen. Du würdest seinen besten Freund Richard und vor allem dessen Freundin Sabine furchtbar finden, und er würde dich irgendwann mal fragen, warum du eigentlich so dick mit Marlene befreundet bist. Nach einiger Zeit würdest du aufhören, deine Tampons in einer Quality-Street-Bonbondose vor ihm zu verstecken, du würdest nicht mehr jeden Tag einen hübschen Slip anziehen, sondern wieder auf die ausgeleierten Liebestöter aus deiner Teenagerzeit zurückgreifen, weil die leichter zu waschen sind.

«Hey, Marie, ich hab dich was gefragt!», unterbricht Vroni meine trüben, aber beruhigenden Gedanken.
«Äh, 'tschuldige, ich habe gerade nicht zugehört ...»
«Sollen wir Fußball hören? Dann such doch mal bitte Bayern 1, wir sind gleich an der Grenze, müssten wir schon reinkriegen.»
Hurra. Eine Aufgabe. Ich liebe es, am frühen Samstagnachmittag Fußball zu hören. Ein Relikt aus meiner Beziehung zu Max. Überall hatte er sein kleines Twix-Radio dabei, das ich mal als Werbegeschenk bekommen hatte. Und wenn wir uns Samstag ab 15 Uhr 30 zufällig im Auto befanden, konnte ich Musikhören vergessen und lauschte stattdessen aufgeregten Kommentatoren aus dem Olympiastadion oder dem Betzenberg. Mit der Zeit fand ich Gefallen daran, und heute höre ich freiwillig die Samstagsspiele im Radio. Auch ohne Max.

«Wiesinger von links außen auf Lauth, schöööööööne Flanke, Lauth alleine vor dem Tor der Wolfsburger, könnte schießen, wo ist denn der Verteidiger? Könnte immer noch schießen, schiiiießt – ouuuuuh, knapp drüber, das waren höchstens fünf Meter! Ah, ich höre gerade – Tor in München! Wir schalten live in die Landeshauptstadt!», tönt es aus dem Autoradio. Wir lauschen dem Spielgeschehen und diskutieren die Meisterchancen der Bayern, die Abstiegsgefahr für Nürnberg und sind uns einig, dass Jens Lehmann von Dortmund ein unsympathischer Schönling ist. Mädels, ich sag's euch, Fußball macht richtig Spaß. Angenehmer Nebeneffekt: Im Gegensatz zu Studieninhalten, Abfahrtszeiten der U-Bahn, Geburtstagen von Freunden oder sonstigen Dingen von Bedeutung bleiben fußballerische Inhalte mühelos in weiblichen Gehirnen hängen. In meinem zumindest. Und mit nichts kann man Männer mehr beeindrucken als mit beiläufig eingestreutem Fußballwissen. «Kurt Jara, klar, aber der ist ja auch schon seit dem 4. Oktober 2001 beim HSV ...» – «Ich glaube schon, dass Haching dieses Jahr wieder aufsteigt. Sie haben ja jetzt schon acht Punkte Abstand zum Tabellendritten.» Und so weiter. Okay, es funktioniert nur bei Männern, die sich für Fußball interessieren. Aber lasst euch eines gesagt sein – Männern, die Fußball langweilig und doof finden, sollte man mit dem gleichen Misstrauen begegnen wie denen, die nicht gerne Bier trinken. Meistens ist irgendwas faul an ihnen. Ich spreche aus Erfahrung.

Gegen 18 Uhr, alle Fußballspiele sind längst abgepfiffen und die Ergebnisse zufrieden stellend (Bayern gewinnt, Sechzig spielt nur unentschieden), kommen wir wieder in Neuhausen an.
«Tja dann, schön war's, bis morgen!», sage ich und freue mich a) auf meine Badewanne mit Wella-Himbeerkugeln, b) auf einen Teller Nudeln mit Thunfischsauce und c) auf ein gemütliches Wegdämmern vor dem Fernseher. Doch ich habe meine Rechnung ohne Vroni gemacht.

«Nix da, der Abend ist noch jung. Du holst mich um 20 Uhr ab, und dann probieren wir diese neue Kneipe um die Ecke aus, okay?»
«Aber ich bin so müde ...»
«Jetzt stell dich nicht an. Du willst doch nicht, dass ich heute Abend depressiv vor der Glotze sitze? Denk dran – in violetten Sitzgruppen ...»
«... bringen sich die Leute um, ja, ja!» Loriot kommt mir jetzt gar nicht gelegen. Das ist emotionale Erpressung. Aber gut. Lebt wohl, Himbeerkugeln, adieu, Thunfischsauce, ein andermal, Fernseher.

SAMSTAG, 25. JANUAR 2003 – HIP JEANS

Mal wieder richtig ausgehen. Von Kneipe zu Kneipe ziehen, trinken, lachen, tanzen, Spaß haben. Hört sich gut an – und sollte mir helfen, nicht andauernd über Paul, Paul-der-sich-seit-neun-Tagen-nicht-gemeldet-hat, nachzugrübeln, denke ich mir an diesem schönen Samstagnachmittag und stimme begeistert zu. Beate, Vroni, Marlene und ich wollen heute einen draufmachen. Wenn sich schon in punkto Männern nichts tut (Beate hat momentan kaum Streit mit ihrem Herzblatt und langweilt sich ein bisschen in ihrer Beziehung), wollen wir uns wenigstens ablenken und so tun, als würden wir das Leben genießen. Vielleicht lässt sich die Stimmung von dieser Täuschung ja überlisten, und es wird tatsächlich ein schöner Abend.
Ich muss nur noch schnell einen Text fertig schreiben, ein bisschen aufräumen, mir etwas zu essen kochen, meine Mutter anrufen sowie duschen und Haare waschen.

Hilfe, schon 20 Uhr, und ich weiß noch nicht mal, wo wir hingehen heute Abend. Ein Handtuch um die nassen Haare gewickelt und nur mit meiner geliebten rosafarbenen H&M-Unter-

wäsche bekleidet – ich weiß, dass mir Hot Pants nicht stehen und dass ich in diesem Ensemble aussehe wie Renée Zellweger zu ihren besten Bridget-Jones-Zeiten –, renne ich durch meine Wohnung und suche mein Telefon.

«Vroni?»
«Na endlich!»
«Charmante Begrüßung für deine liebe, beste Freundin ...»
«Transusige!»
«Hä?»
«Transusige beste Freundin. Was hast du eigentlich die ganze Zeit gemacht? Du klingst ungeföhnt und nicht angezogen!», sagt sie streng.
Huch? Seit wann kann Vroni durch drei Blocks hindurch in meine Wohnung schauen? Bevor sie mir erzählt, wie viele Stunden sie heute schon im Nymphenburger Park gejoggt ist, welche Massen an Fettzellen sie damit in die ewigen Schwabbelgründe geschickt und welche gesunden Lebensmittel sie sich schonend zubereitet hat, gehe ich zum Angriff über: «Wo treffen wir uns später und wann?»
«Hmmmm ... Wir könnten ins Haidhauser Augustiner gehen, aber da finden wir keinen Parkplatz, und mit den Öffentlichen ist das zu kompliziert. Wir könnten auch ins Klenze 17 gehen, aber da will Marlene nicht hin, da sind ihr zu viele Studenten. Die Aloha Bar hat dichtgemacht. Im Café Forum war ich gestern erst. Im Schwabinger Wassermann ist heute eine geschlossene Veranstaltung ...»
«Hey, ich wollte wissen, wo wir hingehen, und nicht, wo wir *nicht* hingehen!»
Sie klingt irgendwie eingeschnappt: «Dann schlag *du* halt was vor?!?»
«Hmmmm ...»
«Klar, cool, da waren wir schon lange nicht mehr!»
«Jetzt warte doch mal einen Moment. Ich überlege!»

«Ich rauch derweil eine, okay?»
«Vroni, dieser Dialog geht mir jetzt zu sehr in Richtung GZSZ. Total klischeehaft.»
«Lenk nicht ab, Süße, für einen Samstagabend ist es schon reichlich spät, und wir wollen doch noch irgendwo einen Sitzplatz finden!»
Nach langem Hin und Her einigen wir uns schließlich auf das Ododo im Gärtnerplatzviertel. Nicht gerade der letzte Schrei, aber ich mag diesen Stadtteil und das Ododo. Dort gibt es «König Kurt Acht», das ist ein sehr origineller, sehr alkoholischer und sonst nirgends zu erwerbender Cocktail. Ich freue mich schon auf Kurt und meine Mädels. Wow, habe ich gute Laune. Nein, ich vermisse Paul gar nicht. Überhaupt nicht. Nichts kann heute meine positive Stimmung verderben!

Anderthalb Stunden später bin ich mit meinen Nerven am Ende. Ich hasse das Gärtnerplatzviertel. Und momentan hasse ich auch mein geliebtes kleines Auto, das mit jeder Runde um den Block größer zu werden scheint. Ich finde keinen Parkplatz! Ich, Marie, die Einparkkönigin, die immer und überall eine Lücke für ihr kleines rotes «Hustenguaterl» entdeckt und der sogar in der Innenstadt stets der Parkgott zur Seite steht! Heute nicht. Das Schlimmste ist aber nicht, dass ich keinen Platz für mein Gefährt finde. Richtig gemein und fies ist, dass jetzt schon viermal andere Verkehrsteilnehmer breit grinsend und extra langsam vor mir eingeparkt haben. Um kurz nach halb zehn rufe ich Vroni entnervt auf dem Handy an.
«Ich geb's auf, ich fahr wieder nach Hause! Alle finden Parklücken, nur ich nicht! Hab keine Lust mehr!»
Sie schlägt mir vor, ich solle doch nach Schwabing in die WG der Jungs fahren, dort mein Auto abstellen und dann mit Max, Bernd und Tom taxiteilend ins Ododo nachkommen. Sie habe gerade mit den Jungs telefoniert und das sowieso schon halb so abgemacht.

«Ach, stopp, Fehlinfo. Nicht Ododo, wir sind inzwischen im Klenze 17, im Ododo war's so leer!», fügt sie hinzu, trällert «Bis gla-haich» und legt auf.

Ciao, Mädelabend, ein andermal, König Kurt Acht, danke, Vroni, dass du alles so super für mich organisiert hast und ich jetzt quer durch die Stadt nach Schwabing fahren darf! Mangels Alternativen und weil der Idiot in seinem BMW hinter mir schon hupt, ergebe ich mich in mein Schicksal. Als ich auf der Baaderstraße weiterfahre, sehe ich im Rückspiegel, wie der BMW in eine frei gewordene Lücke hineinsticht. Nur nicht aufregen, Marie. Parkplatz- und Ausgehprobleme sind keine echten Probleme.

Trotzdem lasse ich es mir nicht nehmen, zu meiner Fahrt nach Schwabing den Soundtrack von «Love Story» in den CD-Player einzulegen und laut mitzuschluchzen, als das Hauptthema erklingt und ich an diese tragische Liebesgeschichte denken muss. Ich schluchze allerdings trocken, damit meine Wimperntusche da bleibt, wo ich sie aufgetragen habe. Als ich das bemerke, werde ich mir glatt selbst ein wenig unsympathisch. Ich bin eine hysterische, egozentrische und oberflächliche Großstadt-Zicke, wie sie kein GZSZ-Drehbuchschreiberling besser erfinden könnte. Aber das ist die Wahrheit, und die Wahrheit ist nicht immer schön.

«Jetzt reicht's aber, Marie», sage ich laut zu mir, als ich in die Herzogstraße einbiege, und schließe mit mir selbst einen Pakt: Wenn ich vor der WG sofort (okay, sagen wir nach fünf Minuten) einen Parkplatz bekomme, entzicke ich mich ohne schuldhaftes Zögern und bin wahnsinnig entspannt, gut gelaunt und umgänglich.

Na also, geht doch. Der Parklückengott ist mir wieder hold. Extrem entspannt, blendend gelaunt und völlig umgänglich erklimmt die geläuterte Ex-Zicke Marie die vierzig Stufen zur WG und läutet dort mit einem breiten Grinsen im Gesicht.

Max öffnet mir die Tür. Max! Huch, mein Herz hüpft. Warum vergesse ich jedes Mal, wenn ich ihn länger nicht sehe, wie gut er aussieht? Oder anders gefragt: Warum kleidete er sich, als wir noch zusammen waren, in türkis-weiß geringelte XXL-T-Shirts und hellblaue Hochwasserjeans, verweigerte Friseurbesuche mit dem Argument «Rausgeschmissenes Geld bei meinen drei Haaren», schützte seinen Luxusleib vor jeglicher Sonneneinstrahlung und trug meistens diese abscheuliche Kassenbrille? Und warum sehe ich ihn jetzt, wo er nicht mehr mein ist, in schönen Jeans und einem schicken schwarzen Tom-Tailor-Langarm-Shirt vor mir stehen, mit diesen coolen kurzen Haaren, leicht gebräunt und mit kontaktlinsenbedingt freier Sicht auf seine schönen moosgrünen Augen? Stopp, Marie, Rückfall ins oberflächliche Klischeedenken! Ist ja gut. Aber fair ist das nicht.

«Hey, Max!»
«Marie, komm rein! Wir haben gerade noch den Balkon hergerichtet. Komm mit, was möchtest du trinken? Es dauert ein bisschen, wir müssen uns erst noch die Gartenerde unter den Fingernägeln hervorpulen.»
Balkon hergerichtet? Nein, ich hadere jetzt nicht damit, dass der Balkon unserer damaligen gemeinsamen Wohnung von ihm penetrant als zweiter Keller benutzt wurde und man dort auch im Hochsommer mehr Bestandteile seines Ski-Equipments zählen konnte als Blüten von Balkonbegrünungsmaßnahmen. Das ist Vergangenheit, und ich bin wahnsinnig entspannt. Und gut gelaunt.
Ein halbes Weißbier später kann ich tatsächlich relaxen. Der Balkon ist super, sogar ein Windlicht haben sie angebracht, die Jungs. Wow.
Gegen 23 Uhr, ich bin beim zweiten Weißbier und noch viel entspannter, erreicht mich eine ungeduldige SMS von Vroni: «Hey, wo bleibt ihr? Bin schon total angeschickert!» Ich tippe zurück:

«Kommen gleich. Die Jungs müssen sich noch waschen und umziehen. Werde mit Weißbier ruhig gestellt.»

Kurz darauf treffe ich tatsächlich mit drei gewaschenen und umgezogenen Männern im Klenze 17 ein. Ich finde eine wie angekündigt ziemlich angeschickerte Vroni, eine kichernde Beate und eine beschwipste Marlene vor, die ihren Frust («Bäh, das Klenze mag ich nicht!») offensichtlich in ein paar Caipis ertränkt hat. Schöne Gesellschaft. Bin umgeben von Alkoholikerinnen. Die drei tragen orangefarbene Hawaii-Blumenketten, und Beate beleuchtet ihr Dekolleté mit einem fluoreszierenden, undefinierbaren Gegenstand. Ein glühender Kugelschreiber? Auch egal. Den Jungs gefällt's.
«Was ist denn hier los?», frage ich, als mir ein knackiger Promo-Typ mit grellorangener Perücke ein Röhrchen mit einer braunen Flüssigkeit in die Hand drückt und «Prost, schöne Frau!» ruft. Na gut, dann mal prost. Pfui Deifi. Jägermeister. Jetzt komme ich auch drauf. Heute Abend ist hier Jägermeister-Night. Würg. Der Promo nimmt mich in den Arm, und seine ebenso orange Kollegin macht ungefragt ein Polaroid von uns. Sie schiebt es in eine – natürlich orangefarbene – Hülle und überreicht es mir. Als das Bild sich entwickelt, erkenne ich darauf, dass ich mal wieder zum Friseur müsste, weil mein Haaransatz zweifelsfrei darüber Auskunft gibt, dass ich eine schlecht gefärbte Blondine bin. Bäh. Den Lidschatten hätte ich mir sparen können, denn dort, wo andere Menschen Augen haben, sieht man auf dem Foto nur zwei Schlitze. Nie wieder werde ich lachen, wenn man mich ablichtet! Ich schwör's. Neben dem Bild hat der Typ ein Kästchen angekreuzt. «Flotter Käfer» steht da. Cool, ich bin ein flotter Käfer! Ich ignoriere, dass die Alternativen aus «Geiler Hengst», «Zuckerschnecke» und «Super-Aufreißer» bestehen. Ich jedenfalls bin ein flotter Käfer.

Der Käfer hat Spaß mit seinen Freunden und ignoriert das leise, aber penetrante Magenknurren. Zwei Weißbier müssen reichen als Nahrungsgrundlage für einen jägermeisterschwangeren Abend. Bier ist schließlich auch Nahrung, das haben schon damals vor über 800 Jahren die Mönche, nach denen unsere Stadt benannt ist, so gehandhabt.
«Marie, du musst zum DJ gehen und dir ein Lied wünschen!», säuselt Vroni mir ins Ohr, hängt sich an meine Schulter und klimpert mit den Augendeckeln zu mir herauf.
«Wieso ich?», will ich wissen. «Der DJ ist doch schwul, das sieht doch ein Blinder!»
«Äääächt?» Sie schaut erst ihn und dann mich traurig an. «Schade ...» Doch lange währt die Betroffenheit nicht. «Dann muss Max gehen, auf den stehen die Männer! Maaaahaaax?!?»
Gut, dass er den vorhergehenden Satz nicht gehört hat. Ich nehme es zumindest an, sonst würde er nicht anstandslos zum DJ marschieren und Vronis Wunsch weitergeben.
Ich stelle mich auf eine etwa zweistündige Wartezeit ein. In München ist das immer so – der DJ gewährt einem gnädig das ersehnte Lied und wartet dann so lange damit, es zu spielen, bis man schon die Jacke anhat und beleidigt diesen Saftladen verlassen will. Doch schon nach drei Minuten ertönt Vronis Song!
«Hip Jeans ... don't wear blue Teens ...», singt sie begeistert mit.
«Andersrum, Vroni! Hip Teens!»
«Hip Tschiens ... Mit T-S-C-H wie Tscharlys Tschiens in den Münchner G'schichten! Don't wear blue Teens ...»
Ich geb's auf. Will ja nicht pingelig erscheinen.

Uff. Ich hätte den dritten und vierten Jägermeister verschmähen sollen. Wann lerne ich, nein zu sagen? Mir ist irgendwie gar nicht gut. Ich glaube, ich geh mal kurz raus an die frische Luft.

Die wenigen Passanten, die um zwei Uhr nachts noch die Klenzestraße entlangtrotten, müssen mich für total betrunken halten. Schwer atmend, zitternd und unter Garantie leichenblass, kauere ich an der Hauswand und versuche, ruhig zu atmen. Meine Hände und Füße kribbeln, mein Gesichtsfeld ist ziemlich eingeschränkt, und mir ist, gelinde gesagt, speiübel. Aber ich bin nicht betrunken. Nur ein bisschen. Mein Kreislauf hat wieder mal leise Servus gesagt. Ich denke an die Platzwunde, die ich mir letzten Sommer auf dem Dachauer Volksfest zuzog. An dieser Narbe ist Paul schuld, weil er damals lieber die Jahrhundertflut bekämpfte und seiner Schwester half, als sich mit mir zu treffen. Folglich konnte ich vor Kummer nichts essen und habe zu viel Bier konsumiert.

Mann, vermisst mich da drin denn keiner? Will niemand nach mir sehen? Ich vergesse die guten, unzickigen Vorsätze und tue mir schrecklich Leid. Ich kollabiere hier fast, und in der Kneipe feiern sie munter weiter. Und singen Hip Tschiens.
Nach einer halben Ewigkeit tritt endlich Beate zu mir auf die Straße. Die Gute, sie hat mir meine Jacke mitgebracht. Und hält mir Händchen und schimpft, weil ich wieder mal nichts gegessen habe. Ja, Mama, äh, Beate.
Eine weitere halbe Ewigkeit später – Zeit ist relativ und besitzt momentan Kaugummi-Konsistenz – sind die anderen endlich auch da, und wir können uns zwei Taxis nehmen. Ziel ist die WG. Während der Fahrt lenkt Bernd den besorgt in den Rückspiegel schielenden Fahrer mit typischem Taxi-Smalltalk ab. «Nicht viel los wegen des Feiertags, oder? – Das ist aber ein schöner Elvis, den Sie da haben. – Ich frag mich ja immer, wie ihr das schafft, euch diese ganzen Straßen zu merken ...» Der Taxifahrer antwortet höflich, aber ich weiß, was er denkt. «Schbeib mir bloß ned den Wogn voi, bsuffans Weib!» Er ist ein bayerischer Taxifahrer.

In der WG angekommen, verspricht man mir zum Wiederaufbau meiner körperlichen Kräfte eine leckere Ofenpizza «mit frei laufender Salami», wie Max beteuert. Während das Backerzeugnis im Ofen gart, soll ich mich ein wenig hinlegen.

Ich wache auf. Blinzel. Es ist dunkel und ruhig in der Wohnung. Und es riecht nach lecker Pizza mit frei laufender Salami. Der Hunger treibt mich in die Küche, normalerweise ein Ort, an dem sich zu jeder Tages- und Nachtzeit jemand aufhält. Jetzt ist sie leer bis auf ein paar Teller, auf denen ich die letzten sterblichen Überreste einer bestimmt sehr leckeren Ofenpizza ausmache. Die Schweine. Ich komme mir ziemlich veräppelt vor. Und wo sind sie alle, meine treulosen, so genannten Freunde? Ich schaue in alle Zimmer, bis ich endlich ein paar Post-its im Flur entdecke.
«Sind noch rüber ins Lido – Max, Tom & Marlene».
«Bin heimgegangen, bis morgen – Beate».
Aha. Nur Vroni und Bernd haben keine Nachricht hinterlassen. Wo zum Teufel … Es ist vier Uhr morgens, und alle vergnügen sich, nur ich liege hier stark geschwächt auf dem Sofa und bekomme nicht mal was zu essen! Ich will heim, und zwar sofort. Ich balanciere auf der Naht des Teppichbodens im WG-Flur und beschließe, fahrtüchtig zu sein. Meinen letzten Alkohol habe ich vor vier Stunden konsumiert, also haben sich mindestens 0,4 Promille wieder abgebaut. Ich kann bedenkenlos Auto fahren.

Ich bin fast zu Hause und ziemlich sicher, keinen Radfahrer übersehen zu haben, als ich zwei unheilvolle Worte in roten Buchstaben in meinem Rückspiegel erblicke. «Stopp – Polizei». Auch das noch. Kurz überlege ich, ob eine Flucht aussichtsreich ist, doch angesichts meiner 50 PS verwerfe ich diesen Gedanken sofort wieder. Außerdem bin ich ja stocknüchtern.
«Guten Morgen! Führerschein, Fahrzeugschein, bitte!»

Morgen? Die haben ein Verständnis von Zeit ... aber na ja. «Bitte schön!» Schleim, schleim.
«Frau Sandmann» – auch schleim! – «haben Sie vor Fahrtantritt Alkohol konsumiert?»
«Ich? Nein, Gott bewahre!» Dezent zur Schau gestellte religiöse Grundeinstellung macht sich im katholischen Bayern in solchen verzwickten Situationen immer gut, besonders in Kombination mit weit, aber nicht zu weit (Drogenverdacht) aufgerissenen Augen.
«Wohin soll denn die Fahrt gehen, Frau Sandmann?» Na, so ganz überzeugt ist der junge Herr mit dem obligatorischen Schnauzer noch nicht.
«Nur noch einmal um die Kurve, dann bin ich daheim!», gebe ich wahrheitsgemäß Auskunft. Ich überlege, ob ich ihm vertrauensvoll erzählen soll, dass ich gerade von der Vorstandssitzung des Vereines Apfelschorle trinkender Hausfrauen komme, aber man soll es ja auch nicht übertreiben.
«Dann wünsche ich Ihnen noch eine angenehme Heimfahrt, Frau Sandmann!», sagt er in leicht gequältem Hochdeutsch und tippt sich an die Mütze. Puh. Glück gehabt, flotter Käfer.

Als ich endlich im Bett liege, kann ich nicht einschlafen. Wo sind Vroni und Bernd? Und vor allem – was machen sie gerade? Warum haben sie keinen Zettel verfasst? Es ist mir ein Rätsel. Ein Rätsel, dessen Lösung mir schwant. Morgen wird Vroni sicher mit mir Kaffee trinken wollen. Und dieses postkoital schelmische Grinsen im Gesicht tragen. Nein, ich bin nicht neidisch. Ich will ja gar nichts von Bernd. Ich will nur Paul. Oder Max. Waaaaaaas? Was habe ich da eben gedacht? Ich will Sex mit meinem Ex? Bin ich noch zu retten?
Es hilft nichts, der Hunger lässt mich nicht schlafen. Der Hunger auf frei laufende Salamipizza und auf eine schöne, lange, gepflegte Nummer mit einem Mann, den ich mag und appetitlich finde. So weit bin ich schon gesunken. Ich schraube meine

Ansprüche herunter. Marie, Marie, wann wirst du lernen, dass du erst ohne Mann, ohne Liebe, Sex und den ganzen Kram glücklich sein musst, bevor es mit einer Beziehung klappt? Den Hunger zumindest kann ich abstellen.

Es ist traurig und komisch zugleich. Ich, Marie, der flotte Käfer aus dem Klenze 17, allein und im Stich gelassen von Möchtegern-Liebhaber, Exfreund, Kumpels und Freundinnen, stehe um halb fünf Uhr morgens angetan mit einem Tchibo-Pyjama in meiner Küche und koche Mengen an Spaghetti, die eine ganze Woche für mich reichen werden. Wer war das noch gleich, der diese Angst hatte, eines Tages von Schäferhunden angenagt in der Wohnung aufgefunden zu werden? War das Bridget Jones oder Cora Hübsch? Egal. Kann mir nicht passieren. Die Schäferhunde hätten genug Spaghetti, um sich satt zu fressen.

MONTAG, 3. FEBRUAR 2003 – LIEBE PARKUHR!

Ich muss etwas tun. Sonst werde ich wahnsinnig. Das Schlimme daran ist, dass mein Wahnsinn sich nicht äußert. Er innert sich sozusagen in mir, und keiner bemerkt, dass ich schon fast am Rad drehe. Ich erledige effektiv, zuverlässig und auf hohem Niveau meine diversen Jobs, schreibe freiberuflich tolle Artikel und habe neulich sogar meinen ersten Auftrag für ein Nachrichtenmagazin bekommen, dessen Grafiker am liebsten Tabellen und Balkendiagramme basteln. Wenn ich nicht arbeite, sitze ich mit meinem Notebook in der StaBi, ignoriere tapfer die Anbandelversuche des süßen Stefan (immer noch sitzt die Scham über die «Ohne-was-drunter»-Episode zu tief) und schreibe fleißig an meiner Magisterarbeit. Dazu lese ich zum mindesten zehnten Mal die depressiven Romane von Marlen Haushofer, verstehe immer wieder Bahnhof und habe dann wieder geniale Geistesblitze. Ich muss sagen, das Thema beginnt mir zu gefallen.

Angenehmerweise kommen die Protagonistinnen aus Haushofers Romanen ebenso wenig mit der Spezies Mann zurecht wie ich. Sehr beruhigend. Immerhin ist aus ihr eine berühmte Schriftstellerin geworden, zumindest so berühmt, dass ich zur Erlangung des Grades der Magistra Artium ein 120-seitiges Werk über sie verfasse. Wenn das nicht unsterblich macht!

Wenn ich nicht arbeite oder studiere, einkaufe, putze, jogge (ja, ich habe momentan eine extrem sportliche Phase!) oder gesunde Lebensmittel schonend zubereite, treffe ich mich mit meinen Freunden und führe ein lustiges Nachtleben. Die Mädels nehmen mir ab, dass ich trotz der ganzen Anstrengungen extrem gut drauf bin. Nur Vroni wirft mir manchmal einen dieser stummen Blicke von der Seite zu und umarmt mich bei Verabschiedungen ein bisschen länger und fester als sonst. Ich glaube, sie ahnt, dass es mir gar nicht gut geht. Aber ich kann nicht darüber reden. Wenn ich Männerprobleme bespreche, ist allein meine Redebereitschaft ein Zeichen dafür, dass die Lage nicht hoffnungslos ist. Als ich Vroni von jeder SMS, die Paul mir schrieb, berichtete und wir sie stundenlang hin und her interpretierten, selbst als ich fast verzweifelte, weil er sich nach unserem göttlichen Kuss ewig nicht meldete – immer war ich in meinem Inneren davon überzeugt, dass das nicht das Ende sein könnte und es irgendwie und irgendwann weitergehen würde mit Paul und mir. Jetzt allerdings spüre ich tief in mir, zwischen Lunge und Magen, ein kaltes, nagendes Gefühl, das mir sagt: Daraus wird nichts mehr. Dieses Gefühl schnürt mir die Kehle zu und macht mir solche Angst, dass ich es nicht zu nah an die Oberfläche kommen lassen darf. Ich muss es ignorieren, so lange es geht, bis es irgendwann von selbst verschwunden ist. Würde ich darüber sprechen, würde ich diesem unbestimmten, Angst einflößenden Gefühl einen Namen geben, und es würde Gestalt annehmen. Das darf nicht passieren. Denn dann könnte ich die Kontrolle verlieren.

Trotzdem muss ich irgendwas unternehmen. Seit diesem unseligen Donnerstag, dem 16. Januar, also seit zweieinhalb Wochen, habe ich kein Wort mehr von Paul gehört. «Bin in Wien und im Stress» war das letzte Lebenszeichen von ihm. Ich habe ihm ein paar SMS geschickt, von cool-belanglos («Hoffe, dir geht's gut. Bin grad im P1 auf dem ‹No Angels At The Club›-Konzert, ist echt lustig») über trotzig-zornig («Na gut, dann halt nicht. Hätte dir allerdings mehr Stil zugetraut») bis sehnsüchtig-liebevoll («Ich würde dich so gerne mal wieder spüren. Auch wenn es momentan nicht geht – ich wollte es dir nur mal wieder sagen :-)»). Keine Reaktion. Irgendwann siegte mein Stolz über meine Finger, die so gerne SMS an Paul tippen, und ich ließ es bleiben. Stattdessen werde ich ihm einen Brief schreiben.

Ich gebe «Lieber Paul» in mein Notebook ein. Und dann erst mal lange nichts. Gar nicht so einfach. Ich lösche «Lieber Paul». Und überlege. Da fällt mir eine Begebenheit aus meinem Teenageralter ein. Ich textete Sabine, meine beste Freundin, mit dem Kummer zu, den ihr Bruder Oliver mir bereitete. Er hatte auf dem Pausenhof nicht zu mir herübergegrinst. «Mensch, Marie, erzähl das deiner Parkuhr, aber lass mich in Ruhe!», rief Sabine damals, leicht genervt.

Das ist *die* Idee.

New Message
To: Paul <paul@glimpf.de>
From: Parkuhr <parkuhr@gmx.de>
Mon, 3 Feb 2003, 17:33:21 MEZ
Subject: News von Marie

Lieber Paul,
ich habe ein schlechtes Gewissen. Marie wird mich
umbringen, wenn sie erfährt, dass ich geplaudert habe.
Denn sie hat heute ihr Herz bei mir ausgeschüttet. Aber

*ich denke, dass du wissen solltest, was sie mir erzählte.
Hier ist es also.
Liebe Grüße, deine Parkuhr*

———

*Liebe Parkuhr,
ich hoffe, ich habe genügend Kleingeld dabei, denn das hier könnte etwas länger dauern. Du musst wissen, ich kenne da seit über einem Jahr einen ganz tollen Mann. Am Anfang flirteten wir nur, ein Date kam nie zustande. Trotzdem ging er mir fortan nicht mehr aus dem Kopf. Ich verdrängte die Gedanken an ihn, doch ich vergaß ihn nie.
Im Sommer letzten Jahres klappte dann endlich, beim vierten Anlauf, ein Treffen im Biergarten. Ich gebe zu, ich war immer noch wahnsinnig neugierig auf diesen Kerl, der so eine faszinierende Mischung aus großem Jungen und erfolgreichem Mann darstellt. Wir unterhielten uns richtig gut, liebe Parkuhr, das kannst du mir glauben, so gut, dass ich total die Zeit vergaß und alles andere auch. Ich hörte mich selbst reden und ihm Dinge erzählen, die sonst niemand weiß, und ich wunderte mich darüber. Ich erzählte ihm sogar von meinem höchst albernen Traum: einmal Sex haben zum vierten Satz von Beethovens Neunter Symphonie. Das habe ich bisher nicht mal dir gestanden, Parkuhr. Paul lachte, aber er lachte mich nicht aus. Und als ich ihm eröffnete, dass auch er in meinem Traum durchaus eine gewisse Rolle spielen könnte, sah er mich drei Minuten lang schweigend an und fragte dann: «Darf ich dich mal küssen?» Ich nickte. Er fasste mich mit der Hand um den Nacken und küsste mich. Ich sag's dir, liebe Parkuhr, ganz ehrlich – das war der beste Kuss meines Lebens. Besser sogar als mein erster, der vier*

Stunden dauerte, damals mit siebzehn im Englischen Garten. Könnte ich mir einen Moment meines Lebens aussuchen, der sich von jetzt an bis in alle Ewigkeit wiederholt – ich würde diesen Kuss an einem gewittrigen Augustnachmittag im Biergarten der Max-Emanuel-Brauerei wählen. Gut, dass ich das nur dir erzähle, liebe Parkuhr, und nicht Paul. Er würde vermutlich finden, dass ich maßlos übertreibe.

Die Geschichte ging irgendwann weiter. Im September schliefen wir das erste Mal miteinander, Paul und ich. Ich weiß, liebe Parkuhr, es hört sich abgedroschen und kitschig an, aber es war, als hätte ich fast 28 Jahre lang darauf gewartet. Noch nie in meinem Leben habe ich einen Mann so sehr gewollt, noch nie habe ich mich so erotisch gefühlt wie mit ihm. Klar, Hormone, Gene, Chemie und so weiter, du hast sicher Recht, Parkuhr. Aber ist das nicht egal, wenn es so wunderschön ist? Während ich dir das erzähle, werde ich ganz kribblig, weil ich ihn, Paul, schon so lange nicht mehr gesehen habe und auch nicht weiß, wann ich ihn wieder spüren werde. Und damit wären wir (endlich, nicht wahr?) bei meinem Problem.

In meinem Leben existiert Paul momentan so gut wie nicht. Er hat schrecklich viel zu tun, ist vermutlich dauernd in der Weltgeschichte unterwegs und hat schlicht und einfach keine Zeit für mich. Auch nicht dafür, mir mal eine SMS oder Mail zu schreiben oder anzurufen. Ich glaube es ihm und akzeptiere es. Aber er fehlt mir so, liebe Parkuhr. Ich bin verrückt nach ihm, ich liebe sein Gesicht, die Art, wie er die Stirn in Falten legt, seine blonden Haare, seine grünen Augen, seine Stimme, seinen Körper, seine Hände. Ich liebe es, wie er riecht, wie er schmeckt, wie er sich anfühlt, was er erzählt und wie er es erzählt. Ich liebe seine Stärke und seinen Mut, seinen Witz und seine Lebenslust, aber auch seine Unsicherheit, die ich manchmal spüre, seine Zweifel und seine dunklen Gedanken. Ich erzähle dir das jetzt nur, weil du es niemandem weitersagst, liebe Parkuhr. Aber manchmal, wenn ich allein im Auto unterwegs bin oder nachts nicht schlafen kann, erzähle ich Paul im Stillen, was ich ihm erzählen würde, wenn er bei mir wäre. Und ich kann hören, was er antwortet. Manchmal lacht er mich aus oder kritisiert mich. Oder aber er findet mich toll, je nachdem. Nein, ich spinne nicht. Es geht mir gut.

Weißt du, liebe Parkuhr, ich will ja gar nicht jammern. Mein Leben ist auch dann schön, wenn ich Paul nicht sehe, ich habe auch ohne ihn Spaß und bin manchmal sogar glücklich. Aber mir fehlt etwas, wenn er nicht da ist und ich nichts von ihm höre.

Ich weiß leider nicht genau, wie das für ihn ist. Ich weiß, dass er mich mag, dass er mich attraktiv und erotisch findet, dass er mich schätzt und gern hat. Ich weiß, dass er mich ein bisschen mehr mag als andere. Aber ich weiß zum Beispiel nicht genau, was er damit meint, wenn er schreibt: «Ich vermisse dich so sehr.» Seufz, vor einem Monat bekam ich diese SMS. Vermisst er nur den tollen Sex mit mir, oder fehle ich ihm auch? Ich weiß es nicht. Ich weiß auch nicht, was momentan in ihm vorgeht. Hat er mich für den Monat April auf Wiedervorlage gesetzt, weil er so viel zu tun hat? Verdrängt er die Gedanken an mich? Gibt es überhaupt Gedanken an mich? Oder sind seine Gefühle abgekühlt, hat er gar eine andere kennen gelernt, sich verliebt? Und konnte sich bisher nur nicht dazu entschließen, es mir zu sagen? Eigentlich glaube ich das nicht. Ich habe ihn mal gebeten, ganz ehrlich zu sein und es mir sofort zu sagen, wenn er nichts mehr von mir wissen will. So unfair, die Sache einfach schweigend im Sande verlaufen zu lassen, wäre Paul nicht. Ich halte viel von ihm.

Ich muss mal schnell 50 Cent nachwerfen. Wo ist nur mein Kleingeld? Ah, hier. Du fragst mich, wie ich mir das eigentlich weiter vorstelle mit diesem Paul? Wie lange ich noch warten will, bis aus dieser konfusen Affäre eine Beziehung wird? Tja, gute Frage. Ich sage mir oft, dass ich mich nicht länger hinhalten lasse von ihm, dass es ein Ende haben muss. Es gibt da nur ein Problem, ein klitzekleines: Ich kann ihm einfach nicht widerstehen. Ich bin rettungslos verloren, wenn ich seine Stimme höre oder ihm gar gegenüberstehe.

Wenn ich wüsste, dass ich ihn zum Beispiel noch im März garantiert wiedersehe, könnte ich geduldig sein. Aber so? Es ist wirklich nicht leicht. Ich tue alles, um mich abzulenken, ich führe ein nach außen hin sehr erfülltes Leben, und doch denke ich andauernd an Paul. Und manchmal, wenn ich allein bin und «We're all made of stars» von Moby im Radio gespielt wird, dann bekomme ich einen akuten Sehnsuchtsanfall und entblöde mich nicht, diesen in eine SMS zu verpacken und 160 Zeichen auf die Reise zu schicken. Dabei will ich ihn wirklich nicht nerven. Und schon gar nicht den Eindruck erwecken, klein, schwach und weinerlich zu sein, weil er sich nicht bei mir meldet. Es ist ja auch nicht so. Schau mich an, liebe Parkuhr – wie sehe ich aus? Meine blonden Haare glänzen, ich schreibe für namhafte Nachrichtenmagazine, habe viele gute Freunde, erlebe viel, alles läuft prima. Aber das ist mir wohl nicht genug.

Liebe Parkuhr, das Geld geht mir aus, ich muss zum Ende kommen. Habe dich lange genug von der Arbeit abgehalten. Nein, deine Sorge um mich ist unbegründet – es geht mir gut, ich bin glücklich, dass es Paul gibt, auch wenn er meine Geduld momentan auf eine harte Probe stellt. Aber vielleicht hat er vergessen, was er verpasst? Vielleicht hat er vergessen, wie es sich anfühlt, wenn er mich küsst, wenn er seine Hand unter mein T-Shirt schiebt, wenn er meinen nackten Körper unter seinem spürt, wenn er mich berührt, wenn er in mir ist, wenn er hört, wie mein Atem schneller wird. Vielleicht hat er vergessen, wie sich meine Hände auf seiner Haut anfühlen, meine Zunge an seinem Schwanz ... Aber ich glaube eigentlich nicht, dass er es vergessen hat. Ich glaube und will glauben, dass er keine Zeit hat.

Ich habe dir das alles erzählt, liebe Parkuhr, damit Paul es nicht lesen muss. Nicht dass er denkt, ich wolle ihn drängen oder mich beschweren. Er soll auch nicht meinen, dass ich mich nach ihm verzehre, leide und nur auf den Tag warte, an dem wir uns wiedersehen. So ist es ja nun auch wieder nicht. Und irgendwie ist es genau so. Aber es ist so schwer, einem Mann das multiple Denken und Fühlen einer Frau zu erklären. Da sagt man besser nichts. Wenn sie es falsch verstehen, ist man sie schnell für immer los.

Falls du Paul mal triffst, falls er mal an dir parkt (er fährt einen silbernen 4er Golf, davon gibt es ja kaum welche, *g*), mach dir dein eigenes Bild von ihm. Er ist wirklich etwas ganz Besonderes. Aber verrate es ihm bitte nicht, sonst wird er noch selbstbewusster. Und das wäre nun wirklich kaum zu ertragen.

Ich lese den Text nicht noch einmal durch. Klick. Gesendet. Die Parkuhr hat geplaudert. Und Paul kann es lesen. Ich weiß davon nichts. Zum Glück.

DIENSTAG, 4. FEBRUAR 2003 – DAS SELTSAME VERHALTEN MODERNER GROSSSTADT-SINGLES

Ach, hat das gut getan, Paul gestern diese Mail zu schreiben. Beziehungsweise mich der Parkuhr anzuvertrauen und zu wissen, dass sie es weitergetratscht hat. Endlich ist alles raus. Ein emotionaler Offenbarungseid, alles auf eine Karte gesetzt – wenn er sich daraufhin nicht meldet und mir auf Knien Sätze sagt, in denen die Worte «Traumfrau», «wie konnte ich nur», «für immer», «Liebe» und so etwas wie «Las Vegas» oder zumindest «Standesamt München II» vorkommen – dann weiß ich wenigstens, dass ich von Paul nichts zu erwarten habe und ihn endgültig aus meinem Leben streichen kann. Nicht kann, muss. Weil ich mich sonst jedes Mal in Grund und Boden schäme, wenn ich ihm begegne. Wenn es gut geht, wird meine E-Mail als mutig, beherzt und richtig in die Annalen eingehen. Wenn es nicht gut geht, wird sie als das grandiose Finale einer unerfüllten, tragischen Liebesgeschichte gelten.

Jetzt muss ich also nichts tun als warten. Wieder mal. Ich hasse Warten. Warten ist nämlich keineswegs passiv und schon gar nicht entspannt. Warten ist Folter. Und furchtbar anstrengend. Entweder man rennt alle fünf Minuten zum Computer und stellt die Internetverbindung her, um die Mails zu checken, oder man muss sich in hektische Aktivität stürzen, um ebendies zu vermeiden. Warten ist nur dann halbwegs erträglich, wenn man sich rund um die Uhr ablenkt und beschäftigt. Das ist ein Knochenjob.

Mein Notfallprogramm für derartige Situationen ist ja bereits hinlänglich bekannt. Ich verzichte deswegen darauf, es hier nochmals detailliert zu notieren. Auf jeden Fall beinhaltet es Pfefferminztaler, rote Gauloises, wahlweise teure Kosmetik, neue Klamotten oder sonstige Luxusartikel und natürlich meine Freundinnen.
Sehr gut, heute ist Dienstag. Sex-and-the-City-Tag. Ich werde einen Mädel-Abend organisieren. Organisieren ist super gegen Warte- und Paul-Frust. Hurra.

Aber vorher kann ich ja noch kurz meine Mails checken. Nicht, dass ich erwarte, bereits eine Antwort von Paul bekommen zu haben. Nein, nein. Aber es könnte ja sonst etwas Wichtiges eingetrudelt sein. Eine Einladung zu einer Promi-Party im Pacha zum Beispiel. Oder die Meldung von Martin, dass er sich endlich von Viola, der Schlampe, getrennt hat und jetzt dringend von mir im Café Reitschule getröstet werden will. Ich gehe mal schnell online.
Hmpf. Der GMX-Newsletter, ein Douglas-Gutschein, sensationelle Angebote für beeindruckende Penisvergrößerungen und eine Mail von einer gewissen Denise, 19, die jetzt eine Webcam ihr Eigen nennt, mich mit «Süßer» betitelt und große Sehnsucht danach bekundet, dass ich sie doch mal auf ihrer Website besuche. Ich wusste gar nicht, dass ich eine Geschlechtsumwandlung vollzogen habe. Muss über Nacht und von mir unbemerkt geschehen sein. Lösch, lösch, lösch. Verbindung zum Internet trennen? Ja. Halt. Noch schnell den Parkuhr-Account checken. Nur so.
WAAAAAAH! Eine neue Mail von Paul. Betreff: «Re: News von Marie». Schluck. So schnell hatte ich nicht mit einer Reaktion gerechnet. Meine Finger zittern, als ich die Mail anklicke, um sie zu lesen. Da steht:

*Sehr geehrte Damen und Herren,
ich bin zur Zeit unterwegs und per E-Mail nicht
erreichbar. Ab dem 20. 02. 2003 bin ich wieder zurück
und werde Ihre Nachricht beantworten.*

Okay. Ganz ruhig, Marie. Es ist kein schlechtes Zeichen, dass dein geliebter Paul dich siezt und mit «Sehr geehrte Damen und Herren» betitelt. Das ist ein Autoresponder, eine automatisch vom System generierte Mail. Er ist nicht da. Wo ist Paul? Noch in Wien? Oder schon in Stockholm? Plötzlich bekomme ich eine Gänsehaut. Wir schreiben den 4. Februar 2003. Auf den Straßen demonstrieren die Bürger für den Frieden. Die Amerikaner ziehen ihre Streitkräfte in der Golfregion zusammen. Der Irak-Krieg Nummer zwei kann jeden Moment beginnen. Und Paul hat mal erwähnt, er habe da eventuell ein Angebot, mit einem befreundeten Reporter nach Bagdad zu fliegen, um Fotos für den «Focus» zu machen. Mein Magen zieht sich zusammen. Paul ist in Gefahr. Vielleicht. Und ich kann nichts tun. Außer warten. Und hoffen, dass der Krieg erst nach dem 20. Februar losbricht. Ich spiele kurz mit dem Gedanken, aktiv zu werden und ebenfalls gegen den Krieg auf die Straße zu gehen. Oder zumindest so eine hässliche regenbogenfarbene Flagge mit dem Wort «PACE» aus meinem Fenster zu hängen. Doch gleich schäme ich mich wieder für meine egoistische Denkweise. Klar bin ich gegen den Krieg. Aber mein Pazifismus ist eher passiver Art. Schon beim ersten Golfkrieg – damals war ich 16, ging in die elfte Klasse und machte mir schreckliche Sorgen, jemand könnte das Trinkwasser vergiften oder eine Bombe auf meine Schule werfen – beschränkten sich meine Anti-Kriegs-Aktivitäten darauf, mit Klassenkameraden in einem Peace-Zeichen aus Teelichtern zu sitzen, den Palästinenserschal, auch Steineschmeißertuch genannt, gerade zu rücken und «We are the world» zu singen. Und mich zu freuen, dass ich so um die anstehende Physik-Ex herumkam. Schon damals schämte ich mich ein bisschen für meine Bequemlichkeit und mein mangelndes politisches Engagement. Heute denke ich, dass ich einfach nicht mehr zur Generation derer gehöre, die ständig gegen Eltern, Schule und Staat rebellierten und für (oder eben gegen) alles Mögliche auf die Straße gingen. Ich fand meine Eltern eigentlich immer ziemlich okay, ging sogar einigermaßen gern zur Schule und hatte schlicht zu wenig Interesse an Politik, um das Staatshandeln gut oder schlecht zu finden. Gemütliche Meinungslosigkeit, das war meine Art zu leben. Heute nenne ich das Gelassenheit. Man kann sich nicht jeden Schuh anziehen, sonst kommt man aus den Problemen gar nicht mehr heraus. Das Leben einer jungen Single-Frau in der Großstadt stellt genügend hochkomplexe Anforderungen.

Geld verdienen, um in Neuhausen wohnen zu können statt im Hasenbergl oder in Großdingharting. Freundschaften schließen und pflegen, um gemeinsam der Torschlusspanik frönen zu können und sich mit lustigen und langen Nächten in Münchens Kneipen und Bars davon abzulenken, dass man eigentlich keine Ahnung hat, wie man leben will, und um zu vertuschen, dass man heimlich die Freundin aus Kindertagen beneidet, die seit Jahren glücklich verheiratet ist und zwei kleine Kinder hat. Sport treiben und gut aussehen, um in der Metropole mit der arrogantesten Schickeria Deutschlands die Gesichts- und Körperkontrolle der Türsteher zu bestehen. Und nicht zuletzt: allmählich mal einen Mann auftreiben, der nicht schwul, im Vorruhestand, Dauerkiffer, mittelloser Aktionskünstler, gnadenlos langweilig, Psychopath, vorbestraft, verheiratet oder durch eine lange und emotional schwierige Beziehung vorbelastet ist. Er muss nicht schön sein, er muss nicht reich sein, er muss nicht berühmt sein. Er sollte ganz normal sein – aber bitte mit dem gewissen Etwas. Wenn ich ihn ansehe, möchte ich mir vorstellen können, wie er mich so küsst, dass ich ihn erst nach einer langen Nacht voll rauschhaftem Sex wieder gehen lasse. Und ich möchte ihn vor meinem inneren Auge sehen, wie er unsere kleine blondbezopfte Tochter Franziska an der Hand hält, während sie auf einem grün und weiß gestrichenen Geländer balanciert. Und wenn es nicht in jeder zweitklassigen amerikanischen Liebeskomödie das Hauptkriterium wäre, würde ich noch schreiben: Er soll mich zum Lachen bringen. Er soll Humor haben, nicht Witze auswendig können. Ich will keinen dieser Männer, die ihr BMW-Cabrio mit einem Augenzwinkern als «Bayerischen Mist-Wagen» bezeichnen und RTL-Sketche lustig finden.

Womit ich wieder beim Thema wäre. Ich bin sicher, dass Paul so ein Mann ist, wie ich ihn mir vorstelle. Ich weiß es. Er ist wunderbar. Paul hat nur einen kleinen, aber entscheidenden Fehler. Es ist jetzt über ein halbes Jahr her, dass er mich zum ersten Mal geküsst hat, und wir sind immer noch nicht offiziell zusammen. Oder sind wir es längst, und ich habe es nur noch nicht mitbekommen? Nein. Wir haben lediglich eine äußerst leidenschaftliche, aber ebenso sporadische Affäre. Er hat keine andere, das ist es nicht. Als ich in seiner Wohnung war, habe ich ganz genau hingesehen. Keine Spur von Frau. Kein weibliches Deo, keine Bürste mit langen Haaren darin, kein Lippenstift, kein BH, nichts. Okay, er könnte die verdächtigen Utensilien auch weggeräumt haben. Aber ich glaube, so vorausdenkend handeln nur Frauen.
Es ist auch nicht so, dass er mich nicht liebt oder nur fürs Bett will. Es sei denn, er ist ein Oscar-verdächtig guter Schauspieler. Aber ich glaube zu spüren, dass Paul genauso verliebt in mich ist wie ich in ihn.

Was ist es also? Vielleicht bin ich ja auch einfach nicht mehr up to date. Meine letzte Beziehungsanbahnung – daraus wurden dann die sechs Jahre mit Max – liegt über acht Jahre zurück, damals war ich noch nicht mal 20. In diesem Alter ist die Sache ziemlich einfach. Man ist zwar schon zu erwachsen, um «miteinander zu gehen», aber trotzdem ist nach dem ersten Kuss alles klar. Man ist fest zusammen, und es bedarf des ordentlichen Schlussmachens, um solch eine Beziehung wieder zu lösen. Heute ist das alles wesentlich komplizierter. Ich beobachte das auch in meinem Freundeskreis. Die harmlose Frage «Bist du jetzt eigentlich mit XY zusammen?» kann eine abendfüllende Diskussion auslösen. Küssen alleine reicht nicht mehr als Startschuss zu einer Beziehung, in der man «mein Freund» zu einem Mann sagt und er einen seinen Eltern vorstellt. Sex sagt auch nichts über den Status der Zweierkiste aus. Da gibt es ONS (One-Night-Stands), MNS (Many-Nights-Stands), Affären, Dreiecksbeziehungen, offene Beziehungen, lockere Verhältnisse, ja sogar gute Freunde, die ab und zu miteinander ins Bett gehen. Es gibt Leute, die sich kennen lernen und drei Monate später heiraten, und es gibt Pärchen, die seit Ewigkeiten zusammen sind und deren Freundeskreis trotzdem immer wieder die Frage «Ist das eigentlich was Festes zwischen Julia und Lars?» erörtert. Nichts ist mehr klar und einfach, wenn es um das Thema Beziehung geht. Sodom und Gomera, würde Vroni dazu sagen und desillusioniert abwinken. Marc-der-zum-Arschloch-wurde, mein Freund Martin und seine Besessenheit mit der Schlampe Viola, Simon, den nur Frauen interessieren, die mindestens fünf Jahre älter sind als er, und auch Paul, der wieder mal vom Erdboden verschwunden ist, passen genau in dieses Muster.

Vielleicht mache ich mir aber auch zu viele Gedanken. Vielleicht möchte er's einfach langsam angehen lassen, die Zeit der Schmetterlinge genießen. Schön und gut. Lange stehe ich das nicht mehr durch. Ich bekomme Magenschmerzen von dieser Ungewissheit. Und jetzt muss ich mir auch noch Sorgen um Paul machen. Lieber Gott, bitte lass ihn nicht in Bagdad sein.

Ich klappe das Notebook zu und beschließe, dass ich nichts tun kann außer abwarten, hoffen und mich in dieser Zeit so wenig wie möglich verrückt machen. Also zurück zu meinem ursprünglichen Vorhaben – heute Abend mit den Mädels «Sex and the City» gucken.
Vroni ist sofort dabei, Marlene sagt zu, als ich beiläufig meinen Avocadosalat erwähne, für den ich berühmt bin. Beate, entnehme ich ihrer Mailbox-Ansage, ist gerade auf Tournee durch Mecklenburg-Vorpommern, aber Alexa kommt gerne vorbei.

Ist es eigentlich normal, dass man seine aktuellen Probleme in der fiktiven Welt wiederfindet? Egal, welche TV-Serie ich mir ansehe, in welchen Kinofilm ich gehe oder welches Buch ich gerade lese – überall geht es um meine Situation. Bestes Beispiel: «Sex and the City» vom 4. Februar 2003 – Folge eins der vierten Staffel, «Agonie und Ex-tase». Samantha, die Frau, die bisher noch alle Männer gekriegt hat, beißt sich an einem knackigen Priester die Zähne aus. So, wie ich mir an Paul die Zähne ausbeiße. Carrie hat Geburtstag, und Sam organisiert für sie eine Party in einem angesagten Lokal. Alle kommen zu spät. Carrie ist deprimiert – sie ist nun schon 35 und hat immer noch keinen «besonderen Mann» an ihrer Seite. Ja, Schwester, ich verstehe dich. Ich finde, ich habe viel gemeinsam mit Carrie. Ich schreibe Kolumnen, lebe in einer spannenden Großstadt, bin blond, suche nach dem Mann mit dem gewissen Etwas. Auch ich habe einen attraktiven Exfreund und weiß bis heute nicht genau, warum das mit ihm und mir nicht dauerhaft hielt. Gut, Neuhausen ist nicht Manhattan, meine Klamotten sind mindestens zwei Nummern größer als Carries, und selbst mein ausgeflipptestes Oberteil würde von Miss Bradshaw mit einem müden Gähnen zur Altkleidersammlung gegeben werden. Aber dafür bin ich sieben Jahre jünger als sie. Ich habe also noch viel Zeit. Denn meine Anzahl von Lovern ist noch nicht annähernd so groß, dass ich es damit im Negligé auf einen Linienbus schaffen würde. «Marie Sandmann knows good sex» – hört sich auch irgendwie komisch an. Die Passagiere der Linie, die vom Marienplatz zum Tierpark Hellabrunn fährt, würden sich bestimmt wundern.

«Was meinst du, Marie?», fragt Marlene und stupst mich in die Rippen.
«Äh, was …?»
«Träumst du schon wieder von Paul?»
«Quatsch. Der ist in … ach, vergiss es. Paul ist momentan kein Thema.»
«Verstehe», sagt sie, «denk einfach daran, was Charlotte in der Serie eben gesagt hat: Das Wichtige im Leben sind deine Freundinnen. Sie sind deine wahren Seelenverwandten. Männer sind nur zum zwischenzeitlichen Spaßhaben da.»

Marlene grinst, aber ich merke, was sie mir damit sagen will. Sie würde nie theatralisch werden. Auf Leute, die sie nicht so gut kennen, wirkt sie oft distanziert bis leicht überheblich, aber ich weiß, dass das eben eine Art Liebeserklärung unter Freundinnen war. Ich ziehe meine Beine an mich und kuschle mich auf dem Sofa zwischen Marlene und Vroni. Und ich fasse einen Vorsatz. Ich werde mich wieder mehr um meine Freundinnen kümmern. Ich bin so mit mir selbst und Paul beschäftigt, dass ich gar nicht mehr auf dem Laufenden bin. Ich werde die Zeit nützen. «… zumindest bis zum 20. Februar, wenn Paul wieder da ist!», höhnt das Teufelchen auf meiner linken Schulter leise, aber vernehmlich. Engelchen lässt sich natürlich wieder mal nirgends blicken. «Halt die Klappe», knurre ich dem Teufelchen zu und hoffe, dass es nicht – wie so oft – Recht behalten wird.

DIENSTAG, 11. FEBRUAR 2003 – DER FILM DES LEBENS

Eigentlich schade, dass das Leben nicht ein bisschen mehr wie Kino ist. Mehr Dramatik, mehr Spannung. Mehr Gute, die gewinnen, und mehr Böse, die verlieren. Mehr Liebe und Romantik, mehr glückliche Zufälle, mehr segensreiche Wendungen, mehr schlüssige Storys, mehr Happy Ends.
Wobei ich persönlich ja Happy Ends nicht mag. Ich glaube nämlich nicht an Happy Ends. Der Haken an Happy Ends und warum ich ihnen höchst misstrauisch gegenüberstehe: Im Kino funktionieren sie, weil der Film nach ihnen vorbei ist. Der Abspann läuft, die Zuschauer knüllen die leeren Popcorn-Tüten zusammen und lassen sie unter die Sitze rollen, stolpern beim Vorbeidrängeln über die Füße der noch sitzen bleibenden Nachbarn und zünden sich draußen erst mal eine Zigarette an. Was im Film weiter passiert wäre, existiert und interessiert nicht. Und anscheinend denkt niemand außer mir auch nur darüber nach.
Während die meisten (Frauen), die ich kenne, das Ende von «Pretty Woman» lieben, kann ich diesen Filmschluss einfach nicht aus vollem Herzen rührungsvoll beweinen. Denn was passiert, wenn Richard Gere Julia Roberts in der Stretch-Limousine abgeholt hat und mit ihr davonfährt? Wird sie ihn schon hundert Meilen weiter annölen, weil sie aufs Klo muss, und er sagt: «Schatz, reiß dich bitte ein klein wenig zusammen, in einer Stunde müssen wir sowieso tanken!»? Und auch wenn das Pinkelpausenproblem ihnen nicht die frische Liebe vergällt – wird diese Liebe Bestand haben, oder werden die beiden sich wieder trennen? Und falls sie sich nicht trennen – wird er irgendwann in Jogginghose und Feinrippunterhemd vor dem Fernseher lümmeln, neben dem Sessel eine zusammengeknüllte McDonald's-Tüte, während sie, die gealterte Julia Roberts alias Vivian, ehemalige Nutte, mit Meeresalgenmaske im Gesicht auf dem Sofa

liegt und von alten Zeiten träumt? Okay, gut, ich gebe die Ansammlung platter Klischees zu, aber ist doch wahr, oder?
Besseres Beispiel für ein gutes Filmende: «Titanic». Ich liebe die Titanic-Liebesgeschichte. Sie ist einfach vollkommen. Vor allem, weil – ja genau, weil Rose und Jack sich am Ende nicht kriegen. Weil er nur in ihrer Erinnerung weiterlebt, weil sie später einen anderen heiratet und mit ihm glücklich wird. Ohne Jack jemals zu vergessen, versteht sich. «Das Herz einer Frau ist ein Ozean voller Geheimnisse.» Hach. Ich muss mich nicht fragen, ob das verwöhnte Gör und der bettelarme Lebenskünstler wirklich zusammengepasst hätten, ob ihre Lovestory, die so grandios begann, die anfängliche verrückte Verliebtheit überlebt hätte.
Ich muss gleich mal «My Heart Will Go On» einlegen. Schon lange nicht mehr gehört.

Da fällt mir etwas ein, was meine Freundin Jenny aus Krefeld mal gesagt hat: «Schade, dass es zum Leben keinen Soundtrack gibt.» In der Tat sehr schade. Wäre das nicht toll? In diesem wunderbaren Moment letzten Sommer, als Paul über den Biertisch griff, meinen Nacken umfasste und mich minutenlang küsste – in diesem Moment hätten die Geigen eingesetzt, und es wäre, natürlich, Beethovens Neunte, vierter Satz, Finale, erklungen. Der Satz dauert 23 Minuten, in der Aufnahme mit Herbert von Karajan und den Berliner Philharmonikern. Es wäre die längste Kuss-Sequenz der Filmgeschichte geworden.
Oder dieser Augenblick, in dem die unselige SMS von Paul mich erreichte: «Bin in Wien und im Stress.» Hätte das Leben einen Soundtrack – «Jetzt ist gut» von Such a Surge hätte wunderbar gepasst.
Stattdessen herrschte nur Stille.
Gäbe es einen Lebens-Soundtrack, würden sich gefährliche Situationen durch ein unheilvolles, dissonantes Geigen-Crescendo ankündigen, statt einfach unangemeldet und überraschend in unseren Alltag zu platzen. Das Leben wäre einfacher, intensi-

ver, romantischer und irgendwie weniger banal als ohne Musikbegleitung. Vielleicht könnte man im Plattenladen Sampler mit Lebens-Soundtracks berühmter Persönlichkeiten kaufen. Ich bin zwar keine berühmte Persönlichkeit, aber ich bin mir sicher, dass in meiner Filmmusik Coldplay vorkommen würde – und natürlich die Neunte von Beethoven.

DONNERSTAG, 20. FEBRUAR 2003 – D-DAY (P-DAY)

Sechs Uhr früh. Das schwarze Gartenhuhn, das ich wirklich gerne mal erschießen würde, sitzt im Baum vor meinem Fenster und übt für den Neuhausener Amselsingwettstreit. Diese eine Passage scheint noch verbesserungswürdig zu sein, denn das Vieh wiederholt sie am laufenden Band. AAAAAAARGH!
Ich kann nicht mehr schlafen. Bin hellwach. Und todmüde. Vollmond? Lärmende Nachbarn? Zu viel Latte macchiato? Nichts davon. Heute ist der Tag, an dem Paul (laut Autoresponder) wieder in der Stadt ist.

Ich habe die letzten zwei Wochen gut genutzt. Habe mich damit abgefunden, dass ich Paul nicht erreichen kann. Habe mit persönlichem Interesse die Entwicklung am Golf verfolgt und mit großer Erleichterung und Dankbarkeit festgestellt, dass der Krieg noch auf sich warten lässt. Ich habe viel Zeit mit Vroni, Marlene, Beate, Alexa und den anderen wichtigen Menschen in meinem Leben verbracht und musste beschämt feststellen, dass ich nicht die Einzige bin, der es manchmal gar nicht so sahnejoghurtmäßig gut geht. Mann, was war ich in letzter Zeit auf mich selbst und meine Probleme fixiert. Ich bin eine schlechte Freundin. Ein egozentrisches Weibsstück. Ich habe weder bemerkt, dass Marc-der-zum-Arschloch-wurde versucht hat, sich wieder in Vronis Leben zu stehlen und sie mit süßen Worten und heißen Blicken zu betören, noch dass Marlene, die immer sagt, sie könne sich nicht verlieben, ebendies vor kurzem getan hat. Leider ist ihr Objekt der Begierde ein guter Freund, der gar nichts kapiert von dem, was hinter Marlenes cool-lustiger Fassade so vor sich geht. Klar, sie könnte sich outen und ihm sagen, was sie für ihn empfindet. Aber wenn es blöd läuft, ist sie einen guten, langjährigen Freund los. Schwirige Sache. Und ich dachte immer, meine Beziehung zu Paul sei das Verzwickteste, was Amor so zu bieten hat.

Außerdem war ich viel mit Max zusammen. Wir waren beim Skifahren, sogar ein ganzes Wochenende lang, mit Freunden auf einer Hütte in der Wildschönau. Wie selbstverständlich belegten wir zusammen ein Doppelzimmer und fuhren miteinander Sessellift. Am zweiten Abend ertappte ich mich dabei, dass ich kurzzeitig vergaß, dass Max und ich kein Pärchen mehr sind. Komischerweise war es ein schönes Gefühl. Na ja. Max und ich waren zusammen im Cosimabad schwimmen, erkundeten gemeinsam die nagelneue Pinakothek der Moderne, tranken heiße Schokolade im Café des Nymphenburger Schlossparks, nachdem uns beim Schneemannbauen fast die Finger abgefroren waren, und benahmen uns auch ansonsten wie ein filmreif verliebtes Pärchen. Nur ohne Sex. Aber was ist schon Sex? Ich weiß nicht, ob ich mich jemals wieder ganz «unschuldig» auf Sex freuen kann. Es tut zu sehr weh, wenn er abgesagt wird.

Ich fuhr sogar mit Max, Vroni und Bernd zu einem Auswärtsspiel von Max' favorisiertem Fußballverein, dem MSV Duisburg, nach Burghausen. Wir froren uns im Schneetreiben beinahe die Extremitäten ab, sahen ein unheimlich schlechtes Zweitligaspiel und lernten neue Lieder und Klischees über Oberbayern kennen («Landwirtschaft, Landwirtschaft, Landwirtschaft ist schön ... Morgens früh um sieben erst mal Kühe melken geh'n»).

Auf der 120 Kilometer weiten Heimfahrt, die wegen des dichten Schneetreibens fast drei Stunden dauerte, sangen wir tolle Lieder wie «Ein Student aus Uppsala» oder «Gute Freunde kann niemand trennen». Es war ein Ausflug, an den ich mich noch in Jahrzehnten erinnern werde.

Insgesamt kann ich also sagen, dass es mir wieder richtig gut geht. Ich bedaure es fast, dass heute der 20. Februar ist, der Tag, an dem Paul wieder im Lande zu sein beliebt. Wäre er noch länger weg gewesen – ich glaube, ich hätte mich an seine Abwesenheit gewöhnt. Man gewöhnt sich wirklich an alles. Es war richtig erholsam, nicht jeden Tag 24 Stunden das Handy in Sichtweite zu haben, nicht auf eine Mail von Paul zu warten und sich keinen wunderschönen Wunschträumen hinzugeben, die dann sowieso nicht in Erfüllung gehen.
Trotzdem – ich kann es nicht ändern – ist heute besagter 20. Februar, und ich bin nervös. So nervös, dass ich schon um sechs Uhr morgens nicht mehr schlafen kann.

Ich muss etwas tun. Wieder mal. Immer, wenn ich auf Paul warte, muss ich etwas tun. Ich könnte an meiner Magisterarbeit weiterschreiben. Aber dazu müsste ich das Notebook anwerfen und wäre in Versuchung, meine Mails abzurufen. Zu früh. Paul schläft sicherlich noch wie ein Murmeltier, und der Posteingang wäre leer. Kein guter Tagesanfang. Hm. Sport? Och … Doch, Marie, das ist es. Joggen gehen. Keine Widerrede. Die Laufschuhe sind nicht verschollen, die Sporthose ist frisch gewaschen, und du bist weder erkältet noch schwanger.

Laufen macht den Kopf frei, denke ich verbissen, als ich mich über die noch nicht vom Schnee geräumten Wege des Nymphenburger Parks kämpfe. Lau-fen-macht-den-Kopf-frei. Eins-zwei-eins-zwei-eins-zwei. Links-rechts-links-rechts-links-rechts. Will-dass-Paul-mich-an-ruft. Ach was. Von wegen Kopf frei. Ich

stampfe die Worte quasi in mich rein. Und bekomme Seitenstechen, weil ich bei «Paul» zusammengezuckt und aus dem Tritt gekommen bin.
Immerhin ist es schon nach halb acht, als ich nach dem Laufen geduscht habe und mich, schon ein paar Kilo leichter fühlend, in meiner Küche sitze.
Zeit, mich meiner wissenschaftlichen Arbeit zu widmen. Meine ständig wachsende Verzweiflung lässt mich den Outlook-Button auf meinem Laptop ignorieren und kreativ werden. Ich lese mir durch, was ich so geschrieben habe, und finde es zum Teil richtig schlau. Diese Marlen Haushofer war eine interessante Frau. Schade, dass sie seit über zwanzig Jahren tot ist. Ich hätte mich gerne mal mit ihr unterhalten. Über Männer und Frauen, über das zwanghafte Nachdenken und die dunklen Seiten der Menschenseele.

Gegen zwei Uhr nachmittags mache ich mir einen Milchkaffee, rauche nervös und frierend eine Zigarette auf dem Balkon und erlaube mir dann – schlechter kann mir sowieso nicht werden –, das erste Mal an diesem schon so langen Tag meine Mails zu checken. Auch den Parkuhr-Account.
Didldidim. O mein Gott. Tief durchatmen. «Sie haben 1 neue Nachricht». Schluck. Klick. Ganz ruhig, Marie. Du hast nichts zu verlieren. Nach diesem Seelen-Strip ist es entweder aus, oder es wird besser.

Liebe Marie,
jetzt bin ich wieder da. Ich hatte einen etwas heiklen Auftrag für ein österreichisches Magazin zu erledigen.
Also doch der österreichische Geheimdienst! Ha. Mein Instinkt hat mich nicht im Stich gelassen.
Tut mir Leid, dass ich mich so lange nicht gemeldet habe.
Mir auch, Paul. Du ahnst gar nicht, wie sehr.

*Ich habe die Parkuhr gelesen. Ich danke dir. Du bist wirklich eine ganz besondere Frau.
Marie, du fehlst mir. Ich sehne mich danach, mit dir zu reden, bei dir zu sein, dich zu spüren, zu küssen. Und – sei mir bitte nicht böse – mir fehlt auch der Sex mit dir. Dich anzufassen, von dir angefasst zu werden, dich anzuschauen, dir zuzusehen, in dir zu sein ... du bist wie eine Droge.*

Nein, Paul, ich bin dir nicht böse. Mir geht es doch genauso. Ich habe mir sogar schon überlegt, ob ich mit dir überhaupt eine Beziehung leben könnte – gerade weil das zwischen uns so magisch ist, so umwerfend, so ... körperlich. Ich bin ein Kopfmensch, auch wenn meine Emotionen mich manchmal zum Teenager machen. Ich habe bestimmte Vorstellungen davon, wie eine Beziehung, aus der später mal eine Familie oder so etwas werden kann, auszusehen hat. Sie sollte auf Ähnlichkeiten aufbauen, auf geistiger Vertrautheit, auf Verständnis, auf gemeinsamen Zielen und Vorstellungen vom Leben. Nicht, dass es das zwischen uns nicht gäbe. Aber da ist auch diese unglaubliche Anziehung, dieses gewisse Etwas an dir, das mich willenlos und wild macht. Klar ist das die Verliebtheit, sind das die Hormone. Aber ich glaube zu wissen, dass es noch mehr ist. Mein Gott, hört sich das alles kitschig an. Verzapft man automatisch Plattitüden, wenn man das erste Mal im Leben so etwas erlebt? Oder äußert sich blinde Verliebtheit mit achtundzwanzig anders als mit vierzehn? Wie ist das dann erst mit zweiundvierzig? Aber so blind bin ich eigentlich gar nicht.

Ich kenne dich noch nicht sehr lange und nicht besonders gut, Paul, aber ich habe schon ein paar Dinge an dir registriert, die mich stören. Zum Beispiel bist du Mister Unzuverlässig. Das Wochenende auf der Berghütte – ich kann mich noch genau an die Worte erinnern, mit denen du es mir ausgemalt hast. «Wir können wandern gehen – falls wir überhaupt aus dem Bett rauskommen», hast du gesagt und dabei schelmisch gegrinst. Der Bergherbst ist längst vorbei, und ich warte immer noch auf dieses Wochenende. Die CDs, die du mir brennen wolltest, die Links, die du mir mailen wolltest, das Video von der Fußball-WM, das du mir organisieren wolltest. Nichts davon habe ich je bekommen. «Ich melde mich später» heißt bei dir: «Ich melde mich irgendwann wieder», «Lass uns diese Woche essen gehen» bedeutet: «Ich würde gerne mit dir essen gehen, wenn ich irgendwann mal Zeit habe.»

All diese Dinge sind nicht wichtig, Paul. Aber mit jeder kleinen Enttäuschung glaube ich dir ein bisschen weniger. Du meinst es sicher nicht böse. Du bist ein viel beschäftigter Mann, dein Terminkalender quillt über, du kennst tausend Leute, hast zahlreiche Verpflichtungen. Schon klar. Aber weißt du, wie es sich anfühlt, wenn man sich auf etwas freut, das dann einfach nicht wahr wird? Man fühlt sich klein, unwichtig, Prio 16. Das ist kein gutes Gefühl, wenn man jemanden liebt. Und geliebt werden will. Man gewöhnt sich daran. Und das ist nicht gut, weil man etwas Schönes verlernt, das sich selbst verbietet: die Vorfreude.
Du siehst, Paul, ich bin nicht blind gegenüber deinen Fehlern. Leider liebe ich dich trotzdem.

> *Ich weiß, dass ich nicht immer fair zu dir war in der letzten Zeit. Aber ich musste mich zwischendurch ein wenig zurückziehen. Ich habe meine Gründe. Und ich werde sie dir erklären und hoffen, dass du mich verstehst.*
> *Wann sehen wir uns?*
>
> *Ich küsse dich*
> *Dein Paul*

Hilfe, er hat Gründe und will sie mir erläutern. Es gibt also doch etwas, was ich nicht weiß. Bevor meine Gedanken wieder Karussell fahren, bremse ich mich und lese mir lieber die zwei wichtigsten Sätze aus dem letzten Absatz durch: «Wann sehen wir uns?» und «Ich küsse dich». Er will mich sehen, er will mich sehen, er will mich sehen. Wie ein Mantra bete ich mir die vier Worte vor, immer wieder. Es hilft. Ich widerstehe dem Impuls, auf Antworten zu klicken und Paul sofort zurückzuschreiben. Er soll auch mal ein wenig warten. Ich bin eine selbständige, viel beschäftigte Frau mit einem interessanten, ausgefüllten Leben und habe nicht die Muße, alle paar Stunden meine Mails abzufragen. Außerdem werde ich frühestens am Sonntag Zeit für Paul haben. Ich hasse diese Spielchen, habe ich das schon einmal erwähnt? Aber sie müssen manchmal sein.

FREITAG, 21. FEBRUAR 2003 – GEFANGEN IM ERDBEER-SAHNE-BONBON

Ich befinde mich in einem engen, heißen Raum. Ich bin ganz alleine hier und werde von direkt über meinem Kopf angebrachten Halogenstrahlern erbarmungslos bis in die letzte Delle meiner frühlingsblassen Haut ausgeleuchtet. Das sehe ich in dem riesigen Spiegel, der sich direkt vor mir befindet. Es handelt sich um einen Zerrspiegel, keine Frage, der mich in die Breite zieht und optisch zehn Kilo schwerer macht. Diese Folterkammer nennt sich Hallhuber. Genauer gesagt, Hallhuber-Umkleidekabine.

Guten Mutes lief ich vor einer halben Stunde hier ein, um mir ein Outfit für die Hochzeit einer Freundin zu kaufen, zu der ich im März geladen bin. Ich habe meine Kreditkarte dabei, meinen Kontostand erfolgreich verdrängt und bin willens, einen

Haufen Geld in diesem Laden zu lassen. Und ich bin bald fündig geworden. Ein hübsches Kleid aus rosa Rohseide, elegant und im angesagten Asia-Style.

Das Anziehen klappt noch einigermaßen. Ich habe zwar keine zierliche Asia-Figur, doch nach dem Öffnen aller vorhandenen Knöpfe und Reißverschlüsse gelingt es mir, mich in das rosa Ding zu winden. Puh. Geschafft.

Na ja. An der Schaufensterpuppe sah das irgendwie doch besser aus. Das Kleid passt, wenn ich den Bauch ein wenig einziehe. Aber asiatisch-elegant mute ich darin nicht wirklich an. Eher wie ein Erdbeer-Sahne-Bonbon. Bäh. Bisher fand ich mich immer weiblich gerundet, mit hübschen Kurven. Jetzt scheint es überall zu schwabbeln. Das muss der Zerrspiegel sein. Ich habe kein Figurproblem. Paul findet, dass ich einen sehr begehrenswerten Körper habe. Paul – was sucht eigentlich Paul schon wieder hier, in meinem Kopf, in meinen Gedanken, in der Hallhuber-Umkleidekabine? Geh weg, Paul. Ich kann dich jetzt echt nicht brauchen.

Ich versteh's einfach nicht. Wäre ich für die Ausstattung der Anprobekabinen eines Kleidungsgeschäftes zuständig, ich würde alles anders machen. Die Mädels sollen doch selbstbewusst und mit vielen teuren Klamotten beladen nach Hause gehen, statt sich mit Depressionen und Komplexen in die Essstörung zu stürzen, oder? Ich würde die fiesen Halogenleuchten durch ein schummriges, indirektes Licht ersetzen. Außerdem würde ich den Spiegel einen Tick nach vorne kippen, sodass er die Figur der sich Betrachtenden fast unmerklich in die Länge zieht, statt aus einer normalgewichtigen Frau mit einem BMI von 20,5 einen Germknödel mit Orangenhaut zu machen.

Mein Spiegel zu Hause im Flur ist genau so angebracht. Ich weiß, dass er mich betrügt. Ein kleines bisschen. Ein so kleines bisschen, dass ich ihm gerne Glauben schenke und gut gelaunt meine Wohnung verlasse. Sogar meine runden Knie, die so etwas wie Kniescheiben höchstens erahnen lassen, sehen in meinem Spiegel annehmbar aus. Seit ich ihn habe, trage ich wieder Röcke, die über dem Knie enden. Und ich habe es noch nie erlebt, dass auf der Straße Leute mit dem Finger auf mich zeigten und sich amüsiert zuraunten: «Guck mal, die Frau ohne Kniescheiben, ich habe schon in der Abendzeitung von ihr gelesen, höhöhö!»

Anyway. Ich werde das Kleid nicht kaufen. Vor einem Spiegel, der mich in die Breite zieht, ist von mir keine Kaufkraft zu erwarten.

UARGH. Hilfe! Ich stecke fest. Ich bin im rosa Erdbeer-Sahne-Bonbon-Kleid gefangen! Ich ziehe und zerre, was die Rohseide aushält. Doch etwas klemmt da. Ich klemme. Es geht weder vorwärts noch rückwärts. Panik! Ich fange an zu schwitzen. Das Kleid scheint immer enger zu werden. Ganz ruhig, Marie, sage ich mir und mache eine Zerr-Pause. Erst mal nachdenken. Was kann ich tun? Das Kleid zerreißen? Mir ist danach. Aber über 200 Euro bezahlen, nur um bis an mein Lebensende ausreichend Putzlumpen aus rosa Rohseide zu besitzen? Hm. Alternative: Die Verkäuferin zu Hilfe rufen. Nein. Unmöglich. Zu peinlich. Meinen schwitzenden, blassen, unförmigen Körper von einer Größe 34 tragenden, sich das Grinsen verkneifenden Hallhuber-Elfe aus dem Kleid schälen lassen? Womöglich eröffnet sie mir danach noch zuckersüß lächelnd, sie habe das gewünschte Kleidungsstück auch in Größe 42 vorrätig. Ich müsste sie dann leider erschlagen. Ob das wohl als Notwehr durchgehen würde?
Mein Nacken beginnt zu schmerzen. Ich muss etwas unternehmen. In drei Stunden schließen die Geschäfte.
Mit einiger Anstrengung und unter akrobatischen Verrenkungen gelingt es mir, mein Handy aus der Tasche zu angeln und es in das rosa Kleid zu holen. Ich wähle Vronis Nummer. Mail-

box. Mist. Ich hoffe, dass sie nur im Moment kein Netz hat, und spreche nach dem Pfeifton: «Vroni, ich bin's. Bitte komm, so schnell du kannst. Hallhuber am Marienplatz, erster Stock. Zweite Umkleide von rechts. Es geht um Leben und Tod. Danke.»

Ich schiele zwischen zwei Knöpfen hindurch nach der Uhr. 12 Uhr 58. Bis viertel nach eins warte ich. Wenn Vroni dann nicht da ist, zerreiße ich das Kleid und freue mich über viele rohseidene Putzlumpen.

13 Uhr 10. Puh. Nicht mal hinsetzen kann ich mich. Mein rechter Arm ist eingeschlafen, der Stoff des Kleides juckt auf meiner Haut. Ich kann mich nicht erinnern, wann ich mich das letzte Mal so unwohl in meinem Körper gefühlt habe. Vielleicht beim Freitagsschwimmen in der Grundschule, als ich kurze Haare hatte und die Sportlehrerin mich anschnauzte, ich solle mich gefälligst rüber zu den Jungs scheren, wo ich hingehöre.

13 Uhr 17. Die Zeit ist um. Ich atme tief durch und spanne die Muskeln an, um das rosa Erdbeer-Sahne-Bonbon-Gefängnis zu sprengen, da höre ich sie: «Marie? Bist du da drin?»

Vroni. Mein Engel. Heaven Sent.

«Ja-ha …» Im doppelten Wortsinne bin ich da drin.

Vroni schlüpft durch den Vorhang zu mir in die Folterkammer. Da ich nach wie vor nur rosa sehe, kann ich nicht ausmachen, ob sie mühsam ein Grinsen unterdrückt. Jedenfalls würde ich es ihr nicht übel nehmen.

«Danke, Vroni!», sage ich aus tiefstem Herzen, als wir wieder an der frischen Luft sind.

Und dann gehen wir Schuhe kaufen.

SONNTAG, 23. FEBRUAR 2003 – AUF DER ROTEN COUCH

Seit Tagen bedrückt mich dieses Wissen. Ich muss oft daran denken und es dann ganz schnell wieder verdrängen, damit es mir nicht die Laune verdirbt. Und es wird jeden Tag schlimmer.
In meinem Kühlschrank befindet sich eine Tupperdose von Alexa. Darin ist ein Stück Schokokuchen mit Sahne vom letzten Essen bei ihr. Das Essen war vor drei Wochen. Ich kann durch den milchig weißen Deckel der Tupperdose schon erahnen, dass es dem Kuchen nicht mehr besonders gut geht. Ich könnte die Tupperdose öffnen, den verschimmelten Kuchen entsorgen, die Dose auswaschen und Alexa zurückgeben. Letzteres muss ich auf jeden Fall tun. Deshalb kann ich nicht einfach das ganze Ding in den Müll werfen. Doch mir graut vor dem verdorbenen Kuchen in der Tupperdose. Ich kann sie einfach nicht öffnen. Mir ist bewusst, dass Verdrängen und Hinausschieben in diesem Fall nicht die Ideallösung darstellt. Ich wohne auch schon seit zehn Jahren in meiner eigenen Bude und habe mich eigentlich daran gewöhnt, dass es niemanden gibt, der Dinge einfach stillschweigend aufräumt oder beseitigt. Trotzdem hoffe ich bei jedem Öffnen des Kühlschranks auf ein Wunder. Die Tupperdose könnte einfach weg sein, und ich würde sie sauber ausgespült in meinem Schrank wiederfinden. Wie wär's denn mal mit so einem kleinen Alltagswunder, hm? Na ja. Erfahrungsgemäß werde ich so lange warten, bis der Schokokuchen oder das, was aus ihm geworden ist, von selbst seinen Weg in die Freiheit, sprich, aus der Tupperdose und in die freie Wildbahn meines Kühlschranks, einschlägt. Bevor er sich über meinen geliebten Mövenpick-Karamelljoghurt mit 20 Prozent Fett hermacht, werde ich die Luft anhalten und mich überwinden. Aber momentan verhält sich der Tupperdoseninhalt noch ruhig. Ich kann das auch morgen erledigen. Auf den einen Tag kommt's jetzt auch nicht mehr an.

Dem geneigten Leser ist sicher nicht entgangen, dass es noch eine zweite Sache gibt, die ich vor mir herschiebe. Genau. Das Gespräch mit Paul. Sosehr ich mich darauf freue, ihn wiederzusehen – ehrlicherweise kann ich es kaum erwarten, wir haben uns jetzt tatsächlich schon 72 Tage (!) lang nicht gesehen –, so sehr ich mich freue, so viel Bammel habe ich auch. «Ich habe meine Gründe. Und ich werde sie dir erklären und hoffen, dass du mich verstehst», hat er geschrieben. Das klingt nicht nach den üblichen Gründen, die Männer angeben, wenn sie nicht genügend Zeit für ihre Freundin aufbringen: aufreibender Job, anstrengendes Marathontraining, wichtige Bierverkostung, zwingende gesellschaftliche Verpflichtungen wie Besuche von Fußballstadien oder Autorennstrecken …

Ich habe Angst. Was wird er mir sagen? Kann ich das verkraften? Wird es das Ende für uns bedeuten? Oder den Anfang? Ich habe keine Ahnung. Und mache deswegen um dieses Gespräch einen mindestens genauso großen Bogen wie um die Tupperdose in meinem Kühlschrank.

Paul scheint das zu spüren. In den letzten zwei Tagen habe ich sieben SMS von ihm erhalten. Und immer ausweichend geantwortet. Genau das Verhalten, das mich zur Weißglut bringt, wenn er es an den Tag legt. Ich fühle mich schon ganz mies. Und ich kann nicht länger davonlaufen. Ich muss mich diesem Gespräch stellen.

«Hast du heute Zeit für mich?», tippe ich in mein Handy und schicke die Kurzmitteilung ab.

Eine Minute später piept mein Telefon.

«16 Uhr bei mir? Ich freue mich. Habe dich sooo vermisst. Kuss, Kuss, Kuss.»

In vier Stunden ist es also so weit. Paul wird mir die Tür öffnen, wird unwiderstehlich jungenhaft grinsen, mit leicht heiserer Stimme «Hallo, Marie» sagen. Dann wird er mich hereinbitten, ich werde auf seiner roten Couch Platz nehmen, an naturtrübem Apfelsaft nippen und erfahren, warum er nicht mit mir zusammen sein will. Weiter kann ich im Moment nicht denken.

Punkt 16 Uhr. Ich stehe vor Pauls Wohnungstür. Drücke den Klingelknopf. Höre es drinnen summen. Höre Schritte. Pauls Schritte. Er öffnet mir die Tür. Ich kollabiere beinahe. Pauls Gesicht verzieht sich zu diesem unwiderstehlich jungenhaften Grinsen. Mit leicht heiserer Stimme sagt er: «Hallo, Marie!»
«Hachrrr ... mpf ... urgh», erwidere ich.
Paul lächelt weiter. «Nicht reden», sagt er, nimmt mich, die noch immer wie festgekleistert auf der Fußmatte steht, an der Hand, zieht mich in den Flur und lässt die Tür hinter uns zufallen.
Wir stehen uns gegenüber, ganz nah beieinander, ich kann Pauls Geruch einatmen und die goldenen Pünktchen in seinen grünen Augen sehen. Und die dichten, blonden Wimpern, die Sommersprossen auf seiner Nase, die Linien um seine Augen. Ich kann sein Herz schlagen hören. (Lange habe ich überlegt, ob ich diesen Satz zu Papier bringen soll, diesen Satz, der Tausende von schlechten Schlagern und mittelmäßigen Popsongs bevölkert. Ich habe ihn trotzdem aufgeschrieben, weil er der Wahrheit entspricht.)
«Nicht reden», flüstert Paul noch einmal, als ich den Mund öffne und irgendwas sagen will.
Seine Hände legen sich um mein Gesicht, ganz sanft, berühren es kaum. Sie gleiten von meinen Schläfen bis zu meinem Kinn, den Hals hinab, an meinen Schultern entlang, die Arme hinunter. Ich halte die Luft an. Kann mich nicht bewegen. Pauls Hände zittern leicht. Ich muss lächeln, als ich daran denke, dass er mal behauptete, immer zu zittern, nicht nur, wenn er mich sehe.
Meine Arme gehorchen mir wieder. Ich hebe sie ein Stück und lege meine Hände an Pauls Hüften. Da packt er mich auf einmal, zieht mich zu sich heran und küsst mich. Ich will protestie-

ren, will sagen, dass ich jetzt eigentlich naturtrüben Apfelsaft nippend auf seinem roten Sofa sitzen und mir anhören sollte, warum aus uns beiden nichts wird. Aber natürlich bringe ich kein Wort heraus. Einerseits, weil Reden schwierig ist, wenn man gerade leidenschaftlich und äußerst stürmisch geküsst wird. Und andererseits, weil heftiges Knutschen mit Paul tausendmal besser ist als zu erfahren, warum es bei diesen sporadischen Begegnungen bleiben wird.
Inzwischen ist es Paul gelungen, mir meinen Mantel abzustreifen, ohne das Küssen zu unterbrechen. Immer noch Mund an Mund, dreht er mich und schiebt mich dann aus dem Flur in seine Wohnung. Ich kenne den Weg noch, o ja, ich habe nichts vergessen. Jetzt ein wenig nach links, wieder rechts, und dann … Autsch! Das war die Ecke des Sideboards. Ist halt doch schon ein bisschen her, seit Paul mich in sein Schlafzimmer bugsierte. «Schlafzimmer?!?», kreischt meine innere Stimme, oder ist es das Engelchen auf meiner Schulter? «Ins Wooooohnzimmer musst du – und er soll dir gefälligst seine komischen Gründe erläutern, statt dich nach 72-tägigem Nichtsehen kommentarlos zu vernaschen!» Es ist das Engelchen. Es schüttelt resigniert den goldgelockten Kopf. Aus dem Augenwinkel meine ich Teufelchen zu erspähen, das fröhlich auf- und abhüpft und anfeuernd «Poppen, poppen!» ruft. Also wirklich.
Inzwischen sind wir bei Pauls Bett angekommen. Auf einmal ergreift mich eine namenlose Gier. Während er die Knöpfe meiner Strickjacke öffnet, zerre ich sein T-Shirt aus der Hose und rupfe am Gürtel seiner Jeans. In null Komma nichts haben wir uns unserer Klamotten entledigt und stehen nackt im dämmrigen Schlafzimmer voreinander. Dann eine Atempause. Bewegungslos sehen wir uns an. Ich weiß nicht, wie es ihm dabei geht, aber ich kann kaum glauben, dass das, wonach ich mich über zwei Monate lang verzehrt habe, plötzlich zum Greifen nahe ist. Jetzt die Zeit anhalten und für immer diesen Moment, das «kurz davor» genießen, das wär's. Verweile doch, du bist

so schön. Ich kann Faust verstehen, dass er seine Seele dafür verkaufte.
Max Goldt schrieb einmal sinngemäß, der einzige Zweck von Erlebnissen sei, sich später daran zu erinnern. Als ich das zum ersten Mal las, notierte ich mir den Satz in meinem Buch, in dem ich kluge Aussprüche sammle. Trotzdem kurbeln die schönen Erlebnisse auch die Hoffnungen an, etwas ähnlich Unbeschreibliches möge einem irgendwann noch einmal widerfahren. Gäbe es dieses Phänomen nicht, hätte ich die Sache mit Paul wohl schon nach dem zweiten geplatzten Date im Januar 2002 zu den Akten gelegt. Aber die Hoffnung auf eine Wiederholung dieses magischen Kribbelns zwischen uns trieb mich weiter – manchmal schier zur Verzweiflung, aber ich blieb dran.

Der magische Moment ist vorbei. Paul bewegt sich, er hebt mich hoch und legt mich auf sein Bett. Ich drücke meinen Rücken durch, biege mich ihm entgegen und umfasse mit den Händen seine Pobacken, als er sich endlich ganz langsam auf mich sinken lässt ...

Eine Dreiviertelstunde später sinke ich erschöpft auf Paul. Wir sind beide nass geschwitzt, und es gibt ein leise schmatzendes Geräusch, als mein Bauch sich an seinen schmiegt. Wir müssen beide lachen.
«Du bist der absolute Ober-Wahnsinn!» ist das Erste, was ich von Paul höre, als wir wieder zu Atem gekommen sind.
«Du aber auch!», antworte ich höchst originell. Dann schweigen wir einträchtig. Ich male Muster auf Pauls nasse Stirn, und er zeichnet mit den Fingern die Linie meiner Wirbelsäule nach.
«Komm, lass uns duschen», meint Paul nach einer Weile, und ich rolle von ihm herunter. Duschen mit Paul. Bei der Vorstellung zieht sich mein Unterleib schon wieder lüstern zusammen. Als wir unter dem heißen Wasserstrahl stehen und ich Paul mit

Azarro-Duschgel einseife, spüre ich, dass auch seine Gedanken bereits wieder in eine bestimmte Richtung schweifen.
Ich hatte schon einige Tête-à-Têtes in feuchter Umgebung. Aber nie hat das so wunderbar geklappt wie mit Paul. Bisher hatte ich hinterher immer blaue Flecken oder Rückenschmerzen, wenn wir es nicht gleich aufgaben und doch auf das bequeme, sichere Bett auswichen. An meine Badewannenerfahrung denke ich lieber erst gar nicht zurück.
Ich glaube, Paul und ich passen einfach perfekt zueinander, sowohl geistig als auch körperlich. Wir treiben es unter der Dusche, als würden wir das jeden Morgen tun. Die Choreographie ist perfekt und doch kein bisschen langweilig.
Etwa zwei Stunden, nachdem ich den Klingelknopf an Pauls Wohnungstür gedrückt habe, sitze ich mit Waschfrauenfingern, nassen Haaren und glühenden Wangen auf seinem roten Sofa. Nippe an naturtrübem Apfelsaft und rauche.

«Marie», sagt Paul, nimmt meine Hand und sieht mir ernst in die Augen, «Marie, ich muss dir etwas gestehen.» Jetzt kommt's. Ganz ruhig, Marie.
«Du hast dich sicher schon gewundert, warum ich mich so unregelmäßig melde, warum ich manchmal nicht auf deine SMS oder Mails antworte. Und bestimmt fragst du dich, warum ich dich noch nicht meinen Freunden als meine Freundin vorgestellt habe, warum wir uns nicht häufiger sehen … Ich gebe zu, ich habe mich oft ziemlich mies verhalten dir gegenüber», fährt Paul fort, und sein Gesicht drückt echte Zerknirschung aus. Ich halte den Atem an, schon zum zweiten Mal an diesem Tag.
«Weißt du, Marie – du bist wirklich eine tolle, faszinierende, wunderschöne, aufregende Frau. Ich glaube, ich habe noch nie jemanden so gemocht wie dich.»
Gemocht??? Schluck. Er *mag* mich. Ein Satz, der schön klingt. Doch die Grausamkeit liegt im Detail. Mögen ist in diesem Fall nicht eine Form von Lieben, sondern das Gegenteil. Und wirft

somit alle meine heimlichen rosaroten Zukunftspläne über den Haufen. Ich weiß, was jetzt folgt. Er mag mich, und er fände es wahnsinnig klasse, wenn wir gute Freunde werden könnten. Am besten solche, die das mit Platon nicht so eng sehen und sich ab und zu miteinander im Bett vergnügen. Am liebsten würde ich jetzt von Pauls rotem Sofa aufspringen, aus seiner Wohnung stürzen, die Tür hinter mir zuknallen und mich mindestens eine Woche lang mit Pfefferminztalern, Alkohol und «Wenn das Liebe ist» von Glashaus in meinem Bett verkriechen. Wie kann er mir das antun? Bevor ich reagieren kann, spricht Paul weiter: «Um ehrlich zu sein, bin ich total verliebt in dich, Marie. Ich bin wahnsinnig gerne mit dir zusammen, unterhalte mich mit dir, höre dir zu. Ich träume davon, mit dir ganz banale Dinge zu tun – Skifahren zu gehen, in einer billigen Pizzeria zu essen, im Sommer in den Bergen zu wandern oder in einem See zu baden. Ich begehre dich maßlos und bin eigentlich ständig scharf auf dich. Ich habe mich lange erfolgreich gegen diese Einsicht gewehrt, Marie – aber ich glaube, ich liebe dich.»

Mein Kopf ist komplett leer. Also äußere ich nur ein unartikuliertes «Mmpf» und lasse Paul weiterreden. Er nimmt einen tiefen, nervösen Zug von seiner Zigarette, zerdrückt sie dann sorgfältig im Aschenbecher und sieht mir wieder in die Augen, als er fortfährt: «Es gibt da nur ein kleines Problem. Ich weiß nicht, ob es eine gemeinsame Zukunft für uns gibt. Es hat nichts mit dir zu tun, es ist mein Problem, und es war quasi schon da, bevor ich dich kennen lernte. Marie, ich werde mit ziemlicher Sicherheit aus Deutschland weggehen. Ich habe ein Angebot bekommen, Pressearbeit für eine Hilfsorganisation. Wenn alles klappt, sitze ich am ersten Oktober im Flugzeug.»

Ich bin von erstaunlicher Klarheit. Kein hysterischer Heulanfall, keine Flucht, kein Kreislaufkollaps. Ruhig und gelassen höre ich mich fragen: «Wo? Für wie lange?»

«Lesotho, Südafrika. Für zwei Jahre.»

«Und … deshalb willst du keine Beziehung mit mir, Paul?»
«Ich weiß es nicht genau. Vielleicht denke ich da zu rational. Aber ich bin immerhin schon fast zehn Jahre älter als du.» Das wäre jetzt nicht nötig gewesen. Alter Sack, du.
«Marie, ich hatte schon einmal eine Fernbeziehung. Ich habe dir doch mal von Mia erzählt, meiner Exfreundin aus Schweden. Es war ‹nur› München-Stockholm, aber es ging nicht gut. Und ich habe es gehasst. Diese Sehnsucht, das ewige Warten, die Telefoniererei, die Missverständnisse, die hohen Erwartungen bei den seltenen Treffen. Wenn ich mit einer Frau zusammen bin, will ich mit ihr leben und nicht alle paar Wochen zwei Tage mit ihr verbringen. Ich bin zu alt für eine Fernbeziehung. Ich will das einfach nicht mehr.»
In mir brennen Fragen. Was, wenn ich mitkäme? Was, wenn du hier bliebst, Paul? Aber ich kenne die Antworten. Ich kann hier nicht weg. Ich muss mein Studium beenden und meine Karriere vorantreiben, wenn ich in der Branche Fuß fassen will. Ich kann und will mich nicht von einem Mann abhängig machen. Und Pauls Problem ist eigentlich ein Traum: sein ganz eigener Traum von Abenteuer und Erfüllung.
«Heißt das, wir lassen es bleiben?», frage ich Paul mit ruhiger Stimme. Ich dachte immer, dass ich diesen Satz unter Tränen aussprechen würde. Doch ich bin ganz ruhig.
«Schaut wohl so aus», sagt Paul und sieht furchtbar hilflos aus. Er zuckt mit den Schultern.
Ich spreche die Worte, die für gewöhnlich in «Verbotene Liebe» das Ende einer Beziehung markieren: «Ich glaube, es ist besser, wenn ich jetzt gehe.»

MITTWOCH, 26. FEBRUAR 2003 – THE END

Ich bin tot. Ich weine nicht, ich schreie nicht rum, ich betrinke mich nicht, höre keine Musik, rauche nicht, esse keine Pfefferminztaler und auch sonst keine feste Nahrung. Ich schlafe nicht viel. Ich pflege meinen Körper, die Hülle meines gestorbenen Inneren, ich stehe morgens auf, mache mein Bett und gehe ins Büro oder in die StaBi, um an meiner Magisterarbeit zu schreiben. Ich spreche mit niemandem über Belangvolleres als das Wetter und die Schneeverhältnisse in den bayerischen Alpen. Ich halte seit Sonntagabend innerlich die Luft an, um nicht aus dieser todesähnlichen Starre zu erwachen. So tut es nämlich erstaunlich wenig weh. Ich fühle genau genommen so gut wie gar nichts. Wenn ich diesen Zustand lang genug aufrechterhalte, kann ich vielleicht die Verzweiflungs- und Trauerphase überspringen und erst wieder aufwachen, wenn ich Paul überwunden habe und offen für neue Begegnungen bin. Das wäre praktisch.

20 Uhr 15. Im öffentlich-rechtlichen Fernsehen beginnt ein Film. Es geht um zwei Menschen, die sich im Supermarkt treffen und sofort ineinander verlieben. Alles scheint sich gut anzulassen, doch dann sieht die Frau den Mann auf der Straße in inniger Umarmung mit einem anderen Mann. Sie denkt natürlich, er sei schwul. Wie blöd. Hatte er doch nur einem schwulen Kumpel geholfen, dessen Lover eifersüchtig zu machen. Die Verwicklungen verwickeln sich weiter. Gähn.

21 Uhr. Es läutet an meiner Wohnungstür. Wer kann das sein, um diese Zeit? Eigentlich nur Vroni. Vielleicht macht sie sich Sorgen, weil ich ihr seit drei Tagen konsequent aus dem Weg gehe. Da wir uns normalerweise fast täglich sehen oder zumindest hören, ist das gut möglich. Ich öffne die Tür.
«Hallo, Marie!»
Es ist Paul. Und er sieht schrecklich aus.

SAMSTAG, 22. MÄRZ 2003 – ENGLISCHER GARTEN – EPILOG

Der Himmel ist von sunilblauer Aufdringlichkeit. Aber schön ist er. Keine einzige Wolke, in die ich Tiere, Autos oder Hexengesichter hineininterpretieren könnte. Ich liege auf dem Rücken im Gras des Englischen Gartens. Auf den Tag genau vor einem Jahr spazierte ich unweit von dieser Stelle einen Kiesweg entlang, mit Picknickdecke und frischen Brezn, in weißer Bluse und neuen Jeans, um Paul zu treffen. Bekanntlich wurde nichts aus dem Date.

Wieder bin ich allein. Paul ist nicht da. Ich überlege, ob ich es wagen soll, das T-Shirt auszuziehen. Welchen BH trage ich heute? Ah, einen schlichten schwarzen. Sieht aus wie ein Bikinioberteil. Ich schließe die Augen und spüre, wie die Haut an meinem Bauch und Dekolleté die erste Sonne des Jahres aufsaugt.
AAAAAAAH! Kalt! Ich schnelle in die Sitzposition und öffne die Augen. Und sehe Paul, der frech grinsend das Steckerl-Eis in der Hand hält, mit dem er gerade unverschämterweise meinen nackten Bauch berührt hat.
«Aufwachen, schöne Frau!», sagt er und küsst mich.
«Sag mal, willst du nicht dein T-Shirt wieder anziehen?», fragt er dann.
«Wieso, gefällt dir mein neuer Bikini nicht?»
«O doch», sagt Paul und lässt seine Blicke ausgiebig über meinen Oberkörper wandern, «das ist ja gerade das Problem. Ich bin auch nur ein Mann. Und soweit ich weiß, ist es verboten, öffentliche Ärgernisse zu erregen …»
«Paul! Also echt. Zieh dich lieber auch ein bisschen aus. Dein Luxusleib könnte ein wenig Sonne gut vertragen. Der Winter war lang!»
Ich rutsche näher zu ihm und fange an, sein Hemd aufzuknöp-

fen. Das dauert ein bisschen, weil wir uns zwischendurch immer wieder küssen müssen.

Ich bin glücklich. Der Mann meiner Träume liegt neben mir im Gras. Wenn ich Angst habe, ich könne mir das nur einbilden, muss ich nur meine Hand nach ihm ausstrecken und ihn anfassen. Er fühlt sich warm und fest an und scheint nicht vorzuhaben, mit einem schmatzenden «Plopp» zu verschwinden wie imaginierte Personen, die in Vorabendserien manchmal auftauchen und deren Stimmen stets mit Hall-Effekt unterlegt sind.
Später werden Paul und ich zum Seehaus hinübergehen, eine Maß oder zwei trinken und dazu einen Wurstsalat essen. Dann werden wir in Pauls Wohnung radeln. Wir werden unter der Dusche, in seinem Bett im dämmrigen Schlafzimmer oder auf dem roten Sofa Sex haben und danach einen naturtrüben Apfelsaft trinken. Am späten Abend werden wir entweder ins Kino gehen oder Freunde in einer Kneipe treffen. «Ah, Paul und Marie sind auch da», werden sie sagen, wenn sie uns sehen. Paul und Marie. Marie und Paul.

Ich bin glücklich. Die Kunst eines glücklichen Lebens ist es, stets den gegenwärtigen Moment zu genießen. Das habe ich mal irgendwo gelesen. Und für unmöglich gehalten. Aber es klappt ganz gut. Paul und ich haben einen Sommer und vielleicht noch mehr. Oder auch nicht. Sicher ist gar nichts. Und gerade das ist gut, denn es zwingt mich – Marie, die Profigrüblerin –, das Denken bleiben zu lassen und einfach alles auf mich zukommen zu lassen.
Wie wird es weitergehen mit Paul und mir, wenn er die Stelle in Lesotho tatsächlich bekommt? Werden wir zusammen bleiben? Oder ist unsere Liebesgeschichte dann zu Ende? Ich habe keine Ahnung. Aber ich werde es bestimmt erfahren. Da mache ich mir gar keine Sorgen.

Wenn du fragst
«Warum musste ich dich für mich gewinnen?»
Dann sage ich
«Straßenköter wie ich sind manchmal gerne drinnen»
Und wenn einer von uns beiden
Wieder streunend verschwindet
Ist die Liebe wie Gebell
An den Mond, der uns verbindet ...*

* aus «Liebesbrief» von Thomas D

WER IST EIGENTLICH PAUL?

SIND SIE NICHT ALLE EIN BISSCHEN PAUL?

AUS DIE MAUS

SONNTAG, 6. JULI 2003 – LET ME ENTERTAIN YOU

Was hätte das für ein entspannter Sonntag werden können. Bis in den Mittag hinein schlafen, dann mit Vroni im Café Neuhausen ein labbriges Croissant und eine lauwarme Latte macchiato genießen und den letzten Abend nachbesprechen. Wer mit wem, wer nicht mit wem und warum keiner mit Birgit. Später vielleicht bei Paul vorbeischauen und sich einig sein, dass man unbedingt mal wieder laufen gehen sollte. Dann statt sportlicher Betätigung doch lieber bei offener Terrassentür auf dem roten Sofa knutschen. Es nicht lange nur beim Knutschen belassen können, sondern nach einer Viertelstunde ins ungemachte, noch von vorletzter Nacht zerwühlte Bett wechseln. Hinterher im warmen Gras des Gartens liegen, in den schleierbewölkten Julihimmel blicken und über Reisen, Essen, unsere Kindheiten, Freunde, Politik und Moral reden. Über alles sprechen, nur nicht über die Zeit nach dem ersten Oktober.

Stattdessen klemme ich zwischen approximativ zweitausend Kelly-Osbourne-Klonen, die nervös herumhibbeln, sich auf ihren High-Tech MMS-Handys die neuesten polyphonen Klingeltöne vorspielen («Guck mal, ich hab *Rock DJ*!») und sich gegenseitig fotografieren. Menno. Welcher Teufel hat mich geritten, im November letzten Jahres zu entscheiden, dass ich acht Monate später Lust auf ein Konzert haben würde?

Ich stupse Vroni an und flüstere ihr etwas ins Ohr. Sie grinst, nickt und gibt die Information an Marlene und deren Schwester Sandra weiter. Kurz darauf wende ich dem Eingangstor des Olympiastadions, auf dessen Öffnung die Klone und wir seit einer Stunde in dicht gedrängter Schlange warten, den Rücken zu. Ich stelle mich auf die Zehenspitzen, fokussiere eine Würstelbude am Horizont und kneife die Augen zusammen. Dann reiße ich die Augen wieder auf, fange wild an zu hüpfen und kreische mit sich überschlagender Stimme: «Robbie! Da drüben ist Robbiiiiiiiiiie!» Vroni, Marlene und Sandra kieksen hysterisch mit. Die Wirkung ist famos. Die Klone beenden augenblicklich den Austausch von Handylogos, marschieren geschlossen Richtung Würstelbude und skandieren «Robbie, Robbie!». Der Würstelverkäufer zuckt zusammen wie ein Bundesliga-Stürmer, dem beim Alleingang auf das Bayern-Tor kurz hinter der Mittellinie unerwartet ein zähnefletschender Olli Kahn entgegengespurtet kommt, und lässt erschrocken die Brühpolnische fallen.

«Schnell, nach vorne!», zische ich meinen Freundinnen zu, und bevor die Meute erkannt hat, dass es sich um einen bedauerlichen Irrtum handelt und Robbie Williams was Besseres zu tun hat, als sich sechs Stunden vor seinem großen Auftritt an der Würstelbude Pommes rot-weiß zu holen, haben wir uns bis direkt ans Tor vorgemogelt. Tschakka. Wir sind hier zwar altersmäßig die absoluten Dinosaurier, dafür aber mit wesentlich mehr Erfahrung im aktiven Anstehen ausgestattet. Merke: In breiten Schlangen nie in der Mitte anstellen. Sonst wird man von den schlaueren An-der-Seite-Anstellern nach hinten rausgedrückt und tritt auf der Stelle. Außerdem erlaubt: Heftiges Drängeln, kombiniert mit empörtem Schimpfen Richtung Hintermann. So ähnlich wie beim Fußball, wenn der Spieler, der gerade ein schmutziges Foul begeht, die Hände nach oben reißt und unschuldig zum Schiedsrichter blickt, noch während die Stollen seiner Schuhe sich in die Wade seines Gegners graben.

Mir geht es jetzt ein wenig besser. Aber richtig gut ist es immer noch nicht. Immer noch würde ich mich lieber an Pauls wohl-

geformten Körper schmiegen als an die harten, kalten Gitterstäbe dieses Tores, das vor allem immer noch eines ist – verdammt zu. Direkt dahinter steht ein überheblich grinsender Security-Mann mit Oberlippenbart und fiesem Rasurbrand am Hals. Macht ihm wohl Spaß, die Menge zu beherrschen. Aber wehe, wenn sie losgelassen wird. Dann muss er zusehen, dass er schnell wegkommt, wenn er keinen Wert auf den ein oder anderen Nike-Sohlenabdruck auf der Wange legt. Die meisten Mädels haben nämlich sprinttaugliches Material an den Füßen, habe ich gesehen. Na warte, du.
Eine halbe Stunde später lässt sich die Security-Mannschaft dazu herab, die Tore zu öffnen. «Bitte nicht alle auf einmal, die Damen», sagt der Oberlippenbart mit einer erstaunlich autoritären Stimme, und brav lasse ich ihn in meine Tasche gucken und zeige meine Eintrittskarte vor. Dann trete ich zu Vroni, Marlene und Sandra und genieße den Anblick des leeren Olympiastadions in der Nachmittagssonne. Nicht lang indes.
«Marie, na endlich!», ruft Marlene aufgeregt, und hektische rote Flecken zieren ihren Schneewittchen-Teint. «Komm, los!» Und da laufen sie schon. Ich hinterher. Wir galoppieren die vielen Stufen zur Arena hinunter. Unten angekommen, schlage ich vor, erst einmal gemütlich eine Apfelschorle kaufen zu gehen und vielleicht eine Brühpolnische. Doch meine konzerterfahrenen Freundinnen haben andere Pläne. «Schnell, laufen wir nach vorne!», ruft Vroni und verfällt in einen ziemlich flotten Arbeitstrab. Mann, ist das anstrengend.

Toll, da sitzen wir nun auf grauem Plastik, das den Rasen des Olympiastadions abdeckt. Gut, wir sind wirklich fast ganz vorne an der Bühne. Aber das freut mich momentan nicht. Es ist vier Uhr nachmittags. Gegen sieben wird Kelly Osbourne auftreten und ihre Klone zum Kreischen bringen. Ab neun können wir mit Robbie rechnen. Noch fünf Stunden! Fünf Stunden, die von meinem Sommer mit Paul abgehen. 300 Minuten weniger Pauls blonde Haare, Pauls grüne Augen und Pauls tiefe Stimme. Viele, viele Sekunden weniger mit Paul reden, schweigen und schlafen. Hmmmm. Mit Paul schlafen. Das könnte ich jetzt gerade tun, hätte ich nur meine Eintrittskarte bei eBay vertickt. Sicherlich hätte ich über 100 Euro dafür bekommen. Davon hätten Paul und ich uns einen richtig schönen dekadenten Sonntag machen können ...

«Andersrum!», sagt Vroni.
«Wie, andersrum?», frage ich und drehe mich im Schneidersitz zu ihr hin.
«Die Kippe!»
«Welche... O. Ja klar.»
Da sitzen wir nun also, rauchen, mampfen Brühpolnische mit Gummibärchen und trinken Apfelschorle aus Olympiapark-Plastikbechern. Vor mir sitzt eine Studentin und verzehrt ihre selbst mitgebrachten, vollkörnigen, vermutlich glutenfreien Reformhaus-Kekse. Sie ist ein eher natürlicher Typ. Fröhlicher Wildwuchs unter den Achseln hält sie nicht davon ab, ein ärmelloses Batiktop zu tragen und ab und zu unmotiviert die Arme gen Himmel zu strecken. Hach, ist das Leben schön. Im 4you-Rucksack befinden sich sicher noch viele leckere gluten- und zuckerfreie Kekse und vielleicht sogar eine Thermoskanne mit grünem Tee. Und das Sommersemester im Soz-Päd-Studium ist auch bald vorbei, dann bleibt mehr Zeit für Yogakurse und Ashrams im Schwarzwald oder an der Ostsee. Ich frage mich nur, wo ihre WG-Genossen stecken und was zum Teufel sie auf dem Robbie-Williams-Konzert macht. Wahrscheinlich ein bedauerlicher Irrtum. Element of Crime spielen heute in der Muffathalle, glaube ich.

Langsam wird es heiß hier unten. Um uns bei Laune zu halten, plaudern Vroni, Marlene, Sandra und ich ein wenig über das Übliche. Es geht um die neue Wimperntusche von Clinique, auf die Marlene leider total allergisch ist. Darum, ob man diesen Sommer eines der limitierten Louis-Vuitton-Handtäschchen im Pastell-Design haben muss, ob es ein Original zu sein hat oder ob es eventuell auch das Fake vom Taschen-Neger in Desenzano am «Lago» (di Garda) tut. Wir diskutieren darüber, warum Robbie Williams so sexy ist und Alexander «Superstar» so erotisch wie Pumpernickel. Irgendwie vergehen die Stunden. Und auf einmal steht ein kleines, pummeliges Mädchen in zitronengelber Regenjacke, mit einer Puck-die-Scheißhaus-Fliege-Brille und zerzauster Wischmop-Frisur auf der Bühne. Die Kelly-Osbourne-Klone kreischen ekstatisch.

Als es Stunden später endlich 21 Uhr ist, ist meine Laune auf einer Skala von eins bis zehn irgendwo bei minus siebzehn. Robbie kommt bestimmt eine Stunde zu spät, schließlich ist er ein Superstar. Und auch wenn er wirklich gleich auftritt – ich überlege, ob ich nicht einfach gehe. Wäre doch irgendwie cool, oder? Stundenlanges Warten, um dann beim Haupt-Act souverän den Schauplatz zu verlassen. Robbie fände das bestimmt wahnsinnig lässig.

O mein Gott. Ich glaube, da ist er.

Sechzigtausend andere glauben das auch. Ein lustvoller Aufschrei aus unzähligen weiblichen, 16- bis 25-jährigen Kehlen wogt durch das Olympiastadion. «Let me-he-he ... entertain you!», singt Robbie, und ich kreische aus voller Lunge mit. Ekstase pur. Ich bin wieder sechzehn und diesem jungen Engländer verfallen, der dort oben so wahnsinnig erotisch in schwarzer Hose und schwarzem Hemd auf der Bühne herumspringt. Vroni und die anderen habe ich bei den ersten Takten des Konzerts in der aufgeregten Menge verloren, aber das ist mir egal. Neben mir mache ich die Soz-Päd-Studentin mit dem Batiktop aus. Auch sie stiert mit glasigen Augen Richtung Bühne, Richtung Robbie, und präsentiert ihm hingebungsvoll ihren Achselhaardschungel. «Geil, oder?», frage ich sie atemlos, und sie wirft mir einen verklärten Blick zu. Ja, Schwester, wir verstehen uns. Nein, danke, ich möchte im Moment keinen glutenfreien Keks.

Zwei Stunden später treffe ich Vroni, Marlene und Sandra in der Schlange vor den Damenklos wieder. Ich stelle ihnen Svenja vor, die selbständige Immobilienmaklerin in München ist, spezialisiert auf Objekte in Bogenhausen ab einem Wert von zwei Millionen Euro. Letztes Jahr hat sie Boris' Villa in der Lamontstraße verkauft. Amüsiert beobachte ich Marlenes Mimik, die sich von «wen schleppt denn Marie da schon wieder an?» (Batiktop und 4you-Rucksack) zu «wow, interessante Frau» (Objekte in Bogenhausen) wandelt. Ziemlich oberflächlich, vom bloßen Äußeren einer Person darauf zu schließen, was sie beruflich macht.

Auf dem Weg zurück nach Neuhausen findet die ausführliche Nachbesprechung dieses gigantischen Abends statt. Am Platz der Freiheit verabschieden wir Svenja, die nach rechts abbiegen muss, um ihre Maisonettewohnung in Nymphenburg zu erreichen. Als ich in meiner Neuhausener Wohnung im dritten Stock ankomme, die Turnschuhe abstreife und mich erschöpft aufs Sofa fallen lasse, fällt mir ein, dass ich seit Stunden nicht mehr an Paul gedacht habe. Klingt komisch, ist aber so. Ich bin noch in der Lage, einen phantastischen, wunderbaren, perfekten halben Tag ohne ihn zu verleben. Gibt es vielleicht doch ein Leben nach Paul?

MITTWOCH, 23. JULI 2003 – DIE ROTE BOJE

Hach, ist das Leben schön. Wie nett von ihm, mir zu meinem endlich vollbrachten Studienabschluss einen Jahrhundertsommer zu schenken. Ja, richtig gelesen: Ich hab's geschafft. Ich bin jetzt Magistra Artium der Neueren Deutschen Literatur, Germanistischen Linguistik und Kommunikationswissenschaften. Nein, ich habe noch nicht mit dem Taxischein angefangen. Jetzt wird erst einmal dieser tolle Sommer ausgelebt. Mit Paul. Es könnte mein letzter sein. Mein letzter mit Paul, meine ich. Übertriebene Dramatik wäre fehl am Platz. HEUL.

Und was macht man in einem Jahrhundertsommer wie diesem? Richtig. Schwimmen gehen. Gegen zehn erreicht mich eine SMS von Paul: «Muss heute nicht arbeiten. Hast du Lust auf Baden? 13 Uhr am Kirchsee?» «Gerne», smse ich zurück, «soll ich dich abholen?» «Nicht nötig, werde radeln», schreibt Paul. Ich bin wieder mal beeindruckt. Von Haidhausen bis zum Kirchsee im hügeligen Umland südlich von München sind es mindestens 40 Kilometer. Und draußen hat es schlappe 31 Grad. Ich ziehe da doch mein kleines rotes Auto vor …

Mist, wo ist der türkisfarbene Fire&Ice-Bikini mit den weißen Blümchen drauf? Ich muss ihn finden. Er macht einen perfekten Busen, und die Farbe täuscht Sommerbräune vor. Eine Dreiviertelstunde später – ich habe inzwischen das Wiedersehen mit meinem längst verloren geglaubten MP3-Player, einer Wanderkarte für die oberbayerischen Hausberge sowie der Sonderprägung eines Fünfmarkstücks zum 150-jährigen Jubiläum des Deutschen Archäologischen Instituts gefeiert – fische ich den türkisfarbenen Bikini aus meiner Badetasche. Ich glaube zumindest, dass es sich um *meine* Badetasche handelt. In ihrem Inneren finde ich den Beweis: Einen Abriss mit

der Aufschrift «Freiflächennutzungsentgelt für den Kastenseeoner See», datiert auf den 12. August 2000. Freiflächennutzungsentgelt. Das steht da wirklich, kein Witz. Nicht mal die Rechtschreibprüfung meines Word-Programms stört sich an diesem Ausdruck. Schön, in Deutschland zu leben.
Der Bikini fühlt sich klamm an und muffelt bedenklich. Igittigitt. So kann ich Paul nicht gegenübertreten. Er muss sonst denken, ich hätte das gute Stück ein paar Jahre lang in der Badetasche gelassen. Mangels Rei in der Tube wasche ich den Bikini mit kräftigendem Haar-Shampoo von Fructis. Mmmh, riecht lecker. Der Nachteil ist, dass das gute Stück jetzt nass ist.

Was schaut der Depp denn so komisch? Neben mir an der Ampel glotzt ein Mittvierziger mit erblich bedingtem Haarausfall ungeniert in mein geöffnetes Autofenster. Ich grinse ihn an, und der Fahrer hinter ihm hupt. Seine Linksabbiegerampel zeigt grün. Fahr weiter, hier gibt's nichts zu sehen. Wie hätte ich meinen Bikini trocken bekommen sollen, wenn nicht so? BH-Teil und Höschen blähen sich fröhlich und sehr türkis über den Lüftungsschlitzen meiner Heizung, die auf Stufe 4 läuft. Gut, es ist ein bisschen warm im Auto. Aber der Vorteil ist, dass mir die 31 Grad Außentemperatur kühl vorkommen werden, wenn ich aussteige.

Wo bleibt eigentlich Paul? Es ist fünf Minuten nach eins. Keine Spur von ihm. Stattdessen drängen Dutzende von Familien mit Kindern durch den Eingang. «Mamaaaaa, ich will aber sofort ins Wasser, jaaaa?!» «Darfst du gleich, Luca, aber erst einschmieren, gell?» – «Mamaaaaa, die Schanett hat mir meinen Dinosaurier geklaut!» «Tizian, dann sag der Jeanette, dass sie dir den Dinosaurier sofort zurückgeben soll, weil es doch *dein* Dinosaurier ist!» Und so weiter. Ich glaube, ich will doch keine Kinder. Oder sie kommen ins Internat. Ich wollte immer gerne ins Internat, als ich ein Teenager war. Dolly 1 bis 20 sorgten dafür, dass ich Burg Möwenpick (oder war's doch Möwenfels?) für das Paradies auf Erden hielt und allen möglichen Blödsinn anstellte, um von meinen Eltern strafversetzt zu werden. Hat leider nie geklappt.

Endlich sehe ich Paul auf seinem Mountainbike vorfahren. Er sieht ein wenig angestrengt aus, während ich die zehn Minuten, die ich zu früh dran war, prima genutzt habe, um mich von meiner Höllenfahrt im überhitzten Auto zu erholen und wieder eine normale Gesichtsfarbe anzunehmen. «Marie», begrüßt er mich und küsst mich, und mein Magen zieht sich wie immer freudig zusammen. Er hat einen pinkfarbenen Kopf, schwitzt und schnauft – und sieht einfach toll aus. Manchmal kann ich es kaum glauben, dass ich jetzt mit ihm zusammen bin, mit diesem gut gebauten, großen, blonden, grünäugigen, intelligenten, witzigen und einfach perfekten Paul. «Auf Zeit», mischt sich das Teufelchen auf meiner Schulter ein, «in drei Monaten ist er weg, und du bist wieder alleine!» Jaja. Danke, dass du mich daran erinnert hast. Es hätte fast einer von diesen glücklichen Momenten werden können, in denen ich vergesse, dass Paul am ersten Oktober im Flieger nach Lesotho sitzen wird.
«Du, ich will sofort ins Wasser!», sagt er, und ich unterdrücke die Bemerkung, er solle sich aber zuerst eincremen. Wir lassen unsere Handtücher unter einem etwas abseits stehenden Baum ins Gras fallen und tapsen Richtung See. Ich lasse Paul den Vortritt. Muss ja nicht sein, dass seine Lust auf mich und den Sommer durch den Anblick meines bikinibehosten Hinterteils flöten geht. Ich habe nichts gegen mein Hinterteil. Aber ich bin zu faul, es täglich mit Bürstenmassagen, Peelings und sündteuren Lotionen mit asiatischen Namen zu traktie-

ren, um es dellenfreier zu machen. Es ist viel einfacher, sich ein bisschen geschickt anzustellen und hinter Paul zu gehen. Außerdem komme ich so in den Genuss seines nicht zu verachtenden und absolut dellenfreien Hinterteils.

«Na, bist du eine dieser Huch-das-ist-aber-kalt-ich-geh-lieber-langsam-rein-Frauen?», will Paul wissen, als wir das Wasser erreicht haben.

«Nein, ich bin eine der Mir-ist-kein-Wasser-zu-kalt-Frauen», informiere ich ihn und renne ohne schuldhaftes Zögern ins kühle Nass. Er guckt erstaunt, und ich sehe, dass er den Bauch einzieht. «Komm, Weichei!», rufe ich. Das verfehlt seine Wirkung nicht. Paul hechtet in den See, und ehe ich mich's versehe, packen seine Hände mich an den Schultern und tauchen mich kräftig unter. Prustend und Moorwasser spuckend, soll ja sehr gesund sein, komme ich wieder an die Oberfläche, zehn Zentimeter von Pauls Gesicht entfernt. Wir küssen uns. So gut das geht, wassertretend. Ehrlich gesagt geht es nicht wirklich gut.

«Komm, wir schwimmen zu der roten Boje da rüber», schlägt Paul vor. Schade, ich hätte ihn gern weitergeküsst. «Na gut», sage ich, und wir kraulen nebeneinander auf den See hinaus. An der roten Boje machen wir Rast und halten uns an ihr fest. «Das geht viel besser mit dem Küssen, wenn man nicht Wasser treten muss», sagt Paul. Ach so. Mmmmmh. Stimmt. Das geht sogar ziemlich gut. Auch wenn ich dabei nochmal reichlich Moorwasser schlucke. Hoffentlich wirkt sich das auch innerlich angewandt positiv auf meine Gesundheit aus.

«Das Wasser ist nicht so kalt, wie ich dachte», tut Paul nach einer Weile Knutschen kund, grinst und führt meine Hand zum Beweis dieser Tatsache an seine Badehose. «Mach keinen Unsinn», lache ich und füge vielsagend und mich dabei ziemlich lasziv fühlend hinzu: «Ich freu mich schon auf später, wenn wir zu Hause und allein sind ...» «Wieso später?», will Paul wissen, und ehe ich weiß, wie mir geschieht, ist er untergetaucht und hat mir mein türkis-weiß-geblümtes Bikinihöschen geklaut. «Nicht verlieren», meint er, wieder über Wasser, und drückt es mir feixend in die Hand. Und dann bringen wir beinahe die rote Boje zum Kentern. Zwischendurch erinnere ich Paul daran, dass ich in der Schule mal gelernt habe, dass Schall sich über dem Wasser sehr viel besser verbreitet als über Land und dass hundert Meter entfernt am Ufer des Kirchsees Kinder spielen. «Hmjaaaa, ooooooh, grmpf, uuuh», erwidert Paul ungerührt und schert sich den Teufel darum, ob die Schanett oder der Tizian eventuell ein frühkindliches Sextrauma erleiden könnten.

Nach etwa fünf Minuten ist der Spaß vorbei. Zwei ältere Hausfrauen mit genoppten Frisurschutzbadehauben nähern sich brustschwimmend und in bedrohlichem Tempo unserer Boje. «Jo mei, ham Sie scho g'hört, was der Frau Huber ihrem Mo passiert ist?», will die pinke Badehaube von der hellblauen wissen. «Naa?», antwortet Hellblau wissbegierig, «hot er's scho wieder mim Herzn?» Bevor es in die Details dieser Krankengeschichte geht, haben Paul und ich uns widerwillig, aber recht flott voneinander gelöst und planschen scheinbar harmlos um die Boje herum. «Grüß Gott», sage ich artig zu den benoppten Schwimmerinnen, und sie erwidern den Gruß freundlich. «Jo mei, des is a schön's Platzl zum Ausrasten, gell?», meint Frau Pink, bemüht um höflichen Kirchsee-Smalltalk. «In der Tat», sagt Paul und versucht, seinen Atem in den Griff zu bekommen. «Komm, Marie, wir überlassen den Damen den Rastplatz und schwimmen zurück ans Ufer», schlägt er dann vor. «Ich kann nicht», zische ich ihm zu und schneide Grimassen. «Was ist denn?» «Mein Höschen!», flüstere ich verzweifelt. Es ist weg. Ich muss es losgelassen haben. Gut, dass das Wasser des Kirchsees so moorig und undurchsichtig ist. Was mir jedoch auf dem Weg vom Ufer zum Handtuch relativ wenig nützen wird. Shit. Ich glaube, ich bin die Erste, die jemals beim Schwimmen in einem oberbayerischen Moorsee ihr Bikiniunterteil verloren hat. Das kann auch nur mir passieren. «Moment, das kann ja nicht weit sein», sagt Paul und taucht unter. «Hom'S was verlorn?», erkundigt sich Hellblau interessiert und hilfsbereit. «Äähm, ja, nur ... einen Haargummi», behaupte ich. Dann fällt mir ein, dass ich im Moment meinen Sommerhaarschnitt trage und meine Haare so kurz sind, dass kein Haargummi der Welt sie zusammenbinden könnte. Mist. Bevor Pink oder Hellblau dieser Ungereimtheit auf die Schliche kommen, tauche ich lieber schnell unter, nicht ohne noch schnell ein wohlerzogenes «Wiedersehen» von mir zu geben. Verdammt dunkel, der Kirchsee unter der Wasseroberfläche. Unheimlich. Auf einmal sind die Geräusche der am Ufer planschenden Kinder und der zwitschernden Vögel weg. Stattdessen gluckert es um mich herum, und von unten steigen gelbliche Luftblasen auf. Igittigitt. Ich tauche lieber wieder auf. Paul ist immer noch verschwunden. Doch plötzlich schießt er zwei Meter entfernt von mir prustend aus dem Wasser, mein Bikinihöschen über dem Kopf herumwirbelnd, und ruft triumphierend: «Ich hab es!!!» «Halt die Klappe», zische ich ihn an und entwende ihm rasch seine Trophäe. So schnell bin ich wohl noch nie in meine Bikinihose geschlüpft. Als wir uns auf den Weg zum Ufer machen, höre ich noch, wie die badebehaubten Hausfrauen sich vom Gesprächsthema «der Frau Huber ihr Mann» ab- und dem Gegenstand «neumodische Haargummis» zuwenden.

Durch die lange Zeit im Wasser ist uns kalt geworden. Gänsehäutig lassen wir uns auf unsere Handtücher fallen, und ich kuschle mich in der Löffelchen-Stellung (meine Phantasie ist immer noch beim Sex, ja, ich gebe es zu) an Pauls Körper. Jetzt könnte die Welt untergehen. Ich hätte nichts dagegen, wenn jetzt Schluss wäre, in diesem Moment. Es kann eigentlich nur schlechter werden. Alle meine Sinne sind perfekt versorgt. Ich sehe grüne Wiesen, Wald und den See. Ich höre die Vögel singen, den Wind in den Bäumen, entferntes Kinderlachen und Pauls Atem. Ich spüre Pauls Haut an meiner, wasserkühl und darunter pulsierend warm, seine Hände, die meine Arme und Hüften streicheln, seinen Atem, der mir sanft in den Nacken bläst. Ich rieche das sommerliche Gras, Sonnenmilch und diesen ganz speziellen Duft, wenn die Sonne die Haut erhitzt. Ich bin glücklich. Ich weiß nicht, ob ich jemals so glücklich war wie in diesem Moment. Ich schließe die Augen und rufe meine Assoziationen zum Thema Glück auf. Ein Potpourri aus Bildern, Tönen, Gerüchen und Gefühlen zieht vor meinem inneren Auge vorbei. Ein wirrer, vertrauter Film. Da ist ein wackliger, blau angestrichener Holzstuhl mit einer eingerollt schlafenden Katze darauf, irgendwo in Griechenland. Der Duft der Scampi, die mein Vater im offenen Kamin briet. Ein staubiger Straßenrand in Südspanien, der Teer von der Hitze aufgeweicht und halb von gelbem, verdorrtem Gras überwuchert. Das warme Fell meines Lieblings-Norwegerponys an meinen nackten Kinderbeinen. Das leuchtende Riesenrad auf dem Oktoberfest. Eine heiße Schokolade in einem Backsteincafé nach einem windig-kalten Strandspaziergang. Der Abstieg ins Tal über frisch gemähte, im Abendlicht grün leuchtende Bergwiesen. Dichter Nebel zwischen den herbstlichen Bäumen im Englischen Garten. Die Wärme des antiken Marmors im Amphitheater von Ephesos.

«Frau Sandmann», reißt Paul mich raunend aus meinen Glücksträumen, «könnten Sie bitte damit aufhören, Ihren entzückenden Hintern an meinen edlen Teilen zu reiben? Es könnte sonst passieren, dass ich wegen Erregung öffentlichen Ärgernisses ins Gefängnis muss.» Ich – meinen Hintern an Paul reiben? «Niemals würde ich das tun», teile ich Paul überzeugt

mit und springe auf. «Kommst du mit, ein Weißbier trinken?»
«Ha ha, sehr witzig», beschwert sich mein Traummann, «ich
kann im Moment unmöglich aufstehen!» «Männer», seufze
ich, Unverständnis vortäuschend. Und dann sage ich etwas,
von dem ich weiß, dass es Paul sehr glücklich macht.
«Bleib ruhig sitzen, Schatz – ich bringe dir ein Bier mit.»

MONTAG, 11. AUGUST 2003 – WER IST
EIGENTLICH KATI?

Ich wusste, dass das nicht gut gehen kann. Der Sommer war
einfach zu perfekt – bisher. Nachdem Paul und ich im Februar beschlossen hatten, einfach alles auf uns zukommen zu
lassen und die Zeit bis zu seiner Abreise am ersten Oktober
rückhaltlos zu genießen, folgten wundervolle Wochen. Paul
stellte mich seinen Freunden vor und ich ihn meinen Mädels.
Vroni mag ihn. Gott sei Dank, denn ich könnte nicht mit
einem Mann zusammen sein, den Vroni nicht mag. Nur ab
und zu, wenn wir alle zusammen im Biergarten sitzen und
ich mich wieder mal an einem Paul-Detail nicht satt sehen
kann (zum Beispiel den kleinen Fältchen, die sich um seine
Augen bilden, wenn er lacht, oder seinen Augenbrauen, die
so blond und buschig sind und die ich manchmal gerne mit
einer Mini-Bürste in Form kämmen würde), ab und zu wirft
meine liebste Freundin Vroni mir einen dieser besorgten Du-
magst-diesen-Kerl-zu-sehr-und-er-wird-dich-unglücklich-machen-Blicke zu. Aber sie ist klug genug, um zu erkennen, dass
ich längst verloren bin. Rettungslos. Deswegen sagt sie auch
nichts. Aber ich glaube, sie bereitet sich innerlich schon auf
eine lange Marie-Tröstphase mit unzähligen Pfefferminztalern, wiederholten «Ein unmoralisches Angebot»-Abenden,
endlosen Diskussionen und «Weißt-du-noch-der-Abend-als-

Paul ...»-Gesprächen vor. Ich denke, es werden auch einige Packungen Rote Gauloises sowie nicht minder viele Flaschen kalifornischen Merlots dran glauben müssen.
Aber ich schweife ab. Was mir heute die Laune verhagelt, hat nichts mit Paul zu tun.
Es fing alles ganz harmlos an.
Ein ganz normaler Montag im August. Es wird ein heißer Tag werden, aber das ist ja in diesem Sommer nichts Besonderes. Ich beschließe, gleich morgens den Bikini (ja, den türkisfarbenen mit den weißen Blümchen) unter mein blau-weiß gestreiftes Lieblings-Sommerkleidchen zu ziehen. Ich werde nämlich nach der Arbeit (einer meiner vielen Nebenjobs, für die ich jetzt, wo ich mit dem lästigen Studium fertig bin, endlich mehr Zeit habe) im Eisbach schwimmen gehen. Das ist das neueste tägliche Freizeitvergnügen von mir und etwa siebenhundertdreißig anderen jungen Münchnern. Wie die Bekloppten stürzen wir uns jeden Tag direkt hinter der großen Welle am Haus der Kunst in den Eisbach, der seinen Namen nicht zu Unrecht trägt. Man kann in diesen kanalisierten Teil der Isar nicht *steigen*, man muss beherzt hinein*springen*. Was mich am Anfang etwas Überwindung kostete. Ich springe nicht gern in Wasser und schon gar nicht in schnell fließendes Wasser, dessen Temperatur knapp über dem Gefrierpunkt angesiedelt ist. Noch weniger gern springe ich in schnell fließendes, eiskaltes Wasser, wenn mich dabei ungefähr siebenhundertneunundzwanzig gebräunte, gut gelaunte junge Münchner von hinten beobachten. (Okay, mag sein, dass ich ein wenig übertreibe. So interessant ist eine hüpfende Marie im türkisweißen Bikini vielleicht auch wieder nicht.) Wenn man dann mal drin ist und den Kälteschock überwunden hat, treibt man haltlos weiter, um eine Kurve herum und unter zwei Brücken hindurch. Durch diese «Stromschnellen» unter den Brücken sollte man unbedingt tauchen. Außer, man möchte ungefähr

drei Liter Eisbachwasser trinken, was, glaube ich, nicht uneingeschränkt zu empfehlen ist. Irgendwann nach der zweiten Brücke kommt dann die Stelle, an der man aussteigen sollte. Beim ersten Mal versuchte ich, mich an einer in den Kanal hängenden Baumwurzel festzuhalten. Es kugelte mir beinahe die Arme aus, ich musste loslassen und trieb ohne Chance auf einen Ausstieg bis zur Tivolibrücke. Von dort läuft man ungefähr vierzig Minuten bis zum Haus der Kunst zurück. Nicht zu vergessen: barfuß, nur mit einem Bikini bekleidet und tropfnass. Diese Aussicht ließ mich relativ schnell meine Abneigung gegen öffentliche Verkehrsmittel im Allgemeinen und Schwarzfahren im Besonderen überwinden und die Straßenbahn zurück zum Startpunkt erklimmen. Ich freute mich schon fast auf ein mögliches Treffen mit einem Kontrolleur. Sah mich suchend die Rückseite meines (kürzlich im Kirchsee beinahe verloren gegangenen) Bikinihöschens abklopfen und dann unschuldig den schwitzenden Herren in dunkelblauer Uniform angucken, der Mühe hätte, seine Augen von meinem Busen zu nehmen: «So ein Mist, jetzt habe ich meinen Geldbeutel vergessen ...» Ob die einen wohl im Bikini mit auf die Polizeiwache nehmen dürfen? Verstößt das nicht gegen ein Menschenrecht oder ist zumindest ein Fall von sexueller Nötigung? Egal. Es kam kein schwitzender Kontrolleur, und die einzige Person, die sich an meiner klatschnassen Trambahnfahrt störte, war eine trotz dreißig Grad Außentemperatur in ein altroséfarbenes Twinset gekleidete Oma. «Mei Madl, Sie hom ja ois voidropft!»

Alles in allem war die Tour mit der Straßenbahn jedoch wenig wiederholenswert. Deswegen lernte ich, nach der zweiten Brücke aus dem Eisbach auszusteigen, indem ich mich von einer Welle auf die Betoneinfassung des Kanalufers schwemmen ließ. Beim ungefähr siebenten derartigen Ausstieg lernte ich auch, zu kontrollieren, ob sich meine beiden Brüste vorschriftsmäßig *in* den Cups meines Bikinis befanden. Ich hatte mich schon gewundert, warum mich alle Männer, denen ich auf dem Rückweg zur Liegewiese begegnete, so freudig angrinsten.

Heute, an diesem staubigen, drückend heißen Montag im August, mache ich etwas früher Feierabend, in freudiger Erwartung der Kühle des Eisbachwassers auf der Haut. Ich habe gerade mein Handtuch auf der Wiese am Bach platziert, alibimäßig meine Wertsachen darunter versteckt und bin auf dem Weg zum Wasser, als ich Bernd über den Weg laufe. «Hey Marie», sagt er und lockert seine Krawatte, «wartest du kurz auf mich? Dann können wir zusammen schwimmen.» «Hallo Bernd, klar, mein Handtuch ist da drüben!», antworte ich. Ich warte, während er sich seiner Versicherungskaufmannsklamotten entledigt. Aha, er trägt unter der Anzughose auch bereits die Badehose. Schlaues Kerlchen. Wir springen nebeneinander in den Bach und lassen uns bis zu einem Mäuerchen treiben, an dem man eine Pause machen kann, bevor die Brücken kommen.

«Und, was hast du heute gemacht?», will Bernd wissen, und ich erzähle ein bisschen von meinem langweiligen Tag in der Redaktion, während ich krampfhaft überlege, wie der momentane Stand der Dinge zwischen Vroni und Bernd ist. Wenn Vroni sich nämlich nicht gerade mit Männern rumschlägt, die Marc oder Chris heißen und nach einer kurzen, viel versprechenden und sexuell erfüllenden Phase stets zu der Sorte Mann mutieren, für die das Wort «Arschloch» noch zu nett gewählt ist, neigt sie dazu, mit Bernd ab und an die Grenzen zu überschreiten, die eine Freundschaft von einer Beziehung oder zumindest Affäre trennen. Nicht, dass ich was dagegen hätte. Bernd ist mehr als okay, ein cooler Typ und nett obendrein. Er wäre ein guter Kandidat für Vroni.

Ich weiß nur nicht, ob daraus noch was wird. Eventuell der klassische Harry-und-Sally-Fall. Davon bin ich sogar ziemlich überzeugt. Zu viel Wir-sind-nur-Freunde-die-ab-und-zu-mal-Sex-haben-Zeit darf allerdings nicht verstreichen, wenn daraus eine richtige Beziehung werden soll. Jedenfalls wäre es jetzt, mit Bernd neben mir auf einem Mäuerchen im Eisbach, nicht schlecht zu wissen, ob die beiden gerade Freunde sind oder mehr. Aber es fällt mir nicht ein.
«Und, wie geht's den Jungs so?», frage ich deshalb und meine die Jungs aus «meiner» WG in Schwabing, in der Bernd zusammen mit Tom und Max wohnt. Max ist mein Ex. Wir waren sechs Jahre zusammen, und ich weiß heute eigentlich nicht mehr genau, warum ich Schluss gemacht habe. Vielleicht, weil ich nicht den ersten Mann heiraten wollte, mit dem ich mehr teilte als die Begeisterung für Großbritannien, Griechenland und Jack Nicholson in «Einer flog über das Kuckucksnest». Ich weiß eigentlich auch nicht genau, warum es mir falsch erschien, beim «ersten Besten» zu bleiben. Wer weiß, was passiert wäre, wenn ich mich nicht von Max getrennt hätte. Vielleicht hätte ich Paul nie kennen gelernt. Als ich mit Max Schluss machte, wusste ich allerdings noch nicht, dass ich möglicherweise ein Jahr später Paul kennen lernen würde. Kompliziert. Ich glaube, über diese was-wäre-wenn-Sache muss ich ein andermal in Ruhe nachdenken.

«Gut geht's den Jungs», antwortet Bernd, «auch wenn wir Max kaum noch sehen, seit er Kati hat ...»
Kati? Who the fuck is Kati?
«Wer ist denn Kati?», frage ich und bemühe mich, möglichst beiläufig zu klingen. Noch bleiben mir wertvolle Sekunden, in denen ich annehmen kann, Kati sei möglicherweise ein beiger VW Käfer aus dem Jahre 1975, eine äthiopische Wüstenrennmaus oder ein Berner Sennenhund.

«Kati ist Max' neue Freundin», zerstört Bernd erbarmungslos meine Hoffnungen. Dann referiert er ungefragt und ausführlich über dieses Wesen namens Kati, das in meiner Vorstellung die Gestalt einer Kreuzung aus Christy Turlington, Julia Roberts und Charlotte York aus *Sex and the City* annimmt. So viel nur zu ihrem Äußeren. Dumm kann sie auch nicht sein, denn laut Bernd hat sie gerade ihre Zeit als Ärztin im Praktikum hinter sich gebracht und arbeitet nun als Assistenzärztin in der Chirurgie des Klinikums Großhadern. Wie ätzend. Ich muss gestehen, dass es mir lieber gewesen wäre, wenn Max' neue Freundin – die ja irgendwann mal «passieren» musste – eine dralle rotblonde Metzgereifachverkäuferin oder zumindest eine unscheinbare, deutschblonde und make-up-freie Soz-Päd-Studentin mit Vorliebe für glutenfreie Roggenkekse gewesen wäre. Irgendeine Frau, mit der ich mich hätte messen und der gegenüber ich mich eventuell sogar hätte überlegen fühlen können. Das wäre doch eine feine Sache gewesen. Nicht, dass ich meinem Ex keine adäquate neue Freundin gönnen würde. Aber sie muss ja nicht gleich so toll sein, dass ich mich schlecht fühle.

Ich täusche Frösteln vor, damit Bernd aufhört, Kati zu lobpreisen, und wir passieren die zwei Brücken und lassen uns an Land schwemmen. Routiniert stopfe ich meinen Busen zurück in die Bikini-Cups, und wir balancieren barfuß über die gekiesten Wege zurück zur Wiese. Meine Sommerlaune ist dahin. Und ich weiß eigentlich gar nicht genau, warum. Weil Max eine neue Freundin hat, die mich mehr als ersetzt? Marie, du bist nicht mehr mit Max zusammen, ermahne ich mich selbst. Und vor allem: Du hast ihn verlassen, nicht er dich. Du solltest dich für ihn freuen, weil er wieder jemanden hat, statt eifersüchtig zu sein. Und außerdem – du hast Paul, oder? Deinen Traummann. Den Mann, den du immer wolltest. Deinen blonden, großen Sexgott, mit dem du nicht nur

die ganze Nacht Liebe machen, sondern auch reden kannst, ohne dass euch die Themen ausgehen.
Trotzdem.
«Kommst du noch auf ein Bier mit zum Chinaturm, Marie?», erkundigt sich Bernd, als wir uns abgetrocknet und wieder angezogen haben.
«Nö, danke, würde ich gerne, aber ich muss noch einkaufen und putzen», lüge ich.
Als ich die Prinzregentenstraße entlang, über die Ludwigstraße und den immer noch staubig-heißen Odeonsplatz Richtung Neuhausen radle, kreisen meine Gedanken immer noch um Max und Kati. Was die beiden wohl gerade machen? Vielleicht sitzen sie unter dem dichten Blätterdach in der Laube des *Lukullus*, Max' und meines Lieblingsgriechen in Altgiesing, trinken roten Hauswein aus Kupferkannen und teilen sich dazu den Grillteller «Akropolis». Vielleicht planen sie ihren ersten gemeinsamen Urlaub. Ob sie wohl auch nach Griechenland fliegen werden, wie wir das fast jedes Jahr taten? Stopp, Marie, befehle ich mir selbst. Hör auf damit. Das ist pure Sentimentalität, gemischt mit Selbstmitleid. Unangebrachtem Selbstmitleid.

Zu Hause hänge ich meinen Bikini auf die Wäscheleine (man kann mir nicht vorwerfen, dass ich nichts dazulerne) und klemme mein Handy an sein Ladegerät. Zwei Anrufe in Abwesenheit, sehe ich. Paul. Und nochmal Paul. Vor einem halben Jahr hätte diese Anzeige auf dem Handydisplay meinen Puls ungemein beschleunigt. Und jetzt? Tut sich nicht viel. Was ist passiert? Ist etwas passiert? Liebe ich Paul nicht mehr? Oder liebe ich etwa Max noch? Panik kriecht in mir hoch. Was, wenn meine große Liebe zu Paul nur ein Strohfeuer war? Einfach nur eine prickelnde Mischung aus Hormonen, sexueller Anziehung und Nicht-haben-können? Was, wenn Max meine einzige, wahre große Liebe war? Die ich in einer Phase der Langeweile und Orientierungslosigkeit achtlos wegwarf?

Woher soll man wissen, wie sich die große Liebe anfühlt – die, die man nie aufgeben darf, um die es sich zu «kämpfen» lohnt? (Wie man um Liebe kämpft und ob man um Liebe kämpfen sollte, ist noch ein ganz anderes Thema.) Muss diese Liebe einen jeden Tag in den siebenten Himmel katapultieren, oder kann sie einen auch mal anöden oder gar nerven? Ist sie dann nicht mehr die große Liebe? Oder ist sie es gerade deswegen? Was unterscheidet die große Liebe von der kleinen Liebe? Gibt es überhaupt die große Liebe? Oder ist einfach jede Liebe anders und nicht als größer oder kleiner zu kategorisieren? Ich liege auf dem Sofa in meinem stickigen Wohnzimmer, die Augusthitze lungert in meiner Wohnung herum und lähmt meine Gedanken. Sie drehen sich langsam im Kreis.
Man merkt erst, was man hatte, wenn man es verloren hat. Dieser Satz beißt sich in mir fest und lässt mich nicht mehr los. Und wirft weitere Fragen auf. Merkt man nicht immer erst, was Sache war, wenn etwas vorbei ist? Ist man nicht immer hinterher schlauer? «Das *war* eine geile Zeit» hört man oft. «Das *ist* eine geile Zeit» dagegen habe ich noch nie gehört. Oder liegt das daran, dass man im Rückblick nur die positiven Seiten sieht und das Negative vergisst? Verkläre ich in meiner Erinnerung meine Beziehung mit Max? Mann, ist das alles kompliziert. Manchmal wünsche ich mir jemanden, der es besser weiß als ich, der den Überblick hat, so etwas wie den allwissenden Autor meines persönlichen Lebens-Romans. Jemanden, der mich an der Hand nimmt und mir dabei hilft, meine Entscheidungen zu treffen. Teufelchen hebt seine kleine rote Hand und bewirbt sich. Es erntet einen verächtlichen Blick von mir und verzieht sich beleidigt.
«Es steht aber keine Entscheidung an, Marie», erinnert mich

das Engelchen, das immer noch geduldig auf der Lehne meines Sofas sitzt. «Es ist alles ganz einfach. Du bist mit Paul zusammen – im Moment zumindest –, und du liebst Paul. Max ist Vergangenheit und jetzt mit Kati zusammen. Alles wird gut.»

«Alles wird gut», wiederhole ich, ein klein wenig beruhigt. Und vielleicht hat Kati ja einen Fehler. Eigentlich bin ich mir ziemlich sicher, dass sie lispelt.

MONTAG, 1. SEPTEMBER 2003 – HERBST (BEZIEHUNGSTECHNISCH GESEHEN)

O mein Gott, wie die Zeit rast. Nicht zu fassen. Gerade war noch Hochsommer, und heute ist schon September. Damit fängt für mich gefühlsmäßig der Herbst an – egal, wie heiß es draußen noch sein mag. September klingt nach Oktoberfest (nein, das ist kein Widerspruch), nach Herbstlaub auf den Gehwegen, nach gelb gefärbten Ahornbäumen, die sich im Wasser des Tegernsees spiegeln, nach dem ersten Nachtfrost, nach Pullis-aus-dem-Keller-holen und deutlicher Verringerung der Beinenthaarfrequenz. Der Sommer ist vorbei. Ein Traumsommer, wie er im Buche steht. Früher haben mich die zahlreichen Betätigungsmöglichkeiten im Sommer immer ein wenig verunsichert, vor allem, wenn es ausnahmsweise mal nicht den ganzen Juni und Juli hindurch regnete. Im Sommer gibt es so viele Dinge, die man unbedingt tun muss, weil eben Sommer ist. Man muss an lauen Abenden im Straßencafé sitzen. Flipflops tragen. Braun sein. Schwimmen gehen. Radfahren. Biergärten besuchen. Picknicken und mit Freunden und einem Ball auf grünen Wiesen herumtollen. Grillen. Open-Air-Konzerte besuchen. Isarfeste machen. Inlineskaten. Sonnwendfeuer bestaunen. Alle zwei Jahre auf Großleinwänden mit der deutschen Fußballnationalmannschaft mitzittern und gegebenenfalls auf der Leopoldstraße Siege beziehungsweise deutschen Dusel feiern. Schulterfreie Tops tragen. Und vor allem: gut drauf sein, weil Sommer ist. Im Herbst fällt es keinem auf, wenn man sich mal ein paar Abende am Stück in der gemütlichen Wohnung verkriecht und die Gesellschaft von fettarmen Pringles und *SatC* auf DVD der von Freunden vorzieht. Und eine kleine, gepflegte Winterdepression gehört, zumindest in München, schon fast zum guten Ton, wenn man nicht als oberflächlich und partygeil gelten will. Aber im Sommer? Undenkbar. Nicht nur, weil einen die anderen Leute permanent zu irgendwelchen Aktivitäten ermuntern. Sondern auch, weil man sonst Panik bekommt, etwas zu verpassen. Nämlich das Leben. Letzteres ist im Sommer irgendwie präsenter und aufdringlicher als im Winter. «Nimm mich, lebe mich, ich habe nicht ewig Zeit für dich», schreit das Leben in der warmen Jahreszeit. «Schau her, ich habe so viel zu bieten, die Sonne scheint, und die Stadt vibriert vor lauter Möglichkeiten, draußen zu sein und Spaß zu haben!» Jaja. Ich komme ja schon. Welch ein Glück, dass wenigstens diese nervige allmontagliche Bladenight zum Massenevent geworden und damit out ist.

Früher also war ich, bitte nicht weitersagen, gar kein großer Fan der Zeit von Juni bis September. Doch der Sommer des Jahres 2003 war anders. Ich bin sicher, dass ich diese paar Monate immer als etwas Besonderes in Erinnerung behalten werde. Wie einen überlangen, traumhaften Urlaub, losgelöst vom Rest meines Lebens, wie eine glückselige Insel hinter dem Wind. Schon verrückt. An Silvester fasste ich den festen Vorsatz, Paul zu vergessen und aus meinem Leben zu streichen. Im Februar dann der absolute Tiefpunkt, als er mir erklärte, dass er keine Beziehung mit mir wolle. Wegen Lesotho, wegen seines PR-Jobs in Afrika, von dem er schon so lange träumte.

Und weil er keine Fernbeziehung mehr will. Drei Tage später dann die überraschende Wendung – wir beschlossen, es doch zu versuchen. Vorübergehend. Den Sommer zusammen zu verbringen wie ein ganz normales, frisch verliebtes Paar. Was danach sein wird, nach dem ersten Oktober, dem Tag, an dem Paul sich ins Flugzeug nach Südafrika setzen wird, blieb und bleibt offen ... Die emotionale Achterbahnfahrt des Winters mündete in den schönsten Sommer, den ich je erlebt habe. Wie mit links schrieb ich bis Ende März meine Magisterarbeit fertig und bestand im Juni locker und ohne allzu viel Zeit mit Lernen zu vergeuden meine Abschlussprüfungen. Paul bemühte sich, möglichst wenig Aufträge anzunehmen. Wir hatten viel Zeit füreinander.

Paul und ich fuhren Rad, machten Bergtouren, gingen schwimmen, veranstalteten Picknicks im Englischen Garten, besuchten das Tollwood-Festival, ignorierten die Bladenight und grillten mit Freunden. Kein Sommer ohne ordentliche Grillparty. Früher war ich nicht sonderlich begeistert von dieser exzessiven Outdoor-Fleischrösterei, die alle Menschen außer mir und strengen Veganern in Verzückung zu versetzen scheint, egal ob in Oberpframmern oder auf Long Island (nur, dass es dort Barbecue heißt). Schön, man haut ein paar Stücke Fleisch auf einen rußenden Grill, bis sie zäh wie Leder sind, und es gibt sieben Nudelsalate, weil wieder mal keiner Bock hatte, grünen Salat zu putzen. Was macht daran bitte Spaß? Mit Paul aber ist alles anders. Seine Freunde trinken selbst gemixten Caipirinha zum Halsgrat, und im Garten hängen bunte Lampions. Das Bier lagert in einem mit kaltem Wasser und Eis gefüllten Kinderplanschbecken, und bisher ist noch jedes Mal vor Mitternacht jemand slapstickmäßig rückwärts dort hineingestolpert. Kurz, Grillen mit Paul und Freunden ist eine Riesengaudi.

An manchen Tagen unternahmen wir auch gar nichts, lagen einfach stundenlang im Gras in Pauls Garten und erzählten uns Unterhaltsames aus unserem Leben. Das ist eine der ganz besonders netten Seiten an einer neuen, frischen Liebe: Der andere kennt die zahlreichen alten Geschichten noch nicht. Kein genervtes «Jaja, weiß ich doch schon», wenn ich erkläre, warum ich im altehrwürdigen Gellert-Bad in Budapest lebenslänglich Hausverbot habe. (Ich stiftete damals meine Freunde dazu an, die Plastikbadehauben, die man uns verpasst hatte, zu Wasserbomben zweckzuentfremden.) Umgekehrt lernte ich eine Menge über Paul. Zum Beispiel, dass er nicht nur Großbritannien mag, sondern auch Schweden und Portugal. Dass er vier Sprachen spricht und gerade eine fünfte lernt. Dass er viele Träume hat, unter anderem den, mit dem Fahrrad durch die Sahara zu fahren. Dieser Spinner. Dagegen ist ja seine Arbeit in Lesotho (autsch! Nicht dran denken) eine reine Kaffeefahrt. Ich erfuhr, dass er eine kleine Nichte hat, die er sehr liebt, und dass er selbst gern mindestens zwei Kinder hätte. Komischerweise können wir über dieses Thema ganz locker reden. So, als ob es diesen unseligen ersten Oktober nicht gäbe, an dem Paul sich in sein blödes Flugzeug setzen wird, um mich für mindestens zwei Jahre allein in Deutschland zurückzulassen. Stopp. Määääp. Falsches Thema. Ich will lieber von diesem schönen Sommer erzählen. Dessen größter Luxus war: Zeit zu haben. Endlich mal nicht von einem Job zum nächsten zu hetzen. Und auch nicht von einer Party zur nächsten. Meine Freunde, insbesondere meine Freundinnen, sind wirklich großartig. Keine einzige Beschwerde, weil ich an einigen Abenden lieber mit Paul auf der Terrasse saß, Coldplay hörte und Rotwein trank, anstatt mit Vroni, Marlene, Beate und Alexa durch die Kneipen zu ziehen. Kein einziges Wort von Vroni über die abnehmende Häufigkeit unserer Merlot-und-Pfefferminztaler-und-Gauloises-Abende. Ich denke, sie weiß a), dass diese Abende wieder kommen werden und b), dass mir Paul nicht wichtiger ist als sie und das auch nie sein wird. Nur anders wichtig.

Aber es hilft alles nichts. Der Sommer ist Vergangenheit. Wenn ich in Zukunft ein Lied von Coldplay, Moby oder Norah Jones höre, wenn mir vom Nachbarbalkon der Duft von gegrilltem Fleisch in die Nase steigt oder ich durch den Englischen Garten radle, werden bittersüße Erinnerungen in mir hochsteigen und ein extrem sehnsüchtiges Gefühl verursachen. Natürlich werde ich diesen Sommer, meinen Paul-Sommer, im Rückblick komplett verklären. Alles, was war, wird in sanftes Sommerabendlicht oder in den flackernden Schein von bunten Teelichtern getaucht sein.
Eigentlich ganz schön banal, dass meine traumhafte Zeit mit Paul ausgerechnet auf einen Sommer fiel. Und dann auch noch auf den sogenannten «Jahrhundertsommer», der so untypisch lang und heiß war. Wäre viel origineller gewesen, wenn ich den Winter meines Lebens mit Paul verbracht hätte. Na ja. Man kann es sich nicht aussuchen. Und jetzt ist sowieso Herbst. In genau einem Monat werde ich Paul zum Franz-Josef-Strauß-Flughafen im Erdinger Moos bringen. Aber vorher – in knapp drei Wochen – beginnt das Oktoberfest. Und da werden Paul und ich es nochmal so richtig krachen lassen.

DONNERSTAG, 25. SEPTEMBER 2003 –
O'ZAPFT IS!

Von wegen krachen lassen! Es ist nicht zu fassen. Vor sechs Tagen war Anstich zum Oktoberfest 2003. Und bisher hat noch nichts gekracht – außer vielleicht meinen Nerven!

«Ich freu mich schon so darauf, mit dir auf die Wiesn zu gehen und ein paar Mass zu trinken!», höre ich Paul noch sagen. Das war Anfang September. Ich verzieh ihm, dass er «Wiesen» statt «Wiesn» sagte und «Maaaß» statt «Mass». Ich sagte auch nicht, dass er diese Wiesn-Freuden mit mir schon letztes Jahr hätte haben können, wenn er sich damals nur ein bisschen häufiger gemeldet hätte. Nein, ich hielt die Klappe und brachte lediglich zum Ausdruck, dass die Freude ganz meinerseits sei. Ich lerne schließlich aus meinen Fehlern der Vergangenheit.
Es nützte allerdings nichts.

«Wann gehen wir denn auf die Wiesn?», fragte ich Paul letzten Freitagabend.
«Hey, das Fest fängt erst morgen an und dauert 16 Tage», lachte er, «keine Panik!»
Nein, schon klar. Warum sollte ich auch Panik bekommen? Bei einem Mann, der mir ein halbes Jahr lang verheimlichte, warum wir keine richtige Beziehung führen konnten. Bei einem Mann, der mir diverse CDs brennen, Fußball-WM-Videos organisieren und Links mailen wollte, auf die ich noch heute – und vermutlich bis in alle Ewigkeit – warte.
«Aber du verpasst die letzten Tage, weil du dann schon weg bist. Wie wär's mit morgen?», schlug ich vor.
«Morgen geht leider nicht.»
«Und warum nicht?» Wie ich das hasse, wenn ich ihm immer alles aus der Nase ziehen muss. «Oder darf ich das nicht wissen?» Mist. Das musste jetzt nicht sein. Aber das kommt von seiner Heimlichtuerei.
«Das musste jetzt nicht sein», antwortete Paul und sah ein bisschen angefressen aus. Einerseits konnte ich ihn verstehen. Ich mag mich selbst nicht, wenn ich zickig bin. Andererseits kann man von seinem Freund ja wohl erwarten, dass er ei-

nen in seine Wochenendpläne einweiht, insbesondere, wenn Wiesnzeit ist, oder?

«Sorry», sagte ich, «also, warum geht morgen nicht?»

«Ich fahre übers Wochenende mit Jens und seiner Kleinen in die Berge», informierte er mich. Aha. Und warum weiß ich nichts davon?, wollte ich fragen, ließ es aber lieber bleiben. Paul reagiert zuweilen recht merkwürdig auf solche Sätze. Vermutlich wittert er akute Einengungsgefahr. Männer sind so anstrengend. Ein falsches Wort, und schon wird wieder irgendein archaischer Fluchtreflex ausgelöst. Obwohl – wenn ich so zurückdenke, war das bei Max nicht so. Er plante gerne seine Zeit mit mir und teilte mir freiwillig wochenlang im Voraus mit, wenn ein Familienwochenende, ein Junggesellenabschied am Gardasee oder ein Fußballturnier ins Haus standen. Paul ist aber nicht Max, Marie, sagte ich zu mir selbst. Und machte in Gedanken ein fettes, rotes X durch das Gefühl, das vom Grunde meines Herzens nach oben zu blubbern drohte. Das Gefühl hieß: Bedauern. «Jetzt spinnt sie komplett», hörte ich das Teufelchen auf meiner rechten Schulter empört keifen, «erst macht sie mit Max Schluss, dann reißt sie sich ungefähr ein Jahr lang ein Bein aus, um Paul zu kriegen, und kaum hat sie ihn, wird sie sentimental, wenn sie an Max denkt!» Und Engelchen zuckte auch nur ratlos mit den blassen Schultern.

«Schade», sagte ich, ernsthaft enttäuscht, zu Paul.

Er spürte meinen Frust und zog mich an sich.

«Ach komm, Süße, sei nicht traurig. Ich wäre auch lieber mit dir zum Anstich gegangen, als mich mit meinem Bruder in Berchtesgaden zu langweilen. Aber die Kleine hat Geburtstag, und ich habe versprochen mitzufahren ...»

«Isschongut», murmelte ich und vergrub mein Gesicht in Pauls T-Shirt. Noch immer konnte ich mich nicht satt riechen an diesem ganz speziellen Paul-Duft, einer Mischung aus Männerduschgel, Baumwolle und Haut.

«Wirklich?», fragte er nach, und als ich bejahte, fasste er mich mit der Hand um den Nacken und küsste mich. Nach fünf Minuten machte ich mich halbherzig von ihm los und sagte: «Ich muss mich umziehen, wir sind in einer Stunde mit Daniel, Ute, Katrin und Thomas in der *Tapas Bar* verabredet, schon vergessen?»

«Nein, natürlich nicht», meinte Paul und folgte mir in mein Schlafzimmer. Ich streifte mein T-Shirt ab, was mir ein anerkennendes Schnalzen von Paul einbrachte, und fahndete nach etwas Anziehbarem, das sich in der *Tapas Bar* gut machen würde.

«Wie findeste das?»

«Zu tief ausgeschnitten», urteilte Paul und beäugte mein rotes Top misstrauisch, «komm, zieh das wieder aus!»

Fünf Oberteile später – «zu schwarz, zu eng, zu bunt, zu weit, zu hochgeschlossen» – drängte sich mir der Verdacht auf, dass Paul mir gar nicht wirklich bei der Kleiderauswahl helfen wollte, sondern den Umkleidevorgang künstlich zu verlangsamen versuchte. Ich äußerte meine Vermutung, und als Antwort öffnete Paul schweigend und mit geübter Hand die Verschlusshäkchen meines BHs. «Vergiss die *Tapas Bar*», raunte er mir ins Ohr, fegte mit einem Arm meine T-Shirts vom Bett und zog mich mit sich auf selbiges. «Wir müssen wenigstens den anderen Bescheid sagen und uns eine Ausrede einfallen lassen!», protestierte ich und angelte das Telefon vom Nachtkästchen. Paul nahm es mir aus der Hand, wählte eine Nummer, flüsterte mir «Mailbox» zu und sprach dann: «Hallo Daniel, hier Paul. Sorry, Marie und ich können heute nicht mit in die *Tapas Bar* kommen. Wir liegen gerade halb nackt auf ihrem Bett, ich habe schon einen gewaltigen Ständer, und ich muss jetzt unbedingt mindestens dreimal hintereinander mit ihr schlafen. Ciao und euch viel Spaß heute Abend!» Klick, aufgelegt. Ich starrte Paul entgeistert

an: «Das hast du Daniel jetzt nicht wirklich auf die Mailbox gesprochen, oder? Du willst mich doch veräppeln?» «Ich war nur ehrlich», erwiderte Paul grinsend, «glaub mir, das kommt besser, als wenn ich ihm eine vergessene Steuererklärung aufgetischt hätte.»
«Dreimal», sagte ich nur.
«Fangen wir an.»

Nach Nummer zwei brauchte Paul eine kleine Pause. Er ist schließlich keine zwanzig mehr. Ich nutzte die Zeit, um mich schnell in die Küche zu stehlen. Sex macht mich immer wahnsinnig hungrig. Ich bekomme davon seltsame Gelüste nach weißem Sandwichtoast mit Ei und Mayonnaise und vergleichbar gesunden Mahlzeiten. Enttäuscht starrte ich auf das matschige Sechskornbrot, das ich ganz hinten in meinem Kühlschrank fand. Das einsame Ei, das im Butterfach der Kühlschranktür herumkullerte und beim Schütteln dumpf schepperte, machte ebenfalls keinen besonders Vertrauen erweckenden Eindruck. Jemand hatte mit Edding ein Datum darauf geschrieben. 12.04.03. Die Schrift kam mir irgendwie bekannt vor. Dann fiel mir ein, dass ich selbst die Eibeschrifterin war. Das war in meiner ordentlichen Phase im Frühjahr gewesen, als ich beschloss, eine bessere Hausfrau zu werden und obendrein Geld zu sparen, indem ich die verderblichen Lebensmittel aufaß, statt sie nach einigen Wochen Aufenthalt in meiner Küche unzubereitet in den Biomüll wandern zu lassen.
Also kein Ei-und-Mayo-Sandwich. Na gut. Ich schloss die Kühlschranktür und wollte mich gerade auf den Rückweg zum Bett machen, als sich von hinten zwei Hände um meine nackten Brüste legten.
«Wo steckst du denn?», beschwerte sich Paul, «wir sind noch nicht fertig!»

Und dann passierte etwas, wovon ich bisher dachte, dass es nur in Filmen geschieht. Paul fasste mich an den Schultern, drehte mich zu sich herum und schob mich dann rückwärts zum Küchentisch. Als mein nackter Hintern das Holz berührte, hob er mich hoch und legte mich auf die Tischplatte. Dann zog er meine Beine auf seine Schultern. Ungeduldig und gierig drängte ich mich ihm entgegen. Doch er hielt inne.
«Sag mir, was du willst», flüsterte er heiser, «was soll ich tun?»
«Komm zu mir ...»
«Genauer. Sag's mir, Marie!»
Ich konnte seine Erektion heiß an mir pochen fühlen und verging fast vor Sehnsucht, ihn in mir zu spüren. Also sagte ich Paul, was ich wollte. Wenn ich gedacht hatte, dass es für genialen Sex keine Steigerung gibt, wurde ich in dieser Nacht eines Besseren belehrt. Als Paul am nächsten Morgen um acht Uhr nach zwei Stunden Schlaf gähnend und jammernd aus dem Bett krabbelte und ich hörte, wie er sich im Bad mittels kalten Wassers in einen Menschen zu verwandeln versuchte, musste ich grinsen. Zum einen, weil ich noch liegen bleiben durfte, so lange ich wollte, und zum anderen, weil Jens sich an diesem Wochenende mit einem völlig übermüdeten und entsprechend gelaunten Bruder würde herumschlagen müssen.

Heute aber ist schon Donnerstag, die rauschhafte Nacht letzte Woche ist nur noch eine von vielen bittersüßen Erinnerungen, und Paul hatte immer noch keine Zeit, um mit mir aufs Oktoberfest zu gehen.
Ich war schon viermal «draußen», schließlich gilt es meine persönliche Bestleistung von zwölf Wiesnbesuchen, die ich im Jahr 2000 aufstellte, zu schlagen. (Für die Nicht-Münchener: sechzehn ist das Maximum, da die Wiesn üblicherweise sechzehn Tage dauert. Mehrfachbesuche an einem Tag sind

organisatorisch schwierig zu gestalten und gelten obendrein nicht.)

Zum Anstich letzten Samstag war ich mit Vroni, Marlene, Beate, Bernd und Max auf dem Festplatz. Ja. Max ohne Kati. Sie hatte Dienst im Krankenhaus. Ich untertreibe, wenn ich sage, dass ich ganz froh drum war. Ich werde ihr früher oder später begegnen, da ich inzwischen ein äußerst freundschaftliches und lockeres Verhältnis zu meinem Ex pflege. Aber dieser Tag kann gerne noch ein wenig warten. Zusammentreffen mit Kreuzungen aus Christy Turlington, Julia Roberts und Charlotte York gehören nicht zu den Dingen, auf die ich mich sonderlich freue. Nach solchen Begegnungen fühle ich mich stets dick, trampelig und schlecht gekleidet und verspüre das dringende Bedürfnis, zum Telefonhörer zu greifen und bei *Toni&Guy* anzurufen: «Ja, ein akuter Notfall. Danke. Sie erkennen mich an meinem schwarzen Baseballkäppi.»

Es war ein gleißend heller, sommerlich heißer Herbsttag. Wir schwitzten im Biergarten des Hackerzeltes vor uns hin, und als Max auf die Idee kam, sich aus der Speisekarte einen Sonnenhut zu falten, dauerte es nicht lange, bis der ganze Biergarten die Beschreibung der Schlachtplatte für 18,50 auf dem Kopf trug. Unsere Bedienung war von dieser Zweckentfremdung weniger begeistert und strafte uns nach dem Anstich um 12 Uhr (vorher gibt's kein Bier) so lange mit Nichtachtung, bis Marlene mit hysterischem Unterton in der Stimme androhte, umgehend auf den Tisch zu steigen und sich ihres Dirndls zu entledigen, wenn sie nicht sofort, aber sofort, eine frische Mass vor sich stehen habe. Daraufhin walzte die Bedienung mit erstaunlicher Geschwindigkeit, Grazie und obendrein erfreulicherweise mit sechs schäumenden Mass'n beladen durch die männliche Menge, die sie davon abzuhalten versuchte, Marlene zu erreichen. Die Bierkrüge knallten vor uns auf den Tisch, bevor Marlene den dritten Knopf geöffnet hatte.

Es war ein schöner Tag. Doch als ich am späten Abend nach drei Mass und zu viel Sonne erschöpft mit Vroni zur U-Bahn stolperte, routiniert den würgenden Kandidaten ausweichend, die unter Bröckelhusten litten, packte mich eine Welle der Sehnsucht. Der Tag war toll, aber richtig perfekt wäre er erst mit Paul gewesen. Zum Teufel mit seinem Bruder und der Kleinen.

«Kannst du mir erklären, welcher vernünftige Mensch auf die Idee kommt, am ersten Wiesn-Wochenende in die Berge zu fahren?», wollte ich enttäuscht von Vroni wissen.

«Komm schon, sein Bruder wollte halt auch nochmal was von ihm haben, bevor er ... du weißt schon ...»

«... nach Lesotho fliegt, ja, ich weiß.»

«Und die Wiesn dauert noch zwei Wochen! Er wird sicher mit dir rausgehen!», beruhigte Vroni mich.

«Vergiss nicht, er fliegt am Ersten, und bis Montag ist er in den Bergen, bleiben also nur noch acht Tage!»

Die U-Bahn fuhr ein, und der Schaffner am Bahnsteig, den es nur zur Wiesnzeit gibt, schnitt Vronis Antwort mit seinem gut gelaunten «'d U fümpf nach Nei-Berlach, koa Panik, a jeda derf mit, bittschön vom Sicherheitsstreifen zurrrrrücktrrrreten» ab. Aber ich wollte sie sowieso nicht hören. Ich wollte beleidigt und frustriert sein. Manchmal ist dieses Gefühl behaglicher als ein erzwungener Zweckoptimismus.

Und außerdem hatte ich Recht. Montag kam Paul erst abends aus den Bergen zurück, Dienstag musste er zwingend aufs Dixie Chicks Konzert, für das er angeblich schon «seit Ewigkeiten» Karten hatte. Ach ja. Wer bitte kümmert sich so lange im Voraus um Konzert-Tickets? Mittwoch reagierte er dreisterweise gar nicht erst auf meinen Anruf, und heute erhielt ich eine SMS, die mich beinahe dazu brachte, wieder mal mein Handy an die Wand zu werfen wie zu Beginn unserer «Beziehung»: «Sorry, kann heute nicht auf die Wiesn gehen. Fühle mich schlecht, habe tierische Halsschmerzen.» AAAAAAAH. Halsschmerzen. Das kann auch nur ein Preuße sein, den Halsschmerzen von einem Besuch auf dem Oktoberfest abhalten.

«Na warte, Paul», teile ich dem Engelchen auf meiner Schulter mit, das unbeteiligt auszusehen versucht und seine goldenen Löckchen um die kleinen, dicken Finger dreht, «na warte. Wer nicht will, der hat schon. Ich jedenfalls werde auf gar keinen Fall mit dir auf die Wiesn gehen. Der Zug ist abgefahren. Basta!»

«Basta», mault das Teufelchen nach und weicht geschickt dem Feuerzeug aus, das ich nach ihm werfe.

MONTAG, 29. SEPTEMBER 2003 – DU ENTSCHULDIGE, I KENN DI

Erste und letzte Dates haben verdammt viel gemeinsam. Diese schreckliche Nervosität zum Beispiel. Das fällt mir auf, während ich die endlose Rolltreppe von der U-Bahn-Station Theresienwiese nach oben fahre. Mir ist schlecht. Da oben wartet Paul. Und wie damals bei unserem ersten offiziellen Date im Sommer vor über einem Jahr herrscht akute Fluchtgefahr. Nicht auf Pauls Seite. Der steht seelenruhig dort oben, schaut sich die hübschen Mädels in ihren feschen Dirndln an, die aus dem Untergrund quellen, und freut sich einfach auf diesen Tag. Nein. Ich bin diejenige, die am liebsten auf der Stelle kehrtmachen würde. Geht aber nicht. Kehrtmachen ist eine Sache, die man sich auf überfüllten Rolltreppen besser dreimal überlegen sollte. Also fahre ich weiter. Zupfe nervös am Ausschnitt meiner Dirndlbluse und schiele in mein Dekolleté. Hoffentlich keine hysterischen Flecken.

«Des werd scho!», sagt ein alter Mann mit Gamsbart-Hut, der auf der Nebenrolltreppe nach unten fährt, greift kurz nach meiner Hand und drückt sie herzlich: «Dei Freind gfreit si gwiß narrisch üba so a fesch's Madl!»
Und schon bin ich oben. Ich blinzle in die helle Septembersonne und sehe Paul sofort. Immer sehe ich ihn sofort. O Gott, sieht der gut aus. Ein Preuße in Lederhosen, normalerweise ein Anlass für Spott und Hohn aus meinem Munde. Aber man kann ja auch mal eine Ausnahme machen. Wenn einer so gut aussieht ... Erwähnte ich das schon?
«Na, schöne Frau», begrüßt er mich, «tolles Dirndl!» Er sagt «Dürndl», und es klingt wie die Bezeichnung für ein hochprozentiges Après-Ski-Getränk, aber ich verzeihe ihm auch das. Er kann ja nichts dafür. Jeder zweite Münchner ist ein «Zuagroaster» aus Niedersachsen, dem Rheinland oder Berlin, der irgendwann vor lauter schönen Biergärten vergessen hat, wieder abzureisen.
«Danke! Du siehst aber auch fesch aus...», untertreibe ich, und wir beide, ohne Frage das schönste Paar des Tages, ziehen Arm in Arm los. Erst mal in den Hacker-Biergarten.
Dort setzen wir uns zu einem älteren Herren an den Tisch, einem Ur-Münchner, dessen Frau leider im Krankenhaus liegt, wie sich herausstellt. Ich unterhalte mich mit ihm, während Paul sein Hendl (er sagt «Händel») verspeist und schweigend seine erste Mass trinkt. Komisch, denke ich, er ist doch sonst nicht schüchtern, normalerweise ist er doch derjenige, der die Blutgruppe der Tischnachbarin kennt, nachdem ich nur kurz mal auf dem Klo war?

Nach etwa anderthalb Stunden drängt Paul darauf, ins Zelt zu wechseln. «Es wird langsam kühl», stellt er fest, und ich betrachte verwundert die Schweißtröpfchen auf seiner Stirn, «und außerdem könnten wir sonst keinen Platz mehr bekommen!» Letzteres ist eine berechtigte Sorge. Also verabschiede ich mich von dem ernsthaften älteren Herrn, und wir gehen ins Zelt.

«Warum wolltest du denn gehen? Der war doch nett!»

«Ja, war er?»

«Und wie!»

«Mag sein. Ich habe kein Wort verstanden von dem, was ihr geredet habt. Und das wurde mir allmählich zu langweilig ...», gibt Paul zu.

«Das hat man nun davon, wenn man sich mit einem Preußen wie dir einlässt», seufze ich, «hat dir wenigstens dein Hääändel geschmeckt?»

«Das Händel war lecker», antwortet Paul, und ich verdrehe die Augen. Lecker. Der lernt's nimmer.

Im Zelt, das uns mit Blasmusik, einer tropischen Schwüle und sicherlich 90 Prozent Luftfeuchtigkeit oder besser -bierigkeit empfängt, finden wir beziehungsweise ich rasch einen Sitzplatz an einem Tisch mit sieben lustigen jungen Hessen. Das ist halt noch echte Völkerverständigung auf dem Oktoberfest. Bayern reden mit Hessen, Hessen reden mit Bayern, und alle reden mit Paul.

Sechs Stunden später, es ist inzwischen neun Uhr abends.

«Lass uns gehen», sage ich Paul ins Ohr, «es kann unmöglich noch besser werden!»

«Komm», sagt er nur und versteht. Ich bin froh. Kein noch-eine-Stunde-ist-doch-grad-so-lustig-Genöle, kein verständnisloser Blick. Paul ist einer der ersten Menschen, die kapieren, dass es wahr ist: Man soll aufhören, wenn es am schönsten ist. «Das trifft übrigens auch prima auf eure Beziehung zu», lästert das Teufelchen, aber es gelingt mir, ihm rasch meinen leeren Bierkrug überzustülpen, und Paul und ich verlassen teufelchenfrei das Hacker-Zelt.

Draußen ist es angenehm kühl. Luft. Atmen. Herrlich. Wir schlendern zur Bavaria, gehen die Stufen hoch und setzen uns oben auf den noch vom Tag warmen Asphalt.
«Marie», beginnt Paul, «ich möchte, dass du eines weißt: Egal, was passiert, wenn ich in Lesotho bin ...»
«Was meinst du mit: passieren?»
«Jetzt lass mich doch mal ausreden, okay?» Er spielt den Verzweifelten.
«Hmgrfff.»
«Egal, was geschieht, Marie – ich liebe dich.»
«Grmhfff.»
«Wenn es mir mit dir nicht gerade passieren würde, hätte ich nicht gedacht, dass es so etwas gibt. Ich möchte am liebsten jeden Tag mit dir schlafen, ich habe noch nie eine Frau körperlich so begehrt. Aber ich möchte auch genauso gerne mit dir reden, dein Freund sein, an deinem Leben teilnehmen ... Ich kann gar nicht sagen, welcher der beiden Aspekte mir wichtiger ist!»
«Hm-mmmh ...»
Na toll, Marie. Da macht dir der Mann deiner Träume an einem romantischen Ort die Liebeserklärung deines Lebens, und du antwortest in Konsonanten.
Ich versuche, etwas zu sagen, doch der Verlust der Muttersprache hält an. Zum Glück rettet mich das Engelchen, indem es mir zuflüstert: «Los! Küss ihn!»
Und das tue ich dann auch.

Wie alles Schöne sind auch diese verzauberten Minuten auf der Treppe der Bavaria am Rande der Theresienwiese irgendwann vorbei. Paul merkt nämlich, dass ich eine kapitale Gänsehaut habe und am ganzen Körper zittere.
«Mensch, du frierst ja!», stellt er fest, «komm, lass uns wieder reingehen. Ich brauche auch unbedingt noch ein Bier.»

Zurück auf der Festwiese, kommen wir am Käferzelt vorbei. «Wollen wir das da nehmen? Die haben länger auf», schlägt Paul vor.

«Du machst wohl Witze», erwidere ich, «es ist zehn Uhr abends, und du meinst, dass wir so einfach ins Käferzelt reinmarschieren können? Vergiss es ...»

«Das werden wir ja sehen», beschließt Paul und zieht mich zum Eingang. Und tatsächlich, wir kommen rein. Allerdings nicht weit. Vor dem beheizten Biergarten mit den gemütlich aussehenden, gedeckten Tischen steht ein dicknackiger Security-Koloss und schüttelt bedauernd sein kahles Haupt. «Sorry, nur mit Bändchen!»

«Siehste», sage ich zu Paul.

Doch der wendet dreist den ältesten Trick der Welt an. «Und da hinten, können wir da rein?», fragt er den haarlosen Koloss und deutet zum entfernten Ende des Geländes. Dicknacken folgt Pauls ausgestrecktem Finger, und schon hat Paul mich an der Hand gepackt und wir sind am Zerberus vorbeigehuscht. Der merkt das nicht mal, starrt immer noch in die Ferne und rätselt, was Paul wohl mit «da hinten» gemeint haben könnte. Er sieht dort nur die Toiletten.

«Hallo, ich bin Paul, das ist Marie, habt ihr noch zwei Plätze für uns?», fragt Paul indes am erstbesten Tisch, und schon sitzen wir. Keine zwanzig Sekunden später haben wir zwei frische, schäumende Mass'n vor uns stehen. Ich bin beeindruckt und stolz. Ich gebe zu, ich mag das, wenn Männer souverän rüberkommen.

Noch beeindruckter bin ich, als ich mir die Menschen an unserem Tisch genauer ansehe. Wie kann man nach zehn Uhr abends auf dem Oktoberfest noch so frisch aussehen? Und so schön sein?

«Die zwei neben mir sieht aus wie Giulia Siegel!», raune ich Paul zu. Er guckt kurz hin.

«Das *ist* Giulia Siegel.» Scheint ihn aber nicht weiter zu interessieren.

Ich nehme einen tiefen Schluck aus meinem Spaten-Masskrug. Und noch einen und einen dritten. Dann wird Schnaps serviert, denn die Celebrities und Semi-Promis an unserem Tisch haben vorher deftig gespeist. Wie selbstverständlich bekommen Paul und ich auch einen Obstler. Na gut, wechmiddemzeuch. Will janich unhöflich sein.

«Die Kapelle hier ist doof», vertraue ich Paul etwas später an.

«Wieso? Spielen doch gut?»

«Nein. Ich warte schon den ganzen Abend auf mein Lieblingslied.»

«Das da wäre?»

«Du entschuldige i kenn di.»

«Hä? Ja Marie, ich kenne dich auch, denke ich …»

«Du entschuldige i kenn di, bist du ned die Klaane, die i scho als Bua gern g'hobt hob», intoniere ich zu Pauls besserem Verständnis. Giulia Siegel wirft mir einen zweifelnden Blick von der Seite zu.

«Ach so! Tja, mein Schatz, dann musst du wohl vorgehen zur Band und dir das wünschen!»

Mein Schatz, hat er gesagt. Ich glaube, zum ersten Mal. Und übermorgen sitzt er im Flieger. Das Leben ist nicht fair. Und überhaupt. Zur Band gehen und sich was wünschen, was stellt er sich vor? Das geht vielleicht auf dem Rosenheimer Herbstfest und eventuell noch im Löwenbräuzelt um drei Uhr nachmittags. Aber auf keinen Fall in Käfers Wiesenschänke nach Mitternacht. No way.

«Hallo? Hallo … Haaaaalloooo?!?»

«Ja, junge Frau, was gibt's denn?», fragt mich der glatzköpfige Leadsänger mit modischem Ziegenbärtchen.

«Könnt ihr vielleicht ‹Du entschuldige i kenn di› spielen?»

«Peter Cornelius? Aber sicher, wird sofort gemacht!»

Ha-ha. Du mich auch. Ironie mag ich gar nicht, wenn sie darauf abzielt, mich auf den Arm zu nehmen.

Ich kehre zum Tisch der Schönen, Reichen und Berühmten zurück.

«Und, Erfolg gehabt?», will Paul wissen.

«Vergiss es ...»

Fünf Minuten später, ich traue meinen Ohren kaum, dringen vertraute Akkorde an mein Ohr und dann tatsächlich: «Wann i oft a bissl ins Narrnkasterl schau, na siech i a Madl mit Aug'n so blau ...»

«Scheint dein Glückstag zu sein, mein Schatz», freut sich Paul. Da. Schon wieder.

Am Ende singen Giulia Siegel (die der echten Giulia Siegel vielleicht doch nur sehr, sehr ähnlich sieht) und ich selig und aus vollem Hals den Refrain mit. Ich bin glücklich. Und traurig. Ich sehe Paul an, meinen hinreißenden Paul, der mich «mein Schatz» nennt, «Dürndl» statt Dirndl sagt und souverän Käferzelt-Securitymänner austrickst. Scheiße. Wir sind doch eigentlich erst ganz am Anfang. Ich bin so verliebt in ihn. Und er geht einfach weg. Ich fühle mich, als habe man mir einen Lottogewinn zugesprochen und dann nach zwei Wochen bemerkt, dass doch wieder ein Frührentner aus dem Saarland die sechs Richtigen mit Superzahl hatte. Bedauerlicher Irrtum. Wir entschuldigen uns für etwaige Unannehmlichkeiten, und vergessen Sie nicht: Nur wer mitspielt, kann gewinnen. Blödes Spiel.

«Der Unterschied ist», sagt das Teufelchen, das ich eigentlich unter einem leeren Masskrug eingesperrt vermutet hatte, «du wusstest von Anfang an, dass es nur für diesen Sommer ist.» Ich strafe es mit Nichtachtung. Natürlich wusste ich das. Aber ist das ein Grund, gar nicht erst anzufangen? Auf keinen Fall, wäre meine Antwort im Februar gewesen. Aber damals

war der erste Oktober noch so weit weg wie Weihnachten im Hochsommer.
Und was ist eigentlich mit Paul? Mit keinem Wort hat er Bedauern über seine Abreise im Herbst geäußert. Gut, ich auch nicht. Wie oft bin ich nachts aufgewacht, habe den neben mir tief schlafenden Paul angesehen und versucht, mir sein Gesicht ganz genau einzuprägen, für die Zeit, wenn er nicht mehr neben mir schlafen wird. Habe auch die eine oder andere Träne vergossen. Jeden Tag, an dem wir uns nicht sehen konnten, als sinnlos betrachtet. (Gut, bis vielleicht auf den Tag des Robbie-Williams-Konzerts.) Sogar schlafen empfand ich als kleine Sünde, weil diese Zeit von der Paul-Zeit abging. Aber auch ich habe kein Wort gesagt. Warum die Gegenwart verderben, weil die Zukunft nicht gut aussieht? Vielleicht geht es Paul genauso. Vielleicht hat er mich auch manchmal betrachtet, wenn ich schlief, und wurde dann traurig. Ich hoffe es sehr.
«Marie, was ist? Du schaust so unglücklich. Es war doch ein wunderschöner Tag», holt Paul mich aus meinen Gedanken.
«Wirklich, das war er ...»
Und schon wieder ist es passiert. Schon wieder ist das, was eben noch Gegenwart war, in den Zustand der Vergangenheit geschlüpft, und ich habe es nicht mal gemerkt, weil ich in mein leeres Schnapsglas starrte und meinen Gedanken nachhing.
Denn um ein Uhr nachts ist auf der Wiesn Schluss. Sogar im Käferzelt.

DIENSTAG, 30. SEPTEMBER 2003 – THE TIME OF MY LIFE

Habe ich schon mal erwähnt, was passiert, wenn ich eine Fünf-Minuten-Terrine der Geschmacksrichtung «Nudeln in Tomatensauce» esse? Richtig. Ich werde dann philosophisch. Heute allerdings passierte etwas ziemlich Außergewöhnliches. In Ermangelung meiner Lieblingssorte aß ich eine Terrine der Geschmacksrichtung «Hühner-Nudel-Topf». Und fing trotzdem an zu denken.

Es geht mir definitiv zu gut. Ich bin jung, gesund und habe ausreichend Geld. Ich habe wunderbare Freunde und führe im Großen und Ganzen das Leben, das ich mir ausgesucht habe. Und trotzdem – oder gerade deswegen? – bin ich ständig auf der Suche nach der besten «Zeit meines Lebens». «I've had the time of my life», dieser Satz, den man nicht nur im gleichnamigem Lied aus «Dirty Dancing» findet, sondern auch in zahlreichen anderen Songs und Büchern – dieser Satz geht mir nicht mehr aus dem Kopf. Was hat es auf sich mit dieser «Zeit meines Lebens»? Bis zu welchem Alter muss man die gehabt haben? Muss man, während man die Zeit seines Lebens hat, jeden Morgen mit einem breiten Grinsen im Gesicht aufstehen, die Arme gen Himmel recken und frohen Herzens rufen: «Ich habe gerade die Zeit meines Lebens!»?

Oder ist es auch genehmigt, wenn man Jahre später feststellt, dass man im Sommer 1999 die Zeit seines Lebens hatte? Dann wäre besagte Zeit ja lediglich für die Erinnerung gut. Hm.

Es werfen sich weitere Fragen auf. Gibt es die Zeit des Lebens nur einmal, oder kann man sie auch häppchenweise nehmen wie seine 30 Tage Jahresurlaub? Und wie genau ist diese Zeitspanne definiert? Quantitativ: Sind es drei Wochen oder ein ganzes Jahr? Oder ist es der viel beschriebene und besungene «Sommer meines Lebens»? Und qualitativ: Muss man in der

Zeit seines Lebens jeden einzelnen Tag frohlocken vor Glück, oder kann diese Zeit auch bescheidener daherkommen, eventuell sogar von ein paar nicht ganz so tollen Tagen durchbrochen sein oder sich durch die bloße Abwesenheit von Sorgen und Problemen auszeichnen?

Hat diese Zeit etwas mit Partys zu tun, mit dem Bereisen der Welt mit Rucksack und staubigen Turnschuhen oder mit einer großen, vorzugsweise hinterher tragisch endenden Liebe? Ehrlich gesagt habe ich noch nie jemanden im Zusammenhang mit Job, Alltag oder Erziehungsurlaub von der Zeit seines Lebens sprechen hören. Irgendwas Besonderes muss da schon dran sein.

Ich glaube, das bringt mich nicht weiter. Vielleicht sollte ich einfach mein Leben leben, darauf achten, dass ich nicht in der Routine versinke, und meine Sinne geschärft halten. Vielleicht kommt sie dann von ganz alleine, die Zeit meines Lebens? Hoffentlich kriege ich es rechtzeitig mit. Wäre ja blöd, wenn ich die Zeit meines Lebens hätte und es nicht einmal merken würde.

Und was, wenn sie schon da war? Vielleicht in Form dieses Sommers mit Paul? O Gott. War das schon das Highlight meines 29 Jahre alten Lebens? Was, wenn es von nun an nur noch bergab geht?

«Quatsch», unterbricht mich Teufelchen und sagt ausnahmsweise mal etwas, das mich beruhigt: «Life is a rollercoaster – schon vergessen?»

Es hat Recht. Ich habe keinen Grund, mir zu viele Gedanken zu machen. Ich einige mich (vorerst) mit mir selbst darauf, dass ich noch viele ganz unterschiedliche gute Zeiten haben werde. Und am Ende meiner Fünf-Minuten-Terrine komme ich zu einer ziemlich sensationellen Erkenntnis: «Gute Zeiten, schlechte Zeiten» ist ein genialer Titel für eine Soap.

MITTWOCH, 1. OKTOBER 2003 – ER IST WEG UND ICH BIN WIEDER ALLEIN, ALLEIN

«Vroni?»
«Na du?»
«Warum brauchst du denn so lang, bis du ans Telefon kommst?»
«Ich war grad … unten. Aber jetzt bin ich ja da. Wie geht's dir, Schatz?»
«Er ist weg.»
«Ich weiß», seufzt sie, «war es sehr schlimm?»
Schlimm ist gar kein Ausdruck. Das waren die scheußlichsten Stunden meines Lebens, vergleichbar nur mit dem Tag, an dem mein Opa starb und wir aus dem Italienurlaub nach Hause fahren mussten.
Wenn ich das nächste Mal jemanden, den ich liebe, für zwei Jahre ins Ungewisse verabschiede, bringe ich ihn auf keinen Fall zum Flughafen, so viel habe ich gelernt.
Es fing damit an, dass ich vorsichtshalber neunzig Minuten Fahrtzeit für die vierzig Kilometer zum Flughafen eingeplant hatte, was Paul total übertrieben fand. Sofort kam ich mir blöd vor, uncool und alles andere als kosmopolitisch. Er hatte die Ruhe weg, was mir nicht in den Kopf ging. Es war mir unheimlich, dass jemand so relaxed sein konnte, wenn er gerade zu dem Abenteuer seines Lebens aufbrach. Ich leide schon bei einem Pauschalurlaub auf Rhodos Tage vorher unter hibbeligem Reisefieber und bin kurz vor dem Flug ein Nervenbündel, vergleichbar mit dem Häufchen Elend heute. Und das, obwohl mir auf Rhodos ganz bestimmt weder ein Abenteuer noch eine aufregende Zeit bevorsteht.
«Entspann dich, Marie», empfahl Paul mir, «mein Flug geht in viereinhalb Stunden! In der Zeit könnte ich auf einem Bein zum Flughafen hüpfen und unterwegs noch gemütlich einen

Kaffee trinken. *Und* aufs Klo gehen.» Er übertrieb mal wieder.
«Aber ... na gut, wenn du meinst. Hast du alles? Ticket, Pass, Kreditkarte, Zahnseide?»
Paul antwortete mit einem unwilligen Gebrummel, aus dem ich die Worte «erinnerst» und «meine Mutter» herauszuhören meinte. Und ich verordnete mir vorsichtshalber ein zeitweiliges Redeverbot.

Die Fahrt zum Flughafen verbrachten wir ebenfalls schweigend. Ich überlegte krampfhaft, welches Thema ich anschneiden könnte. Worüber spricht man, wenn man für lange Zeit die letzte Gelegenheit hat, die Stimme des anderen im Original zu hören? Ich wollte Paul ungern mit einer Tirade über die Fahrweise des Fürstenfeldbruckers vor mir in Erinnerung bleiben. Das Thema «Max und Kati» erschien mir ebenfalls unangebracht, genauso wie die Frage, ob ich bei meinem anstehenden Friseurbesuch nächsten Freitag lieber Block- oder Foliensträhnen machen lassen sollte. Für Sinn-des-Lebens-Themen hingegen passte irgendwie das Umfeld Autobahn nicht so recht, und über die aktuelle politische Entwicklung war ich zu schlecht informiert. Also drehte ich das Radio lauter und schielte ab und an zu Paul rüber, dem ebenso wenig Redestoff einzufallen schien wie mir. Er starrte mit unbewegter Miene aus dem Fenster. Zwischen dem Autobahnkreuz Nord und Garching-Süd spielten sie «Why does my heart feel so bad» von Moby im Radio. Ich bin sicher, dass ich auch in zwanzig Jahren noch an diese furchtbare Autofahrt werde denken müssen, wenn ich dieses Lied höre.

«Das ist ja gruselig», stimmt Vroni mir zu, nachdem ich ihr alles erzählt habe. «War denn wenigstens der Abschied am Flughafen schön?»

«Was, bitte, könnte an einem Abschied am Flughafen schön sein?»
«Na ja, es hat doch was Romantisches ...»
«Romantisch? Vergiss es.» Ich erzähle Vroni, wie ich vor der Absperrung am Check-in-Schalter herumlungerte, während Paul mit der adretten blondbezopften Dame vom Bodenpersonal schäkerte. Wenn ich fliege und mein Gepäck aufgebe, geht das immer ganz schnell. Koffer auf die Waage gehievt, Ticket und Pass hingeknallt, die Frage «Gang oder Fensterplatz?» Wenigflieger-uncool mit «Fenster bitte» beantwortet, Bordkarte in Empfang genommen, fertig. Eine Sache von höchstens zwei Minuten. Weiß der Geier, warum Paul eine halbe Stunde brauchte, um diese Dinge mit dem Blondzopf auszudiskutieren. Als er endlich zurückkam, war seine Laune unangemessen blendend und ich ziemlich angepisst. Die verwässerte Latte macchiato für 3 Euro 90 im Flughafencafé machte es auch nicht unbedingt besser. Mir wäre eher nach einem Schnaps gewesen, aber ich wollte kein Aufsehen erregen, um 13 Uhr an einem Mittwochmittag.
Für gewöhnlich mag ich Flughäfen. «Letzter Aufruf für den Emirates Flug 313 nach Sydney. Die fehlenden Passagiere Maier, Müller, Huber und Schmidt werden umgehend zum Flugsteig 24 gebeten.» Solche Lautsprecherdurchsagen lösen normalerweise ein angenehm prickelndes Fernweh bei mir aus. Aber heute deprimierten sie mich nur. Alle Menschen schienen viel versprechende Fernziele anzusteuern, würden ferne Länder sehen und aufregende Abenteuer erleben, nur ich nicht. Flughäfen sind doof, wenn man derjenige ist, der hinterher wieder die A95 nach München nehmen muss.

«Ich will auch verreisen», beschwere ich mich bei Vroni.
«Also, Paul verreist ja nun nicht wirklich», gibt sie zu bedenken.

«Ach ja, danke. Ich vergaß», sage ich ein bisschen beleidigt. Warum meint eigentlich jeder, er müsse mich daran erinnern, dass Paul eher auswandert als einen Urlaub antritt?
«Tschuldige. Aber erzähl doch mal, wie war denn der Moment, bevor er durch die Sicherheitskontrolle zu seinem Gate ging?»
«Irgendwie nichts Besonderes. Ich war so damit beschäftigt, nicht loszuheulen, dass ich es gar nicht richtig mitbekommen habe. Auf einmal sagte er ‹Ich geh dann mal durch›, gab mir einen Kuss, murmelte was von an mich denken und E-Mails schreiben – und weg war er ...»
«Süße, das ist doch nicht so schlimm. Was hast du denn erwartet?»
«Ich weiß auch nicht genau. Vielleicht einen magischen Moment, einen fünfminütigen, innigen Abschiedskuss ...»
«... einen der Sorte, bei dem sich in Hollywoodfilmen der Raum erst langsam und dann immer schneller um das Liebespaar dreht und die Kamera langsam in die Vogelperspektive geht?», schlägt Vroni vor.
«So in etwa, ja», gebe ich zu.
«Tja, das Erdinger Moos ist halt leider nicht Hollywood», informiert meine Freundin mich trocken und fügt hinzu: «Mach dir nichts draus. Denk lieber an den schönen Sommer, den ihr zusammen hattet, nicht an den doofen Abschied am doofen Flughafen. Paul wird dich ganz bestimmt nicht vergessen. Dazu ist er viel zu verliebt in dich.»
«Hoffen wir's ...», seufze ich. Ich bin mir da nicht so sicher. Ich dachte ja schon am Anfang – als ich Paul noch nicht lange kannte –, er sei ziemlich undurchschaubar und kompliziert. Ein typischer Mann eben halt. Jede Handlung ein Rätsel, jede Aussage sowieso, keine Reaktion vorhersehbar. Aber je länger ich ihn kenne, desto mysteriöser wird er für mich. Warum kämpfte ich bei unserem Abschied mit den Tränen, während

er cool und gelassen blieb, als würde er nur für ein Wochenende nach Hamburg fliegen?

«Ach, du kennst doch die Männer», beruhigt Vroni mich, «das ist dieses komische Y-Chromosom. Es schreibt ihnen zwingend vor, Haltung zu bewahren. Souveränität ist oberste Männerpflicht, wer heult, verliert! Das lernen die schon als kleine Jungs, wenn sie im Sandkasten was ins Auge kriegen. Ein Indianer kennt keinen Schmerz und so'n Käse.»

«Hmmmm ...»

«Nix hmmmm. Genau, Vroni, du hast wie immer Recht, heißt das!»

Ich unterdrücke die Bemerkung, dass Vroni, die Männerkennerin, noch weniger Glück mit selbigen zu haben scheint als ich, und sie fährt fort:

«Vergiss nicht, heute Abend gehst du mit Marlene, Beate und mir aus. Widerspruch zwecklos. Wir treffen uns um neun im Lido.»

Stöhn. Das hatte ich ganz vergessen. Die Vorstellung, den Abend im Lido zu verbringen, wie wir die Szene-Bar *Eat the Rich* nennen, reißt mich im Moment nicht gerade von meiner auberginefarbenen Couch.

«Ich weiß nicht, ob ich ...», beginne ich und horche in meinen Körper hinein. Meldet er heute Beschwerden irgendeiner Art, die mich vom Weggehen abhalten und die ich Vroni mitteilen kann, ohne sie anzulügen?

«Wage es nicht», sagt Vroni mit drohendem Unterton, und ich beeile mich, ein beschwichtigendes «okay, okay» hinterherzuschieben. Vielleicht ist es wirklich ganz gut, wenn ich heute Abend mit den Mädels ausgehe, statt Oktoberfestgaudi auf «tv München» zu gucken und mich sinnlos zu betrinken. Letzteres zumindest macht in Gesellschaft eindeutig mehr Spaß.

DONNERSTAG, 2. OKTOBER 2003 – TINA UND VICTOR

Es ist kurz nach Mitternacht, und ich habe die besten Freundinnen der Welt. Das musste mal gesagt werden. Aber von vorne.

Um neun laufen Vroni, Marlene, Beate und ich im Lido ein. Philip, unser Lieblingskellner, ein gut aussehender Surfertyp (eigentlich ist er ein ewiger Soziologiestudent, aber ich kann ihn mir nicht im Hörsaal oder über Büchern brütend vorstellen), begrüßt uns wie alte Bekannte.
«Hi Mädels! Na, heute gar nicht auf der Wiesn?»
«Jeder braucht mal 'ne Alkoholpause», tut Beate kund und ordert einen Jumbo-Caipirinha. Vroni, Marlene und ich ziehen mit. Wir müssen nicht gleich bezahlen, was uns für den Szenekenner als Lido-Stammgäste ausweist. Nur Lido-Stammgäste dürfen nämlich eine Liste mit ihren Getränken führen und das Finanzielle erst am Schluss regeln. Sind wir nicht wahnsinnig lässig? Na, egal.
Wir unterhalten uns über Marlenes lästigen Arbeitskollegen, der immer mit ihr ausgehen will und selbst ihre eindeutigsten Ansagen nicht versteht. Immer, wenn er sie fragt, ob sie Zeit für einen Drink oder gar ein Abendessen hat, erfindet sie Ausreden. Steuererklärung, Berg von Bügelwäsche, Mädelabend, interessante Fernseh-Dokumentation über südpazifische Meeressäuger und so weiter.
«Ich bin inzwischen schon bei so absurden Ausflüchten wie Fitness-Studio oder Kochkurs angekommen», beschwert sie sich, «und er checkt es immer noch nicht, dass ich einfach nicht mit ihm ausgehen *will*, weil er leider ein unglaublich langweiliger Typ ist!»
«Marlene, nur mal so eine Idee am Rande», meint Beate,

«warum sagst du deinem Tendenztrottel nicht einfach, dass er's nicht persönlich nehmen soll, du aber schlicht und einfach keine Lust hast, mit ihm essen zu gehen?»

«Das habe ich mir auch überlegt», erwidert Marlene, «aber weißt du, was dann passiert? Er nimmt es *natürlich* persönlich. Es *ist* ja auch persönlich. Er wird nicht ohne Grund Valium-Kai genannt.»

«Immer noch besser als Ecstasy-Uwe», prustet Vroni.

«Wer ist denn Ecstasy-Uwe? Ist der mit Koks-Kurt verwandt?», kichere ich.

Doch Marlene ist es ernst mit dem Thema, sie fährt fort: «Also, er nimmt es persönlich und ist schwer gekränkt. Weil er ein Mann ist und ihm deshalb einige wichtige Gehirnzellen fehlen, kommt ihm natürlich nicht in den Sinn, dass er schlicht und ergreifend in einer anderen Liga spielt als ich. Mädels, ich will ja nicht arrogant sein, aber ich habe was Besseres verdient, oder?»

«Jaja, klar, sowieso», beeilen wir uns ihr zu versichern, obwohl wir Valium-Kai ja gar nicht kennen und er eventuell ein netter, wenn auch etwas ruhigerer Kerl ist.

«Jedenfalls bin ich am Ende des Tages schuld daran, wenn der Typ ein seelisches Trauma erleidet, jahrelang vergeblich Frauen mit dunklen Locken hinterherläuft und mit vierzig immer noch bei seiner Mutter wohnt. Das will ja keiner», beendet Marlene ihr Plädoyer.

«Dafür nimmst du lieber in Kauf, dass er das mit der anderen Liga nicht kapiert und sich auch die nächsten zehn Jahre noch für erstklassig hält, wogegen er in Wirklichkeit höchstens auf der Auswechselbank in der Regionalliga sitzt?», werfe ich ein.

«Hey, ich bin ja nicht für das Seelenheil von Valium-Kai zuständig, oder?», verteidigt sich Marlene.

Ich kapituliere vor so viel weiblicher Logik, denke kurz über möglicherweise fehlende Zellen in Frauengehirnen nach und ordere weitere vier Jumbo-Caipis bei Philip. Auf dass noch mehr graue Zellen kaputtgehen. Sei's drum.

Etwas später drängle ich mich mit meinem dritten Jumbo-Caipi in der Hand durch die Menge. Auf der anderen Seite der Bar habe ich Simon entdeckt. Als ich mich an einer dunkelhaarigen Frau vorbeischiebe, untermalt diese gerade ihre Worte mit einer ausladenden, schwungvollen Handbewegung und trifft mein Caipi-Glas zielsicher am oberen Rand. «Hey, pass doch auf», rufe ich ärgerlich und fische ein Limettenviertel aus meinem Ausschnitt. Na toll. Oberteil nass, brauner Zucker im BH und vor allem – Caipi verschüttet. Das Mädchen dreht sich zu mir um und macht ein erschrockenes Gesicht. «Oh, entschuldige bitte, das war keine Absicht», sagt sie. Das hätte auch noch gefehlt, denke ich und gucke sie grimmig an. Ich muss zugeben, ich habe selten eine so schöne Frau gesehen. Sie hat ein schmales, herzförmiges Gesicht, einen zarten, leicht gebräunten, ebenmäßigen Teint, eine hübsche, gerade Nase, volle Lippen, große braune Augen und darüber perfekt geschwungene (und wahrscheinlich auch gezupfte) Augenbrauen. Ihre Haare sind dunkel, lang, seidig und leicht naturgewellt. Meine Caipimörderin trägt Jeans und ein cremefarbenes, schlichtes, aber irgendwie kompliziert gerafftes Oberteil, das ihr hervorragend steht. Sie ist kaum geschminkt (braucht sie auch nicht), hat nur etwas transparentes Lipgloss aufgetragen. Kurz, sie ist eine dieser Frauen, bei denen mein eigenes Körpergefühl sofort von «ich will so bleiben wie ich bin» auf «nie wieder Schokolade und bitte einen Termin beim Schönheitschirurgen» zusammenschnurrt. Schon lange habe ich nicht mehr darüber nachgedacht, mir den Höcker auf meiner Nase operativ entfernen zu lassen. Aber jetzt ertappe ich mich bei der Überlegung, ob ich nicht doch meinen dahinvegetierenden Vermögensbildungsfonds zugunsten meiner Schönheit verkaufen sollte.

«Schon gut», murmele ich und watschele, die Reinkarnation des hässlichen Entleins, weiter zu Simon.

«Hallo Simon», begrüße ich ihn, «was meinst du, darf man in der momentanen wirtschaftlichen Lage einen Fonds verkaufen, wenn sein Erlös dem persönlichen Aufschwung dient?»

«Hä?», sagt Simon, «hallo erst mal, schöne Frau. Welche Laus ist dir denn über die Leber gelaufen?»

«Die schöne Frau fühlt sich dick und hässlich, hat braune Zuckerpampe im BH, ein leeres Glas, wurde von ihrem Freund verlassen, und die Laus ist ein engelsgleiches Wesen, das im Übrigen für den unangemessenen Ort, an dem sich die Zuckerpampe befindet, verantwortlich ist», erläutere ich Simon.

«Ich verstehe nur Bahnhof, außer der Sache mit deinem Getränk», sagt er, «aber zumindest die ließe sich ändern.»

«Schon okay», grummele ich.

«Ach ja, und natürlich bist du weder dick noch hässlich, meiner Meinung nach!», fügt er schnell hinzu. Ein bisschen zu spät, meiner Meinung nach.

Im nächsten Moment sehe ich, wie ihm fast die Augen rausfallen. Ist eine Frau über dreißig oder gar über fünfunddreißig im Anmarsch? Ich drehe mich um. Nein, kein älteres Semester, wie sie dem 27-jährigen Simon gefallen. Es ist das cremefarbene Zauberwesen. Die hat mir gerade noch gefehlt. Sie trägt einen Jumbo-Caipi in der Hand.

«Der ist für dich», sagt sie und lächelt mich entschuldigend an, «sorry nochmal für den Unfall vorhin. Ich hoffe, dein Oberteil hat nicht zu viel abbekommen. Tut mir echt Leid.»

Ich stottere irgendetwas mit «nicht nötig» und nehme ihr den Caipi ab.

«Ach, entschuldige – ich bin übrigens Tina», sagt das Zauberwesen und streckt mir ihre Hand hin.

«Marie», antworte ich, höchst einfallsreich, und schüttle Tinas Hand.
«Und ich bin Simon, nett, dich kennen zu lernen, Tina!», greift Simon ein.
«Dir läuft da was am Mundwinkel runter», zische ich ihm zu. Tina ist meine Bekannte, *ich* werde mich jetzt mit ihr unterhalten.
«Hallo Simon», sagt Tina freundlich und lächelt.
«Bist du öfter hier? Ich glaube, ich habe dich schon mal gesehen», sagt sie dann zu mir.
Ich kann mir kaum vorstellen, dass einem Engel wie ihr ein Trampel wie ich auffällt, aber sie klingt so, als meine sie es ernst.
«Kann gut sein, ich komme ab und zu ganz gern in diesen Laden, auch wenn ich eigentlich weniger schicke Kneipen vorziehe», teile ich ihr mit.
«So geht's mir auch», stimmt sie zu, «normalerweise fühle ich mich im *Substanz* oder dem *Klenze 17* auch wohler. Aber hier ist es irgendwie immer lustig, Schicki hin, Micki her ...»
Zwei Minuten später sitzt Tina mit an unserem Tisch. Simon haben wir an der Bar stehen lassen. Aus der Entfernung sehe ich, dass er sich hektisch im Gesicht herumwischt.

Tina ist wirklich nett. Obwohl sie so schön ist. Nach dem vierten Caipi erzähle ich ihr spontan die Geschichte von Victor und mir. Und das ist eine Story, die ich nicht jedem offenbare.
«Also, das war so», sage ich, «ich war jung und brauchte das Geld ...»

Natürlich wäre ich nie im Leben von selbst auf die Idee gekommen, mir so ein Ding zuzulegen. Nein, das war anders. Schließlich bin ich Marie, die in einem Vorort von München aufwuchs und nur heimlich Bravo las, und nicht Samantha aus *Sex and the City*, für die der überdimensionale Dildo in der Nachttischschublade so selbstverständlich ist wie die morgendliche Low Fat Decaf Latte von *Starbucks*.

Als mir die Redakteurin das Exposé des Artikels vortrug, den ich schreiben sollte, spielte ich die Coole. Eine Geschichte über Sexspielzeug, kein Problem, machen wir. Klar kenne ich mich damit aus. Zu Hause geriet ich dann ins Grübeln. Und beschloss, dass investigativer Journalismus hier die einzig angebrachte Recherche-Methode war. Also ging ich zu *Ladies First*, einem Frauen-Sexshop in Schwabing. Zehn Minuten später verließ ich mit ein paar bunten Fun-Kondomen im dezenten braunen Papiertütchen fluchtartig das Etablissement. Die vielen riesigen, glänzenden und unvorstellbar bunten Kunstglieder (es gab sogar regenbogenfarbene) hatten mich zutiefst erschreckt. Ein spontaner Kauf an Ort und Stelle war unvorstellbar. Aber immerhin kannte ich jetzt den Unterschied zwischen Dildo und Vibrator. Der Dildo ist das Fahrrad, der Vibrator das Moped unter den Kunstpenissen. Ist doch ganz einfach.

Gesegnet sei der Erfinder des Internets. Locker-lässig gab ich meine Bestellung auf und holte drei Tage später mit rotem Kopf das dezent beige Paket des «A. Shops» von der Post ab. Dann schlich ich eine Woche lang unentschlossen um das Päckchen herum. Doch der Abgabeschluss für den Artikel rückte bedrohlich schnell näher. Also öffnete ich das Paket eines Dienstagabends und befreite den Kunstwilli, der auf den Namen «Presslufthammer B-B-Bernhard» hörte, aus seinem Gefängnis. Als Erstes taufte ich ihn um und nannte ihn, da ich noch nicht wirklich auf Du und Du mit ihm war, einfach «das Ding».

Dann sperrte ich die Wohnungstür zweifach ab und begann mit meiner Recherche. Irgendwie kam ich mir selten blöd vor, wie ich da auf meiner auberginefarbenen Couch lag und mit «dem Ding» herumexperimentierte. Die «prickelnden Ganzkörpersensationen», welche die Bedienungsanleitung versprach, ließen auf sich warten. So geht das nicht, Marie, beschloss ich und schaltete den Fernseher aus. WISO war vielleicht doch nicht das geeignete Rahmenprogramm für meinen Selbstversuch. Ich löschte das Licht, zündete ein paar Kerzen an und legte Norah Jones auf. Ja, Frauen brauchen eine romantische Umgebung, um in Stimmung zu kommen. Klischee bestätigt. Zwanzig Minuten später fiel ich von meinem Sofa. «Das Ding» funktionierte auf im wahrsten Sinne des Wortes umwerfende Weise. Ich nahm es mit in mein Bett und musste herzhaft ins Kopfkissen beißen, um meine Nachbarn nicht durch starke Geräuschentwicklung zu belästigen. «Das Ding» taufte ich um in «Victor»: Er sah, siegte und ich kam.

Am Ende dieses langen Abends, der bis in die tiefe Nacht dauerte, bewies Victor allerdings, dass auch er nur ein männliches Wesen war. Er machte nämlich schlapp. Batterien leer. Aber, dachte ich mir und hüpfte nackt in die Küche, eigentlich kann ich morgen früh mal auf meinen elektrischen Milchschäumer verzichten ...

«Super», quietscht Tina begeistert, «wie hieß nochmal der Onlineshop, bei dem du Victor bestellt hast?»

Und auf einmal ist Mitternacht. Das sowieso schon sehr schummrige Licht im Lido geht ganz aus, und dann kommt Philip an unseren Tisch. Er balanciert etwas Großes, Funken sprühendes. Es stellt sich heraus, dass es sich um eine Schokotorte mit neunundzwanzig brennenden Wunderkerzen handelt. Und sie ist für mich! «Happy Birthday to you, Happy Birthday to you, Happy Birthday, liebe Mariiii-hiiie, Happy Birthday to you!», höre ich sie singen und traue meinen Au-

gen kaum: Alle sind da. Vroni, Marlene und Beate sowieso, außerdem Bernd, Tom und Mike, Simon (der die Gesichtwischerei eingestellt hat), Martin, Alexa, Marco, Sabine, Jessie, Tanja, Sandra, Nina und Ralf, Katja und sogar Svenja, die glutenfreie Immobilienmaklerin, die ich auf dem Robbie-Williams-Konzert kennen gelernt habe.
Jetzt fällt mir wieder ein, was ich am gestrigen Datum, dem ersten Oktober, seltsam fand. Es ist der Tag vor meinem Geburtstag. Vor lauter Paul-Abreise-Gram hatte ich den komplett vergessen. Aber dafür habe ich ja meine Freundinnen. Die übrigens die besten der Welt sind, falls ich das noch nicht erwähnt habe.

FREITAG, 10. OKTOBER 2003 – E-MAIL VON PAUL

Die erste Woche nach Pauls Abreise verging wie im Flug. Die Redaktion – sie entwickelte sich erfreulicherweise zu meiner Haupterwerbsquelle – hielt mich tagsüber auf Trab. Ich raste von Termin zu Termin. Alle Kosmetikfirmen schienen sich verabredet zu haben, in dieser ersten Woche nach dem Oktoberfest, wenn in München wieder gearbeitet wird, Shops zu eröffnen oder zumindest die Farben der Saison Frühjahr/Sommer 2004 vorzustellen und ein großes Tamtam darum zu machen. Frühjahr/Sommer. Abgefahren, fand ich. Ich konnte ja immer noch deutlich die Bikinistreifen des gerade vergangenen Sommers auf meiner Haut ausmachen. Ich mag sie übrigens. Die Bikinistreifen. Von nahtloser Bräune halte ich nicht viel. Mit diesen weißen Streifen an Schultern und Rücken und mit meinem weiß leuchtenden Busen, der noch nie die Sonne gesehen hat, fühle ich mich an Armen, Dekolleté und Bauch viel brauner.

Ich verbrachte meine Tage also vor dem Computer beziehungsweise in den Suiten des *Bayerischen Hofes*, des *Mandarin Oriental* (da soll im Sommer angeblich Robbie Williams abgestiegen sein, während er sein Konzert für mich gab) oder des *Cortiina Hotels*, dessen stylishe Lounge im Vorjahr in jeder Frauenzeitschrift abgebildet war. Beim ersten Termin war ich noch zutiefst beeindruckt. Die «Königssuite» im Bayerischen Hof war etwa so groß wie meine ganze Wohnung. Kostet auch pro Nacht mehr als deine Wohnung pro Monat, Marie, beruhigte ich mich. Und nach dem dritten Termin fand ich nichts Besonderes mehr daran.

Lustig sind hingegen die Begegnungen mit den anderen Beauty-Redakteurinnen. Redakteurinnen der Reise-, Liebe- oder Job-Ressorts von Hochglanz-Frauenmagazinen sind wider Erwarten ganz normale Frauen – es gibt dünne und dicke, durchschnittliche und wunderschöne, gestylte und naturbelassene, und viele von ihnen könnten auch genauso gut in der Versicherung gegenüber tätig sein. Die Beauty-Redakteurinnen und -Assistentinnen und Assistentinnen der Assistentinnen der Beauty-Redakteurinnen hingegen sind schon eine Klasse für sich. Ein Kosmetik-Termin ist gleichzeitig eine Info-Börse für kommende Mode- und Frisurentrends. Hochgebundene Pferdeschwänze sind wieder in, wohingegen die 80er-Jahre-Tolle «total letztes Jahr» ist. Überhaupt scheint der Look des Jahrzehnts von Depeche Mode und Fanta-Jojos zum Glück wieder out zu sein. Keine zu kurzen Hosen mehr, keine geometrischen Muster in schwarz-weiß-türkis, und Gott sei Dank sind auch die Schulterpolster wieder am Abflauen.

Und sie kennen sich alle. «Haaaaaiii, Susanna, wie geeeeeht's?» Schmatz links, Schmatz rechts. «Mööööonsch, süüüüße Bluse, die ist ja ent-zü-ckend! Sag, wo hast du die her?» Die Antwort lautet selten «vom H&M in der Fußgängerzone». Es ist wahrscheinlicher, dass Susanna erzählen wird, das gute Stück sei vom letzten Shooting der Kolleginnen aus der Mode übrig geblieben und sie habe einfach nicht widerstehen können. «Das Teil schrie geradezu: Susanna, zieh mich an, ich bin wie für dich gemacht!» Oder aber sie berichtet, die Bluse beim letzten Businesstrip nach Paris, Mailand oder San Remo «mitgenommen» zu haben. Merke: Redakteurinnen kaufen nicht ein. Sie nehmen mit.

Mich kennen sie nicht, noch nicht. Aber sie sind sehr freundlich. «Marie? Hm. Du bist aber noch nicht lange bei der Cosmo, oder? Ach, warte – haben wir uns nicht im September bei diesem Lancôme-Termin auf Mauritius gesehen? Die Cocktails am Strand waren ja ääächt pappsüß …» Ich antworte meist mit einem entschlossenen «hmpf» und versuche, das Thema zu wechseln. Komme mir oft ein wenig deplatziert vor in meinem one-and-only-Hosenanzug für offizielle Auftritte. Natürlich ist er von H&M. Überlege, wie die große Blonde von der *Glamour* es wohl geschafft hat, jetzt auch diesen trendigen Pferdeschwanz zu tragen, der bis zu ihren wohlgeformten Schulterblättern schwingt. Als ich sie das letzte Mal sah, hatte sie noch kinnlange Haare. Das war am Montag.

Insgesamt jedoch sind diese Pressetermine eine Riesengaudi, es gibt immer leckere Sachen zu essen (ob die heute wohl von Käfer oder Dallmayr sind?), und man kann schon am frühen Nachmittag bedenkenlos Alkohol trinken. Ist ja beruflich.

Schnell stelle ich fest, dass ich schon dazugelernt habe. Schließlich will ich bald ganz zu ihnen gehören. Ich trage stets eine Literflasche Evian bei mir. Dehydration ist der größte Feind der Beauty-Profis. Gleichzeitig fungiert die Plastikflasche als internes Erkennungsmerkmal. Muss ja keiner wissen, dass ich sie immer mit Neuhausener Leitungswasser auffülle. Außerdem habe ich bei den zwei letzten Terminen auf den Hosenanzug verzichtet und einfach meine Vintage-

Jeans und das schwarze T-Shirt mit dem Aufdruck «Bored Of The Beckhams» angezogen. Meine Haare pflege ich vor Beauty-Terminen nicht mehr zu bürsten, sondern über Kopf mit einer großen Portion Mattwachs von Wella durchzukneten. In der Hoffnung, dass ich meinen Surf-Look eines Tages in der *freundin* oder der *Joy* wieder finden werde. Und das Wichtigste: Ich freue mich erst zu Hause – nie vor den Presse-Damen – wie ein Schnitzel über die Goodies in der Pressetüte, die man bekommt, wenn man den langweiligen Teil hinter sich hat. Oft sind echt prima Sachen dabei, wenn man mal von der lindgrünen Wimperntusche, dem Lippenstift in Denver-Clan-pink oder dem Kompaktpuder absieht, der grundsätzlich vier Nuancen zu dunkel ist.

Abends wurde ich dann von Vroni und Marlene beschäftigt. Beate ist gerade auf Tournee durch Neufünfland. Sie mailte am Dienstag aus Schwerin. Ich unterhielt die Mädels mit meinen Storys aus der großen weiten Welt der Kosmetik und versorgte sie mit den neuesten Farben von Clinique, Shiseido oder Jade Maybelline. Wir zogen durchs Gärtnerplatzviertel, pflegten unseren Stammgaststatus im Lido und testeten das *Nektar*, in dem Mick Jagger angeblich nach dem Rolling-Stones-Konzert im Olympiastadion feierte. Und schon war die erste Woche ohne Paul vorbei! Ich hatte Spaß, muss ich zugeben, und keine Zeit, zu viel an ihn zu denken. Nach ein paar Cocktails oder einer Flasche Wein schläft es sich ziemlich schnell ein, besonders, wenn Vroni bei mir übernachtet. «Erzähl mir noch was Schönes», pflegt sie zu sagen, wenn wir nebeneinander in meinem Bett liegen. Ich durchforste dann mein Gehirn nach einem netten Schwank aus meinem Leben, den sie vielleicht noch nicht kennt. Meistens finde ich irgendwas und fange an zu erzählen. Um nach drei Sätzen zu merken, dass Vroni tief schläft.

Wegen meiner perfekten Ablenkungsstrategie bin ich heute regelrecht überrascht, als ich routinemäßig meine Mails abfrage und zwischen den Penisverlängerungsangeboten, dem GMX-Newsletter und den sechzehn Weisheiten des Dalai Lama eine Mail von Paul entdecke. Mein Magen flattert, aber ich weiß nicht genau, ob vor Freude oder aus schlechtem Gewissen, weil ich gar nicht auf seine Nachricht gewartet habe.

> *From: Paul <paul@glimpf.de>*
> *To: Marie <kl_diva@gmx.de>*
> *Fri, 10 Oct 2003, 10:11:23*
> *Subject: Lebenszeichen*
>
> *Hallo Süße,*
> *Entschuldige, dass ich erst jetzt maile. Es hat ein wenig gedauert, bis ich herausgefunden habe, wie ich hier mit meinem Laptop online gehen kann. Aber jetzt scheint es zu funktionieren.*
> *Es geht mir gut, die Menschen sind sehr freundlich hier, ich arbeite in einem Team mit zwei Briten, einem Amerikaner und einem «Local». Die Entwicklungsarbeit, die sie hier leisten, macht einen ziemlich professionellen Eindruck. Was man von der PR-Arbeit nicht gerade behaupten kann. Aber dafür bin ich ja jetzt da :-) ...*
> *Ich habe gestern mein nettes kleines Haus bezogen, es liegt auf einem Hügel, hat sogar einen Garten und, stell dir vor, ich habe Personal! Na ja, nur ein Personal eigentlich, eine Art Hausmädchen, die jeden Tag (!) kommt und sauber macht und für mich kocht, wenn ich das möchte. Luxus, was?*
> *Ansonsten ist hier gerade so was wie Frühling, es wird recht heiß tagsüber, während es nachts ganz schön abkühlt.*

*Viel mehr kann ich noch nicht erzählen, ich fange erst
am Montag so richtig an zu arbeiten. Sie lassen mir ein
wenig Zeit zum Eingewöhnen.*

Die Mail geht dann noch näher auf die Umgebung seines
Hauses ein, auf die Hauptstadt Maseru, in der er wohnt, und
auf die Eigenarten seiner neuen Kollegen. Am Schluss schreibt
Paul:

*Ich vermisse dich. Bitte grüß alle, die mich kennen, und
wenn du dazu kommst, wäre es klasse, wenn du mal
bei meinem Untermieter anfragen könntest, ob alles in
Ordnung ist.
Gruß und Kuss
Paul*

Ich atme tief durch. Jetzt brauche ich erst mal eine Zigarette.
Nach den ersten paar Zügen analysiere ich meinen Seelenzustand. Ganz klar, da ist Freude. Freude, von Paul zu hören, zu
lesen, dass es ihm gut geht und dass er sich eingewöhnt. Da ist
aber auch ein wenig Enttäuschung. Dieser eine Satz, das «ich
vermisse dich», reicht mir irgendwie nicht.
«Was hast du erwartet, Marie?», fragt das Teufelchen. Ist das
auch schon wieder da. Hatte wohl Urlaub in den letzten Tagen.
«Na ja, ein bisschen mehr Gefühl vielleicht?», mischt sich
Engelchen ein. Auch das noch. Ich hasse das, wenn zwei sich
meinetwegen streiten. Insbesondere, wenn sie links und rechts
neben meinen Ohren auf meinen Schultern sitzen.
«Wir sind halt nicht in Hollywood», wirft Teufelchen ein.
Kommt mir das nicht irgendwie bekannt vor?
Tja, was habe ich erwartet? Einen innigen Liebesbrief, einen
verzweifelten Aufschrei aus dem Süden Afrikas, ein «ich halte

es nicht aus ohne dich, Marie, ich nehme den nächsten Flieger nach Hause»? Bullshit. Paul ist 37 Jahre alt, verwirklicht gerade seinen Traum von Ausland und Abenteuer, und ich sollte mich für ihn freuen, statt enttäuscht zu sein. Und außerdem – wer sauste in der vergangenen Woche wie ein oberflächliches Party-Girl von einer Szene-Location zur nächsten, fiel abends beschwipst und glücklich ins Bett und dachte zwischen zartrosa Lachshäppchen und lindgrüner Wimperntusche nur ganz kurz mal an Paul? Ich teile diese Erkenntnisse dem Engelchen und dem Teufelchen mit und empfehle ihnen, für den Rest des Tages die Luft anzuhalten oder sich zumindest einen anderen Platz zum Streiten zu suchen als ausgerechnet meine Schultern.

Ich muss nämlich jetzt arbeiten. Und rechtzeitig fertig sein, um nicht zu spät zum Friseur zu kommen. Dieser Surf-Look ist ja so was von letztes Jahr.

SAMSTAG, 18. OKTOBER 2003 – SAWADEE!

Hurra, ich fahre in den Urlaub! Vroni, Marlene, Beate und ich waren gerade unglaublich kurz entschlossen. Vor allem bei mir will das was heißen. So sehr ich mich auch bemühe, ein «Wild Girl» zu sein, so sehr mangelt es meistens an der praktischen Umsetzung. Spontaneität gehört nicht zu meinen herausstechenden Charaktereigenschaften. Ich mag auch keine Überraschungen. Surprise-Partys sind mir ein Graus (bis auf solche netten wie neulich an meinem Geburtstag), und meinen Urlaub plane ich am liebsten so, dass ich noch locker den Frühbucherrabatt einstreichen kann. Unter anderem deswegen, weil die Vorfreude auf die Reise ein elementarer Bestandteil des Urlaubsvergnügens ist. Ist es nicht wunderbar, wenn man schon Wochen oder Monate vorher gedankliche

Ausflüge an das Urlaubsziel machen kann? In diesen Träumen gibt es auch kein verloren gegangenes Gepäck, keine Baustelle am Strand und keine Riesenschnaken an der Zimmerwand. Toll ist das. Ganz zu schweigen von dem Vergnügen, mit lässigem Bedauern zu sagen: «Am 24. Mai? Sorry, da kann ich nicht, da bin ich gerade auf Sardinien ...»
Anyway. Diesmal kam alles anders.

«Marie, was hältst du von einem verlängerten Wochenende in Paris?», will Vroni wissen. Wir vier sitzen wie so oft samstags im *Ruffini* und genießen das hausgemachte Brot zu einem späten Frühstück.
«Klasse Idee», meine ich, «ist bestimmt schön, Paris im Herbst. Nebel über der Seine, buntes Laub im Jardin du Luxembourg ...»
«... und am Arc de la Défense soll ein ganz heißer neuer Club aufgemacht haben», unterbricht mich Marlene begeistert, «da müssen wir unbedingt hin!»
Wir einigen uns, dass wir einen Kultur-, Ausgeh-, Bummel- und Shoppingtrip machen werden, natürlich kombiniert mit stundenlangem Sitzen in typischen kleinen Pariser Cafés, Café au Lait trinkend und Leute betrachtend.
«Lass uns doch gleich mal im Internet nach günstigen Flügen Ausschau halten», schlägt Beate vor, «ich kenne da eine echt gute Metasuchmaschine!»
Gesagt, getan. Wir trinken unsere Milchkaffees aus und spazieren in aufgeregter Vorfreude zu Marlenes Wohnung.
«Weh-weh-weh ...», überlegt Beate, «billiger-minus-reisen-de-eh, war es, glaube ich.» Bingo. Es baut sich eine Website mit Eingabemöglichkeit auf. Abflugort: München, Zielort: Paris, geben wir ein. Gespanntes Warten. Marlenes Modem rödelt und fiept.
«Was ist denn das?», frage ich, während wir der Page beim

gemütlichen Aufbauen zusehen, «das kleine Fenster mit den Palmen drin?»
«Ach, nur Werbung», meint Beate und will es wegklicken.
«Warte mal», sage ich, «geh da mal drauf, das sieht hübsch aus.»
Eine neue Seite öffnet sich. Noch mehr Palmen, türkisfarbenes Wasser und hübsche kleine Bambushütten.
«Wo ist denn das?»
«Auf jeden Fall nicht in Paris», gibt Beate zu bedenken.

Die Palmen sind schuld. Wenn ich Palmen sehe, sinkt meine Zurechnungsfähigkeit rapide. Denn bis auf stämmige «Ananaspalmen» auf Mallorca und ein paar ungepflegte Exemplare in Tunesien habe ich leider noch nie schöne, echte Palmen gesehen. Diesen Strand auf Kreta, mit dem sie so viel Werbung machen, der sogenannte «Palmenstrand von Vai», ist zwar wirklich nett, aber echtes Südseefeeling will nicht so recht aufkommen. Ich glaube, die schönen, gebräunten, tanzenden und Bacardi trinkenden Geschöpfe fehlen. Vielleicht lag es aber auch daran, dass ich zu Ostern da war und in der Fleecejacke im Sand saß.

Die Internetpalmen sind also schuld daran, dass Vroni, Marlene, Beate und ich in genau zwei Wochen nach Thailand fliegen werden. Die Buchung ging ganz fix, ein paar Mausklicks, und schon war alles erledigt. Flug nach Bangkok für 480 Euro, Weiterflug nach Kho Samui für 50 Euro – Sawadee, Thailand, wir kommen!

Es geht doch nichts über Spontaneität.

FREITAG, 24. OKTOBER 2003 – DIE MELODIE IM HEUHAUFEN

Alles läuft wunderbar. In einer Woche fliegen die Mädels und ich nach Thailand. Meine erste richtige Fernreise. Wurde ja auch Zeit, dass ich anfange, die Welt zu entdecken.

Paul mailt täglich. Es geht ihm blendend, und seine Arbeit läuft gut. Trotzdem, schreibt er, vermisse er mich sehr und fände es viel schöner, wenn er diese ganzen neuen Eindrücke mit mir teilen könnte. Wir versuchen tatsächlich, so eine Art Fernbeziehung zu führen. Ich erzähle ihm per Mail von meiner Arbeit in der Redaktion, und er gibt mir wertvolle Tipps, wie ich dort meinen Fuß noch besser in die Tür klemmen kann. Er erzählt mir von seinen Verständigungsproblemen mit Mary (!), seinem Hausmädchen, und ich denke mir Lösungen für dieses Problem aus. Das Einzige, was zu einer echten Fernbeziehung (zumindest, wie ich sie definiere) fehlt, ist die Aussicht auf ein Treffen. Paul hat mich noch nicht gefragt, ob ich ihn denn bald mal besuchen möchte. Und er wird sicher vorerst nicht auf «Heimaturlaub» nach München kommen. Als ich ihm von meinem Trip nach Thailand schrieb, bestand seine Reaktion aus einer langen, erfreuten, mit praktischen Tipps gespickten E-Mail. Na ja. Vielleicht ist er einfach ein besserer Mensch als ich.

Heute ist Freitag, ich lümmele gerade dekadent bei Vroni auf dem Sofa und lasse mir von ihr einen Drink mixen, als mein Handy klingelt. Es ist Tina.
«Hey Marie, heute Abend schon was vor?»
«Nicht direkt», antworte ich.
«Prima, dann weiß ich was! Im *Substanz* spielt heute eine Liveband, wie sieht's aus, Lust auf Musik?»

«Klingt gut!» Ausgemacht.

Kaum habe ich aufgelegt, klingelt das Handy wieder. Was ist denn heute los? Ich fühle mich richtig begehrt.

«Hey Marie, hier ist Svenja!»

Svenja, die glutenfreie Immobilienmaklerin. Ich freue mich sehr, dass sie anruft.

«Heute ist wohl der Tag der neuen Bekanntschaften?», flüstert Vroni und grinst.

«Heute Abend schon was vor?», will ich von Svenja wissen.

«Nicht direkt», antwortet sie.

«Prima, dann weiß ich was! Im *Substanz* spielt heute eine Liveband, wie sieht's aus, Lust auf Musik?»

«Klingt gut!»

Sie ist gerade aus der Leitung, da meldet das Mobiltelefon einen erneuten Anruf. Marlene.

«Hey Marie, heute Abend schon was vor?»

«Und täglich grüßt das Murmeltier», stelle ich fest, und Marlene wundert sich, warum Vroni und ich in schallendes Gelächter ausbrechen.

Um neun laufen wir im *Substanz* ein. Lange war ich nicht mehr hier. Die Kneipe war früher eines von Max' und meinen Lieblingsrevieren. Deswegen habe ich sie wohl unbewusst eine Weile gemieden. Aber jetzt ist das kein Problem mehr.

Das *Substanz* ist wie meistens gesteckt voll. Scheint eine angesagte Band zu sein, die heute Abend hier spielt. Ich kann mich leider nicht mehr genau an ihren Namen erinnern. «Abfallende Scheuklappen» oder so. Klingt auf jeden Fall sehr viel versprechend.

«Hey, da kommt Tina», ruft Vroni und blickt erfreut zur Kneipentür. Im nächsten Moment sehe ich, wie ihr das Grinsen im Gesicht gefriert. Nanu? Ich folge ihrem Blick. Und sehe Tina, angetan mit beigen Cordhosen und einem schwarzen T-Shirt mit der Aufschrift «Mrs. Pitt» (muss ich auch haben), hübsch anzusehen wie immer. Sie hat was von Courtney Cox alias Monica aus «Friends», nur zehn Jahre jünger. Bezaubernd. An der Hand hält sie einen großen, dunkelblonden, schlanken Mann mit kurz geschnittenem Haar und einem Dreitagebart. Er trägt eine intellektuell aussehende, eckige Brille mit schwarzem Rahmen, olivfarbene Cargopants und ein ebenfalls schwarzes T-Shirt, allerdings ohne Aufdruck.

«Was für ein hübsches Paar», denke ich und erkenne im selben Moment den Mann. Es ist Max, mein Ex.

«Hallo Marie», ruft Tina – oder Kati? – und drückt mir einen freudigen Schmatz auf die Wange, «schön, dass das heute geklappt hat! Max, das ist Marie, Marie, das ist Max!»

«Äääh ...»

«Also ...»

«Umpf ...»

«Tja ...»

«Ihr kennt euch?», sagen Tina und Max synchron. Und ich halte den Atem an. Zähle innerlich bis fünf und warte. Gott sei Dank. Sie haben es nicht übernommen, Max' und mein altes Ritual, die kleinen Finger ineinander zu haken, wenn man gleichzeitig dasselbe sagt. Irgendwie beruhigt mich das wahnsinnig, ich weiß nicht, warum. Es war nur ein nebensächliches Ritual. Aber vielleicht ist es genau das, was eine Beziehung ausmacht? Vielleicht sind es die kleinen Bräuche, die man sich im Laufe der Zeit schafft und die einen mehr verbinden als die Begeisterung für Synthipop oder die Vorliebe für indisches Essen und Wildwasserkajaken in Osttirol? Zum Beispiel, dass ich dafür zuständig war, den obligatorischen Fussel aus Max' Bauchnabel zu entfernen. Oder dass er nach dem Zähneputzen seine Zahnbürste stets so ins Glas stellte, dass sie meine ansah, damit die beiden sich

unterhalten konnten. Oder eben das «Fingerhakeln». Man durfte sich dabei was wünschen wie beim Erspähen einer Sternschnuppe.
«Öhm, ja, kann man so sagen», informiere ich Tina alias Kati alias Katharina, wie ich erfahre.
«Ganz gut sogar, gell, Marie?», sagt Max und grinst. Wir klären Kati auf.
«Das gibt's ja nicht», meint sie verwundert.
«Aber woher kennt ihr beide euch?», will Max wissen. Wir erzählen ihm die Geschichte vom Jumbo-Caipi und seinen Folgen im Lido. Kati sagt kein Wort über Victor, was ich ihr hoch anrechne.
«Und ich dachte immer, München sei eine Millionenstadt ...», sagt Max.
«Trotzdem ist die Wahrscheinlichkeit gar nicht so gering, dass so was passiert», erklärt Vroni, sichtlich bemüht, die Situation zu entspannen, «ich habe mal gelesen, dass jeder Mensch jeden x-beliebigen anderen Menschen auf der ganzen Welt über sieben Ecken kennt.»
Max belegt diese These mit einer kompliziert klingenden Statistik-Formel. Typisch Mann. Immer müssen sie alles in mathematische Fakten packen. Erstliga-Tabellen, durchschnittliche Regenmengen pro Jahr, Aktienkurse und Einwohnerzahlen von Städten – ich kenne keinen Mann, der sich nicht für solche Faktoren begeistern kann. Sie scheinen Struktur in ein Leben zu bringen, das leider vor allem eines ist: unlogisch und nicht berechenbar. Manchmal beneide ich die Männer darum, wie sie es schaffen, dem komplizierten Dasein durch ihre ganzen Zahlen, Statistiken und Formeln eine Art Überschaubarkeit zu verleihen. Ich wünschte, ich könnte das auch. Wenn ich anfange, mir Gedanken über mein Leben zu machen, stehe ich ein bisschen verloren vor all den Möglichkeiten. Manchmal hätte ich wirklich gerne eine Formel, mit der

ich berechnen kann, welcher Schritt von den schier unendlich vielen möglichen nächsten Schritten der richtige ist.

«Was macht eigentlich Paul?», will Max wissen, nachdem er seine Formel auf einer Serviette veranschaulicht hat. Doch bevor ich antworten kann – es ist nicht gerade mein Lieblingsthema –, fiept der grässliche Ton eines übersteuerten Mikros durch das *Substanz*, und die «Umstürzenden Heuhaufen» (ich wusste doch, dass sie so heißen) kündigen an, dass jetzt der musikalische Teil des Abends beginnt.

Sie sind wirklich gut, diese Heuhaufen. Vier Jungs mit langen Haaren, damit man erkennt, dass sie Musiker sind und keine Boyband. Die Verwechslungsgefahr ist allerdings denkbar gering, denn die Heuhaufen sind eine dieser Bands, bei denen die Gitarrenriffs und das Schlagzeug deutlich lauter sind als der Gesang. Ab und zu meine ich Satzfetzen zu verstehen, in denen Worte wie «verdammt», «ungerecht» und «Scheiße» vorkommen. Ich mag sozialkritische Texte. Über fehlende Melodien kann man da ruhig mal hinwegsehen. Ich stelle es mir sowieso wahnsinnig schwierig vor, heutzutage noch neue Melodien zu erfinden. Sie müssen doch alle schon einmal da gewesen sein, die eingängigen Tonfolgen. Die Cover-Mania der letzten Jahre belegt meine Theorie. Es dreht mir den Magen um, wenn ich daran denke, dass die Kids von heute meinen, «Uptown Girl» sei von *Westlife* und «Relight My Fire» von *Take That*.

«Und, wie fandet ihr die Band?», frage ich meine Freunde, als die «Umstürzenden Heuhaufen» ihr Konzert mit einer fulminanten Dissonanz und einem finalen «Fuck you all» beendet haben.
«Laut», meint Vroni.

«Subversiv», findet Svenja.
«Interessant», versucht es Max.
«Mal was anderes», fügt Kati hinzu.
«Scheiße», sagt Marlene.

Der DJ übernimmt und legt wunderbar tanzbare Indie-Musik auf. Während ich mich zu «Aurélie» von *Wir sind Helden* bewege, beobachte ich ein wenig Max und Kati und warte auf ungebetene Emotionen. Wo bist du, Eifersucht, worauf wartest du, Sehnsucht, und was ist mit diesem wunden Gefühl tief in meinem Inneren, das ich sonst immer verspüre, wenn ich Max sehe und an unsere Vergangenheit denke? Seltsam. Nichts von alledem. Ich glaube, ich mag Kati. Und Max sowieso. Daraus folgt nicht zwingend, dass ich mich für die beiden freue, dazu fehlt mir der Edelmut, und dafür bin ich mir selbst zu nah. Trotzdem macht sich in mir ein angenehm ruhiges «es ist okay»-Gefühl breit. Max sieht glücklich aus. Ich registriere, wie er Kati verliebt anlächelt und ihr zärtlich über die seidigen Haare streicht. Ich sehe, wie Kati ihn küsst und ihn lachend am T-Shirt auf die Tanzfläche zieht. Und immer noch regiert mein okay-Gefühl. Ich glaube, ich bin über Nacht zu einem besseren Menschen geworden. Oder aber ich werde doch langsam erwachsen.

SAMSTAG, 1. NOVEMBER 2003 – ALLAH HUAKBAR!

«Das Gepäck wird direkt nach Bangkok durchgecheckt», sagt der freundliche Herr am Schalter der Royal Jordanian, «und hier ist Ihr Hotel-Voucher für Amman.»
Hotel? Wie bitte? Und wo ist eigentlich Amman?
«Wieso ... Amman?», will ich wissen.

«Sie kommen um 22 Uhr 30 Ortszeit in Amman an», erklärt er geduldig. «Ihr Weiterflug nach Bangkok geht dann am Sonntag beziehungsweise Montag, den 3. November, um 0 Uhr 30 nachts.»
Ich werfe einen Blick auf das Ticket. Tatsache. Wir haben nicht 2 Stunden Aufenthalt in Amman, sondern 26.
«Mädels», sage ich zu Vroni, Marlene und Beate, «geringfügige Planänderung. Wir werden uns morgen die jordanische Hauptstadt ansehen. Kleiner Stop-over.» Stop-over klingt irgendwie besser als «Kleingedrucktes nicht gelesen».
»Waaaas?», kreischt Marlene. Hoffentlich regt sie sich jetzt nicht auf. Sie hätte ja auch selbst mal genauer hinsehen können. Sie fährt fort: «Dann brauche ich meinen Rucksack bitte nochmal. Ich muss etwas ins Handgepäck umschichten.»
Puh. Wenn's nur das ist ...
Also entreißen wir dem Check-in-Beamten unsere Rucksäcke wieder und beginnen mit der Umorganisierung. Die anderen Reisenden beobachten belustigt, wie wir Unterhöschen, Zahnbürsten und Kontaktlinsenaufbewahrungsflüssigkeit aus den Tiefen unserer Taschen hervorwühlen.
«Damit müssen S' fei jetzt no amoi durch'd Sicherheitskontrolle, gell?», belehrt uns der Security-Mann vom Münchener Flughafen. Ist ja gut. Ich verbreite positive Stimmung unter meinen Reisebegleiterinnen. «Amman soll eine sehr faszinierende Stadt sein mit vielen antiken Sehenswürdigkeiten!» Keine Ahnung, ob da was dran ist. Ich kenne die jordanische Hauptstadt offen gesagt nur von der Berichterstattung über den Irak-Krieg. «Jochen Müller aus Amman», verabschiedete sich der Reporter immer am Ende seines Beitrags. Hoffentlich ist dieses Jordanien nicht zu nah an Bagdad. Erdkunde, setzen sechs, ich weiß. Schande über mich.
«Wir hätten doch mit Emirates fliegen sollen», seufzt Beate, «dann könnten wir unseren ‹Stop-over› in Dubai machen,

vielleicht ist da sogar gerade Shopping Week ... Und da gibt's doch dieses tolle Hotel, das einzige Sechssternehotel der Welt, vielleicht hätten wir da übernachten können?»
«In Amman haben sie sicher auch ganz prima Hotels», verspreche ich, und wir hieven die Rucksäcke ein zweites Mal auf die Waage.
«Sind Sie sicher, dass Sie alles Wichtige haben?», fragt der Mitarbeiter der Fluglinie misstrauisch und wartet, bis alle vier heftig nicken, bevor er unser Gepäck mit Papierschildern versieht und es auf dem Laufband ins Ungewisse schickt.
Anderthalb Stunden später sitzen wir in unserem Airbus. Als wir auf die Startbahn rollen, ertönt die Stimme des Captains über die Bordlautsprecher. Klingt fremdartig. Arabisch. Ich verstehe nur «Allah huakbar». Cool. Urlaubsstimmung macht sich in mir breit.
«Das fängt ja toll an», bemerkt Marlene neben mir, «ich weiß nicht, ob es ein gutes Zeichen ist, wenn der Pilot vor dem Start beten muss.»
Das war's zunächst mit meiner Urlaubsstimmung. Doch der Start klappt reibungslos.

Zwei Stunden später plötzlich leichte Unruhe im Flieger. Ein weiß gekleideter und schwarz bebarteter Herr aus der Mittelsitzreihe verlässt seinen Sitzplatz und tritt auf den Gang. Er hat etwas in der Hand. Kurz flackern die grausamen Bilder des 11. September vor meinem inneren Auge auf. Es ist schon schlimm. Ich befinde mich in einem Flugzeug, und ein arabisch aussehender Mann, der etwas in der Hand hält, steht unvermittelt auf. Das genügt, um meine Herzfrequenz zu verdoppeln. Dann – ich traue meinen Augen kaum – entrollt der Herr seinen Gebetsteppich und wirft erst ihn und dann sich routiniert auf den Flugzeugboden. Seelenruhig macht er seine religiösen Übungen. Ich bin fasziniert. Und jetzt weiß ich auch, wozu dieses Symbol da ist, das ständig auf den Bordmonitoren erscheint. Der Umriss eines Flugzeuges und ein Pfeil, neben dem etwas Unverständliches in arabischer Schrift steht. Der Pfeil zeigt Richtung Mekka, schließt Marie Sherlock Sandmann messerscharf. Mit einer arabischen Fluglinie zu reisen erweitert den Horizont ungemein.

SONNTAG, 2. NOVEMBER 2003 – WELCOME TO JORDAN

Wir sind ohne weitere Zwischenfälle in Amman gelandet. Der Flughafen ist auf Hochglanz poliert, aber ziemlich labyrinthisch.
«Ich denke, wir müssen dort entlang», sage ich zu den Mädels und deute auf das gelbe Schild, auf dem «Immigration» steht.
«Ich will doch nicht nach Jordanien *einwandern*», entgegnet Marlene. Trotzdem versuchen wir es mal an diesem Schalter. Scheint korrekt zu sein. Der Beamte studiert unsere Reisepässe, als würde er sie auswendig lernen. Dann müssen wir diverse Formulare ausfüllen, bekommen einen schicken Stempel in den Pass, und man nimmt uns die Bordkarten für die Weiterreise ab.
Vroni guckt besorgt.
«Tomorrow, tomorrow», beruhigt sie der Schalterbeamte und scheucht uns weiter Richtung Ausgang.
«Sie behalten die Bordkarten ein, damit wir nicht nach Jordanien einwandern, sondern morgen wieder an den Flughafen kommen», sage ich. Was das für einen Sinn ergeben soll, weiß ich zwar selber nicht, aber es klingt irgendwie gut.
Als wir draußen auf den Shuttlebus zum Hotel warten, lernen wir schnell unsere Schicksalsgenossen kennen, die ebenfalls

bordkartenlos in Amman ausgesetzt wurden. Daniel aus Unterhirtenbach bei Kassel, der gerade eine einjährige Weltreise beginnt und erstaunt ist, dass wir nach Thailand weiterreisen: «Da ist doch Krieg!», informiert er uns. Ach, echt?
Gaby und Hans aus Tirol fliegen morgen ebenfalls ins Kriegsgebiet weiter. Und Manuela und Thorsten aus Berlin wollen nach Sri Lanka. Schon komisch, wie schnell man ins Gespräch kommt, wenn man, der Landessprache nicht mächtig, mit seltsamen Stempeln im Pass und ohne Bordkarten am Flughafen einer fremden Stadt steht, von deren Existenz man bis vor kurzem nicht wirklich wusste.
Schließlich kommt der Bus und fährt uns zu unserem Hotel, das der Luxusklasse angehört und das beste des Landes ist. Die Royal Jordanian lässt sich halt nicht lumpen.
Die Lobby ist in der Tat beeindruckend. Hochglänzender Marmor, goldene Kronleuchter, roter Samt, unendliche Weiten. Wir beziehen unsere Zimmer. Die haben schon bessere Zeiten gesehen. Beate wirft einen kurzen Blick in unser Bad und zieht dann eine Packung Erfrischungstücher aus ihrer Tasche: «Tja, ich denke, ich werde nur amerikanisch duschen», erklärt sie. Und fördert weitere Packungen mit feuchten Tüchern zutage. Welche für die Körperwäsche, für das Gesicht, für die Hände, sogar einige mit Deo. Die Frau ist organisiert.
«Jetzt erst mal ein frisches, kühles Bier», freut sich Marlene, zurück in der Hotelhalle, und hält nach der Bar Ausschau. Pustekuchen. Es ist Ramadan. Alkoholverbot.
«Das Land wird immer sympathischer», meint sie.
Wir gehen ins Bett.

Am nächsten Morgen scheint die Sonne, und draußen stehen ein paar Palmen (!). Auf in die Stadt! Wir treten vor das Hotel und sehen uns um. Viel Staub. Eine wenig befahrene Straße. Noch mehr Staub.

«Wo ist denn die Stadt?», wundert sich Vroni und stellt sich auf die Zehenspitzen.
Der freundliche, schwarzbärtige Herr von der Hotelrezeption schickt mich zum hotelinternen Reisebüro. Dort ist man sofort bereit, uns für 50 US-Dollar pro Person eine dreistündige Stadtrundfahrt zu verkaufen. Und wenn wir wollen, kann man uns für einen Aufpreis von 100 Dollar auch noch zu Detsie fahren. Sie scheint wichtig zu sein. Er hört nicht auf, von ihr zu erzählen, und zeigt mir schließlich sogar ein Foto.
«Also, Mädels, wir können einen organisierten Ausflug machen und für 150 Dollar pro Nase auch noch ein Bad im Toten Meer nehmen, die Dead Sea ist nicht so weit weg von hier», berichte ich den anderen. «Oder aber wir nehmen den öffentlichen Bus und versuchen es auf eigene Faust.»

Irgendwann kommt ein Bus, der öffentlich aussieht. «Amman?», fragen wir und ernten begeistertes Kopfnicken.
«Zum Glück rast der Fahrer nicht so», bemerkt Beate. Wir fahren auf einem jordanischen Highway, der in Deutschland gerade mal als Nebenstraße durchgehen würde, Richtung Hauptstadt.
«Meinetwegen könnte er sogar ein bisschen schneller fahren», findet Vroni. In der Tat hat es der Busfahrer nicht eilig. Er fährt sechzig. Dann fünfzig. Vierzig. Dreißig. Zwanzig. Schließlich schüttelt sich der Bus mit einem letzten würgenden Geräusch und bleibt ganz stehen. In Erwartung einer Horde wild aussehender, schwarzbärtiger Männer, die gleich «Geld oder Leben!» (auf arabisch) schreiend den Bus überfallen werden, klammere ich mich an meinem Geldbeutel fest. Gut, dass ich auf meine Mutter gehört und Reiseschecks gekauft habe.
Doch nichts passiert. Erklärung gibt's allerdings auch keine. Der Busfahrer telefoniert mit seinem schicken, nagelneuen

Nokia-Handy. Seltsame Welt. Nach einer Viertelstunde taucht ein zweiter Bus auf. Wir steigen um. Der zweite Busfahrer hat den ehrgeizigen Plan, die verlorene Zeit wieder aufzuholen. Mit schätzungsweise 120 Stundenkilometern rasen wir von Schlagloch zu Schlagloch Richtung Amman.

Staunend spazieren wir durch die jordanische Hauptstadt. Das würde Paul gefallen, denke ich. Fünf Flugstunden von Deutschland entfernt finden wir eine vollkommen andere Welt vor. Der Muezzin singt vom Minarett einer Moschee. Bis zur Unkenntlichkeit verschleierte Frauen kommen uns entgegen, dann wieder junge, hübsche, in Jeans und knappe T-Shirts gekleidete und auffällig geschminkte junge Mädchen. Ich werde nicht ganz schlau aus dem Ganzen. Bis Sonnenuntergang ist Ramadan, und trotzdem wird auf den Straßen überall Essbares ver- und gekauft. Das wird vielleicht eine Fressorgie werden, heute Nacht ... Vor einem offiziell aussehenden Gebäude sitzen Männer mit Schreibmaschinen, die Analphabeten ihre Hilfe beim Ausfüllen von Formularen verkaufen.

«Ich müsste mal», meldet Vroni nach ein paar Stunden des Laufens und Staunens.
«Ich auch!»
«Bin dabei!»
Tja, nun ist guter Rat teuer. Straßencafés – in Amman Fehlanzeige. Und die wenigen Läden, die entfernte Ähnlichkeit mit Restaurants haben, sind wegen Ramadan geschlossen. Wir betreten ein Reisebüro und sind erleichtert – die Angestellte spricht Englisch. Auf unsere Frage nach einer Toilette schickt sie uns auf die andere Straßenseite. «See the black door?» Wir versuchen unser Glück. Die schwarze Tür führt uns in ein Gebäude, das ein wenig verfallen aussieht. Und dennoch bewohnt. Wir erklimmen ein paar Treppen und stehen auf

einmal in einer Art Vorzimmer. Marlene zieht prüfend die Luft ein.
«Das ist eine Zahnarztpraxis!», stellt sie fest und will schleunigst den Rückzug antreten. Zu spät. Der Doktor persönlich hat uns gesehen und bittet uns in sein Wartezimmer. Uhm, und jetzt?
«Sorry, we're just looking for a toilet», versuche ich zu erklären. Der weißhaarige ältere Herr spricht ein einwandfreies Englisch, und obwohl wir offensichtlich nicht vorhaben, uns bei ihm Kronen und Brücken einsetzen zu lassen, lässt er uns ohne Zögern sein Patienten-Klo benutzen.
«Would you like some tea or coffee?», bietet er uns an. Und erzählt uns, dass er einer der wenigen Christen in Amman ist und der Ramadan deshalb für ihn nicht gilt. Er hat in London studiert und spricht sogar Deutsch, hat sein praktisches Jahr an der Hamburger Uniklinik absolviert.

Abends sitzen wir, erschöpft vom langen, staubigen Tag und den vielen neuen und fremdartigen Eindrücken, in der Hotellobby und warten auf den Shuttlebus zum Flughafen. Ich vermisse Paul. Wie gerne würde ich jetzt mit ihm reden, noch besser, ihn dabei ansehen und am besten riechen und spüren. Er könnte mir sicher interessante Dinge über den Islam erzählen, wüsste bestimmt, wie viele Einwohner Amman hat oder wie die jordanische Königin Detsie wirklich heißt. Er würde herzlich über meine Verständnisprobleme lachen. Ohne mich auszulachen. Seine Stirn würde sich dabei in Falten legen, und in seinen Wangen würden diese Grübchen entstehen, die ich so liebe. Ach Paul, du fehlst mir so sehr. Warum bist du weggegangen? War es nicht wunderschön im Sommer? Wäre es das nicht wert gewesen – nicht nach Südafrika zu gehen, um bei mir zu bleiben? Was habe ich falsch gemacht, dass es dir das nicht wert ist? Wärst du in Deutschland geblieben, wenn ich größer wäre, schlanker, längere Beine hätte und glänzenderes Haar? Wenn ich gebildeter wäre und klüger? Sanftmütiger und geduldiger, zielstrebiger und ordentlicher? War ich dir nicht gut genug, Paul? «Ein cellulitefreies, seidenhaariges Wesen, das alles weiß und immer einen Plan vom Leben hat, wärst aber nicht du, Marie», sagt das Engelchen mit sanfter Stimme, «such nicht immer die Schuld bei dir. Keiner hat Schuld. Paul ist gegangen, *obwohl* er dich liebt. Nicht weil er dich zu wenig liebt.» Könnte ich das doch nur glauben. Manchmal wünsche ich mir, ich hätte ihn nie kennen gelernt. Dann würde das jetzt nicht so wehtun. Sicher, ich hätte einiges verpasst. Ein spannendes Jahr, einen traumhaften Sommer. Den sensationellsten Sex meines Lebens. Einen wunderbaren Menschen. Aber wenn ich das nicht erlebt hätte, wüsste ich auch nicht, was ich verpasst hätte. Und ich könnte «18» von Moby anhören, ohne dass es mir die Tränen in die Augen treibt. Ziemlich genau ein Jahr ist es her, dass Paul und ich zu dieser Musik auf meinem Bett lagen, unsere Körper in- und umeinander verschlungen, dass ich seine Haut, seinen Schweiß und seinen Atem spürte. Ich weiß nicht, ob es an Moby liegt, dessen Song im Hintergrund lief, aber dieses eine Mal ist mir ganz besonders intensiv in Erinnerung geblieben. Nie wieder werde ich diese Musik von diesem Erlebnis trennen können.

Ich merke, dass ich den Tränen nahe bin. Bloß jetzt nicht losheulen. Ich bin im Urlaub. Zur Beruhigung mache ich meine kleine Gedankenreise, die ich immer antrete, wenn ich Paul besonders vermisse. Ich schließe die Augen und stelle mir vor, ich würde zu ihm fliegen. Von Amman aus fliege ich direkt nach Süden, überquere einen Zipfel von Saudi-Arabien und dann das Rote Meer, fliege über Eritrea, Äthiopien und Kenia hinweg. Rechter Hand liegt der Victoriasee, bevor ich nach

Tansania komme. Über Mosambik korrigiere ich meinen Kurs ein wenig in westliche Richtung. Swasiland liegt hinter mir, und ich erreiche Südafrika und schließlich Lesotho. Über Maseru, der Hauptstadt, setze ich zum Landeanflug an. Da ist schon Pauls kleines, gelb angestrichenes Haus auf dem Hügel, das ich so gut aus seinen Beschreibungen kenne. Ganz leise schlüpfe ich durch das geöffnete Fenster. Paul schläft schon. Ich will ihn nicht wecken. Pssssst.

DIENSTAG, 11. NOVEMBER 2003 – SÜNDENFALL

In *Lamai Beach* auf Kho Samui gibt es einen McDonald's, einen Burger King und original Häagen-Dasz-Eis. Trotzdem ist es das Paradies. Nicht nur, weil man süße Flipflops für zwei Euro und «Best of»-CDs von Robbie Williams kaufen kann, die legal nie existiert haben. Abseits der Touristenmeile kann man ganz alleine und unbehelligt unter einer perfekten Kokospalme sitzen, mit einem Stöckchen Figuren in den weißen Sand zeichnen und sich das warme Wasser des Pazifiks um die Füße spülen lassen. Frieren ist ein Fremdwort geworden. Zum Frühstück gibt es Ananas, und ich meine Ananas, nicht das zähe, saure Zeug, was sie einem zu Hause unter diesem Namen andrehen. Nachts, nach ein paar köstlichen «Gin Fis», lullen mich das leise Wummern des Ventilators und das gelegentliche Schnarren von Erwin, unserem Bungalow-Gecko, behaglich ein und lassen mich einschlafen, bevor Vroni mich fragen kann, ob ich ihr nicht noch was Schönes erzählen möchte. Innerhalb einer guten Woche bin ich vom hektischen, von Selbstzweifeln geplagten und Terminen hinterherhetzenden Wesen zu einer total relaxeden Marie geworden, die ich so gar nicht kenne. Ich denke viel an Paul, aber ich beginne jetzt zu verstehen, was er mir in einer seiner Mails schrieb: «Sehnsucht kann auch was Positives sein.»

AAAAAH! O mein Gott.
«Vroni!»
«M-hm? Welche findeste besser, die türkisen oder die lilanen?» Sie hält mir zwei Paar Flipflops unter die Nase. «Lilafarbenen», verbessere ich sie automatisch. «VRONI!!!»
Endlich blickt sie auf und folgt meinem Blick.
«Uuuuups ...»
«Mehr fällt dir nicht dazu ein??? Was mache ich denn jetzt?»
Doch es ist schon zu spät. Eine Flucht ist zwecklos. Er hat uns gesehen. Und kommt schnurstracks auf uns zu.
«Marie! Nee, das ist ja nicht möglich!»
«Hallo Andi!» Der schöne Andi. Der Schwarm meiner Kollegstufenzeit, den ich letztes Jahr zufällig wieder traf. Und mit dem ich, ähem, in alkoholisiertem Zustand ein wenig geknutscht habe. Ja. Da kannte ich Paul schon. Aber der ignorierte mich damals gerade mal wieder. Ist keine Entschuldigung. Ich weiß. Wird auch nie wieder vorkommen.
«Kommt, darauf müssen wir einen trinken», schlägt Andi vor und ist schön, sogar in kurzen Hosen, Singha-Bier-T-Shirt und Allzwecksandalen. Die gleichen Allzwecksandalen, die ich schon an Pauls Füßen grässlich fand. Na ja. Einen schönen Mann entstellt halt nichts.
«Trinken?» Alkohol in Andis Gegenwart? Keine gute Idee. Wer weiß, wo das wieder hinführt. Ich will ja überhaupt nichts von ihm. Ich bin Paul verfallen bis in alle Ewigkeit.
«Jetzt erzähl mir nicht, dass du um diese Uhrzeit nicht schon einen vertragen könntest, Marie», lacht Andi, und ich blicke auf mein Handgelenk. Es ist fünf Uhr nachmittags. Tollen Ruf habe ich bei dem weg. Wie das wohl kommt?

Es kommt, wie es kommen muss. Wir landen im *Frogs on the Rocks*, Vroni, der schöne Andi und ich. Dort lernt Vroni Rob aus Neuseeland kennen. Der scheint ein witziger Kerl zu sein.
Andi und ich plaudern über vergangene Zeiten. «Weißt du noch, diese Party, auf der wir zusammen waren? Wie du einen Klecks Haargel auf dem Bettlaken der Gastgeber verteilt hast?», memoriert Andi begeistert. O Gott, das hat er mitbekommen? Ist mir das peinlich. Nicht wegen des Haargels. Sondern weil ich die Idee mit der glitschigen Rache aus einem Roman geklaut habe.
Viel später an diesem Abend schlägt irgendwann einer von uns vor, ich glaube, dass ich es war, im warmen Meer schwimmen zu gehen. Man muss wenigstens den Versuch machen, ein wenig Abkühlung zu finden.
«Ganz schlechte Idee!», kreischen Engelchen und Teufelchen im Duett. Aber mir ist so heiß. Und Andi ist nur ein guter Freund.
Der gute Freund bekommt sichtlich Stielaugen (von anderen Körperteilen gar nicht zu reden), als ich mich am nächtlichen Strand meiner Unterwäsche entledige. «Ich habe leider keinen Bikini dabei», sage ich entschuldigend und lasse mich ins Wasser sinken. «Machnix», murmelt Andi und beeilt sich nachzukommen. Wir paddeln im seichten Wasser. Die Luft brennt. Kein Traumschiff-Episodenschreiberling könnte eine erotische Situation mit mehr Klischees spicken. Diese warme Nacht in Thailand, so weit weg von zu Hause, so weit weg von der verkopften Marie, die ich in Deutschland bin, so weit weg von Paul ...
Ja, ich muss an Paul denken, als Andi seine Hand um meinen Nacken legt und mich küsst. Ich denke an unseren verkrampften Abschied am Flughafen, an die gute Laune, die er beim Einchecken hatte. Und als Andi mich an den Hüften

fasst und auf sich zieht, denke ich daran, dass Paul nie ein Wort des Zweifels an seiner Entscheidung über die Lippen kam. Das sind keine Gedanken gegen das schlechte Gewissen, sie kommen einfach, ungerufen.

Und wenig später stelle ich das Denken vorsichtshalber ganz ein.

DONNERSTAG, 20. NOVEMBER 2003 –
HORMON ODER NICHT HORMON

«Wetten, der Typ steht morgen früh mit einer Gitarre vor unserem Bungalow und singt *I can't live if living is without you*?», sagt Vroni.
«Mal den Teufel nicht an die Wand!» Ich bin ein klitzekleines bisschen gereizt. Ein Minnesänger fehlt mir gerade noch.

Ich habe vor etwa einem Jahr einen sehr interessanten Artikel in einem Fachblatt gelesen, es war in *Psychologie heute*, *Geo* oder der *Bunten*, genau weiß ich es nicht mehr. Jedenfalls veranlasste mich der Beitrag zu wiederholtem, heftigem Kopfnicken, und wolkenförmige «Aha, deshalb»-Denkblasen formten sich über meinem Kopf.
Der Artikel beschrieb, dass die weibliche Hypophyse ein bestimmtes Hormon ausschüttet, wenn eine Frau guten Sex mit einem Mann hat. Dieses «Bindungshormon» sorgt dafür, dass sie das Gefühl hat, unsterblich in diesen Mann verliebt zu sein. Das Hormon ignoriert sozialen Status, Bildungsabschluss, Charakter oder gemeinsame Interessen. Es ist ausschließlich daran interessiert, die bestmögliche Fortpflanzung zu fördern. Wenn also die Gene passen, fängt das Hormon an zu wirken. Frau ist verliebt und stellt all die bescheuerten

Dinge an, die wir so gut aus eigener Erfahrung kennen. Auf Anrufe warten. Oder auf E-Mails. Im schlimmsten Fall auf SMS. Sich nach einem weiteren Treffen verzehren. Nur noch, und ich betone: nur noch an *ihn* denken. Sinnlose Umwege durch die Stadt fahren, um an seiner Wohnung vorbeizukommen. Wahlweise Fressanfälle bekommen oder tagelang völlig ohne Nahrung auskommen. Plötzlich den Absprung von der Schokolade schaffen. Sein Auto überall sehen. Ihn überall sehen. Tonnenweise neue Klamotten kaufen. Zeitung lesen, um politisch informiert zu sein. Listen anlegen, die «Interessantes & Wissenswertes über Knut» oder ähnlich betitelt sind. Seinen vollen Namen, sofern bekannt, bei Google eingeben und alles prickelnd finden, was dabei herauskommt, sogar, wenn er sich als Anhänger des TSV 1860 oder als Fan der *Lighthouse Family* herausstellt. Und so weiter und so fort. An dem ganzen abgefahrenen Zirkus ist also nur dieses Hormon schuld. Das Phänomen ist umso aberwitziger, wenn man bedenkt, wie viel frau heute unternehmen kann und unternimmt, um das Ziel des Hormons – die Produktion von Nachwuchs – vorerst zu vermeiden. Mir wurde so einiges klar, als ich diesen Artikel las.

Deshalb also hatte ich mich damals in Tobias, den zwanzigjährigen Sportstudenten, verliebt. Vielmehr hatte ein hinterhältiges Hormon mir vorgegaukelt, ich sei in Tobi verliebt. Nur weil er breite Schultern und schmale Hüften hatte, durchtrainiert und auf der Höhe seiner jugendlichen Potenz war, hatte das Hormon beschlossen, dass seine Spermien zusammen mit meinen Eizellen hervorragenden Nachwuchs produzieren würden, und es hatte bei mir den Verliebtheitsschalter umgelegt. Zack, bekam ich Herzklopfen, wenn Tobi anrief (oder wenn er nicht anrief), obwohl er ursprünglich nur ein erweiterter One-Night-Stand sein sollte. Deswegen also brach es mir fast das Herz, als ich mit ihm Schluss machte, bevor er mit mir Schluss machen konnte. Jetzt verstehe ich. Damals war ich ziemlich ratlos.

«Ich kapiere das nicht», vertraute ich Vroni traurig an, «ich konnte mit ihm über nichts reden als über Leichtathletik, Fußball, Volleyball und sein Triathlon-Training. Okay, eventuell noch über die neuesten Powerriegel und isotonischen Getränke. Und jetzt ist es aus, und ich vermisse ihn und bin so furchtbar unglücklich ...»

«Aber der Sex mit ihm war genial?», fragte Vroni, und ich musste ihr zustimmen. Nicht nur, dass Tobi immer und überall konnte und wollte. Für seine zwanzig Jahre war er zudem ein wahrer Meister dieses Fachs. Noch heute läuft es mir heißkalt den Rücken runter, wenn daran denke, was er mit meinem Körper anstellte ...

«Aber das ist doch kein Grund, sich zu verlieben!», protestierte ich damals fast wütend. Heute bin ich schlauer. Ich war fremdbestimmt, manipuliert im Sinne der Arterhaltung. Fiese Kiste. Ach, übrigens, das gilt nur für Frauen. Bei Männern kommt dieses Hormon nicht zum Einsatz, denn sie sind von der Natur dazu bestimmt, ihre Samen möglichst weit zu streuen. Das Leben ist nicht fair.

Manchmal scheint es jedoch auch Ausnahmen zu machen. Der schöne Andi wäre, genetisch gesehen, sicher ein toller Vater für meine Kinder. Er ist groß, breitschultrig, schmalhüftig (die perfekte V-Figur eines trainierten Schwimmers), hat eine reine Haut, volles, seidiges Haar, einen Haufen weißer Zähne, er ist nicht mal dumm oder unwitzig und, falls ich das noch nicht erwähnt habe, er ist *schön*. Trotzdem bin ich kein bisschen in ihn verliebt. Umgekehrt scheint das allerdings der Fall zu sein. Wenn es nicht so überheblich klingen würde, müsste ich sagen, dass der schöne Andi bis über beide Ohren in mich verknallt ist. Aber das könnte ich nur sagen, wenn er ein kleiner, hässlicher Wicht wäre oder ich ein internationales Supermodel. Leider liegen die Dinge anders. Andi ist schön, und ich bin bloß attraktiv, und auch das nur, wenn die Umstände mir wohlgesinnt sind, wenn also das Licht stimmt, meine Haare sich anständig benehmen und mein Make-up sich dort befindet, wo es hingehört. Deswegen kann ich nicht sagen, dass er in mich verliebt ist. Ich kann es nur wissen und für mich behalten. Trotzdem ist es so.

Seit diesem – zugegebenermaßen ziemlich romantischen und leidenschaftlichen – Abend im *Frogs on the Rocks* und später im lauwarmen Wasser des Pazifiks verfolgt der schöne Andi mich auf Schritt und Tritt. Nicht nur, dass er sich in unserer Bungalowanlage einquartiert hat, angeblich, weil in seinem Resort in Chaweng die Klimaanlage ausgefallen ist. (Ich möchte dazu anmerken, dass unsere Anlage ausschließlich über Ventilatoren verfügt.) Er bietet sich zudem beständig als Fremdenführer an (Kho Samui ist seine zweite Heimat, sagt er, und er kennt wirklich alles und jeden hier), zeigt uns tagsüber die schönsten Winkel der Insel und abends die besten Restaurants und Bars. Und er nervt dabei nicht mal. Zumindest nicht Vroni, Marlene und Beate, die einigermaßen begeistert von ihm sind.

«Hör mal, Marie», meint Marlene, als wir Mädels ausnahmsweise mal allein sind, «ich weiß gar nicht, warum du ihn nicht willst. He's got the looks, he's got the brains, und er ist wirklich ein witziger Typ. Oder hängt er etwa dem falschen Fußballverein an?»

«Nicht mal das. Er ist Bayernfan», gebe ich zu. Ich kann es nicht erklären. Wenn ich Andi sehe, freue ich mich. Ich unterhalte mich gern mit ihm. Und als er mich küsste, zog sich mein Magen zusammen und mein Körper schrie «mehr davon!». Aber irgendetwas fehlt. Ich finde es langweilig, länger als fünf Sekunden in seine schönen braunen Augen zu schauen. Ich warte nicht ungeduldig auf seinen Anruf oder sein Erscheinen. Mein Essverhalten ist ganz normal, und ich habe nach wie vor einen gesunden Appetit auf Schokolade und alles andere, was dick macht.

Und ich muss leider sagen, dass ich nicht das geringste Bedürfnis danach verspüre, Andis Namen bei Google einzugeben.

MONTAG, 1. DEZEMBER 2003 – LISTEN UND IHRE TÜCKEN

Die Dinge laufen nicht gut. Dabei könnte alles so schön sein. Gestern kam ich aus Thailand zurück, braun gebrannt und ohne Magenverstimmung. Wir hatten, wie man so schön sagt, die Zeit unseres Lebens dort. Ich schwamm jeden Tag im warmen Meer, aß täglich köstliches *Red Curry* mit unzähligen Riesengarnelen für den Preis von einer kleinen Portion Pommes bei McDonald's. Wir tranken etliche «Gin Fis», besichtigten fremdartige Tempel und bunte Märkte. Die letzten zehn Tage verbrachten Vroni, Marlene, Beate, Andi und ich an der Westküste, schipperten mit *Longtail*-Booten zu winzigen, einsamen Inseln, handelten abends an den Straßenständen um raubkopierte CDs, bunte Sarongs und diese wahnsinnig praktischen Leinenblusen, von denen ich nun circa fünf besitze. Wir verloren beim Billard schmachvoll gegen Österreich (genauer gesagt gegen Gaby und Hans aus Tirol, die wir am Geldautomaten in Ao Nang wieder trafen), testeten Mehkong, den Thai-Whiskey und erfuhren, dass es eine blöde Idee war, am folgenden Tag den Bootsausflug nach Kho Phi Phi gebucht zu haben. Da ich meine E-Mails gegen Ende der Reise nicht mehr abrief (bis zum Internetcafé waren es drei Kilometer), ging ich davon aus, dass Paul fleißig weiterschrieb. Und, um jeden Zweifel auszuräumen – nein, ich war nicht mehr mit dem schönen Andi im Bett. Auch nicht nachts am Strand.

Ich stürzte also, kaum in München gelandet, an meinen Laptop und startete Outlook Express. Zahlreiche neue, fett gekennzeichnete Mails trudelten ein. Meine Eltern hatten geschrieben, Betreff: Wo bist du?, Dringlichkeit: höchste. Die Redaktion hatte diverse neue Projekte für mich. GMX versorgte mich mit seinen Newslettern. Und dann der Spam, an den ich mich schon gewöhnt hatte: Enlarge your P.e.n.i.s. Lösch, lösch, lösch. Ich klicke nochmals auf «Senden und empfangen». Blubb, macht mein Computer. Statt didldidim. Nada. Wo sind Pauls Mails? Ich schaute in meiner Inbox nach: Seine letzte E-Mail trug das Datum vom 11. November. Der Tag, an dem ich mit dem schönen Andi ... gut, lassen wir das. Mir wurde schlecht. Nein, Paul konnte nichts gemerkt haben. Ich erinnerte mich daran, ihm am 13. November noch auf seine Mail geantwortet zu haben. Natürlich ohne ihm etwas von dem Abend im *Frogs on the Rocks* und dessen weiterem Verlauf zu erzählen. Ich erwähnte nicht einmal, dass ich den schönen Andi überhaupt getroffen hatte. Denn ich kann mich noch gut an Pauls (unbegründeten) Eifersuchtsanfall vom letzten Dezember erinnern. Konnte Paul zwischen meinen Zeilen etwas herausgelesen haben, was ihn verstimmte? Kaum möglich. Bei Männern ist zwischen den Zeilen lesen ungefähr so abwegig wie das Lackieren der Zehennägel. So was machen nur Frauen.
Ob etwa Vroni, Marlene oder Beate ... Stopp. Noch abwegiger. Sie sind meine besten Freundinnen und würden mich nie, never ever, verraten. Ob sie es gut finden, was ich tue, ist eine andere Frage. Aber sie sind meine Freundinnen und deswegen grundsätzlich auf meiner Seite, egal, was passiert.

Ich beschloss, dass Pauls Schweigen einen anderen Grund haben musste. Und verfiel sofort in das alte Verhaltensmuster: Ich machte mir Sorgen, und mein Kopfkino produzierte bunte Bilder. Was da alles passieren kann in Südafrika! Vielleicht hatte ich den Ausbruch eines Bürgerkriegs verpasst, oder eine hinterhältige Seuche hielt den kleinen Staat Lesotho in ihren Krallen. Zur Beruhigung machte ich mir eine Liste mit möglichen Gründen, warum Paul nicht geschrieben haben könnte, geordnet nach Wahrscheinlichkeit.

A) Bürgerkrieg.
B) Seuche.
C) Entführung.
D) Computer platt.
E) Zu viel Arbeit.
F) Meine Mailadresse verlegt.
G) Bandenkrieg.
H) Überschwemmung.
I) Erdbeben.
J) Vulkanausbruch.
K) Stammeskrieg.
L) Mit seinem Hausmädchen geflirtet und ausgewiesen worden.
M) Genereller Krieg (US-Truppen?)
N) Mich vergessen.
O) Liebt mich nicht mehr.
P) Hat eine andere kennen gelernt.

Die Punkte L) und P) machten mir am meisten Sorgen. Ich kenne meinen Paul. Für ihn ist Flirten und Balzen eine so alltägliche Naturgegebenheit wie für andere Männer das Pinkeln im Stehen. Einmal brachte er es fertig, die eiskalte Bedienung eines Schicki-Micki-Cafés in Schwabing in ein kicherndes, errötendes Wesen zu verwandeln, bevor ich mich zwischen einem Aperol Sour und einem Wodka Tonic entschieden hatte. Und das Schlimmste: Er merkte das nicht mal. «Geflirtet, *ich*?», konnte er fragen und mich mit unschuldigen Labrador-Augen erstaunt ansehen. Seufz.

Immer, wenn ich kurz vor dem Durchdrehen bin, gibt es nur eine Lösung, um ebendies zu verhindern. Aktion. Also verfasste ich unter meiner Furcht erregenden «Was-passiert-sein-könnte»-Liste eine weitere Aufzählung:

> **To Do's / Recherche**
> A) Über die geographischen Gegebenheiten in Lesotho informieren: Erdbeben, Vulkanausbruch etc. wahrscheinlich?
> B) Über die politischen Gegebenheiten in Lesotho informieren: Kriegshandlungen wahrscheinlich? USA evtl. involviert? (Das geht schnell, wie man weiß.)
> C) Über den Attraktivitätsgrad lesothianischer Hausmädchen informieren.
> D) Über die juristischen Gegebenheiten in Lesotho informieren: Strafmaß für Flirten mit Hausangestellten herausfinden.
> E) Über das korrekte Adjektiv zu «Lesotho» informieren: Lesothianisch? Lesothisch? Lesothonisch?

Das letzte Wort, das ich notierte, erinnerte mich an Tobi, den Sportstudenten, und an eines seiner Lieblingsthemen: Die Mineralstoffgetränke, die Sportler aus Plastikflaschen zu sich zu nehmen pflegen, wenn irgendetwas in ihrem Blutzuckerspiegel zu sinken droht. Als ich an Tobi dachte, fiel mir der Hormon-Artikel ein, was mich wiederum auf das Thema Andi brachte. Uuuuuh. Nicht gut. Das gehört zu den Dingen, die man am besten durch Ignorieren löst. Aussitzen, passiv bleiben, bloß nicht verbindlich werden. Genau die Verhaltensweise, die ich bei Männern hasse.

Ich wollte mir die verbliebene Urlaubsstimmung nicht komplett verhageln lassen. Also griff ich zum Telefonhörer und rief ein paar Freunde an, um ihnen die freudige Mitteilung meiner Rückkehr zu machen. Als das erste Freizeichen tutete, betete ich, folgenden Satz *nicht* zu hören: «Ach, du warst weg?»

FREITAG, 12. DEZEMBER 2003 – DAS OLEANDER-OPFER

So geht das nicht weiter. Ich schlittere auf eine ausgewachsene Winterdepression zu. Seit ich aus Thailand zurück bin, und das ist jetzt knapp zwei Wochen her, war ich kein einziges Mal richtig aus. Eigentlich ja kein Problem. Ich bin aus dem Alter raus, in dem ich Panik bekam und dachte, das Leben spiele sich woanders ab, wenn ich mal einen Samstagabend zu Hause verbrachte, weil niemand anrief. Das gibt's. Dass niemand anruft, meine ich. Es passiert, dass so ein Wochenend-Abend ins Land geht, ohne dass das Telefon klingelt oder das Handy piept. Je mehr man sich selbst einzureden versucht, es sei nicht so schlimm, man habe sehr wohl viele Bekannte und genug Freunde, desto weniger glaubt man sich. Im Geiste sieht man sie durch die Nacht ziehen, in Scharen, lachend, angeheitert, ausgelassen, fröhlich. Klar kann es passieren, dass es sich um eine Verkettung unglücklicher Umstände handelt. Dass Vroni auf Geschäftsreise ist, Marlene mit ihrer Schwester beim Skifahren, Beate wie so oft auf Tour durch ferne Bundesländer und Simon wieder mal krank im Bett. Aber, mal ehrlich, es ist doch ziemlich unwahrscheinlich, dass alle auf einmal verhindert sind. Da sitzt man also, versucht, nicht auf das stumme Telefon zu starren, und redet sich ein, dass so ein gemütlicher Abend zu Hause doch auch mal was ist. Dass man froh sein kann, endlich mal seine Ruhe zu haben, und wie super man es findet, von dem nervigen Gebimmel endlich mal verschont zu bleiben. Doch in Wirklichkeit fühlt man sich vergessen, verlassen und verraten. Es geht nicht um das Weggehen an sich. Man weiß, dass man selten etwas verpasst, sei es in der Kneipe, im Kino oder in einem Club. Nein, es geht ums Gefragtwerden. Darum, ein Teil von etwas zu sein, Mitglied einer ganz normalen Großstadtclique. Das olympische Motto zählt auch hier: Dabeisein ist alles.

Klar, man könnte selbst zum Telefon greifen und jemanden anrufen. Doch bis man sich dazu hochpeitscht, ist es zu spät. Man war zu lange beleidigt und einsam. Wenn man jetzt, Samstagabend nach 21 Uhr, noch zum Hörer greift, ist die Gefahr zu groß, nur auf Anrufbeantworter zu stoßen, oder, noch schlimmer, jemanden auf dem Handy in flagranti beim Weggehen und Einen-vergessen-Haben zu erwischen. «Ups, Marie, schön, dass du anrufst!» Im Hintergrund laute Musik. «Also, wir sind gerade beim Late-Night-Bowling, wie sieht's aus, hast du nicht Lust vorbeizukommen?» Unterdrücktes Zischen in die andere Richtung: «Klar geht das, ist doch egal, ob wir sechs oder sieben Leute auf der Bahn sind!» «Warum habt ihr mich nicht vorher gefragt, ob ich mitkommen will?», möchte man jammern, schreckt jedoch davor zurück, weil es einem für den anderen so peinlich ist, sich die Ausreden anzuhören. Also tut man lieber so, als sei die Verbindung plötzlich abgebrochen, ruft noch ein paar Mal «Hallo? Hallo!» in den Hörer und legt dann auf. Öffnet schließlich eine Flasche alkoholischen Inhalts und schläft um Mitternacht vor dem Fernseher ein. Wenn es ein guter Abend ist, erwacht man nicht gegen drei Uhr mit Kopfschmerzen vor Riesenbrüsten, die 0190er-Nummern aufsagen.

In meinem akuten Fall ist es noch nicht mal so, dass mich keiner angerufen hätte. Kann mich nicht beklagen. Ich selbst war es, die mich nicht meldete, Verabredungen erst gar nicht traf oder kurzfristig platzen ließ. Ein paar Tage vorher hatte ich immer richtig Lust, abends mit den Mädels ins *Sushi+Soul*, in den *Wassermann* oder das *Nipplers* zu gehen, aber wenn der Abend dann gekommen war, erschien mir meine auberginefarbene Couch, Ton in Ton mit dem leckeren Merlot, doch stets viel verlockender. Außerdem fragte mich dort keiner, ob Paul inzwischen gemailt hatte.

Er hat. So weit, so gut, möchte man denken. Doch der Teufel sitzt im Detail. Als ich mir wünschte, Paul möge bitte endlich, endlich mailen, als ich meine ganze (zweifelhafte) telepathische Kraft darauf konzentrierte, ihn zum Mailen zu bewegen, habe ich etwas Wichtiges vergessen. Ich habe vergessen, mir zu wünschen, dass es eine entschuldigende, liebevolle, sehnsüchtige, leidenschaftliche und lange Mail sein sollte. Irgendwie erschien mir das anmaßend. Das habe ich jetzt von meiner Bescheidenheit.

> *Hallo Marie,*

schrieb Paul,

> *alles okay hier im Süden. Ich habe nicht viel Zeit, morgen ist eine wichtige Pressekonferenz. Es ist sehr heiß und könnte mal wieder regnen. Könntest du bitte*

meinem Untermieter sagen, er soll den Oleander von der Terrasse holen? Ihr habt ja sicher schon Frost.

Muss Schluss machen, bis dann

Paul

Ich schnaubte vor Empörung. «Was soll denn das???», fragte ich laut, mich alleine in meiner Wohnung wähnend, und zuckte gewaltig zusammen, als mir das Engelchen antwortete: «Wieso, ist doch nett?»
«Nett? Was bitte ist an diesen Zeilen nett?»
«Er klingt, als sei er im Stress ...»
«Ja und? Hallo Marie, schreibt er – wer bin ich denn? Seine Putzfrau? Eine entfernte Bekannte? Begrüßt man so seine Freundin, nach der man sich Tag und Nacht verzehrt?»
«Leg doch nicht jedes Wort auf die Goldwaage ...»
«Und dann berichtet er vom Wetter und macht sich Sorgen um seinen fucking Oleander! Ich glaub's ja nicht!», schrie ich. Das Engelchen verzog bei dem Wort «fucking» schmerzlich das Gesicht und mahnte dann: «Pflanzen haben auch Gefühle.»
Das war mein Stichwort, wieder mal mit dem Feuerzeug nach ihm zu werfen. Was tat ich da überhaupt – unterhielt mich laut mit dem Produkt meiner eigenen Einbildung respektive gespaltenen Psyche. Vielleicht war es doch allmählich an der Zeit, mal wieder unter Leute zu gehen.

Heute, ein paar Tage nach dieser (vorerst letzten) unverschämten Mail von Paul, greife ich also beherzt zum Telefon. Ich starte eine große Aktion, rufe nicht nur Vroni, Marlene und Beate an, sondern auch Simon, Martin, Svenja, Alexa, Nina, Jessica und Tina, äh, Kati. Letztere erreiche ich leider nicht, aber mit allen anderen verabrede ich mich für morgen, Samstagabend, im *Atomic Café*. Ich habe zwar keine Ahnung, wie wir da alle am Türsteher vorbeikommen wollen – Türsteher haben im Allgemeinen nicht viel für Gruppenausflüge übrig –, aber das werden wir morgen sehen. Um 22 Uhr treffen wir uns erst mal alle bei Beate, um mit dem einen oder anderen Prosecco vorzuglühen, bevor wir uns auf den Weg machen.

Als ich das erledigt habe ist, ist meine Laune deutlich besser. Keep movin' on, Marie, sage ich mir selbst, Paul hin oder her und movin' ohne g. Yeah. Ach, eines hätte ich beinahe vergessen.
Ich wähle Pauls Telefonnummer. Klaus, sein Untermieter, nimmt ab, und ich instruiere ihn in Sachen Oleander. Klaus verspricht hoch und heilig, ihn unter keinen Umständen von der Terrasse hereinzuholen.

SAMSTAG, 13. DEZEMBER 2003 – UND WER IST DIESER MANN?

Habe ich alles? Schlüssel, Geld, Zigaretten, Lipgloss. Ein letzter prüfender Blick in den Spiegel. Da ich nicht weiß, ob im *Atomic Café* gerade Schicki- oder Grunge-Look angesagt ist, habe ich mich für neutrale Ausgehkleidung entschieden. Schwarze Hose, schwarzes Oberteil. Da kann man nicht viel falsch machen. Pünktlich um 22 Uhr klingle ich bei Beate. Sie macht die Tür auf, kichert und drückt mir ein Glas in die Hand. Offensichtlich hat sie sich schon einen Vorsprung herausgearbeitet. Zügig leere ich den Prosecco und genieße das Gefühl, wie er direkt ins Blut geht. Gut, dass ich nicht mehr dazu gekommen bin, etwas zu Abend zu essen.

Nach und nach trudeln die anderen ein. Vroni, Marlene, Beate und ich erzählen von unserem Thailandurlaub. Erstaunlich, wie schnell sich eine Erinnerung verklärt. Wenn ich an Thailand zurückdenke, läuft ein weich gezeichneter Film vor meinem inneren Auge ab, mit unzähligen Kokospalmen, warmem, türkisfarbenem Wasser, weißem Sand, Riesengarnelen in Red Curry, Elefanten, bunten Flipflops und weißen Leinenblusen, Tuk-Tuks, bunt schillernden Tempelanlagen, goldenen Buddhas, violetten Orchideen und goldenen Sonnenuntergängen, das Ganze untermalt vom Zirpen der Grillen und Schnarren der Geckos, vom «wub-wub» der Ventilatoren, den «wanna massaaaaage?»-Rufen der Mädchen und vom *Buena Vista Social Club* Soundtrack und Herbert Grönemeyers *Mensch*. Diese beiden Alben hörte ich in Thailand auf meinem iPod, wenn ich nachts wegen der Hitze nicht schlafen konnte. Und auf der Rückfahrt von Kho Phi Phi saß ich alleine am Bug des Bootes, das in der brennenden Nachmittagssonne durch die Wellen der Andamansee pflügte, ließ mir die Gischt ins Gesicht wehen und hörte «Zum Meer» von Grönemeyer auf Dauer-Repeat. Ich beschloss, dass dieses Lied mich immer an jene Stunden erinnern sollte, in denen ich mich so wunderbar frei fühlte, so unabhängig, glücklich und stark. Herberts Zeilen passten perfekt dazu:

> *Dreh dich um, dreh dich um*
> *Dreh dein Kreuz in den Sturm*
> *Geh gelöst, versöhnt, bestärkt*
> *Selbst befreit den Weg zum Meer*

Es war, als hätte ich damals schon geahnt, dass die Sache mit Paul schwierig werden würde. Ich sog die Worte in mich auf, versuchte Kraft zu tanken aus der tropischen Sonne, aus dem Meer, aus der herrlich einfachen und sorglosen Lebensweise.

Es schien alles so leicht, als ich in Thailand war. Für kurze Zeit meinte ich zu erkennen, dass mein Lebensglück nicht davon abhängt und nicht davon abhängen *darf*, wie es mit Paul weitergeht. Wenn es überhaupt weitergeht. In Thailand erschien mir alles machbar. Glücklich werden ohne Paul, zum Beispiel. Glücklich sein – ohne Mann. Mit mir selbst, meinen Freunden und meinem Leben. Gelöst, versöhnt, bestärkt und selbst befreit auf dem Weg zum Meer. Was ist mit dieser Sicherheit passiert, jetzt, wo ich wieder zu Hause bin? Haben Kraft und Selbstvertrauen etwas mit Sonne, Wärme und Strand zu tun? Sieht fast so aus. Vielleicht sollte ich mal ins Solarium gehen und die Grönemeyer-CD mitnehmen.

«Marie, träumst du?» Beate stupst mich in die Rippen. Ich bin die Einzige, die noch auf dem Sofa sitzt, alle anderen sind dabei, sich ihre Jacken anzuziehen.
«Äh, was, gehen wir schon?»
«Schon ist gut, es ist gleich halb zwölf ...»

Im *Atomic Café* ist ein neues Zeitalter angebrochen. Nicht nur, dass der Türsteher uns alle zehn anstandslos und auf einmal hineinlässt. Nein, drinnen staune ich weiter. Wo sind all die wahnsinnig coolen, stylishen Typen mit Wollmütze und Ziegenbärtchen geblieben, die diesen Club einst bevölkerten? Ich sehe nur ganz normale Leute. Vom Rentierpulli bis zum Anzug, vom Batik-T-Shirt bis zum Paillettentop findet sich nahezu jedes Kleidungsstück. Auch altersmäßig ist die Bandbreite recht groß. Ein paar späte Teenager, ein Haufen Leute in unserem Alter und einige Männer, die eher danach aussehen, als wollten sie ihre minderjährigen Töchter abholen. Ich hole mir ein Alkopop-Getränk und stelle mich zu meinen Freunden.

Der da hinten gehört auch eher zur Abholer-Fraktion. Sieht aber nicht schlecht aus. Manchen stehen graue Schläfen. Der hat was von George Clooney. Nur größer, viel größer. George soll ja leider ein Wicht sein. Gerade will ich Vroni auf diese Ähnlichkeit aufmerksam machen, da sehe ich eine Frau über die Tanzfläche gehen. Sie scheint vom Klo zurückzukommen und geht lachend auf George Clooney zu. Eine schöne Frau. Groß, schlank, mit langen, dunklen Haaren und einem äußerst hübschen Gesicht. Sie trägt Jeans und ein schlichtes, cremefarbenes, aber äußerst raffiniert gerafftes Oberteil, das ihr hervorragend steht. Sie und George küssen sich. Lang. Intensiv. Stehen wild knutschend auf der Tanzfläche und scheinen alles um sich herum vergessen zu haben. Ich sehe ihnen fasziniert zu. Und bin neidisch. Ich muss an Pauls und meinen ersten Kuss denken, anderthalb Jahre ist der her, im Biergarten der Max-Emanuel-Brauerei an einem schwülen Sommertag. Wir waren so ineinander versunken, dass wir gar nicht merkten, wie der Biergarten sich leerte. Bis das Gewitter über uns hineinbrach. Gibt es etwas Schöneres als so einen Kuss? Mir fällt nicht viel ein. So ein Kuss ist Leben pur und sogar besser als der beste Sex, weil so ein Kuss alles verspricht und noch nichts halten muss. Seufz. Ach, Paul, wärst du doch in München geblieben. Hast du nicht gesehen, dass wir da etwas Seltenes und Besonderes hatten?

Irgendetwas stimmt nicht an dem Bild des knutschenden Paares auf der Tanzfläche. Es ist nicht der Altersunterschied, obwohl der bei ungefähr 15 Jahren liegen dürfte. Auf einmal begreift mein von Prosecco und Smirnoff Ice benebeltes Hirn: Das ist der falsche Mann. Oder die falsche Frau. Die knutschende Schönheit ist nämlich Kati. Kati, meine neue Freundin aus dem *Lido* und vor allem: Kati, Max' neue Freundin.

Als ich mir eine Zigarette anzünde, merke ich, wie meine Finger zittern. Hätte ich sie doch bloß nicht gesehen! Wären wir doch heute Abend ins *Lido* gegangen wie sonst auch immer … Was soll ich denn jetzt tun? Hingehen und fragen: «Hallo Kati, na, auch hier, und wer ist der Typ da?» Oder nur hallo sagen und den Typen ignorieren? Nee, kommt nicht infrage. Dann muss ich mir vielleicht noch ein «Es ist nicht so, wie es aussieht» anhören, vielen Dank. Sie darf mich nicht sehen. Das ist nicht weiter schwer, denn Kati würde im Moment nicht mal merken, wenn E.T. auf der Tanzfläche landete.

«Und dann, Marie?», will das Engelchen wissen. O Mann, jetzt ist das sogar schon nachts mit von der Partie.

«Was und dann?»

«Willst du deinem Freund Max nicht sagen, was du gesehen hast?»

«Max ist mein Ex-Freund!»

«Aber trotzdem ist er noch dein Freund, oder?»

«Klar!»

«Hat er nicht das Recht, dies hier zu wissen?»

«Aber Kati ist meine Freundin!»

«… die du seit zweieinhalb Monaten kennst. Na ja.»

«Trotzdem. Außerdem, vielleicht ist ja alles ganz anders, als es aussieht!»

Ich weiß selbst, dass das Unsinn ist. Was bitte soll an dieser Situation anders sein, als es aussieht? George Clooney ist wohl kaum Katis Patenonkel, den sie lange nicht mehr gesehen hat.

Während ich noch überlege, wie ich verhindern kann, dass Kati mich sieht, sollte sie ihre Knutschorgie mal zum Luftholen unterbrechen, löst sich das Problem von selbst. Die beiden gehen. Er hilft ihr in die Jacke, und sie verlassen eng umschlungen den Club. Ich möchte gar nicht wissen, was die zwei jetzt vorhaben. Das habe ich also davon, dass ich meine Wohnung verlassen und mich ins Nachtleben gestürzt habe: Wenn's blöd läuft, zwei Freunde weniger. Aber auf jeden Fall ein Dilemma mehr.

DONNERSTAG, 25. DEZEMBER 2003 –
HALLELUJA

Frohe Weihnachten. Es ist zwei Uhr morgens, ich stehe mit meinen guten, schwarzen High Heels bis zu den Knöcheln im Neuschnee und bemühe mich, mein Auto rückwärts um eine Kurve zu schieben. Damit meine Hände nicht an der Motorhaube festfrieren, habe ich sie in meinen guten, schwarzen, vor einigen Stunden geschenkt bekommenen Kaschmir-Schal gewickelt.

Aber von vorne.

Weihnachten begann wie jedes Jahr mit dem Abend, den ich an Weihnachten am liebsten mag: Dem Abend des 23. Dezember. Wir hatten einen Tisch im *Augustiner* in der Landsberger Straße reserviert, und alle waren da. Über Weißbier und Fleischpflanzerln (übrigens gibt es in dieser Braugaststätte das beste Essen zu den günstigsten Preisen) entwickelte ich wie jedes Jahr das weihnachtlichste aller weihnachtlichen Gefühle. Ich zeigte meine Thailand-Fotos, und Petra und Timo ließen ein Bild von ihrem halbjährigen Sohn Fabian herumgehen, im Nikolauskostüm. Der Kleine, nicht die Eltern. Herzallerliebst. Wie die Zeit vergeht. Ich kann mich noch lebhaft an letzten Sommer erinnern, als Paul und ich Petra und Timo in einem Café trafen. Es muss kurz vor dem errechneten Entbindungstermin gewesen sein, denn Petra hatte schon diese hochschwangerentypische Sitzposition eingenommen, mit gespreizten Beinen und durchgedrücktem Kreuz, eine Mischung aus Leiden und Vorfreude. Ich überprüfte ab und zu den Boden unter ihrem Stuhl auf eventuell abgehende Flüssigkeiten und hielt meine Füße vorsichtshalber möglichst in eine andere Richtung. Es sollte mir nicht so ergehen wie Carrie in *Sex and the City*, der Mirandas Fruchtwasser über die nagelneuen Manolo Blahniks plätscherte. Zum Glück blieb das Baby an diesem Abend (und den sieben folgenden, um genau zu sein) noch in Petras Bauch. Das war eine dieser Gelegenheiten, bei denen ich für mich selbst feststellte, einfach noch nicht reif für Nachwuchs zu sein. Ich weiß zwar nicht, wann diese Reife kommen soll, wenn nicht mit 29. Aber solange mich der Anblick eines dicken Bauchs oder eines Neugeborenen eher dazu verleitet, enge T-Shirts und guten Rotwein zu kaufen, statt über Vornamen nachzudenken und meine Morgentemperatur zu messen, bin ich offensichtlich noch nicht so weit. Und ich bin froh darum. Sonst würde meine latente Männer-Misere sicher mehr auslösen als eine temporäre Winterdepression.

Der Vorweihnachtsabend jedenfalls war wundervoll, alle hatten sich lieb, wie sich das für diese Zeit des Jahres gehört, und der Stress der Adventszeit (die Redaktion musste das Osterspecial 2004 fertig bekommen und spannte mich gewaltig ein) fiel langsam von mir ab. Als ich um ein Uhr nachts weißbierselig und «Ihr Kinderlein kommet» singend Arm in Arm mit Vroni Richtung Neuhausen wankte, war meine Welt in Ordnung. Das Thema Paul hatte ich in den hintersten Winkel meines Herzens verbannt. Seit seiner absolut unverschämten Mail vom 7. Dezember hatte er, nach zwei Wochen Schweigen, tatsächlich noch eine solche geschickt. In der er sich hauptsächlich danach erkundigte, ob ich Klaus gebeten hätte, den Oleander von der Terrasse zu holen. Ich war gerade nicht gut drauf, als ich diese zweite Mail las. Also überlegte ich nicht lange, sondern tippte los, ohne den Filter zwischen Gedanken und Finger zu schieben. Dieser Filter ist sehr wichtig. Nicht, weil ich nicht schreiben will, was ich denke. Es geht mehr um das Wie. Ungefilterte Gedanken kommen in schriftlicher Form selten gut an. Missverständnisse sind vorprogrammiert. Dieses Mal war mir das egal. Ich schrieb Paul, er könne sich seine Kurzmails er-wisse-schon-wohin schieben, dass ich die aktuelle Wetterlage in Lesotho präziser aus dem Internet erfahren könne, wenn ich wollte, und wie maßlos es mich aufrege, was für ein Gewese er um seinen fucking Oleander mache, während er nicht mit einem Wort danach fragte, wie es mir ging. Ich schrieb wirklich «fucking Oleander». Ohne die Zeilen noch einmal durchzulesen, klickte ich auf «Senden», und in Sekundenbruchteilen war meine Mail auf die Südhalbkugel gesaust. Natürlich erhielt ich keine Antwort darauf. Ist ja immer so. Ein Streit ist nichts Schlimmes, es ist das Schweigen, das schleichend und scheinbar passiv alles kaputtmacht und einem den Boden unter den Füßen wegzieht. Der Abend des 23. Dezember war einer der wenigen Momente, in denen ich die Sache mit Paul erfolgreich verdrängen konnte. Augustiner Weißbier sei Dank.

Heute, oder eigentlich gestern – wie gesagt, es ist zwei Uhr früh – nimmt Weihnachten dann seinen gewohnten Lauf. Vormittags hetze ich auf die Post, mit dem orangefarbenen Zettel bewaffnet, der mir das Bereitliegen eines Päckchens verspricht, in dem sich, so hoffe ich, die Amazon-Lieferung befindet, auf die ich seit Tagen warte und die circa 50 Prozent meiner diesjährigen Weihnachtsgaben enthält. Als ich die Tür zur Post öffne, höre ich einen schmerzvollen Aufschrei. Oh. 'tschuldigung. Ich habe dem Letzten in der langen Schlange den Türknauf in den Rücken gerammt. Dem schadenfrohen

Gesicht des Mannes vor ihm ist zu entnehmen, dass das an diesem Tag nicht zum ersten Mal passiert. Ich reihe mich ein. Zehn Minuten später und um einen blauen Fleck am Rücken reicher bin ich diejenige, die grinst, als mein Hintermann sich seine Portion Schmerz abholt. Von wegen weihnachtliche Mitmenschlichkeit. Am Vormittag des Heiligen Abend liegt eine gespannte Kampfstimmung in der Luft, besonders in Postfilialen, die in wenigen Minuten schließen werden.

Ich habe Glück, die Postbeamtin wirft mir mein Paket zu und meinen Ausweis hinterher, bevor sie – ich kann gerade noch meine Finger zurückziehen – das Gitter vor ihrem Schalter herunterrasseln lässt und das «Geschlossen»-Schild vor meiner Nase baumelt. Das Päckchen ist verdächtig leicht. Mist. Es ist nicht von Amazon. Es ist Victors großer Bruder.

Nachmittags schmeiße ich mich in Schale. Ich weiß eigentlich nicht, warum meine Familie sich zu Weihnachten immer so aufbrezelt. Wir gehen am Heiligabend nie vor die Tür. Der Besuch der Mitternachtsmette ist zwar jedes Jahr wieder ein Thema, aber ich kann auch 2003 den Ablauf vorhersagen. Nach Kaffee, Bescherung, Essen und Bescherung, zweiter Teil, bestehe ich darauf, die (echten) Kerzen am (echten) Baum anzuzünden. Mein Vater grummelt etwas von wegen Feuergefahr und sentimentalem Schwachfug, worauf meine Mutter jedes Jahr erwidert, dass man ja keine Kerzen am Baum braucht, wenn man sie nicht anzündet. Darauf fällt meinem Vater nie ein Gegenargument ein, doch das passiert ihm öfter mit seiner Frau, also gibt er auf und sagt nur: «Immer von oben nach unten, Schnuppel!» Ich halte mich daran, denn ich betrauere heute noch den Verlust meines schwarzen Federtops, das einem unsachgemäßen Anzünden von Christbaumkerzen zum Opfer fiel. Irgendwann flackern die Kerzen, argwöhnisch von meinem Vater beobachtet, der mit dem

Löschhütchen bereitsteht, sollte eine von ihnen überraschend auf gefährliche Kürze herunterbrennen. Nach ziemlich genau zehn Minuten andächtigen Schweigens und Bachs Weihnachtsoratorium (ich kann es nicht mehr hören, aber man darf es halt nur zu dieser Jahreszeit auflegen, das muss man ausnutzen) räuspert sich mein Vater und sagt, das Löschhütchen immer noch in der Hand und die Kerzen fest im Blick: «Also, wenn ihr mich fragt – ich muss nicht unbedingt in die Mette gehen. Aber geht ihr ruhig, ich räume inzwischen ein wenig auf!» Ich starte den üblichen Überredungsversuch und frage mich, was es aufzuräumen gibt, denn die Teller sind längst in der Spülmaschine und sogar das Geschenkpapier liegt sauber gefaltet, von Tesaresten befreit und nach Farben geordnet in zwei verschiedenen Pappkartons. Der eine ist mit «nochmal verwendbar» beschriftet, der andere mit «Altpapier». Es läuft darauf hinaus, dass wir alle drei lieber im warmen Wohnzimmer bleiben, es verlogen finden, ausgerechnet an Weihnachten in die Kirche zu gehen, und mein Vater zur Feier des Abends einen seiner besten Rotweine aus dem Keller holt. Der gemütliche Teil von Weihnachten kann beginnen.

Auch 2003 ist nicht viel anders. Zum Glück. Eine Änderung in der Heiligabend-Routine würde mich zutiefst verstören, fürchte ich. Es gibt nur noch wenige Dinge, auf die so viel Verlass ist wie auf den Ablauf des 24. Dezember. Nein, ich fange nicht wieder mit Paul an ...
Das Essen schmeckt vorzüglich, der Wein mundet, die Geschenke gefallen, die Kerzen brennen, der Baum nicht. Gegen zwei Uhr verkünde ich, nach Hause zu fahren.
«Bleib doch lieber hier», schlägt meine Mutter – wie jedes Jahr – vor, und ich lehne dankend ab, ebenfalls wie jedes Jahr. Seit ich vor elf Jahren auszog, habe ich genau einmal bei meinen Eltern übernachtet, und da war ich wirklich krank. Seit-

dem fühle ich schon bei der Vorstellung, mein altes Zimmer wieder zu beziehen, wie meine Gesundheit mich verlässt.

Ich besteige also, schwer bepackt mit einem Teil meiner Geschenke, mein Auto und lasse den Motor an. Das Thermometer zeigt 16 Grad unter null. Ich drehe die Heizung auf den dicken roten Strich, das Gebläse auf vier, schalte die Heckscheibenheizung, den CD-Player und das Licht ein und fahre los. Fünf Minuten später übertönt ein greller Pfeifton Chris Martins Gesang, und auf dem Armaturenbrett leuchtet ein gelbes Lämpchen auf, das ich noch nie gesehen habe und das vermutlich nicht leuchten sollte. Ich ignoriere Krach und Lämpchen und fahre weiter. Nach zehn Sekunden geht der Motor aus. Die Batterie, denke ich und schalte Heckscheibenheizung und CD-Player aus, drehe das Gebläse runter. Wie doof von mir, das weiß doch jedes Kind, dass man die Autobatterie bei extremer Kälte nicht überstrapazieren darf. Ich warte ein bisschen und drehe dann den Zündschlüssel.
«Klick», macht der Anlasser. Dann herrscht Stille. «Klick, ist das alles, was dir dazu einfällt?», schnauze ich mein Auto an. «Ich verlange ja nicht viel von dir, aber fahren sollst du, hörst du? Ja, es ist verdammt kalt heute Nacht, aber du bist doch kein Fiat, oder?» Jetzt suche ich nach Argumenten, um mein Auto zu überreden. Fehlen nur noch Engelchen und Teufelchen, und die Irren-Menagerie wäre komplett. Aber die beiden haben heute Abend anderes zu tun, nehme ich an.

Da bin ich nun also, mutterseelenallein auf einer frisch verschneiten Nebenstraße zwischen einem Münchner Vorort und der Stadt. Meine Füße sind halb abgefroren – die guten schwarzen Hochhackigen sind nicht die ideale Ausrüstung für klirrend kalte Winternächte. Und es ist nicht gerade einfach, ein Auto, und sei es ein kleines wie meines, rückwärts um eine

Kurve zu schieben. Ich muss es aber unbedingt um die Ecke bringen, hier kann es nicht stehen bleiben. Muss ein lustiges Bild sein, wie ich da so zwischen Motorhaube und Lenkrad hin- und herschlittere, ganz unweihnachtlich fluchend. Wie immer finde ich als Leidtragende das Ganze überhaupt nicht witzig. Aber ich weiß jetzt schon, dass ich diese Story später mal zu den witzigen Anekdoten meines langweiligen Lebens zählen werde.

Irgendwann ist das Auto endlich halbwegs orthodox geparkt. Und jetzt, Marie? Während meiner kompletten Schiebe-Aktion ist kein einziges anderes Auto an mir vorbeigefahren. Zurück zu meinen Eltern sind es ungefähr sechs Kilometer, heim nach Neuhausen etwa sechzehn, und ich glaube nicht, dass um diese Zeit noch was Öffentliches fährt. Hm. Ich könnte Vroni anrufen. Würde aber nicht viel nützen. Sie feiert Weihnachten wie jedes Jahr bei ihren Eltern in Niederbayern. Ich glaube, sie grillen. Wen könnte ich noch anrufen? Marlene? Beim Skifahren. Beate? Daheim im Allgäu. Verdammt, habe ich nur Zuagroaste als Freunde?

Es hilft nichts. Ich überwinde meine Abneigung gegen mein ehemaliges Kinderzimmer und rufe meine Eltern an.

«Hallo Papi, hab ich dich geweckt?»

«Nein, Schnuppel, ich bin gerade beim Aufräumen.»

Eine halbe Stunde später liege ich in meinem alten Bett, eine Wärmflasche an meinen eisigen Füßen, und kuschele mich in meine alte Zebra-Bettwäsche, die ich damals unbedingt haben wollte. Und ich muss zugeben, dass ich mich ganz gut fühle. Aufgehoben und sicher. Zu Hause.

MONTAG, 29. DEZEMBER 2003 – WEGEN INVENTUR GESCHLOSSEN

Das Jahr 2003, das Jahr von Jahrhundertsommer, Irak-Krieg und Robbie-Williams-Konzert, das Jahr ohne Fußball-WM oder -EM und nicht zuletzt das Jahr, von dem ich sieben Monate mit Paul verbrachte, ist fast vorbei. Ein Jahresrückblick erscheint mir jedoch nicht sehr sinnvoll. Er würde mich nur an den herrlichen Sommer erinnern, und Sentimentalität kann ich mir im Moment nicht leisten. Ich muss stark bleiben.

Stattdessen mache ich eine kleine Inventur. Habe ich schon einmal erwähnt, dass ich Listen mag? Listen sind toll. Sie verleihen dem Unstrukturierbaren Struktur, sie lassen sich überblicken, und vor allem kann man Dinge aus ihnen streichen beziehungsweise abhaken. Pro- und Contra-Listen haben mir schon oft geholfen, wichtige Entscheidungen zu treffen. Nicht durch die Auflistung an sich, sondern dadurch, dass ich beim Verfassen merkte, was ich im Inneren wollte.

Marie Sandmanns persönliche Jahresinventur 2003

1) Beruf und Karriere

Status quo: Studium ~~beendet~~ abgeschlossen, Arbeit als ~~Freie~~ Freelancer, gute Position in der Redaktion
~~Probleme~~ **Herausforderungen:** unterbezahlt, Finanzamt fordert ständige Einzahlungen
To Do's: Position in Redaktion stärken, festen Job und gutes Gehalt anstreben, Geld anhäufen

2) Soziales Leben

Status quo: solide
Herausforderungen: Vroni (die Bernd-Geschichte). Marlene (muss aufhören, die Männer einzuschüchtern). Svenja (Ladyshaver schenken?). Kati (George Clooneys wahre Identität weiter ungeklärt, seit *Atomic Café* nicht mehr gesehen, Fall weiter ungelöst). Max (ebenfalls aus dem Weg gegangen, ist weiter ahnungslos).
To Do's: Mit Vroni über Bernd reden. Marlene dazu raten, die Männer nicht mehr einzuschüchtern. Svenja Ladyshaver schenken. George Clooneys wahre Identität aufdecken, Kati mit meinem Wissen konfrontieren (???). Max davon erzählen (???). Reihenfolge überlegen!

3) Liebesleben

Status quo: beklagenswert. Letzte Mail von Paul: 21. Dezember. Letzte Mail an Paul: 21. Dezember. Weihnachtsgruß: Fehlanzeige.
Herausforderungen: Pauls Schweigen. Mein Schweigen. Abkühlung der Korrespondenz. Beidseitige Dickköpfigkeit. Erfrorener Oleander.
To Do's: Schweigen brechen? Warten, bis Paul das Schweigen bricht? ~~Nach Lesotho reisen~~ Entschuldigen? (Wofür?) Herausfinden, was vorgefallen ist. Mit Vorstellung anfreunden, dass ~~Schluss ist~~ die Beziehung in eine sensible Phase eingetreten ist. Leben in eigene Hand nehmen. Versuchen, ohne Paul glücklich zu werden. Für alle Fälle.

Nachtrag: zu 3) Der schöne Andi.
Status quo: schwebend.

Herausforderungen: Bin nicht verliebt in ihn. Will ihn aber als Freund behalten.
To Do's: Ihm genau das sagen. Ende der Feigheit.

Uff. Viel zu tun. Ich pinne die Agenda an meine Korkwand über dem Schreibtisch. Dann nehme ich einen giftgrünen Textmarker und hebe einen Satz heraus: Leben in eigene Hand nehmen. Das scheint mir wichtig zu sein. Thailand war ein Anfang. Ich kann unmöglich weiter hier sitzen und mich mit Beauty-Terminen, Caipirinha-Besäufnissen und Shopping-Samstagen ablenken, während Paul in Lesotho seine Träume verwirklicht. Ich muss mein Leben leben, statt mir die Zeit zu vertreiben, in der Hoffnung, dass mein Traummann irgendwann mal wiederkommt. Ich weiß nur noch nicht genau, wie sich das gestalten soll, das «mein Leben leben». Klingt gut, aber irgendwie kryptisch. Vielleicht sollte ich eine Doktorarbeit schreiben. Oder mir einen seriösen Job suchen. Ich könnte auch mit meiner Bank sprechen und eine Immobilie anfinanzieren. Ach nein, lieber doch nicht. Vielleicht sollte ich beginnen, einen Roman zu schreiben, oder mich für eine gute Sache engagieren. Irgendwas wird sich sicher finden.

Das ist doch mal ein Vorsatz für das neue Jahr, oder? Ich werde etwas aus meinem Leben machen. Tief in meinem Inneren spüre ich, dass das kein Entschluss aus freiem Willen ist. Wenn ich die Sache mit Paul einigermaßen unbeschadet überstehen will, ist es das Einzige, was mir übrig bleibt.

MITTWOCH, 31. DEZEMBER 2003 – HALLO, ZWEITAUSENDVIER

Bevor ich mir überlege, was genau ich aus meinem Leben machen werde, gibt es ein zeitnaheres Problem. Noch dreizehn Stunden bis zum Ende des Jahres. Und ich weiß noch nicht, wo und wie ich Silvester verbringen werde. Das ist mir schon lang nicht mehr passiert. Ich meine, es ist normal, dass man sich erst in letzter Minute entscheidet, welche der Optionen für den Jahreswechsel man wahrnimmt. Aber nicht so wörtlich in letzter Minute. Dieses Jahr habe ich die anstehende Party einfach vergessen. Ich war zu beschäftigt mit meinem Auto (der Motor hatte einen Kolbenfresser erlitten, und ich musste beweisen, dass ich *nicht* vergessen hatte, Öl nachzufüllen, sondern dass es sich um einen Konstruktionsfehler handelte) und mit meiner persönlichen Inventur. Und auf einmal war der 31. da. Komisch, dass einem die Zeit zwischen Weihnachten und Silvester vorher immer so lang vorkommt, obwohl es doch nur genau eine Woche ist, und das schon immer. Ich glaube auch nicht, dass sich das in absehbarer Zeit ändern wird. Trotzdem falle ich jedes Jahr erneut darauf rein und nehme mir für die freie Zeit tausend Dinge vor.

Leicht panisch greife ich zum Telefonhörer und wähle Vronis Nummer.
«Heute Abend?», sagt sie, «sorry, da bist du etwas zu spät dran. Marlene, Beate, Robert, ich und ein paar andere gehen auf die Party im *Forum der Technik*. Sieben Areas, zwölf Bars, Wodka-Bull für drei Euro und DJs aus Mallorca und Ibiza. Leider ist es komplett ausverkauft.»
Ich hole tief Luft. Nicht, dass ich gesteigerten Wert auf sieben Areas, zwölf Bars, Wodka-Bull für drei Euro und DJs aus Mallorca und Ibiza gelegt hätte. Solche Partys fand ich

mit zwanzig toll. Heute tendiere ich eher zu einem gemütlichen, leckeren Essen, einem Feuerwerk um Mitternacht und danach vielleicht ein bisschen tanzen. Aber ich bin sprachlos, dass Vroni Silvester ohne mich klargemacht hat. Wie war das noch? «Soziales Leben: Status quo: solide»? Hochmut kommt vor dem Fall, Marie. Irgendwas läuft da verdammt schief zwischen deiner besten Freundin und dir. Sofern sie noch deine beste Freundin ist. Beste Freundinnen pflegen Silvester normalerweise nicht ohne einander zu verplanen. Oh, Shit.

«Marie, bist du noch da?»

«M-hm ...»

Sie kichert. Macht sie sich lustig über mein Elend?

«Marie, ich mach doch nur Spaß. Glaubst du im Ernst, ich würde mein Silvester ohne dich planen?»

Die Basisstation meines Telefons kracht mit Gescheppter auf den Boden.

«Huch, was war denn das?»

«Das war der Felsbrocken, der mir vom Herzen gefallen ist ...»

Vroni lacht erneut. Ja, der Schock hat gesessen.

«Aber mal im Ernst, Süße – du kennst mich, ich habe natürlich trotzdem schon lange was fix gemacht für heute Abend. Allerdings nicht im *Forum der Technik*, das überlasse ich der jüngeren Generation.»

Huch? Wie jetzt?

«Ich habe Karten für die Party im *Wassermann*. Für die üblichen Verdächtigen – und für dich. Wir sind insgesamt dreiundzwanzig Leute. Kostet fünfzig Euro inklusive Begrüßungsdrink, Drei-Gänge-Menü, Bier und Wein und Prosecco um Mitternacht. Ich hoffe, das ist dir recht? Würde aber auch nichts nützen, wenn nicht ...»

«Klarsmirdasrecht!», beeile ich mich zu sagen. Und markiere

das To-Do «Mit Vroni über Bernd reden» in Gedanken mit giftgrünem Textmarker. Es ist wichtig, dass es ihr gut geht.

Es wird ein ganz normaler, schöner Silvesterabend. Keine besonderen Vorkommnisse. Aber ich lerne einige meiner Freunde ganz neu kennen. Simon, der sonst immer so pedantisch mit seinen Klamotten ist, fällt dadurch auf, dass er sich permanent teuren Merlot über das weiße Hemd gießt. «Simon, warum tust du das?», will ich von ihm wissen. «Dawarnfleck», sagt er und deutet in Richtung seiner rechten Schulter, «jetziehtmansnimmer, gell?» In der Tat nicht. Sein Hemd ist jetzt rosa. «Genial, Simon.»
Marlene und Ninas Freund Ralf, die zuvor noch nie mehr als zwei Worte (meist «Hallo» und «Tschüss») miteinander gewechselt haben, sitzen zusammen in eine Ecke zurückgezogen und tauschen sich kichernd aus. Ralf, so haben sie gerade festgestellt, hat mit Marlenes erster großer Liebe Abi gemacht. Das ist zwar schon sechzehn Jahre her (die erste große Liebe, nicht das Abi), wirft aber anscheinend trotzdem genug Gesprächsstoff ab.
Mit Besorgnis beobachte ich Vroni und Bernd. Sie scheinen sich wieder mal mehr als nur gut zu verstehen, flirten wie die Weltmeister und können die Finger nicht voneinander lassen. Ich muss unbedingt mit Vroni reden. Sie hat einen Mann verdient, der sie wirklich liebt und für den sie nicht nur ein Zeitvertreib ist, wenn sich gerade nichts Besseres ergibt.
Max und Kati sind nicht mit von der Partie. Sie sind mit ein paar Freunden von Kati nach Rom geflogen, erfahre ich von Tom, Max' WG-Mitbewohner. Italien. Wie romantisch. Armer Max. Wenn der wüsste ... Bald muss ich mit Kati reden. Oder mit Max. Oder mit beiden. Aber zum Glück nicht mehr dieses Jahr.

Mitternacht. Feuerwerk. Prosecco. Kalte Hände, knirschender Schnee unter den Stiefeln. Kribbeln im Bauch. Hallo, zweitausendvier. Du wirst ein ganz besonderes Jahr werden. Ich werde alles aus dir rausholen. Wir werden die Zeit unseres Lebens haben, du und ich. Marie hat viel vor.
Ich renne zwischen meinen Freunden hin und her und küsse und umarme jeden von ihnen. Solange ich in Bewegung bleibe, muss ich weniger nachdenken. Schon das dritte Silvester, seit ich Paul kenne. Und das dritte, das ich ohne ihn verbringe. Fort, ihr Gedanken, weg mit euch. Ich bin stark, ich bin autark, ich brauche Paul nicht. Na bitte, geht doch.

Hm. Ich weiß nicht. Habe eben eine SMS an Paul geschickt. «Lieber Paul, ich wünsche dir ein wunderbares neues Jahr. Es tut mir Leid, wenn ich dich angezickt habe. Schreib es bitte meiner Sehnsucht zu, okay? Küsse, Marie.» Es ist immer das Gleiche. Wenn ich so eine SMS schreibe und abschicke, fühlt sie sich vollkommen richtig an. Ich stehe dann total hinter dem, was ich tue. In diesem Fall bin ich stolz, meinen Trotz überwunden und den ersten Schritt gemacht zu haben. Der Klügere gibt nach und so weiter. Doch schon nach wenigen Minuten beginnt der Zweifel an mir zu nagen. Weil keine Antwort kommt. Natürlich kommt keine Antwort. An der Zeitverschiebung kann es nicht liegen, denn die Zeitverschiebung zwischen Deutschland und Südafrika beträgt nur eine Stunde, habe ich herausgefunden. Das hat nämlich nichts mit der Entfernung zu tun, sondern mit dem Längengrad. Als mein Handy-Display nach zwanzig Minuten immer noch leer ist, bin ich überzeugt davon, das Falsche getan zu haben. Wie konnte sich diese SMS nur richtig anfühlen? Wann werde ich endlich lernen, erst zu denken und dann zu handeln? So viel zu meinem Neustart 2004. Herzlichen Glückwunsch, Marie Sandmann. Das kann ja heiter werden.

FREITAG, 16. JANUAR 2004 – SISKA AUF ABWEGEN

Ich muss was gestehen. Heute Abend bleibe ich zu Hause. Nicht etwa, weil ich von meiner arbeitsreichen Woche so platt bin, dass ich um 22 Uhr ins Bett gehen müsste. Nein. Auch nicht, weil sich durch dezentes Halskratzen die Erkältung des Jahrhunderts anbahnt oder weil ich morgen zum Skifahren will. Nein. Ich bin fit, gesund, kann morgen ausschlafen – und habe trotzdem keine Lust auf Kino, Kneipe, Theater oder Tanzen.

Heute Abend kommt nämlich was Tolles im Fernsehen. In der ARD läuft «Unter weißen Segeln – Urlaubsfahrt ins Glück». Sozusagen ein Cover der ZDF-Erfolgsserie «Traumschiff». Ich liebe diese TV-Highlights. Man sieht traumhafte Postkartenlandschaften, muss sich keine Sorgen um eine etwaige Arbeitslosigkeit alternder deutscher Schauspieler wie Klaus-Jürgen Wussow oder Siegfried Rauch machen, und ich bin jedes Mal froh, noch nie den Wunsch verspürt zu haben, ins nächste Reisebüro zu rennen und eine Kreuzfahrt zu buchen. Das hebe ich mir für die Zeit auf, wenn ich siebzig bin und mich Rheuma, Diabetes oder Arthrose daran hindern, mit dem Rucksack ferne Länder zu entdecken. Das Beste sind die Happy Ends. Ich mag ja normalerweise keine Happy Ends. Aber die bei Traumschiff & Co. sind super. Die Storys und damit auch ihr jeweiliger Ausgang sind so am Leben vorbei statt aus ihm gegriffen, dass ein Traumschiff-Happy-End den beabsichtigten Zweck eines Happy Ends ad absurdum führt – nämlich den Zuschauer glücklich und guten Mutes den Abspann beglotzen zu lassen. Oder, einfacher ausgedrückt: Eine Traumschiff-Story ist das Gegenteil vom echten Leben und damit der beruhigende Beweis dafür, dass im echten Leben nicht alles glatt läuft. Und zwar nicht nur bei mir. Got it?

Zurück zu den weißen Segeln. Anfangs bin ich etwas verwirrt. Was macht Siska, mein Lieblingskommissar aus der gleichnamigen Krimiserie, in Kapitänsuniform auf einem fünfmastigen Luxussegelschiff? Und warum spricht Vollweibdiätbuchverfasserin Christine Neubauer alias Marlene, «Cruisemanagerin», ihn mit «Klaus» an? Aber gut. Man muss flexibel bleiben. Schön übrigens, dass die ARD mal neue Berufe erfindet. Cruisemanagerin. Im Laufe des Fernsehfilms stellt sich heraus, dass eine Cruisemanagerin auf einem Luxusliner ungefähr dasselbe ist wie ein Key Account Manager in einem mittelständischen Unternehmen: Der Depp vom Dienst.

Die Hauptgeschichte aber ist super. Und einwandfrei vom Traumschiff (die Folge in der Südsee) geklaut. Zwei befreundete Ehepaare machen zusammen Urlaub, und der Zuschauer merkt vom ersten Moment an, wie der Hase läuft: Natürlich passt Herr Kummerfeld, der mitten auf dem Meer wireless mit seinem Palm Pilot im Internet surft und Aktienkurse abfragt, viel besser zur «Ich will shoppen und Kinder nerven nur»-Tussi Frau Rautenberg. Herr Rautenberg dagegen, der sensible Lehrer und Kinderfreund, harmoniert perfekt mit der kulturinteressierten Frau Kummerfeld. Na, wie wird diese Geschichte wohl enden? Genau. Partnertausch. Die Kids haben ein Problem damit, das aber durch ein Eis am Stiel schnell behoben werden kann. Der neue Papa ist eh viel cooler und tippt nicht immer auf seinem Handheld rum. Und Marlene hat's ja von Anfang an gewusst. Eine Cruisemanagerin hat so was eben im Urin...

Als der Abspann läuft, ist es noch zu früh, um ins Bett zu gehen. Also nehme ich mir meine Inventur-Agenda vor und überprüfe meine Fortschritte. Öhm. Der berufliche und finanzielle Sektor läuft recht gut. Ich habe dieses Jahr schon mehr verdient als ausgegeben, vorausgesetzt, ich habe das mit den Steuervorauszahlungen korrekt gelöst. Ich notiere ein Plus von 300 Euro. Nicht schlecht, wenn man bedenkt, dass im Januar immer all diese überraschenden Abbuchungen stattfinden. GEZ, jährliche Spende an den Malteser Hilfsdienst (wann zum Teufel habe ich diesen Dauerauftrag unterschrieben?), KFZ-Steuer, Mitgliedsbeitrag für das deutsche Jugendherbergswerk (das muss noch von 1994 aus meiner Interrail-Zeit stammen). Kündigen, notiere ich und mache ein Ausrufezeichen dahinter. Das Gleiche gilt für die Mitgliedschaft im Neuhausener Fitness-Studio. Ich weiß schon gar nicht mehr, wie ich dort hinfinde, aber es fühlte sich immer so sportlich an, Mitglied in einer Muckibude zu sein. Auch, was das «Position in Redaktion stärken» angeht, bin ich im grünen Bereich. Gleich morgen werde ich mit einer neuen Reportage beginnen. «Berufe im Bereich Sex&Liebe», lautet der Arbeitstitel. Hört sich spannend an. Und wird mir weitere 2000 Euro auf der Haben-Seite bringen, vor Steuern, versteht sich.

Im Bereich 2, «Soziales Leben», sieht es weniger rosig aus. Vroni und Bernd mutieren immer mehr zum ganz normalen, glücklichen Pärchen. Das Wort «wir» hat in Vronis Wortschatz eine bedrohliche Frequenz erreicht. Als ich das letzte Mal bei ihr übernachten wollte, musste ich auf dem Sofa schlafen, weil das Bett von Bernd belegt war. Ich muss unbedingt eingreifen. Marlene schüchtert nach wie vor potenzielle männliche Kandidaten ein, Svenja verkauft weiterhin mit Erfolg glamouröse Bogenhausener Villen, doch der Wildwuchs unter ihren Achseln hält an. Vermute ich. So genau weiß ich das nicht, denn es ist tiefer Winter und meine Aussicht auf Svenjas Achselhöhlen daher stark eingeschränkt. Und Max und Kati ... Naja, sie kamen glücklich und übersprudelnd von Geschichten aus Rom zurück und scheinen rundum happy zu sein. Irgendwie hat sich noch keine Gelegenheit aufgedrängt, das Thema George Clooney zur Sprache zu bringen. Und ich beginne langsam an meiner Erinnerung zu zweifeln. Doch jedes Mal, wenn ich Britney Spears' Song «Toxic» im Radio höre – das Lied lief damals gerade im *Atomic Café*, als ich Zeugin des Kusses wurde –, bin ich mir wieder sicher, dass mir meine Augen keinen Streich gespielt haben. Ich habe inzwischen auch herausgefunden, dass Kati ein Einzelkind ist. Meine Lieblings-Auflösung dieser unangenehmen Geschichte kann ich also haken. Außer, sie weiß nichts von ihrer Zwillingsschwester. Bei der Geburt getrennt? Vergiss es, Marie. Es wäre ein zu großer Zufall, wenn Katis Zwillingsschwester das gleiche raffiniert geraffte, cremefarbene Oberteil gekauft hätte.

Ach ja, Bereich 3, «Liebesleben». Was soll ich sagen? Ich bekam doch noch eine Antwort auf meine Neujahrs-SMS. «Ich wünsche dir auch ein tolles Jahr 2004. Mit allem, was dazugehört. Mir tut es auch Leid. Ich war nicht eben fein. Kuss, Paul.» Auch ein paar Mails hat er mir in den ersten zwei Wochen des neuen Jahres geschrieben. Ich registrierte mit Erleichterung, dass er den Oleander nicht mehr erwähnte und insgesamt wieder verbindlicher klang. Trotzdem: Etwas war da faul. Und wenn ich nachhakte, führte das nur dazu, dass er wieder tagelang nichts von sich hören ließ. Also wurde ich vorsichtig. Wir schrieben uns, aber ich hatte das Gefühl, dass wir beide um den heißen Brei herumredeten. Versteh einer die Männer. Was ist los, Paul? Warum kannst du es mir nicht anvertrauen? Wem, wenn nicht mir? Ich dachte, ich sei deine Freundin. Im doppelten Wortsinn.

Paul, ich vermisse dich.

tippe ich in ein leeres E-Mail-Fenster, das an paul@glimpf.de adressiert ist.

Seit dreieinhalb Monaten bist du nun weg. Ich arbeite an interessanten Aufträgen, ich hatte vier wundervolle Wochen in Thailand, und ich unternehme viel mit meinen Freunden. Das Leben könnte schön sein. Ist es auch, einerseits. Aber andererseits bedeutet das alles nicht viel, wenn du nicht da bist. Ich weiß, dass dieser Sommer, den wir zusammen erlebt haben, etwas Einmaliges war und nicht zurückzuholen ist. So intensiv wird es nie wieder werden, wir werden nie wieder so viel Zeit miteinander verbringen können. Trotzdem hätte ich dich so gerne in meinem Leben. Mit dir wäre ich so gern eines von diesen ganz normalen Pärchen, die es milliardenfach auf dieser Welt gibt. Ich würde dir von meinen Recherchen und Beauty-Terminen erzählen und mir die Neuigkeiten von deiner Arbeit anhören. Ich würde gern meine Wochenenden mit dir verbringen, gerade jetzt im Winter. Wir könnten zusammen in Österreich Ski fahren. Abends würden wir in die Sauna gehen, du würdest mir ganz leise schmutzige Sachen ins Ohr flüstern und darauf achten, dass dir dein Handtuch nicht vom Schoß rutscht. Dann würden wir ganz schnell auf unser Zimmer huschen und deine Phantasien in Realität umsetzen. Oder auch mal nicht, Paul, nicht dass du denkst, mir ginge es nur um Sex mit dir. Sex mit dir ist das Beste, was ich in dieser Hinsicht je erlebt habe, aber ich würde auch gern mal einen Abend einfach nur mit dir im Bett liegen und plaudern. Wie letzten Sommer, als wir stundenlang im Gras deines Gartens lagen und uns Anekdoten aus unseren Leben erzählten. War das nicht schön, Paul? Ich liebe dich, und ich möchte bei dir sein. Ja, ich weiß, du bist jetzt in Lesotho, und das geht nun mal nicht. Ich bin trotzdem gern bei dir, in meinen Gedanken, in meinen Träumen. Ich würde gerne wissen, wie es dir wirklich geht, was du denkst, während du da unten deine Tage verbringst, und wie es in dir drinnen aussieht. Ich möchte an deinem Leben teilhaben, egal, ob du neben mir liegst oder Tausende von Kilometern entfernt bist. Willst du das nicht auch, Paul? Hast du mir nicht gesagt, dass du mich liebst, egal, was passiert? Ich verstehe es nicht. Ich glaube nicht, dass diese Sache mit dem Band zwischen zwei Menschen eine Erfindung der Groschenromanschreiber ist. Ich habe geglaubt, dass wir so ein Band besitzen. Aber es braucht Pflege. Input. Ich merke, wie es immer dünner wird, je mehr ich daran ziehe. Ich habe Angst, Paul. Ich bin dabei, dich zu verlieren. Und das ist das Letzte, was ich will.

Der Mauszeiger schwebt über dem «Senden»-Button. Eine, zwei, drei Sekunden. Dann ziehe ich den Pfeil zu dem roten Quadrat in der rechten oberen Ecke. Schließen. Neu erstellte Nachricht speichern? Nein. Mein Text ist weg. Manchmal frage ich mich, was mit all den Buchstaben, Wörtern und Sätzen, die ich auf meinem Computer schreibe und wieder lösche, eigentlich geschieht. Wohin gehen diese Zeilen? Sie können sich doch nicht einfach in Luft auflösen. Schweben sie vielleicht durch den Raum und tauchen irgendwann, irgendwo auf mysteriöse Weise wieder auf? Quatsch, Marie. Gelöscht ist gelöscht. Elektronenschrott. Nicht recyclebar.

Vor einem Jahr hätte ich Paul diese E-Mail vielleicht geschickt. Aber ich bin vorsichtig geworden. Gebranntes Kind und so.

Once bitten, twice shy. The first cut is the deepest. Vielleicht sollte ich mich besser um andere kümmern. Als Cruisemanagerin auf einem Kreuzfahrtschiff anheuern und Ehepaare neu zusammenwürfeln. Das wäre doch mal eine sinnvolle Aufgabe. Und außerdem wollte ich immer schon Kommissar Siska kennen lernen.

SAMSTAG, 17. JANUAR 2004 – DIE REPORTAGE

Heute muss ich für den «Berufe im Bereich Sex&Liebe»-Artikel recherchieren. Letzte Woche war Briefing, so heißt die Vorbesprechung, wenn man für eine Redaktion arbeitet, mit Claudie vom Ressort «Love&Sex». Merke, Redakteurinnen bei angesagten Magazinen heißen nicht Claudia oder Julia, sondern Claudie oder Julie. Was für ein Glück, dass ich nicht Maria getauft wurde.
«Also, was fällt uns dazu ein? Brainstorming», begann Claudie die Besprechung. Gut. Ich plapperte drauflos. Das darf man, wenn man ein Brainstorming macht.
«Nutte. Callboy. Erika Berger. Paartherapeut. Erotik-Autor. Pornodarsteller. Vibratorladeninhaberin. Heiratsvermittler. Jörg Pilawa.»
«Sehr gut. Nur, Marie – was bitte hat Jörg Pilawa mit *Sex* zu tun?»
«Na ja, wegen Herzblatt, dachte ich ... wohl eher Bereich Liebe», räumte ich ein.
«Vergiss Jörg Pilawa. Den können wir mit reinnehmen, wenn wir mal eine Geschichte über Quizsendungen machen.»
Damit war das Brainstorming beendet. Claudie hatte Wichtigeres zu tun. Der Redaktionsschluss für die Ausgabe 04 nahte, und für die Titelgeschichte fehlte noch ein Pärchen, das

in einem Reihenhaus lebte, einen VW Golf Variant fuhr und sich in einem Fetisch-Club kennen gelernt hatte. «Zur Not tut es auch ein Swingerclub oder ein Passat», informierte mich Claudie, als sie routinemäßig überprüfte, ob ich nicht zufällig so ein Paar kannte. Öhm, sorry, nein. Ich habe nur langweilige Freunde.

Claudie seufzte gestresst und sagte: «Okay, ich schicke dir die Facts zu deinem Artikel per Mail, und du kannst ja schon mal anfangen, Leute ausfindig zu machen. Ich stelle mir kurze, witzige Interviews vor, Fotos natürlich – die wird Joshua machen, er meldet sich bei dir – und kleine Kästen zur Berufsausbildung, was, wie, wo, wie viel Verdienst etcetera peh peh. Alles klar?»

«Alles klar», echote ich und grübelte schon mal darüber nach, welche Ausbildung man wohl durchlief, um Nutte zu werden.

Ich begann also damit, mich nach einer Nutte, einem Callboy, Erika Berger und so weiter umzusehen, mit denen ich Interviews führen könnte. Die Prostituierte (immer schön politisch korrekt bleiben) war ja noch vergleichsweise einfach zu finden. Ich rief einfach eine an, die in der Zeitung inseriert hatte. Nachdem ich bei den ersten beiden barsch aus der Leitung geschmissen wurde, sobald sie meine Stimme hörten («Keine Lesben!»), hatte ich bei Nummer drei, Lady Ramona, mehr Glück. Als sie hörte, dass ich sie für eine Stunde Interview mit dem gleichen Betrag entlohnen würde, den sie sonst für eine ganze Nacht mit einem Freier kassierte, schnurrte sie wie ein Kätzchen. Wir verabredeten einen Termin, und ich machte auf meinem Zettel einen Haken hinter «Nutte».

Der Callboy war noch leichter zu kriegen. «Lediglich ein Interview», betonte ich am Ende unseres Telefonats noch einmal. Nur zur Sicherheit.

Sehr viel weiter bin ich noch nicht gekommen. Erika Berger ist schwer zu erreichen. Und ihr PR-Agent ziemlich gut im Abwimmeln. Aber ich bleibe hartnäckig.

Heute also habe ich einen Termin, den Claudie für mich arrangiert hat. «TT-Agentur, Ickstattstr. 24, Sa 17.1. 19 Uhr, Ansprp.: Louis», steht in ihrer E-Mail. TT? Was soll denn das sein? Tandem-Touren? Table-Tanz? Titten-Tuning? Na, ich werde es herausfinden.
Es ist 18 Uhr, und ich warte noch darauf, dass Joshua sich bei mir meldet. Immer diese Künstler. Unzuverlässig bis zum Gehtnichtmehr. Wenn er nicht bald anruft, muss ich die Fotos selbst machen, denke ich. Hm, fragt sich nur, womit. Ich besitze eine Digitalkamera. Fragt sich nur, wo. Und wie sie funktioniert. Ah, na endlich – das Handy klingelt.
«Heeeeei Marie, hier ist Josh!» Tschosch, spricht er sich aus und mich Märiiie mit englischem «r». «Wir machen dieses ...», er kichert, «Sex-Ding zusammen, nicht?»
«Äh, ja genau. Berufe im Bereich Sex&Liebe.»
«Exactly, Honey. Ich seh dich dann um sieben pih ämm in der Agentur! So long, Darling ...» Tut-tut-tut. Alles klar. Schwul bis in die rasierten Achselhöhlen. Aber irgendwie süß. Hoffentlich kriegt er seine Frisur hin bis in einer Stunde und kommt nicht zu spät.
Meine Sorge stellt sich wenig später als unbegründet heraus. Als Josh mich mit Küsschen-links-Küsschen-rechts begrüßt, muss ich der Versuchung widerstehen, über seinen blank polierten Schädel zu streicheln. «Na, dann wollen wir mal», sagt er und sieht sich suchend um, «hieß es nicht Nummer 24?» «Doch.» Wir stehen direkt vor dem Haus. Kein Agenturschild zu sehen. Ich inspiziere das Klingelbrett. Lauter Namen, nichts, was nach einer Geschäftsstelle aussieht.
«Und was ist das da?», fragt Josh und deutet mit seinem ma-

nikürten Zeigefinger auf ein Klingelschild, das anders ist als die anderen. Kein Name steht drauf, sondern ein kleines Icon ist zu sehen, ein stilisierter Hund, der eine Pfote hebt.

«Probieren wir's aus», meine ich lässig und betätige den Klingelknopf. Schon komisch. Alleine hätte ich mich das nie getraut. Ich hätte kehrtgemacht, am Montag Claudie angerufen und ihr mitgeteilt, dass sie mir eine falsche Adresse geschickt hatte.

Der Türsummer summt. Wir treten ein und steigen das schöne Altbautreppenhaus hinauf. Im dritten Stock öffnet sich eine der alten Holzflügeltüren, und ein hübsches, junges Mädchen bittet uns herein. «Ihr seid die von der Frauenzeitschrift, nicht?», sagt sie, «willkommen in unserer Agentur, kommt rein, legt ab, wollt ihr einen Kaffee, bis Louis für euch da ist?»

«Danke, ja, gern», antworte ich, «ich bin Marie, und das ist Josh, der Fotograf.» Während wir am Empfang auf Louis warten, bestaune ich die Einrichtung. Alter Dielenboden, Antiquitäten, hochmoderne Apple-Computer und eine raffinierte, indirekte Beleuchtung. Leider keine Plakate an der Wand und keine Broschüren auf dem Couchtisch, die über die Arbeit der Agentur hätten Aufschluss geben können. Ich möchte ungern danach fragen. Es macht keinen besonders professionellen Eindruck, wenn man als Journalistin zu einem Termin erscheint und keine Ahnung hat, worum es geht.

«Josh?»

«Marie-Darling?»

«Pssssst.»

«Oh, sorry.»

«Hast du eine Ahnung, was für eine Agentur das sein soll?», flüstere ich.

«Nö, keinen Schimmer, Baby», antwortet Josh, «ich bin ja nur der Fotograf, so sorry …»

Grmpf. Da kommt auch schon Louis. Ein sehr gut erhalte-

ner Vierzigjähriger mit grauen Schläfen à la Richard Gere in «Pretty Woman». Er trägt einen edlen dunkelgrauen Kaschmiranzug. In dem Moment, als er mir freundlich lächelnd seine Hand entgegenstreckt, erkenne ich ihn. Es ist George Clooney. Also, nicht der echte natürlich. Aber sein Double aus dem *Atomic Café*. In meinem Kopf beginnt Britney «Toxic» zu singen, als die Szene sich vor meinem inneren Auge wiederholt. George, der Kati küsst. Kati, die George küsst. Die beiden knutschend auf der Tanzfläche, dann Arm in Arm auf dem Weg zur Tür.
«Ha-hallo Geo ... äh, Louis!», stammle ich und bemühe mich, die Fassung zu bewahren.
«Hallo Marie, schön, Sie kennen zu lernen», sagt er und bleckt eine Reihe makelloser, gebleichter Zähne. «Unglücklicherweise», fährt er fort, «bin ich auf dem Sprung zu einem kurzfristigen Auftrag und habe leider gar keine Zeit für das Interview. Tut mir sehr Leid.» Ich atme schon auf, da spricht er weiter: «Aber ich weiß etwas viel Besseres! Sie begleiten mich einfach zu meinem Termin, als stille Beobachterin, das ist sowieso viel besser, als wenn ich Ihnen Romane erzähle! Die Fotos machen wir dann halt wann anders», sagt er und blickt entschuldigend zu Josh. Der hat samstagabends sowieso Besseres vor, als heterosexuelle George-Clooney-Klone abzulichten, und macht sich fröhlich vom Acker.
«Okay», sage ich lahm und verpasse die allerletzte Chance, George alias Louis nach der genauen Beschaffenheit seines «Auftrags» zu fragen.
«Prima, dann mal los!», freut sich Louis und lässt mich vor ihm zur Tür hinausgehen.

«Ähm ... wo genau haben Sie denn Ihren Termin?», will ich wissen, als wir in Louis' Wagen sitzen und die Fraunhoferstraße entlangfahren.

«Er beginnt im *Tresnjewski*», erklärt Louis, «so viel ist sicher. Wie es dann weitergeht, weiß ich selbst noch nicht», er grinst, «das hängt ganz von meiner Klientin ab. Das ist ja gerade das Spannende an meinem Job. Am Anfang weiß ich nie, wohin mich der Abend führen wird.»

Aha. Alles klar. Bei Marie Sherlock Sandmann ist der Groschen gefallen! Louis ist Privatdetektiv. Er spioniert Frauen hinterher. Deswegen auch der Hund im Agentur-Logo. Hund = Schnüffler. Brillant, Marie.

Ich entspanne mich und beschließe, den Abend zu genießen. Schließlich beschatte ich nicht alle Tage einen Detektiv, der eine Frau beschattet. Coole Sache. Ich sehe mich schon mit einer durchlöcherten Zeitung im *Tresnjewski* sitzen und unauffällig sein.

«Entschuldigung», bittet Louis galant und schaltet seine Freisprechanlage ein. «Null-eins-sieben-null-zwei-drei-sieben-fünf ...», sagt er akzentuiert, und das Handy beginnt zu wählen. «Raffaela? Wir sind auf dem Weg. 19 Uhr 30, ja. Im Tressie. Sie ist ...», kurzer Seitenblick zu mir, «ungefähr eins siebzig groß, schlank, kurze, blonde Haare, graue Hose, schwarzer Rollkragenpulli. Reicht das? Gut, bis gleich, ciao!»

«Was ...»

«Das war Raffaela, meine Assistentin. Sie wird im *Tresnjewski* mit Ihnen an einem Tisch sitzen, von dem aus Sie alles gut beobachten können. Tun Sie einfach so, als würden Sie sich mit ihr unterhalten. Es fiele zu sehr auf, wenn Sie samstagabends alleine in der Bar sitzen würden ...»

Ach so. Daran hätte ich gar nicht gedacht. Mein Magen beginnt zu kribbeln. Das ist ja wie im Krimi!

Dann sind wir da. Als Louis in die Schleißheimer Straße einbiegt, lässt ein Mercedesfahrer, der direkt vor dem *Tresnjewski* parkt, den Motor an und sticht aus der Parklücke. Louis fädelt geschickt ein.

«Mönsch, Sie haben aber ein Glück», staune ich, und Louis lacht.
«Das Glück heißt Alfredo und ist mein Assistent. Ich überlasse nichts dem Zufall!»
Diesem Eindruck kann ich mich nicht verwehren.
«Kommen Sie bitte in fünf Minuten nach, Marie. Der Tisch ist auf Ihren Namen reserviert. Raffaela wird dann gleich zu Ihnen stoßen!»
Und weg ist er.
Exakt fünf Minuten später, ich will auch professionell wirken, betrete ich das *Tresnjewski*. «Ich habe eine Reservierung auf Sandmann», sage ich zum Kellner und tatsächlich, er bringt mich zu einem Zweiertisch an der Wand, von dem aus man das ganze Lokal und die Bar bestens überblicken kann. Ich habe kaum meine Jacke ausgezogen, da kommt eine junge, rothaarige und ziemlich stylish angezogene Frau auf mich zu und strahlt, als würden wir uns seit Ewigkeiten kennen. Während sie mich abbusselt, flüstert sie mir ins Ohr: «Ich bin Raffaela, Louis' Assistentin, wir sagen du und tun so, als würden wir uns kennen, okay?» «Alles klar, Raffaela!» Ich schiele zur Bar. Dort steht Louis, lässig an den Tresen gelehnt, und trinkt einen Espresso und ein Mineralwasser.
«Du musst mir nicht zuhören», sagt Raffaela, «tu einfach so, als würdest du meinen Erzählungen lauschen, dabei kannst du Louis und sein Opfer in Ruhe beobachten.» Und sie legt los, plappert von irgendeiner (vermutlich fiktiven) Freundin. Zwischendurch bestellen wir zu trinken und zu essen. Nach dem zweiten Glas Wein und der dritten Zigarette entspanne ich mich ein wenig, und es fällt mir immer leichter, ein Gespräch mit Raffaela vorzutäuschen und gleichzeitig Louis im Auge zu behalten, vollkommen unauffällig, versteht sich.
Als mein Feldsalat mit warmem Ziegenkäse kommt, hat Louis sein Opfer ausgemacht. Eine attraktive, blonde Frau

in den Dreißigern kommt in das Lokal, alleine. Sie setzt sich an die Bar und bestellt ein Glas Prosecco. Aha, sie wartet auf ihren Liebhaber, schließe ich messerscharf. Drei Minuten vergehen. Dann passiert etwas Unerwartetes. Louis spricht die Frau an. Nicht allzu plump, vermute ich, denn sie wirft den Kopf in den Nacken und lacht. Aber was macht Louis da? Ich bin verwirrt. Er wirkte so professionell, und jetzt flirtet er mit seinem Opfer?

«Was macht Louis ...», unterbreche ich Raffaela in ihrem Redefluss, doch sie zischt mir zu: «Bitte nicht hier, ich kann dir später alle Fragen beantworten!» Okay.

Staunend beobachte ich, wie mein Privatdetektiv auf Abwegen zwei weitere Gläser Prosecco ordert und mit der Frau anstößt. Sie scheinen sich prächtig zu unterhalten. Die Frau erzählt, lacht und fährt sich mit der Hand durch die Haare. So wird das nichts mit dem Beschatten, Louis!

Gegen halb zehn dann stehen die beiden plötzlich auf, und Louis hilft der Unbekannten in ihre Jacke. Sie verlassen das Lokal. Kaum sind sie zur Tür hinaus, steht auch Raffaela auf: «Los, komm!» «Und die Rechnung?» «Längst erledigt!», sagt sie und lacht. Ich kapiere gar nichts mehr. Irgendwas stimmt hier nicht. Wieso beschatten Raffaela und ich jetzt Louis und sein Opfer?

«Warum hat er sie denn angesprochen?», will ich von Raffaela wissen, als wir in ihrem Mini Cooper Louis' BMW folgen. Raffaela guckt erstaunt. «Das ist sein Job! Wie soll er denn sonst herausfinden, ob sie ihm widersteht?»

«Ihm widersteht???»

«Anscheinend tut sie es nicht», kichert Raffaela, «obwohl, noch ist ja nichts passiert. Bin gespannt, wo sie jetzt hinfahren und wie es weitergeht.»

«Louis ist ein ... ein Treuetester?»

«Wusstest du das nicht?», wundert sich Raffaela.

«Äh, nein. Ich dachte, er sei Privatdetektiv ...»
«Ist ja fast dasselbe.»
Na ja. Ich weiß nicht. Ich finde das ziemlich fies, es darauf anzulegen, dass eine Frau fremdgeht. «Du findest das nur fies, weil du selbst durchfallen würdest durch den Treuetest», meint das Teufelchen, «oder muss ich dich an den schönen Andi erinnern?»
«Klappe!» Argh, ich hatte gehofft, meine beiden Schulterhocker wären im Jahr 2003 zurückgeblieben.

Der Rest des Abends ist schnell erzählt. Wir fahren ins *Pomp*, und ich fühle mich ziemlich unwohl als Voyeurin dieses abgekarteten Spiels. Tu's nicht, denk an deinen Mann, versuche ich das Opfer telepathisch zu beeinflussen. Und ich habe Erfolg. Als Louis sie küssen will, schiebt sie ihn freundlich, aber bestimmt zur Seite. Unter einem Vorwand macht er sich davon.
«Dem Ruf der Spezies Mann sind Sie ja nicht gerade dienlich», kann ich mir nicht verkneifen zu bemerken, als wir uns später wieder in der Treuetest-Agentur treffen. «Die Frau muss ja jetzt denken, Sie seien ein – Verzeihung – komplettes Arschloch. Flirten den ganzen Abend mit ihr, und als sie Ihren Kuss abwehrt, machen Sie sich vom Acker.»
Louis grinst. «Das ist mein Geschäft», sagt er und zuckt mit den Schultern, «und außerdem steht ihr Frauen doch auf Arschlöcher, oder?»
«Ich rufe an wegen des Fototermins. Danke schön und gute Nacht», sage ich nur und mache mich auf den Heimweg.

Was nun, Frau Sandmann? George Clooneys Identität wäre also geklärt. Sind wir dadurch einen Schritt weiter? Nur bedingt. So ganz blicke ich da immer noch nicht durch. Da Louis ja bei Kati ganz offensichtlich erfolgreich war, hätte Max längst von ihrem Fehltritt erfahren müssen. Warum dann Silvester in Rom? Und das glückliche Geturtel in letzter Zeit? Und überhaupt – Max und einen Treuetester beauftragen? Das ist doch gar nicht sein Stil. Abgesehen davon weiß er vermutlich nicht mal, dass es diesen Beruf überhaupt gibt.

Tja, Sherlock, da bleibt noch einiges an Ermittlungsarbeit zu tun. Aber nicht mehr heute. Was für ein anstrengender Abend. Was für ein furchtbarer Job – Treuetester. Aber der Trick mit der Parklücke war gut, das muss man ihm lassen.

MITTWOCH, 21. JANUAR 2004 – DER WEG ZUM MEER

Ich mag es nicht, wenn in einem Kinofilm ein bekannter Schauspieler dieselbe Synchronstimme besitzt wie ein anderer bekannter Schauspieler. Wie heute zum Beispiel, in «Lost in Translation». Die Figur, die von Bill Murray verkörpert wird, macht das erste Mal den Mund auf – und ich sehe Tom Hanks vor mir. Sehr ärgerlich. Während des ganzen Films muss ich angestrengt meine Synapsen unter Kontrolle halten, die wild durcheinander funken. Ich höre sie in meinem Schädel streiten: «Auge an Hirn: Bill Murray auf der Leinwand. Bekannt aus dem sensationellen Film ‹Und täglich grüßt das Murmeltier›. Info speichern!» «Ohr an Hirn: Auge redet Quatsch. Tom Hanks auf der Leinwand. Bekannt aus dem sensationell schlechten Film ‹Schlaflos in Seattle›. Fehlinfo von Auge löschen, richtige Info speichern!» AAAAAHRGH. Und da soll sich einer auf diese hochpoetische und komplexe Handlung konzentrieren.

Genauso schlimm: Jemand (meistens ist das Vroni) versorgt mich ungefragt mit Informationen, die so irrelevant sind, dass sie mich tage-, ja wochenlang verfolgen. «Wusstest du, dass Elmar Wepper – du weißt schon, der coole der Wepper-Brüder, der Sepp aus ‹Irgendwie und Sowieso› – die Synchronstimme von Mel Gibson spricht?» Bravo, Vroni. Dieser lapidar zwischen Aperol Sour und Cocktailkirsche hingeworfene Satz brachte mich nach vielen schlaflosen Nächten, in denen Mel Gibson mich bayerisch sprechend durch schottische Hochebenen jagte, zum Äußersten. Ich sah mir einen Film an, dem ich normalerweise einen Yoga-Abend bei *Isholdi* inklusive Mantrasingen vorgezogen hätte: «Braveheart». Natürlich nur, um das mit Elmar Wepper zu überprüfen. Leider ist dieser Film denkbar ungeeignet für derartige Vorhaben. Es wird unheimlich viel geritten, gekämpft, geblutet, gestorben – und geschwiegen. Ich zitterte um Mel Gibson und hoffte, er möge so lange überleben, bis das Drehbuch mal ein Satz für ihn vorsähe. Er tat mir den Gefallen. Gebannt klebte ich vor dem Bildschirm. Die Kamera zoomte Mels Gesicht heran, er öffnete den Mund, holte tief Luft und sprach: «Los!» Bis heute weiß ich nicht, ob Vroni mit ihrer Elmar-Wepper-Theorie Recht hat oder ob sie mich bloß ärgern und vom Yoga abhalten wollte.

Ich sollte lieber schlafen gehen. War irgendwie ein blöder Tag heute, und ich weiß gar nicht genau, warum. Ich hätte genauso gut im Bett bleiben können, es hätte keinen Unterschied gemacht. Und niemand hätte es gemerkt. Ach, manchmal wäre es schon schön, jemanden zu haben, mit dem man den Alltag teilt. Morgens, wenn man um halb neun immer noch keine Anstalten macht, sich unter die Dusche zu schleppen, gefragt zu werden: «He, du Schlafmütze, willst du heute gar nicht aufstehen?»
«Ich könnte ...», beginnt das Engelchen hilfsbereit. Nein, danke. Lieb gemeint, ich weiß.

Zeit für meinen Unabhängigkeits-Song. Ich liege im Bett und lasse Grönemeyer für mich singen.

> *Wer hat dich geplant, gewollt*
> *Dich bestellt und abgeholt*
> *Wer hat sein Herz an dich verlor'n*
> *Warum bist du gebor'n?*
> *...*
> *Dreh dich um, dreh dich um*
> *Dreh dein Kreuz in den Sturm*
> *Geh gelöst, versöhnt, bestärkt*
> *Selbst befreit den Weg zum Meer*

Bill Murray läuft, in bayerischem Dialekt vor sich hin fluchend, durch Tokio, sucht nach einem entlaufenen Murmeltier und fragt sich dabei, warum er geboren ist und wo's zum Meer geht. Auf einmal piept sein Handy. Hey, Bill, dein Telefon, eine SMS! Aber er hat gar kein Handy dabei. Also muss es meines sein. Ich erwache aus meinem Halbschlaf, schüttle den Traum ab und fahnde nach meinem Mobiltelefon. Wer schickt mir mitten in der Nacht SMS, Herrgottnochmal?

«Ich würde jetzt gerne mit dir schlafen. Bist du wach?»
Ich lese die Zeilen ein zweites Mal. Sie lauten immer noch gleich. Ist er betrunken?
«Bist du betrunken, Paul?»
«Stocknüchtern. Aber ich habe Lust auf dich. Was hast du an?»
Ich werde diesen Mann nie begreifen. Wochenlang schreibt er nicht, außer er sorgt sich um seinen Oleander. Auch unsere paar Mails der letzten Zeit kann man nicht guten Gewissens als Kommunikation bezeichnen. Und jetzt hat er Lust

auf mich und schreibt mir das einfach so? Paul, du bist und bleibst mir ein Rätsel ...

«Nicht viel. Ich bin schon im Bett. Nur einen Slip und ein Top», tippe ich. Na ja, Top ist ein bisschen euphemistisch für mein hellblaues XL-Snoopy-Shirt.

«Welche Farbe?»

«Der Slip ist rot, das Top schwarz, mit Spitze ...»

«Hübsches Oberteil. Ich lasse mal meine Hand darunter gleiten. Mmmmh, dein Busen fühlt sich gut an, Marie.»

Ich spüre ein Kribbeln, das sich über meinen Körper ausbreitet.

«Ich habe das Top ausgezogen.»

«Sehr gut. Das gefällt mir. Ich küsse deine Brüste ... und während ich das tue, schlüpfen meine Finger unter den Rand deines Slips ...»

Uuuuh. Ich kann Pauls Hände förmlich dort spüren.

«Das fühlt sich toll an.»

«Ich lasse meine Finger spielen, sie erkunden dich, mal langsam, mal schneller.»

«Was *du* an, Paul?»

«Nur noch meine Unterhose. Und es wird schon ziemlich eng darin.»

«Ich streife sie dir ab.»

«O ja. Spürst du, wie er dir entgegenspringt? Er will in dich ...»

«Noch nicht.» Langsam werde ich mutiger. «Leg dich auf den Rücken, Paul, und mach gar nichts.»

«Okay ... Was hast du mit mir vor, Marie? Ich halte das nicht mehr lange aus.»

«Warte. Ich knie jetzt über dir. Küsse dich. Erst lange auf den Mund. Dann auf den Hals. Auf die Brust. Den Bauch. Deine Hüften, deine Oberschenkel ...»

«Aaaaaaaaaah!»

«Was ist los, Paul?» Es macht mir Spaß!
«Bitte, nimm ihn in den Mund!», flehen schwarze Buchstaben auf orangem Hintergrund.
«Später ... Spürst du zuerst meine Hand, wie sie an deinem Körper hinunterwandert?»
«O ja.»
«Jetzt packt sie zu!»
«Ooooh.»
Meine linke Hand – die, die nicht mit Tippen beschäftigt ist – schließt sich um ein Stück Daunendecke. Und nach ungefähr sieben weiteren SMS ist von Pauls Seite erst mal Funkstille.
«Entschuldige, ich musste das Handy kurz mal weglegen ;-)», schreibt er dann, «das war wunderschön, Marie!»
«Ja, fand ich auch», antworte ich und wundere mich selbst darüber.
«Schlaf schön, Süße. Ich küsse dich.»

Ich falle in einen tiefen, traumlosen Schlaf, das Handy immer noch fest in der Hand.

MITTWOCH, 28. JANUAR 2004 – REGIE: MARIE SANDMANN

Dieses Jahr werde ich dreißig Jahre alt. Mehr als mein halbes Leben lang beschäftige ich mich schon mit der Spezies Mann. Man könnte meinen, ich hätte den Umgang mit derselben allmählich gelernt. Weit gefehlt. Dabei halte ich mich im Prinzip für eine Frau mit schneller Auffassungsgabe. Ich brauche nicht lange, um mir die Grundbegriffe einer Fremdsprache anzueignen, ich kann umstandslos einen Liegestuhl aufstellen, und sogar mein Videorekorder tut inzwischen meistens das, was ich will. Aber was Männer angeht, tappe ich nach

wie vor im Dunkeln. Genauer gesagt, bei Männern, die mich interessieren. Noch genauer gesagt, bei Männern, die ich liebe. Um exakt zu sein, bei Paul.
Vielleicht sollte ich mal einen Männer-Ratgeber verfassen. Sein Titel würde lauten: 1000 Frauenfehler.
Fehler Nummer eins: Sex mit Liebe verwechseln. Ist doch eigentlich leicht vermeidbar. So oft gelesen, so oft von Freundinnen gehört, so oft am eigenen Leibe erfahren: Mann meint Sex, frau meint Liebe. Sex ist nicht Liebe. Diesen Satz sollte ich mir auf den linken Handrücken tätowieren lassen, damit ich das nicht ständig vergesse. Man sollte bereits im Kindergarten damit beginnen, es den Dreijährigen einzutrichtern. «Dass Kevin mit dir Doktor spielen will, heißt noch lange nicht, dass er dich mag, Laura. Merk dir das für später.»

Ich dumme Kuh hatte doch nach Pauls und meiner prickelnden SMS-Sex-Nacht letzte Woche tatsächlich gedacht, alles sei wieder in Butter. Tagelang lief ich mit seligem Grinsen durch die Gegend, träumte von einem Besuch in Südafrika, von liebestrunkenen Nächten unterm Moskitonetz, von endlosen Gesprächen bei Kerzenschein. Und vergaß dabei, dass das eine mit dem anderen ungefähr so viel gemeinsam hat wie die Lighthouse Family mit Musik. Oder McDonald's mit Haute Cuisine, für alle Fans der Lighthouse Family.

Während ich träumend und grinsend meine Tage vertändelte, tat Paul, was er am liebsten tut: Er schwieg. Er rief nicht an, er schrieb keine Mail und keine SMS. Schlimmer noch. Er ließ meine Mails und SMS unbeantwortet. Und heute Morgen habe ich beschlossen: So geht es nicht weiter. Ich muss etwas unternehmen. Es kann nicht sein, dass mein Leben sich komplett um einen abwesenden, launischen und maulfaulen Mann dreht, der sich nie richtig zu mir bekannt hat. Schlimm

genug, dass sich alles um ihn drehte, als er noch hier war. Aber jetzt ist er weit weg, und meine Laune hängt immer noch primär davon ab, ob er schreibt, und wenn, was er schreibt.
Paul lebt sein Leben. Und zwar 8768,961 Kilometer entfernt von mir. Und, auch wenn das wehtut: Er hat es sich so ausgesucht. Die zwei Jahre in Lesotho hatte er sich gewünscht und lange geplant. Dass er zwischendurch mir begegnete, hielt ihn nicht davon ab, sein Ziel zu verfolgen. Es ist Zeit, der Wahrheit ins Gesicht zu blicken.

Als ich damals Max kennen lernte, war ich zwanzig und seit zwei Jahren in der Abi-und-was-nun?-Phase. Irgendwie war ich immer noch überrascht von der Tatsache, dass die Schule zu Ende war. Staunend beobachtete ich meine Mitabiturienten dabei, wie sie zielstrebig ihre Karrieren in Angriff nahmen und exotische Ausbildungen anfingen wie Banklehren bei der Sparkasse oder ein Jurastudium in Regensburg. Woher wussten sie alle so genau, was sie mal werden wollten? Meine Berufswünsche – wenn man von Wünschen überhaupt sprechen konnte, denn ich sah das Ganze eher als notwendiges Übel – schwankten zwischen Landschaftsgärtnerin und Apothekerin. Letzteres fiel aus, da ich mir in der schriftlichen Abiprüfung geschworen hatte, nie wieder im Leben etwas mit Naturwissenschaften zu tun haben zu wollen. Und das mit dem Gärtnern … ich war mir nicht sicher, ob es eine gute Voraussetzung für eine Karriere in unmittelbarer Nähe zu Pflanzen war, dass ich es nicht einmal schaffte, ein Usambaraveilchen für länger als drei Wochen am Leben zu erhalten. Die einzige Pflanze, die je in meiner Wohnung überlebt hat, ist ein Kaktus, den ich im Schlafzimmer hinter dem Vorhang vergaß. Als ich ihn zwei Jahre später fand (Vroni hatte mich auf die Idee gebracht, dass man Vorhänge waschen kann), waren seine Tage gezählt. Tägliches Gießen bekam ihm gar nicht. Also nahm ich auch vom Projekt Landschaftsgärtnerei Abstand.

Da Logik schon immer eine meiner Stärken war, schrieb ich mich folgerichtig für Germanistik ein. «Ist das dieses Studium, bei dem man hinterher nix arbeitet?», fragte mein Vater mit Panik in den Augen und lenkte das Thema rasch auf die vielen Fernreisen, die er mit meiner Mutter zu unternehmen gedachte. Ich verstand den Wink mit dem Zaunpfahl und suchte mir Jobs.

Die Uni gefiel mir gut. Ich kellnerte, jobbte in einer Werbeagentur, las Bücher Korrektur und zeigte bei Stadtrundfahrten tausenden von Japanern die besten Fotomotive. Einmal pro Semester besuchte ich die Bibliothek, um Nummern aus dem Vorlesungsverzeichnis in mein Studienbuch zu übertragen. Und ich plante, für ein Jahr nach Australien zu gehen.

In dieser Zeit traf ich Max. Genauer gesagt, er traf mich. Am Kopf. Nichts ahnend radelte ich eines Sonntagnachmittags im Mai durch den Englischen Garten, als plötzlich ein Fußball von links kam, gefolgt von einem Mann mit einem Homer-Simpson-T-Shirt. Der Ball war schneller. Ich verließ unfreiwillig mein Fahrrad in Richtung Kiesweg. «So ein Mist!», rief der Mann erregt aus, und ich dachte, das kannst du laut sagen, und betrachtete mein aufgeschürftes rechtes Knie. «Einen Meter daneben!», beschwerte sich der Typ, und ich stellte fest, dass er tatsächlich den Fußball und das Tor meinte, das aus zwei in den Rasen gesteckten Ästen bestand. «Autsch!», rief ich anklagend. Da bemerkte er mich und mein blutendes Knie. Einen Moment lang befürchtete ich, er würde sich vor Schreck sein Homer-Simpson-T-Shirt vom Leib reißen und es mir um mein Knie wickeln, um die Blutung zu stoppen. Aber da kannte ich Max noch nicht. «O Gott, das tut mir so Leid», sagte er und nötigte mich, ihn zu seiner Sporttasche zu begleiten. Dort kramte er ein Erste-Hilfe-Kit hervor und versorgte fachmännisch meine kleine Wunde. Er ließ nicht locker, bis ich ihm versprochen hatte, herauszufinden, ob meine Tetanus-Impfung noch aktuell war. «Schon gut», beruhigte ich ihn, «bis ich heirate, ist es wieder verheilt.» «Na ja», meinte Max und wurde ein wenig rosa im Gesicht, «ich hoffe doch, dass ich dich vorher nochmal sehe ...» Für Max' Verhältnisse eine knüppelharte Anmache. Es endete damit, dass er sich – wegen einer Knieverletzung, wie er sagte – auswechseln ließ und mit mir auf ein Bier zum Chinesischen Turm ging. «Wir hätten den 1:7-Rückstand wohl sowieso nicht mehr aufgeholt», beruhigte er sich, «da kann ich ebenso gut mit dir in den Biergarten gehen.» Charmanter Kerl, dachte ich und beschloss, ihn zu mögen.

Ich mochte ihn auch noch, als er mich ein paar Wochen und Dates später in der U3 Richtung Olympiastadion zum ersten Mal küsste. Durch halb geschlossene Augenlider sah ich die Station Giselastraße, an der wir eigentlich aussteigen wollten. Wir fuhren weiter. «Stopp mal, hier müssma raus», schien mir im Kontext ein unpassender Kommentar zu sein. Am Olympiastadion endete unser erster Kuss, und unsere Beziehung begann. Und drei Wochen später war ich bis über beide Ohren in Max verliebt. Gut Ding will eben Weile haben.

Ich war sehr glücklich mit Max. Und deswegen ließ ich mein Jahresvisum für Australien, das bereits in meinem Pass klebte, verfallen. Wozu sollte ich ans andere Ende der Welt reisen? Mein Leben spielte sich hier ab, in München, wo meine Freunde waren, meine Jobs, meine Biergärten und Seen und vor allem: Max. Ich dachte nicht einmal darüber nach: Max oder Australien, Australien oder Max? Dass ich in München blieb, war völlig logisch und das einzige Richtige. Übrigens habe ich es nie bereut. Bis heute nicht.

Und damit wäre ich wieder bei Paul. Bei Paul und der Wahrheit, der ich ins Gesicht blicken muss. Sein Leben dreht sich nicht um mich. Ich bin höchstens eine Randfigur. Und deshalb ist es nicht gut, wenn ich weiterhin im falschen Film sitze und Paul für meinen Hauptdarsteller halte. Ich werde mir etwas einfallen lassen, um das zu ändern. Schließlich bin ich die Regisseurin.

FREITAG, 30. JANUAR 2004 – NAGE, SAUGE UND REDE

Deutschland hat einen Waldmeister. Es ist ein alternder griechischer Barde, bis vor kurzem noch reif für die Rubrik «Ich dachte, du bist schon tot» in der *FHM*. Doch nach ein paar Wochen im australischen Dschungel ist Costa Cordalis durch seinen souveränen Umgang mit Schlangen, Spinnen und ähnlich appetitlichem Getier zum nationalen Helden mutiert. Das Fernsehen treibt seltsame Blüten im Jahr 2004. Und ich sitze davor und verpasse keine Folge. Peinlich. Holt mich hier raus, ich bin bekloppt.

Doch jetzt ist die Show zu Ende, Lisa Fitz ist arbeitslos, Daniel Küblböck hat ein lebenslanges Ungeziefer-Trauma, und ich kann endlich wieder ausgehen. Heute habe ich allerdings gar keine rechte Lust dazu. Ich treffe mich mit Kati im *Nage & Sauge*. In diesem Lokal kann man keinen Tisch reservieren, deswegen bilden Kati und ich die Vorhut und gehen schon um sieben hin. Vroni, Marlene und die anderen Mädels kommen um acht nach. Ich habe also eine Stunde Zeit, mit Kati über George Clooney bzw. Louis, den Treuetester, und seinen Erfolg bei ihr zu sprechen. Heute muss ich in den sauren Apfel beißen.

Neunzehn Uhr, *Nage & Sauge*. Ich rauche nervös vor mich hin. Vielleicht kommt Kati ja nicht. Oder erst später, zu spät, um das Thema anzuschneiden. Vielleicht ...

«Hey Marie, wie schön, dich zu sehen!»

«Hallo, Kati!»

Sie sieht wie immer phantastisch aus. Diese Locken, die Augen, der Mund, die schimmernde Haut ...

«Hab ich was zwischen den Zähnen?»

«Äh, nein, sorry, ich war grade mit den Gedanken woanders. Sag mal, Kati ...» Los jetzt, Marie, raus damit!

«Ja?»

«Wie läuft's denn mit Max?»

«Toll», sagt sie und lächelt verliebt, «perfekt sogar, würde ich sagen. Wieso?»

«Nur so ...»

«Marie, du hast doch was?», fragt sie und runzelt die schöne Stirn. «Komm, raus mit der Sprache!» Sensibel ist sie auch noch. Kaum auszuhalten, diese Frau.

«Ich habe dich vor Weihnachten mit einem anderen Mann gesehen», sage ich, «knutschend.»

«Ja», sagt Kati nach einigen Sekunden einfach, «ja, das stimmt.»

Ich sage nichts. Sie fährt fort:

«Ich habe mit Kurt geknutscht. Ziemlich wild sogar. Aber nicht mehr.» Ich glaube ihr aufs Wort. Ich weiß nicht, warum, aber ich glaube ihr.

«Aber warum, Kati?»

«Einfach so. Er sprach mich im *Café Forum* an. Er flirtete mit mir. Machte mir Komplimente. War witzig und nett. Fand mich unheimlich toll. Sah obendrein supergut aus. Eines führte zum anderen ...»

«Aber Kati, alle Männer flirten mit dir, machen dir Komplimente und finden dich unheimlich toll!»

«Das stimmt nicht.»
«Wie?»
«Ich werde so gut wie nie angesprochen, geschweige denn angeflirtet.»
Jetzt bin ich verwirrt. Kati, die dunkelhaarige Schönheit, wird nicht angesprochen? Sind denn alle Männer blind?
«Das kann ich mir wirklich nicht vorstellen ...»
«Ist aber so.»
Ich hab's. Sie ist zu schön. Kein Mann traut sich, sie anzusprechen. Es kann keine andere Erklärung geben.
«Aber du bist doch verliebt in Max?»
«Und wie!»
«Warum schaust du dann überhaupt andere Männer an?», frage ich und merke im selben Moment, dass ich Blödsinn rede. Kati findet das auch.
«Ach komm, Marie. Das eine hat doch mit dem andern nichts zu tun. Nur weil ich verliebt bin, hören doch nicht 50% der Bevölkerung für mich auf zu existieren», sagt sie. «Was ist denn so schlimm an ein bisschen Knutschen? Das ist ein Spiel ...», fährt sie fort und fügt hinzu, bevor ich «aber» sagen kann: «Natürlich dürfte Max das auch, wenn er wollte. Ich habe damit echt kein Problem.»
Man sollte halt nur nicht mit einem anderen schlafen, denke ich und sehe den schönen Andi vor meinem inneren Auge. Was maße ich mir eigentlich an? Wenn jemand Mist gebaut hat, bin ich das. Gegen meine Thailand-Episode ist Katis Knutscherei Kinderfasching.
«So schlimm ist das auch wieder nicht, da hast du eigentlich Recht», sage ich, sie und mich beruhigend, «oder bist du in ihn verliebt?»
«In Kurt? Kein bisschen», lacht Kati, «das war irgendwie eine Entgleisung der Hormone. Er verfolgt mich allerdings seitdem. Obwohl ich ihm gesagt habe, dass das mit uns nur

Spaß war und dass ich einen Freund habe, den ich liebe. Es hält ihn nicht davon ab, mich dauernd anzurufen. Neulich stand er sogar vor meiner Haustür, als ich morgens zur Arbeit ging.»

Das wird ja immer interessanter. Louis, der Profi, ein Stalker! Schau mal einer an. Ich glaube, es wird Zeit, Kati einzuweihen.

Ich berichte ihr von meiner Reportage und meinem Wiedersehen mit George Clooney, von Raffaela, von der feschen Mittdreißigerin und von Alfredo und dem Parkplatz-Trick. Kati hört staunend und schweigend zu. Als ich fertig bin, meint sie:

«Jetzt verstehe ich gar nichts mehr.»

«Hm?»

«Wer sollte denn einen Treuetester auf mich ansetzen?»

«Hm …»

«Max ganz bestimmt nicht. Das ist nicht sein Stil.» Aha, sie kennt ihn schon ganz gut, meinen Ex. «Und außerdem wüsste er dann ja … du hast ihm nichts … oder?»

«Nein, keine Sorge. Ich wollte erst mit dir darüber sprechen.»

«Danke, Marie. Wenn überhaupt, dann würde ich ihm das lieber selbst erzählen.»

«Schon okay. Lass uns lieber nachdenken. Also, Max war's nicht. Aber irgendjemand muss Louis alias Kurt alias George Clooney auf dich angesetzt haben!»

«Ich habe keine Ahnung, wer!»

«Irgendein eifersüchtiger Ex?»

«Mein letzter Ex ist inzwischen glücklich verheiratet und hat ein Baby», informiert mich Kati.

«Er könnte doch trotzdem …»

«… und lebt in Rio de Janeiro.»

«Ach so. Okay.»

Wir rätseln noch ein wenig herum, kommen aber zu keinem Ergebnis. Und vertagen das Thema, als Vroni, Marlene, Beate und Svenja ins Lokal kommen. Da gibt's noch einiges zu tun, Sherlock.

DONNERSTAG, 5. FEBRUAR 2004 – FÜR ALLES ANDERE GIBT ES MASTERCARD

«Guten Morgen!» Vroni klopft den Schnee von ihrer Jacke und lässt sich mir gegenüber auf einen Stuhl fallen. Wir sind zum Frühstücken im *Café Wiener Platz* verabredet.
«Ich weiß nicht, was an diesem Morgen gut sein soll.»
«Oh, haben wir schlechte Laune?»
«Wie deine Laune ist, weiß ich nicht, meine jedenfalls ist ziemlich beschissen», antworte ich und nippe missmutig an meinem Milchkaffee.
«Was ist denn passiert?», erkundigt sich Vroni.
«Nichts ist passiert. Das ist es ja gerade. Nie passiert irgendwas. Nicht bei mir jedenfalls.»
«Keine News von Paul?»
«M-mh.»
«Schon komisch ...», findet Vroni.
«Ich hab echt keine Lust mehr. Ich meine, ich habe mich wirklich bemüht, eine Fernbeziehung zu führen. Aber was nützt es, dass ich mir ein Bein ausreiße, um mit ihm zu kommunizieren, wenn er sich einfach tot stellt?»
Vroni bestellt ein kleines französisches Frühstück. Sie antwortet nicht auf meine Frage. Es gibt auch keine Antwort. Jedenfalls keine, die ich nicht schon kennen würde.
«Ich muss etwas unternehmen», sage ich, eher zu mir selbst als zu Vroni, «so geht es nicht weiter. Ich kann nicht zwei Jahre hier rumsitzen und die Zeit totschlagen, bis der Herr

sich eventuell mal bequemt wiederzukommen. Ich muss mein eigenes Leben leben.»

«Marie, darf ich mal ganz ehrlich sein?»

Ich erschrecke. Das klingt nicht nach einer beruhigenden «er-liebt-dich-und-das-wird-schon»-Tröstung.

«Hm, ja, wenn's sein muss?»

«Ich kann es nicht mehr hören. Seit Paul weg ist, sprichst du unablässig davon, dass du was unternehmen musst, dass du dein Leben leben willst, wie du immer so schön sagst. Aber du redest nur. Du tust rein gar nichts.»

Ich lausche mit angehaltenem Atem. Das scheint kein entspanntes Frühstück zu werden. Aber es klingt interessant.

«Wenn Paul sich meldet und nett zu dir ist und kein Oleander in seiner Mail vorkommt, bist du für ein paar Tage gut drauf. Dann schweigt er wieder, und du hast miese Laune. Und schwadronierst über Veränderungen, darüber, dass du dein Leben in die Hand nehmen willst. Mensch, Marie, wenn du wirklich nicht hier sitzen und auf seine Mails warten willst, dann *mach* um Himmels willen endlich mal was. Ändere wirklich etwas. Denk dir was aus. Komm in die Puschen. Vom Jammern wird's nicht besser!»

«Mmmh …»

«Ich meine es nicht böse, entschuldige bitte diese deutlichen Worte. Aber ich habe das Gefühl, dass dich mal jemand schütteln muss. Und als deine beste Freundin fühle ich mich dafür verantwortlich.»

«Du hast ja Recht …»

«Eben. Also, was würdest du gerne machen?», fragt Vroni und sieht mich aufmunternd an. «Es gibt doch sicher etwas, wovon du schon länger träumst. Jetzt ist die richtige Zeit dafür!»

Ich überlege. Wo sind meine Träume geblieben? Ich hatte doch so viele. Sie scheinen alle von dem großen Traum, einem Leben mit Paul, begraben worden zu sein.

Vroni kann anscheinend Gedanken lesen.
«Vergiss Paul mal für einen Moment», rät sie mir. «Paul ist nicht da und kommt auch so schnell nicht wieder. Was wolltest du gerne machen, bevor du Paul kennen gelernt hast?»
Mein Leben vor Paul. Da muss eins gewesen sein. Ich kann mich so schwer daran erinnern. Es scheint so weit weg.
«Reisen», sage ich schließlich, nach längerem Zögern. «Ich würde wirklich gerne etwas von der Welt sehen.»
«Sehr gut», sagt Vroni und lächelt mich an, «jetzt noch ein bisschen genauer, bitte. Wohin möchtest du reisen? Schwarzwald, Lofoten oder chilenisches Hochland?»
«Australien», höre ich mich sagen, «da wollte ich immer schon mal hin.»
«Hast du das nicht damals gecancelt, als du Max kennen lerntest?»
«Genau.»
Ich weiß noch, wie ich damals auf Australien kam. Ich saß abends an der Bar des *Outback*, eines australischen Pubs in Haidhausen, und kam mit einem Aussie ins Gespräch, der gerade auf Europatour war. Er schwärmte von Deutschland und München, es sei alles so spannend hier, er sei völlig begeistert.
«Aber Australien ist doch viel toller als Deutschland?», fragte ich ihn ungläubig. Er winkte ab und sagte: «Da gibt es nichts außer Landschaft, Landschaft und Landschaft. Und Sydney.»
Klingt verlockend, dachte ich mir damals, so viel Landschaft – da muss ich hin ...
«Okay», sagt Vroni, «das Ziel hätten wir also auch schon. Worauf wartest du noch?»
«Ich kann nicht einfach ein Jahr lang wegfahren. Wovon soll ich leben?»
«Wer redet denn von einem Jahr? Ein paar Monate reichen auch. Du kannst von deinen Ersparnissen leben und sogar von dort aus arbeiten. Wozu gibt es Internet und Telefon?»

«Hast Recht. Ich werde mich mal schlau machen.»
«Nicht *mal*, Marie. Heute!»

Eine Stunde später bin ich am Rechnen. Meine Fonds sind ganz gut gelaufen, wenn ich einen von ihnen verkaufe, reicht das Geld locker für drei Monate Australien. Ich spüre ein Kribbeln in meinem Magen. Vroni hat Recht. Jammern nutzt gar nichts. Ich muss aktiv werden, statt immer nur davon zu sprechen. Mal schauen, was so ein Flug zu den Kängurus kostet.

Frankfurt – Singapur – Sydney. Und Sydney – Singapur – Frankfurt. 900 Euro inklusive Steuern. Flug buchen? Ich klicke auf «Ja». Wow. Fühlt sich gut an.
Ich bin jetzt also eine Globetrotterin. So einfach ist das. Tut auch gar nicht weh. Ein paar Klicks im Internet, Kreditkartennummer angeben, und fertig ist das coole kosmopolitische Gefühl. Es geht mir schon viel besser. Mut zur Veränderung? Unbezahlbar. Für alles andere gibt es MasterCard.
Paul wird ganz schön dumm aus der Wäsche schauen. Schade, dass ich sein Gesicht nicht sehen kann, wenn er in meiner nächsten E-Mail liest, dass ich nun auch die Welt entdecke. Oder vielleicht ganz gut. Eventuell ist es ihm ja egal. Lieber nicht daran denken.

«Vroni?»
«Ja, Liebes?»
«Ich hab's getan!»
«Was? Deinen Staubsaugerbeutel ausgeleert? Mitglied im ADAC geworden? Endlich das Interview mit dem Callboy geführt?»
«Viel besser!»
«Jetzt sag schon ...»

«Ich fliege nach Australien. In ziemlich genau einem Monat.»
Schweigen am anderen Ende der Leitung. Ich schüttele mein Telefon.
«Vroni, bist du noch da?»
«Mpf, ja ...»
«Was ist denn? Du hast doch selbst gesagt, ich soll endlich mal handeln, statt immer nur zu reden!»
«Schon.»
«Dann sei doch jetzt bitte begeistert und lobe mich für meinen längst überfälligen Mut, das Leben anzupacken!»
«Marie ...»
«Was?» Ich klinge jetzt vielleicht ein bisschen gereizt. Mag sein.
«Du fliegst für drei Monate nach Australien. Das ist sehr schön, und ich freue mich für dich.» Das klingt wie einer dieser Sätze, die mit «aber» weitergehen.
«Aber», fährt Vroni fort, «es ist eine lange Reise, okay? Nicht mehr und nicht weniger. Es wird dir gut tun, du wirst viel erleben, aber es wird nicht dein Leben verändern. Bitte mach nicht den Fehler und denke, dass jetzt von alleine alles gut wird, nur weil du 15 000 Kilometer weit wegfliegst.»
Ich schnappe nach Luft. Was redet sie denn da?
«Aber du hast doch gesagt, ich soll was unternehmen, mein Leben leben! Das machen, was ich schon immer wollte!», höre ich mich protestieren.
«Das ist ja auch gut und schön», sagt Vroni beschwichtigend, «genieße es einfach, aber erwarte nicht zu viel davon, ja?»
«Ja», sage ich, «keine Sorge. Du, ich muss jetzt Schluss machen. Wir sehen uns morgen.»

Ich lege auf und fange im selben Moment an zu heulen. Warum sagt Vroni so etwas? Sie müsste sich doch freuen. Ich habe doch genau das gemacht, was sie mir geraten hat. Ich habe gehandelt. Gut, es sind nur drei Monate. Aber ist das nichts?

Ich überlege, ob ich jemanden anrufen kann, der mein Vorhaben garantiert bedingungslos super und heldenhaft findet und mich gebührend für meinen Mut und meine anpackende Art bewundert. Klar kenne ich solche Leute. Jede Frau hat so eine Bekannte. Eine, die immer alles toll findet, was man macht. Egal, ob man gerade beschlossen hat, die Türstöcke lachsfarben zu lackieren oder sich ab übermorgen streng vegan zu ernähren. Eine, die sogar noch zustimmende Worte finden würde, wenn man ihr mitteilte, ab sofort nur noch die Musik der Leuchtturmfamilie zu hören oder die Sparkasse an der Ecke zu überfallen, weil schon wieder der Frührentner aus dem Saarland im Lotto gewonnen hat und man das so unfair findet.

Ich könnte also Birgit anrufen und mir von ihr eine Portion «du bist so toll, Marie» abholen. Doch während ich das erwäge, setzt irgendein Reflexionsprozess bei mir ein. Selten, aber manchmal passiert das sogar mir. Auf einmal sehe ich mich selbst von außen. Ich sehe Marie, die in ihrer Neuhausener Wohnung im dritten Stock sitzt und dafür toll gefunden werden will, dass sie gerade ein paar Buttons im Internet angeklickt und ihre Kreditkarte mit 900 Euro belastet hat. Marie, deren rausgewachsene Sommer-Kurzhaarfrisur dringend mal wieder einen Schnitt vertragen könnte und die es einfach nicht begreifen will, dass sich ihr ganzes Leben um einen einzigen Mann dreht, aber kein einziges Männerleben um sie. Ich sehe ein mittelschlankes, mittelhübsches und mittelschlaues Mädchen, das nicht akzeptieren kann, dass sie und ihr Leben eben vor allem eines sind: mittelmäßig. Die meint, dieser Durchschnittlichkeit entfliehen zu können, indem sie für drei Monate ans andere Ende der Welt reist. Na toll.

Herzlichen Glückwunsch. Wann wirst du endlich erwachsen, Marie? Wann kapierst du es endlich? Weglaufen ist keine Lösung. Australien auch nicht. Die Lösung musst du in dir selbst suchen und finden. Puh. Das hört sich ja grässlich an. Wie ein Spruch aus einem dieser Kalender, die man zu Jahresbeginn gern von der örtlichen Apotheke oder Sparkasse überreicht bekommt. Das Aprilbild ist darin immer eine Nahaufnahme gelber Schlüsselblumen, und im September ist stets das Panorama des Königssees samt Kirche zu sehen. Ich war übrigens noch nie am Königssee, obwohl man von München aus in einer Dreiviertelstunde dort ist. Ich habe den Verdacht, dass nur japanische Touristen und Kalenderfotografen dieses Terrain betreten dürfen. Oder vielleicht existiert er gar nicht, der Königssee? Nur in Apothekenkalendern und dicken «Die Schönheit Bayerns»-Bildbänden, die man bei «Hugendubel» vom Schnäppchentisch kaufen kann.

Das Klingeln des Telefons reißt mich aus meinen Heimat-Gedanken. «Kö.s.!», notiere ich noch schnell auf einem Post-it, bevor ich abhebe. Monate später werde ich diesen Zettel beim Aufräumen finden und eine geschlagene Viertelstunde rätseln, was ich wohl damit meinte, als ich das aufschrieb. Körner sammeln? Könnte sein? Körper säubern?

«Ja?»
«Marie, ich bin's nochmal!»
«Hallo Vroni.»
«Du, ich hab das nicht böse gemeint. Das mit Australien. Ich finde es toll, dass du das machst. Wirklich. Ich möchte doch nur, dass es dir gut geht. Aber du kriegst das schon hin, da bin ich mir sicher.»
Ich bemerke ein nicht unerhebliches Flüssigkeitsvorkommen in meinen Augen. Ach Vroni, beste Freundin der Welt. Ich bin

so froh, dass ich dich habe. Ich will auch, dass es dir gut geht. Wird Zeit, dass ich mich endlich mal um die Sache mit dir und Bernd kümmere.

FREITAG, 13. FEBRUAR 2004 – DIE SACHE MIT BERND

«Vroni, ich muss mit dir reden. Das mit Bernd, das ist doch nichts auf Dauer. Du möchtest doch einen Mann, der dich liebt und nicht einen guten Freund, mit dem du ab und zu mal Sex hast, oder?»
Mein Nachbar auf dem Nebenbalkon sieht irritiert herüber. Vielleicht sollte ich meine Selbstgespräche lieber ins Wohnungsinnere verlegen.
«Vroni, glaubst du, dass Bernd dich eines Tages mal heiratet und eine Familie mit dir gründet?»
Das ist doch alles Bullshit. So kann ich nicht mit ihr reden. Vielleicht sollte ich es einfach bleiben lassen. Vroni ist schließlich alt genug, um zu wissen, was sie tut.
«Jaja», zetert das Teufelchen (Lange nicht mehr gesehen! Ich dachte, du wärst tot!). «Lass sie nur sehenden Auges in ihr Unglück rennen. Tolle Freundin bist du. Nur nicht einmischen. Herzlichen Glückwunsch!»
O Mann. Fehlt nur noch Engelchens Kommentar ...
«Vroni ist erwachsen, und wenn sie Rat wollte, würde sie dich fragen!»
Aha. Na toll. Sie hat mich aber nie gefragt in Sachen Bernd. Warum nicht? Weil es sie nicht beschäftigt? Wohl kaum. Ich habe da einen anderen Verdacht. Wenn ich so auf das letzte halbe Jahr zurückblicke, war eigentlich immer ich Thema unserer Gespräche. Egal, wie wir auch begannen, irgendwie landeten wir nach spätestens zehn Minuten bei mir. Oder bei

Paul. Was aufs Gleiche rauskommt. Kein Wunder, dass Vroni mich nie um Rat gefragt hat.
«Eine tolle Freundin bist du!», raunt das Teufelchen, das meine Gedanken lesen kann.
«Scheiße, ich weiß!», schreie ich und blicke mich wild nach etwas zum Werfen um. Durchs Fenster sehe ich, wie mein Nachbar fluchtartig seinen Balkon verlässt und hastig die Gardinen vorzieht. Der nimmt bestimmt nie wieder ein Päckchen für mich an.

«Warum willst du mich zum Essen einladen?» In Vronis Stimme schwingt so etwas wie Misstrauen mit.
«Einfach so! Kein besonderer Grund.»
«Na dann ... schön! Wo gehen wir hin?»

Wir treffen uns im *Leib & Seele* in der Oettingenstraße. Ich bin zu früh dran und fahre vorher noch kurz am Institut für Kommunikationswissenschaften vorbei, das sich in derselben Straße befindet. Ein tolles Gefühl, am Institut vorbeizuradeln und zu wissen, dass man dort nie wieder hinmuss. Ich genieße es. Nicht, dass das Studium so schlimm gewesen wäre, nein, es war eine ganz nette Zeit. Aber ab dem dreizehnten Semester wurde es dann doch ein wenig nervig.

20 UHR 20

Vroni hat Tagliatelle mit Rucolapesto und Olivenschaum bestellt und ich Penne mit Tomaten, Mozzarella und Putenbruststreifen. Dazu trinke ich einen südkalifornischen Merlot. Bisherige Gesprächsthemen: Die verwirrende Vielfalt der Speisekarte. Meine tolle Parklücke direkt vor der Tür. Vronis neuer, bunt gestreifter Schal.

20 UHR 50

Das Essen war sehr gut. Wirklich. Lecker. Und der Wein passte perfekt dazu.

21 UHR 45

Vielleicht ist heute einfach kein guter Tag für wichtige Gespräche. Das gibt's. Tage, an denen es sich prima über den Job, die neue Kollektion von H&M und das letzte Spiel des FC Bayern plaudern lässt, die sich aber einfach nicht dazu eignen, ernstere, tiefgreifendere Themen anzupacken.
Ich habe heute zum Beispiel überhaupt keine Lust, mich über Paul zu unterhalten. Obwohl ich normalerweise sehr gerne über Paul rede. Eigentlich gibt es für mich kaum ein schöneres Gesprächsthema. Na gut, momentan schon, denn es herrscht eine gespannte Funkstille zwischen uns. Trotzdem bin ich in Sachen Paul üblicherweise stets äußerst gesprächsbereit. Heute nicht.

22 UHR 27

«Schatzi», sagt Vroni und kratzt den letzten Rest Milchschaum aus ihrer Kaffeetasse, «sei mir nicht böse, bitte, aber ich muss dich jetzt leider verlassen. Ich treffe mich noch im *Bobolovsky's*.» So, wie sie das sagt, ist klar, dass ich nicht nachfrage, *mit wem* sie sich im *Bobolovsky's* trifft. Wenn sie es mir hätte sagen wollen, hätte sie es einfach getan. Manchmal ist sie mir ganz schön fremd, meine liebste, beste Freundin …
«Klar», sage ich und schütze Gleichmut vor, «ich bin sowieso müde. Schön war's. Geh nur, ich wollte dich ja eh einladen, ich mach das schon!» Sie küsst mich, wickelt sich ihren bunt

gestreiften Schal um den Hals, verstaut ihre seidigen Haare unter einer schwarzen Häkelmütze und zieht ihren Mantel an. Wie süß sie aussieht. Wie eine Figur aus einem Märchen. Wenn ich ein Mann wäre, würde ich mich auf der Stelle in Vroni verlieben.
«Hey, was guckst du?», lacht sie und stupst mich in die Rippen, «ich bin dann weg. Bis morgen, ja?»

Ich zahle, rauche noch eine und begebe mich dann zu meinem eingefrorenen Auto. Mist. Ich habe es wieder mal nicht geschafft, mit Vroni über Bernd zu reden. Ich bin feige. Dabei hätte sie doch wirklich einen richtigen Freund verdient, eine richtige Beziehung.

Zu Hause angekommen, beschließe ich, Vroni einen Brief zu schreiben. Und zwar so einen altmodischen, mit der Hand. Wo ist nur mein guter alter Montblanc-Füllfederhalter? Wie immer finde ich prima Sachen, als ich mich in den Schubladen meiner Kommoden auf die Suche nach meinem Schreibwerkzeug mache. Diesmal im Angebot: der blau-weiß gestreifte Ehrenwimpel der Fahrradprüfung aus dem Jahre 1982. Ein weißer Ansteck-Button mit den Worten «AKW – nee» darauf. Ein original verpackter Clearblue Schwangerschaftstest. Schwangerschaftstest? Kann mich nicht erinnern, den jemals gekauft zu haben. An das Gefühl, in der Drogerie mit dem Ding an der Kasse anzustehen, würde ich mich doch wohl erinnern. Da ich wohl kaum als erwartungsfrohe «Hoffentlich hat's diesen Monat geklappt»-junge-Mutter-in-spe durchgehe, wäre es eher eine Aktion à la «peinlich, das Kondom ist gerissen» gewesen. Noch unangenehmer, als die durchaus kaputtbaren Dinger selbst einzukaufen. Ah, da ist ja der Füllfederhalter. Und sogar ein Fässchen mit blauer Tinte. Ich mag ja viel unnützen Ballast in meiner Wohnung aufbewahren, aber dafür sind die wirklich wichtigen Dinge halt auch immer vorrätig.

Ich schreibe Vroni also einen Brief. Nach einer halben Stunde tut mir die rechte Hand weh. Wenn daraus mal keine Sehnenscheidenentzündung wird. Aber das Schriftstück ist fertig. Wenn sie das gelesen hat, wird Vroni a) wissen, dass ich die beste und klügste Freundin der Welt bin und b) einsehen, dass sie Distanz zu Bernd braucht, weil er ihr nicht gut tut. Hochzufrieden mit mir tüte ich das DIN-A-4-Blatt in einen Umschlag ein. Am besten, ich bringe es Vroni noch schnell vorbei, dann kann sie es noch heute Nacht lesen, wenn sie nach Hause kommt.

Als ich in die Lazarettstraße einbiege, höre ich ein sehr vertrautes Lachen, das irgendwie anders klingt als sonst. Wie ein Voyeur bleibe ich im nachtschwarzen Schatten einer hohen Hecke stehen. Das ist unverkennbar Vroni, die da lacht. Natürlich ist sie in Begleitung. Das würde meine Vroni nie tun, alleine nachts vor ihrer Haustür herumlachen. Der Begleiter ist Bernd. Ich sollte mich umdrehen und nach Hause gehen, aber ich habe Angst, dass der Streusand unter meinen Stiefeln knirscht und die beiden mich entdecken. Ich bin höchstens zwanzig Meter von ihnen entfernt. Wenn ich stillhalte, werden sie mich nicht bemerken. Unfreiwillig werde ich also Zeugin der Vroni-und-Bernd-Verabschiedungs-Szene.
«Schön, dass du heute doch noch Zeit für mich hattest», sagt Bernd.
«Ja, auch wenn es viel zu kurz war», antwortet Vroni mit einer Stimme, die ich so noch nie gehört habe. Das muss ihre Stimme sein, mit der sie mit Männern spricht, die sie sehr mag.
«Willst du nicht doch noch mit raufkommen, hm?», fragt sie

und küsst Bernd verführerisch auf den Mund. Ich würde viel darum geben, mich jetzt rückstandslos auflösen oder zumindest in eine ordinäre Amsel verwandeln zu können. Aber da muss ich nun durch.
Bernd schließt meine Freundin in die Arme und sagt mit einem tiefen Seufzer:
«Würde ich ja sooo gerne, Süße, aber ich muss doch morgen um fünf aufstehen, für die Skitour …»
«Ich weiß», säuselt Vroni kokett, «ich wollte dich auch nur ein bisschen ärgern.»
Die beiden geben sich einen Gutenachtkuss. Und noch einen. Und einen dritten. Jedes Mal, wenn einer der beiden sich wegdrehen und gehen will, wird er im letzten Moment vom anderen am Jackenzipfel festgehalten. Was natürlich wieder zu einem Kuss führt. Mann, mir schläft gerade mein linker Fuß ein! Ganz zu schweigen vom rechten, der vermutlich längst abgefroren ist.
Als die zwei nach fünf Minuten vergeblicher Verabschiedungsversuche beschließen, der Außentemperatur von mittlerweile sicher zehn Grad unter null zu trotzen und ihr Open-Air-Knutschen in die Verlängerung gehen zu lassen, nutze ich einen besonders leidenschaftlichen Kuss, um mich rückwärts an der Hecke entlang davonzustehlen. Natürlich merken die beiden gar nichts. Das checken die nie, dass ich sie gesehen habe, denke ich mir und wandere heimwärts. Unterwegs zerreiße ich meinen mühsam handgeschriebenen Brief und versenke ihn im nächsten Abfallkorb. Vroni braucht meinen Brief nicht. Meine beste Freundin ist glücklich. Und erwähnt mir gegenüber kein Wort davon. Im Rückblick fällt mir auf, dass sie schon seit dem letzten Sommer einen sehr stabilen Eindruck macht. Warum bloß hat sie mir nie etwas davon erzählt? Engelchen und Teufelchen schweigen ausnahmsweise, denn sie ahnen, dass ich sie nicht brauche, um diese Frage

zu beantworten. Ich rede und leide. Vroni hingegen schweigt und genießt.

SAMSTAG, 21. FEBRUAR 2004 – EINMAL BLAUE GAULOISES, BITTE

Heute in einer Woche geht's los. Ich gebe zu, ich bin einigermaßen aufgeregt. Meine Nervosität versuche ich durch hektische Kaufaktivitäten zu kompensieren. Das klappt eigentlich in jeder Lebenslage. Im Prüfungsstress tat es gut, eine Menge Fachliteratur in der Universitätsbuchhandlung zu erwerben. Ein paar neue T-Shirts und Röcke beruhigen ungemein vor einem Date, von dem viel abhängt. Natürlich habe ich meine Prüfungen bestanden, ohne je einen Blick in die erstandenen Bücher zu werfen, und zu Dates am liebsten mein uraltes Lieblings-T-Shirt von Mango (als ich es kaufte, gab es noch keine Mango-Läden in Deutschland) und meine heiß geliebte schwarze Hüftspeckwegzauberhose an.

In Sachen Australien gibt es viel zu kaufen. Den «Lonely Planet» zum Beispiel. Und ein Slang-Wörterbuch. Außerdem bin ich jetzt stolze Besitzerin eines nur 800 Gramm schweren Ultraleicht-Mumienschlafsacks in schlammgrün. Natürlich benötige ich auch ein paar neue Kleidungsstücke für die große Reise. Nicht zu vergessen diese wahnsinnig praktischen Mini-Flaschen von Haarwaschmittel, Body-Lotion, Handcreme, Duschgel, Sonnenmilch und so weiter, die es in den 1-Euro-Körben in der Drogerie Müller gibt. Ich kaufe – sicher ist sicher – sogar ein Trockenshampoo für meine Reise. «Trockenshampoo?!?», fragt Marlene ungläubig, als ich ihr am Telefon stolz von meiner Neuerwerbung berichte, «hömma, Marie, du fliegst nach Australien und nicht in die Mongolei!» «Hömma», sagt Marlene immer, wenn sie wieder mal ein paar Tage in Köln verbracht hat, wo das Wetter besser, das Bier süffiger, die Kneipenkultur ausgereifter und die Leute netter sind als in München.

Das Trockenshampoo wandert trotzdem in den Rucksack. Man kann ja nie wissen.

Hm. Erstaunlich, wie wenig 65 Liter sind. Ich meine, in Bier oder Wein gerechnet, wäre das eine ganze Menge. Man denke nur mal – 65 Mass Wiesn-Bier, das schafft selbst ein erfahrener bayerischer Kampftrinker nicht in sechzehn Tagen Oktoberfest. Aber 65 Liter Klamotten und sonstiges Reise-Equipment sind verdammt wenig. Vielleicht sollte ich erwähnen, dass die Stapel mit Hosen, T-Shirts und Pullis, die ich für Australien auserkoren habe, sich noch auf dem Boden meines Schlafzimmers und nicht im Rucksack befinden. Letzterer ist irgendwie trotzdem schon voll. Na gut, war ja nur ein Probepacken. Ich habe noch eine Woche Zeit.

Die Reaktionen meiner Freunde auf meinen dreimonatigen Ausstieg sind durchweg positiv. Alle freuen sich für mich, wenn sie mich auch ein klein wenig beneiden, weil sie so etwas auch immer schon einmal machen wollten. Nur ein Satz beunruhigt mich ein klein wenig. Ich habe ihn in den vergangenen Wochen ungefähr siebzig Mal gehört. «Und du fährst ganz allein? Wow, das ist aber mutig.» Um ehrlich zu sein, würde Mut nicht gerade auf der Liste meiner herausragenden Charaktereigenschaften stehen. Noch vor zwei Jahren wartete ich auch bei Minusgraden lieber minutenlang auf der Straße vor der Kneipentür auf eine Freundin, als alleine das Lokal zu betreten. So was Bescheuertes. Kein Kneipenbesucher denkt sich, «da schau her, die hat niemanden zum Weggehen, vermutlich leidet sie unter starkem Mundgeruch oder steht sozial im Abseits», wenn er eine Frau sieht, die allein an einem Tisch sitzt. Besonders nicht, wenn diese Frau alle sieben Sekunden auf die Uhr schaut und der Kellnerin eine Spur zu laut mitteilt, sie würde mit der Bestellung noch warten, bis ihre Freundin eingetroffen sei. So viel zum Thema Mut. Ich, die nie was sagt, wenn sich an der Antipasti-Theke in Herties Schlemmergassen eine dickliche Hausfrau schmerzfrei vordrängelt – ich soll drei Monate lang allein in Australien bestehen? Alles selbst organisieren, am anderen Ende der Welt? Na ja, ich weiß nicht so recht. Als ich meinen Flug buchte, machte ich mir noch keine großen Gedanken darüber. Die Bedenken kamen erst, als meine Freunde mir sagten, wie mutig sie mich finden.

Ich muss auf andere Gedanken kommen. Deshalb beschließe ich, einen Winterspaziergang durch die Stadt zu machen.
Draußen herrscht eine seltsame Stimmung. Irgendwas ist anders als sonst. Ich brauche bis zum Königsplatz, um draufzukommen, was es ist. Der Himmel ist gelb. Nicht sonnenuntergangsgelb (es ist auch erst später Vormittag), sondern von einem hellen Ocker, als würde man eine gelbe Sonnenbrille tragen. Seltsam. «Sand aus der Sahara», informiert mich ein älterer Herr, der sieht, wie ich ratlos gen Himmel starre. Ich bin mir nicht sicher, ob er mich auf den Arm nehmen will. Dieser Saharasand hätte ungefähr fünf Flugstunden bis nach München hinter sich – vorausgesetzt, er reist in der gleichen Geschwindigkeit wie ein moderner Düsenjet.
Zweifelnd gehe ich weiter. Die Brienner Straße entlang und durch den Hofgarten. München ist wirklich schön. Sogar im Februar, mit schmutzigen Schneeresten an den Straßenrändern und seltsam gelb gefärbtem Himmel. Ich liebe diese Stadt. Warum will ich eigentlich so lange und so weit weg? Bald ist Frühling, dann beginnt die Biergartensaison. Ich weiß wirklich nicht, ob es etwas Schöneres geben kann, als mit ein paar Freunden im Taxisgarten, Zamdorfer oder am China-

turm zu sitzen, einen Kastanienbaum über und eine schäumende Mass vor sich. Na ja, eine schönere Sache fällt mir schon ein. Mit Paul im Biergarten zu sitzen.
Aber ich weiß nicht, ob daraus noch einmal etwas wird. Momentan sieht es nicht so viel versprechend aus. Als Paul nach unserer SMS-Sex-Nacht beharrlich schwieg und meine liebevollen, netten Mails und Kurzmitteilungen unbeantwortet blieben, musste ich ihn ein bisschen provozieren. «Paul, wenn du keine Lust mehr hast, mit mir zu reden, dann sag es mir bitte. Ich werde dich dann in Ruhe lassen, versprochen!»
Ich bekam meine Antwort, schneller, als ich erwartet hatte. Leider jedoch eine andere, als ich erhofft hatte. «Mein Gott, Marie», schrieb Paul, «mach doch nicht so ein Theater! Ich habe wirklich andere Sorgen. Mach mir bitte keinen Stress.»
Ich tobte. Innerlich. Äußerlich blieb ich ganz ruhig. Erzählte nicht mal Vroni oder Beate von Pauls SMS. Weil sie mir so peinlich war. Ich löschte sie sofort und tilgte auch gleich Pauls Handynummer aus dem Verzeichnis meines Mobiltelefons. Zu dumm, dass ich sie auswendig weiß. Aus meinem Kopf lässt sie sich partout nicht löschen.
Seit dieser SMS herrscht Funkstille zwischen Paul und mir. Er hat sich nicht entschuldigt, und ich habe mich nicht gemeldet. In Versuchung war ich oft genug. Aber ich musste mich nur an dieses Übelkeit erregende Gefühl erinnern, als mein Handy piepte und ich seine Mach-mir-keinen-Stress-Nachricht las. Das hielt mich zuverlässig davon ab, einen Schritt auf Paul zuzumachen. Ich bin mir nicht sicher, ob das etwas ist, worauf ich stolz sein sollte. Aber ich fürchte, ich habe momentan keine andere Wahl. Angenommen, ich würde nachgeben. Während ich die einlenkende SMS oder Mail schreiben und schicken würde, wäre es ein tolles Gefühl. Doch es würde nicht lange so bleiben. Je länger ich auf Pauls Antwort warten würde, desto kleiner würde das Hochgefühl werden, bis

ich mich schließlich ganz mies und klein fühlen würde. Nee. Diesmal nicht.

Während ich so über Paul nachdenke, bin ich am Friedensengel angekommen. Ich biege rechts in die Maximiliansanlagen ab und gehe oberhalb der Isar entlang. Ein Weg voller Erinnerungen. Hier sind wir oft entlanggeradelt, in unserem Sommer, Paul und ich. Auf dem Weg vom *Seehaus* in seine Wohnung. Um dann auf seinem roten Sofa ... Stopp. Hier bitte nicht weiterdenken. Umleitung.

Ich kämpfe gegen die Erinnerungen an den Sommer 2003 an. Und auf einmal stehe ich an einer Straßenecke. Nicht an irgendeiner Straßenecke. Wenn ich hier links abbiege, erreiche ich nach ein paar hundert Metern Pauls Wohnung.

«Nö Marie», informiert mich mein heiß geliebtes Teufelchen, «das wäre jetzt aber eine ganz schlechte Idee!» «Lass sie doch», senft Engelchen dazu, «sie möchte sicher nur sehen, wie sich der Oleander so macht, nicht, Marie?» Das Thema Oleander bringt mich wieder zur Vernunft. Das werde ich Paul nie verzeihen. Seine Sorge um diese blöde Pflanze, gepaart mit der mangelnden Aufmerksamkeit für meine Probleme und Kümmernisse. Wenn unsere Beziehung scheitert (und momentan sieht es leider verdammt danach aus), dann liegt das nicht zuletzt an dem Oleander auf seiner Terrasse. Schon tragisch. Hoffentlich kann ich dieser Pflanzengattung an meinem Lebensabend einmal vergeben und mich als alte Frau rührend um verwaiste kleine Oleanderbäumchen kümmern.

«Jetzt dreht sie total durch», wispert Teufelchen Engelchen zu, und ausnahmsweise sind sich die beiden mal einig.

Ich unterdessen mache auf dem Absatz kehrt und schlage den Weg Richtung Max-Weber-Platz ein. Mir ist auf einmal fürchterlich kalt. Ich will heim. Mit der U-Bahn.

Am Max-Weber-Platz gibt es einen Schreibwarenladen. Ich

betrete ihn, um Zigaretten zu kaufen. Vor mir an der Theke steht ein Mann mit hochgeschlagenem Mantelkragen. Ich sehe nur seine große Gestalt und seinen Hinterkopf mit den kurzen blonden Haaren. Und bevor eine mir sehr vertraute, tiefe Stimme «Einmal blaue Gauloises, bitte» sagt, weiß ich, wer der Mann ist.

«Jetzt hast du deine Zigaretten liegen lassen», sage ich auf der Inneren Wiener Straße zu Paul. Ein sensationeller erster Satz, wenn man sich fast fünf Monate nicht gesehen hat und den anderen eigentlich zigtausend Kilometer weiter südlich wähnte. Fast so genial wie Jennifer Greys erster Satz, den sie in «Dirty Dancing» zu Patrick Swayze sagt: «Ich hab 'ne Wassermelone getragen!» Brillant. Paul zieht es vor, nichts darauf zu antworten. Wenn ich mich recht erinnere, hat auch Patrick Swayze nur recht blöd geschaut. Und irgendwann doch «She's like the wind» gesungen. Was Paul, glaube ich, gerade weniger in Erwägung zieht.
Schweigend gehen wir zu Pauls Wohnung. Mir schwirren so viele Fragen durch meinen überlasteten Kopf, dass ich mich einfach nicht entscheiden kann, welche ich als erste stellen soll. Warum bist du wieder da, Paul? Seit wann? Warum hast du mir nicht geschrieben? Mich nicht angerufen? Wie lange bleibst du? Was machen wir jetzt? Wie ist der Stand unserer Beziehung? Liebst du mich noch? Hast du mich je geliebt? Was war los da unten in Lesotho?
Und auch Paul schweigt. Als er sich im Schreibwarenladen umdrehte, weil er hinter sich ein ersticktes Röcheln hörte und befürchten musste, dass in seinem Rücken gerade eine neunzigjährige Asthmatikerin das Zeitliche segnete, drückte seine Miene eine Mischung aus Überraschung, Schock und Ratlosigkeit aus. Seine Freude, mich zu sehen, hatte keine Chance, sichtbar zu werden. Er ließ die Kippen und drei Euro fünf-

zig auf dem Tresen liegen, packte mich an den Schultern und schob mich aus dem Laden.

Und jetzt stehen wir in seinem Hausflur. Paul nimmt mir meine Felljacke ab, und ich schüttele meine Stiefel von den Füßen. Dann stehen wir im Halbdunkel voreinander. Ich würde gerne etwas sagen. Aber meine Zunge ist auf seltsame Weise am Gaumen festgeschweißt. Ich räuspere mich, schlucke das zähe Zeug runter, das sich in meiner Kehle breit gemacht hat, und spreche mit klarer Stimme:
«Hngchch ...»
«Nicht reden», sagt Paul und legt seine Hand um meinen Nacken. Gräbt seine Fingerspitzen sanft in diese weiche Kuhle in der Mitte meines Hinterkopfs. Déjà vu total. Wenn ich mich nicht irre, war es fast auf den Tag genau vor einem Jahr, als Paul mir mitteilte, warum wir keine normale Beziehung führen konnten. Diese Unterredung begann auch damit, dass Paul mir liebevoll riet zu schweigen.
Und dann küsst er mich. Und wie er mich küsst. Und was mache ich? Statt empört zu protestieren und zunächst einmal Erklärungen zu fordern, küsse ich Paul zurück. Mein Gott, wie habe ich diesen Mann vermisst! Wie er riecht, wie er schmeckt, wie sein Zweitagebart an meiner Haut kratzt. Wie seine Zunge die Konturen meiner Lippen nachfährt. Wie dieses Beben über seinen Körper läuft, als ich mit meiner Hand unter sein T-Shirt fahre. Wie er unterdrückt aufstöhnt, als ich meinen Körper an seinen dränge. Wie er mir ungeduldig das T-Shirt hochschiebt und dann mit zitternder Hand einen Augenblick wartet, bis er fast andächtig meine nackte Haut berührt.
Als wären wir die Protagonisten eines schlechten Sat.1 «Fernsehfilms der Woche», ziehen unsere Klamotten bald eine Spur vom Flur ins Schlafzimmer. Pulli, T-Shirts, Jeans, BH, Strümp-

fe, Shorts, Slip. Und dann sind da nur noch wir beide, auf Pauls Bett, die Laken zerwühlend. Gierig, atemlos, laut, fast aggressiv, ineinander verbissen, wie in einem Kampf. Noch nie in meinem Leben habe ich solche Lust verspürt. Und noch nie solche Lust erzeugt.
Irgendwann ist es vorbei. Mit der ersten zärtlichen Geste unserer Begegnung kämmt Paul mir die nassgeschwitzten Haare aus den Augen. Und lächelt mich an. Endlich.
Ich bin so glücklich. In diesem Moment könnte man mir meine Wohnung kündigen, meinen Job wegnehmen, mein Auto pfänden und sogar meinen vierfarbigen Lidschatten von *Dior* dem Müll zuführen – mit einem seligen Lächeln auf den Lippen würde ich mein Schicksal annehmen. Wenn ich meinen Mund auf Pauls warme Haut lege, kann mir nichts passieren. Dann bin ich unverwundbar.

SONNTAG, 22. FEBRUAR 2004 –
GOLDFISCHE SIND MITTEILSAMER

«Wie jetzt», will Vroni wissen und legt ihre Stirn in Falten, «nachdem ihr zunächst miteinander im Bett wart» – höre ich da eine leichte Kritik aus ihrer Stimme heraus? – «hat er dir mal so locker erzählt, dass er schon seit drei Tagen wieder im Lande ist?»
«Äh, ja.»
«Hallo», regt sich meine Freundin auf, «geht's dem noch gut? Warum hat er sich denn nicht sofort bei dir gemeldet?»
Das habe ich Paul auch gefragt. Und es im selben Moment bereut. Denn er bekam sofort diesen Ich-bin-ein-einsamer-Wolf-der-seine-Freiheit-braucht-Blick.
«Ich hoffe, du hast ihm deutlich gesagt, was du davon hältst?», fragt Vroni und schenkt mir Rooibos-Vanille-Tee nach.

«Klar. Hab ich.»

Nicht gelogen. In einem Anflug von Großmut und Lässigkeit teilte ich Paul mit, dass das schon okay sei, man brauche schließlich ein bisschen Zeit, um sich einzugewöhnen, und dann der Jetlag ... Ich ignorierte das Teufelchen, das mir «Geographie, setzen sechs!» ins Ohr zischte.

Ich verzichtete darauf, Vroni zu erläutern, was ich genau gesagt hatte und warum. Ich tat es nämlich nicht, um Paul nach dem Mund zu reden, sondern um die Tatsache, dass ich ihm zufällig beim Zigarettenkauf über den Weg laufen musste wie eine x-beliebige Bekannte, für mich selbst erträglicher zu machen. Wenn man aus seinem eigenen Mund hört, dass etwas gar nicht schlimm ist, fühlt man sich gleich viel besser dabei. Verdrängung und wohlwollenden Perspektivenwechsel nennt man das. Funktioniert prima. Man muss sich das Leben ja nicht noch schwerer machen, als es eh schon ist.

«Und warum ist er eigentlich schon wieder da?», bohrt Vroni weiter. Das war natürlich auch meine nächste Frage an Paul. Und wieder keine gute Idee. Sein schönes, offenes Gesicht verschloss sich, seine Augenbrauen wanderten erst nach oben und dann mittig nach unten, und zwischen ihnen kerbte sich eine tiefe Musst-du-so-was-fragen-Falte in seine Haut. Er murmelte kurz etwas von einem britischen Arschloch namens James und dessen nicht tolerierbarer Arbeitsweise. Ich kombinierte diese kryptischen Aussagen mit einigen Infos aus Pauls frühen Lesotho-Mails und schloss, dass Paul nicht mit seinem Chef klargekommen war. Oder der nicht mit ihm. Mehr konnte ich ihm leider nicht entlocken. Wer auch nur einen Mann in seinem Leben näher kennt, weiß, dass ein Bestehen auf detaillierteren Aussagen in solchen Fällen von weniger Erfolg gekrönt wäre als der Versuch, einem Goldfisch das Apportieren beizubringen. Vergebliche Liebesmüh. Sehr deutlich konnte ich auf Pauls geriffelter Stirn die Worte «Ich

will nicht darüber sprechen» ablesen. Hätte er ein Schild mit dieser Aussage hochgehalten, wäre sie nicht klarer gewesen.
«Ich verstehe das nicht», sage ich zu Vroni, «er muss doch darüber reden? Es wird doch besser, wenn er es verbalisiert, das ist doch eine Erleichterung!»
«Nö», erwidert Vroni, «wenn er darüber spricht, gibt er zu, dass etwas schief gelaufen ist, vielleicht sogar, dass er versagt hat. Er wird es totschweigen. Ausblenden. Und irgendwann glaubt er dann selbst, dass das britische Arschloch schuld an allem ist.»
Ich seufze und memoriere im Stillen Fehler Nummer drei, den ich gestern beging. Ich schlug Paul nämlich vor, den Abend zusammen zu verbringen, schön essen und vielleicht ins Kino zu gehen. Wie ein normales Paar eben. Letzteres sagte ich natürlich nicht laut. Leider wich Pauls Abendplanung etwas von meiner ab. Genauer gesagt war er mit seinem besten Kumpel Daniel im *Klenze 17* verabredet, «um sich ein paar hinter die Binde zu kippen».

«Was sagt er eigentlich dazu, dass du in einer Woche nach Australien fliegst?», will Vroni wissen. Sie lässt nicht locker.
«Öh … Also …»
«Sag bloß, du hast es ihm nicht erzählt???»
«Vroni, der Mann steckt in einer schweren Existenzkrise, da kann ich ihm doch nicht mit so was kommen!»
«So was?», schnaubt Vroni, «hör mal zu, Marie …» Oje. Wenn Vroni «hör mal zu» sagt und dazu noch meinen Namen, folgt selten etwas, wobei ich gut wegkomme. Doch diesmal ist Paul das Opfer ihrer Tirade.
«… der Typ geht nach Südafrika, ohne auf dich Rücksicht zu nehmen. Dort spielt er den Verstockten – ich sag nur Oleander –, und nachdem er Mist gebaut hat, kommt er still und heimlich nach Deutschland zurück.»

«Vielleicht ...», werfe ich argumentativ wertvoll ein, doch Vroni schimpft einfach weiter:
«Er hält es nicht für nötig, dich davon in Kenntnis zu setzen, nein, du musst ihn zufällig beim Zigarettenholen treffen, Marie! Worauf er dich wortlos in seine Wohnung schleppt, dich ebenso wortlos erst mal besteigt und sich dann weigert zu erzählen, was genau los ist. Und du spielst die Rücksichtsvolle und erzählst ihm nicht, dass du in einer Woche für drei Monate ans Ende der Welt fliegst! Muss ich noch mehr sagen?»
«Nein.» Ich bin sprachlos. Besteigen, das ist gar nicht Vronis normale Ausdrucksweise. Sie muss wirklich sehr empört sein.
«Ich sag's ihm heute noch», verspreche ich und füge in Gedanken hinzu: «Wenn er sich bei mir meldet.» Kaum ist Paul zurück, sind wir nämlich schon wieder mittendrin im verhassten Wer-ruft-zuerst-an-Spielchen. Hört das eigentlich irgendwann mal auf? Oder erst, wenn man sich seines Mannes so sicher ist, dass man ihm ein «Bitte bring mir eine Packung o.b.s XXL mit, Schatz» hinterherruft, wenn er zum Einkaufen geht? Dann doch lieber spätpubertäre Ich-meld-mich-nicht-Spiele.
«Ja, aber sag es ihm, Marie», fügt Vroni hinzu und hat immer noch diesen Große-Schwester-Ton drauf, «komm nicht auf die Idee, es ihm zu mailen oder so. E-Mail ist für solche Dinge höchst ungeeignet!»
«Höchst ungeeignet ...», echoe ich. Sie hat Recht.

MONTAG, 23. FEBRUAR 2004 – RE: FWD: AUSTRALIEN

> *From: Marie <kl_diva@gmx.de>*
> *To: Paul <paul@glimpf.de>*
> *Mon, 23 Feb 2004, 08:25:11*
> *Subject: Australien*

*Hallo Süßer,
wie war dein Sonntag? Ich hoffe, du warst nicht zu
verkatert von Samstagabend, habt es ja wohl ganz schön
krachen lassen! Ute musste Daniel um sechs Uhr morgens von der Polizeiwache abholen, hat sie mir erzählt.
Er bekommt vermutlich eine Anzeige wegen Beamtenbeleidigung. «Bei Ebay kann man viel ersteigern, ihr Wichser» war vielleicht nicht die klügste Wortwahl, als ihm
die Zivilpolizisten ihre Ausweise unter die Nase hielten?
Ich hoffe jedenfalls, dir geht es gut. Ich freue mich, dass
du wieder da bist. Und da wir gerade beim Thema «da
sein» sind ... Ich werde eine kleine Reise machen. Du
weißt ja, dass ich immer schon mal nach Australien
wollte. Der Zeitpunkt erschien mir jetzt genau richtig.
Ich fliege am 1. März nach Sydney.
Meld dich mal, okay?
Kuss, Marie*

*PS. Hat Klaus den Oleander reingeholt?
PPS. Ich bin rechtzeitig zur Fußball-EM wieder da.*

From: Paul <paul@glimpf.de>
To: Marie <kl_diva@gmx.de>
Mon, 23 Feb 2004, 09:46:58
Subject: Re: Australien

*Hallo Marie,
Samstagabend war cool, wir waren nach dem Klenze
noch im Bergwolf, du, das ist der beste neue Schuppen
in München! Eigentlich eine Pommes- und Würstelbude,
aber mit ein paar Sitzgelegenheiten und guter Musik.
Und sie haben bis drei offen. Danach sind wir, glaube*

ich, noch rüber ins Stüberl. Aber das P1 ist auch nicht mehr das, was es einmal war.
Finde ich super, dass du das mit Australien machst. Muss ein tolles Land sein. Ich erwarte viele schöne Fotos!
Bis bald, Kuss, Paul

PS. Danke für Samstag. Es war so schön, dich wieder zu spüren, deinen vibrierenden Körper, deine Lust ... Muss aufhören, sonst bekomme ich einen Ständer ;-)

From: Marie <kl_diva@gmx.de>
To: Vroni <ichheisseveronika@gmx.de>
Mon, 23 Feb 2004, 09:59:51
Subject: Fwd: Re: Australien

Vroni,
ich mache das ja normalerweise nicht, aber bitte lies dir mal Pauls Mail durch, die ich dir im Anhang weiterleite. Ich will nichts davon lesen, dass du mir ja gleich gesagt hast, das Kommunikationsmittel (oder das Anti-Kommunikations-Mittel, wie du immer sagst) E-Mail sei für solche Angelegenheiten ungeeignet. Ich weiß das. Aber jetzt ist es sowieso zu spät. Wenn du es dir nicht verkneifen kannst, mich darüber zu belehren, bitte ich dich, die entsprechenden Zeilen grün oder lila einzufärben, damit ich sie später lesen kann.
Ich brauche von dir dringend eine Erklärung dafür, warum Paul es so locker nimmt, dass ich bis Juni nicht da sein werde. Und zweitens möchte ich, dass du mir sein PS. erklärst. Meint er damit, dass er sich gefreut hat, mich wiederzusehen, und ist das nur seine männliche

*Ausdrucksweise, es mittels Sex zu formulieren? Oder
meint er es so, wie er es schreibt: Dass er es schön fand,
MEINEN KÖRPER wieder zu spüren???
Warte ungeduldig auf Antwort, danke!
LG, Marie*

From: Vroni <ichheisseveronika@gmx.de>
To: Marie <kl_diva@gmx.de>
Mon, 23 Feb 2004, 11:03:26
Subject: Re: Fwd: Australien

*Schätzchen,
sorry, ich war in einem Meeting, konnte dir nicht früher
antworten. Ich bin dir nicht böse wegen deines albernen
Vorschlags mit den grün oder lila eingefärbten Zeilen,
aber nur, weil du dich in einer prekären Lage befindest
und anscheinend nicht zurechnungsfähig bist.
Also. Du musst dich nicht wundern, wenn Paul denkt,
dass du einen dreiwöchigen Urlaub planst – du hast
die Länge deiner Reise im PPS. versteckt, Marie! Selbst
ich hätte es vermutlich überlesen, wenn ich deine Mail
bekommen hätte. Mach also mal halblang und rege dich
nicht auf – er weiß schlicht und einfach nicht, dass du
für drei Monate wegfährst.
Und zum zweiten Punkt: Nein, er schreibt nicht, dass es
so schön war, dich wieder zu sehen. Er schreibt, dass es
schön war, dich wieder zu SPÜREN. Und, nein, er meint
damit nicht unbedingt dich als Person. Er schreibt vom
Vögeln, Marie.
Ja, Männer drücken ihre Gefühle gern über Sex aus.
Das stimmt. Leider handelt es sich bei diesen Gefühlen
auch meistens um Geilheit und Triebstau. Wenn Paul*

*es vermisst hätte, mit dir zu reden, hätte er geschrieben:
Ich habe es vermisst, mit dir zu reden!
Ich weiß, dass dir das alles nicht gefallen wird und dass
du dich fragst, warum ich nicht meine ganze Mail grün
oder lila eingefärbt habe. Aber wenn du ganz ehrlich
bist, weißt du, dass ich Recht habe.
Pass auf dich auf!
Vroni*

DIENSTAG, 24. FEBRUAR 2004 – DA SIMMER DABEI ...

Gähn. Ich muss wahnsinnig sein. Es ist halb neun Uhr morgens, arbeitsfreier Faschingsdienstag, und ich könnte jetzt gemütlich in meinem warmen Bett liegen und Fasching Fasching sein lassen. Stattdessen sitze ich in der U-Bahn. Die Mitreisenden sehen mich befremdet an. Ich klimpere mit meinen falschen Discowimpern, spiele mit einer Strähne meiner violetten 70er-Jahre-Perücke und versuche telepathisch die Info «Hey ihr Langweiler, es ist Fasching!» im Abteil zu verbreiten. In Köln würde mir das nicht passieren, dass ich mir an diesem Tag blöd vorkomme, weil ich verkleidet bin. Aber das ist halt einer der wenigen Minuspunkte meines geliebten Münchens.

Eine Viertelstunde später stehe ich mit Vroni, Marlene, Beate und Kati frierend am Fischbrunnen und warte auf die anderen Mädels. Momentan lässt die Feierstimmung noch hartnäckig auf sich warten. Es hilft nichts. Dagegen muss man was trinken.
«Was ist das?», will Marlene wissen und schnuppert misstrauisch an meiner Apfelschorle-Flasche, die ich ihr unter die Nase halte. «Wodka-O», sage ich stolz, «gute Mischung!»

«Um neun Uhr morgens??», fragt Marlene. Und nimmt einen großen Schluck.

Als alle da sind, machen wir uns auf den Weg zum Viktualienmarkt. Es ist schon ziemlich viel los. «Radio Gong» intoniert den diesjährigen Faschings-Hit. Tausende von Münchnern grölen glücklich ein Kölner Karnevalslied. Na gut. «Da simmer dabei, dat is pri-hi-ma ... Vi-vaaa Colonia!»
«Kein Alkohol ist ja auch keine Lösung», vertraue ich Vroni nach einer Stunde an. Ist doch wahr.

Gegen Mittag kommt Simon vorbei, ebenfalls schon sichtlich angeschlagen. Als er Kati erblickt, bekommt er Stielaugen und muss etwas häufiger runterschlucken als vorher. Schlimm, dieser stiere, glasige Blick aus seinen sonst so schönen dunkelbraunen Augen. Die Liebe kann Menschen manchmal ganz schön entstellen.
Als Simon sich eine komplette Flasche meiner Wodka-Mischung in den Hals gekippt hat, verändert er sich augenfällig. Es gibt drei Sorten von Männern. Die einen schlafen ein, wenn sie zu viel intus haben, die zweiten werden unglaublich anhänglich und lieb, und die dritten fangen an zu pöbeln. Simon gehört leider zu letzterer Sorte. Wohlgemerkt passiert das nur unter erheblichem Alkoholeinfluss. Im nüchternen Zustand würde er sich nicht mal über eine Hausfrau beschweren, die ihm die Vorfahrt nimmt.
«Scheiß-FC-Bayern!», nimmt das Unheil seinen Lauf. Besorgt beobachte ich die ersten stirnrunzelnden Männer in unserer unmittelbaren Umgebung.
«Simon, du magst die Bayern doch!», erinnere ich meinen Freund vorsichtig an sein Fußball-Weltbild. Er entsinnt sich.
«Drecks-1860!» Nicht unbedingt besser. Das kann ja heiter

werden. Doch das Thema Fußball hat sich damit für Simon erschöpft. Zum Glück.

«Scheiß George Clooney, dieser Wichser!», ruft Simon der Menge zu, und irgendwie erinnert mich das an etwas. Ich komme aber nicht darauf, an was.

«Dreihundert Euro», referiert Simon, «dreihunnerteuro habbich hingelegt, für nix und wieda nix!»

«Simon, wofür hast du dreihundert Euro gezahlt?», will ich wissen.

«Dreihunnert Stecken!»

«Ja, das ist viel Geld, aber wofür?»

«Nix konnte der, dieser … George Clooney für Arme», beschwert sich Simon, «alles umsonst. Futsch! Vorbei! Aus!»

Während er das sagt, halten sich seine Augen die ganze Zeit an Kati fest. Und auf einmal fällt bei mir der Groschen.

«Simon, *du* hast den Treuetester auf Kati angesetzt??» Ich fasse es nicht. «Damit Max mit ihr Schluss macht und du Chancen bei ihr hast? Sag mal, geht's eigentlich noch?»

«Lass ihn, Marie», sagt Kati. Simon steht nur da, schwankt und sagt gar nichts mehr.

«Wie, ich soll ihn lassen? Das ist doch das Hinterletzte!»

«Ist schon okay. Ich bin froh, dass ich jetzt weiß, wer das war.»

«Du lässt das einfach so stehen??»

«Ja. Dass es in die Hose gegangen ist, ist Strafe genug für Simon.»

Mir fällt nichts mehr ein – und Simon fällt um. Kati hilft ihm hoch und sagt: «Ich bringe ihn nach Hause. Bis später vielleicht, Mädels …»

Na, wenn das mal keine falschen Hoffnungen bei Simon schürt. Aber Kati wird schon wissen, was sie tut. Max kann wirklich froh sein über so eine Freundin.

Auf diesen Zwischenfall brauche ich was zu trinken. Gut, dass ich noch eine dritte Flasche Wodka-O dabei habe.
Stunden später reicht es mir auf einmal. Das passiert mir öfter. Eben noch lustig am Tanzen und Singen, weiß ich von einer Minute auf die andere, dass es jetzt an der Zeit ist zu gehen. So ähnlich wie damals mit Paul auf dem Oktoberfest, im Hackerzelt. Wenn es nicht mehr besser werden kann, sollte man aufhören.
Auf dem Weg zur U-Bahn merke ich, dass ich mich im Getümmel des Viktualienmarkts am linken Fuß verletzt haben muss. Ich humple. Und brauche ewig, bis ich den Marienplatz erreiche. Mitleidige Blicke der Passanten streifen mich. Autsch. Hoffentlich muss ich nicht mit Gipsfuß nach Australien fliegen.

Zu Hause in meiner Wohnung stellt sich diese Befürchtung als unbegründet heraus. Bei näherer Betrachtung meines linken Fußes entdecke ich, dass es nicht dieser ist, der gelitten hat, sondern mein Schuh. Der Absatz ist abgebrochen.
Schon schlimm, was Alkohol mit den Menschen anstellt.

SAMSTAG, 28. FEBRUAR 2004 – EIN PICKEL KOMMT SELTEN ALLEIN

Ich blicke in den Spiegel und sehe gleich das ganze Ausmaß der Katastrophe. Nicht, dass ich einen Pickel hätte. Nein, das ist es nicht. Ich habe ungefähr hundert Pickel.
Okay. Nach näherer Inspektion korrigiere ich diese Zahl auf fünf. Fünf Pickel mögen nicht als Weltuntergang gelten. Schließlich bin ich auch kein pubertierender Teenie mehr. Eben. Ich bin neunundzwanzig Jahre alt. Ein Alter, in dem man das Tragen von Miniröcken wehmütig der Jugend über-

lässt und sich in der Drogerie die erste *Q10*-Antifaltencreme aufschwatzen lässt. In diesem Alter haben Pickel nichts mehr in meinem Gesicht verloren! Ich bin dementsprechend ratlos. Und frage mich, woher sie kommen, die Pickel. Weder habe ich gestern Abend einen Tacos-mit-Guacamole-Fressanfall bekommen, noch vergessen, mich abzuschminken. Gestern Abend war meine Haut noch rein und klar! Wenn ich mir vorstelle, wie sich die Pickel schadenfroh grinsend aus meinen Poren in mein Gesicht arbeiteten, während ich seelenruhig schlief, werde ich sehr sauer. Sie kamen über Nacht, und es wird drei Wochen dauern, bis man nichts mehr von ihnen sieht. Wie unfair. Und: Ein Pickel kommt selten allein. Kann gut sein, dass ich mich freue, den am Nasenflügel los zu sein, und wenig später entdecke, dass am Kinn bereits ein Kollege am Start ist.

Die Pickel und ich gehen widerwillig auf die Straße, zum Einkaufen. Heute ist mein letzter verkaufsoffener Tag in Deutschland, und ich muss unbedingt noch in die Apotheke. Dort erstehe ich meine Reisemedikamente und wundere mich, dass mir die Apothekerin als Goodie Hustenbonbons statt Akne-Creme in die Tüte packt. Das hat sie sicher nur gemacht, damit ich denke, meine Pickel seien nicht so schlimm. Ganz schön raffiniert. Aber ich habe sie durchschaut. Blöde Kuh.

Eigentlich bin ich ja heute Abend mit Vroni, Marlene und Beate im *Ysenegger* verabredet. Ein letzter Mädelabend, bevor ich fliege. Aber spätestens nach dem Affront der unverschämten Apothekergehilfin ist mir die Lust darauf vergangen.
«Duhu», tippe ich eine SMS an Vroni, «mir geht's gar nicht so gut, ich fürchte, das mit heute Abend wird nichts ...» Denselben Text schicke ich auch an Marlene und Beate. Feige, ich weiß. Muss aber manchmal sein.

18 UHR

Na bitte. Keine Antwort, von keiner der drei. Und ich schäme mich noch für meine Feigheit. Dabei sind sie vermutlich froh, dass sie mich nicht mehr sehen müssen.
«Ihr selbstmitleidiges Gejammer ist echt nicht mehr mit anzuhören», raunt Teufelchen Engelchen zu. Das pflichtet bei: «Ja, furchtbar. Hoffentlich tut Australien ihr gut.» Ich sitze auf meinem Sofa und brauche einige Minuten, bis mir auffällt: Zum ersten Mal haben die beiden nicht mit mir, sondern über mich gesprochen. Ist das jetzt des Wahnsinns letzte Stufe?

20 UHR

Es klingelt an der Tür. Wer ist das? Paul? O mein Gott. Und ich sehe aus wie ein Monster. Wenn ich nur wüsste ... Manchmal wäre es schon praktisch, einen Spion in der Tür zu haben. Also, ich habe ja sogar einen. In der Küchenschublade. Dort nützt er mir nur bedingt.
Es klingelt erneut, etwas ungeduldiger.
«Mach schon auf, ich weiß, dass du da bist!», höre ich Vroni durch die geschlossene Tür rufen. Ich löse meine Haarklammer und kämme mir mit den Fingern die Haare ins Gesicht, so gut das geht. Dann öffne ich die Tür.
«Na endlich», nölt Vroni und quetscht sich durch den Türspalt in meine Wohnung, «huch, wie siehst denn du aus?»
Ich werfe meiner Freundin einen zutiefst verletzten auch-du-Brutus-Blick zu, ohne etwas zu sagen.
«Warst du beim Friseur, oder bist du in ein Unwetter geraten?», erkundigt sie sich vorsichtig und betrachtet mit gerunzelter Stirn meine Haare. Mir geht ein kleines Licht auf. Sie meint meine Frisur. Nicht meine Pickel. Die hat sie noch gar nicht bemerkt.

«Ich sehe ganz furchtbar aus», informiere ich Vroni mit tränenbelegter Stimme und lüfte zum Beweis meinen Haarvorhang. Vroni schaut in mein Gesicht.
«Ach was», sagt sie unwirsch, «die drei Pickel. Komm, klatsch dir ein bisschen Make-up ins Gesicht. Wir sind spät dran!»
«Fünf!»
«Wie, fünf? Minuten?»
«Pickel.»
«Mensch Marie – wenn du willst, kannst du dich mit dem Inhalt deines Badschränkchens in Brigitte Bardot verwandeln. Da wirst du es doch gerade noch schaffen, die paar ... die fünf Pickel zu überschminken!»
Ich gebe nach. Eine Viertelstunde später bin ich bereit, die Wohnung zu verlassen. Wenn es draußen nicht regnet oder schneit, die Raumtemperatur im *Ysenegger* konstante 21 Grad nicht überschreitet und ich Bussi-Bussi-Begrüßungen vermeide, habe ich gute Chancen, dass mein kosmetisches Kunstwerk den Abend überlebt. Die Mädels sollen mich nicht als pickeliges Monster in Erinnerung behalten. Vorsichtig und mit geschmeidigen Abfederbewegungen steige ich die drei Stockwerke zur Straße hinunter. Bloß keine zu heftigen Erschütterungen. Es könnte mir etwas aus dem Gesicht fallen.

Ich glaube, ich leide unter einer Persönlichkeitsspaltung. Die eine Hälfte von mir sitzt inmitten ihrer Freunde (wieder mal hat Vroni ganze Arbeit geleistet, alle sind da, um mit mir Abschied zu feiern), lacht, trinkt, raucht, redet und ist glücklich. 23 Uhr, München-Neuhausen, das Make-up hält. Die andere Hälfte jedoch schielt alle zwei Minuten abwechselnd auf ihr Handy und zum Eingang der Kneipe. Wo bleibt bloß Paul? Er weiß Bescheid, sagt Vroni. Und dass ich nicht drei Wochen, sondern drei Monate lang nach Australien gehe, habe ich ihm diese Woche auch noch einmal unmissverständlich mitgeteilt.

Worauf er mir sein typisches «Melde mich später» schickte und sich in Schweigen hüllte. Das war am Dienstagabend. Ich weiß jetzt also nicht, ob er seitdem von Heulkrämpfen geschüttelt im Bett liegt oder mit seinen Kumpels die Tatsache feiert, dass er mindestens bis zum Sommer ein freier Mann ist.

3 UHR

Paul ist nicht ins *Ysenegger* gekommen. Ich weiß, dass ich das jetzt nicht tun sollte. Keine souveräne Frau schickt einem Kerl SMS hinterher, wenn er sie versetzt. Schon gar nicht so einem egozentrischen, rücksichtslosen und gefühlskalten Typen wie Paul. Hätte ich mich an «The Rules» gehalten (ich hasse dieses Buch, aber es hat leider meistens Recht), würde Paul mir jetzt hinterherlaufen wie ein geprägter Welpe. Ich hätte ihm einfach nur letzten Samstag den Sex verweigern müssen. Cool bleiben. Nicht gleich schwach werden und dahinschmelzen, als er mich küsste.
«Paul, wo warst du? Ich bin so enttäuscht. Du hättest mir sagen müssen, dass du mich nicht mehr liebst. Mach's gut, Paul, ich werde dich nicht mehr belästigen!»
Und weg damit. Ist mir jetzt auch egal.
War ja klar, dass das Teufelchen einen Kommentar zu meiner SMS hat. «Die hast du doch jetzt bloß geschickt, um eine Reaktion von ihm zu provozieren. Du willst gar nicht, dass er dich in Ruhe lässt, du willst ihn auch nicht vergessen. Du willst, dass er sich endlich um dich bemüht und dir versichert, dich natürlich zu lieben!»
Ja. Ja, ja, ja. Verdammt, ich liebe diesen Mann. Und wenn ich seinetwegen in die Klapse komme. Ich liebe ihn.

MONTAG, 1. MÄRZ 2004 – WO GEHT'S DENN HIER ZUM HAUPTBAHNHOF?

«Mann Marie, jetzt mach doch nicht so ein Theater. Ich war am Samstag nicht in München. Sorry. Lass uns heute Abend was unternehmen.»
Ruhig, Marie, keinen Schreikrampf bekommen. Das bringt doch nichts. Sieh lieber zu, dass du deinen Rucksack zubekommst, das Wasser abdrehst und alles Wichtige dabeihast. In zwanzig Minuten geht's zum Bahnhof.

Eine Minute später klingelt es an der Tür. «Ich habe gedacht, wir fahren lieber ein bisschen früher, sicher ist sicher!»
«Mama, drei Uhr wäre schon zwanzig Minuten früher gewesen, als ich wollte! Jetzt ist es fünf vor halb!»
«Schnuppel, mach kein Theater» – ich zucke zusammen –, «Papi steht unten in zweiter Reihe. Wirklich katastrophal ist das mit den Parkplätzen hier in Neuhausen!»
Ich schleppe meinen Rucksack die Treppen hinunter. Das kann ja heiter werden. Mir tut jetzt schon das Kreuz weh.
Auf dem kurzen Weg von Neuhausen zum Hauptbahnhof (es sind drei U-Bahn-Stationen, Rotkreuzplatz, Maillinger Straße und Stiglmeierplatz) gelingt meinen Eltern etwas Bemerkenswertes: Sie bekommen sich in die Haare. Der Weg ist das Ziel. Das ihrer Diskussion zumindest. «Warum bist du denn jetzt nicht rechts abgebogen?», möchte meine Mutter von ihrem Ehemann wissen, als wir auf den Stiglmeierplatz zufahren.
«Du hast ja nichts von Rechtsabbiegen gesagt», stellt mein Vater wahrheitsgemäß fest, «du hast dich gerade mit deiner Tochter unterhalten.»
Das geht nie gut, wenn mein alter Herr seine Vaterschaft verleugnet.

«Muss man dir denn immer alles sagen?», seufzt meine Mutter, «man könnte denken, dass du mit deinen fast 65 Jahren weißt, wie es zum Hauptbahnhof geht.»
«Es geht aber auch hier zum Hauptbahnhof», erwidert mein Vater und fährt geradeaus auf den Königsplatz zu.
«Ähm, allmählich müssten wir aber wirklich mal rechts», mische ich mich vom Rücksitz ein. Den Hauptbahnhof sehe ich in weite Fernen rücken. Gut, dass wir so früh dran sind.
«Lass uns nur machen, wir fahren seit dreißig Jahren in München Auto!», kommt es synchron von Fahrer- und Beifahrersitz. Ich verkneife mir die Bemerkung «merkt man aber nicht» und harre der Dinge. Ruhig, Marie. Wir haben Zeit.
Nach einem kleinen Umweg über den Odeonsplatz und einem waghalsigen Wendemanöver («Den Radfahrer hast du aber gesehen, oder?» – «Jetzt hör aber auf! Ich bin doch nicht debil! ... Welchen Radfahrer?») sind wir endlich am Ziel. Der Hauptbahnhof kommt in Sicht. Wer jetzt denkt, die Diskussion sei hiermit erledigt, irrt. Der Münchner Hauptbahnhof bietet nämlich drei Gründe, sich zu streiten. Er ist von Norden, Osten und Süden ansteuerbar.
«Klaus, auf der Ostseite bekommst du nie und nimmer einen Parkplatz», rät meine Mutter meinem Vater, was diesen dazu veranlasst, zielstrebig den Osten anzupeilen. Natürlich hat sie Recht. Meine Mutter gehört zu der Sorte von Müttern, die immer Recht haben. Wenn sie mir an einem strahlend schönen Sommermorgen rät, einen Regenschirm mitzunehmen, kann ich einen Haufen Geld darauf verwetten, dass sich spätestens nachmittags über dem Ort, an dem ich mich gerade befinde, drei bis sieben Wolken zusammenrotten und den einzigen heftigen Regenschauer in ganz Bayern verursachen.
Irgendwann ist es geschafft: Mein Vater hat einen legalen Stellplatz für seinen Audi gefunden (auf der Bahnhofsüdseite), meine Mutter ist zufrieden, weil sie wieder mal Recht be-

hielt, und ich bin froh, weil mir noch eine Viertelstunde bleibt bis zur Abfahrt meines Zuges.

«Siehste, Schnuppelchen, gut, dass wir so zeitig losgefahren sind!», meint meine Mutter und lächelt mich an. Ich verkneife mir jeglichen Kommentar und hieve mir meinen Rucksack auf die Schultern.

Am Bahnsteig reißen meine Eltern dann einen leicht verunsichert dreinblickenden, niedlichen, ungefähr zwanzig Jahre alten Bundeswehrsoldaten für mich auf. Ich stehe daneben und schäme mich in Grund und Boden. Warum ist das eigentlich so? Mir sind meine Eltern oft peinlich, und gleichzeitig überwältigt mich eine riesengroße Liebe, wenn ich sie mir so ansehe, die beiden, die irgendwie erst in den letzten fünf Jahren alt geworden sind, eine Liebe, die mir die Tränen in die Augen treibt. Und dann schäme ich mich für mein Schämen und bin kurz davor, hemmungslos an Mamis weicher Schulter zu heulen. Das Schlimmste ist, dass sie mich vermutlich auch noch genau verstehen würde.

Zum Glück kommt bald der Zug. Zufällig sitzt der süße kleine Bundeswehrler direkt neben mir. Auch das noch. Kurz bevor die Türen schließen, schaue ich noch einmal aus dem Fenster. Jemand rennt den Bahnsteig entlang. Ich sehe wehende, blonde Haare, einen bunt gestreiften Schal und sehr rote Wangen. Vroni. Atemlos macht sie an der Zugtür Halt, an die ich getreten bin, und drückt mir ein kleines Päckchen in die Hand.

«Weil du doch Ostern gar nicht da bist – und wer weiß, ob die da in Australien ordentliche Schokolade haben!»

Ich kämpfe mit den Tränen. Ob sie weiß, wie lieb ich sie habe?

«Vroni», frage ich durch die offene Zugtür, als würden wir gerade gemütlich im *Café Neuhausen* sitzen, «ich muss dich noch eine Sache fragen!» Komme mir dramatisch vor, wie

eine Figur aus einem Roman, Anna Karenina oder so, hat die sich nicht auch immer auf zugigen Bahnhöfen rumgetrieben?
«Ja, Süße? Mach's kurz», empfiehlt Vroni, deutet auf ihre Uhr und grinst.
«Warum hast du mir eigentlich nichts von Bernd und dir erzählt?»
Kurzes Schweigen. Dann sagt Vroni:
«Woher …? Na, egal jetzt. Ähem … Wegen Paul.»
«Wegen Paul?»
«Ja. Du warst so beschäftigt mit ihm – obwohl er ja gar nicht da war –, dass ich den Eindruck hatte, du hast einfach keinen freien Speicherplatz für meine Geschichten.» Sie sieht meinen betroffenen Gesichtsausdruck und fährt mit einem Lächeln fort: «Aber der Hauptgrund war der, dass ich dir in deinem Paul-Kummer einfach nicht erzählen wollte, wie schön es mit Bernd ist, und das ist es wirklich …» Ihr Lächeln hat jetzt was Seliges. So habe ich Vroni noch nie lächeln sehen, außer vor einer Woche, als ich, halb in eine stachelige Hecke gequetscht, das Tête-à-Tête der beiden Abschied nehmenden Verliebten beobachtete.
«Achtung, die Türen schließen selbsttätig», sagt Vroni, nein, es ist der Lautsprecher. Ich muss ihr wohl ein andermal berichten, wie ich ihr und Bernd auf die Schliche gekommen bin. Meine beste Freundin drückt mir einen Kuss auf die Wange. Es glitzert nun auch in ihren Augen. Und dann schließt sich die Waggontür.

«Fahren Sie länger weg?», will der Bundeswehrler wissen. Offensichtlich hält er das Theater, das da um mich gemacht wird, für ein wenig übertrieben.
«Nur drei Monate», sage ich cool, «Australien und so, mal sehen.» Dann fällt mir auf, dass er mich gesiezt hat. Ich tue so, als würde ich aus dem Fenster blicken, und versuche, die

Spiegelung meines Gesichts zu erkennen. So alt sehe ich auch wieder nicht aus. Diese arrogante Jugend.
Er erzählt mir, dass er nach Hause fährt. Nach Offenburg. Oder Offenbach.
Fühle mich mit einem Mal ziemlich einsam und verloren. Nach Hause fahren hört sich toll an. Ich ertappe mich bei dem Gedanken, dass ich mich darauf freue, in drei Monaten wieder in München anzukommen.

Bin jetzt am Frankfurter Flughafen. Meine Schultern schmerzen vom Rucksacktragen. Vielleicht hätte ich doch lieber in ein Trekkingrucksackfachgeschäft gehen sollen, um mich professionell beraten zu lassen, statt das Ding für vierzig Euro bei eBay zu ersteigern. Inklusive Versandkosten.

Elfeinhalb Stunden bis Singapur. Eine ganze Nacht in der Mittelsitzreihe eines Jumbo-Jets, links von mir eine nervöse Erstfliegerin, zu meiner Rechten ein geschwätziger Geschäftsmann, der sich unangenehm weit zu mir hinüberlehnt, während er mich zutextet. «Wissense, normalerweise fliege ich ja nie Eco», sagt er und fächelt sich mit dem Bordmagazin der Qantas Luft zu, «aber dieses Mal hat das Scheiß-Reisebüro geschlampt. Die werden mich noch kennen lernen.» Mir tut die verantwortliche Reisekauffrau jetzt schon Leid. «Haben Sie denn wenigstens von Singapur nach Sydney ein Upgrade bekommen?», frage ich hoffnungsvoll, doch mein Sitznachbar verneint. «Aber immerhin hat man in der Eco die schönsten Frauen als Sitznachbarinnen», grinst er dann, «darf ich dich auf ein Weinchen einladen?» Schauder. Weinchen. *Ich* weine gleich. «Wirklich reizend von Ihnen», sage ich und betone das letzte Wort, «aber sogar in der Eco ist der Wein zum Essen gratis.» Ich glaube, er hat es kapiert, dass ich mich von ihm nicht duzend ankumpeln lassen will. «Du, das wusste ich gar

nicht», sagt er und tupft sich mit einem karierten Taschentuch im Gesicht herum.
Na, das kann ja heiter werden. Wenn der jetzt schon schwitzt ...
Ich beschließe, das interaktive Unterhaltungsprogramm der Qantas zu nutzen. Wenn ich die Kopfhörer aufsetze, hält das meinen Sitznachbarn vielleicht davon ab, mich weiter schwach anzutexten. Oh, schön. Sie zeigen «Was das Herz begehrt», die neue Komödie mit Jack Nicholson. Ich liebe Jack Nicholson. Ich schalte den Monitor ein, der vor mir in die Rückenlehne des Vordersitzes eingebaut ist, und wähle Kanal 3.
Über dem Balkan gibt es Abendessen. Ich schlürfe mein Weinchen, löffle die Pasta aus der Aluschale und genieße den Film. Noch bevor die Flugbegleiter wieder abgeräumt haben, schläft mein rechter Nachbar tief und laut. Ich bete, dass er davon absieht, nach links auf meine Schulter zu sacken, und rutsche so weit wie möglich zu Anne hinüber, der Flugunerfahrenen, die gerade zum siebenten Mal die Faltkarte mit den Notausgängen und dem Schwimmwestengebrauch studiert.

Als ich wieder aufwache, liegt mein Kopf an Annes Schulter, und wir befinden uns irgendwo über Saudi-Arabien. «Was das Herz begehrt» ist gerade zum zweiten Mal durchgelaufen, ich sehe gerade noch den Abspann. So ein Mist. Jetzt weiß ich nicht, wie die Geschichte ausgegangen ist. Außerdem muss ich aufs Klo. Doch dazu müsste ich Mister Schwitz neben mir wecken. Worauf ich nur bedingt Lust habe. Der schläft gerade so schön und kippt beinahe gen Gang aus seinem Sitz. Ich muss mich also disziplinieren. Konzentriert versuche ich, meiner Blase Anweisungen zu geben. Da ist noch Platz. Du bist groß. Du kannst nicht voll sein nach einem Weinchen, okay, zwei Weinchen und einem Glas Wasser. No way. Meine Blase reagiert nicht. Sie drückt einfach weiter. Ich variiere meine Sitzposition. Wenn ich die Knie nach oben ziehe, auf meinen Händen sitze und gleichzeitig die Füße kreuze, geht es einigermaßen.

«Excuse me, Miss, are you okay?», erkundigt sich der Flugbegleiter besorgt. «I'm fine, thank you», zische ich. Wenn der weiter so laut redet, wacht Schwitzi noch auf.

Nach einer halben Stunde Turnübungen gebe ich auf. Es hilft nichts. Ich muss zur Toilette. Ich ziehe meine Schuhe aus und die Flugsocken an, immer darauf bedacht, nicht aus Versehen Schwitzi zu touchieren. Dann ziehe ich meine Füße unter die Oberschenkel und richte mich vorsichtig auf meinem Sitz auf. Autsch. Das war die Luftdüse über mir. Verdammt eng, so ein Flieger. Vor allem in der Eco. Ich halte mich an der Kopfstütze von Schwitzis Vordersitz fest und mache einen großen Schritt über ihn hinweg. In dem Moment, in dem mein rechter Fuß auf Schwitzis gangseitiger Armlehne landen sollte, macht der Jumbo einen unvermuteten Hüpfer. Ich hebe ab und lande unsanft auf dem Kabinenboden, nicht ohne zuvor heftig gegen den Passagier zu rumpeln, der auf der anderen Seite des schmalen Gangs sitzt. Während das Qantas-Personal mich höflich darüber informiert, dass das Liegen auf dem Kabinenboden aus Sicherheitsgründen während des gesamten Fluges nicht erlaubt ist, suche ich den Blickkontakt mit dem Opfer meines verunglückten Kletterversuchs, um mich zu entschuldigen. Ich gucke nach oben und direkt in ein verschlafenes Gesicht, umrahmt von verstrubbelten braunen Haaren.

«Gibt's schon wieder was zu essen?», fragt der Typ verwirrt und runzelt fragend die Stirn.

«Äh, nein», antworte ich und rappele mich vom Boden auf, «sorry, ich bin ein bisschen auf Sie draufgefallen, als ich über meinen Sitznachbarn klettern wollte. Da war so ein plötzliches Luftloch ...» Der Strubbel grinst und erwidert: «Macht

nix. Hauptsache, ich muss nicht schon wieder was essen. Bist du ... sind Sie okay?»
«Jaja», beeile ich mich zu versichern, «alles klar.» Dann fällt mir ein, warum ich diese halsbrecherische Aktion überhaupt gestartet hatte. «Ich bin gleich wieder da», informiere ich den Verstrubbelten und eile Richtung Toilette. Auf dem Weg dorthin frage ich mich, was ich da gerade gesagt habe. Etwas Sinnfreieres hätte mir kaum einfallen können.
Vor dem Besuch des Flugzeugklos habe ich mir ja noch eingebildet, der Strubbelmann hätte ein klein wenig mit mir geflirtet. Das ändert sich schlagartig, als ich in den Spiegel blicke. Ich frage mich wirklich, warum sie in Flugzeugtoiletten – insbesondere in Jumbo-Jets, die für Langstreckenflüge gedacht sind – keine freundlichere Beleuchtung einbauen. Ich meine, man sieht sowieso schon beschissen genug aus, wenn man länger als ein paar Stunden in solch einem Flieger festsitzt. Aber wenn man sich dann im engen Klo auch noch aus nächster Nähe betrachten muss, in kaltes, stechendes Neonlicht getaucht, dann ist wirklich alles vorbei.
Ich versuche, mir mit den minzfarbenen Papiertüchern, die zum Händetrocknen ausliegen, den Glanz aus dem Gesicht zu tupfen. Autsch. Warum legen sie nicht gleich Schmirgelpapier hin, das wäre auch nicht viel härter. Sehnsuchtsvoll denke ich an meine Fettaufsaugeblättchen von *Agnès B.*, die leider zu Hause in der Schublade liegen. Ein Königreich für ein Fettaufsaugeblättchen. Oder für trockene Haut. Das muss so toll sein, wenn sie spannt und nach Feuchtigkeit lechzt.

Als ich wieder zu meinem Platz zurückgekehrt bin und versuche, über Schwitzi hinweg auf meinen Sitz zu klettern, ohne ihn zu wecken, zupft mich der Strubbelige am T-Shirt: «Wenn du willst, kann ich auch durchrutschen, der Platz neben mir ist frei, dann kannst du am Gang sitzen!» Ich sehe ihn begeistert an. Anscheinend jedoch hat mein Gehirn den falschen Befehl an meine Gesichtsmuskulatur geschickt, hat «Fassungslosigkeit» statt «Zustimmung» gefunkt. Das kommt manchmal vor, wenn ich müde bin. «War ja nur eine Idee», sagt der Strubbelige schnell und zuckt verschreckt zurück. «Super Idee», antworte ich und bekomme endlich ein dankbares Grinsen hin. «Ich muss nur schnell meine Kopfhörer retten.» Ich beuge mich über Schwitzi, der immer noch tief schläft und nur manchmal im Traum zuckt, wobei Wellen über seinen schwabbeligen Körper laufen. Iiiiih. Möchte gar nicht wissen, wovon er gerade träumt. Zum Glück kann ich den Stecker meines Headsets von meiner Armlehne lösen, ohne seine Träume zu stören. Nicht auszudenken, was passiert wäre, wenn er just in dem Moment erwacht wäre, als mein Busen direkt vor seinem roten, glänzenden Gesicht baumelte.

In Singapur müssen alle aussteigen. Keiner weiß, warum, aber es fragt auch keiner. Markus (mein neuer Sitznachbar) und ich beschließen, die Raucher-Lounge aufzusuchen. Toll, dass es so etwas in Singapur überhaupt gibt. Ich dachte immer, hier würde man erschossen, wenn man in der Öffentlichkeit auch nur eine Zigarettenschachtel aus der Tasche holte. Okay, erschossen vielleicht nicht. Aber zumindest mit Stockschlägen auf die nackten Fußsohlen bedacht.
Die Raucher-Lounge befindet sich im Freien, in einem tropischen Kakteengarten mit Bar. Es ist drückend heiß. Markus erzählt mir, dass er gerade seinen Job gekündigt hat und jetzt erst mal was von der Welt sehen möchte. Etwa ein Jahr lang reicht seine Abfindung, dann wird er sich langsam nach einem neuen Job umsehen. Cooler Typ.
Als ich Markus so ansehe, während er erzählt, raucht und lacht, muss ich plötzlich an Paul denken. Ich meine, ich denke fast immer an Paul, egal, was ich tue, aber jetzt erwischt

es mich mal wieder mit aller Heftigkeit. Dieser Markus sieht ganz anders aus als Paul, er ist schmaler, vermutlich jünger und hat dunkle Haare, die ihm zum Teil in die Stirn hängen, zum Teil wild vom Kopf abstehen. Aber irgendetwas an ihm erinnert mich an Paul. Vielleicht ist es die Art, wie er manchmal beim Reden die Augenbrauen hochzieht, als ob er selbst verwundert wäre über das, was er da gerade sagt. Vielleicht ist es auch nur die Geste, mit der er die Zigarette beim letzten Zug zwischen Daumen und Zeigefinger nimmt, um sie dann im Aschenbecher zu zerdrücken, bis sie sich krümmt wie ein Wurm. Und garantiert aus ist. Paul macht das ganz genauso. Paul, was tust du jetzt gerade? In Deutschland ist es ungefähr Mittag. Dienstagmittag. Da du wahrscheinlich noch nicht wieder arbeiten musst, bist du vielleicht beim Einkaufen. Oder du sitzt am PC und schreibst «ich bin wieder da»-Mails. Vielleicht rufst du sogar gerade meine E-Mail ab, die ich dir gestern noch schnell schickte, bevor meine Mutter an der Tür klingelte.

Lieber Paul, schrieb ich,
wenn du das liest, bin ich vermutlich schon irgendwo in der Luft über Südostasien oder Australien.
Ich wollte schon immer gerne mal einen Brief mit «wenn du das liest ...» beginnen. Nur hatte ich bisher nie die Gelegenheit dazu. «Wenn du das liest, bin ich schon auf der Nürnberger Autobahn» hört sich irgendwie nicht so prickelnd an.
Schade, dass wir uns nicht mehr gesehen haben.
Heul, Paul, ich hätte dich so wahnsinnig gern nochmal gesehen, aber ich konnte dir doch nicht hinterherlaufen!
Denn wir werden uns jetzt wieder eine Weile nicht sehen können.
Wow, wie dramatisch. Er wird garantiert in Tränen ausbrechen deswegen.

Wie ich dir ja geschrieben hatte,
und wie du tunlichst überlesen hast,
fliege ich für ein Vierteljahr nach Down Under.
Ich hatte zunächst «drei Monate» da stehen, aber das Vierteljahr klingt eindeutig länger.
Es wäre mir lieber gewesen, wenn ich vor meiner Abreise noch erfahren hätte, wie du jetzt eigentlich zu mir stehst.
Im Nachhinein kommt mir dieser Satz nicht mehr so schlau vor. Es ist schon erstaunlich. In meiner dreizehnjährigen Erfahrung mit Männern habe ich gelernt, mit welchen Formulierungen man sie garantiert dazu bringt, einen in Zukunft in Ruhe zu lassen. Die Top Five dieser Formulierungen sehen ungefähr so aus:

5. Lass uns doch mal wieder einen schönen Abend verbringen, nur wir zwei ...
4. Schau mal, Schatz, ich habe in der Zeitung ein paar Wohnungsanzeigen angestrichen!
3. Ich will jetzt endlich wissen, woran ich mit dir bin!
2. Sag mal, musst du eigentlich zweimal die Woche zu diesem Fußballtraining gehen?
1. Am 15. ist Hochzeitsmesse in Rosenheim, gehst du da mit mir hin, mein Hase?

Mein Satz ist mit Nummer 3 eindeutig gleichzusetzen. Noch nicht das absolute Killerniveau, doch über ein dreiwöchiges Schweigen von Paul muss ich mich jetzt auch nicht mehr wundern. Andererseits – was gibt Paul eigentlich das Recht, so unverbindlich zu bleiben? Er weiß ganz genau, wie verliebt ich in ihn bin, was er mir bedeutet, wie gerne ich «richtig» mit ihm zusammen wäre. Wenn er das Verbindliche scheut – hätte er dann nicht die Pflicht, mich freizugeben?
«Das glaubst du doch wohl selber nicht», meldet sich das Teu-

felchen zu Wort. Oje. Nicht mal in Singapur bin ich vor den beiden sicher. «Du willst doch keine verbindliche Beziehung mit irgendeinem Mann, für den Paul dich freigeben soll. Du willst das mit ihm und nur mit ihm!» «Außerdem», fährt Engelchen fort, «warum ist dein Modell das richtige, das einzig Wahre? Hat Pauls Beziehungsmodell nicht auch eine Daseinsberechtigung?» Argh. So kommen wir nicht weiter. Ja klar, ich müsste einfach mal in Ruhe und ganz sachlich mit Paul darüber sprechen. «Und zwar ohne, dass ihr nach zwei Sätzen übereinander herfallt und nur noch eure Körper sprechen lasst», lästert Teufelchen, aber ich ignoriere es. Paul und ich müssten gemeinsam überlegen, was das Beste für uns beide ist. Tolle Idee. Und so romantisch wie eine Vorstandssitzung des DFB. «Das Leben ist nicht romantisch», weiß Engelchen. Vermutlich hat es Recht.

«Meinst du, das betrifft uns, Marie?», will Strubbel-Markus wissen und legt lauschend den Kopf zur Seite. Ich kicke virtuell Engelchen und Teufelchen gegen den größten Kaktus der Lounge und höre auf die Lautsprecherdurchsage. Echt schwer zu verstehen. Irgendwas mit «Qantas Flight», Sydney und «last call». Klingt nicht gut. Ein Blick auf die Uhr veranlasst mich dazu aufzuspringen, Markus ein «Komm, schnell!» zuzurufen und einen Sprint durch das Flughafengebäude zu beginnen. «Aber ich muss noch aufs Klo», mault Markus hinter mir, als wir über die Laufbänder galoppieren und ich mit «cuse me, cuse me» zierliche chinesische Geschäftsleute aus dem Weg schubse. Männer! «Nix da», keuche ich, «ich will nach Australien!»
Im letzten Moment erreichen wir unser Gate und werden gnädigerweise von einer sehr streng dreinblickenden Bodenpersonal-Dame noch in den Flieger gelassen. Als wir dort zu unseren Sitzen zurückschleichen, sagt der Kapitän gera-

de durch, dass es «durch die Verspätung zweier Passagiere zu einer bedauerlichen Verzögerung von einigen Minuten» kommt. Idiot. Warum sagt er nicht gleich durch, dass diese beiden Passagiere ein verstrubbelter, großer Mann und eine blonde Frau mit glänzender T-Zone sind.

Nach zwei Fläschchen australischen Rotweins schläft es sich ganz gut. Vor allem, weil ich keine Panik mehr haben muss, dass mir Schwitzi zu nahe kommt. Der ist zu Anne aufgerückt. Die nimmt sicher das Schiff zurück nach Europa.

Als ich wieder aufwache, überqueren wir laut Flugroutenanzeige gerade die Stadt Broken Hill im australischen Outback. Ich beschließe, mir zum dritten Mal «Was das Herz begehrt» anzusehen, um endlich den Schluss mitzubekommen. Als der Film zu der Stelle kommt, an der ich zuvor eingeschlafen bin, macht die Oberstewardess eine Durchsage: «Sehr geehrte Damen und Herren, wir beginnen jetzt mit dem Landeanflug auf Sydney. Dazu werden wir das elektronische Unterhaltungssystem ausschalten und die Kopfhörer wieder einsammeln.» Argh. Jetzt werde ich nie erfahren, ob Jack Nicholson und Diane Keaton zusammenkamen oder nicht. Ein weiteres ungelöstes Rätsel in Maries Cineastenleben. Irgendwann, wenn ich mal viel Zeit habe, werde ich mir ganz viele DVDs aus der Videothek ausleihen und systematisch die Streifen ansehen, bei denen ich eingeschlafen bin oder bei denen die Fluglinie das elektronische Unterhaltungssystem ausschaltete. Da gibt es viel nachzuholen. Ich weiß weder, wie «Dirty Dancing» ausgeht, noch ist mir das Ende von «Basic Instinct» bekannt. Der Schluss von «The Game» ist mir ebenso fremd wie die letzten Szenen von «Pulp Fiction».

Warum heißt es eigentlich immer noch Videothek, wenn es dort fast nur noch DVDs zu leihen gibt?

Ich soll meinen Sitzgurt schließen, empfiehlt der Kapitän. Bin aufgeregt. Australien, ich komme! Und es gibt doch ein Leben ohne Paul.

DONNERSTAG, 4. MÄRZ 2004 – OB DER JET-LAG AM JET LAG?

Ich bin mir nicht ganz sicher, ob heute wirklich Donnerstag, der 4. März ist. Die Zeitverschiebung überfordert die sieben Zellen, die in meinem Hirn für Mathematik zuständig sind. Aber ist ja auch egal. Daten spielen erst wieder eine Rolle, wenn ich Anfang Juni meinen Rückflug erwischen muss. Und das ist etwas, woran ich jetzt lieber noch nicht denke. Es ist ein bisschen wie zu Beginn meines Sommers mit Paul. Da lebte ich auch im Hier und Jetzt, ohne an den 1. Oktober zu denken. Hat ja super geklappt.

Es ist etwa 4 Uhr morgens. Ich liege wach im Bett meines Sechser-Schlafsaals im *Backpacker's Hostel* in Kings Cross, Sydney, New South Wales, Australien. Wo ist das Klavier? Ready to go. Gibt aber keinen Ort, wo ich hingehen könnte. Aufs Klo vielleicht. Hm. Dazu müsste ich aufstehen.
Mal sehen, ob mir jemand eine «ich vermisse dich schon so sehr»-SMS geschickt hat. Wo ist mein Handy? Ich kann es nicht finden. Es ist nicht dort, wo es sein sollte. Ich krame in meinem Rucksack herum, der neben meinem Kopfkissen lehnt, suche, raschle. Fange an zu schwitzen. Panik!! Mein Handy ist weg. Wo habe ich es zuletzt in der Hand gehabt? Ganz ruhig, Marie. Nachdenken. Ich versuche es mit Selbsthypnose.

Das indische Lokal gestern Abend. Ich dachte noch «wie unhöflich», als ich mein Handy kurz in die Hand nahm, während ich noch aß. Hypnotisiere mich weiter. Es war ein tiefer Teller mit breitem Rand. Auf einmal bin ich mir sicher, dass ich das Handy neben den Teller legte, unter den Rand. Und es dort liegen ließ. Ich sehe vor meinem inneren Auge, wie das indische Personal, bestehend aus ungefähr elf Frauen, mein Handy beim Abräumen findet. «Look, one of the girls left her mobile!» Und dann? Bewahrt es jemand für mich in der Schublade auf? Oder hat sich ein Kreis rund um die Finderin gebildet, die beschloss, doch mal mit dem Ding zu telefonieren? Schwitz. Die Selbsthypnose funktioniert einwandfrei. Ich kann sogar die Rechnung von O2 schon sehen. Die Zahl ist fünfstellig. Das geht schnell, wenn man von Australien mit einem deutschen Handy nach Indien telefoniert. Scheiße. Was mache ich jetzt? Kann ich konkret irgendetwas tun? Nein. Morgen kann ich zurückgehen und fragen. Und bei O2 anrufen und die Nummer sperren lassen. Oder umgekehrt. Aber im Moment nicht. Also fange ich, wie immer in solchen verzweifelten Situationen (ja, es ist nur ein Handy, klar, aber ich bin allein am anderen Ende der Welt und es ist *mein* Handy), an zu beten. Lieber Gott, bitte mach, dass mein Handy nicht weg ist. Bitte mach, dass es in irgendeiner Seitentasche ist und ich es jetzt in der Dunkelheit nur nicht finde. Wenn du das hinkriegst – ja, was mache ich, wenn der liebe Gott das hinkriegt? Mein Einsatz, bitte. Fühle mich wie ein Kandidat bei «Wetten, dass?». Nur, dass der liebe Gott, an den ich im Moment ganz doll glaube, sich nicht damit zufrieden geben wird, dass ich sonntagnachmittags im Hühnerkostüm bei Burger King «Crispy Chicken»-Menüs verkaufe oder für einen guten Zweck im Badeanzug die Pinguine im Münchner Zoo besuche. Ich muss mir etwas Besseres einfallen lassen. Lieber Gott, bete ich und ignoriere das Teufelchen, das mich daran erinnert, dass mein letzter Kirchenbesuch so lange her ist wie die Hochzeit meiner Freundin Tanja, lieber Gott, wenn du machst, dass mein Handy nicht weg ist, dann ... Was ist meine größte Schwäche? Ah, ich hab's. Dann werde ich mich redlich bemühen, in Zukunft nicht mehr überheblich zu sein. Ich finde, redlich bemühen klingt gut. Klingt nach einem ehrlichen Versuch mit der Option, scheitern zu können – schließlich bin ich nur ein Mensch, nicht wahr, lieber Gott? Etwas beruhigt und mit halbwegs normalem Puls kann ich endlich wieder einschlafen.

FREITAG, 12. MÄRZ 2004 – KEULIE, EVELINA UND DAVID JONES

Natürlich ist mein Handy wieder aufgetaucht. Ich hatte es einfach so in meinen kleinen Rucksack geworfen, statt es dorthin zu tun, wo es hingehört. Ich weiß schon gar nicht mehr, warum ich in dieser ersten Nacht in Sydney so in Panik geraten bin. Trotzdem werde ich versuchen, mein Versprechen einzuhalten.

Das ist nicht besonders schwer. Beziehungsweise ist es ziemlich schwierig, in einem Land überheblich zu sein, dessen Sprache ich nicht besonders gut beherrsche. Ich glaubte immer, Englisch zu können. Ich kann mich noch gut an den Leistungskurs auf dem Gymnasium erinnern. Wir analysierten Shakespeares «Macbeth», und im Abi schrieb ich eine schlau klingende Erörterung über ein Thema, das mir leider entfallen ist. Die Aufgabe lautete so ähnlich wie «Erläutern Sie das politische System Großbritanniens und seine Besonderheiten im Vergleich zur sozialen Problematik des US-Gesundheitssystems mit besonderer Berücksichtigung der Folgen des Amerikanischen Bürgerkriegs von 1861 bis 1865». Oder so. Völlig sinnfrei jedenfalls. Trotzdem bekam ich 14 Punkte, und da ich in meinem zweiten Hauptfach, Französisch, ungefähr den gleichen Aufsatz schrieb (nur in einer anderen Sprache, versteht sich), bekam ich dort sogar 15 Punkte, was meinen Abischnitt auf sagenhafte, wenn auch völlig unverdiente einskommavier katapultierte. Und das, obwohl mir im «Franz-Abi» das Wort für «verbessern» partout nicht mehr einfallen wollte und ich in meiner Not einfach ein Wort aus dem Englischen entlehnte und «improuver» schrieb. Kann man ja mal durcheinander bringen. Aber ich wollte ja nicht mehr überheblich sein, stimmt. Das bayerische Schulsystem jedenfalls gehört gründlich überholt. Es kann doch nicht angehen, dass ein überdurchschnittlich gebildeter Mensch wie ich, äh, ich meine, ein Mensch mit Abitur wie ich, schlappe zehn Jahre nach der Hochschulreife in einem englischsprachigen Land nur Bahnhof versteht. Vielleicht liegt es aber auch daran, dass das nicht wirklich Englisch ist, was die Aussies sprechen.

Als ich mir zum Beispiel am dritten Abend in Sydney ein Herz fasste und Steve, den netten Typen am Empfang meines Hostels, nach besonders empfehlenswerten Aktivitäten in seiner Stadt fragte, legte er mir etwas ans Herz, das er als «Horse rice» bezeichnete. Da müsse ich unbedingt hin, das dürfe ich nicht verpassen. «Oh, nein danke, ich esse kein Pferdefleisch», lehnte ich höflich ab, worauf er mich ansah, als habe ich entweder einen sehr sehr schlechten Witz machen wollen oder befände mich in einem fortgeschrittenen Stadium von BSE. Tage später kam ich zufällig in Randwick vorbei und sah eine Werbung für ein Pferderennen am darauf folgenden Sonntag. Langsam dämmerte es mir. Steve hatte von einem «Horse race» gesprochen. Na ja, immerhin hatte ich «Pferd» richtig verstanden.

Inzwischen habe ich weitere Fortschritte gemacht. Ich weiß jetzt sogar, wer Keulie ist. Nicht etwa eine Dame mit besonders charakteristisch geformten Beinen, sondern ganz einfach Australiens Mega-Popexport, Kylie Minogue.

Nächsten Montagabend bin ich mit Evelina verabredet, die ich vor einer Woche bei *Starbucks* kennen lernte. Ich hatte mich aus Versehen an ihrer Vanilla Latte vergriffen. Wir kamen ins Gespräch, und sie freute sich – schon ganz Australierin – wahnsinnig, jemanden aus «good old Europe» zu treffen. Evelina muss der Fleisch gewordene Traum jedes Mannes sein, der etwas für Klischees und Pornographie übrig hat. Also der Traum von 99 Prozent aller Männer. Sie ist fünf Zentimeter kleiner als ich, kommt aus Finnland, hat lange blonde Haare, ein entzückendes Puppengesicht, einen niedlichen Akzent und ein Faible für glossigen, knallroten Lippenstift. Und das Beste: Sie ist Krankenschwester im Victoria Hospital im Stadtteil Paddington. Ich bin sicher, dass allein die Vorstellung dieser süßen Person in ihrer Schwesterntracht spontane Erektionen beim männlichen Geschlecht auslöst. Vielleicht war Evelina deswegen so froh, ein Mädel zu treffen, mit dem sie sich anfreunden konnte. Plumpe Anmache brauchte sie von mir zumindest nicht zu befürchten.

Ich bin gerade mal zwei Wochen unterwegs, aber eines habe ich schon gelernt: Freundschaften funktionieren anders, wenn man auf Reisen ist. Man kommt viel schneller ins Gespräch als in Deutschland. Die Australier lieben zum Beispiel Abkürzungen: So bezeichnen sie ihr riesiges Land kurz als «Oz», «barbie» ist nicht etwa Kens Ex-Freundin, sondern die kurze Version des beliebten Grillspektakels, und ein Aussie macht gerne eine «smoko», die auch so heißt, wenn der Pausenbedürftige ein Nichtraucher ist. Kaum mache ich meinen

Mund auf und bringe die erlernten Begriffe fachmännisch an, werde ich von meinem Gegenüber freudestrahlend als Nicht-Australierin identifiziert. «You're not from here, are you? Where're you from?» Auf meine Antwort («Munich, Bavaria») folgt stets ein anerkennendes Zungenschnalzen und dann meist eine Story vom unvergesslichen Oktoberfestbesuch 1992. Mit dieser Basis ist es dann auch kein weiter Weg mehr, bis man befreundet ist. *Life is short*, und meine Zeit in Australien erst recht. Also lass uns ein, zwei, sieben Bier trinken gehen ... Und weil ich in dieser riesigen Stadt noch so gut wie niemanden kenne, ist Evelina schon fast eine gute alte Freundin für mich. Obwohl es erst eine Woche her ist, dass ich bei *Starbucks* in der Oxford Street meine Hand nach ihrer Vanilla Latte ausstreckte und das erste Mal ihre perlende Stimme hörte.

Doch Evelina hat heute Tagschicht in der Klinik und muss herzschwache Patienten durch den Anblick ihres apfelförmigen Pos, der sich unter ihrer minzfarbenen Schwesterntracht abzeichnet, an den Rande des Infarkts bringen. Also laufe ich auf eigene Faust durch Sydney. Wie fast jeden Tag führt mich mein erster Weg von Kings Cross, einem ehemaligen (und zum Teil nicht ganz so ehemaligen) Rotlichtviertel, in dem sich Strip-Bars, Sushi-Takeaways und Edel-Lounges friedlich aneinander reihen, die Williams Street hinunter und durch den Hyde Park ins City Center. Nach wie vor ist es mir ein Rätsel, wie Sydney funktioniert. Egal, um welche Tageszeit ich im Schatten der Wolkenkratzer und Bürogebäude durch die Innenstadt laufe, ob um zehn Uhr morgens, mittags um eins oder nachmittags um fünf – es ist immer die Hölle los. Ständig sind Scharen von Geschäftsmännern in Schlips und Kragen und Business-Zicken in Kostümen und hochhackigen schwarzen Schuhen unterwegs, bevölkern die Gehwege, die Coffee Shops und rennen über die Straßen, ohne auf das laute «tukutukutukutuk» zu warten, das eine grüne Fußgängerampel akustisch unterstützt. Vielleicht gibt es in Sydney einen Mangel an Büroraum und man hat sich deswegen ein höchst raffiniertes Office-Sharing-Modell (kurz OSM) ausgedacht. Vielleicht muss der Typ im rosa Hemd, der vor mir auf seinen Low Fat Caramel Macchiato wartet, bei *Gloria Jean's* rumhängen, weil sein Arbeitsplatz gerade von einem Kollegen beansprucht wird und er erst um zwölf wieder an seinen Rechner darf. Eine andere Erklärung fällt mir nicht ein. Bleibt die Frage, was mit den unzähligen Joggern ist, die den ganzen Tag quer durch Sydney traben. Wie Arbeitslose oder Studenten sehen sie nicht gerade aus. Eher wie Vertreter der Spezies «mittags geh ich gern mal mit meinem Kollegen laufen» aus der «Milchschnitte»-Werbung. In diesem Spot sah man einst ein total antiseptisches Kollegen-Pärchen neckisch einen Teil ihrer Hüllen fallen lassen, was natürlich beim unsportlichen Rest der Kollegen für sensationslüsternes Augenbrauenhochziehen sorgte. Doch dann, Gott sei Dank, die harmlose Auflösung: Die beiden gingen nur miteinander joggen! Sich prächtig über das von ihnen verursachte Missverständnis amüsierend, trabten sie entspannt und gut aussehend durch eine aufgeräumte Parklandschaft, verzehrten hinterher einträchtig besagte Milchschnitte und gingen dann fröhlich und noch besser gelaunt ihrem Tagewerk nach. «Milchschnitte» gibt's in Australien nicht, aber die Jogger sehen alle so aus, als hätten sie tatsächlich Spaß an der Schinderei.

Ich schlendere durch den Botanischen Garten Richtung Wasser. Da ist sie, die Oper von Sydney. Obwohl ich sie nun schon seit zwei Wochen sehe, bin ich jeden Tag aufs Neue begeistert von ihr. Zumindest aus der Ferne. Von Nahem betrachtet hat die spektakuläre weiße Kunststoffkonstruktion ihres weltberühmten Daches nämlich etwas furchtbar 70-er-Jahre-Mäßiges. Vor allem in Kombination mit dem fleischfarben-braunen, teilweise verglasten Unterbau. Doch wenn ich das Opera House von weitem sehe und daneben den eleganten Bogen der Harbour Bridge, wird mir jedes Mal mit grandioser Heftigkeit bewusst, wo ich bin und wie toll das ist. Ich, Marie, die bisher (wenn man mal den Interrailtrip nach dem Abi und die Thailandreise weglässt) nur zweiwöchige Pauschalurlaube innerhalb Europas unternommen habe, befinde ich mich ganz allein am anderen Ende der Welt, im wilden Australien.

Mein Magen knurrt. Sightseeing macht hungrig. Ich könnte jetzt Sushi essen gehen, zu Burger King (der hier «Hungry Jack's» heißt) oder ein Kängurusteak probieren. Aber irgendwie ist allein essen fad. Was hat Evelina mir erzählt – wo gibt's die tolle Feinkostabteilung, gegen die Herties Schlemmergassen eine bessere Dönerbude sind? Es ist ein Kaufhaus, das einen Männernamen trägt. James Dean oder so. Nee, das war ja der Schauspieler. Ich hab's. David Jones. Der Laden ist nicht schwer zu finden. Genauer gesagt, kann man ihn fast nicht verpassen, wenn man durch Sydneys Innenstadt geht. Ich betrete die heiligen Hallen und erstarre in Ehrfurcht. Ein Fresstempel, Verzeihung, Gourmetpalast. Die haben sogar mailändische Salami und französischen Käse. Wahnsinnig exotisch? Alles eine Frage der Perspektive.

Nachdem ich etwa eine halbe Stunde lang staunend und mit großen Augen durch den Kalorienhimmel geschlichen bin (jetzt kann ich mir in etwa vorstellen, wie das damals für unsere Brüder und Schwestern aus der Ex-DDR mit den Bananen war), stelle ich mich an die Theke mit den Miniaturen. Hier gibt es alles in klein: Mini-Quiches, Mini-Röllchen, Mini-Pasteten. Ich lasse mir Zeit und übe schon mal im Geiste, «Smoked Salmon & Artichoques Quiche, please» auszusprechen. Doch der freundliche, weißbemützte Herr hinter der Theke ignoriert mich. Alle werden bedient, nur ich nicht. Sollte ich es hier mit dem seltenen Exemplar eines ausländerfeindlichen Australiers zu tun haben? Oder gilt der Linksverkehr hier auch fürs Anstellen? Nein, ich habe mich richtig platziert. Menno. Nach zehn Minuten frustrierenden Wartens fällt mir auf, dass auf riesigen Displays an der Wand hinter der Theke rote Nummern blinken. Recht aufdringlich in der Tat und in ansteigender Reihenfolge. Als ich das so sehe, merke ich plötzlich auch, dass der Herr mit der weißen Kochmütze, der die Leckereien in Pappschachteln schichtet, Zahlen ausruft, bevor er seine Kunden bedient. «Fifty-one, Numbääärrrrrr fiiiiifty-one pleeeease!» Und dann entdecke ich den Automaten, an dem ich mir eine Nummer ziehen muss. Very british. Exakt fünf Nummern und sieben Minuten später bin ich stolze Besitzerin eines entzückenden David-Jones-Pappschächtelchens mit vielen kleinen leckeren Quiches, Röllchen und Pasteten. Schön, wie ich mich über die einfachen Dinge des Lebens freuen kann. Vor allem, wenn sie hart erarbeitet sind.

MONTAG, 15. MÄRZ 2004 – EIN UNMORALISCHES ANGEBOT

Gegen acht Uhr abends holt Evelina mich am *Backpacker's* ab. «Und, wo gehen wir heute hin?», will ich wissen. «Ins *Establishment*», verrät Evelina mit ansteckend guter Laune, «da gibt es heute für alle Frauen Champagner for free bis neun!» Als wir auf der Victoria Street ein «Cab» herbeiwinken, fühle ich mich wie Carrie, wenn sie mit Miranda, Samantha oder Charlotte auf dem Weg zur Einweihungsparty eines mega-angesagten Clubs in New York ist. Sogar die richtigen Schuhe habe ich an. Leider keine Manolo Blahniks, dafür hat mein Reisebudget nicht gereicht. By the way, wusstet ihr, dass dieser Mr. Blahnik ein gepflegter, aber schon sehr alter und weißhaariger Herr ist? Etwa so wie Gianni Versace, wenn er noch leben würde. Ich hatte mir Manolo immer vorgestellt wie den feurigen Liebhaber aus der Freixenet-Werbung, der dort den Sekt auf den schönen Frauenkörper tropfen lässt. Hatte gedacht, dass nur ein Mann auf der Höhe seiner sexuellen Potenz (beziehungsweise auf der *gefühlten* Höhe derselbigen, denn bekanntlich geht es bei den Jungs damit ab zwanzig bergab) solche verführerischen High Heels designen kann. Na ja.

Mein erster Kauf in Sydney, abgesehen von Ess- und Trinkbarem, waren jedenfalls ein Paar Schuhe. Denn in den schwarzen Reeboks abends das Nachtleben dieser Stadt unsicher machen? «Geht gar nicht», würde meine Freundin Jenny aus Krefeld sagen.

Vor dem *Establishment* in der George Street ist die Hölle los. Wären wir jetzt in München, würde mir die Lust aufs Ausgehen schlagartig vergehen. Evelina und ich müssten mindestens eine halbe Stunde lang anstehen, um dann vielleicht vom Türsteher mit einem unfreundlichen «Heute nur für Stammgäste» abgewimmelt zu werden und uns optisch minderwertig zu fühlen. Doch Sydney ist halt nicht München – und das ist gut so. Die Türsteher des *Establishments* bitten Frauen grundsätzlich mit aller gebotenen Höflichkeit in die heiligen Hallen herein und kontrollieren bei den männlichen Besuchern lediglich, ob ein Kragen vorhanden ist. Es scheint egal zu sein, ob es sich um einen Hemdkragen handelt oder um den einer speckigen Lederjacke – Hauptsache, der Träger hat was im Nacken. Die spinnen, die Aussies.

«Das ist ja das Stüberl von Sydney», sage ich zu Evelina, als

wir drinnen sind. Und erzähle ihr von Münchens legendärer Disco *P1,* das Insider früher schicki-bayerisch «Oanser» nannten und das momentan «Stüberl» heißt, wenn man «dabei ist». Vielleicht hat es aber auch längst einen ganz anderen Kosenamen, der sich mir nur noch nicht erschlossen hat.
Das *Establishment,* das bei den Sydneysidern ganz einfach *Establishment* heißt, weist jedenfalls viele Ähnlichkeiten mit dem *P1* auf. Bis auf die Türsteher. Das Innere des Clubs ist stylish-elegant bis kühl, die Getränkepreise sind gesalzen, die Musik ist elektronisch, und die Leute sind schön. Evelina und ich holen uns unseren Champagner ab und sehen uns ein wenig um. «Würde mich mal interessieren, ob mich jemand ansprechen würde, wenn ich alleine hier wäre», sage ich zu meiner hübschen Finnin.
«You'll experience it», sagt Evelina, «ich schaue mal, ob ich jemanden treffe, den ich kenne. See you later!» Und schon hat sie mich mit einem charmanten Grinsen stehen lassen. Na toll. Ich nippe an meinem Champagner und sehe mich nach etwas um, woran ich mich mit den Augen festhalten kann, um mich nicht ganz so verloren zu fühlen. Ah, ein Fernseh-Bildschirm. Es läuft Fußball. Sehr schön. Außer mir interessiert sich niemand dafür. Fußball und Australien, das ist wie Naddel und Dieter. Macht nix. Ich kann stundenlang Champions League Qualifikation gucken, wenn's sein muss.

«Hey cutie», hält mich jemand nach exakt zehn Sekunden von diesem Vorhaben ab, «how're you doing?» Ich löse meine Augen vom Monitor und suche den Sprecher. Etwa zwanzig Zentimeter schräg-links über mir werde ich fündig. Mmmh. Nicht übel. Passt genau in mein Beuteschema. Groß – gute eins neunzig, schätze ich –, blond, brillenlos, die Andeutung eines Dreitagebarts im Gesicht, wasserblaue Augen, ein jungenhaftes Grinsen, kurze, mit etwas Gel aufgestellte

Haare. Lecker. Ben heißt der Bursche und ist ein original Sydneysider. Wenn ich ihn richtig verstehe, verdient er sein Geld mit Golfspielen und kellnert zum Spaß im Spielcasino. Oder umgekehrt. Er sieht jedenfalls so aus, als ob man ihn nicht schlagen muss, damit er den typischen australischen Way of Life pflegt: Am Strand abhängen, ein bisschen Beachvolleyball spielen und dabei das Ozonloch ignorieren, abends mit Freunden ausgehen und nur das Nötigste arbeiten, um diesen Lebensstil zu finanzieren. No worries. Das gefällt mir.

Ben gefällt mir auch. Als Evelina nach einer halben Stunde wieder auftaucht, hat er mich zwischenzeitlich zu drei Gläsern Wein überredet. Zugegeben, das war keine besondere Leistung. Mit einem gewissen Pegel fällt mir das Englischsprechen einfach viel leichter. Ich stelle Ben Evelina vor und habe kurz Bedenken, dass er ihr verfällt und mich auf der Stelle vergisst. Wäre nicht das erste Mal. Ich bin ja normalerweise eine Verfechterin der Weisheit «suche dir nie eine Freundin, die schlanker, schöner und klüger ist als du». Aber Evelina ist eben nicht nur schlanker, schöner und vielleicht sogar klüger als ich, sondern leider auch wahnsinnig nett. Und momentan der einzige Mensch, den ich in Sydney kenne.

Der zweite Mensch, den ich in Sydney kenne, stupst mich sanft in die Rippen. «Dreaming?» Unglaublich. Er hat nur kurz und höflich «Nice to meet you» zu Evelina gesagt und sich dann ohne schuldhaftes Zögern wieder mir zugewandt. Der Mann ist mir unheimlich. Entweder sind seine schönen blauen Augen kurzsichtig, oder er hat absonderliche Vorlieben. Vielleicht für Frauen mit Neigung zu einer fettenden T-Zone und Schlupflidern.

«Do you know what T-Zone means?», frage ich Ben prüfend.

»A chillout area?», rät er.

»No. Forget it.«
Ich beschließe, einfach seine schönen Worte zu genießen. Herrlich ist das. Ich nehme ein Komplimente-Vollbad. Das habe ich bitter nötig. Paul hat mir schon so lange keine mehr gemacht. Dabei konnte er das früher mal so gut. Er war in der Lage, Dinge wie «du bist eine wunderschöne Frau» zu mir sagen, ohne dass ich mir veräppelt vorkam. Wenn Paul mich zauberhaft fand, fühlte ich mich tagelang feengleich. So sollte ein Kompliment gemacht werden. Mann muss dabei kurz das Lächeln einstellen, ganz wichtig. Nur ein mit dem nötigen Ernst kundgetanes Kompliment entfaltet seine volle Wirkung. Am besten ist es, wenn es dem Mann gelingt, einen sehnsüchtig-verlangenden Schatten über seine Augen wandern zu lassen, während das Kompliment seine Lippen verlässt. Danach dann aber das Lächeln nicht vergessen. So funktionieren Frauen. Ist doch eigentlich ganz einfach. Seltsam, dass es so wenige Männer gibt, die diese Kunst gut beherrschen. Es ist jedoch ein schmaler Grat. Die Gefahr, zu sülzen oder der Frau zu suggerieren, sie sei im Grunde überhaupt nicht attraktiv, ist groß.
Auf Englisch klingt das alles noch viel besser.
«You're the most gorgeous woman I've ever met», sagt Ben. Ja, gib mir mehr davon. »I'd marry you in an instant«, legt er noch drauf. Na ja. Ich muss lachen. Das sagt sich leicht, wenn man weiß, dass ich in zehn Wochen wieder im Flieger nach Germany sitze. Aber es klingt trotzdem gut.
Evelina versteht sich inzwischen ganz gut mit Craig, Bens Kumpel. Wir beschließen, noch woanders hinzugehen. Komisch. Das ist überall das Gleiche, ob in Schwabing, Manhattan oder Woolloomooloo. Irgendwann geht man immer woandershin. Warum, weiß kein Mensch. Vielleicht ist das eine Tatsache, die man einfach so hinnehmen sollte.

Woanders ist in unserem Fall eine Bar in Darling Harbour, westlich der Brücke. Ich bin schon ziemlich angeheitert, und obwohl hier Spätsommer ist, fröstelt es mich, als wir durch die Straßen wandern. Deshalb lasse ich mich gerne von Ben in den Arm nehmen. Und als er mir in der BB-Bar meinen achten Rotwein in die Hand drückt und «I'm dying to kiss you» flüstert, kann ich einfach nicht mehr nein sagen.

Mmmh, Australien schmeckt gut. Küsst gut. Sagenhaft. Gibt das eigentlich Länderpunkte? Auf jeden Fall ist das heute eine Premiere – Ben ist nämlich zwei Jahre jünger als ich.

«Wann hast du küssen gelernt?», frage ich ihn während einer kurzen Verschnaufpause, aber seine Antwort ist nicht «Gestern!». Kaum «Jenseits von Afrika»-fest, der Junge. Na, macht nix.

Mein Gott, ist Knutschen schön. Ich hatte fast vergessen, wie toll das ist, wenn man sich nicht einfach die Klamotten vom Leib reißt – egal, ob man nicht will, kann oder darf –, sondern auf das angewiesen ist, was in der Öffentlichkeit gerade noch erlaubt ist. Wenn wir uns nicht gerade wild oder zart oder leidenschaftlich küssen, versucht Ben, mich dazu zu überreden, bei ihm zu übernachten. «Du könntest in meinem Bett schlafen, ich würde auf dem Sofa übernachten und wäre auch ganz brav!», verspricht er und guckt mich treuherzig an. Ja, ja. Jetzt gibt er Gas. «Ich würde dir morgen ein tolles Frühstück machen. Und der Blick von meiner Wohnung über den Hafen – den musst du gesehen haben!» M-hm. Nach einem weiteren, höchst erotischen Kuss ändert Ben seine Taktik. «Komm doch mit zu mir, bitte. Wir könnten es die ganze Nacht treiben, hart oder ganz zart, wie du es willst.» Uh. Ich wundere mich über mich selbst, aber es gefällt mir, dass er plötzlich so direkt wird. Um ehrlich zu sein: Es macht mich an. Und ich überlege ernsthaft, ob ich das unmoralische Angebot annehmen soll. Ja, wirklich. Der Junge hat so was erfrischend Jugendliches, er fährt voll auf mich ab, und außerdem bin ich hier am anderen Ende der Welt. Als ob er meine Gedanken lesen könnte, fügt Ben hinzu: «No one will ever know, Mary ...» Andererseits gibt es zahlreiche Gründe, die dagegen sprechen, eine heiße Nacht mit Ben zu verbringen.

a) mache ich so etwas prinzipiell nicht
b) habe ich keine Kondome dabei
c) könnte Ben ein Psychopath sein, der mich morgen in Streifen geschnitten zum Frühstück verspeist
d) denkt Evelina sonst, ich sei eine Schlampe
e) habe ich weder eine frische Unterhose noch mein Shiseido Make-up oder meine hydratisierende Tagescreme von Helena Rubinstein dabei
f) sollte ich Paul treu sein (?)

«Sweetie, Craig und ich gehen jetzt ins Bett», teilt Evelina mir lachend mit und sieht dabei kein bisschen müde aus, «ich ruf dich morgen an! Bye!» Und weg ist sie. Ich sehe nur noch ihren neckisch wackelnden Hintern und Craigs Hand darauf. Okay. Punkt d) kann ich streichen. a) fällt aus wegen Prinzipienreiterei, b) sind sicher bei Ben vorrätig und e) werde ich ausnahmsweise mal überleben. Und f)? Jetzt bin ich wieder da, wo ich schon in Thailand war. Als ich mit dem schönen Andi Nacktbaden ging. Muss ich Paul treu sein? Abgesehen davon, dass ich gar nicht weiß, ob er mir treu ist – muss man jemandem treu sein, der sich nicht zu einer ordentlichen Beziehung mit einem durchringen kann? Entsteht das Gebot der Treue nicht erst durch den Rahmen einer exklusiven Zweierbeziehung?
«Rahmen einer exklusiven Zweierbeziehung», echot das Teufelchen höhnisch, «so ein Bullshit. Mach doch, was du willst, Marie!» Huch. Das sind ja ganz neue Töne.

Nur, um nicht weiter über Paul nachdenken zu müssen – es schmerzt immer noch sehr, dass er sich nicht mal von mir verabschiedet hat –, beschließe ich, die Nacht mit Ben zu verbringen.

«That's not the point», teile ich ihm mit und drücke wie unabsichtlich meinen rechten Hüftknochen an sein Gemächt. Er unterdrückt ein Stöhnen und fleht: «Pleeeease ... come on ...»

«I don't know ...» Ein bisschen muss er schon noch betteln. So leicht kriegt man sie nicht, Marie, die Göttin der Nacht.

DIENSTAG, 16. MÄRZ 2004 – ABSO-FUCKING-LUTELY

Ich sehne mich nach einer frischen Unterhose, meine Haut lechzt nach Feuchtigkeitscreme, und ein wenig Shiseido Make-up würde sich auf meinem müden, irgendwie grau aussehenden Gesicht auch nicht schlecht machen. Die Mascara, die ich in den Tiefen meiner Handtasche fand, wirkte nicht nur von außen etwas mitgenommen (es klebten die sterblichen Überreste eines Nimm-2-Bonbons daran und etwa siebenundzwanzig Tabakkrümel), nein, auch ihr Inneres war nicht gerade frisch. Die Wimpern hätte ich mir genauso gut mit einem Bleistift tuschen können. Außerdem bin ich schrecklich müde und habe einen gewaltigen Kater.

Seit fast sechs Monaten ging es mir nicht mehr so gut wie heute. Okay, mal abgesehen vom Nachmittag des 21. Februar, als ich Paul zufällig im Schreibwarenladen am Max-Weber-Platz traf. Es war unglaublich wunderbar, ihn wieder zu sehen. Aber kennt ihr das? Im Rückblick zählt nicht nur das Erlebnis an sich, sondern auch das, was danach passierte. Und das macht diesen 21. Februar alles andere als schön. Pauls Versuche, einen Goldfisch zu imitieren. Unsere Missverständnisse. Und sein «Marie, mach nicht so ein Theater». Das war das Schlimmste. Ich liebe Paul, und er bezeichnet das als «Theater machen». Da nützt die schönste Erinnerung nichts. Der Schatten des «Nachher» färbt sie dunkelgrau ein.

Aber ich will nicht pathetisch werden. Ben freute sich wie ein Kind, als ich ihn gestern Nacht schließlich doch noch erhörte und in seine Wohnung begleitete. Er hatte nicht gelogen. Der Blick über den Hafen ist phantastisch. Kondome hatte Ben ebenfalls vorrätig. Die wären aber gar nicht nötig gewesen. Denn es ist nichts passiert. Außer ein paar Küssen auf dem Balkon, einem lustigen und schönen Gespräch und dem Beweis der Tatsache, dass Sex überbewertet wird. Und Ben war nicht mal sauer! Ich habe eher den Verdacht, dass er ganz froh war, seine großspurige Behauptung («Ich kann auch nach elf Bier noch!») nicht unter Beweis stellen zu müssen. So was kann ja auch gewaltig in die Hose gehen.

Jetzt ist er gerade runtergegangen, um mir eine Latte macchiato von *Starbucks* zu holen. Ich hätte nicht gedacht, dass es solche Männer noch gibt! Schade, dass ich dafür bis nach Australien reisen musste. Wobei ich gern zugebe, dass ein heiser gehauchtes «You're so cute, baby» ungleich reizvoller ist als «Du bist so süß, Puppe». Das ist ungefähr so wie der Unterschied zwischen *Sex and the City* im Original oder deutsch synchronisiert. Man denke nur an die legendäre Szene, in der Carrie Mr. Big bei ihrem ersten Treffen fragt, ob er jemals verliebt gewesen sei. «Abso-fucking-lutely», antwortet er. Auf Deutsch sagt er «Ja verdammt, das war ich». Na ja.

Ich beschließe, rasch zu duschen. Bens Bad ist – für einen Männerhaushalt – respekteinflößend sauber. Ich klaue ihm eine Portion grünes Apfelshampoo und lasse das heiße Wasser über meine Haut strömen. Herrlich. Ich bin eins mit meinem Körper wie selten. Vielleicht möchte Ben ja den Kaffee kalt werden lassen, wenn ich ihn nach Apfel duftend und in ein Handtuch gehüllt empfange.

Nun aber raus aus der Dusche. Mist. Die Schiebetür klemmt. Hat sich irgendwie verkantet. Ich bekomme sie nicht richtig zu fassen, weil meine Hände nass sind. Panik! Ich bin eingesperrt. Nicht zum ersten Mal. Warum zum Teufel muss ich mich immer irgendwo einsperren? Normale Leute sperren sich *aus*, aus Wohnungen oder Autos zum Beispiel. Das ist nicht weiter tragisch, weil einem dann ja noch die gesamte restliche Welt offen steht. Ich hingegen tendiere dazu, ständig irgendwo gefangen zu sein. Zum Beispiel in «Hallhubers» Umkleidekabinen in rosa Rohseidekleidern, auf denen Größe 38 steht, die aber in Wahrheit höchstens 36 sind. Nur kann ich im Moment nicht mal Vroni anrufen, damit sie kommt und mich befreit.

Mann, was dauert denn das so lange, bis Ben mit dem Kaffee kommt? Ist er zu *Starbucks* in Bondi gegangen, oder steht er am Counter und kann sich nicht erinnern, ob ich lieber einen Flat White oder eine Latte macchiato wollte? Wie peinlich. Er kommt nach Hause, und sein scharfer Aufriss von letzter Nacht hat sich in der Dusche verkeilt. Genau genommen hat die Schiebetür sich verkeilt, was die Sache aber auch nur bedingt besser macht.

Endlich höre ich, wie sich ein Schlüssel in der Tür dreht. Ich drehe das Wasser wieder auf und singe: «Kookaburra sits in an old gum tree-hee, merry merry king of the bush is hehe ...» Wie gut, dass man uns im gymnasialen Musikunterricht alberne australische Lieder beigebracht hat.

Es klopft an der Badtür. «Are you alright, sweetie?» So, jetzt heißt es: Angriff ist die beste Verteidigung. «Save me», fordere ich Ben auf, meinen fröhlichen Singsang unterbrechend,

«I'm stuck in the shower...» Das lässt er sich nicht zweimal sagen. Vom Inneren der Dusche aus darf ich zusehen, wie er eilig sein T-Shirt über den Kopf zieht, sich seiner Jeans entledigt und dann seine Unterhosen abstreift. Mit einem geübten Handkantenschlag löst er die sich sträubende Duschtür und betritt die dampfende, heiße Kabine. Im nächsten Moment bin ich meinem Gefängnis entfleucht und wickle mich in ein großes, weißes Handtuch. Ben trägt es wie ein Mann.

Ich mag die australischen Jungs. Abso-fucking-lutely.

SAMSTAG, 20. MÄRZ 2004 – IN BONDI BEACH BEI HUGO'S FRÜHSTÜCKEN

O mein Gott. Ich habe ein Déjà-vu. Was heißt, ich habe eines – mein ganzes Leben ist ein einziges, riesengroßes Déjà-vu. Ich kann's nicht fassen. Es ist traurig, aber wahr: Ich warte auf einen Anruf. Genauer gesagt, auf einen Anruf von Ben. Und zwar ungefähr mit der gleichen Intensität, mit der ich vor knapp zwei Jahren auf den von Paul wartete. Ich werde nicht nur nicht erwachsener, sondern auch kein bisschen schlauer. Genau wie damals nehme ich das Handy überall mit hin, sogar aufs Klo. Ich ändere ungefähr alle drei Minuten seine Einstellungen. Vibrationsalarm. Oder nein, doch lieber ein Klingelton in Lautstärke 5. Huch, hat da was geleuchtet? Nein, es war nur eine Spiegelung. Ich sollte mal den Akku aufladen. Aber dann muss ich daneben sitzen bleiben, das ist unpraktisch. AAAAH! Vielleicht kann ich das Telefon hypnotisieren. Komm, klingle. Mach was. Tot stellen gilt nicht. Das ist nicht fair. DAS IST NICHT FAIR, VERDAMMT!
Meine Zimmergenossin guckt mich komisch an. Zum Glück ist sie Koreanerin und hat mein lautes Fluchen nicht verstan-

den. Ich erkläre ihr, dass ich bloß auf den Anruf von so einem Typen warte. Nichts weiter. Sie nickt heftig mit dem Kopf, lacht glockenhell, wirft sich amüsiert rückwärts auf ihr Bett und strampelt mit den Beinen. Diese Asiaten. Sie finden immer alles lustig.

Vielleicht war es ein Fehler, Ben schon am Mittwoch anzurufen. Ich musste es aber tun, denn aus ungeklärten Gründen kann er von seinem Handy aus nicht auf meinem Handy anrufen. Das stimmt wirklich, ich habe es gesehen, als wir es ausprobierten. Also meldete ich mich bei ihm. Es war seltsam, ein Nach-so-einer-betrunkenen-Nacht-Gespräch auf Englisch zu führen, aber ich schlug mich tapfer. Leider ist es sehr viel schwerer, die Untertöne von gesprochenen Worten mitzubekommen, wenn das Ganze sich in einer fremden Sprache abspielt. «I'm glad you called», sagte Ben zum Beispiel. Und ich tat mich schwer mit der Übersetzung. Nicht mit der Übersetzung ins Deutsche, sondern mit der Übersetzung in die zwischengeschlechtliche Ebene. Sagen die Aussies «I'm glad you called», wenn sie sich tatsächlich über den Anruf freuen, oder ist das der Code für «ich würde es gerne bei dieser einen Nacht belassen»? Im Deutschen ist das einfach. «Wir sollten unbedingt bald was zusammen trinken gehen» heißt zum Beispiel unmissverständlich «Vergiss es, Baby». Wenn man sich wirklich wieder sehen will, drückt man das ganz anders aus. Jedenfalls hatte Ben versprochen, sich zu melden – vom Festnetz aus. Um mit mir nach Bondi Beach zu fahren und bei *Hugo's* zu frühstücken. Etwas, das man auf keinen Fall auslassen sollte, wenn man schon mal in Sydney ist. Aber vielleicht ist «Ich möchte mit dir nach Bondi Beach fahren und bei *Hugo's* frühstücken» ja bei australischen Männern die chiffrierte Version von «Scher dich zum Teufel»? Ach, es ist zum Verzweifeln. Ich pfeife auf die Länderpunkte. Selbst der

Interkontinentalbonus macht mich nicht mehr froh. Männer! Irgendwie sind sie alle ein bisschen Paul.

Und überhaupt – was ist mit mir los? Ich kann unmöglich in Ben verliebt sein. Geht gar nicht. Ja, die sexlose, aber umso erotischere Nacht mit ihm war toll, gigantisch, erfrischend, grandios. Ja, ein 27-jähriger Mann hat durchaus diverse Vorzüge im Vergleich mit einem 37-jährigen. Zum Beispiel nicht die Spur eines Bauchansatzes, stattdessen diese wahnsinnige V-förmige Unterbauchmuskulatur. Obwohl ich ja Pauls angedeuteten Mittleren Ring immer extrem sexy fand. Aber das ist nicht das Thema. Bens Jugend, sein Talent für nicht schleimig klingende Komplimente, sein lecker anzusehender Sportler-Körper (Golf spielen scheint doch eine ernst zu nehmende Sportart zu sein) und seine Bereitschaft, morgens für mich zu *Starbucks* zu traben, um mich anschließend mit vollem Körpereinsatz aus seiner klemmenden Dusche zu befreien – das sind alles keine Gründe, sich in ihn zu verlieben. Ich kenne den Jungen ja gar nicht. Dass ich jetzt hier sitze und mein Handy hypnotisiere, ist total übertrieben.

Ich muss Vroni anrufen. Koste es, was es wolle.
«Wersnda?»
«Vroni? Ich bin's! Marie! Aus Sydney!»
«Wiespätisses?»
«Ich weiß nicht, wie spät es bei dir ist. Hier ist es vier Uhr nachmittags.»
Sie könnte ruhig ein bisschen mehr Freude heucheln, finde ich.
«Mentmal.»
Im Hintergrund höre ich das Ächzen von Bettfedern, schlurfende Geräusche, Wasserrauschen. Beeil dich, Vroni, das kostet alles Geld!

«So. Tschuldige. Es ist sieben Uhr morgens, und ich bin erst vor zwei Stunden ins Bett gekommen. Schön dich zu hören, Süße. Wie geht's dir?»
«Vroni, ich habe ein Problem ...»
Ich schildere ihr so kurz wie möglich und so ausführlich wie nötig die Geschichte mit Ben.
«... und diese V-förmige Unterbauchmuskulatur hättest du sehen müssen, Vroni, wie bei einem Leistungssportler, da, wo der Bauch in die Lendengegend übergeht, du weißt schon ...»
«Ja, ich kann's mir bildlich vorstellen. Und jetzt willst du von mir wissen, ob du in ihn verliebt bist?»
«Genau.»
«Mich erinnert das verdammt an die Geschichte mit Tobi, dem Sportstudenten, weißt du noch?»
Klar weiß ich noch. Ich zucke schmerzlich zusammen.
«Marie, verrenn dich nicht! Vermutlich hat bloß wieder mal dieses blöde Hormon zugeschlagen. Das passiert dir doch immer bei Männern, mit denen du rumknutschst oder mehr und die dann aber keine Beziehung mit dir anstreben. Vergiss den Aussie-Jungen und sieh lieber zu, dass du was vom Land siehst, anstatt wochenlang in Sydney rumzuhängen.»

Männer, mit denen ich rumknutsche (oder Sex habe, wie bei Tobi damals), die dann aber keine Beziehung mit mir anstreben. Das kommt mir verdammt bekannt vor. Nein. Nein, nein, nein. Paul kann unmöglich in diese Kategorie gehören, auch wenn die äußeren Umstände das nahe legen. So einfach ist das nicht. Ich kann unmöglich zwei Jahre meines Lebens an eine banale Hormonverirrung verschwendet haben. Das wäre ja tragisch. Nein. «No way», sage ich laut, und die Koreanerin kichert zustimmend.

Aber Vroni hat natürlich Recht. Ich werde nicht noch einmal kostbare Lebenszeit damit vergeuden, dass ich auf den Anruf eines Kerls warte. Ich werde Evelina fragen, ob sie Lust auf eine Tour ins Outback hat.

KARFREITAG, 10. APRIL 2004 – IN THE OUTBACK

Das Leben ist herrlich. Seit fast drei Wochen bin ich mit Evelina in einem Bushcamper im Northern Territory unterwegs. Ich kann es kaum glauben, dass ich mit fast dreißig meine Leidenschaft fürs Campen entdeckt habe. Entweder hat diese Australienreise mich schon jetzt zu einem cooleren Menschen gemacht, oder ich habe meine innere Coolness bis jetzt nur geschickt hinter einer Maske aus Hysterie und Zickigkeit zu verbergen gewusst. Ich ließ mich nicht mal dadurch aus der Ruhe bringen, dass an einem Abend im Kakadu Nationalpark Heerscharen von blutrünstigen und ausgehungerten Moskitos unseren Camping-Jeep stürmten und ihn partout nicht mehr verlassen wollten. Ausgehungert offenbar, denn wir waren die einzigen Menschen, sprich der einzige verzehrbare Rohstoff auf dem Campingplatz. Normalerweise hätte ich, als ich bei etwa vierzig Grad Celsius im Jeep herumhantierte und gleichzeitig versuchte, die Moskitos davon abzuhalten, sich an meinen Augäpfeln festzusaugen, irgendwann ganz laut geschrien. Zu Hause wäre ich einfach davongelaufen. Das bot sich aber in diesem Fall nicht an, mitten im Dschungel und in dem Bewusstsein, dass der nächste Ort 120 Kilometer entfernt war. Was heißt Ort. Die nächste Tankstelle mit Ortsschild. Das ist Australien! Die Einheimischen nennen es das Never-Never. Ob Never-Never, weil man es so liebt, dass man es nie-nie wieder verlassen möchte, oder weil man beschließt, nie-nie wieder einen Fuß in diese Gegend der Welt zu setzen, bleibt der Spekulation überlassen.

Die Moskitos jedenfalls waren noch die harmloseste der tierischen Begegnungen. Nie werde ich das Gefühl vergessen, in diesem Billabong bis zum Wasserfall zu schwimmen. Es war herrlich, sich im kühlen Wasser von der Hitze des Tages zu erholen. Und auf dem Weg zum Teich hatte ich ein beruhigendes Schild gesehen, auf dem einem ans Herz gelegt wurde, beim Einstieg ins Wasser auf glitschige Felsen zu achten. Das Schild, das fünf Meter hinter dem ersten stand, sah ich erst auf dem Rückweg. «Beware of crocodiles», stand darauf, illustriert durch die einfache, aber eindrucksvolle Skizze eines riesigen, lebensgefährlichen Salzwasserkrokodils.

Einige Tage später erfuhr ich, dass diese sich frecherweise nicht darum scheren, Meerbewohner zu sein (schließlich gibt es in Binnengewässern ihre Süßwasserkollegen, die allerdings vergleichsweise harmlos sind. Mehr als eine Hand oder einen Fuß beißen sie einem selten ab). Ich spazierte am Rand eines Billabongs entlang und bewunderte die hübschen Lotusblüten auf dem Wasser, als plötzlich direkt vor mir ein etwa drei Meter langer Baumstamm zum Leben erwachte, mich unwirsch ansah und dann genervt ins Wasser entschwand. Obwohl das Krokodil bei meinem Anblick vorsichtshalber getürmt war, rannte ich schreiend davon und stellte meine persönliche Bestleistung für die 100 Meter in unwegsamem Gelände auf.

Ich bin begeistert von diesem Land. Es ist riesig, heiß, gefährlich und voller Gegensätze. Ich habe Kängurus aus der Hand gefüttert und am nächsten Tag beim Barbecue verspeist, mich im «Bottle Shop» von Alice Springs nicht zwischen fünfzig

Biersorten entscheiden können und bin auf dem Stuart Highway vier Stunden lang keinem Auto begegnet.

Und ich weiß mittlerweile, dass die heimliche Hymne der Aussies «Waltzing Mathilda» ist und nicht etwa das Kookaburra-Lied. Doch, das kenne er natürlich, sagte mir Mike, der Inhaber der Lodge, in der wir ein paar Tage wohnten. Jeder deutsche Tourist würde ihm dieses Lied irgendwann vorsingen.

DONNERSTAG, 22. APRIL 2004 – DAS DARWIN-PRINZIP ODER: SURVIVAL OF THE FITTEST LOVE

Ich bin in Darwin, im äußersten Norden von Australien. Evelina ist gestern nach Sydney zurückgeflogen, weil sie wieder arbeiten muss. Und ich mache mich morgen wieder auf den Weg dorthin. Aber vorher sehe ich mir ein bisschen die Stadt an.

Verdammt, ist das heiß hier. Vielleicht sollte ich lieber eine Pause in kühler Umgebung einlegen, bevor mich mein Kreislauf ganz im Stich lässt. Ah, da drüben ist ein Internetcafé. Gute Idee. In Sydney habe ich meine Mails nie abgerufen, und seither auch nicht. Wo auch. Ich habe einen Monat äußerst erholsamer Internet- und Handynetzabstinenz hinter mir. Ein ganz neues Lebensgefühl. Dass ich, die immer erreichbare Marie, der Kommunikations-Junkie, das einmal toll finden würde, hätte ich bis vor kurzem auch nicht für möglich gehalten. Meine Eltern freuen sich sicher, wenn ich ihnen ein Lebenszeichen übermittle. Meine letzte Mitteilung an sie lautete: «Ich mache jetzt mit einer Freundin eine mehrwöchige Tour durch den Busch, melde mich bald wieder.»

«Sie haben 114 neue Nachrichten», lese ich, als ich GMX aufrufe, und freue mich. «... davon 98 im Spamverdacht.» Hmpf.
Aha. Vier Tchibo-Newsletter. Drei Angebote für sensationelle Oster-Schnäppchen bei Otto, Douglas und Kontaktlinsen.de. Eine Mail von einem gewissen Ben McEwan, vom 7. April, Betreff «Where are you, sweetie?». Tja. Wer zu spät kommt, den bestraft das Leben. Sorry, Baby. War schön mit dir.
Vroni, Marlene und Beate haben gemailt. Und meine Eltern, «Erbitten Lebenszeichen», Dringlichkeit: höchste. Und dann, mein Puls verdoppelt sich: Drei Mails von Paul.

From: Paul <paul@glimpf.de>
To: Marie <kl_diva@gmx.de>
Tue, 02 Mar 2004, 00:11:58
Subject: Frankfurt

Marie,
ich krieg die Krise! Sitze hier am Frankfurter Flughafen und starre wie blöd auf die Anzeigetafel, auf der noch dein Flug zu lesen ist, mit dem Vermerk: «Flight closed». Süße, du kennst mich doch, ich bin nur ein Mann, und zwar ein sehr typischer meiner Spezies. Zwischen den Zeilen lesen kann ich nicht. Termine behalten liegt mir auch nicht. Ich hab's schlicht und einfach verpennt, dass du heute (oder muss ich gestern schreiben? Ja, ist bereits nach Mitternacht) schon fliegst und dass am Samstag deine Abschiedsparty stattfand. Vroni hat mir heute, äh, gestern eine SMS geschickt und mich informiert. Leider etwas spät! Habe mich sofort ins Auto gesetzt und bin an den Frankfurter Flughafen gebraust, blöderweise war kurz vor Nürnberg irgendwie der Tank leer (ich dach-te, beim Golf piept da vorher was, aber egal, vermut-

lich meine Schuld). Das hat mich wertvolle Minuten gekostet. Und als ich endlich hier war, warst du gerade abgeflogen ...

Marie, schreib mir bitte, damit ich weiß, dass du mir nicht böse bist, okay? Ich freu mich schon auf deine Rückkehr.

Ich küsse und umarme dich,

dein Paul

Aha. Da schau her. Vor meinem inneren Auge spielen sich Szenen aus diversen Hollywood- und Sat.1-Filmen ab. Das altbekannte Muster: Ein auseinander gerissenes Liebespaar, dessen einer Teil aus Kummer eine weite Flugreise antritt, vermutlich mit One-Way-Ticket. Der zurückbleibende Part realisiert in letzter Minute, dass der oder die Abreisende doch ganz gutes Kartoffelpüree macht beziehungsweise den eigenen Lebensinhalt darstellt, und hetzt, begleitet von dramatisch-hektischer Filmmusik, zum zuständigen Flughafen. Der einzige Unterschied zwischen diesen Filmen und meiner Geschichte: Die Movie-Protagonisten erreichen ihr Ziel gerade noch rechtzeitig, obwohl ihnen kurz vor Nürnberg der Sprit ausgeht.

Nächste Mail.

From: Paul <paul@glimpf.de>
To: Marie <kl_diva@gmx.de>
Fri, 26 Mar 2004, 16:27:11
Subject: Du fehlst mir!

Meine liebe Marie,
jetzt bist du schon fast einen Monat lang da unten im Land der Kängurus, Krokodile und Bumerangs. Bitte entschuldige, dass ich dir erst jetzt wieder schreibe. Ich könnte jetzt sagen, dass ich eine ziemlich harte Zeit hinter mir habe. Dass ich lange daran zu knabbern hatte, wie schäbig schief die Sache in Lesotho für mich gelaufen ist. Dass ich beschissen lange gebraucht habe, um mich in Deutschland wieder einzuleben und einen Arbeitgeber zu finden, der bereit ist, mir monatlich eine Summe zu überweisen, von der ich leben kann. Das alles ist leider wahr, aber es ist keine Entschuldigung. Und nicht ganz die Wahrheit. Denn die lautet: Erst, als du auf einmal weg warst, habe ich gemerkt, wie sehr du mir fehlst, wenn ich dich nicht sehen kann. Ich bin ein Idiot. Ein egozentrisches Arschloch, das immer nur an sich dachte. Denkt, sollte ich besser schreiben, denn eigentlich tue ich das ja auch jetzt noch. Denn ich vermisse dich, Marie. Als ich in Südafrika war, habe ich das nicht bemerkt, weil ich dort mit einem Haufen Probleme zu kämpfen hatte. Du weißt ja, dass Männer ziemlich eindimensionale Wesen sind. Wir können nicht mehrere Dinge auf einmal tun. Also auch nicht gegen Probleme kämpfen wie einst der heilige Georg gegen den bösen Drachen und gleichzeitig eine Frau vermissen.
Ich denke, dass es dir jetzt gut geht, Marie, ich weiß nicht, warum, aber wenn ich an dich denke, sehe ich dich lachend und unbeschwert, mit rotem Staub auf den Turnschuhen und zerzausten, von der australischen Sonne noch blonder gewordenen Haaren. Verzeih, wenn ich kitschig werde, aber es bricht mir das Herz, dich so vor meinem inneren Auge zu sehen, eine glückliche, fröhliche Marie, die du mit mir zusammen leider nur ein

*paar Monate lang sein konntest. Ich freue mich für dich
und bin gleichzeitig todtraurig, weil ich's total versaut
habe. Ich verstehe, wenn du nichts mehr von mir wissen
willst. Vielleicht bist du längst happy mit irgendeinem
Tom, John oder Brian aus Sydney oder Melbourne.
Und ich darf mich nicht darüber beschweren, denn wie
gesagt, ich habe es ja selbst verbockt.
Aber Schluss mit der Jammerei. Falls du noch eine
Chance für uns beide siehst, und sei sie auch noch so
klein, lass es mich bitte wissen. Ansonsten wünsche ich
dir alles erdenklich Liebe und ein wunderschönes Leben
für eine wunderschöne Frau.
Ich küsse dich,
dein Paul*

*From: Paul <paul@glimpf.de>
To: Marie <kl_diva@gmx.de>
Sun, 12 Apr 2004, 08:13:59
Subject: Frohe Ostern!*

*Liebe Marie,
ich habe keine Antwort von dir bekommen. Es gibt also
wirklich keine Chance mehr für uns? Ich hatte es fast
befürchtet. Trotzdem bin ich natürlich ziemlich nieder-
geschlagen. Aber ich werde es schon überleben ;-)
Pass auf dich auf,
dein Paul*

Ich reibe mir fast die Kontaktlinsen aus den Augen. Aber die Texte sind immer noch dieselben, auch als ich sie zum siebenten Mal lese. Nein, natürlich reicht das nicht. Das hat er sich zu einfach vorgestellt, mein Paul. Klar liebe ich ihn noch!

Wenn sich Gefühle dadurch abstellen ließen, dass man sich eine ausreichende Zeit lang von seinem Liebesobjekt schlecht behandeln lässt, wäre das Leben ein Kinderspiel, wären Psychotherapeuten arbeitslos und die Musikbranche müsste den «Kastelruther Spatzen» das Feld überlassen, weil ihr der Stoff ausgehen würde.
Aber trotzdem ist das zu wenig. Mit einer einsichtigen und gefühlvollen Mail ist es nicht getan, Paul.

From: Marie <kl_diva@gmx.de>
To: Paul <paul@glimpf.de>
Thu, 22 Apr 2004, 10:31:25
Subject: Fruehstueck?

Ort: Hugo's, Bondi Beach, Sydney, New South Wales, Australia
Zeit: Sonntag, 2. Mai 2004, 11 Uhr
Don't forget: Hier ist noch Sommer!

SONNTAG, 2. MAI 2004 – IN BONDI BEACH BEI *HUGO'S* FRÜHSTÜCKEN (II)

«Sie können mich hier rauslassen», instruiere ich den Taxifahrer. In Bondi Beach ist die Hölle los, kein Wunder an so einem strahlend schönen Sonntagvormittag. Obwohl es umgerechnet Anfang November ist, kann man noch im T-Shirt rumlaufen und sogar im Ozean baden. Man kann Flipflops (oder «Thongs», wie die Australier sie nennen) tragen, spüren, wie die Sonne, ungedämpft dank der löchrigen Ozonschicht, auf der Haut prickelt, und im Freien frühstücken.
Und wenn er nun nicht da ist? Dann fahre ich wieder nach

Paddington zu Evelina, bei der ich eingezogen bin, seit ihre Mitbewohnerin nach Finnland zurückgekehrt ist. Ganz einfach. Ich werde nicht enttäuscht sein. Enttäuscht ist man nur, wenn man eine falsche Erwartungshaltung aufgebaut hat. Wenn man sich getäuscht hat eben. Aber ich bin inzwischen ganz geübt darin, nichts zu erwarten. Irgendwie geht das hier unten viel leichter als zu Hause. Liegt vielleicht am Klima oder an der laxen «It'll be alright», «wird schon schief gehen»-Einstellung der Australier.
Kann gut sein, dass ich längst eine Antwort auf meine letzte Mail an Paul bekommen habe, Betreff: «Hä???». Ich weiß es nicht. Ich habe GMX seit Darwin nicht mehr aufgerufen.

Da ist ja schon *Hugo's*. Ich betrete das Lokal. Die gleißende Helle des Vormittags weicht einer schummrigen Kühle.
Vor mir an der Bar steht ein Mann in Jeans und einem weißen T-Shirt. Ich sehe seine große Gestalt und seinen Hinterkopf mit den kurzen blonden Haaren. Und bevor eine mir sehr vertraute, tiefe Stimme «I'm looking for my girlfriend» sagt, weiß ich, wer der Mann ist.

> *Dreh dich noch einmal nach mir um*
> *Lauf noch ein bisschen neben mir her*
> *Ein Stern fällt ins Wasser und der Mond hinterher*
> *Einmal für dich*
> *Einmal für mich …* *

---

* aus «Wenn der Morgen graut» von Element of Crime

WER IST EIGENTLICH PAUL?

SIND SIE NICHT ALLE EIN BISSCHEN PAUL?

AUS DIE MAUS

DIE GRÖSSTE LIEBE IST IMMER DIE,
DIE UNERFÜLLT BLEIBT.

Sir Peter Ustinov

SAMSTAG, 15. MAI 2004 – MITTELERDE

Liv Tyler hat ein Fenster in der Stirn. Das sieht ziemlich blöd aus. Warum fallen mir in den erhabensten Momenten meines Lebens immer die am wenigsten passenden Dinge ein?, frage ich mich und unterdrücke, von mir selbst genervt, ein Stöhnen.
«Alles klar, mein Schatz?», erkundigt sich Paul, fasst zärtlich mein Gesicht am Kinn und dreht es sanft zu sich hin.
«Alles wunderbar», lächle ich seinen besorgten Stirnfalten zu und genieße diesen kleinen Moment der Vorfreude. Ich weiß genau, was jetzt kommt. Trotzdem fühlt es sich jedes Mal wieder an, als würde ich mit einem Herzschrittmacher durch die Sicherheitskontrolle am Flughafen gehen. Paul bekommt einen ganz bestimmten Ausdruck in seinen graugrünen Augen, so einen verwegenen und zugleich hilflosen Ich-muss-dich-jetzt-küssen-Blick. Fast ein wenig bestürzt sieht er aus, wenn er so guckt. Dann kommt er mit seinem Gesicht ganz nahe an meines heran, und ich rieche seine Haut, bevor sie meine berührt. Kurz bevor unsere Nasen kollidieren können, dreht er leicht seinen Kopf, sodass sie aneinander vorbei passen und unsere Lippen sich treffen können. Und dann küsst er mich. Wie jetzt auch. Und Paul schafft es, was ich beinahe verpatzt hätte: Der Moment wird erhaben und einzigartig wie alle vor ihm, in denen Paul mich küsste.

«Excuse me ...», höre ich eine weibliche Stimme. Ich blicke auf. Oh. Ups. Es ist eine Stewardess, falsch, Flugbegleiterin, die dort im Gang steht, nachsichtig lächelnd und mit einem Trolley mit eingeprägtem Känguru an der Hand. Unglaublich. Paul und ich sind die letzten Passagiere im gerade gelandeten Jet. Dass Zeit relativ ist, hat mir schon immer eingeleuchtet. Aber dass sich beim Küssen mit Paul fünf Minuten anfühlen wie wenige Sekunden, überrascht mich immer wieder.

«So sorry», stammle ich und klaube hastig meine Siebensachen zusammen. «Komm, raus hier», zische ich Paul zu, der mal wieder die Ruhe selbst ist. Er zwinkert der Flugbegleiterin zu und sagt leise etwas auf Englisch zu ihr, was ich akustisch nicht verstehe. Ihre Reaktion verrät mir, dass es ein charmantes Kompliment gewesen sein muss. Sie errötet zart unter ihrer Revlon-Foundation und kichert. Hey, ich meine, das ist eine Flugbegleiterin. Flugbegleiterinnen gehören mit Sicherheit zu der am meisten angebaggerten Berufsgruppe. Die haben durch Übersättigung schon so eine Art Resistenz gegen Komplimente entwickelt. Und wenn eine von ihnen rot wird, sodass sie der Wirkung ihres Puder-Rouges Konkurrenz macht, heißt das schon was. Na ja, er sieht halt auch verdammt gut aus, mein Paul. Groß, blond, breitschultrig geht er da neben mir die Gangway hinunter und lächelt sein unwiderstehliches Großer-Junge-Lächeln. Wer kann da schon nein sagen.

«Guck mal. Liv Tyler hat ein Fenster in der Stirn», teile ich Paul im Flughafenbus mit und deute auf einen Jet von Air New Zealand. Paul kapiert sofort und lacht schallend. Die Flugzeuge der neuseeländischen Flotte haben die Porträts der Stars aus «Herr der Ringe» aufgemalt. «Welcome to Middle Earth» steht in der Herr-der-Ringe-Schrift auf den Jets. Dahinter zeichnen sich leuchtend grüne Hügel ab, der Himmel ist knallblau, und weiße Wolken ziehen rasch und recht niedrig vorüber. Die Luft ist kühl und frisch. Ich kann es kaum glauben. Wir sind in Neuseeland. Die Betonung liegt auf «wir». Paul und ich sind gerade in Mittelerde angekommen. Zusammen. Als Paar.

Das ist deshalb so bemerkenswert, weil es noch vor einem Monat keineswegs so aussah, als könne Paul jemals mehr für mich werden als der berühmte Grund schlafloser Nächte, der Verursacher eines ausgeprägten Oleander-Hasses und der Schuldige an verstärktem Zigaretten- und Pfefferminztalerkonsum. Seinetwegen war ich bis nach Australien geflüchtet. Na ja, das stimmt nicht ganz. Ich hatte den großen Trip nach Down Under unternommen, um endlich auch etwas aus meinem Leben zu machen. Paul war ja in Lesotho und ganz augenscheinlich nicht mal an einer Fernbeziehung mit mir interessiert. Oder wie hätte ich es sonst deuten sollen, dass er mir ein paar Wochen nach seinem Abflug kaum mehr mailte, und wenn, dann nur, weil er sich Sorgen um seinen Oleander machte, der auf der Terrasse seiner Haidhausener Wohnung zu erfrieren drohte. Und dann das Highlight der Marie-kommt-sich-blöd-vor-Hitparade: Auf einem Spaziergang im Februar, kurz vor meinem Abflug nach Sydney, traf ich Paul beim Zigarettenkauf in einem Lotto-Toto-Laden am Max-Weber-Platz. Warum auch der sich in München nach ihm verzehrenden Freundin mitteilen, dass das Experiment Lesotho gescheitert war und er schon seit ein paar Tagen wieder in Deutschland weilte.

Aber das ist alles vergeben und vergessen. Oder zumindest vergeben. Denn was danach kam, hätte sich der Drehbuchschreiber der Telenovela «Bianca – Wege zum Glück» kaum besser ausdenken können. (Das heißt jetzt nicht mehr Soap, sondern Telenovela, ist südamerikanischen Ursprungs und wahnsinnig hip.) Pauls Versuch, mir in einer Nacht-und-Nebel-Aktion an den Frankfurter Flughafen nachzureisen, scheiterte am Benzinmangel seines silbernen VW Golfs auf Höhe von Greding bei Nürnberg. Das mit Greding und der Tatsache, dass er mir hinterhergefahren war, erfuhr ich aber erst Wochen später. Schließlich war ich auf dem Ich-mach-was-aus-meinem-Leben-Trip und hatte Besseres zu tun, als GMX abzufragen. Ich lernte neue Leute kennen, entdeckte den australischen Kontinent samt seiner Bewohner und übte mich erfolgreich im Verdrängen eines Mannes namens Paul aus meinen Gedanken. Ende April las ich dann Pauls gesammelte E-Mails. Sie klangen reumütig, einsichtig und irgendwie verzweifelt. Also zeigte ich mich von meiner gnädigen Seite und lud ihn zum Frühstück ein. Nach Bondi Beach, New South Wales, Sydney, Australien.

Paul war pünktlich, ich kann mich dessen rühmen, dass ein Mann für mich um die halbe Welt gereist ist. Aber das Allerbeste, das, was wirklich zählt: Er ist immer noch bei mir, und wir sehen uns jetzt gemeinsam Neuseeland an. Ich mag dieses Land jetzt schon. Auch wenn Liv Tyler ein Fenster in der Stirn hat.

MONTAG, 17. MAI 2004 – IT'S THE END OF THE WORLD AS WE KNOW IT

Hier geht es definitiv nicht mehr weiter. Wir sind im äußersten Norden Neuseelands, in der Nähe des Cape Reinga. Eigentlich wollten wir wirklich das Kap besichtigen. Nach den Postkarten zu urteilen, gibt es dort einen hübschen Leuchtturm und eines der berühmten und hier sehr beliebten Schilder mit zahlreichen Wegweisern, auf denen interessante Informationen stehen wie «Hamburg 16 832 km», «Sydney 2160 km» oder «Los Angeles 10 479 km». Die Neuseeländer haben aus ihrer geographisch etwas benachteiligten Lage geschickt eine Attraktion gemacht. Vor allem für die Europäer fühlt es sich immer wieder toll an: Weiter weg von zu Hause geht nicht.

Einige Kilometer vor Cape Reinga sieht Paul eine Abzweigung.
«Bieg doch mal rechts ab», schlägt er vor.
«Weißt du, wo's da hingeht?»
«Nö. Aber zum Cape können wir immer noch fahren. Ich finde es da drüben spannender.»

Spannend ist auch die Straße oder das, was auf der Karte als Straße eingezeichnet ist. Sie besteht hauptsächlich aus grobem Kies, der fürchterlich staubt, garniert mit einigen spitzen, großen Brocken.
«Ach, die paar Steine tun uns nichts», beruhigt mich Paul, als ich meine Sorge um die Reifen unseres Mietwagens kundtue.
«Steine? Das sind junge Felsen!», erwidere ich und schlage den siebenundzwanzigsten Haken um ein besonders fieses Reifenkillerexemplar.
«Holla die Waldfee», lacht Paul und hält sich fest, «wenn ich nicht wüsste, dass du eine ausgezeichnete Autofahrerin bist, würde ich mir jetzt in die Hose machen vor Angst!»
Angeblich soll die Straße nach fünfzehn Kilometern ans Meer führen. Sie windet sich jedoch munter durch das neuseeländische Hinterland. Hügelauf, hügelab und ringsum nichts als macchieartiger, struppig-niedriger Urwald.

Nach einer halbstündigen Fahrt endet die Piste. Mitten auf einer Wiese. Auf der steht ein kräftiges braunes Pferd. Ich parke neben dem Pferd, das keine Anstalten macht wegzulaufen.
«Hallo Pferd», sage ich und bemerke, dass es sich um ein Wildpferd handeln muss. Zumindest sieht es einigermaßen wild aus, ein bisschen zottelig und irgendwie verwegen. Außerdem ist weit und breit kein Zaun zu sehen. Erst als ich mit meiner ausgestreckten Hand beinahe seine weichen Nüstern berühre, macht es einen Schritt nach hinten. Offensichtlich will es nicht gestreichelt werden.

Wir laufen über die Wiese und gelangen zu einigen mit Strandhafer bewachsenen Sanddünen. Dahinter öffnet sich eine kilometerweite Bucht und gibt den Blick aufs offene Meer frei. Paul und ich bleiben stehen und inhalieren die Aussicht. Der Strand ist absolut menschenleer und leicht rosafarben. Weiße

und graue Wolken ziehen rasch über den ansonsten tiefblauen Himmel.
Als ich mich umdrehe, verdecken die Dünen unseren Kombi, der das einzige Zeichen von Zivilisation weit und breit ist. Ansonsten gibt es hier nichts, was auf Menschen hindeutet. Kein Haus, kein Schiff, kein Flugzeug, keine Straße bis auf die, auf der wir gekommen sind. Und selbst die ist im dichten Dschungel nicht zu erkennen.

«Schau mal, Marie», sagt Paul und deutet auf den Strand vor uns, «man sieht nicht mal Fußspuren von anderen Leuten. Bestimmt sind wir die Ersten, die hier entlanglaufen.»
«Bestimmt», sage ich, und es soll nicht ironisch klingen. Ich weiß, wie Paul das meint. Es spielt keine Rolle, wie viele Touristen vor uns die «Spirits Bay» entlanggewandert sind. In diesem Moment sind wir die Allerersten.

«Schade, dass wir hier nicht bleiben können», seufze ich, als wir nach zwei Stunden Strandwanderung wieder am Auto angekommen sind.
«Wer sagt das?», grinst Paul und fährt fort: «Wenn du auf das berühmte Cape Reinga verzichten kannst, mein Schatz, dann bleiben wir doch einfach bis morgen hier …»
Er hat Recht. Wir haben zu essen und zu trinken, weil wir heute Morgen einen Großeinkauf bei «Pak'n'Save» in Kaitaia am Ninety Mile Beach getätigt haben. Alles noch im Auto. Es ist warm und wird auch heute Nacht nicht allzu kühl werden, aber zur Not haben wir sogar Schlafsäcke und Decken im Auto.
«Au ja. Schlafen wir im Auto!», freue ich mich. Erst letzten Monat habe ich im australischen Outback meine Liebe zum Campen entdeckt. Reichlich spät, denn früher haben die Stichworte Campingplatz, Gaskocher oder Schlafsack bei mir eher den Reflex ausgelöst, so schnell wie möglich ein Zimmer in

einem Hotel mit mindestens vier Sternen zu buchen. Warum, weiß ich heute nicht mehr genau. Camping ist super, und gegen ungewaschene Haare (früher meine größte Angst neben der, das Zelt versehentlich auf einem Ameisenhügel aufzuschlagen) gibt es Trockenshampoo.

Später macht Paul ein kleines Feuer in den Dünen. Wir sitzen eng umschlungen im noch warmen Sand, gucken abwechselnd in die Flammen und in den gigantischen Sternenhimmel der Südhalbkugel, lauschen dem Knacken des verbrennenden Holzes und dem Rauschen der See. Ab und zu fischt Paul mit einem Stecken eine Kartoffel aus dem Feuer und füttert mich mit ihrem heißen Inneren. Ich schließe die Augen und beginne ein kleines Gedankenexperiment, das ich schon lange nicht mehr gemacht habe. Ich denke mich Schritt für Schritt weiter weg von Paul und mir am Lagerfeuer an der nördlichsten Bucht Neuseelands. Wir beide in den Dünen des einsamen Strandes. Der Strand am Rande der Nordinsel. Neuseeland im Pazifik. Ozeanien in der südlichen Hemisphäre. Die Welt. Die Erdkugel als einer von vielen Planeten in unserer Galaxie. Unsere Galaxie als eine von vielen in einem unendlichen Meer von Galaxien ... An diesem Punkt wird mir immer ein wenig schwindelig, als ob ich auf dem Oktoberfest zu viel Kettenkarussell gefahren wäre. Ich habe das Gefühl, mit meinem Geist an ein Brett zu stoßen, an eine Bretterwand, an der ein Schild hängt: Bis hierhin und nicht weiter. Die Unendlichkeit ist nicht vorstellbar.

Ich öffne die Augen und sehe direkt in Pauls.
«Wir sind so klein, nicht?», sagt er, als wüsste er, wo ich gerade mit meinen Gedanken war.
«Aber mach dir keine Sorgen. Ich bin bei dir, mein Schatz. Ich bin immer bei dir.»

MITTWOCH, 19. MAI 2004 – PAUL UND ICH

Raglan auf der Nordinsel Neuseelands ist ein bemerkenswerter Ort. Hier gibt es die einzige links brechende Welle der Welt. Oder die größte. Oder die schönste. Jedenfalls irgendeinen Superlativ, denn den lieben die Kiwis, wie sich die Neuseeländer selbst nennen. Übrigens nach ihrem Wappentier – dem meist übellaunigen, flugunfähigen, ziemlich runden Vogel, der zwanzig Stunden pro Tag schläft und in den übrigen vier im Dunkeln nach Würmern sucht –, nicht nach gleichnamigem Obst. Aber ich klinge schon wie mein abgewetzter «Lonely Planet». Zurück zum Wesentlichen.

Paul und mich (ich kann mich an diesen drei Worten gar nicht satt schreiben und denken) hat es nach Raglan verschlagen. Der Sommer ist noch einmal zurückgekehrt, obwohl es hier eigentlich schon Herbst ist. Wir wohnen in einem entzückenden Backpacker's und haben viel Spaß mit Jed, dem jungen Labrador von Jeremy, dem Besitzer des Hostels. Paul kann nicht nur gut mit Menschen, auch Tiere verfallen postwendend seinem Charme. Er erinnert mich manchmal an Philip, eine Figur aus der Abenteuer-Buchserie von Enid Blyton. Nicht «Fünf Freunde», sondern «Tal der Abenteuer», «See der Abenteuer» und so weiter. Darin ging es auch um zwei Geschwisterpärchen, die ständig in aufregende Gefahren geraten, ihnen mit List und Tücke jedoch stets wieder entrinnen. Philip kam super bei Tieren an. Ich glaube, er war überhaupt einer dieser Supermenschen, die von jedem gemocht werden.

«Süße», reißt Paul mich aus meinen Kindheitsgedanken und krault Jed, der wie hingegossen auf seinen Füßen liegt und ihn bewundernd anstarrt, das schwarze Fell, «was machen wir heute Abend?» Ich liebe es, wenn er «Süße» zu mir sagt.

«Öhm, keine Ahnung», sage ich, «wir könnten in *Nick's Surf Inn* gehen oder in *Brian's Surf Pub* oder ...»
«Hm», meint Paul, «ich glaube, ich habe eine bessere Idee.» Spricht's, erhebt sich vom Küchenstuhl und geht aus dem Raum, «bin gleich wieder da» murmelnd.
«Tja, Jed», informiere ich den Hund, «so ist er nun mal. Ein wandelndes Geheimnis. Aber er kommt sicher bald wieder. Bisher ist er immer wiedergekommen.» Und ich kraule ihn hinter den weichen Schlappohren. Jed zeigt sich von meinen Liebkosungen völlig unbeeindruckt, schüttelt sich, als hätte ihn eine Fliege gekitzelt, und fixiert leise fiepend die Küchentür, aus der Paul gerade entschwand.
Ich lasse das Tier in seiner Verzweiflung allein und gehe auf unser Zimmer, um Postkarten zu schreiben.

Liebe Vroni,
viele liebe Grüße aus Raglan, New Zealand. Der Ort ist ein bezauberndes Surfer-Kaff mit traumhaften Stränden. Mit Paul ist es wundervoll. Wir streiten nie, haben viel Spaß zusammen, quatschen stundenlang und haben jede Nacht galaktisch guten Sex :-))) (Ich hoffe, Dein Postbote liest diese Karte nicht ...) Ich vermisse dich sehr, aber ich bin glücklich. Grüß die Mädels von mir, die Biergärten und Neuhausen. Bis irgendwann bald,
Marie

Was für eine platte Postkarte. Manchmal glaube ich wirklich, dass Glück dumm macht. Man sieht der Karte förmlich das blöde und zufriedene Grinsen an, mit der ich sie geschrieben habe. Vroni aber wird sich freuen, denn sie weiß, dass ich nur dann witzige und geschliffene Texte zu Papier bringen kann, wenn ich leide. Und das tue ich zurzeit wirklich kein bisschen.

Als ich eine Briefmarke mit dem Motiv des Milford Sound auf die Karte klebe, höre ich von draußen Motorengeräusche. Sie ersterben, und eine halbe Minute später füllt Pauls Silhouette den Türrahmen.
«Auf geht's», ruft er und verbreitet sofort gute Laune im Raum, «fahren wir. Nimm ein Handtuch mit und eine warme Jacke.»
«Wohin denn?», will ich wissen, aber Paul grinst nur: «Überraschung!»
«Fahren?», fällt mir auf dem Weg nach draußen ein, «aber wir haben doch gar kein …»
«… Auto!», sagt Paul triumphierend und deutet auf den alten silbernen Mazda, der im Hof parkt. «Das ist unserer. Zumindest für heute Abend. Komm, steig ein!» Ich bin platt wie meine Postkarte. Ich frage gar nicht, wo Paul den Wagen herhat. Sicher hat er ihn der hübschen Bedienung aus *Brian's Surf Pub* mit ein paar Komplimenten und netten Worten abgeschwatzt. Ich möchte es lieber nicht genau wissen. Die Hauptsache ist nämlich, dass er das Auto für mich klargemacht hat. Wie, spielt keine Rolle.

«Holla die Waldfee», sagt Paul in der ersten Kurve, in der der Mazda nach außen driftet wie eine Kuh auf Glatteis, «der reagiert aber komisch!»
«Vermutlich sind die Stoßdämpfer im Eimer», attestiere ich und ernte einen verwunderten Seitenblick von Paul, der am Rechtssteuer sitzt. «Stoßdämpfer?»
«Egal, Hauptsache, er fährt», fahre ich munter fort, «wie weit ist es denn noch?» Nicht, dass sich Paul mir unterlegen fühlt, was das technische Verständnis angeht. Er ist zwar kein typischer Autos-sind-Männersache-Kerl, aber wer weiß. Jungs reagieren da manchmal unberechenbar.
«Etwa fünfundzwanzig Kilometer», lässt Paul sich bereitwillig auf den Themawechsel ein.

Die Straße ist, wie so viele in Neuseeland, ungeteert und windet sich parallel zum Meer durch dichten Urwald. Bald wird die Sonne untergehen. Aber ich habe keine Angst. Paul ist ja bei mir.

Etwa eine Stunde später erreichen wir einen Ort. Ein kleines Fischerdorf schmiegt sich in die grünen Hügel eines Naturhafens. Die Sonne ist gerade dabei, am Horizont zu verschwinden. Paul lenkt den alten Mazda langsam durch das Dorf und hält nach Wegweisern Ausschau.
«Wonach suchst du denn?», will ich wissen, «ich kann dir helfen!»
«Lass mal», meint Paul, drückt kurz meine Hand und lächelt mich an, «Überraschung!»
Dann hat er anscheinend gefunden, was er sucht, denn er biegt rechts ab. Wir fahren durch einen lichten Pinienwald Richtung Meer. Die Straße endet an einem kleinen Parkplatz, auf dem zwei Autos stehen. Paul stellt den Mazda unter einem Baum ab, und wir steigen aus. Es herrscht ein eigentümliches Zwielicht. Der sandige Boden ist noch warm vom Tag, aber von oben spüre ich schon die kühle Abendluft.
«Und jetzt, Paul?»
«Komm mit!» Er nimmt meine Hand, und wir gehen durch die Dünen Richtung Meer. In meinem Magen kribbelt es angenehm. Was hat Paul vor? Womit will er mich überraschen? Während wir nebeneinander durch den warmen Sand stapfen, fasse ich Pauls Hand ein wenig fester. Immer noch bin ich nicht ganz frei von der Angst, ich könnte plötzlich aufwachen aus meinem schönen Traum und es wäre ein grauer, paulloser Montagmorgen in meinem IKEA-Bett in München-Neuhausen. Ja, ich habe lange gewartet auf diesen Mann, ich habe viel auf mich genommen und oft ziemlich gelitten. Zur Belohnung für die teilweise harte Zeit habe ich nun, was ich mir so sehr gewünscht habe:

Ich bin mit ihm zusammen, mit dem Mann meiner Träume. Klingt logisch, oder? Eben. Genau das beunruhigt mich. Denn das Leben pflegt nicht logisch zu sein, man bekommt selten, was man verdient, und ausgleichende Gerechtigkeit ist auch etwas, woran nur naive Menschen noch wirklich glauben.
Wir haben die Dünen hinter uns gelassen und treten auf einen weiten, menschenleeren Strand. Die Besitzer der zwei geparkten Autos sind uns beim Marsch durch die Dünen entgegengekommen und haben aufgeräumt «Hi guys» gerufen. Nun sind wir ganz alleine. Der Himmel über dem Meer ist noch rosa, orange und rot von der gerade untergegangenen Sonne.

«Es ist wunderschön hier», flüstere ich Paul gerührt zu.
«Extra für dich», grinst er, «und jetzt gehen wir baden!»
«Baden?» Ich runzle die Stirn. «Ist es dafür nicht ein bisschen zu frisch?»
«Wart ab», freut sich Paul über meine zweifelnde Miene und zieht mich ein weiteres Stückchen Richtung Wasser. In den feuchten Sand haben die Besucher, die vor uns da waren, ein paar große Löcher gebuddelt, in denen das Wasser steht. Paul nimmt seinen Rucksack herunter und packt einen kleinen Spaten aus. Damit beginnt er, die größte Pfütze zu vertiefen. Ich stehe ein bisschen unmotiviert (um nicht zu sagen dumm) rum und betrachte verliebt die Muskeln seiner Arme, die unter seinem T-Shirt spielen. Als Paul fertig mit Schaufeln ist, wirft er den Spaten zur Seite, dreht sich zu mir um und sagt: «So, und jetzt ziehen wir uns aus, mein Schatz …»
Ehe ich mich's versehe, ist Paul selbst aus seinen Klamotten geschlüpft und steht nackt vor mir. «Na los, worauf wartest du? Die Badewanne ist fertig!» Als ich mich immer noch nicht rühre, greift er mein T-Shirt am Saum und zieht es mir über den Kopf. «Kleine Diva», grinst er, «bloß selber keinen Finger rühren!» Schwupp, liegt mein BH im Sand, und mit einer weiteren

Handbewegung hat er mir Rock und Slip vom Leib gestreift. Ich bekomme eine Gänsehaut bei dem Gedanken, jetzt auch noch nass zu werden, doch für Paul würde ich mich sogar im Bayerntrikot in die 60er-Kurve stellen, also beschwere ich mich nicht, sondern trete todesmutig in die natürliche Badewanne.
«Das ist ja ganz warm, Paul!», rufe ich erstaunt aus, als ich einen Fuß ins Wasser gesenkt habe.
«Ja, denkst du denn, ich lasse dir eine kalte Wanne ein?»
Ich bin begeistert. Das Wasser hat tatsächlich die Temperatur eines heißen Bades.
«Hier gibt's heiße Quellen», erklärt Paul, «es funktioniert nur bei Ebbe, bei Flut sind sie unter Wasser.»

Wir legen uns der Länge nach in unseren Pool, der tief genug ist, dass das heiße Wasser uns ganz bedeckt. Inzwischen ist es fast vollständig dunkel geworden, die letzten Rottöne des Abendhimmels gehen am Horizont in ein tiefes Dunkelblau über, und die Sterne fangen an zu leuchten. Schweigend liegen wir in unserer dampfenden Wanne und betrachten die Milchstraße, die ihrem Namen alle Ehre macht und hier, am anderen Ende der Welt, viel strahlender und näher wirkt als zu Hause. Wir sprechen kein Wort, liegen einfach nur da, und ich spüre die kühle Abendluft in meinem Gesicht, das heiße Wasser an meiner Haut und Pauls Körper dicht an meinem. Ich bin froh, dass auch er glücklich damit ist, einfach nur stillzuhalten und die überwältigende Natur zu spüren. Jetzt und hier an diesem Strand Sex miteinander zu haben, wäre zu viel des Guten. Ich bin ganz und gar damit beschäftigt, die vorhandenen Sinneseindrücke zu verarbeiten und in mich aufzunehmen. Paul fühlt in diesem Moment dasselbe wie ich, da bin ich mir ganz sicher. Wobei – wie kann ich mir da sicher sein? Ich kann eigentlich nicht mal davon ausgehen, dass er das Gleiche sieht wie ich. Wie will ich da wissen, was er fühlt?

«Marie, denk nicht so viel!», sagt Paul. Nein. Das war nicht Pauls Stimme. Vorsichtig und ohne mich zu viel zu bewegen, sehe ich mich um. Es ist inzwischen so finster, dass ich meine Umgebung nur noch schemenhaft erkennen kann. Aber dort, auf dem sandigen Rand unserer Naturbadewanne an diesem einsamen neuseeländischen Strand, sitzt mit übereinander geschlagenen Beinchen und in die Hand gestütztem Kinn mein guter alter Bekannter. Das Engelchen. Ich denke geräuschlos, aber so intensiv ich kann: «Verschwinde, sonst ertränke ich dich an Ort und Stelle!» Engelchen zuckt zusammen, entfaltet seine Flügel, die es ordentlich auf dem Rücken zusammengelegt hatte, wirft mir eine Kusshand zu und schwirrt ab. In die Richtung, in der kurz vorher die Sonne untergegangen ist.

Irgendwann viel später sehen Paul und ich uns wortlos an. «Hm?», macht er nur, und ich erwidere: «M-hm ...» Wir klettern aus dem warmen Pool und rennen schnell zu unseren Klamottenhaufen. Paul zaubert ein großes Badehandtuch aus seinem Rucksack und legt es mir um die Schultern. Kurz schmiege ich mich an ihn, lege meinen Kopf an seine Brust und spüre seine warme, nasse Haut. Diese Momente sind es, wofür sich alles gelohnt hat. Diese paar Sekunden entschädigen mich für wochenlanges Warten auf eine Nachricht von Paul, für seine vielen Absagen der letzten Jahre, für seine Unberechenbarkeit und die Verschlossenheit, die ihn manchmal so unnahbar macht. Vroni hat mich oft naiv genannt und mit mir geschimpft, weil ich Paul «nachgelaufen» bin, wie sie das nannte. Es würde nicht zu mir passen, ich hätte das nicht nötig, er würde mich gar nicht verdienen und so weiter. Das ist alles wahr. Aber es spielt keine Rolle.
Wer jemals dieses Gefühl erlebt hat, das ich habe, wenn ich meine Wange an Pauls Haut lege, der weiß, was ich meine.

SONNTAG, 23. MAI 2004 –
JUMP (FOR MY LOVE)!

Ich bin die Ruhe selbst. Bis zu dem Moment, in dem ich die Telefonnummer meiner Eltern in das Feld des Formulars schreibe, das meinen Tod regeln wird, falls ... ja, falls ich das hier nicht überlebe. Schluck. Wo ist das Engelchen? Nicht da. War ja klar. Vermutlich mit Teufelchen einen trinken. «Keine Sorge», lacht Paul, als er meine besorgte Miene sieht, «das ist nur Papierkram!» Ach nee. Das weiß ich auch. Ich habe ja auch keine Angst. Ich überlege lediglich, ob es klug ist, sich wissend diesem Risiko auszusetzen. Wer sich in Gefahr begibt, kommt darin um, höre ich meinen Vater sagen. Eigentlich wäre das Teufelchens Text, aber das ist ja mit Engelchen im Pub.
Jetzt ist es sowieso zu spät. Ich habe die 150 Neuseeland-Dollar schon bezahlt. Und außerdem soll Paul mich ja nicht für einen Feigling halten.

«Are you okay?», will Greg, mein «Dive Instructor», von mir wissen, als er die Gurte des Geschirrs, in dem ich mit Oberkörper und Beinen stecke, festzurrt. «Sure», antworte ich und versuche, einen lässigen Gesichtsausdruck zu machen. «Man springt ja schließlich nicht jeden Tag aus einem Flugzeug», relativiere ich, als ich seine belustigte Miene sehe. «I do», grinst Greg. «That calms me down», erwidere ich, doch irgendwie kommt meine Ironie auf Englisch nicht so richtig durch.

Als wir nach draußen gehen, sehe ich kurz mein Spiegelbild im Fenster des Gebäudes, in dem die Fallschirmspringschule untergebracht ist. Mit dem blauen Overall, dem Geschirr um den Körper, der Lederkappe auf dem Kopf und dem chlorbrillenähnlichen Ding im Gesicht sehe ich aus wie ein Astronaut für Anfänger. Ich werfe einen Blick auf Paul, der neben mir geht.

Natürlich steht ihm der Springeranzug hervorragend, und nicht mal die Mütze entstellt ihn wesentlich. Das Leben ist nicht fair.

Wir gehen über kurz geschorenen Rasen zu einem winzigen Flugzeug. Wie schade, sie wollen uns anscheinend einzeln raufliegen. Ich hatte gehofft, den Flug mit Paul teilen zu können.
«Okay folks, let's get in there», sagt Pauls Instructor Steve und zieht an einem Griff an der Seite des Mini-Fliegers. Eine Klappe fährt hoch. Wie ein Brotkasten, denke ich und begreife dann, dass wir zu viert in die Maschine steigen sollen. Sitze? Fehlanzeige. Wir hocken uns auf den Boden, unseren Instructor hinter uns – so, wie wir in ein paar Minuten springen werden. Steve macht den Brotkasten zu. An der Seite kann man durch kleine Fenster nach draußen schauen. Die Maschine holpert über die grasbewachsene Startbahn und hebt dann ab. Schon nach wenigen Minuten sind die Häuser von Taupo, der kleinen Stadt in der Mitte der neuseeländischen Nordinsel, nur noch kleine weiße Würfel. Der große vulkanische See, an dem die Stadt liegt, glänzt silbern in der Sonne. Im Süden erheben sich hohe Berge.

Ich habe gerade vergessen, dass ich nicht für einen Panoramaflug in diesem Grashüpfer sitze, als Greg mir bedeutet, ich solle mich doch auf seinen Schoß setzen. «Oh, no thanks», wehre ich ab, denn ich kann auch so ganz prima durch das Fenster sehen. «Wäre aber besser», lacht Greg und erklärt mir, dass er mich jetzt an sich festschnallen müsse, da wir gleich springen werden. Okay. Das ist natürlich was anderes. Gehorsam klettere ich auf Gregs Schoß und beäuge kritisch, wie er diverse Karabiner in diverse Haken einhängt. «Das hält schon!», meint er aufmunternd.
«Dreifünf!», brüllt da der Pilot von vorne, und Pauls Tandempartner reißt die Klappe des Fliegers auf.
«Ich hätte unten nochmal aufs Klo gehen sollen!», schreie ich

gegen den ohrenbetäubenden Lärm der Luft an. Paul grinst. Und dann ist er weg. Zusammen mit Steve. Lieber Gott, mach, dass mein Fallschirm aufgeht, bete ich leise. Schon wieder so ein bedeutender Moment, in dem ich das Falsche gesagt habe. Ich sehe schon einen erschütterten Paul in den neuseeländischen Abendnachrichten vor mir, wie er in die Kamera sagt: «Ihre letzten Worte waren: ‹Ich hätte unten nochmal aufs Klo gehen sollen.› Ich werde sie sehr vermissen.»

«No worries», höre ich eine männliche Stimme an meinem Ohr. Es ist Greg. Ich habe gar nicht bemerkt, wie wir an den Rand des Fliegers gerutscht sind. Mit Schrecken sehe ich, dass sich unter meinen Füßen nur noch Luft befindet. Viel Luft. Ungefähr dreitausendfünfhundert Meter Luft.
«Füße vor dem Sprung unter das Flugzeug klemmen, im freien Fall Arme ausbreiten und Körper in Bananenform bringen», schießt es mir durch den Kopf, und ich beginne eilig, meine Gliedmaßen zu sortieren. So gut das eben geht, wenn sich der eigene Hintern an der Kante einer fliegenden Cessna befindet. Und dann kommt auf einmal ganz viel Wind von unten. Es fühlt sich nicht an wie Fallen. Auch nicht wie Fliegen. Und Luft ist ein verdammt hartes Element. Nach einigen Sekunden fällt mir auf, dass mir was fehlt. Und zwar ebendiese Luft, die von unten auf meinen Körper prallt. Ein wenig davon würde sich jetzt in meinen Lungen gut machen. Doch das ist gar nicht so einfach, wie es sich anhört. Atmen, befehle ich meinem Körper. Doch das interessiert den gar nicht. Ich muss mit aller Kraft meine Brustmuskeln anspannen, um etwas Sauerstoff in meine Lungen zu pressen. Aaaaaaaah, das tut gut. Wir rasen auf eine Wolke zu. Wie die sich wohl anfühlt? Sie sieht wirklich aus wie Watte. Wäre lustig, jetzt sanft von ihr abgefangen zu werden und ein bisschen auf ihr herumzuliegen. So, wie die Engel in den Kinderbuchillustrationen das immer tun.

Der freie Fall ist eine recht flotte Angelegenheit. Ich habe gerade diesen Gedanken zu Ende gedacht (und das geht bekanntlich im Hirn um ein Vielfaches schneller, als wenn man ihn richtig formuliert), da haben wir die Wolke auch schon wieder verlassen. Um das mal aufzuklären: Man spürt sie gar nicht. Weder wattig noch weich, noch kalt, noch feucht. Da schießt man einfach durch.
Greg haut mir auf die Schulter. Ach so, ja, das ist das Zeichen, dass er jetzt mal den Schirm ziehen wird. Wird auch allmählich Zeit. Die grünen Hügel Neuseelands rasen auf uns zu. Oder wir auf sie. Wie auch immer. Der erwartete Ruck bleibt aus, sanft verlangsamt sich unsere Fahrt. Ich gucke nach oben, und tatsächlich, der Fallschirm ist offen. War wohl nix mit den Abendnachrichten, Paul.

«Ich mach dich mal ein bisschen locker», ruft Greg von hinten.
«Hey, ich bin extrem entspannt», will ich antworten, da falle ich in meinen Gurten nach unten. Schock. Will der mich umbringen?
«So ist es angenehmer, nicht?», will Greg wissen. Na ja. Ich weiß nicht. In dieser Höhe ziehe ich einen drückenden Gurt vor. Aber ich will nicht aufmucken. Nicht, dass der mich komplett losschnallt.
Kurze Zeit später nähern wir uns dem Flugfeld. Ich sehe Paul auf dem Rasen stehend meinen Anflug beobachten. Und zu meiner eigenen Verwunderung lege ich eine lässige, entspannte Landung hin, statt ihm auf dem Hosenboden entgegenzuhoppeln. Das ist eben der Unterschied zwischen Marie Sandmann und Bridget Jones.

FREITAG, 28. MAI 2004 – SLEEPLESS IN COROMANDEL

Der Adrenalinschub des Fallschirmsprungs hielt zwei Tage an. Zwei Tage, in denen Paul und ich grinsend durch die Gegend liefen und alle Menschen, die nicht aus Flugzeugen gesprungen waren, mitleidig ansahen.

Inzwischen sind wir auf der Coromandel-Halbinsel an der Ostküste. Neuseeland wie aus dem Bilderbuch: Urwald, Berge, Meer und weiße Strände.
Ich schätze, es ist ungefähr drei Uhr morgens. Der Mond scheint durch die Vorhänge und taucht das Zimmer in ein diffuses Halbdunkel. Ich stütze mich auf meinen Ellenbogen und betrachte Paul, der neben mir auf dem Rücken liegt und tief schläft. Ich sehe mir sein geliebtes Gesicht an, seine Stirn, die im Schlaf viel glatter ist als tagsüber, seine Nase, die Lippen, das Kinn mit der kleinen Narbe. Ich bin glücklich. Sehr glücklich. So glücklich, dass ich kaum mehr erspüren kann, glücklich zu sein.

Hm. Bin ich glücklich? Ich müsste es sein. Wir sind zusammen. Ein Paar. Wir sind Paul und Marie, Marie und Paul. Noch dazu sind wir zusammen in Neuseeland, dem Land meiner Träume. Wobei das keine Rolle spielt. Mit Paul zusammen wäre ich auch in Castrop-Rauxel oder Lloret de Mar glücklich. Aber bin ich denn glücklich? Ich befrage meine Seele. Die sitzt meinem Empfinden nach irgendwo zwischen Herz und Bauch. Manchmal freilich auch im Hals oder viel weiter unten. Ich merke, wie ich anfange zu schwitzen. Ich kann nichts fühlen. Ruhig, Marie, ruhig, sage ich still zu mir selbst. Vielleicht handelt es sich um einen «emotion overflow», zu viele Gefühle, die dazu führen, dass deine Gefühlssensoren sich kurzzeitig wegen Überlastung ausschalten. Wie ein Föhn, der ausgeht, wenn man ihn zu lange zu dicht an die Haare gehalten hat. Er braucht dann ein paar Minuten der Abkühlung, bis man ihn wieder einschalten kann. Natürlich passiert das immer dann, wenn man ein wichtiges Date hat, sowieso schon zehn Minuten zu spät dran ist und noch in der Unterwäsche im Bad steht. Das sind diese Abende, in denen man dann frisch geschminkt das weiße Top überzieht und in der S-Bahn merkt, dass die 60 Euro teure Shiseido Perfect Mat Foundation einen braunen Rand am Ausschnitt hinterlassen hat.

Angestrengt horche ich in mich hinein. Ah, da ist ja doch etwas. Eine Empfindung. Na bitte. Aber wie heißt sie? Hallo, wer bist du, Gefühl? Es drückt ein wenig Richtung Magen und engt die Atmung leicht ein. Jetzt erkenne ich es. Es ist Angst. Ich analysiere die Angst näher. Es ist keine Angst wie jene, die man vor einem Zahnarzttermin hat, vor einem wichtigen Vortrag oder davor, seinen Job zu verlieren. Sie ist nicht so konkret, nicht so fassbar. Und im Körper nicht so gut lokalisierbar. Es ist mehr als die Angst, Paul zu verlieren. Es ist vielmehr die Ahnung, ihn nicht festhalten zu können. Und die Angst davor, dann nicht mehr ganz zu sein.

Ich sehe den schlafenden Paul weiter an. Nie war er mir näher als jetzt. Und ich meine nicht die wenigen Zentimeter, die unsere Körper voneinander trennen. Noch nie war Paul so sehr bei mir wie hier, am anderen Ende der Welt.
«Ist ja auch sonst keiner da!»
«Halt die Klappe!», fauche ich dem Teufelchen zu (müssen die zwei eigentlich immer wach sein?).
Paul erwacht halb aus seinem tiefen Schlaf und blinzelt.
«Mmmmhgrmpf», grummelt er, sieht mich leicht verwundert an und dreht sich dann auf die andere Seite. Von mir weg. Ich

starre seine Schulter an und merke, wie mir die Tränen in die Augen steigen. Ich fühle mich zutiefst unglücklich und sehr alleine. Moment mal. Was will ich eigentlich? Vor nicht allzu langer Zeit wäre ich noch überglücklich gewesen, wenn Paul so viel Commitment bewiesen hätte, mich zum Teelichterkauf bei IKEA zu begleiten. Und noch weniger lang ist es her, dass mir eine einzige belanglose SMS von Paul den Tag, ach was, die Woche oder gleich mein Leben gerettet hätte. Ich sollte also zufrieden sein. Nicht nur, dass Paul mir rund um die Welt bis nach Sydney nachgereist ist. Nein, wir machen jetzt auch schon fast einen Monat lang Urlaub zusammen. Besser gesagt, wir traveln. Oder backpacken. Egal. Wir sind zusammen. Und ich heule hier rum.

Hätte ich Engelchen und Teufelchen nicht verjagt, eines von beiden würde sicher «Selbstmitleid» flüstern. Manchmal kommt es mir wirklich so vor, als würde ich *gerne* darin baden. Seit ich Paul kenne, habe ich mich einen Großteil der Zeit selbst bedauert. Es gab irgendwie fast immer einen Grund. Entweder rief Paul nicht an. Oder schickte keine SMS. Oder keine E-Mail. Und wenn er es doch tat, hieß das noch lange nicht, dass ich mich deswegen besser fühlen musste. Gerade SMS sind ein toller Nährboden für (negative) Spekulationen. Frauen neigen sowieso dazu, stets zwischen den Zeilen zu lesen. Männer übrigens schreiben nie etwas anderes, als sie meinen, und meinen nie etwas anderes, als sie schreiben. Wenn da steht «Ich vermisse deinen Körper», dann heißt das: Ich vermisse deinen Körper. Interpretationen von «Ich möchte mit dir alt werden und später unsere Enkel auf den Knien schaukeln» bis hin zu «Du bist nur Sex für mich, fürs Herz habe ich eine andere» sind völlig fehl am Platz. Aber das weiß ich auch erst jetzt. Und sobald die SMSerei wieder losgeht, habe ich es wieder vergessen.
Jedenfalls tat ich mir, seit Paul in mein Leben trat – nie werde

ich den Moment vergessen, in dem sein Kopf mit den blonden Strubbelhaaren damals in meiner Bürotür erschien – permanent selbst Leid. Außer, ich lag gerade in seinen Armen. Was nicht so häufig vorkam, wie ich es gerne gehabt hätte. Selbstmitleid war also mein ständiger Begleiter. Wäre nicht weiter verwunderlich, wenn es mich selbst in Neuseeland aufgestöbert hätte.

Also, Marie Sandmann. Bist du sentimental oder wirklich traurig? Ich horche weiter in mich und in meinen Körper hinein. Versuche, ehrlich zu mir selbst zu sein. Und stelle fest: Es ist, wie meistens, weder das eine noch das andere. Sondern eine Mischung aus beidem. Aber das Echte überwiegt. Leider.
Noch nie war Paul so sehr bei mir wie hier, am anderen Ende der Welt. Habe ich das vorhin ernsthaft gedacht? So ein Unsinn. Klar, wir verbringen 24 Stunden jedes Tages zusammen. Wir reisen, reden, lachen, staunen und schlafen miteinander. Aber es gibt diese Momente, in denen Paul ganz weit weg ist. Ich sehe es an seinem Gesicht. Er bekommt dann eine Falte über der Nasenwurzel, die sonst nicht da ist. Das sind die Augenblicke, in denen ich ihn fragen möchte: «Schatz, woran denkst du gerade?» A penny for your thoughts, my dear. Aber natürlich spreche ich es nie aus. Diese Frage gehört definitiv zu den Top Ten der No-go's, was Fragen an Männer angeht. An Männer, die nicht Bruder, bester Kumpel, schwul oder Papa sind. «Woran denkst du gerade?» ist fast so schlimm wie «Vermisst du mich auch?» oder «Liebst du mich noch?». Und zwar nicht, weil man das nicht fragen sollte, sondern, weil die Antworten garantiert eine mittelschwere Depression auslösen.
Ich habe keine Ahnung, woran Paul denkt, wenn er diese Falte macht. Grübelt er über uns nach? Sind es Erinnerungen? Oder die Sorge um seine abstiegsgefährdeten Löwen vom TSV 1860 München?

So komme ich nicht weiter. Ich sollte lieber das Jetzt genießen, als mir Sorgen zu machen, dass Paul mich nicht genug lieben oder gar verlassen könnte. Falls er das tut, kann ich eh nichts daran ändern und bringe mich nur um köstliche zukünftige Erinnerungen.
Ich beschließe, noch ein wenig zu schlafen. Morgen wollen wir eine Wanderung machen, Paul und ich. Ich bin kurz vorm Einnicken, da dreht Paul sich im Schlaf um, legt seinen Arm um mich und zieht mich nah zu sich heran. Na also. Geht doch.

FREITAG, 4. JUNI 2004 –
WWW.NACHHAUSE.DE

Paul nimmt die Zigarette beim letzten Zug zwischen Daumen und Zeigefinger. Dann zerdrückt er sie im Aschenbecher, bis sie sich krümmt wie ein Wurm. Die ist garantiert aus. Ich habe ein Déjà-vu. Ziemlich genau vor drei Monaten saß ich genau an dieser Stelle mit Markus, dem Strubbelmann aus dem Jumbojet nach Sydney. Sah ihm zu, wie er die Zigarette im Aschenbecher zerdrückte, und musste heftig an Paul denken.
Wir sind in Singapur. Genauer gesagt am Flughafen von Singapur, in der Raucher-Lounge. Neuseeland ist Vergangenheit.

Und das kam so.

«Mein Schatz», sagte Paul letzten Mittwoch auf einmal zwischen Frühstücks-Sandwich und Reiseplanung, «ich muss heute unbedingt mal ins Internet.»
«Klar», antwortete ich, noch so begeistert von den zwei Worten «mein Schatz» aus Pauls Mund, dass ich seine vertikalen Stirnfalten im ersten Moment gar nicht bemerkte. Paul macht

waagerechte Stirnfalten, wenn er nachdenkt oder sich konzentriert, und senkrechte, wenn er sich Sorgen macht.

«Was willst du denn nachschauen?», fragte ich, plötzlich alarmiert.

Paul murmelte etwas Unverständliches, intensivierte seine Stirnfalten und entzog sie dann meinen Blicken, indem er einfach die Küche des Hostels verließ.

Ruhig, Marie, sagte ich zu mir selbst. Du wirst ihm jetzt nicht nachlaufen. Er ist ein Mann des Typs «einsamer Wolf». Das bedeutet unter anderem, dass er sich bei Problemen in seine einsame Höhle zurückzieht und nicht gestört werden will. Es ist nicht einfach, mit einem Wolfsmann zusammen zu sein. Aber man wird für seine Mühen belohnt. Wenn er sich mal ganz öffnet und fallen lässt, erlebt man den Himmel auf Erden. «Meist ist das kurz vor seinem Orgasmus der Fall», begann Ihr-wisst-schon-Was zu lästern, als es meine Gedanken hörte. Ich warf routiniert mit einer zusammengeknüllten Semmeltüte nach ihm und begann seufzend, das Frühstücksgeschirr abzuspülen.

Eine Stunde später saßen wir in einem Internetcafé. Ich checkte meine Mails auf GMX. Ben.McEwan@yahoo.com.au schrieb eine Nachricht mit Betreff «I miss you, babe». Huch. Schnell löschen. Weiter. E-Mail von meinen Eltern: «Frohe Pfingsten! Wann kommst Du zurück?» Elektronische Post von Vroni: «Sommer, Sonne, Sex – genieße es! Hier Regen.» Dann die üblichen Angebote mit Cialis, Viagra und Cheap Software. Diverse Tchibo-, Payback- und Zooplus-Newsletter. Echt, wenn einen am anderen Ende der Welt das Heimweh überfallen sollte, muss man nur mal kurz in seinen deutschen GMX-Account schauen. Die Informationen, die einem die Inbox über das neueste Jogging-Equipment eines Kaffeerösters, über eifriges Rabattpunktesammeln und versandkostenfreies Katzenfutter zuteil werden lässt, lassen jegliche Ach-mal-wieder-Vollkornbrot-Sentimentalität im Nu verfliegen.

Ich war fertig mit meinen Mails. Schielte zu Paul hinüber, der mit strengen senkrechten Stirnfalten vor seinem Monitor klebte. Leider spiegelte sich das Tageslicht so in der Mattscheibe, dass ich nicht erkennen konnte, auf welcher Seite er surfte. Checkte er auch seine E-Mails? Suchte er etwas bei Google? Aber was? Ich verplemperte die restlichen 14 Online-Minuten, indem ich schnell in meinem Lieblings-Chat vorbeisurfte und Hallo sagte. Nickname: Lumikki, Passwort: paul1965. Lumikki ist finnisch und heißt Schneewittchen. «Guten Morgen :-))», begrüßte ich die anderen Chatter, was ungefähr 5 Minuten angeberisches Erklären nach sich zog. Klar. Zu Hause war es vor Mitternacht. In den restlichen 9 Minuten, die mir blieben, stellte ich fest, dass sich daheim nichts verändert hatte. Sabine37 war immer noch unglücklich in diesen verheirateten, 20 Jahre älteren Mann verliebt. Bananenbieger versuchte wie eh und je erfolglos, Schneeflöckchen anzugraben, und Sunlight knuddelte und herzte virtuell alle, denen es grad nicht so gut ging. Eine weitere Chatbekannte, Kleineamsel, war schwanger. Das ließ mich ein wenig stutzen, doch als ich mir in Erinnerung rief, dass diese Leute (oder zumindest einige von ihnen) noch ein reales Leben neben dem Chat hatten, gratulierte ich noch schnell, bevor mein letzter Kiwidollar durchfiel und die Internetzeit um war.

Auf dem Rückweg durch das Städtchen Whitianga auf der Coromandel-Halbinsel erzählte ich Paul vom Chat und seinen «Bewohnern» und welch segensreiche Erfindung das Internet war. Konnte man sich doch einfach in einem neuseeländischen Örtchen am anderen Ende der Welt mit den liebenswerten Verrückten aus Stuttgart, Kiel oder Dormagen unterhalten.

«Wie haben die Leute das nur gemacht, bevor es das Web gab?»
«Vielleicht *wollten* die sich damals gar nicht mit Verrückten aus Stuttgart, Kiel oder Dormagen unterhalten», mutmaßte Paul. Ich schielte zur Seite. Immer noch Stirnfaltenalarm.
«Was hast du eigentlich so Dringendes im Netz nachschauen müssen?», fragte ich möglichst beiläufig.
«Hmpf, also ...», sagte Paul und musterte dann konzentriert den Boden vor sich. Wir gingen weiter. Schweigend. Ich ließ meine Gedanken ein bisschen spazieren gehen, während Paul seine Worte sortierte. Sollten wir nach unserem Aufenthalt auf Coromandel lieber ins Innere der Nordinsel fahren, in die Schwefelstadt Rotorua, oder besser in die Weinanbaugebiete an der Ostküste?
«Also ...», fuhr Paul fort, als ich schon nicht mehr ernsthaft damit rechnete, «ich habe da ein Problem.» Und sah mich prüfend von der Seite an, als befürchte er eine Herzattacke meinerseits.
Sehr überraschend fand ich diese Info nicht. Was dachte der sich? Meinte er, ich hätte seine vertikalen Stirnfalten nicht bemerkt? Hielt Paul mich für völlig gleichgültig? Ich schüttelte innerlich den Kopf. Manchmal war dieser Mann mir ein Rätsel. Meistens eigentlich.

Da ich nichts erwiderte und nun meinerseits größtes Interesse für den Gehweg vortäuschte, dauerte es nur weitere drei Minuten, bis Paul zum nächsten Wortbeitrag bereit war. Frau muss nur schweigen können, dann klappt das auch mit der Kommunikation.
«Ich bin pleite, Marie. Hab keine Kohle mehr. Ich muss so schnell wie möglich nach Hause.»
Da ich cool blieb, meine Stimme nicht höher wurde (Männer mögen es gar nicht, wenn weibliche Sprechorgane so einen hys-

terischen Unterton bekommen) und ich so tat, als sei es das Normalste der Welt, dass mein Freund mitten in Neuseeland eine plötzliche Ebbe auf seinem Konto feststellte, konnte ich Paul viele weitere, detaillierte Informationen entlocken. Irgendwer hatte irgendwas nicht bezahlt. Natürlich völlig unerwartet. Aha.

«Und nun?», fragte ich, als ginge es um eine Entscheidung zwischen Latte macchiato und Milchkaffee.

«Na ja», brummelte Paul und studierte immer noch den Fußweg, «ich werde halt heimfliegen. Natürlich kannst du noch hier bleiben!»

«Ich werde selbstverständlich mit dir nach Hause fliegen», sagte ich, ohne zu überlegen. «Wir sind doch ein Paar, Paul.»

«Hmpf», antwortete er.

Und da war sie wieder, diese seltsame, nicht erklärbare, aber deutlich zu spürende Distanz zwischen uns. Sicher überspielt er nur seine Rührung und Freude darüber, dass ich zu ihm halte, versuchte ich mich selbst zu überzeugen. «Max hätte dich an dieser Stelle geküsst und dir mitten auf der Straße eine Liebeserklärung gemacht», meinte das Teufelchen süffisant. Ja. Max. Paul ist aber nicht Max. Max war unkompliziert, offen, geradeheraus. Paul ist undurchsichtig, schwierig, eine Herausforderung. Ich brauche einen Mann, der mir Aufgaben stellt. «Du brauchst einen Mann, der dich liebt», widersprach das Engelchen, und Teufelchen fügte hinzu: «Max hat dich geliebt ...»

Inzwischen waren wir wieder beim Hostel angekommen. Ich beschloss, Pauls «Hmpf» als Zustimmung zu werten, und kümmerte mich um die praktischen Dinge. Noch am selben Tag hatte ich unsere Flüge umgebucht und den Transfer zum Flughafen in Auckland organisiert. Und zwar ohne ein Wort der Beschwerde und ohne ein Gesicht zu ziehen. Paul sollte merken, dass ich zu ihm hielt. In guten wie in schlechten Zeiten. Und das hier war eine schlechte. Zumindest finanziell.

Jetzt sitzen wir also in der «Smoker's Lounge» in Singapur. Mir ist heiß, denn die Lounge ist im Freien. Unklugerweise habe ich darauf verzichtet, in Sydney meine Travel Socks anzuziehen. Das Ergebnis sind Füße, bei deren Anblick ich mich frage, wie es meinen Knöcheln eigentlich so geht. Long time no see. Wenn selbst Flipflops tief in die Füße einschneiden, kann man dann noch von Füßen reden? Oder sind das dann Beinendklumpen? Widerlich. Bei der Vermischung meiner elterlichen Gene hat die Natur einen schlechten Tag gehabt. Meine Mutter hat traumhafte Naturlocken, eine zierliche Nase, neigt aber zu Wassereinlagerungen und hat kurze Beine. Mein Vater hat einen schlaksig-eleganten Körperbau, ein schmales Gesicht, eine große Nase und Haare so glatt wie Spaghetti. Was sich in welcher Kombination vererbt hat, brauche ich wohl nicht zu erläutern.
Paul scheint in Gedanken immer noch bei seinem Bankkonto zu sein. Na ja. Immer noch besser als meine Gene-sind-nicht-fair-Überlegungen. Manchmal bin ich nicht unfroh, dass das Gedankenlesen noch nicht erfunden worden ist.

SONNTAG, 13. JUNI 2004 – DAS GOOGLE'SCHE ORAKEL ODER: DAS GUMMIBANDPRINZIP

Ich weiß nicht genau, was ich mir von meinem Australientrip versprochen habe. Mein eigenes Leben wollte ich leben, ohne Paul, und alles sollte auf diffuse Art und Weise irgendwie anders werden. Gut – das ist nicht exakt so gelaufen wie geplant. Aber wer weiß, vielleicht hätte Paul nie gemerkt, dass er mich liebt und braucht, wenn ich nicht von ihm weggegangen wäre.

Jedenfalls bin ich jetzt seit über einer Woche wieder zu Hause in München. Verändert hat sich nichts. Und Paul ... Ach, reden wir von etwas anderem. Das Wetter lässt nicht auf einen Jahrhundertsommer wie im letzten Jahr hoffen. Eigentlich regnet es meistens. Wenn nicht gerade die Sonne scheint. Die Fußball-EM hat begonnen, Deutschland ist in drei Tagen mit dem ersten Spiel gegen die Niederlande dran, doch die Hoffnungen, dass wir das Viertelfinale erreichen, schwinden bereits. Man kann also sagen: Die Gesamtsituation ist unbefriedigend.

Wie immer, wenn mich etwas sehr beschäftigt und mir keine Ruhe lässt, befrage ich das Delphische Orakel der Neuzeit: Google. Ich fühle mich um knapp zwei Jahre zurückversetzt. Damals, an einem für die Jahreszeit zu kühlen Donnerstag im Sommer, saß ich am selben Küchentisch in meiner Zweizimmerwohnung im dritten Stock in München Neuhausen und fragte mich: Warum, verdammt, meldet sich der Kerl nicht? Toll. Jetzt bin ich zwei Jahre älter, habe 22 Monate beziehungstechnische Achterbahnfahrt mit Paul hinter mir und bin im Prinzip kein Stück weiter. Immer noch ist die elementare Frage, die ich mir stelle, nicht: was passiert, wenn ein Abschleppwagen im Halteverbot parkt, woran denkt ein Gynäkologe beim Cunnilingus oder wie viele Tote gibt es bei einem Unfall, in den ein Leichenwagen verwickelt ist. Die einzig wichtige Frage lautet auch heute, 2004, noch: Warum ruft Paul nicht an?
Google meint dazu, dass ich viele Leidensgenossen habe. Besser gesagt, Leidensgenossinnen. Komisch, oder? Unter dem Warten-auf-SMS-Syndrom leiden nur Frauen. Die wenigen Männer, die in Foren und Chatrooms greinend einer Nachricht der Angebeteten harren, kann man getrost zum weiblichen Geschlecht dazuzählen. Echte Männer jammern nicht. Oder sie warten einfach nicht auf Textnachrichten von Frauen.

Doch die Leidensgenossinnen helfen mir heute nicht weiter. Ich will dem Phänomen auf den Grund gehen. Will wissen, warum Paul schweigt. Kurz entschlossen bestelle ich ein Probe-Abonnement von «Psychologie Heute». Ich habe das sichere Gefühl, dass mir diese Zeitschrift entscheidend weiterhelfen wird. Dummerweise wird sie das erst in zwei Wochen tun, bei Erscheinen der Juliausgabe. Ich surfe also weiter. Irgendwo in diesem riesigen World Wide Web muss doch die Antwort auf meine simple Frage geschrieben stehen.

Nach drei Stunden und siebzehn Foren von den «Anonymen Beziehungsphobikern» über die «Schattenfrauen» bis zu den «Zynischen Zwiebelschneidern» stoße ich endlich auf einer Diskussionsplattform, auf der es eigentlich um die seelischen Folgen schwerer Spätakne geht, auf ein interessantes Stichwort: Das Gummibandprinzip.

Und das geht so: Männer sind mit ihren Frauen durch ein imaginäres Gummiband verbunden. Sind sie den Frauen nah, hängt das Band durch. Logisch. Für die Männer scheint sich dieser Zustand allerdings auf Dauer nicht besonders gut anzufühlen. Deswegen entfernen sie sich nach Phasen der Nähe von der Frau, indem sie auf Distanz gehen – sich zum Beispiel nicht melden. Sie machen so viele Schritte von der Frau weg, bis das Gummiband wieder gespannt ist. Ist diese Spannung stark genug, zieht es den Mann von selbst wieder zur Frau hin, worauf das Spiel von neuem beginnt. Auf Nähe folgt Distanz, auf Distanz Nähe. Und so weiter. Das Dumme an der Chose ist, dass Frauen anders ticken als Männer. Jedes Entfernen des Mannes stürzt die Frau in das wohlbekannte Tal der tausend Fragen. Was habe ich falsch gemacht? Bin ich ihm nicht gut genug? Hätte ich meine Beine häufiger epilieren sollen, oder sind es doch die Speckpölsterchen, die seltsamerweise erst an meinen Hüften sitzen, seit es nur noch diese vermaledeiten Low Cut Hüftjeans zu kaufen gibt? Langweilt er sich mit mir, oder gehe ich ihm auf die Nerven? Hätte ich mehr über Hegel und Mozart als über Hennes und Mauritz sprechen sollen? So viele Fragen und keine Antwort. Was dann folgt, ist das altbekannte Wechselbad aus Verzweiflung, Wut, Erniedrigung, Angst, Sorge, vorgetäuschter Der-kann-mich-mal-Attitüde und wieder Enttäuschung. Erfahrungsgemäß hält frau es drei Tage aus, ohne sich bei ihrem Höhlenmann zu melden. Tag vier ist dann kritisch. Es genügt der kleinste Anlass, um schwach zu werden. Zum Beispiel ein Sieg des TSV 1860, den es zu kommentieren gilt, ein Lieblingsfilm im Fernsehen, auf den sie ihn unbedingt hinweisen muss, oder eine lustige Massen-E-Mail, die sie im Bcc-Modus weiterleitet – natürlich nur an ihn. Ist die SMS oder Mail erst mal verschickt, stellt sich ein kurzfristiges Hochgefühl ein. Er wird antworten, natürlich, sobald er die Nachricht erhalten hat. Froh wird er sein, dass sie ihm eine Brücke gebaut hat. Und dann passiert es: nichts. Frau schämt sich für die Meldeschwäche, aber die Reue kommt zu spät. Und dann beginnt der Kreislauf von neuem. Verzweiflung, Wut ... und so weiter. Klar, Trennung wäre das Beste, doch wie beendet man etwas, was es (im Moment) gar nicht gibt? Das ist, als wolle man sich das Rauchen abgewöhnen, während man auf einer einsamen Insel ohne Kippenautomat sitzt.

Natürlich wird das alles besser, wenn man erst mal verheiratet ist und gemeinsam im schmucken Reiheneckhaus in Sauerlach, Puchheim oder Egmating wohnt. So ein beringter Mann ist gezähmt und zudem der Möglichkeit des Nichtmeldens beraubt. Könnte man meinen. Meine verheirateten Freundinnen haben mich eines Besseren belehrt. Die Ehemänner leben das Gummibandprinzip lediglich subtiler aus. Nach Zeiten der Nähe flüchten sie zwar nicht mehr in die Unerreichbarkeit, stattdessen aber in abstruse Hobbys wie Golfspielen, Schafkopfrunden oder Extrembergsteigen. Ich kenne sogar Männer, die sonntags (alleine!) in die Kirche gehen, Blumenbeete anlegen oder Meditationskurse besuchen, nur um zeitweise ihren Frauen zu entkommen. Kein Witz.

Wie bin ich darauf gekommen? Richtig. Ich habe Ursachenforschung in Sachen «Paul meldet sich mal wieder nicht» betrieben. Jetzt bin ich schlauer. Ich muss nur ein wenig Geduld haben und warten, bis das Gummiband wieder gespannt ist. Dann wird Paul von alleine wieder zu mir kommen. Zu mir zurückschnalzen, sozusagen.

In der Zwischenzeit sollte ich etwas Sinnvolles tun, dann vergehen die Stunden und Tage und Wochen schneller.
Ich schnappe mir mein Notizbuch mit dem schlichten hellbraunen Ledereinband, das ich in Alice Springs in der Todd Mall gekauft habe, als ich auf den Flug nach Cairns wartete. Ich liebe Notizbücher. Und dieses ganz besonders. Ich drücke meine Nase an das kühle italienische Leder. Es riecht immer noch nach der Lavendelseife von Crabtree & Evelyn, die im selben Laden verkauft wurde. Hach ja. Aber jetzt ist nicht die richtige Zeit für Sentimentalitäten. Es ist Zeit für eine kernige To-Do-Liste. To-Do-Listen sind super in unsicheren Lebenslagen.

Ich notiere.

To do's
– Wohnung putzen
– Digitalfotos auf Laptop spielen
– Freunde wieder sehen!!!
– Wäsche waschen
– Joggen gehen

- Peeling und porenverfeinernde Maske
- Reifen wechseln
- Balkon bepflanzen
- Um Job kümmern
- Wohnungsmarkt checken

Den letzten Punkt habe ich einfach so hingeschrieben, bevor ich ihn gedacht habe. Das passiert mir manchmal. Meine Finger schreiben Dinge auf, von denen ich gar nicht wusste, dass ich sie im Kopf habe. Und dann stehen die Worte einfach da und glotzen mich an. Wohnungsmarkt checken. Nein, ich brauche keine neue Bleibe. Die Gesundheit meines Vermieters ist so stabil wie seine Unkenntnis der Münchner Mietpreise. Die 300 Euro, die ich pro Monat für meine 65 Quadratmeter bezahle, legen andere in der teuersten Stadt Deutschlands für eine nur unwesentlich größere Wohnung wöchentlich hin. Ich liebe meine zwei Zimmer. Das alte, knarzende Parkett. Die bei Sturm klappernden Fenster. Sogar meine altmodische Dusche, die gelegentlich divenhaft beschließt, kein heißes Wasser zu spenden. Ich finde, das hat was. Meine Bude hat Charakter. Aber für Paul und mich ist sie zu klein. Genau wie seine Wohnung drüben in Haidhausen.

Ach, ich könnte ja mal gucken. Nur so. Kostet ja nix. Und ich muss es Paul ja auch nicht gleich auf die Nase binden, nicht wahr? «Wie auch», sagt das Teufelchen, das schon eine Weile schweigend auf der Stuhllehne sitzt und mir beim Listenschreiben zusieht, «er ruft ja nicht an ...» Ich strafe es mit Nichtbeachtung und lächle nur souverän. Der kommt schon wieder an. Ich muss nur Geduld haben.

Sehr interessant, diese Immobilienseiten im Internet. Und die Münchner Mietpreise scheinen wieder vom astronomischen

Level herabzusteigen. Im Herzogpark kann man bereits 3-Zimmer-Wohnungen für unter 1500 Euro kalt bekommen. Hmpf. Als ich die Nase voll habe von Quadratmetern, Nebenkosten und Einbauküchen, surfe ich noch ein wenig durchs Netz. O mein Gott. TV-STAR SPRANG AUS FENSTER – SELBSTMORD. Die Schauspielerin Jennifer Nitsch ist tot. Obwohl ich sie wie die meisten anderen nur vom Fernsehbildschirm «kannte», bin ich geschockt. Ich mochte sie. Zumindest das, was ich von ihr wusste. Gerne wäre ich ein bisschen so wie die Rollen, die sie spielte. Energische, junge Frauen, die einen Plan vom Leben hatten, die wussten, wohin sie wollten.

Den Abend verbringe ich damit, zu rätseln, was Jennifer Nitsch dazu brachte, sich aus dem Fenster ihrer Wohnung in der Franz-Joseph-Straße zu stürzen. Sie wohnte, wie ich, im dritten Stock in einem Haus in München, Luftlinie gerade mal zweieinhalb Kilometer von mir entfernt. Ich bin traurig. Das Leben kann traurig sein. Und der Gummiband-Paul rückt für kurze Zeit in die Ferne.

MITTWOCH, 16. JUNI 2004 – KÜSSEN VERBOTEN

Habe ich mich eigentlich schon für den Titel «Miss Inkonsequent» beworben? Ich hätte gute Chancen darauf. Mindestens genauso gute wie auf den Titel «Miss Findet-immer-eine-Ausrede». Manchmal, wenn ich mir unsicher bin, wie ich mein Leben zu leben habe, suche ich Rat bei Menschen, die klüger sind als ich. Auf www.zitat.de kann man über Stichworte nach Aussprüchen berühmter Menschen suchen. Und ich sage euch, es ist für jede Lebenslage was dabei. Wenn ich meinen realistischen Tag habe, suche ich mir gerne Sprüche raus wie «Die größte Liebe ist immer die, die unerfüllt bleibt». Sir Peter Ustinov hat das gesagt. Ich glaube, er lebt nicht mehr. Was bedauerlich ist, seinem Aphorismus aber noch mehr Bedeutung verleiht. Je toter der Denker, desto wahrer sein Zitat. Vielleicht auch nur, weil man über Tote nicht schlecht sprechen darf und sich niemand traut zu sagen: «Da hat der alte Ustinov aber einen ganz schönen Schmarrn verzapft» oder so. Ich weiß es nicht. Bin aber sehr beeindruckt.

Heute jedoch brauchte ich den Beistand eines Verstorbenen, um nicht länger konsequent sein zu müssen. Das ist nämlich furchtbar anstrengend. Ich stöberte also eine Weile auf www.zitat.de herum, bis ich schließlich fündig wurde. Danke, Erich Kästner: «Entweder man lebt, oder man ist konsequent.» Tschakka. Klar, dass ich leben will! Wer will das nicht. Und wenn Erich Kästner, der geniale Erfinder von «Emil und die Detektive», mir rät, inkonsequent zu sein, werde ich ihn nicht enttäuschen!

«Entweder man lebt, oder man ist konsequent», murmle ich vor mich hin, «wer leben will, muss inkonsequent sein.» Erich Kästner, frei nach Marie Sandmann.
Inkonsequent und voller Leben schnappe ich mein Handy und beginne zu tippen.

> *Hallo Paul, hast du Lust, morgen mit mir Fußball zu schauen? Frankreich gegen Kroatien. Ich wollte mit den Mädels zum Türken in der Blutenburgstraße gehen. Meld dich mal! Marie*

Hm. Klingt irgendwie nicht sehr herzlich. Könnte auch eine SMS an eine Freundin sein.
Ich drücke lange auf die C-Taste und beginne von vorne.

Paul, ich vermisse dich. Mir fehlt dein Stöhnen in meinem Ohr, deine Hände auf meiner Haut, dein Schwanz ...

Nee. Wer weiß, wo er das liest. Das ist eigentlich blöd bei SMS. Man müsste vorher das Handy des Empfängers orten können. Woher soll ich wissen, ob gerade eine erotische Kurznachricht oder eine kumpelhafte besser wirkt? Kommt drauf an, ob Paul gerade alleine und sehnsüchtig meiner gedenkend (ha, ha) auf dem Sofa liegt oder in einem geschäftlichen Meeting ist. Und natürlich, in welcher Stimmung er gerade ist. Das müsste man auch herausfinden können. Könnte ja sein, dass ihm in der Besprechung nach Marie'scher Verbalerotik dürstet oder aber ihm auf dem Sofa mehr nach Kumpelhaftem ist, weil er gerade eine Dokumentation über bedrohte Stämme des Senegals sieht. Die Technik hat noch einige Aufgaben vor sich.
Ich betätige erneut die C-Taste und entscheide mich schließlich für eine Variante, mit der man nichts falsch machen kann.

Kuss!

Wozu viele Worte verlieren, wenn alles auch mit einem einzigen gesagt werden kann? Grinsend klappe ich mein Mobiltelefon zu und feiere meine lebensbejahende Inkonsequenz mit einem Glas Prosecco, in dem ich eine Erdbeere ertrinken lasse.

Mein Handy piept ziemlich schnell. Zu schnell. Als ich das Telefon aufklappe, bete ich, dass die Nachricht von Vroni ist.
«Bin im Bayerischen Wald. Arbeiten.» AHA.
«Ach, und da ist Küssen verboten?? ;-) Tschulligung ...», antworte ich Paul, ohne nachzudenken.
«Besoffen?»
Ich schnappe nach Luft. Was fällt ihm ein? Erst unseren Traum-

urlaub in Neuseeland abbrechen, sich dann tagelang nicht melden und dann zwei so unverschämte SMS schicken?
«Du mich auch», schicke ich und fühle mich gut dabei. Ich war bisher immer viel zu freundlich und vorsichtig. Männer wie Paul muss man härter anfassen, damit sie Respekt lernen.
«Zicke! ;-)»
So viel zum Thema Respekt.
Um mich zu beruhigen, werfe ich einen Blick auf meine To-Do-Liste vom Montag. Auf Putzen habe ich gerade irgendwie gar keine Lust. Das kann ich sowieso nur richtig, wenn sich Besuch angemeldet hat. Manchmal lade ich mir sogar extra jemanden ein, damit ich dazu gezwungen werde, etwas im Haushalt zu tun.
«Joggen gehen», springt mich da Punkt fünf der Liste an. Das ist es. Eine Stunde später erreiche ich entspannt wieder meine Wohnung.

Beim Laufen bin ich zu dem Schluss gekommen, dass ich wahrscheinlich alles viel zu eng sehe. Vielleicht will Paul einfach nicht so eine symbiotische Beziehung. Oft genug haben wir zusammen über die so genannten «Pärchenpärchen» gelästert, die die Worte «du» und «ich» durch «wir» ersetzt haben, grundsätzlich alles gemeinsam machen und grinsend «ich bin heute Strohwitwe(r)» sagen, sollte der andere Part ausnahmsweise mal einen geschäftlichen Termin haben, der die beiden für mehr als zwölf Stunden trennt. Solche Pärchenpärchen bitten unheimlich gerne zu gemütlichen DVD-Abenden und sagen Sachen wie «wir müssen die Hansemanns mal wieder zum Essen einladen». Ihre Vornamen haben sie beim Zusammenziehen abgegeben oder vergessen, denn sie sprechen sich nur noch mit «Schatz» an. Ihre Urlaubsbilder von ihren Trips durch die Toskana oder zu den Schlössern der Loire kleben sie gerne in dicke Fotoalben. Das Ergebnis – siebenhundert

Mal Schatzi mit Schatzi vor Sehenswürdigkeit – müssen sich die geplagten Freunde dann bei einem «guten Tropfen» von *Jacques' Weindepot* und biologischen Reiscrackern beim nicht enden wollenden gemütlichen Beisammensein anschauen. Pärchenpärchen sagen gerne augenzwinkernd Dinge wie «meine bessere Hälfte» und ohne mit der Wimper zu zucken «ich frage mal Timo, ob wir am Samstag Zeit haben».

So will Paul nicht enden. Und ich natürlich auch nicht. Obwohl ich zugeben muss, dass mir die kleinen «Wir sind ein Paar»-Rituale schon ein wenig abgehen. Ich verlange ja gar nicht, dass Paul mich fragt, bevor er seine Freizeit verplant. Aber er könnte sich ja wenigstens mal melden.

DONNERSTAG, 17. JUNI 2004 – 3 ZIMMER, KÜCHE, BAD

Was stand noch auf meiner To-Do-Liste? Wohnungsmarkt checken, richtig. Ich gehe online und klicke mich durch die Immobilienmärkte. 3 Zimmer, 90 Quadratmeter, Altbau, Parkett, Balkon, in Neuhausen, Haidhausen, Schwabing oder dem Lehel, das wär's. Ruhig und dennoch zentral, und das Ganze bitte für 800 Euro warm. Ich merke sehr schnell, dass das Wunschdenken ist. Aber für 200 Euro mehr bekommt man schon anständige Angebote. Ich verdiene nicht so schlecht mit meiner freien Mitarbeit für die Frauenzeitschrift, und Paul wird sicher auch bald wieder einen Job haben, wie ich ihn kenne. Er ist so ein Typ, von dem man nie weiß, wie er sich eigentlich finanziert, der es aber immer irgendwie schafft. Er kennt tausend Leute und davon fast keinen richtig gut. Aber das ist von Vorteil, wenn man Kontakte braucht. Da macht's nämlich die Masse und nicht die Qualität.

Aber ich wollte ja nach Wohnungen schauen. Eine Anzeige gefällt mir besonders gut. «Schön geschnittene Altbauwohnung mit Parkett, 3 Zimmer, weißes Bad mit Fenster, Balkon, 95 Quadratmeter, Einbauküche, Lazarettstraße in Neuhausen.» 950 Euro warm soll sie kosten. Ein Schnäppchen für München. Und in der Lazarettstraße wohnt auch Vroni, ein paar Häuser weiter. Ich zögere nicht lange und rufe beim Maklerbüro an. Ganz unverbindlich. Vielleicht ist sie ja eh schon weg.
«Frau Sandmann, das trifft sich gut. Sind Sie zeitlich flexibel?»
«Äh, ja klar, ich bin total flexibel, wieso?»
«Ich habe heute um 15 Uhr einen Besichtigungstermin für das Objekt in der Lazarettstraße. Wenn Sie da Zeit hätten ...?»
«Kein Problem! Dann bis 15 Uhr, ich freue mich!»
Was habe ich da gemacht? Einen Wohnungsbesichtigungstermin vereinbart? Der in zwei Stunden stattfindet? Engelchen und Teufelchen schütteln synchron den Kopf, und ich kann ihnen ansehen, was sie denken, obwohl sie ausnahmsweise mal die Klappe halten: «Die spinnt, die Alte!»

Zwei Stunden später stehe ich vor der Lazarettstraße 32. Ein schlichter Altbau in Gelb. Schönes Haus. Gefällt mir.
Die Wohnung gefällt mir auch. Bis auf das Fenster im Bad. Richtig. Ich mag keine Bäder mit Tageslicht. Morgens bin ich seelisch noch nicht so gefestigt, dass ich meinen ungeschminkten Anblick im hellen Licht folgenlos ertrage. Ich bevorzuge da gedämpftes Kunstlicht. Es geht nicht darum, wie man tatsächlich aussieht, sondern darum, wie man sich fühlt. Ein gutes Beispiel dafür ist Max' Exfreundin Tabea. Auf die ich übrigens in unserer Beziehung ca. drei Jahre lang tierisch eifersüchtig war. Tabea ist objektiv betrachtet keine Schönheit. Sie hat ein langes Gesicht, eine Nase mit Höcker und ist eher so ein naturbelassener Typ. Ein Typ Frau, den man unmöglich mit Folien

im Haar beim Friseur imaginieren kann oder mit der Nase zwei Millimeter vom achtfach vergrößernden Schminkspiegel entfernt, Lidstrich auftragend. Foundation kennt sie vermutlich nur im Zusammenhang mit wohltätigen Vereinen, und Mascara hält sie für einen italienischen Frischkäse mit 60 Prozent Fettanteil. Ich meine das übrigens nicht böse. Tabea ist super so, wie sie ist. Ihr Geheimnis ist ihr überdurchschnittlich gutes Selbstbewusstsein. Sie strahlt eine solche Zufriedenheit mit sich selbst aus, dass sich das unweigerlich auf ihre Mitmenschen überträgt. Auf mich zumindest, die ihr mangelndes Selbstwertgefühl seit Jahren erfolglos mit Shiseido, Kanebo und Benefit aufzurüsten versucht. Ein zweckloses Unterfangen. Ich werde nie so toll sein wie Tabea.

Aber ich wollte ja von der Wohnung in der Lazarettstraße erzählen. Zu meiner Überraschung bin ich nicht die Einzige, die sich das Schmuckstück ansieht. Mit mir besichtigt ein Pärchen. Ein Pärchenpärchen übrigens. Glasklar. Das habe ich im ersten Moment erkannt, als sie die Wohnung betraten. So was sieht die Expertin sofort. Allein, wie sie ihn immer fragend anguckt und versucht, in seinen Augen zu lesen, wie ihm die Bude gefällt. Bäh.

Ich bin in Sachen wie Wohnungen, Autos oder Fernreisen immer recht schnell entschlossen. Langes Zögern befällt mich eher bei kleinen, unwichtigen Dingen wie H & M-Klamotten oder der Entscheidung zwischen roten oder pinkfarbenen Ohrsteckern für 6,50 Euro bei Bijou Brigitte. Um die schleiche ich dann stundenlang herum und hadere mit dem Leben. Verflucht sei die Option.
Jedenfalls beschließe ich, die Wohnung zu mögen. Und haben zu wollen. Ich bin mir ganz sicher, dass sie Paul auch gefällt, und sehe uns schon hier wohnen. Ich sehe die Mischung aus

seinen und meinen Möbeln genau vor meinem inneren Auge. Sein rotes Sofa dort drüben, mein auberginefarbenes an der anderen Wand. Meine weiß lackierte Bücherwand und Pauls antike Vitrine würden super zusammenpassen.
«Ich würde sie nehmen», sage ich zu der Maklerin, «was muss ich tun?» Und lächle mein schönstes Lächeln.

Sie lächelt nicht. Ihr Grinsen hat eher was Haifischähnliches. Sie drückt mir ein Formular in die Hand und meint: «Wenn Sie das bitte ausfüllen würden? Am besten für Ihren Mann auch gleich, oder wollen Sie die Wohnung etwa alleine mieten?» Blöde Kuh.
«Wissen Sie, das soll meine Zweitwohnung für die Stadt sein», antworte ich, ohne mit dem Lächeln aufzuhören, «manchmal wird es spät, und dann habe ich einfach keine Lust mehr, mit meinem 911er auf mein Schloss am Starnberger See hinauszufahren ...»
Nein. Das sage ich natürlich nicht. Ich sage:
«Natürlich zu zweit. Mein ... Mann konnte sich nur nicht so schnell von seinen Terminen freimachen» und lächle unterwürfig. Manchmal hasse ich mich für meine Feigheit.
Ich begutachte das Formular. Mieter-Selbstauskunft. Schluck. Ich wundere mich, dass die nicht nach Blutgruppe und sexuellen Vorlieben fragen. Trotzdem fülle ich brav alles aus, was ich ausfüllen kann. Darf ich bei der Sparte «Beruf» eigentlich Pauls Job eintragen, den er sicher bald wieder haben wird? Und woher soll ich um Himmels willen seine Bankverbindung wissen? Ich weiß nicht mal, bei welchem Kreditinstitut er in den Miesen ist! Ich trage irgendwas ein und hoffe, dass die das nicht nachprüfen.

Das Pärchenpärchen füllt ebenfalls aus. Bei der Spalte «Kinder» guckt sie die Maklerin an, zaubert auf einmal unter ihrem Walleoberteil einen mittelgroßen Bauch hervor, vor den sie schützend ihre Hand hält, und will wissen: «Sollen wir da unseren Nachwuchs schon eintragen? Es werden Zwillinge!» Und grinst dieses leicht blöd aussehende Mama-in-spe-Grinsen. Ist die doof, denke ich mir, jeder weiß doch, dass Vermieter heutzutage kinderfeindlich sind und lieber zwei meist abwesende Doppelverdiener nehmen als eine Familie, die Krach macht und sich ständig in der gemieteten Wohnung aufhält.

«Wie süüüüß, Zwillinge», kreischt die Maklerin begeistert und fragt die obligatorische Frage: «Wann ist es denn so weit?» «Im September», antwortet der stolze Vater ungefragt, und eine Welle zuckersüßen Familienglücks schwappt durch die leere Wohnung. Würg.

«Frau Sandmann», wendet sich die Maklerin, deren Namen ich übrigens in der Sekunde der ersten Nennung wieder vergessen habe, an mich, «das werden Sie sicher verstehen, dass Kinder Vorrang haben!» Und entreißt mir mit ihren French Manicure Fingernägeln die Selbstauskunft.

Ich spiele meinen letzten Trumpf aus. Tief aus meinem Inneren hole ich meinen verdrängten Kinderwunsch hervor, und es klappt tatsächlich: Schnell stehen mir ein paar Tränen in den Augen.

«Sie meinen, nur weil ich keine Kinder bekommen kann» – schluck, schnief – «habe ich jetzt Pech gehabt und keine Chance auf diese Wohnung?» Tief verwunderter Weltschmerzblick direkt in die Makleraugen. Dann schmerzvolles Abwenden, gesenkte Schultern. Es wirkt. Die Maklerin schämt sich, und alle haben Mitleid mit mir. Die Wohnung kriegen trotzdem die werdenden Eltern. Und zum Dank muss ich mir draußen vor der Tür auch noch eine Art Beileidsbekundung anhören und aufmunternde Worte des Vaters, der mir erklärt, dass es bei ihnen auch nicht ohne «Nachhelfen» geklappt habe. Danke, ich verzichte auf weitere Details und möchte mir das auch

nicht wirklich vorstellen. Ob ich schon mal im Kinderwunschzentrum in Pasing war?
«Danke, wir haben alles versucht», hauche ich, wünsche den beiden viel Glück mit Zwillingen und Wohnung (ich wette, die fühlen sich jetzt immer schuldig, wenn sie über die Türschwelle treten) und flüchte zu meinem Fahrrad.

In der Albrechtstraße überfällt mich das schlechte Gewissen. Wie verwerflich. Vorzutäuschen, keine Kinder bekommen zu können, nur um eine Wohnung zu ergattern. Schäm. Vermutlich werde ich jetzt damit gestraft, wirklich kinderlos zu bleiben. So wie in Grundschulzeiten, als ich bei Bundesjugendspielen starkes Kopfweh vorschützte, um mich nicht beim 50-Meter-Lauf blamieren zu müssen, und zum Dank dafür eine böse Kindermigräne bekam. An dem Tag fing ich an, ein bisschen an Gott zu glauben. Oder zumindest an irgendeine Instanz, die für Gerechtigkeit zuständig ist. Und die alles sieht.
Ich schäme mich bis zum späten Abend. Dann treffe ich mich mit Vroni im *Big Easy*.

MITTWOCH, 23. JUNI 2004 – WUNDER GIBT ES IMMER WIEDER

Freundschaften sind ziemlich anstrengend. Genauer gesagt, ihre Pflege. Ich begreife, warum manche Menschen Familie so Klasse finden und sie sogar den Freundschaften vorziehen. Eine Familie hat man. Um Freunde muss man sich bemühen. Man muss sie anrufen, besuchen, einladen, an ihre Geburtstage denken, stets über ihr Leben auf dem Laufenden sein (sonst ist man nur ein Bekannter), bei Umzügen helfen (das dürfen jedoch auch Bekannte) oder ihnen beim Klamotten- oder Autokauf beratend zur Seite stehen. Das alles ist schön, aber zeitauf-

wendig. Und anstrengend. Familie ist da irgendwie pflegeleichter. Also, ich meine jetzt nicht Verwandtschaft, sondern den Klassiker: Vater, Mutter, Kind(er). Da man zusammenwohnt, fällt das Meldenmüssen schon mal weg. Kein Ehemann wird beleidigt sein, wenn ihn seine Ehefrau nicht anruft. Ebenso erübrigen sich Besuche und Einladungen. Und die Geburtstage sind dick im Tigerentenkalender von Janosch notiert, der in der Küche hängt. Auch bei Umzügen muss man nicht assistieren. Und ist trotz dieses geringen Aufwandes nie allein ...
Allein wie ich momentan. Seit Tagen hocke ich in meiner Wohnung und stelle mich tot, weil Paul sich tot stellt. Sein Nichtmelden lähmt mich. Morgens frage ich mich, warum ich eigentlich aufstehen soll, und da mir kein Grund einfällt, bleibe ich logischerweise liegen, bis mir der Rücken so wehtut, dass Aufstehen die angenehmere Alternative ist.

Es ist ja nicht so, dass ich nichts zu tun hätte. Meine To-Do-Liste hat sich um den nicht unwesentlichen Punkt «Job regeln» erweitert. Ich sollte also in der Redaktion vorbeischauen, gute «Bin wieder da»-Laune versprühen, meine Reportage über Australien und Neuseeland anbieten und bei dieser Gelegenheit darauf hinweisen, dass ich einer Festanstellung nach wie vor nicht abgeneigt wäre. Ich werde bald 30. Es ist Zeit für geregelte Arbeitszeiten, «Mahlzeit»-Rufe auf dem Gang und Einzahlungen in die Rentenkasse. GÄHN. Nein, im Ernst: Ich habe seit einiger Zeit ein verstärktes Sicherheitsbedürfnis. Daran ist natürlich Paul schuld. Weil er sich nicht meldet und mir dadurch meine private Stabilität vorenthält, suche ich diese nun eben im beruflichen Bereich. Hugh, Hobbypsychologin Marie Sandmann hat gesprochen.
Aber ich sollte mich nicht nur um einen festen Job kümmern, ich sollte mich auch allmählich mal bei Marlene, Beate, Simon und den anderen zurückmelden. Sonst muss ich mir am Ende

das Finale der Fußball-EM alleine zu Hause vor meinem zu kleinen Fernseher anschauen. Was ein Grund wäre, mich spätestens zur Siegerehrung von meinem Balkon zu stürzen oder mindestens gnadenlos zu betrinken.

Da sitze ich nun an meinem Küchentisch, fühle mich einsam und zerfließe in Selbstmitleid. Ich weiß, dass ich nur zum Telefon greifen und jemanden anrufen müsste, um diese Käseglocke aus Untätigkeit und Frust zu durchbrechen. Aber ich bin wie gelähmt. Ich bräuchte jetzt jemanden, der mich an den Schultern packt, mich wohlwollend, aber kräftig schüttelt und mit Wärme und Bestimmtheit sagt: «Marie, jetzt beweg deinen fast 30-jährigen Hintern, greif zum Telefon und pack es an. Der Sommer ist zu schade, um ihn grübelnd am Küchentisch zu verbringen.»
Aber genau das ist ja das Blöde am Singledasein. Immer, wenn man jemanden bräuchte, wirklich bräuchte, sind die anderen beschäftigt. Es ist einfach keiner für einen zuständig. Saublödes Gefühl.
Ich lege meinen Kopf auf die glatte, hölzerne Tischplatte. Überlege, ob ich weinen soll. Aber selbst dafür bin ich zu träge.
Da klingelt es an der Tür. Bei mir klingelt es höchst selten unerwartet an der Tür. Meine Freunde und sogar meine Eltern wissen, dass ich unangemeldeten Besuch nicht leiden kann. Bevor jemand meine Wohnung betritt, möchte ich aufräumen, ein bisschen putzen und den Eindruck herstellen, ich sei eine organisierte junge Frau, die ihr Leben und ihre Wohnung im Griff hat. Mindestens aber will ich die leeren Pfefferminztalerumverpackungen in die Mülltonne stopfen und einen Blick in den Spiegel werfen, um sicherzugehen, dass kein rot glänzender Pickel auf dem Kinn sprießt.

Es klingelt wieder. Ungeduldiger. Kann eine Türglocke ungeduldig klingen? Kann sie Emotionen transportieren? «Marie,

lenk nicht ab! Mach die Tür auf!», zischt mir das Engelchen zu. Ich vergaß. Es ist ja doch jemand für mich zuständig. Zwei sogar.
Bevor ich die Tür öffne, weiß ich, dass es Paul ist. Ihm ist sein Handy geklaut worden. Deshalb konnte er sich nicht eher melden. Doch nach vielen verzweifelten Tagen der Einsamkeit hat er sich persönlich auf den weiten Weg von Haid- nach Neuhausen gemacht und steht nun vor meiner Tür. Ich checke ganz kurz im Flurspiegel mein Gesicht. Kein größerer Pickel am Start, Gott sei Dank. Ich bin ungeschminkt und zerzaust, was aber die leidende und tiefgründige Aura, die mich umgibt, auf eine Art unterstreicht, die in jedem Mann den Beschützerinstinkt wecken muss. Ich öffne die Tür und summe in meinem Kopf eine kleine Melodie: «Wunder gibt es immer wieder, heute oder morgen können sie geschehn …»*

Im Treppenhaus steht Max.

DONNERSTAG, 24. JUNI 2004 –
LIFE CHANGING EX

Zum zweiten Mal hat Max mein Leben verändert. Das erste Mal tat er das vor fast zehn Jahren, als er mich im Englischen Garten mit Hilfe eines Fußballs vom Fahrrad schoss und wir kurz darauf ein Paar wurden. Das konnte auch das Homer-Simpson-T-Shirt nicht ändern, das er bei unserer ersten Begegnung trug. Es folgten sechs glückliche Jahre. Dann kam unsere Beziehung in eine Konsolidierungsphase, die ich leider nicht als solche erkannte. Hätte ich nur damals schon Beziehungsratgeber gelesen. Ich jedenfalls dachte damals, die

* Katja Ebstein

Luft sei raus, und zwar endgültig. Außerdem war Max mein erster richtiger Freund, und den kann man schließlich nicht heiraten.

Als Max gestern Mittag vor meiner Tür stand und mich anlächelte, packte mich plötzlich eine heftige Sehnsucht danach, mit ihm verheiratet zu sein. Vielleicht hätten wir schon eine nette Eigentumswohnung in Harlaching und ein Kind. Max war schon immer eher der solide Typ. Was mich damals langweilte – ich wollte wild und gefährlich leben, und das Wort Eigentumswohnung löste Asthmaanfälle bei mir aus –, erschien mir auf einmal sehr verlockend. «Jetzt hör aber auf», schimpfte ich mich selbst, «nur weil Paul nicht der Zuverlässigste ist, musst du nicht gleich ins andere Extrem verfallen. Eigentumswohnung, Baby – geht's noch?» Genau. Und außerdem liebte ich Max ja schon lang nicht mehr. Ich liebte nur Paul.
«Darf ich reinkommen?», fragte Max, nachdem ich ihn ungefähr eine Minute lang angestarrt hatte.
«Äh, klar, ja», stammelte ich und fügte mein übliches «ist aber nicht aufgeräumt» hinzu.
«Ich dachte mir, ich schau mal vorbei», sagte Max, «Bernd hat von Vroni gehört, dass du wieder da bist.»
«Ja, seit … ein paar Tagen», mogelte ich und hoffte, er würde meinen immer noch unausgepackt in der Ecke liegenden Rucksack nicht bemerken.
«Marie», sagte Max und legte seine Hand an meinen Oberarm, «was ist los?»
«Nichts, was soll los sein?», antwortete ich.
Er schaute mich nur prüfend an.
«Klar ist was los. Ich kenn dich doch. Geht's dir nicht gut?»
Ich schüttelte nur den Kopf und merkte, wie mir die Tränen in die Augen schossen.

Ohne weiter nachzubohren, nahm Max mich einfach in den Arm und ließ mich erst mal minutenlang sein T-Shirt nass weinen. Und dann kamen die Worte ganz von alleine, und ich hörte mir selbst ein wenig erstaunt zu, wie ich Max alles erzählte, von meiner fluchtähnlichen Reise nach Australien im März über Pauls Mails und unsere gemeinsame Zeit in Sydney und Neuseeland bis hin zur überstürzten Heimreise und seinem Nicht-Melden seit über zwei Wochen. Ich verschwieg ihm nicht mal, dass ich seitdem mit Ausnahme eines Abends, den ich mit Vroni im *Big Easy* verbrachte, jeden Tag zu Hause gesessen, das Google'sche Orakel befragt und den Chat vollgejammert hatte.

Max tat das, wovon die meisten Menschen behaupten, es zu können, es aber nicht tun: Er hörte mir zu. Er gab mir keine klugen Ratschläge, sondern ein Taschentuch, und als ich fertig war, sagte er:

«So, und jetzt gehen wir ein bisschen raus hier. Ich habe heute Urlaub und wollte ein wenig durch die Stadt bummeln. Und heute Abend sehen wir uns in der Kneipe das Spiel Deutschland gegen Tschechien an! Es ist das entscheidende Spiel für uns bei dieser EM.»

Er sagte das nicht so, als würde er sich nicht für meine Probleme interessieren. Nein, Max wusste, dass ich nach diesem Gefühlsausbruch eine Pause brauchte, bevor ich weiter darüber sprechen konnte und wollte. Er kennt mich eben doch wie kein anderer.

Auf einmal war der Bann gebrochen. Ich zog mir schnell etwas Stadttaugliches an, kämmte meine zerzausten Haare, machte mir einen Pferdeschwanz und legte etwas rosa Lidschatten auf. Für die gute Laune.

Und dann verbrachten wir einen dieser Nachmittage, der mich an die Zeit vor über vier Jahren erinnerte, als wir noch ein Paar waren. Weil wir keine Lust auf U-Bahn-Fahren hatten, liefen wir zu Fuß die Nymphenburger Straße hinunter und über den Stiglmaierplatz die Brienner Straße entlang bis zum Königsplatz. Dort beschlossen wir kurzerhand, Kulturbedarf zu haben, und besichtigten die antiken Büstennachbildungen in der Glyptothek. Sehr interessant. Ich habe ein Faible für die Antike und insbesondere das alte Griechenland. Allerdings stellte ich mir diese Zeit immer als eine optische Symphonie aus blass glänzenden Marmorstatuen, -gebäuden und -säulen, silbriggrünen Olivenbäumen, gelb verdorrtem Gras und knallblauem Meer vor. In der Glyptothek entdeckte ich ein Buch, das meine Vorstellung von den weißen Figuren und Gebäuden für immer zerstören sollte. Dem Bildband zufolge hatten die alten Griechen ihre Statuen und Säulen nämlich mit aus der Natur gewonnenen Farben fies bunt angemalt. Die Modelle, die in dem Buch abgebildet waren, sahen eher nach Playmobil als nach Antike aus. Max teilte mein Entsetzen und lud mich auf den Schock zu einer Latte macchiato und einem Stück Apfelkuchen im Café im Innenhof der Glyptothek ein.

Dort sitzend und Max Anekdoten von meiner Australienreise erzählend, ertappte ich mich dabei, das Leben zu genießen. Ein guter Kaffee, ein noch besserer Freund, ein wenig Junisonne im Gesicht und die Aussicht auf ein spannendes Fußballspiel am Abend – so einfach ist das. Wenn man in München wohnt. Ich hatte vergessen, wie schön diese Stadt ist. Und dass sie mir sogar bei Liebeskummer helfen kann. Oder war es doch Max? Egal. Ich erlaubte dem warmen Gefühl, sich in mir auszubreiten.

20:30 Uhr

Ich war glücklich. Saß mit Max, Vroni und Bernd, Marlene, Beate und Robert, Simon und ein paar anderen Freunden im *Wassermann*, unserer Stammkneipe in der Elvirastraße. Großes Hallo, als ich das Lokal betrat und meine Liebsten mich sahen. So mag ich das. Musste beinahe heulen. Keiner war mir böse, dass ich mich nicht gemeldet habe, seit ich zurück bin. Ich nehme an, Vroni hat sie geimpft. Aber egal. Als ich in die lächelnden Gesichter schaute, merkte ich, wie sehr ich sie vermisst hatte. Ich glaube, meine Freunde sind doch irgendwie das Wichtigste in meinem Leben.

«Hey Marie», rief Marlene und hielt mir eine offene Packung rote Gauloises unter die Nase, «jetzt schau nicht so deppert. Wir sind nicht deinetwegen hier. Nimm eine Kippe und setz dich …»

«… du stehst nämlich voll im Blickfeld», vollendete Simon und grinste.

20:45 Uhr

Anpfiff im Alvalade-Stadion in Lissabon. Ich war nervös. Es ging um die Wurst. In den ersten beiden Vorrundenspielen gegen die Niederlande und Lettland hatte Deutschland, hatten *wir* nur zwei bescheidene Unentschieden rausgeholt. Jetzt mussten wir gewinnen, sonst würden die das ohne uns ausmachen in Portugal.

JAAAAAAAAAAAAAAAA! Ich liebe Michael Ballack! Es lebe die Wiedervereinigung! Souverän und gnadenlos schoss er uns in Führung. Ich halte fest: Fußball ist auch etwas sehr Wichtiges in meinem Leben. Manchmal beneide ich die Fußballer um ihre Jobs. Nicht wegen der Jahresgehälter in Millionenhöhe, schicker Dienstwagen oder weil sie problemlos am Türsteher des P1 vorbeikommen. Nein, wegen ihrer emotionalen Erlebnisse. Abstieg, Aufstieg, EM-Finale, Champions-League-Sieg oder die Niederlage im Sparkassen-Cup gegen die AH-Mannschaft von Oberpframmern – emotional gesehen erleben die mehr Ups und Downs als Gwyneth Paltrow in einem ihrer mittelmäßigen Filme.

NEEEEIIIIIIIIIIIIIIIIIIN!
«Scheiße mit Erdbeeren!», brüllte Max aufgebracht neben mir und drosch so fest auf den Holztisch, dass seine Halbe einen Hüpfer machte und sich von der Tischkante stürzte. Verständlich. Denn wir hatten uns das 1:1 eingefangen. Meine euphorische Stimmung stürzte in den Gefühlskeller. Eine Achterbahnfahrt war ein Dreck dagegen.
«Jetzt ist's vorbei», sagte Bernd scheinbar gelassen, «das verlieren wir. War ja klar. Herzlichen Glückwunsch, Rudi.»

Halbzeit. Ich begann mein drittes Bier und rauchte aus Nervosität zwei Zigaretten hintereinander. Ohne Alkohol und Nikotin war das nicht auszuhalten. «Wir gewinnen, wir gewinnen, wir gewinnen», sagte ich mir innerlich als Mantra vor. Das musste doch helfen. Den Gedanken, dass viele Millionen Tschechen (und Holländer) im selben Moment das Gleiche für die Gegenseite taten, schob ich schnell beiseite.

Aus. Alles aus. Das Spiel und unser Auftritt bei dieser Europameisterschaft in Portugal. Wir hatten mit 1:2 gegen die Tschechen verloren. In Gedanken stornierte ich den Trip nach Prag, den ich irgendwann mal buchen wollte, und schwor mir, nie wieder Budweiser zu trinken. Nein, ich übertreibe nicht. Das ist eine hochemotionale Angelegenheit.

Vereint im Schmerz der Niederlage, traten Max, Vroni, Marlene und ich den Heimweg an. Obwohl mich das Aus bei der EM wirklich mitnahm, war ich guter Dinge. Das Leben hatte mich wieder, Max sei Dank. Vorne an der Nymphenburger Straße verabschiedeten wir uns von Marlene, die zur U-Bahn hinunterstieg. Wenig später bog Vroni in die Lazarettstraße ein. «Musst du nicht auch eher in die andere Richtung?», fragte ich Max, der in einer Jungs-WG in Schwabing wohnt. «Doch, aber ich hab doch mein Fahrrad noch bei dir stehen», antwortete er. Ja, richtig. Es war ein schönes Gefühl, nicht alleine nach Hause gehen zu müssen.

Vor meiner Haustür blieben wir stehen. Es hatte leise angefangen zu nieseln. Tja. Und nun? Ich konnte ja schlecht den Spruch «Willste noch auf 'nen Kaffee mit raufkommen?» bringen. Schließlich waren wir nicht im SAT1-Fernsehfilm der Woche. Klar hätte Max noch ein koffeinhaltiges Heißgetränk bei mir bekommen können, aber das war nicht der Punkt. Dieser Satz ging gar nicht. Da hätte ich ihn gleich fragen können, ob er noch ein bisschen Lust auf vertrautes Poppen hat. Sex mit der Ex, warum nicht? Zur Feier der verlorenen EM. Verlorenes Fußballspiel, verlorene Liebe, passt doch. Hey, was dachte ich da? Ich bin in festen Händen!
«Ha, ha, ha», lachten Engelchen und Teufelchen unisono. Und mir fiel auf, dass ich eben zum ersten Mal, seit Max mittags vor meiner Tür stand, an Paul gedacht hatte. Und auch das nur indirekt.
Max löste die komische Situation auf, indem er «Ich pack's dann mal» sagte, mich fest in den Arm nahm, mir einen Kuss auf die Wange drückte und auf sein Rad stieg. Weg war er. Der Gute.
Im zweieinhalbten Stock fiel mir etwas auf. Wo war eigentlich Kati heute Abend?

FREITAG, 25. JUNI 2004 – DREI, ZWEI, EINS ... MEINS

Irgendwie dachte ich mir ja fast, dass diese Sache noch ein Nachspiel haben würde. Ich meine die Angelegenheit mit der Maklerin, der ich den unerfüllten Kinderwunsch vortäuschte. Eben klingelt nämlich das Telefon.
«Liebe Frau Sandmann», flötet sie, «Sie waren doch so traurig, weil Sie die Wohnung in der Lazarettstraße nicht bekommen haben ...»
«Äh, ja.»
«Ich habe eine gute Nachricht für Sie. Ich habe da die ab-solute Traumwohnung für Sie und Ihren Mann!»
Meinen Mann. Die meint Paul. Ha ha, wenn die wüsste ...
«Ja? Das klingt ja interessant ...»
Der Tonfall, in dem ich diesen Satz ausspreche, verdreht seinen Sinn ins pure Gegenteil, aber das will die namenlose Maklerin offensichtlich nicht hören, denn sie schwärmt unbeirrt weiter:
«4 Zimmer, 120 Quadratmeter, Altbau, Parkett, 3 Meter hohe Wände, Stuck! Echter Stuck! Dielenboden aus den 30er Jahren, zwei Balkone, zwei Bäder! Wohnküche ... Na, was sagen Sie dazu, Frau Sandmann?»
«Was soll die kosten?»
«Halten Sie sich fest. Sie können sie für 1200 Euro warm haben!»
Das ist in der Tat günstig. Na ja, der Haken kommt sicher gleich.
«Und wo ist die Wohnung?»
Sicher direkt an der Landshuter Allee oder im Hasenbergl, denke ich.
«In der Ysenburgstraße», antwortet die Maklerin.
Wenn es diese Straße nicht doppelt gibt in München, dann existiert doch ein Wohnungsgott, der meine Gebete erhört hat.

Oft bin ich aus dem *Ysenegger* hinausgegangen und habe mir gedacht: Hier würde ich gerne wohnen. Eigentlich ist die Ysenburgstraße eine ganz normale Straße in München-Neuhausen. Kopfsteingepflastert, meist total zugeparkt, etwas zu schmal, mit hohen, schönen alten Häusern mit Türmchen und Erkern und drei, vier Kneipen um die Ecke. Vorne an der Nymphenburger Straße ist ein Hugendubel. Und zu Fuß sind es zehn Minuten bis zum Taxisgarten.

«Frau Sandmann, sind Sie noch da?»
«Ja, natürlich! Könnte ich die Wohnung denn mal anschauen?»
«Kommen Sie doch gleich heute Nachmittag vorbei. Ich bin sicher, Sie werden sie lieben!»
Ich fürchte auch fast.
Und deswegen springe ich über meinen Schatten und mache etwas, was ich bisher meist vermieden habe. Ich nehme mein Telefon und rufe bei Paul an. Bei Paul, von dem ich seit zwölf Tagen nichts gehört habe. Keine Ahnung, ob er noch wegen dieses obskuren Jobs im Bayerischen Wald ist oder inzwischen irgendwo an der Ostseeküste. Das ändert sich bei Paul schnell, und ich weiß gar nicht mehr, wie viele «Bin in ...»-SMS ich in den letzten zwei Jahren schon bekommen habe. Natürlich immer auf Nachfragen meinerseits à la «Hallo? Lebst du noch?». Egal. Jetzt muss ich ihn sprechen.

Ich wähle seine Handynummer. Doch noch bevor das Freizeichen ertönt, lege ich wieder auf. Was soll ich ihm sagen? «Hallo Paul, du hast zwar nie was von einer gemeinsamen Wohnung gesagt, aber ich habe mal eben eine für uns gesucht, willst du mit mir zusammenziehen?» Der denkt doch, ich habe ein Rad ab.
Ich tippe erneut Zahlen in mein Telefon.

«Ja?»
«Vroni, hier ist Marie. Stör ich gerade?»
«Nö Süße, ich muss nur gleich ins Meeting. Was gibt's denn?»
Ich erzähle meiner Freundin in aller Kürze von der Traumwohnung in der Ysenburgstraße, nicht ohne die drei Meter hohen Wände, den Stuck und den günstigen Mietpreis von zehn Euro pro Quadratmeter zu erwähnen.
«Klingt super», sagt Vroni, und ich freue mich, dass sie mich unterstützt, «aber was willst du denn mit 120 Quadratmetern?»
«Na ja, ich dachte ... Wo Paul und ich doch jetzt ... Und ...»
«Marie!»
«Vroni?»
«Das ist nicht dein Ernst!»
Na ja, irgendwie schon.
«Wir waren so glücklich in Australien und Neuseeland. Wirklich, Vroni, ich habe mir das doch nicht eingebildet. Paul liebt mich!»
«Zwei Einwände», meint Vroni. «Erstens: nur weil man sich liebt, muss man noch lange nicht zusammenwohnen. Und zweitens: Warum lässt er dich immer so hängen, wenn er dich liebt? Meldet sich wochenlang nicht, schickt kryptische ‹Bin in ...›-SMS, entzieht sich jeder Verbindlichkeit? Und drittens ...»
«Zwei, hast du gesagt!»
«Und drittens», fährt sie ungerührt fort, «drittens weißt du doch, wie Paul ist. Er ist ein einsamer Wolf. Den kannst du nicht so einfach domestizieren, und schon gar nicht, indem du ihn vor vollendete Tatsachen stellst! Bitte, Marie, mach keinen Scheiß und lass es einfach bleiben. Sag den Termin mit der Maklerin ab.»

In diesem Moment passiert etwas Seltsames in mir. Muss ein Relikt aus meiner nicht vollständig ausgelebten frühpubertären Trotzphase sein. Ich habe plötzlich große Lust, genau das Ge-

genteil von dem zu tun, was meine Freundin mir rät. Obwohl ich weiß, dass sie Recht hat. Ich glaube, ich werde nie erwachsen. Aber ich kann nicht anders.
Zum Glück muss Vroni jetzt wirklich ins Meeting und verabschiedet sich mit einem besorgten Unterton in der Stimme. Ich wähle noch einmal Pauls Nummer. Versuchen muss ich es wenigstens. Mein Herz klopft wie verrückt, als das Telefon mit der Einwahl der elfstelligen Handynummer fertig ist. «The person you've called is not available at present. Please try again later. Der gewünschte Gesprächspartner …»
Mist. Warum kann der nicht wenigstens mal seine Mailbox einschalten? Na ja. Ich hab's probiert.

Bevor ich das Haus auch nur betrete, weiß ich, dass ich die Wohnung lieben werde. Sie befindet sich schräg über dem *Ysenegger*, dieser gemütlichen, in dunklem Holz gehaltenen Altmünchner Kneipe. Das Haus ist gelb-weiß und einfach wunderschön. Oben im dritten Stock, in dem sich auch die Wohnung befindet, wird es durch kleine Erker und Türmchen verziert. Die Haustür ist alt, aus Holz und mit Jugendstilornamenten verziert. Den Boden des Hausflurs ziert ein kunstvolles Mosaik, und die Holzstufen knarzen, wenn man sie hinaufsteigt. Außerdem hängt dieser ganz spezielle Altbaugeruch in der Luft, ein bisschen nach Mottenkugeln riecht es, ein klein wenig vermodert und nach Bohnerwachs, wie in Udo Jürgens' «Ich war noch niemals in New York». Herrlich.

«Und, Frau Sandmann, habe ich Ihnen zu viel versprochen?», will die Maklerin wissen.
«Wirklich nett», sage ich. Das ist maßlos untertrieben. Die Wohnung ist ein Traum. Nicht nur wegen der alten, glänzenden Dielenböden, der hohen Decken und wegen des großzügigen Schnitts. Auch nicht wegen der Wohnküche oder dem

Balkon, von dem man in verwinkelte und grüne Hinterhöfe schauen kann. Nicht mal wegen der weißen Flügeltüren oder der zwei neu eingebauten, weißen Bäder. Diese Wohnung hat noch mehr. Sie ist vollkommen leer, und doch fühlt sie sich an wie eine Wohnung, in der man leben und glücklich sein kann. Glücklich sein muss. Ich muss nicht mal die Augen schließen, um meine auberginefarbene Couch im Wohnzimmer zu sehen und daneben Pauls rotes Sofa. Hier drüben meine weiße Bücherwand, dort sein antikes Mahagonischränkchen. Diese Wohnung ist eine, die einen wilden Stil-Mix nicht nur verzeiht, sondern dadurch erst richtig gewinnt.
«Zehn Euro warm pro Quadratmeter», erinnert mich die Maklerin mit sanfter Stimme, «ein Schnäppchen!»
Ich weiß. Für München und für diese schöne Ecke von Neuhausen ist das echt geschenkt.
«Sie müssten sich bloß recht zeitnah entscheiden», fährt sie fort, «ich habe Sie auf Nummer eins der Liste, aber es warten natürlich noch einige Leute, die sich auch für das Objekt interessieren ...»

«Ich nehme die Wohnung», sage ich. Besser: Höre ich mich sagen. Ich könnte es mir nie verzeihen, diese Wohnung zu kennen, die einmalige Chance auf den Zuschlag gehabt zu haben und nicht in ihr zu wohnen.
Ich unterschreibe einen bindenden Vorvertrag und laufe danach eine Stunde lang wie ferngesteuert durch Neuhausen. Die Visitenkarte meines zukünftigen Vermieters brennt in meiner rechten hinteren Hosentasche. Ich gehe durch Straßen, in denen ich noch nie war. Vielleicht erkenne ich sie aber auch nur nicht wieder. Mag sein, dass ich eben die größte Dummheit meines Lebens gemacht habe. Aber wie sagte mein ältester Freund und «Bruder» Philipp, mit dem ich meine Kindheit verbrachte, mal so schön: «Veränderungen sind wichtig. Selbst wenn sie zu-

nächst scheinbar in eine Sackgasse führen – hinterher erkennst du immer, dass sie für etwas gut waren.»

Und er hat Recht. Als ich mich damals von Max trennte, dachten auch alle – ich eingeschlossen –, dass ich einen an der Klatsche hätte. Warum trennt man sich von einem Mann, mit dem man sechs Jahre glücklich war? Aber hätte ich das nicht getan, hätte ich Paul vermutlich nie kennen gelernt. Nicht näher zumindest. «Und dir viele Tränen und einen Haufen Ärger erspart ...», merkt Engelchen an. Ich muss ihm wider Willen Recht geben. Trotzdem bereue ich nichts.

Wie könnte ich Paul bereuen?

SAMSTAG, 26. JUNI 2004 – SEX UND SUSHI

Ich schlief schlecht. Träumte von endlos großen Altbauwohnungen, durch deren weite Flure ich floh, verfolgt von roten Sofas und auberginefarbenen Couchen. Wie immer im Traum war das mit dem Laufen so eine Sache. Ich kann das dann nicht wirklich. Es fühlt sich an, als würde ich unter Wasser zu laufen versuchen oder mindestens gegen starken Sturm ankämpfen. Die Sitzmöbel hingegen waren des Sprints erstaunlich mächtig. Meistens wache ich nach solchen «Marie rennt»-Träumen völlig fertig auf. So auch heute Morgen um sechs Uhr dreißig. Ich bezog das verschwitzte Bett neu, holte mir ein frisches T-Shirt und kuschelte mich ermattet wieder in die Kissen.

Als ich gerade eingeschlafen bin, piept mein Handy. Das tut es häufiger. Marlene schreibt mir gerne mal frühmorgens, damit ich sie dafür lobe, dass sie schon vor dem Frühstück ins Fitnessstudio geht. Auch Vroni ist eine Frühaufsteherin und schließt gerne von sich auf andere. Doch dieses Piepen klingt anders, obwohl der Ton derselbe ist. Mein Herz schlägt schnell und irgendwo unten in meinem Bauch.

Ich strecke einen Arm unter meiner Bettdecke heraus und fahnde am Boden nach meinem Handy. Klappe es auf. «1 neue Nachricht.» Ich drücke auf «lesen». Das Display zeigt «Paul» an.

Sorry, war total im Stress. Bin jetzt wieder in Muc. Wann sehen wir uns? Ich vermisse dich. Kuss!

Hach, ist das schööööön. Er liebt mich. Er vermisst mich. Ich grinse vor mich hin und ignoriere die großen imaginären Denkblasen, die durch das Zimmer schweben und in denen Sachen wie «naiv» und «dumm» stehen. Mir doch egal. Paul ist wieder da. Das Gummiband ist endlich zurückgeschnalzt. Das Warten hat sich gelohnt und nun ein Ende.

Auf einmal bin ich hellwach. Draußen scheint die Sonne, und ein wunderbarer Sommertag bricht an. Ich denke an letzten Sommer, den Jahrhundertsommer, den Paul und ich zusammen verbrachten. Schwimmen im Eisbach, Grillabende mit Freunden, Biergarten, Sex bei offener Terrassentür. Wer sagt, dass sich so ein Sommer nicht wiederholen lässt?

«Wo, wann?», schreibe ich Paul nur zurück. Und er antwortet sofort: «Kannst du vorbeikommen? Jetzt gleich?»

Und wie ich kann. Ich hüpfe aus dem Bett, als hätte ich zehn Stunden erholsamen Schlaf ohne galoppierende Sofas hinter mir. Gebe mir eine kalte Dusche und das teure Sheer Blonde Shampoo von John Frieda, das meine blonden Strähnen so schön eisig leuchten lässt. Dann kommt ein blitzschnelles Beautyprogramm. Beine rasieren muss sein. Schäm, in der paullosen Zeit der letzten zwei Wochen hatte ich mir das einfach gespart. Wie verlottert. Weil ich schon mal dabei bin, entferne ich kurzerhand alle Körperhaare – außer denen auf dem Kopf, versteht sich. Bin gespannt, was Paul dazu sagt. Ich war noch nie ein Fan von Urwald bis zum Bauchnabel, aber so ganz ohne … Böses Mädchen, ermahne ich mich selbst, du denkst bei Paul immer nur an Sex!

Frisch eingecremt und duftend werfe ich mich in einen knielangen, weißen, schwingenden Leinenrock und ein rosa Top mit tiefem Ausschnitt. Dazu die süßen rosa Ballerinas aus Sydney, ein wenig ebenfalls rosafarbener Lidschatten, Wimperntusche, transparenter Lipgloss und fertig ist die unwiderstehliche, bezaubernde Sommer-Marie.

Um den Rock nicht gleich wieder zu zerknittern, nehme ich die U-Bahn. Steige am Hauptbahnhof um in die U4 Richtung Arabellapark. Dabei fällt mir kurz und recht siedend heiß ein, dass ich unbedingt in der Redaktion vorbeischauen muss. Nicht nur, dass ich meine Australien- und Neuseelandgeschichte immer noch nicht verkauft habe – nach einem festen Job habe ich auch noch nicht gefragt. Aber das kann ich ja auch morgen noch tun. Auf den einen Tag wird es nicht ankommen. Und schon habe ich dieses Thema weit von mir geschoben. Es lebe die Verdrängung.

Mit klopfendem Herzen steige ich am Max-Weber-Platz aus. Mit jedem Meter, dem ich mich Pauls Wohnung nähere, werde ich nervöser. Wie bei unserem allerersten Date. Nein. Schlimmer. Wo soll das hinführen?
Schließlich stehe ich vor Pauls Tür. Zupfe noch einmal an meinem Leinenrock, rücke meinen Ausschnitt zurecht und drücke dann den Klingelknopf. Eine Sekunde später öffnet sich die Tür. Der muss im Flur gelauert haben!
Paul sagt nichts. Er guckt mich nur an. Wie immer, wenn er

mich gleich küssen wird, hat sein Gesicht diesen Ausdruck von Verwunderung. Ich sehe, dass seine Hände zittern. O Gott, ich liebe ihn so sehr.
Dann zieht er mich in den Flur und küsst mich. Hinter mir fällt die Tür ins Schloss. Pauls Hände halten mein Gesicht. Dann wandern sie langsam an meinem Körper hinunter. Als sie an meinen Hüften angekommen sind, fällt mir ein, dass ich nichts unter meinem Rock trage. Das hat den einfachen und völlig unverruchten Grund, dass meine einzige hautfarbene Unterhose, die ich besitze, gerade in der Waschmaschine ist und sich alles andere unter weißen Leinenröcken unschön abzuzeichnen pflegt. Außerdem war ich mir nicht sicher, ob Paul hautfarbene Schlüpfer sexy findet. Doch jetzt schwindet mein Selbstbewusstsein in puncto keine Unterwäsche.

Meine Sorge ist unbegründet. Als Paul merkt, wie glatt der kühle, weiße Leinenstoff über meine Hüften fällt und dass sich seinen streichelnden Händen keinerlei Hindernis in den Weg legt, stöhnt er lustvoll auf und drückt sich nur noch näher an mich. «Ich wusste es ...», flüstert er heiser in mein Ohr, kurz das Küssen unterbrechend. «Was wusstest du?», frage ich blöd nach. Wie war das mit den unpassenden Taten in den richtigen Momenten?
«... dass du keinen Slip anhast ...», flüstert Paul verzückt und lässt seine Hände lüstern unter meinen Rock wandern. O Gott, da wartet ja die zweite Überraschung auf ihn. Ob er das verkraftet? Marie heute im doppelten Sinne «unten ohne»?
Er trägt es mit Fassung.
«Ooooooh Marie, das ist ja der Wahnsinn!», sagt Paul mit heiserer Stimme. Experiment geglückt, Mann erregt. Und dann kniet Paul sich vor mich und verschwindet mit seinem Kopf unter meinem weißen Leinenrock ...
Einige Zeit später, ich kann bei bestem Willen nicht sagen, ob

fünf Minuten oder eine knappe Stunde, taucht Paul wieder auf, streicht mir mit zärtlicher Geste eine Haarsträhne aus dem Gesicht, nimmt meine Hand und sagt: «Komm.»
Er führt mich in sein dämmriges Schlafzimmer. Eine Welle neuer Lust überflutet mich. Habe ich jemals einen Mann so sehr gewollt wie Paul? Und warum ist das immer wieder und immer noch so, egal, wie er mich im alltäglichen Leben behandelt? Hat vielleicht dieses Begehren nichts damit zu tun, ob man mit diesem Menschen auch wirklich leben kann? Interessanter Gedanke. Ich schreibe ein geistiges Post-it in Neongelb, pappe es an eine Wand meines Gehirns und verschiebe die Ausführung auf später. Denn jetzt will ich nur eines: Sex.

Wir stehen voreinander, und da ist er wieder, so vertraut und doch immer wieder neu: Der Moment des Verharrens, der Vorfreude auf das, was kommen wird, ein Moment, der so intensiv ist, dass er uns kurzzeitig lähmt.

Dann breche ich den Bann, greife nach Pauls T-Shirt und ziehe es ihm über den Kopf. Wie schön er ist, so wie er da mit nacktem Oberkörper vor mir steht. Groß, breit, aber nicht zu breit, muskulös, aber nicht übertrainiert, behaart, aber sparsam. Ich glaube, es ist ein weit verbreiteter Irrtum, dass Frauen auf haarlose Six-Pack-Nichtbäuche stehen. Klar, eine Bierwampe ist nicht so schick, aber es muss auch kein Waschbrettbauch sein. Erstens ist der für Leute wie mich, die schon viel Geld für Fitnessstudios ausgegeben haben, ohne sie je öfter als drei Mal hintereinander zu besuchen, frustrierend. Zweitens ist die Vorstellung, wie sich der Kerl jede Woche schwitzend und dumm guckend (die meisten Menschen sehen dumm aus, wenn sie sich körperlich anstrengen) an der Kraftmaschine abmüht, nicht besonders sexy. Zu eitel für einen Hetero-Mann. Und drittens geht nichts über ein winziges Genussbäuchlein, unter dem man

kräftige Bauchmuskeln spürt. Wie bei Paul eben. Ohne seine Kochleidenschaft und seine Vorliebe für deftige Gerichte wäre er nicht der Paul, den ich liebe.
Inzwischen habe ich Pauls Gürtel gelöst, seine Jeans aufgeknöpft und dabei wie zufällig ein paar Mal sein hartes Glied gestreift. Was er stets mit einem heftigen und ruckartigen Einatmen quittierte. Als ich ihm die Hosen von den Hüften streife, merke ich, wie er zittert. Ich fühle mich großartig. Sexy, verführerisch, verrucht, einfach umwerfend. Kein Vergleich bin ich zu der Marie, wie sie manchmal in fies ausgeleuchteten H & M-Umkleiden Hosen in Größe 38 probiert, die bei der Mitte der Oberschenkel hängen bleiben. Schon witzig, was schummeriges Licht und ein vor Erregung zitternder, halb nackter Mann ausmachen.

Paul steht nun völlig nackt vor mir. Um diesen Anblick noch einen Moment lang genießen zu können, beginne ich, mich langsam auszuziehen, ohne meinen Blick von ihm zu nehmen. Erst streife ich das rosa Top ab, dann entledige ich mich meines weißen, leicht transparenten BHs. Ich öffne den Reißverschluss meines Rockes und lasse ihn einfach auf den Boden fallen. Paul macht sein verwundertes Gesicht und greift dann nach mir, in der Umarmung fallen wir auf das Bett, und ich schiebe mich sofort auf ihn, weil ich es nicht mehr erwarten kann, ihn zu spüren ...

19 Uhr

Wir sind so was von dekadent. Wenn meine Uhr richtig geht, liegen wir jetzt seit gut zehn Stunden in Pauls Bett. Wir haben uns insgesamt fünf Mal geliebt, zwei Mal geduscht, einmal mit Sex und einmal ohne. Paul hat Sushi kommen lassen («Ich brauche Eiweiß, damit ich nicht schlappmache», lachte er), das wir im Bett gegessen haben. Dazu haben wir eiskalten Chardonnay getrunken und mitten im Speisen wieder Lust aufeinander bekommen. Anders kann ich mir zumindest das Tobiko Maki, das ich eben in meinen Haaren gefunden habe, nicht erklären. Sex, Sushi und Chardonnay. Klingt wie der Titel eines Frauenromans.

Leider bin ich noch nicht dazu gekommen, Paul von unserer zukünftigen Wohnung zu erzählen. Immer, wenn ich dazu ansetzte, unterbrach er mich spätestens bei «Du Paul, ich muss was mit dir besprechen», indem er beispielsweise mit Entsetzen feststellte, meine linke Brust weniger häufig geküsst zu haben als meine rechte, oder nochmal meine gelungene Überraschung aus der Nähe betrachten musste. Wie soll ich meinem Freund gewisse 4 Zimmer, Küche, Bad näher bringen, wenn der sich gerade an meiner nicht vorhandenen Intimfrisur ergötzt? Das ist, als wolle man einem Kunstliebhaber, der gerade einen Picasso bewundert, eine Currywurst mit Pommes verkaufen. Na ja. So ähnlich.

«Das sieht soooo toll aus», sagt Paul auch jetzt wieder, als ich gerade den Satz «Ich habe eine tolle Wohnung für uns beide gemietet» formuliert habe. Ausgesprochen habe ich ihn noch nicht. «Ich ...», beginne ich vielversprechend, aber Paul fällt mir mit verdächtig rauer Stimme erneut ins Wort: «Und es fühlt sich auch waaaaaaahnsinnig toll an ...»

Okay. Ich gebe auf. Cunnilingus statt Kaution, Orgasmus statt Einbauküche. Ich überlasse mich Pauls Händen und seiner Zunge und schwebe auf seinem zerwühlten Bett dahin, weit, weit weg, über die Stadt und über die Lande wie ein Gasluftballon, der einem Kind auf dem Volksfest abhanden gekommen ist ...

22 Uhr

«WAS hast du?» Paul schaut schon wieder verwundert. Aber nicht so, wie er guckt, wenn er mich gleich küsst. Eher fassungslos. Entsetzt.
«Den. Vorvertrag. Unterschrieben», wiederhole ich mit fester Stimme und kleinlautem Geist.
Und auf einmal geht eine Veränderung in Paul vor. Er, der mir eben noch so nah war, bewegt seinen Körper keinen Millimeter von mir weg. Und trotzdem spüre ich plötzlich eine kilometerweite Distanz zwischen uns. Und ich weiß, dass ich einen Fehler gemacht habe. Vielleicht den Fehler meines Lebens.
«Marie, ich will ehrlich sein», sagt Paul. Mir schießt durch den Kopf, dass dieser Satz bei Männern meistens die Ansage einer Lüge ist, und Paul fährt fort:
«Es geht gar nicht darum, dass du mich mit diesem Vorvertrag vor vollendete Tatsachen stellen wolltest. Gut, das mag ich auch nicht besonders gerne, aber Schwamm drüber.»
Ich schöpfe Hoffnung.
«Marie, es geht darum, dass ich nicht mit dir zusammenziehen möchte.»

Mein Herz bleibt stehen. Mein Atem stockt. Mein Blut fließt nicht mehr. Wie kann er das so brutal und simpel sagen? Kann er nicht wenigstens ein, zwei, hundert schöne Worte drum herum packen, damit es nicht so wehtut? Doch es kommt noch schlimmer:
«Nicht jetzt und nicht in einem Jahr.»
Ich muss ihn entgeistert anstarren, denn nun wird seine Stimme einen kleinen Tick sanfter:
«Ich finde es gut so, wie es ist. Wir haben Spaß miteinander, wir verstehen uns gut. Wenn wir Lust haben, machen wir was

zusammen, wenn nicht, dann nicht. Keine Abhängigkeiten, kein Beziehungsstress ...»
Abhängigkeiten? Beziehungsstress? Wovon redet dieser Mann da?
«Warum all das Schöne durch den Alltag kaputtmachen? Lassen wir es doch einfach so laufen!»

Wie immer, wenn meine Welt zusammenbricht, der Himmel aber vergisst, mir auf den Kopf zu fallen, damit das Elend ein Ende hat, bin ich total ruhig.
Ich beuge mich zu Paul hinüber. Ein letztes Mal streichle ich mit all der Zärtlichkeit, die ich für ihn habe, über seinen Körper, ein letztes Mal lasse ich meinen Blick von seinem Scheitel bis zum großen Zeh über ihn wandern, ein letztes Mal stehe ich von seinem Bett auf. Ruhig und sorgfältig ziehe ich mich an. Rock, BH, Top.
Dann küsse ich Paul ein letztes Mal und verlasse seine Wohnung. Leise und vorsichtig ziehe ich die Haustür hinter mir ins Schloss. Bleibe noch einen Moment lang auf der Straße stehen und lausche auf Schritte, die möglicherweise im Flur zu hören sein könnten.

Doch dieses Mal kommt Paul mir nicht hinterher.

DONNERSTAG, 1. JULI 2004 –
MANGO MARGARITA

Es ist mir ein Rätsel, wie ich die letzten Tage überlebt habe. Es tut so weh, dass ich nicht mal die Kraft hatte, eines meiner Notfallprogramme zu aktivieren. Die sind sowieso nur bei minder schweren Fällen einsatzfähig. Allein der sprunghaft angestiegene Zigarettenkonsum ist zu vergleichen mit meiner Reaktion auf kleinere Lebensspannen. Da ich Betrinken eigentlich nicht mag und außerdem weiß, dass Alkohol den jeweiligen Gemütszustand nur verstärkt statt verbessert, habe ich den Absolut Vodka im Gefrierfach gelassen und bin bei Apfelschorle geblieben. Im Ernst, ich hatte wirklich Angst, ich könnte mir etwas antun, wenn ich mich auch noch besoffen hätte.

Das hier ist keine Paul-meldet-sich-nicht-Krise. Mal beiseite gelassen, dass ich seit meinem ruhigen Abgang am Samstagabend tatsächlich nichts mehr von ihm gehört habe. Keinen Anruf, keine SMS, keine E-Mail und erst recht kein Besuch. Das bestätigt jedoch nur, was mir seit vier Tagen klar ist: Es ist vorbei. Und Paul will es nicht anders. Er wollte keine Beziehung mit mir, nie. Genialer Sex, oh, gerne. Schöne Gespräche, klar, nehmen wir auch noch mit. Seelenverwandtschaft – dass ich nicht lache. Dieses Wort gehört verboten, und wenn es noch einmal jemand wagt, es in meinem Beisein auszusprechen, werde ich ihm oder ihr an die Gurgel gehen. Es gibt keine Seelenverwandtschaft. Jedenfalls nicht zwischen Mann und Frau. Haben Männer überhaupt eine Seele? Paul nicht, glaube ich. Ich bin dem so was von egal. Egaler geht's gar nicht. Ich hasse ihn. Doch ich weiß leider: Hass ist nicht das Gegenteil von Liebe. Das Gegenteil von Liebe ist Gleichgültigkeit. Und es ist ein Scheißgefühl, jemandem gleichgültig zu sein, einem Menschen, den man hasst (also liebt), auf deutsch gesagt am Arsch vorbeizugehen.

Wie man vielleicht an der Wortwahl meines letzten Satzes erkennt, geht es mir heute besser, denn ich bin in die Wut-Phase eingetreten. Wie gut ich das alles schon kenne. Und wie satt ich es habe. Die Stadien einer unfreiwilligen Trennung, die Etappen des Liebeskummers: Schock, Ungläubigkeit, Verzweiflung, Wut, scheinbare Erholung, Rückfall, wieder Verzweiflung, Trauer, Wut, Selbstzweifel, Rückfall ... und so weiter.

Heute aber ist ein guter Tag, vergleichsweise. Wut ist gut. Wut macht stark und gibt mir eine kurze Verschnaufpause. Und ich muss nicht dauernd heulen.

Ich rufe Vroni an. Der habe ich nur kurz per E-Mail mitgeteilt, dass der Worst Case eingetreten ist, dass ich aber im Moment keinen Gesprächsbedarf habe und ihr alles erzählen werde, wenn ich mich ein wenig gesammelt habe. Die Gute hat es einfach so akzeptiert und nicht weiter nachgebohrt. Das muss man auch erst mal können. Nicht drüber reden. Jemanden mal lassen.

«Hi Vroni!», sage ich munterer, als ich mich fühle, ins Telefon.
«Süße! Alles klar?»
«Passt schon. Hast du heute Lust, das Halbfinale mit mir anzuschauen?»
«Oh, heute ist das schon?» Sie tippt hörbar auf ihrem Handheld herum. «Tatsache! Klar, gerne. Hast du schon 'ne Idee, wo?»
«Ich dachte, wir könnten ins *Kytaro* gehen – ist doch Griechenland gegen Tschechien. Sicher eine Bombenstimmung dort. Du bist doch auch für die Griechen, oder?»
«Ich würde mich gar nicht trauen, *nicht* für dein Lieblingsland zu sein», lacht Vroni, und wir verabreden uns für 19 Uhr 30 vor dem *Kytaro* unter dem *Café Reitschule*.

Ich freue mich. Ja, tatsächlich, ich empfinde ganz klar ein Gefühl der Freude bei dem Gedanken, mir heute mit meiner besten Freundin einen schönen Fußballabend zu machen. Und vielleicht – wenn das Spiel spannend ist, und das sind EM-Halbfinales immer – ein paar Minuten nicht an Paul zu denken.

In Schwabing ist die Hölle los. Nur mit Mühe finde ich einen Parkplatz. Erreiche zehn Minuten zu spät, hechelnd und mit schlechtem Gewissen (Vroni ist immer so pünktlich) das *Kytaro*, um dort beim Blick auf mein Handy eine SMS meiner Freundin zu entdecken: «Am late, no P.» Na toll. Und ins Lokal will man mich auch nicht reinlassen. Ob ich reserviert hätte? «Nein, wieso?», sage ich und könnte mich im selben Moment in den Hintern beißen für meine Dummheit, «doch, klar!»
«Na was jetzt?», will der Typ an der Tür wissen und grinst überheblich. Blöde München-Schickeria. Nur weil Jennifer Nitsch hier vor zwei Wochen ihren letzten lebenden Abend verbrachte, rennen jetzt alle in den Laden. Und ich will doch nur Fußball sehen. Während ich noch überlege, was ich dem Türsteher Überzeugendes vorschwindeln könnte, kommt ein Mann aus dem Lokal und tritt ins Freie. Ich scanne ihn im Bruchteil einer Sekunde. Er trägt eine graue Anzughose und ein weiß-hellblau kariertes Hemd ohne Krawatte, ist etwa Ende dreißig, ungefähr eins neunzig groß, hat volles, dunkelblondes Haar und sieht gut aus. Vielleicht ein erfolgreicher Jungunternehmer oder Steuerprüfer bei der KPMG. Spontan gehe ich auf ihn zu und gebe dem Verdutzten ein Küsschen links, eines rechts auf die Wange. «Heeeey, Michael!», rufe ich freudig aus und umarme ihn gleich nochmal. Dabei wende ich mich von Zerberus ab und flüstere dem Fremden rasch ins Ohr: «Bitte, tu so, als ob du mich kennst, ich möchte da rein! Danke!» Michael grinst, reagiert sofort und ruft so laut, dass der Türsteher es hören muss: «Brigitte! Schön, dich zu sehen! Ich habe mich schon gefragt, wo du bleibst!»
Brigitte?? Der hat sie wohl nicht mehr alle! Pah. Aber Hauptsache, ich komme da rein. Und das tue ich.
«Danke schön!», sage ich artig, als wir außer Hörweite des Türstehers sind, «das war echt nett von dir!»

«Immer gerne», lächelt Michael, «übrigens, ich heiße Lorenz.»
«Und ich bin Marie. Nicht Brigitte», stelle ich klar und empfehle mich dann höflich, um Vroni hereinzuholen, die sich inzwischen per SMS angekündigt hat.

Als das Spiel eine Viertelstunde läuft, stellen Vroni und ich fest, dass Fußballschauen in einem In-Schuppen wie dem *Kytaro* keinen Spaß macht. Die anwesenden Schickis und Mickis interessieren sich für alles, nur nicht für den proletarischen Ballsport. Es ist zwar ein deutliches Sympathisantentum für Griechenland auszumachen, doch das schlägt sich ausschließlich in hohem Ouzo-Konsum nieder. Vroni und ich, die wahren Fußballfans, verlassen schließlich in der 21. Spielminute das *Kytaro* und gehen einen Stock höher, in die gute alte *Reitschule*. Dort sind zwar auch eher die Reichen und Schönen anzutreffen, doch das Fußballinteresse ist spürbar größer.

«Na, junge Frau?» Jemand tippt mir auf die Schulter. Ich blicke hoch und sehe Michael, äh, Lorenz, neben mir stehen. «Hey», antworte ich einfallsreich, «bist du jetzt auch hier oben?»
Lorenz übergeht meine blöde Frage elegant und sagt:
«Ich wollte dir gerne eine Mango Margarita ausgeben – aber die haben sie hier leider nicht!»
Hä? Mango Margarita? Wie kommt der denn darauf? Nach langen sieben Sekunden fällt mir ein, dass ich heute ein fuchsiafarbenes T-Shirt mit dem weißen Aufdruck «MANGO ADDICT» trage. Ich muss grinsen. Nice try.

Der nette Versuch und sein Besitzer gefallen mir so gut, dass ich während des restlichen Spiels (und das geht in die Verlängerung) etwa sieben Mal aufs Klo renne. Denn Lorenz hat sich strategisch geschickt an einer Seite der Bar postiert, die zwischen meinem Sitzplatz und den Toiletten liegt. Entweder denkt der Typ jetzt, ich habe eine Blasenschwäche, oder er vermutet, ich stünde auf ihn. Was natürlich beides Quatsch ist. Aber ich ertappe mich dabei, im Vorbeigehen heftig mit ihm zu flirten. Und das tut so verdammt gut. Ich poliere mein schwer angeschlagenes Selbstbewusstsein auf, was das Zeug hält. Und Lorenz ist ein super Bohnerwachs. Er ist groß, sieht gut aus und ist gut angezogen, wenn auch ein wenig konservativ und auf jeden Fall teuer. Das Polo-Ralph-Lauren-Pferdchen auf seinem Hemd ist mir natürlich nicht entgangen, ebenso wenig wie die Tatsache, dass seine Schuhe von Lloyds sind. Der fährt bestimmt einen CLK, denke ich mir, aber das ist mir im Moment egal. Lorenz ist selbstsicher, charmant und nett. Und er könnte vermutlich jede haben. Balsam auf meiner geschundenen Seele. Ha. Schade, dass Paul mich jetzt nicht sehen kann. Vielleicht würde er sich ärgern, dass er mich so einfach hat gehen lassen. Autsch. Nein, nicht an Paul denken. Lieber noch einen Caipiroshka.

Am Ende gewinnen die Griechen. Ich freue mich sehr. Hellas! Und ich bin betrunken, denn beim Schlusspfiff gab es die vierte Runde Ouzo. Aber ich habe nur ungefähr alle 17 Minuten an Paul gedacht. Lorenz sei Dank.
Vroni verabschiedet sich, sie will nach Hause, bevor die Griechen vor lauter Freude die Leopoldstraße dichtmachen. «Ich bleib noch ein bisschen», sage ich und muss mir selbst eingestehen, dass ich noch darauf warte, dass mich Lorenz nach meiner Telefonnummer fragt. Nur für mein Ego!

Doch Lorenz ist leider auf einmal wie vom Erdboden verschluckt. Blöde Männer. Sind doch alle gleich. Wenn's ernst wird, kneifen sie. Na gut, dann halt nicht. Ich zahle und bahne mir meinen Weg durch sirtakitanzende Hellas-Anhänger nach draußen. Brauch'n Taxi. Stelle mich mitten auf die Königinstraße und rufe «Taxi!!!» wie Carrie in *Sex and the City*. Bloß von weniger Erfolg gekrönt. Mist-München. Nie klappt hier was.

«Hey, Marie, lass dich nicht überfahren», höre ich eine Stimme, und jemand packt mich am Arm und zieht mich von der Straße. Lorenz. «Ich brauch 'n Taxi», sage ich und versuche, wie Carrie zu klingen.
«Lass mal. Ich bringe dich nach Hause», sagt Lorenz und besteht darauf, dass ich mich bei ihm unterhake. Er parkt eine Straße weiter. CLK, wusste ich's doch. «Was 'n das fürn Auto?»
«Äh, ein BMW Cabrio, glaube ich», antwortet Lorenz. Na ja, fast dasselbe. Ich lasse mich auf den duftenden Ledersitz sinken, und Lorenz' Navigationssystem bringt uns auf dem kürzesten Weg nach Neuhausen.

Lorenz bleibt vor meinem Haus stehen, wo wie durch ein Wunder ausnahmsweise mal ein Parkplatz frei ist. Er stellt den Motor ab. «Herzlichen Glückwunsch! Sie haben Ihr Ziel erreicht», sagt das Navigationssystem (weiblich). Ah ja. Soll ich jetzt einfach aussteigen? Obwohl er den Motor abgestellt hat? Solche kleinen Dinge sagen ja immer so viel aus. Motor anlassen, wenn man jemanden heimfährt, heißt: Steig bitte zeitnah aus, ich will gleich weiterfahren. Motor abstellen heißt: Lass uns noch 'ne Runde quatschen. Oder: Ich muss dir noch was Wichtiges erzählen. Die besten und tiefsten Gespräche finden zu nachtschlafender Zeit auf den Vordersitzen von PKWs vor Haustüren statt. Ich habe schon ganze Nächte so durchgequatscht.

Motor abstellen kann aber auch heißen: Ich küsse dich jetzt. Das scheint zumindest Lorenz' Übersetzung zu sein. Normalerweise mag ich es nicht, so überrumpelt zu werden, doch ich habe genug Caipi und Ouzo intus, um ein wenig enthemmt zu sein, und außerdem gefällt mir seine selbstsichere Ich-nehm-mir-was-ich-möchte-Art. Immer noch besser als einer, der drei Mal fragt, bevor er dir einen Kuss gibt, und das Ja am liebsten schriftlich und notariell beglaubigt hätte, bevor er sich traut, Körperkontakt aufzubauen.
Ich beobachte mich selbst, während ich diesen fremden Mann küsse. Was ein Zeichen dafür ist, dass ich im Moment ziemlich neben mir stehe. Es sieht ungewohnt aus, mich einen anderen als Paul küssen zu sehen. Doch die blonde Frau auf dem Beifahrersitz des schwarzen BMW Cabrios genießt es sichtlich. Denn der Yuppie küsst gut. Und das ist ja leider sehr, sehr selten. Die Binsenweisheit, dass Männer, die gut küssen können, auch gut im Bett sind, stimmt übrigens hundertprozentig. Auch deswegen sind gute Küsser ja so wertvoll.
«Herzlichen Glückwunsch! Sie haben Ihr Ziel erreicht», sagt das Navigationssystem und fährt fort: «Herzlichen Glückwunsch ...»

Eine halbe Stunde später steige ich alleine die Treppen zu meiner Wohnung hinauf. Ich hatte einen schönen, lustigen, spannenden und entspannten Abend mit einem sehr prickelnden Abschluss. Mein Ego hat sich wieder ein wenig aufgerichtet. Und Lorenz hat jetzt meine Handynummer.

SONNTAG, 4. JULI 2004 – HELLAS!

Eigentlich sollte es mir schlecht gehen. Eine Woche ist das Ende meiner Beziehung mit Paul jetzt alt. Ich habe die erste

Wut-Phase hinter mir gelassen. Schade eigentlich. Wut ist bei mir nämlich so gar nicht destruktiv. Im Gegenteil. Die Wut auf Paul hat mich wieder lebendig gemacht, sie hat mir Kraft und Energie gegeben, ich bin unter Leute gegangen und habe sogar einen Mann kennen gelernt! Jetzt sollte eigentlich wieder die Verzweiflung kommen. Doch o Wunder – es geht mir ganz gut! Natürlich denke ich viel an Paul, aber ich bin erstaunlich ruhig dabei. Vielleicht will ich das definitive Ende noch nicht so ganz wahrhaben. Das kann gut sein. Ich weiß es nicht genau. Aber ich weiß, dass ich mich nicht mehr bei Paul melden werde und auch nicht darauf warte, dass er sich meldet. Dieser Zustand ist neu und sehr entspannend. Nicht auf SMS warten. Das Handy für Stunden unbeobachtet irgendwo liegen lassen, es nachts ausschalten, es sogar vergessen, wenn ich aus der Wohnung gehe. Nicht täglich die Mails kontrollieren. Ganz relaxed ans Telefon gehen, weil ich weiß, dass es Vroni, Marlene oder Max ist und bestimmt nicht Paul.

Ein Problem habe ich allerdings. Und das ist die Wohnung in der Ysenburgstraße. Morgen soll ich den endgültigen Mietvertrag unterschreiben. Ich habe keine Ahnung, wie ich aus der Sache wieder rauskommen soll. Alleine in der 4-Zimmer-Wohnung leben? Kommt nicht in Frage. Sie ist viel zu groß für mich, und abgesehen davon kann ich sie mir alleine auch nicht leisten. Ich kann nicht unterschreiben. Ich kann aber auch nicht *nicht* unterschreiben.

Das Telefon klingelt. Es ist Beate. Zumindest glaube ich, dass sie es ist. Denn ich verstehe kein Wort.
«Mariemüssnunstreffnallesisaus», heult es aus dem Hörer.
«Erisooonarsch!!!»
«Beate?»
Heftiges Schnäuzen auf der anderen Seite.

«Beate? Süße? Ich dachte, du bist mit Robert auf Mallorca, um die Hochzeit von seinem besten Freund zu feiern?»
«Jaaaahaaaaaaaa ...», trompetet Beate und bricht dann wieder in haltloses Weinen aus. Dann wird sie auf einmal ganz ruhig und sagt mit klarer, wenn auch etwas belegter Stimme: «Robert hat mich verlassen.»

Ich bin geschockt. Beate und Robert, Robert und Beate, das war für mich immer das Traumpaar schlechthin. Seit sieben Jahren waren die beiden ein Paar. Sie stritten und fetzten sich, vertrugen sich wieder, und es krachte erneut, gefolgt von der innigsten Versöhnung. Nicht gerade dauerharmonisch, diese Beziehung, aber ich dachte, das wäre eine praktikable Form des Zusammenlebens. Langweilig wurde es den beiden zumindest nie, die Schmetterlinge flogen wie am ersten Tag, und der Sex war laut Beate immer wieder gigantisch, besonders bei Versöhnungen nach besonders heftigen Streits. Ich hatte bei Beate und Robert eigentlich mehr Angst, sie könne ihn eines Tages im Affekt mit ihrer Fitnesshantel erschlagen, als dass sie sich einfach so trennen würden.

«Marie? Bist du noch da?»
«Äh, ja klar, meine Süße», antworte ich hastig, «pass auf, ich komme vorbei und hole dich ab, dann machen wir einen langen Spaziergang durch den Englischen Garten, und du erzählst mir alles in Ruhe, okay? Und danach gehen wir in den *Wassermann* und schauen uns das EM-Finale an. Hm?»
«Mh mh.»
Ich werte das als Zustimmung und verspreche, in einer Stunde bei ihr zu sein. Vorher muss ich aber noch kurz etwas erledigen. Ich durchforste meinen Kleiderschrank und finde ein altes weißes H & M-T-Shirt. Genau richtig. Mit blauem Edding male ich in großen Lettern ΕΛΛΑΔΑ auf die Vorderseite des Shirts,

Griechenland. Darunter kopiere ich die griechische Flagge aus meinem Reiseführer. Perfekt. Damit kann heute Abend eigentlich nichts mehr schief gehen. Schade, dass schon Finaltag ist. Mir hat die EM trotz allem Spaß gemacht. Und man kann sich mit ihr so super ablenken. Ob das wohl Absicht ist, dass das Finale der EUROPAmeisterschaft ausgerechnet am Nationalfeiertag der USA stattfindet?

Eine Stunde später klingle ich bei Beate in Schwabing. Sie scheint schon auf mich gewartet zu haben, denn sie schießt aus der Wohnungstür und rennt mich fast über den Haufen.
«Ich muss hier raus», faucht sie.
«Ist er hier?», frage ich.
«Nein, er ist angeblich im Hotel. Aber das erzähle ich dir jetzt alles von Anfang an ...»
Schon im Treppenhaus zündet Beate sich eine Zigarette an.
«Du rauchst wieder?», frage ich stirnrunzelnd.
«Also hör mal, ich habe das Rauchen für den Kerl aufgegeben, also ist es ja wohl nur recht und billig, wenn ich seinetwegen wieder anfange, oder?»
Ich kann sie verstehen. Rote Gauloises haben so was Tröstliches. Und man kann sich prima an ihnen festhalten.

Zwischen der Münchner Freiheit und dem Chinesischen Turm erzählt Beate mir die ganze Geschichte. Sie und Robert waren zur Hochzeit seines besten Freundes auf Mallorca eingeladen. Da Robert jedoch beruflich so viel um die Ohren hatte, flog Beate schon mal vor und half dem Brautpaar bei den Vorbereitungen. Jeden Abend versuchte sie, Robert zu erreichen, doch sie erreichte stets nur seinen Anrufbeantworter oder die Mailbox seines Handys. Alles, was von ihm kam, waren ein paar spärliche SMS der vertröstenden Art. Als Robert auch am Tag der Hochzeit nicht aufgetaucht war, begann Beate, sich ernsthaft Gedanken zu machen. Sie stand die Feierlichkeiten Roberts Freunden zuliebe tapfer durch und nahm danach den nächsten Flieger nach München. Als Beate in ihre gemeinsame Schwabinger Wohnung zurückkehrte, war Robert nicht da. Nach weiteren drei Tagen erreichte sie schließlich Robert, indem sie mit unterdrückter Nummer bei ihm anrief.

«Und dann habe ich ihm Stück für Stück aus der Nase gezogen, dass er keinen Bock mehr auf mich hat», sagt Beate bitter, «stell dir vor, ich musste ihm sogar regelrecht in den Mund legen, dass es nun aus ist! Nach der dritten Frage sagte er schließlich ja.» Das war gestern. Und heute fand Beate über einen gemeinsamen Freund heraus, dass Roberts Trennungsgrund 21 Jahre alt und Metzgereifachverkäuferin aus Rosenheim war.

«O Gott, wie furchtbar!», finde ich.

«Nein, das ist gar nicht schlimm», meint Beate, «stell dir vor, es wäre eine gleichaltrige Frau gewesen mit einem anspruchsvollen Job, vielleicht eine Juristin oder Steuerberaterin – *dann* würde ich mich jetzt richtig mies fühlen!»

«Und wie geht's jetzt weiter?», will ich wissen. Wir sind inzwischen beim Chinesischen Turm angelangt.

«Nun, ich möchte so schnell wie möglich aus der Wohnung ausziehen. Robert lässt sich dort so lange nicht blicken, bis ich weg bin. Dann holt er seine Sachen und vermietet die Wohnung weiter.»

Beim Stichwort «Wohnung» fällt mir wieder meine Misere ein, und ich verziehe schmerzlich das Gesicht. Doch dann fange ich auf einmal an zu grinsen.

«Hast du schon was Neues?», frage ich Beate atemlos.

«Du bist lustig! Ich weiß erst seit gestern Abend, dass ich aus der Wohnung rausmuss!»

«Mach dir keine Sorgen. Ich weiß schon, wo du hinziehst. Und auch mit wem!»

Wir holen uns eine Maß frisches Bier und eine Riesenbreze und setzen uns unter eine schattige Kastanie. Und dann erzähle ich Beate alles von vorne bis hinten. Von der überstürzten Rückkehr aus Neuseeland über Pauls Abtauchen und die Traumwohnung in der Ysenburgstraße bis zum grandiosen Sex-und-Sushi-Schluss vor einer Woche.

Während ich die ganze Geschichte erzähle, höre ich mich selbst reden und finde mich erstaunlich distanziert. Mir kommen nicht mal die Tränen, als ich von Pauls und meinem letzten Tag im Bett berichte und von seiner Reaktion, als ich ihm von der Wohnung erzählte. Mir ist, als sei das alles lange her und längst verarbeitet. Natürlich weiß ich, dass dem nicht so ist. Die Arbeit fängt jetzt erst an. Was ich gerade erlebe, ist eine kleine Pause zum Luftholen und Sammeln, bevor der große Kampf beginnt. Der Kampf um ein lebenswertes Leben ohne Paul darin. Ich bin bereit.

Wir sitzen lange im Biergarten, holen uns noch eine zweite Maß und erzählen uns alles, was in den letzten Monaten so passiert ist. So traurig auch der Anlass ist – ich bin froh, dass er Beate und mich wieder näher zusammengebracht hat. Irgendwie ist eben doch alles Schlechte noch für etwas gut.

Im *Wassermann* ist es brechend voll. Zum Glück kennt uns der Herr an der Tür, der die Massen dirigiert. «Da drüben hab ich euch zwei Plätze freigehalten, Mädels!», ruft er und fragt: «Rot-grün oder blau-weiß?»
«Hä?», sagt Beate.
«Blau-weiß natürlich», sage ich und deute auf mein T-Shirt. Als Antwort bekommen wir zwei Stamperl Ouzo in die Hand gedrückt. Oje. Nicht schon wieder das Zeug. Das macht mich immer so hemmungslos.

Zwei Stunden später tanzen Beate und ich Sirtaki auf dem Tisch, begeistert angefeuert und beklatscht von der Menge um uns herum. Griechenland ist Europameister! Ich bin selig. Kurz bin ich versucht, Paul eine SMS zu schicken, einfach nur «HELLAS!» oder so, um zu zeigen, dass ich auch ohne ihn lustig sein kann und heute Abend keineswegs weinend auf der Couch hänge. Aber zum Glück habe ich seine Nummer aus meinem Handy gelöscht. Ich weiß sie zwar auswendig, aber nicht nach acht Ouzo. Danke, Griechenland.

Stattdessen erreicht mich eine SMS. Von Lorenz.

Na, schöne Frau? Toll, dass dein Lieblingsland gewonnen hat! Habe während des ganzen Spiels fest an dich gedacht. Hoffe, wir sehen uns bald! Küsschen, Lorenz

Wow. Er hat sich gemerkt, dass ich Griechenlandfan bin. Respekt. Eigentlich ist es ja ganz simpel. Männer müssen einfach nur lernen, sich Dinge von Frauen zu merken. Kleine, scheinbar unwichtige Dinge. Zum Beispiel, dass sie gerne abstrakte Acrylbilder in toskanischen Erdtönen malt oder für Alemannia Aachen schwärmt. Und diese Dinge muss der Mann dann später, im richtigen Moment, ganz beiläufig wieder loswerden. So leicht sind Frauen zu beeindrucken.

Ich SMSe nicht zurück. Das kann ich auch morgen oder übermorgen noch tun. Nicht, dass der noch meint, ich hätte Interesse an ihm.

Später in der Nacht gehen wir noch auf die Leopoldstraße und feiern mit den Griechen den sensationellen Sieg. Mein ΕΛΛΑΔΑ-Shirt stößt auf große Begeisterung. Als ich schließlich gegen vier Uhr morgens im Bett liege, fangen die Vögel bereits zu singen an. Ich bin mir sicher, dass die Amsel auf dem Balkongeländer ein griechisches Volkslied pfeift.

MONTAG, 26. JULI 2004 – ABSCHIED UND ANFANG

Natürlich hat es nicht funktioniert. Nach den guten Tagen Anfang Juli kam wie erwartet der große Einbruch. Schon zwei Tage nach dem EM-Finale wachte ich morgens mit einem ganz beschissenen Gefühl auf. Ich vermisste Paul. Und mir wurde auf einmal ganz klar, dass es diesmal kein Zurück gab. Meine Zeit mit Paul war vorbei. Endgültig. Aus, Äpfel, Amen. Ende Gelände.

Ich vergrub mich drei Tage lang in meiner Wohnung. Ich war krank. Krank vor Liebeskummer. Krank vor Sehnsucht und krank vor lauter Endgültigkeit. Letzteres war neu. Und sehr deprimierend. Zu meinem Glück war das Wetter etwa so bescheiden wie meine Stimmung. Deswegen rief keiner meiner Freunde an, um mit mir in den Biergarten zu gehen. Und auch sonst meldete sich in den drei Tagen fast niemand. Meine Mutter klingelte mal durch, aber ich ging nicht ans Telefon. Und einmal hatte ich Max' Nummer auf dem Handy, aber ich war zu gelähmt, um die grüne Taste zu drücken. Ich lag drei Tage lang nur im Bett und versuchte, so viel wie möglich zu schlafen. Schlafen ist super, wenn es einem schlecht geht. In den Stunden des Schlummers kann man wunderbar vergessen, was einen quält. Schlafen ist besser als jeder Vollrausch. Und wenn man Glück hat, träumt man sogar etwas Schönes oder Lustiges, also etwas, das mit der Realität nichts zu tun hat. Schlimm ist nur der Moment kurz nach dem Aufwachen. Dieser Moment, in dem man sich wieder findet, in dem man nach der ersten Verwirrung wieder weiß, wie man heißt, wer man ist, wo man liegt und vor allem – warum man keine Lust hat aufzustehen. Man darf dann nicht allzu wach werden, muss schnell die Decke über den Kopf ziehen und versuchen, noch einmal einzuschlafen. Oft funktioniert das. Und mit etwas Übung kann man fast den ganzen Tag schlafen.

Nach drei Tagen war mir klar, dass es nicht so weitergehen konnte. Mir tat jeder Knochen weh, und ich fühlte mich schrecklich nutzlos und gammelig. Also warf ich einen zaghaften Blick auf die To-Do-Liste. Und wusste, was ich zu tun hatte.

Zwei Stunden später hatte ich mich – zumindest äußerlich – wieder in einen Menschen verwandelt. Meine Haare dufteten nach Pfefferminz-Shampoo und meine Haut nach Kanebo Bodylotion. Ich trug eine weiße Baumwollhose, eine türkisfarbene Tunika und farblich passende Sandaletten. Um den Hals legte ich mir die weiße Korallenkette aus Airlie Beach in Australien. So gerüstet stieg ich in die U-Bahn und fuhr in den Arabellapark. Tagesziel: Die Geschichte über Australien und Neuseeland verkaufen. Was auch tatsächlich klappte. Selbst die gestresste Bildredakteurin hatte einen guten Tag, denn sie kaufte mir sogar meine eigenen Fotos ab, die ich mit der Digicam gemacht hatte. Normalerweise werden nur Bilder von professionellen Fotografen im Magazin abgedruckt. Gepusht durch diesen Erfolg und durch die Aussicht auf ein paar tausend Euro auf meinem Konto, stieg ich in den Aufzug und drückte E. Geht doch, Marie Sandmann, dachte ich, du ziehst dich da am eigenen Schopf wieder raus.

Der Lift hielt im fünften Stock. Ein Mann um die fünfzig stieg ein. «Grüß Gott», sagte ich höflich und lächelte ihn an. «Na, Sie haben aber gute Laune», erwiderte er. Sicher ein gestresster

Berater von Roland Berger kurz vor dem Herzinfarkt, dachte ich und hörte mich heraussprudeln: «Ich habe gerade eine schöne große Reisegeschichte über Australien und Neuseeland verkauft!» Mein Gott, Marie, das war wieder typisch. Wenn ich gut drauf bin, referiere ich gerne ungefragt aus meinem Leben. Doch der Typ machte ein interessiertes Gesicht und wollte wissen, für welches Magazin ich den Auftrag erhalten hatte. Als ich es ihm sagte und hinzufügte, dass ich schon seit Jahren freiberuflich für die Zeitschrift tätig sei, fragte er mich nach meinem Namen. Inzwischen waren wir im Erdgeschoss angekommen und stiegen aus dem Lift.

Ich bildete mir ein, dass er anerkennend (oder zumindest *er*kennend) die Augenbrauen hochzog, als ich «Marie Sandmann» sagte. Jedenfalls fuhr er fort: «Und an einem festen Job hätten Sie kein Interesse, Frau Sandmann?»
«Äh, doch, klar», stotterte ich überrumpelt, «aber es ist ja nicht so einfach, etwas zu finden in der Branche ...»
«Wissen Sie, normalerweise quatsche ich keine fremden Frauen im Lift an», sagte er, «aber ich habe da einen kleinen Notfall. Eines meiner besten Pferde im Stall, meine Lifestyle-Redakteurin, bekommt ein Baby und verlässt mich in einigen Monaten für längere Zeit.» Ich schluckte überrascht. Doch kein Roland-Berger-Berater? Dann fiel mir auf einmal ein, woher ich sein Gesicht kannte. Das war kein anderer als der neue Chefredakteur der neuen People-Zeitschrift aus diesem meinem Verlag. Er hielt mir die Hand hin und sagte: «Frau Sandmann, wenn Sie möchten, schicken Sie mir so schnell wie möglich eine Bewerbung. Vielleicht wird's ja was mit uns beiden. Und jetzt muss ich leider weiter ...» Ich schüttelte seine Hand und sah ihm verdutzt hinterher, als er durch die Drehtür in den Sommernachmittag entschwand.

Das hatte ich jetzt phantasiert, oder? Das Zu-lange-im-Bett-Liegen hatte anscheinend meinen Geist beschädigt. Solche Dinge passieren vielleicht in Fernsehfilmen der Woche, in Romanen oder Soaps, aber nicht im Leben der Marie Sandmann!
Zwei Tage später hatte ich den Job. Genauer gesagt, eine befristete Schwangerschaftsvertretung. Trotzdem war es grandios. Mein erster fester Job! Monatlich Geld auf dem Konto! Rente und Arbeitslosenversicherung zahlen! Ein geregelter Tagesablauf! Eine Kantine! Himmlisch. Ich rief alle meine Freunde an und teilte ihnen die gute Neuigkeit mit. Nebenbei erwähnte ich auch kurz, dass ich mich von Paul getrennt hatte. Seltsamerweise schienen die meisten darüber weder besonders verwundert noch entsetzt. Schon komisch. Ich hatte Paul und mich immer als Traumpaar gesehen. Meine Freunde anscheinend nicht.

Der Job fing sofort an. Ich musste ja eingearbeitet werden. Seit dem 15. Juli fahre ich also jeden Tag mit der U-Bahn in den Arabellapark und zurück. Dazwischen liegen stets acht bis zwölf stressige Stunden, die mir aber einen Riesenspaß machen. Nebenbei muss ich abends und am Wochenende Kisten packen und den Umzug in die Ysenburgstraße organisieren. Das Gute an diesen Strapazen: Eigentlich habe ich kaum Zeit, an Paul zu denken. Denn spätabends falle ich total ermattet ins Bett und bin eingeschlafen, bevor mein Kopf das Kissen berührt.

Heute ist das leider ein wenig anders. Ich habe einen ganz schlimmen Rückfall. So schlimm, dass ich seit zwei Stunden an einer Mail an Paul feile, statt das Porträt über Nicole Kidman zu schreiben, das bis 15 Uhr fertig sein muss. Natürlich werde ich die Mail nicht abschicken. Ich schreibe sie nur.

From: Marie ‹kl_diva@gmx.de›
To: Paul ‹paul@glimpf.de›
Mo, 26 Jul 2004, 11:32:43
Subject: Abschied

Hallo Paul,

ich will ganz ehrlich zu dir sein: Es geht mir schlecht. Ich bin furchtbar traurig darüber, dass es mit uns so auseinander gegangen ist. Wir hatten doch so eine traumhafte Zeit miteinander. Weißt du noch? Wie wir am Kirchsee baden waren und fast die rote Boje zum Kentern gebracht haben, bis die beiden Hausfrauen dahergeschwommen kamen und wir aufhören mussten? Kannst du dich noch an unseren gemeinsamen Wiesnbesuch erinnern, als wir mit Giulia Siegel an einem Tisch saßen und du mir auf den Stufen der Bavaria diese wunderschöne Liebeserklärung gemacht hast? Und dann erst Australien: Der Segeltörn bei den Whitsunday Islands, die Tour auf Fraser Island, der heiße Tag in Cougee, als du dir den Sonnenbrand auf den Füßen geholt hast? Und Neuseeland: Das spontane Campen an der Spirits Bay ganz im Norden, die heißen Quellen bei Raglan, der Fallschirmsprung?

Paul, was fühlst du, wenn du an diese Erlebnisse denkst? Hat dir das alles wirklich gar nichts bedeutet? Für mich war es die schönste Zeit meines Lebens.

Vielleicht war es ein Fehler, von unseren schönen Erlebnissen darauf zu schließen, dass du auch mit mir leben möchtest, im Alltag. Und ganz sicher war es ein Fehler, einfach diese Wohnung zu mieten. Trotzdem war es für etwas gut, denn ich habe erkannt, dass wir völlig ver-

schiedene Vorstellungen von einer Beziehung haben. Ich dachte ja eigentlich, dass deine geplanten zwei Jahre in Lesotho der Grund dafür waren, dass du damals nicht mit mir zusammen sein wolltest. Aber als du vorzeitig wieder nach München kamst, da dachte ich, jetzt wird alles gut, und wir beide werden ein richtiges Paar. War wohl falsch gedacht.

*Paul, ich schreibe dir jetzt zum ersten Mal ohne die Angst, dich zu verlieren, denn ich weiß, dass ich dich bereits verloren habe und dass es keinen Weg zurück gibt. Es ist dein gutes Recht, keine Bindung eingehen zu wollen und lieber weiter «einsamer Wolf» zu spielen. Was ich dir aber vorwerfe: Du wusstest immer, dass ich eine Beziehung will. Wir hätten nicht heiraten müssen und vielleicht nicht mal unbedingt zusammenziehen, aber das war nicht der Punkt. An der Art, wie du auf die Wohnungssache reagiert hast, habe ich deutlich erkannt, dass du eigentlich nie wirklich mit mir **zusammen** sein wolltest. Zumindest nicht, wenn das auch nur die geringste Einschränkung deiner Freiheit bedeutet hätte. Aber sich zu jemandem zu bekennen bedeutet, etwas anderes aufzugeben, Paul. Das ist so. Man kann im Leben nicht alles haben. Gut, du hast dich für deine absolute Freiheit und gegen mich entschieden. Damit muss und werde ich leben. Was ich dir wirklich übel nehme: Du wusstest, dass es mir wehtat, wenn du dich zurückgezogen hast und wenn ich mir wie eine beliebige Affäre vorkam. Und du hast trotzdem weitergemacht. Du bist der größte Egoist, den ich kenne, Paul. Und zwar nicht einer von der Sorte, wie wir es alle sind, sondern einer, der auf den Gefühlen anderer Menschen herumtrampelt, im Wissen, sie zu verletzen. Das werde ich dir nie verzeihen.*

Ich weiß, dass du auf diese Mail nicht antworten wirst, und ich weiß auch, warum. Du bist zu feige, um einzugestehen, dass du etwas falsch gemacht hast.

Das Schlimmste an allem aber ist, dass ich dich trotz allem wie wahnsinnig vermisse. Dass ich jeden Tag an dich denke und mir immer noch wünsche, ich könnte dich zurückhaben. Obwohl ich das nicht will. Verstehst du das? Das ist kein Widerspruch. Und irgendwann wird mein Verstand über mein Herz siegen.

Mach's gut, Liebster.
Deine Marie

Ich lese mir die Mail noch einmal durch. Man merkt deutlich, dass ich am Anfang noch Mitleid erregen und Paul wiedergewinnen wollte. Doch dann kommt die Wut. Und das ist gut so. Der Brief soll ein Abschluss sein. Und obwohl ich ihn eigentlich nur für mich schreiben wollte, klicke ich kurz entschlossen auf «Senden».

Fünf Minuten später piept mein Handy. Ich zucke zusammen. Paul??? Hat er meine Mail so schnell gelesen und antwortet nun schon? O Gott. Mir ist schlecht, als ich auf «Lesen» tippe. Doch die überlange SMS ist von Lorenz.

Hallo Kleine! Wenn das Wetter schon nicht für südliche Gefühle taugt, darf ich dich dann wenigstens auf einen oder zwei exotische Cocktails einladen? Ich habe Sehnsucht nach dir und würde dich gerne wiedersehen. Heute Abend um 20 Uhr in der Lisboa Bar? Bitte sag ja! Kuss, Lorenz

Ich muss grinsen. Der Mann ist hartnäckig. Seit unserem Kuss in seinem Cabrio am 1. Juli lässt er nicht locker. Unbeeindruckt von meinem Keine-Zeit-Haben hat er mir fast täglich SMS oder E-Mails geschickt. Und das, ohne mich zu nerven. Nur dass er letzte Woche plötzlich mittags unten vor meinem Bürogebäude stand, mich anrief und unbedingt auf eine Mittagsbreze einladen wollte, hatte mir gar nicht gepasst. Zumal ich an diesem warmen Tag einen Rock anhatte und meine Knöchel schon um ein Uhr mittags geschwollen waren wie auf einem Langstreckenflug ohne Travel Socks. Ich wollte nicht, dass Lorenz mich mit dicken Füßen sah. Und abgesehen davon hasse ich Überraschungen. Also ging ich nicht runter.

«Okay. 20:30 Uhr *Lisboa Bar*. Bis dann!», antworte ich geschäftsmäßig und ignoriere die Antwort, die drei Sekunden später eintrifft: «:-)))))).»

Als der Abend da ist, habe ich auf einmal keine Lust mehr, Lorenz zu treffen. Ich denke die ganze Zeit an Paul. Ob er meine Mail wohl schon gelesen hat? Es sollte mir egal sein, denn er wird nicht mehr antworten, und das ist auch besser so. Aber ich kann meine Gedanken nicht von ihm abwenden.
«Es tut mir Leid. Ich habe Liebeskummer. War eine blöde Idee, mich zu verabreden. Bitte sei nicht böse. Alles Liebe, Marie», sende ich an Lorenz. Ich packe heute Abend echt keinen Smalltalk bei Mojitos. Das geht über meine Kräfte.
«Nix da», simst Lorenz scheinbar nicht beleidigt zurück, «bin schon auf dem Weg. Erwarte dich um 20 Uhr 30! Kuss.»
Seufz. Versetzen kann ich ihn kaum. Also gut. Aber wenn ich keinen Parkplatz finde, fahre ich nach Hause. Okay. Deal.

Ich fahre rechtzeitig los. Ich kam mit zwei Wochen Verspätung auf die Welt. Seitdem bin ich pünktlich. Als ich in die Breisa-

cher Straße einbiege, wird direkt vor der *Lisboa Bar* eine große Parklücke frei. Das ist mir in meinen zwölf Jahren Autofahren und Parken in München noch nie passiert. In der Ecke kann man um die Uhrzeit froh sein, wenn man sein Auto nicht direkt in der Feuerwehranfahrtszone abstellen muss.
Aus der anderen Richtung kommt ein Mann daher. Ein großer, gut aussehender mit einem lässig-eleganten Gang. Er strahlt über das ganze Gesicht, und ich sehe schon aus der Entfernung eine Reihe strahlend weißer Zähne. Lorenz. Wider Willen lächle ich zurück, denn Lorenz' Grinsen ist ansteckend. Ich weiß echt nicht, was der Typ an mir findet. Ich bin nicht schön, ich bin nicht dünn, nicht besonders originell, und ich war nicht mal nett zu ihm. Oder ist es vielleicht gerade das?

Wir setzen uns an einen Tisch im hintersten Eck der *Lisboa Bar*. Das einzige Licht kommt von einer Kerze. Sehr gut. So macht es nichts aus, dass ich heute meinen Stay-Matte-Puder von Clinique zu Hause vergessen habe und den Glanz in meinem Gesicht nur mit dem kratzigen Klopapier der Verlagstoilette notdürftig wegtupfen konnte.
Nach dem zweiten Mojito nimmt Lorenz meine Hand, sieht mich ernst an und sagt: «Jetzt mal raus mit der Sprache, Kleine. Was hast du denn? Du siehst irgendwie unglücklich aus.»
«Ach nein, ich bin nur müde. Der neue Job, weißt du ...»
Er sieht mich weiter an, ohne zu lächeln. Forschend, fragend, interessiert.
«Wobei – du hast Recht», platzt es aus mir heraus, «es geht mir beschissen. Wie lange hast du Zeit?» Und ich versuche zu grinsen.
«Alle Zeit der Welt», sagt Lorenz. Und ich fahre fort:
«Vor knapp drei Jahren habe ich bei einem Projekt einen Mann kennen gelernt ...»

Und ich erzähle Lorenz die ganze Geschichte von Paul und mir. Unser anfänglich harmloser Büroflirt. Die E-Mails, die langsam privater wurden. Die Verabredungen, die Paul stets in letzter Minute platzen ließ. Der nie abreißende SMS-Kontakt. Unsere zufälligen Treffen beim WM-Schauen in der Muffathalle im Sommer 2002. Schließlich das erste Date, der erste Kuss. Der erste Sex im September. Die Gefühle, die schnell und unaufhaltsam über mich kamen. Und auch über Paul, wie ich damals annahm. Das darauf folgende Hin und Her. Mal himmelhoch jauchzend, weil Paul nett und nahbar war, kurze Zeit später wieder zu Tode betrübt bei einem seiner vielen Rückzüge. Dann seine Eröffnung, er würde nach Lesotho gehen. Das vorläufige Ende unserer Beziehung, gefolgt vom schönsten Sommer meines Lebens – mit Paul. Seine Abreise nach Südafrika, die Schwierigkeiten einer Fernbeziehung, die eher Ferne als Beziehung enthielt. Pauls überraschende Rückkehr nach München und kurz darauf meine Abreise nach Australien. Paul, der mir bis nach Sydney nachreiste, um mich zurückzugewinnen. Der traumhafte Monat in Australien und Neuseeland. Und dann das Ende ...
Ich rede über eine Stunde lang.

Lorenz sagt nicht viel zu meiner Geschichte. Er streichelt nur die ganze Zeit sanft meine Hand und gibt kein Urteil über Paul ab. Ich hatte befürchtet, er würde sich abwertend über Paul äußern. Aber dazu ist Lorenz zu sehr Gentleman.
«Ich würde dich gerne ein wenig trösten», sagt er vorsichtig, «dich auf andere Gedanken bringen. Darf ich?»
«Wenn du meinst, dass das geht ...», antworte ich zögernd.
«Ja, ich glaube, das geht. Einfach ein paar Streicheleinheiten, ein bisschen Pflege für das geschundene Herz, hm, was meinst du? Du bist wirklich eine ganz besondere Frau, dieser Paul weiß vielleicht gar nicht, was er da weggeworfen hat. Du bist

schön, du bist klug, du bist lustig, und du hast ein warmes Herz. Was will Mann mehr?»
Ooooh, tut das gut. Auch wenn Lorenz mich nur ins Bett kriegen will – mehr davon!
«Ich muss dir aber auch noch etwas beichten», sagt er.
«Ja? Was denn? Sag schon!»
«Ich bin verheiratet, Marie. Und möchte das auch gerne bleiben. Ich habe eine kleine Tochter. Ist das jetzt schlimm für dich?»
Ich bin nicht im Mindesten geschockt. Ich will ja nichts von Lorenz. Bin nur etwas verwirrt. Und worüber sprechen wir hier?
«Heißt das, du willst eine Affäre mit mir?»
«Na ja, das klingt jetzt nicht so schön», meint Lorenz und runzelt die Stirn, «aber wenn du es so nennen willst? Ich dachte einfach, wir beide könnten eine schöne Zeit miteinander verbringen und uns gegenseitig Gutes tun.»

Soll ich jetzt «ja» sagen? Oder mir Bedenkzeit ausbitten? Ich bin ratlos. Bisher haben sich alle meine Beziehungen, egal ob langjährige, komplizierte Partnerschaft oder unverbindliche One-Night-Stands, einfach irgendwie ergeben, ohne dass im Vorfeld darüber verhandelt wurde.
Lorenz guckt mich an und lacht: «Jetzt habe ich dich total überfahren, gell, Kleine? Keine Angst. Ich dränge dich zu nichts.»
Spricht es, beugt sich zu mir hinüber und küsst mich.
Wir küssen uns lange und zärtlich. Und ich genieße es. Es fühlt sich richtig an, auch wenn es vom Kopf her falsch ist, mitten im Liebeskummer und so kurz nach dem Ende meiner großen Liebe.

Später werfen sie uns aus der *Lisboa Bar* hinaus, weil das Lokal schließt. Wir stehen auf der regennassen Straße.

«Wo parkst du denn?», frage ich Lorenz, um irgendwas zu sagen.
«Auf dem LIDL-Parkplatz in der Kirchenstraße», sagt er, und ich biete ihm an, ihn dort hinzufahren.
Auf dem LIDL-Parkplatz bin diesmal ich diejenige, die den Motor des Wagens abstellt. Und dann küssen wir uns wieder. Diesmal leidenschaftlicher, wilder, verlangender. So unvorstellbar mir das noch vor kurzer Zeit erschien: Ich empfinde Lust für diesen Mann, diesen Mann, der nicht Paul ist, der anders aussieht, eine andere Stimme hat, anders riecht und anders schmeckt. Aber er schmeckt gut.
Als wir uns gerade die Klamotten vom Leib streifen wollen, möchte ein anderes Auto aus dem Parkplatz fahren. Wir stehen im Weg. Ich fahre ein paar Meter zurück. Die Lust ist dadurch gedämpft. Etwas verlegen sehen Lorenz und ich uns an, und ich verabschiede ihn in die regnerische Nacht, zu seinem im Licht der Straßenlampen schwarz glänzenden BMW Cabrio.

Als ich im Bett liege, kann ich lang nicht einschlafen. Ein Abschied und ein Anfang an ein und demselben Tag, das war ein bisschen zu viel für mich. Hinter meinen geschlossenen Augen vermischen sich Pauls Züge mit Lorenz' Gesicht. Ich habe jetzt eine Affäre, Paul. Mit einem verheirateten Mann. Und du bist schuld daran.

Apropos Paul. Ich könnte ja noch mal schnell meine Mails checken. Wenn ich sowieso nicht schlafen kann. Ich tappe in die Küche, wo mein Laptop auf dem Tisch liegt. Ich kann ganz ruhig sein, denn er hat sicher nicht geantwortet. Dazu ist er nämlich viel zu feige.
«Sie haben 1 neue Nachricht im Posteingang.» Schluck. Ruhig Blut, Marie, sicher nur ein Newsletter oder eine Spam-Mail. Mal gucken.

From: Paul ‹paul@glimpf.de›
To: Marie ‹kl_diva@gmx.de›
Mo, 26 Jul 2004, 23:44:12
Subject: Re: Abschied

Du hast Recht. Ich werde nicht auf Deine Mail eingehen. Aber nicht, weil ich zu feige bin, wie Du schreibst, sondern um Dich zu schützen.
PS. Dein Ton war echt total daneben! Tu mir, tu uns den Gefallen und lass mich einfach in Ruhe.

Mir ist schlecht. Mein Herz rast. Dieser Idiot. Wie konnte ich je denken, dass er mich liebt? Okay, ich habe vielleicht ein wenig Mist gebaut mit der vorschnellen Entscheidung für die Wohnung in der Ysenburgstraße. Aber den richtigen Mist hat danach Paul gebaut. Ist ja nicht verboten, nur kurzfristig Spaß mit einer Frau haben zu wollen und keine weitere Verbindlichkeit anzustreben. Aber dann darf man nicht von Liebe sprechen.

Durch den Schock und die Wut hindurch spüre ich ein anderes, neues Gefühl: Ruhe. Meine Hoffnung, dass das mit Paul und mir doch noch irgendwie, irgendwann gut ausgehen könnte, ist geplatzt. Endgültig. Ich fühle mich leer, aber ruhig. Ein bisschen wie ein weißes Blatt Papier. «Ein Ende kann ein Anfang sein», oder wie heißt das in dem Lied, das im Vorspann von «Dr. Stefan Frank, der Arzt, dem die Frauen vertrauen» gespielt wird? O Mann. Wieder mal ein völlig unpassender Gedanke von Marie Sandmann. Der Mann, den ich liebe, schreibt mir in eiskalten Worten, ich solle ihn in Ruhe lassen, und mir fällt eine zweitklassige Vorabendserie im Gynäkologenmilieu ein. Ganz toll.

Ich hasse dich, Paul.

FREITAG, 30. JULI 2004 – DIE DEPRESSIVE
BROTBACKMASCHINE

Die Menschheit teilt sich des Öfteren in zwei Hälften. In Männer und Frauen. In Geha- und Pelikanbenutzer. In Rucksackreisende und Pauschalurlauber. Und in Aufheber und Wegschmeißer. Letzteres macht sich verstärkt bemerkbar, wenn man umziehen muss. Wie ich gerade. Vierzig Umzugkartons mögen einem ausreichend erscheinen für das Verlagern eines Singlehaushaltes. Sind sie eigentlich auch. Außer, man hat das Pech, in der alten Wohnung durch einen unglücklichen Zufall nicht nur ein Kellerabteil, sondern auch noch einen halben Speicher zugeteilt bekommen zu haben. Was macht Marie Sandmann mit dem ihr zugewiesenen Platz? Na klar. Vollstellen natürlich. Und so kam es, dass ich im Keller und auf dem Dachboden etwa 20 Quadratmeter voller Krempel angehäuft hatte. Seit Jahren wusste ich um das Gerümpel. Ich verdrängte es jedoch erfolgreich. Meine Skiausrüstung fuhr ich von November bis April im Auto spazieren, um nicht zu oft auf den Dachboden gehen zu müssen. Aber manchmal konnte ich nachts nicht einschlafen, weil ich daran denken musste, welchen Ballast ich in meinem Leben mit mir trug. Irgendwann kaufte ich mir sogar ein Buch dagegen, «Feng Shui gegen das Gerümpel des Alltags», weniger wegen Feng Shui als vielmehr wegen des Stichworts «Gerümpel». Das Buch nützte leider nichts. Lag vielleicht daran, dass ich es ins Regal stellte zu seinen Kollegen wie «Die Glyx-Diät», «Grüne Oase Balkon» und «Das neue Bauch-Beine-Po-Training».

Jetzt hilft aber alles Verdrängen nicht mehr. In drei Tagen ist Umziehen angesagt. Und zwar ohne diese undefinierbare Masse. Das Schlimme ist, dass ich nicht mal genau definieren kann, woraus mein Gerümpel besteht. Weder nenne ich eine Streichholzschachtelsammlung mein Eigen, noch bin ich Besitzerin von 300 wertvollen Langspielplatten. Ich weiß lediglich, dass meine Kinderbücher im Keller lagern, ein Sack mit Stofftieren und eine einmal benutzte Brotbackmaschine. Der Rest ist mir ein Rätsel.

Die Brotbackmaschine ist das tragische Ergebnis eines banalen Missverständnisses. Bernds Exfreundin Sarah hatte vor Jahren mal ein Brot selbst gebacken und es Bernd kredenzt. Dem schmeckte es, und er machte den Fehler, das hausgemachte Getreideprodukt anerkennend zu loben. Woraufhin Sarah uns vor seinem nächsten Geburtstag dazu überredete, ihm gemeinsam einen Brotbackautomaten zu kaufen. Bernds verdutztes Gesicht werde ich wohl nie vergessen, als er das Geschenkpapier aufriss und ihn der Karton mit der Abbildung dieses klobigen Automaten angrinste. Kurz hoffte er wohl noch auf den alten Trick mit der irreführenden Verpackung und ersehnte einen Inhalt in der Schachtel, der mit dem Aufdruck nichts zu tun hatte. Doch als er den Karton öffnete, zog er tatsächlich die Brotbackmaschine heraus. «Hey», sagte er damals mit einer Stimme, die einen Tick zu hoch klang, «das ist ja super ...» Sarahs Strahlen ließ ihn dann schweigen, Freude heucheln – und jede Woche Brot backen. Bis heute. Obwohl er längst nicht mehr mit Sarah zusammen ist. Vroni freut's.

Das Missverständnis aber ging weiter. Ich erzählte fatalerweise meiner Mutter von unserem lustigen Schenkfehler. Zwei Umstände führten in die Katastrophe. Erstens war es Ende Oktober, als ich meiner Mutter die Story erzählte. Also die Zeit, in der man Weihnachtsgeschenke kauft. Falsch. Die Zeit, in der meine Mutter das tut. Und zweitens hatte ich einen Moment erwischt, in dem meine Mutter mit den Gedanken nicht ganz bei mir war. Das passiert öfter, seit mein Vater in Rente ist und die beiden diesen schlimmen Stress haben. Haus umbauen. Urlaube planen. Wintergärten entwerfen. Komplizierte Kochrezepte ausprobieren. Kurz gesagt: Möglichst viel Geld ausgeben, damit ich möglichst wenig erbe. Na ja. Das war jetzt gemein. Ich freue mich ja, wenn sie ihr Seniorenleben genießen und aktiv sind. Blöd nur, wenn der Freizeitstress meiner Mutter dazu führt, dass ich zur unfreiwilligen Besitzerin zahlloser überflüssiger Haushaltsgeräte werde. Dampfbügeleisen. Wasserfilter. Standmixer. Heißer Stein. Raclettegerät. Und eine Brotbackmaschine. Ich habe sie ja sogar ausprobiert. Doch das Bedienen eines Brotbackautomaten verträgt sich nicht mit dem Lebensstil einer Marie Sandmann. Mal eben schnell Brot backen, weil man hungrig ist? Vergesst es. Man muss sich am Abend vorher überlegen, dass man am nächsten Morgen Lust auf frisch gebackenes Roggenbrot mit Sonnenblumenkernen haben wird. Wenn diese Entscheidung gefällt ist und man die entsprechende Backmischung in der Hofpfisterei für einen Preis erstanden hat, für den man drei fertige Laibe Brot erwerben könnte, macht das Gerät fast alles von selbst. Trotzdem erwachte ich in meiner ersten Nacht als Hobbybäckerin von einem seltsamen Geräusch. Verunsichert tappte ich in die Küche. Und sah dort meine Brotbackmaschine, die sich bei mir wohl auch nicht wirklich angenommen und geliebt fühlte. Jedenfalls war sie gerade dabei, sich auf den Rand der Arbeitsplatte zuzubewegen. Eindeutig in suizidaler Absicht. Ich zog den Stecker. Und musste am nächsten Morgen doch wieder Aldi-Semmeln auftauen.

MONTAG, 2. AUGUST 2004 – DIE WELT GEHT NICHT UNTER, NIMMT NUR IHREN LAUF

Ein bisschen komisch ist mir schon zumute, als ich zusehe, wie Bernd und Max Beates beigefarbenes Sofa in die neue Wohnung tragen. So froh ich auch bin, dass Beate mit mir in die Ysenburgstraße zieht, so sehr muss ich auch daran denken, dass ich eigentlich mit Paul hier wohnen wollte. Und glücklich sein. Ich weiß, dass Glück nicht davon abhängt, ob man in einer 4-Zimmer-Altbauwohnung in Neuhausen lebt, auf einem renovierten Bauernhof im Chiemgau (mein alter Lebenstraum) oder in einer Sozialwohnung im Westend. Trotzdem bin ich mir ziemlich sicher, dass Paul und ich uns hier sehr wohl gefühlt hätten. Hätten, könnten, wären. Was bedeutet das nun schon. Nichts. Dieser Lebensabschnitt ist vorbei, und ein neuer beginnt.

«Marie!»
«Ja, Max?»
«Wenn du schon hier herumstehst und Löcher in die schönen hohen Wände starrst, dann tu das bitte irgendwo, wo du uns nicht im Weg bist, okay?»
Ups. Ich schüttle mich wie ein nasser Hund, streife die trüben Gedanken ab und beschließe, etwas Sinnvolles zu tun. Mit ein wenig Musik geht so ein Umzug doch gleich viel leichter von der Hand. Gut, dass der Ghettoblaster schon ausgepackt ist. Ich nehme die nächstbeste CD, die im Umzugskistenchaos griffbereit ist, und lege sie ein. Das Lied passt perfekt zu der Aufbruchsstimmung, die ich jetzt dringend brauche.

Und der Vorhang geht auf
Die Welt geht nicht unter, nimmt nur ihren Lauf
Die Karten werden neu gemischt
Ich bin wieder munter, ich bin wieder drauf
Und der Vorhang geht auf
Das zieht mich nicht runter, das macht mir nichts aus
Dir nachzutrauern lohnt sich nicht
Es wird wieder bunter, es wird wieder laut
Und der Vorhang geht auf ...*

* Aus «Vorhang auf» von Anajo

Ich nehme all meine Kraft zusammen und mache mir die positiven Dinge bewusst. Ich habe gute Freunde, die mir beim Umzug helfen. Die WG mit Beate wird sicher lustig. Ich habe einen festen Job und kann mir die 600 Euro Miete locker leisten. Und ich werde in der schönsten Wohnung Münchens leben.

Bernd kommt mit einer großen, schweren Kiste die Treppe hinaufgeschnauft. Sein orangefarbenes T-Shirt ist klatschnass, und seine Haare kleben ihm an der Stirn. Der Gute. Ein Mann, der richtig anpacken kann, ist viel wert. Um zu sehen, wem die Kiste gehört und wo sie hinsoll, wirft er einen Blick auf den Aufkleber.
«Kruzifix, Keller!», ruft er aus, macht auf dem Absatz kehrt und rennt die Treppen wieder runter. Zwanzig Sekunden später hallt seine Stimme durch das Jahrhundertwendetreppenhaus:
«Marie!?»
«Ja-haaa?», schreie ich zurück.
«Wo ist euer Keller?»
«Irgendwo da unten!»
«Sehr witzig!»
«Warte, ich komm runter!»
In diesem Moment öffnet sich die Wohnungstür meiner neuen Nachbarin, und selbige streckt ihren Kopf hinaus.
«Mei, Kinder, müsst's es so an Krach mach'n? So a Halligalli, naa, naa. I versteh mein Fernseher ja nimma!»
«Mach dich locker, Alte», denke ich und sage: «Entschuldigung, Frau Haberl. Wir sind schon still.» O je. Bitte keine Else Kling auf Speed als Nachbarin. Hoffentlich ist die nur zum Blumengießen da.

Unten angekommen, zeige ich Bernd den Keller. Beziehungsweise, ich versuche es. Als er mir ungefähr fünf Minuten lang mit dem schweren Karton durch diverse Gänge und viele Türen nachgelaufen ist, ohne dass wir dem Ziel «Keller finden» spürbar näher gekommen sind, hat Bernd die Faxen dicke. «Weißte was, Marie», sagt er und wischt sich den Schweiß von der Stirn, «ich stelle die Kiste jetzt hier ab, und du sagst mir Bescheid, wenn du den Keller gefunden hast. Derweil werde ich mit Max deinen Küchenschrank rauftragen.»

Verdammt. Irgendwo muss dieses verflixte Kellerabteil doch sein. Das sieht aber auch alles gleich aus hier unten. Ein Haufen blaue Metalltüren, dunkle Gänge, leicht moderiger Geruch, Treppen rauf, Treppen runter. Irgendwann gebe ich auf. Ich muss doch nochmal die Hausmeisterin interviewen, sie soll mir am besten einen Lageplan zeichnen.

Na super. Auf dem Hinweg hat mein Haustürschlüssel doch noch gepasst bei dieser Tür. Warum lässt der sich jetzt nicht drehen? Mir bricht der Schweiß aus. Gefangen im eigenen Keller. Das Gefühl gleicht dem, das ich hatte, als ich bei Hallhuber nicht mehr aus diesem Alptraum in rosa Rauseide herauskam und Vroni anrufen musste, damit sie mich aus dem Kleid befreite. Mit dem Unterschied, dass das Schlimmste, was im Fall rosa Kleid hätte passieren können, 219 Euro für nix gewesen wären. Aber hier im Keller ... Ich sehe schon Else Kling auf Speed den grausigen Fund machen, Wochen später. «Du übertreibst mal wieder maßlos», sagt das Engelchen, und Teufelchen fügt spöttisch hinzu: «Ja ja, unsere Drama-Queen ...» Ich gebe zu, ich freue mich fast, die beiden zu hören. Ich bin also nicht ganz alleine hier unten.

Irgendwann finde ich dann doch eine blaue Tür, für die mein Schlüssel passt. Ich muss zigmal an ihr vorbeigelaufen sein. Aaaaah. Luft. Licht. Leben. Herrlich. Ich steige aus dem Keller hinauf. Und komme mir vor wie im falschen Film. Das ist nicht «mein» Treppenhaus. Ich trete auf die Straße und lese das Schild: Volkartstraße. Aha. Na ja. Vielleicht ist es gar nicht schlecht, einen zweiten Ausgang aus dem Haus zu kennen.

Am Ende des Tages ist es geschafft. Alle Kisten sind im dritten Stock (oder im Keller), alle Möbel aufgebaut, einige Lampen angeschlossen, das Nötigste ausgepackt. Die Wohnung ist perfekt WG-tauglich, da es keine Durchgangszimmer gibt und alle vier Räume ziemlich gleich groß sind. Ich bin happy. Trotz Kistenstapeln im Flur und den Zimmern wirkt die Wohnung jetzt schon gemütlich und heimelig. Beate und ich kochen eine Riesenportion Spaghetti mit Pesto Calabrese für unsere Umzugshelfer.

«Sag mal», will ich von Max wissen, als wir kurz allein in der Küche sind, «was ist eigentlich mit Kati? Ich hatte sie auf dem Mail-Verteiler wegen des Umzugs, aber sie hat nicht reagiert.»
Max zuckt die Schultern. «Wir sind nicht mehr zusammen.»
«Hat sie dich verlassen?», frage ich, obwohl ich ja schon so gut wie sicher bin, dass es so ist.
«Nein. Ich habe mich von ihr getrennt.»
Ich bin erstaunt. Max hat sich freiwillig von der engelsgleichen Kati getrennt, dieser Kreuzung aus Christy Turlington, Julia Roberts und Charlotte York aus *Sex and the City*, von Kati, die so hübsch ist wie klug und so nett wie witzig?
«Ich weiß schon, Kati ist schön, klug und toll», sagt Max, als lese er meine Gedanken, «aber das nützt alles nichts, wenn sich jemand einfach nicht an dich binden will. Du kennst das ja vielleicht», fügt er hinzu und wirft mir einen vorsichtigen Seitenblick zu.
«Ja. Allerdings», sage ich mit leichter Bitterkeit in der Stimme und verkneife mir, ihm vom Ende zwischen Paul und mir zu erzählen. Erstens weiß er es sowieso längst von seinem besten Freund Bernd, der es wiederum von Vroni erfahren hat. Und zweitens würde das jetzt zu sehr in die Richtung «wir beide wieder Single» gehen. Die Freundschaft zu Max ist zu wertvoll, um sie für einen zweiten Beziehungsversuch aufs Spiel zu

setzen. Reden, lachen, mich geborgen fühlen kann ich auch, wenn wir nur Kumpels sind. Und für den Rest habe ich ja jetzt meinen verheirateten Liebhaber. Ist doch prima. Ein Mann für jede Lebenslage. Max für Seele und Geist, Lorenz fürs Bett und Bernd, wenn es etwas zu reparieren gibt. Fehlt nur noch der, der Geld hat. Aber diese Rolle könnte Lorenz eigentlich auch noch übernehmen.

«Na, ihr zwei Turteltäubchen?» Beate lehnt grinsend in der Küchentür. Ich töte sie mit Blicken und schnappe mir schnell den Topf mit dem Spaghettinachschub, um ihn zum Tisch zu tragen.

FREITAG, 6. AUGUST 2004 –
WUNDERWALDWEIHER

Ich habe zu hohe Ansprüche. Und zwar an mich selbst. Seit ich aus der Pubertät raus bin, arbeite ich an mir. Das ist ja an sich nicht schlecht. Vermutlich sollte man das ein Leben lang tun. Was falsch ist, sind meine Ziele. Ich meine immer, meine Haut müsste zart und rein sein wie die von Alexandra Maria Lara, mein Haar dicht und glänzend wie das von Claudia Schiffer, meine Figur schlank und durchtrainiert wie die von Heidi Klum. Dazu hätte ich gern den Intellekt von Angela Merkel, den Witz von John Cleese und die soziale Kompetenz von Mutter Teresa. Mir ist völlig klar, dass ich das nie erreichen werde. Nicht mal ansatzweise eines von diesen sechs Dingen. Trotzdem bleiben meine Vergleichspersonen auf diesem hohen Level und mein Frust latent bestehen.

Das Gute an Lorenz ist, dass er mir das Gefühl gibt, toll zu sein. Ich glaube, er blendet einfach meine negativen Seiten aus

und sieht nur das, was ihm gefällt. Ich muss mir bei ihm keine Sorgen machen, wenn ich einen Pickel auf dem Kinn habe, einen von der fiesen Sorte, die eigentlich nur Knubbel unter der Haut sind und die man spürt, bevor man sie sieht, die man nicht ausquetschen kann, weil das nur eine fette Entzündung plus Narbe ergeben würde. Ekelhaft. Wenn ich so einen Pickel habe, was Gott sei Dank selten vorkommt, meide ich am liebsten die Öffentlichkeit, bis das Ding wieder gegangen ist, wie es kam.
Lorenz aber sieht nur die reinen, zarten Quadratzentimeter meiner Haut. Meinen Hüftspeck findet er weiblich (wenn er ihn überhaupt bemerkt), und mein Humor bringt ihn zum Lachen. Weil Lorenz findet, dass ich voller Ideen stecke und eine interessante Persönlichkeit bin, fallen mir lauter tolle Dinge ein, seit ich ihn kenne.

Heute Abend hat Lorenz frei und mir vorgeschlagen, schön essen zu gehen und danach in einem netten Hotel zu übernachten. Ich weiß, dass er endlich Sex mit mir möchte, und die Vorstellung erzeugt ein angenehmes Kribbeln in meinem Magen. Endlich wieder jemand, der mich will, der auf mich zugeht und nicht umgekehrt. Ein himmlisches Gefühl.
«Ich habe eine bessere Idee», simse ich Lorenz. Wir schreiben uns sehr viele SMS. Das ideale Kommunikationsmittel mit einem verheirateten Mann. Ich frage mich, wie die Männer früher ihre Frauen betrogen haben, als es noch keine Handys gab und kein E-Mail.
«Holst du mich um 20 Uhr mit dem Auto ab?»
«Wo fahren wir denn hin? :-) Bin neugierig!», antwortet Lorenz.
«Überraschung! Bis heute Abend …»

Da meine Picknickdecke leider dem Umzug zum Opfer gefallen ist, schwinge ich mich in mein Auto und düse zu IKEA in

Brunnthal. Ich widerstehe der Versuchung, neue Teelichter für die Ysenburgstraße zu erwerben (beim Kistenpacken habe ich noch sieben verschlossenen Packungen gefunden), und kaufe auch keine Caipirinha-Gläser. Stattdessen schaffe ich eine kuschelige, pink-orangefarbene Fleecedecke an und fünf Vanillekerzen im Glas. Auf dem Rückweg schaue ich im Supermarkt vorbei und besorge eine Flasche Prosecco und ein Sixpack Beck's Gold. Die ganze Zeit begleitet mich dieses vorfreudige Kribbeln, das ich noch gut aus der Zeit mit Paul kenne. Die Zeit mit Paul. Als ob das schon lange her wäre. Seufz. Aber immer schön positiv bleiben. Der Vorteil an Lorenz ist, dass erstens von Anfang an mit offenen Karten gespielt wird. Ich weiß, dass es nur eine Affäre ist, und das ist gut so, denn auf etwas Ernsthaftes könnte ich mich momentan sowieso nicht einlassen. Und zweitens ist Lorenz die Zuverlässigkeit in Person. Nie würde es ihm einfallen, mich auf Kuscheldecke und Alkohol sitzen zu lassen, sich erst mal nicht mehr zu melden und zehn Tage später eine lapidare «Bin in …»-SMS zu schicken. Das wäre einfach nicht Lorenz' Stil. Und ich bin ihm wahnsinnig dankbar dafür.

«Hallo Kleine», erscheint in diesem Moment eine SMS auf dem Display meines Handys, «ich habe heute noch einen Termin zur professionellen Zahnreinigung.»
Mir bleibt fast das Herz stehen. Bitte keine Absage. Habe ich sie heraufbeschworen mit meinen Gedanken?
«Und was heißt das???», simse ich mit zitternden Finger zurück.
«Du bist so süß! Das heißt, dass ich heute Abend weißere Zähne für dich habe :-)», ist die Antwort. Puh. Ich glaube, ich bin schwer traumatisiert. Paulmatisiert.

Punkt acht klingelt es an der Wohnungstür. Ich nehme die Reisetasche mit Decke, Kerzen und Getränken im Kühlbeutel, brülle «ich komm runter!» in die Gegensprechanlage und laufe Lorenz entgegen. Da steht er, lässig an sein Cabrio gelehnt, und grinst mit frisch polierten Zähnen. Er trägt ein kurzärmeliges, weißes Poloshirt (von Polo Ralph Lauren, versteht sich) und Jeans. Auf dem Rücksitz des BMWs liegt ein cremefarbener Zopfpulli. Einer von der Sorte, in denen Paul so umwerfend ... Stopp. An Paul zu denken ist heute Abend verboten.
Ich werfe meine Tasche in den Fond des Wagens, lächle Lorenz bezaubernd an und steige in das Auto, dessen Tür er mir aufhält. Ich fühle mich ein bisschen wie in einem Rosamunde-Pilcher-Film. Lorenz ist Sigmar Solbach (als er noch etwas jünger und frischer war, versteht sich), und ich bin Mavie Hörbiger. Ich trage eine weiße Leinenhose und eine rosa-weiß gestreifte, kurzärmlige Bluse im 50er-Jahre-Stil. An den Füßen habe ich weiße Flipflops aus Leder mit kleinem Keilabsatz und um mein Haar habe ich ein weißes Tuch mit Glitzerfäden gebunden, unter dem ein paar blonde Haarsträhnen hervorlugen. Meine Haut ist noch braun vom Sommer auf der Südhalbkugel und duftet nach Sonnenspray ...

Lorenz gibt mir einen Kuss. «Wo soll's hingehen, schöne Frau? Du siehst wirklich bezaubernd aus heute. Also, nicht dass du sonst nicht toll aussehen würdest, aber heute eben auch, und zwar ganz besonders ...»
«Schon gut, danke», lache ich, «fahr am besten einfach auf den Ring Richtung Süden!» Lorenz startet den Boliden und tut wie geheißen. Wir fahren in der Abendsonne durch die Stadt und hören die Live-Version von *Hotel California* aus dem CD-Player. Ich gebe zu, es hat was, das Cruisen im Cabrio. Dann verlassen wir die Stadt und fahren auf die Autobahn. Bei Oberhaching lotse ich Lorenz auf die Landstraße, weiter nach Süden.

«Unten bei der Klostergaststätte links», sage ich, als wir in Dietramszell sind. Lorenz biegt ab, und wir fahren auf einen Kiesparkplatz am Waldrand.
«Und jetzt? Ich sterbe vor Neugier!», grinst er erwartungsvoll.
«Jetzt geht's zu Fuß weiter», sage ich und nehme die Tasche vom Rücksitz.
«Cool», freut sich Lorenz, «komm, lass mich die Tasche nehmen.»

Hand in Hand gehen wir den Waldweg entlang. Die Sonne ist gerade am Untergehen und wirft letzte schräge Strahlen durch die Bäume. Es riecht nach gemähtem Heu von den angrenzenden Wiesen, Sonne und Waldboden. Nach einer Viertelstunde erreichen wir mein Ziel: den Waldweiher. Die Badegäste des Tages sind schon nach Hause gegangen, und der kleine See liegt still und verlassen im Zwielicht.
«Wie wunderschön es hier ist», staunt Lorenz, «da lebe ich seit 38 Jahren in München, und dieses Paradies kannte ich noch nicht ...»
«Siehste mal», sage ich und ziehe ihn auf einen schmalen Pfad am Seeufer. Wir klettern über Hügel und Baumwurzeln, biegen um eine Ecke, und da ist er: der Steg. Eine große, quadratische Plattform aus Holzbrettern direkt am von Buchen bestandenen Seeufer.
«Wow», sagt Lorenz nur und setzt die Tasche ab.

Ich hole die weiche Decke heraus, ziehe meine Schuhe aus und betrete den Steg. Er ist groß genug, dass man sich zu zweit draufsetzen oder -legen kann, ohne Gefahr zu laufen, unfreiwillig baden zu gehen. Ich zünde die Vanillekerzen an und verteile sie an den Ecken des Stegs. Dann hole ich die Getränke aus der Kühltasche.
«Was schaust du so», lächle ich Lorenz an, «komm her!»

«Ich bin total platt», gesteht er und tritt auf den Steg. «Das ist der schönste Platz der Welt ...»
Wir setzen uns auf die Decke und genießen den Ort. Grillen zirpen, kleine Wellen plätschern sanft an die Pfosten des Stegs, und der Himmel färbt sich langsam von rosa zu dunkel. Die Luft ist warm und seidig. Es wäre fast kitschig, wenn es nicht so real wäre. Nur jetzt nicht an Paul ...

Zum Glück küsst Lorenz mich und verscheucht damit meine uneingeladenen Gedanken. Nach vielen Minuten beginnt er, meine Bluse aufzuknöpfen, zieht sie mir dann aus. Ich tue dasselbe mit seinem Hemd. Lorenz streichelt meine nackten Schultern, meinen Rücken, meine Hüften. Dann öffnet er Knopf und Reißverschluss meiner Hose und streift mir auch diese ab. Kurze Zeit später liegt seine Jeans an Land. Und irgendwann sitzen wir ganz nackt nebeneinander. Inzwischen ist es dunkel geworden, nur die drei Kerzen werfen ihr flackerndes Licht auf unsere Haut. Ich fühle mich wohl. Ich fühle mich schön. Und ich habe wahnsinnig Lust auf Sex. Auf Sex mit Lorenz. Der setzt sich im Schneidersitz vor mich, küsst meinen Hals, meine Schultern, meine Brüste. Streichelt meine Beine, die Innenseiten meiner Oberschenkel, meinen Bauch. Ich vergehe fast vor Lust, aber er berührt mich noch nicht dort, wo ich es jetzt gerne hätte. Schließlich greife ich nach seinem Glied und massiere es, sehe Lorenz dabei in die Augen. Er stöhnt leise auf, und endlich spüre ich seine Finger zwischen meinen Beinen. So streicheln wir uns eine halbe Ewigkeit lang, sehen uns dabei in die Augen. Meine Lust wächst und wächst. Endlich fasst Lorenz mich an den Hüften, hebt mich ein wenig hoch und lässt mich dann auf sich gleiten. Ich schlinge meine Beine um seinen Rücken, und so schaukeln wir uns ganz sanft, ohne jede Eile, halten zwischendurch still, spüren uns nur und lauschen dem unermüdlichen Zirpen der Grillen.

Ich glaube, wir sitzen stundenlang ineinander verschlungen auf dem Steg. Mit gedämpfter Stimme erzählen wir uns aus unseren Leben, unseren Urlauben und von unseren Träumen. Trinken Prosecco und Beck's Gold. Und das alles, während wir Sex haben. So etwas habe ich noch nie erlebt. Und Lorenz auch nicht. Sagt er. Egal, wie das mit uns weitergeht – für diese Nacht hat es sich schon gelohnt.

Zwischendurch habe ich Anflüge von schlechtem Gewissen. Bin ich oberflächlich, weil ich intime Momente mit einem anderen Mann so sehr genießen kann, gut fünf Wochen, nachdem meine große Liebe geendet hat? Kann meine Liebe zu Paul so groß gewesen sein, wenn ich schon kurze Zeit später mit einem anderen poppen und es auch noch hemmungslos genießen kann? Doch ich schiebe meine Zweifel beiseite. Vielleicht hat mir Lorenz irgendwer geschickt, um mich wieder aus dem tiefen Loch herauszuholen, in dem ich mich befand. Wie auch immer. Es ist gut.
Irgendwann rollen wir uns in die Decke ein und schlafen eng umschlungen ein oder zwei Stunden. Es wird gerade hell, als uns das Konzert der Singvögel weckt.
«Wollen wir in der Stadt frühstücken?», schlage ich Lorenz vor, strecke meine Arme gen Himmel und reibe mir den Sand aus den Augen. «Ja. Gleich», sagt er, «lass uns erst noch schwimmen gehen!» Nackt, wie wir sind, lassen wir uns ins morgenkühle Wasser fallen und schwimmen eine Runde. Dann lege ich mich auf den Rücken in die Morgensonne, um meinen Körper zu trocknen. Plötzlich spüre ich Lorenz' Gewicht auf mir. «Guten Morgen, Schöne», flüstert er und dringt im selben Moment in mich ein. Erregung durchflutet mich vom Kopf bis zur Fußsohle.

Erst gegen neun Uhr vormittags verlassen wir unseren Steg. Das Frühstück im *Ruffini* ist wohl das müdeste, das ich je erlebt habe, und gleichzeitig habe ich so viel Energie wie nie. Ich fühle mich wie ein frisch aufgeladener Akku. Ich glaube, meine Haut ist straffer, mein Haar glänzender und mein Gang aufrechter als gestern. Eigentlich fast ein wenig schade, dass Lorenz verheiratet ist.

SONNTAG, 15. AUGUST 2004 – LIVING AT HOME

Die neue Wohnung ist fast fertig. Und wunderschön. Meine Möbel, die ja noch dieselben sind wie im alten Zuhause, sehen mit den hohen Wänden und dem glänzenden Dielenboden zusammen viel besser aus als vorher. Nur ein paar raffinierte Details fehlen irgendwie noch. Ich brauche Deko-Ideen. Auf der Suche nach selbigen stürme ich in den Kiosk an der Ecke und kaufe mir zum ersten Mal in meinem Leben ein Einrichtungsmagazin. *Living at Home* heißt es, glaube ich. Ich bin ja nicht so der Basteltyp. Aber ich hoffe auf ein paar Anregungen der Sorte: kleiner Aufwand, günstiger Preis, große Wirkung.

Hmpf. Ich will neue Möbel. Und am besten gleich eine neue Wohnung. Auf einmal gefällt mir mein alter Dielenboden in dem warmen Eichenholzton nicht mehr. Ich habe mich in das dunkelbraune, fast ebenholzfarbene Parkett verliebt, das in einer Fotostrecke der Zeitschrift zu sehen ist. Damit werden weiße und cremefarbene Möbel kombiniert und Accessoires in Schwarz-Weiß. Einzige Farbtupfer: eine dicke, echte Dahlie in Knallpink und ein asiatischer Glücksbambus in einer hohen, eckigen Glasvase. Ich bin begeistert. Das wäre genau meins. Klare Linien, alles passt zusammen, sieht wahnsinnig edel und gleichzeitig gemütlich aus.

Ich sehe mich in meinen Zimmern um. Das auberginefarbene

Alcantara-Sofa. Der Couchtisch mit mediterraner Mosaikplatte. Die weiße Bücherwand. Meine Mahagoni-Sideboards. Die Stühle in Schwarz und Chrom. Das einzig Einheitliche bei diesem Interieur sind meine cremefarbenen Church Candles. Und bis auf die müsste ich so gut wie alles hinauswerfen. Um dann halb so viele Möbel für zehnmal so viel Geld nachzukaufen.
Ich frage mich, wie die Leute, deren Traumwohnungen in den Wohnmagazinen abgebildet sind, das machen. Normalerweise schleppt man doch gezwungenermaßen die Möbel, die man sich beim ersten Auszug von zu Hause zulegte, eine Weile mit sich durch die Weltgeschichte. Wer gibt schon all sein Mobiliar auf den Sperrmüll und richtet sich völlig neu ein? Aber vielleicht ist das auch nur die kleinkarierte Denke einer Einrichtungsbanausin wie mir.

Hmpf zwei. Wenigstens eine Kleinigkeit möchte ich verändern. Ich entscheide mich für den Vorschlag von Seite 123, weil Sonntag *und* Feiertag ist und ich nichts kaufen gehen kann, nicht mal ein schwarzes Designersofa von Rolf Benz – das übrigens immer «wie zufällig hingestellt» mitten im Raum stehen sollte, weil es sonst klobig wirkt. Für die Deko-Idee, die ich ausgewählt habe, genügen Papiertüten. Die, in die meine Mutter früher mein Pausenbrot einwickelte. Ich bastle begeistert. Schere, Kleber, fertig ist das Windlicht. Außen schreibe ich mit schwarzer Tinte «Casa Marie» auf das Papier. Jetzt das Kunstwerk um ein Trinkglas drapieren, Teelicht hinein und fertig ist das individuelle Windlicht. Wow. Sieht toll aus. Ich bin stolz wie Oskar und produziere gleich weitere acht Windlichter in Serie, die ich in meinem Wohnzimmer verteile. Als es langsam dunkel wird, sitze ich inmitten meiner sanft flackernden neuen Deko und freue mich. Schade nur, dass jetzt keiner da ist, der mich dafür lobt. Keiner, der sagt: «Ui, das sieht ja schön aus!»

Und keiner, der mir hilft, die neun brennenden Papiertüten zu löschen. Verdammt. Ich hätte es besser wissen sollen. Ich bin einfach nicht so der Basteltyp.

MITTWOCH, 18. AUGUST 2004 – PANNA COTTA À LA PRAG

Ich kann allen Frauen, die unter schwerem Liebeskummer leiden, nur empfehlen: Lenkt euch mit einem anderen Mann ab. Man glaubt es nicht, aber es funktioniert. Vor allem, wenn es Sommer ist und der andere Mann ein Volltreffer wie Lorenz. Er ist zuvorkommend, zuverlässig, liebenswert und ein wundervoller Liebhaber. Er macht mir ständig Komplimente, findet mich toll und hält mich auf Trab. Keine Ahnung, was der Mann seiner Frau erzählt, aber er hat wirklich viel Zeit für mich. Es vergeht kein Tag, an dem er sich nicht bei mir meldet (ich schwebe in himmlischen Sphären! Kein Warten auf SMS mehr!), und wir sehen uns mindestens dreimal die Woche. Wir gehen essen, spazieren im Nymphenburger Park oder kochen zusammen in meiner neuen Wohnung. Beate ist wieder mal auf Konzerttour, was mir Erklärungen erspart. Es ist wunderbar. Nur am Wochenende, da ist Lorenz bei seiner Familie und hat keine Zeit für mich. Doch selbst da bekomme ich ab und zu eine sehnsuchtsvolle SMS. Ich finde das Leben als Geliebte herrlich. Noch nie hat mich ein Mann dermaßen auf Händen getragen. Und ich denke nicht mehr ständig an Paul. Lorenz lässt mir einfach keine Zeit für trübe Gedanken. Er ist so ein «Typ Sonnenschein». Meistens gut drauf, fast immer mit einem Grinsen im Gesicht und ein gnadenloser Optimist und Schönfinder. Das steckt an.

Oh. Telefon. Er ist es. So früh schon. Wie schön.

«Hallo, Kleine!» Diese Begeisterung in seiner Stimme! «Na, wie geht's dir?»

«Prima, danke! Bin grad aufgestanden ...»

«Marie, kannst du dir heute freinehmen?»

«Öhm, weiß nicht, wieso?»

«Das erfährst du später. Check bitte mal ab, ob die Redaktion heute auf dich verzichten kann, und dann ruf mich am Handy zurück, okay? Kuss!»

Tut-tut-tut. Verdutzt blicke ich auf mein Handy. Verbindung beendet. Also gut.

Ich bekomme tatsächlich frei. Dem Sommerloch sei Dank. Und meinem liberalen Chef, der mir in der Einarbeitungszeit Urlaub gibt.

«Lorenz? Grünes Licht!»

«Suuuuuper, Kleine, ich freu mich riesig! Pass auf. Pack ein paar Sachen ein, nicht zu viel, du wirst das meiste eh bald wieder ausziehen», sagt er grinsend, und es klingt gar nicht blöd aus seinem Munde. «Ich bin in einer halben Stunde bei dir. Und vergiss den Personalausweis nicht ...»

Da ist es wieder, das Kribbeln. Lorenz schenkt mir eine Überraschung. Ich bin begeistert, obwohl ich eigentlich keine Überraschungen mag und lieber weiß, was auf mich zukommt. Aber ich vertraue Lorenz. Und ich muss keine Angst haben, dass er nicht auftaucht. In genau 30 Minuten wird er an der Tür klingeln.

Ich werfe rasch ein paar sommerliche Klamotten in meine Reisetasche. Von einer Nordpolexpedition hätte mir Lorenz sicher was gesagt, also packe ich nur einen leichten Sommerpulli ein. Waschbeutel, Brieftasche, Handy, Sonnenbrille, fertig. Seit ich Lorenz kenne, bin ich extrem lässig geworden, finde ich. Früher hätte ich es nie zustande gebracht, in fünf Minuten zu packen.

Ich fasse es nicht. Wir sind in Prag! Es ist gerade mal Mittag, und wir schlendern schon durch die Innenstadt. Wieder mal fühle ich mich wie in einem Film. Die junge Frau und ihr verbotener Liebhaber, der sie spontan in die Goldene Stadt entführt. Die beiden Arm in Arm auf der Karlsbrücke, turtelnd im Eiscafé, küssend auf dem Hradschin. Endlich als Liebespaar auftreten dürfen, ohne die Angst, Lorenz könnte einen Bekannten treffen. Paul und Lorenz' Frau haben wir 500 Kilometer hinter uns gelassen. Das ist ein geschenkter Tag für uns beide.

Wir wandern ein zweites Mal über die Karlsbrücke, zurück Richtung Altstadt. «Weißt du was?», flüstert Lorenz in mein Ohr.
«Nein?»
«Ich würde am liebsten jetzt und an Ort und Stelle Sex mit dir haben. Du siehst zum Anbeißen aus in deinem schwarzen Sommerkleid ...» Und er dirigiert mich zur Brückenmauer, stellt sich hinter mich und umarmt mich. Während wir wie ein ganz normales Touristenpaar scheinbar nur harmlos den Blick auf die Moldau genießen, drückt sich Lorenz von hinten an mich, und ich spüre seine Erregung. «Ich muss dich jetzt haben», flüstert er heiser, «ich halte das nicht mehr aus bis ins Hotel!»
«Du spinnst», lache ich leise, «wir sind doch gleich da ...»
«Nein», sagt Lorenz und nimmt meine Hand, «komm mit!»
Vielleicht ist das eine neue Ader, die ich an mir entdeckt habe, aber ich mag seine bestimmte Art. Ich mag, wie er sanft über mich verfügt, und es schmeichelt mir, wie sehr er mich will.
Im Laufschritt eilen wir von der Brücke, und Lorenz geht zielstrebig auf ein italienisches Lokal zu. Es ist voll, denn es ist gerade Mittagszeit. Lautes Besteckklappern vermischt sich mit internationalem Stimmengewirr. Lorenz begutachtet rasch die Location und steuert dann, mich immer noch fest an der Hand, die Kellertreppe an. Wir steigen hinunter in die dämmrige Küh-

le, und Lorenz öffnet die nächstbeste Tür. «Na bitte», sagt er, «hier hinein!» Spricht's, zieht mich in den Raum und sperrt die Tür hinter uns ab. Ich sehe mich um. Wir befinden uns – ganz klassisch – in einer Art Abstellkammer. Zu unserem Glück befindet sich sogar ein altes, zerschlissenes Sofa in dem kleinen Raum.

«O Gott, endlich bin ich mit dir alleine», stöhnt Lorenz und beginnt, mich leidenschaftlich zu küssen. Seine Erregung steckt mich unmittelbar an, und nach wilden zehn Minuten sinken wir erschöpft auf die alte Couch. «Danke», keucht Lorenz, «und sorry für den Quickie. Ich verspreche dir, heute Nacht gibt es die lange Version!»
Ich bestehe auf einem Mittagessen oben im Lokal. «Ich hab aber gar keinen Hunger», quengelt Lorenz.
«Ich auch nicht, aber man kann doch nicht einfach ... ohne ...»
«Du meinst, wir können nicht einfach in der Abstellkammer vögeln, ohne zu bezahlen?», sagt Lorenz und grinst. «Und wenn ich nach den Penne all'arrabiata noch eine Panna cotta als Nachspeise nehme – darf ich dir dann im Keller nochmal deinen Slip runterziehen, dein Kleid hochheben und ...»
«Stopp!», rufe ich und füge flüsternd hinzu: «Das wäre nicht nötig. Rate mal, was ich hier in meiner Handtasche habe. Ich gebe dir einen Tipp. Es ist schwarz und ein wenig durchsichtig ...»
«O Gott, Marie», stöhnt Lorenz, «du machst mich fertig, echt! Ich könnte auf der Stelle noch einmal mit dir in den Keller runtergehen und dich in der Abstellkammer...»

Der arme Mann. Er hat schon Schweißperlen auf der Stirn, trotz der Aircondition im Lokal. Ich muss ihn erlösen.

DONNERSTAG, 19. AUGUST 2004 – TAXI!

«Lorenz», sagte ich, «komm, erzähl mir was von deiner Frau!»
Er verschluckte sich fast an seinen Nudeln, blieb aber cool.
«Willst du das wirklich?», fragte er und sah mich lieb und ein wenig prüfend an.
«Komm schon», ermutigte ich ihn, «wie alt ist sie, wie sieht sie aus, wie ist sie so? Ich bin doch neugierig.» Was war schon dabei. Ich wusste fast von Anfang an, dass er verheiratet ist. Und es machte mir nicht das Geringste aus.
«Also, Anja ist 33, etwa so groß wie du», begann Lorenz zögernd, «sie hat braune Locken, etwa schulterlang.» Komisch. Ich hatte mir eher eine energisch gepflegte Blondine vorgestellt.
Ich lächelte Lorenz auffordernd an: «Und? Weiter?»
«Na ja, was soll ich sagen ...» Er wand sich ein wenig, fuhr aber fort. Vor meinem inneren Auge entstand das Bild einer attraktiven Mittdreißigerin aus gutem Hause, nicht unsympathisch, aber komplett anders als ich. Mutter. Im Erziehungsurlaub. Angekommen in ihrem Leben. Glücklich und zufrieden mit Ehemann und Töchterchen Sophia. Fan von Kreuzfahrten mit der AIDA. Obwohl Lorenz Anjas Klamottenstil nicht beschrieb, sah ich sie in weißen Caprihosen vor mir und einem blau-weiß gestreiften Baumwollpulli, weiße Segelschuhe an den Füßen und eine Gucci-Sonnenbrille in den hochgesteckten Locken. Eine Frau wie aus dem Bonprix-Katalog. Gepflegt bis in die manikürten Gel-Fingernägel und stets nach Davidoff Cool Water Woman duftend. Eine Frau, die ein Abendmahl für sechs Personen aus dem Ärmel zaubern kann, wenn ihr Mann kurz nach Ladenschluss ein kurzfristiges Geschäftsessen im trauten Heim anberaumt. Natürlich müsste sie vorher nicht Ordnung machen, denn es wäre sowieso aufgeräumt und blitz-

sauber. Kurz, eine ziemlich perfekte Frau. So eine, wie ich nie sein werde.

«Liebst du deine Frau?», fragte ich Lorenz.

«Ja. Natürlich», antwortete er. Ich verkniff mir die Frage, was er mit dem zweiten Wort meinte. Muss man seine Frau lieben, wenn man verheiratet ist? Oder ist es so selbstverständlich?

Lorenz nutzte mein kurzes Schweigen und wechselte rasch das Thema. Über seine kleine Tochter Sophia zu sprechen fiel ihm sichtlich leichter. Er zeigte mir Fotos, die er auf seinem Handy gespeichert hatte, und erzählte mit leuchtenden Augen von den ersten Worten und großen Taten der Zweijährigen. Mir wurde wider Willen warm ums Herz. Und ich empfand ein kleines bisschen Wehmut. Weil sich mir hier eine Welt offenbarte, in die ich nie Eintritt finden würde. Eine Welt mit einem Mann, der Marie Sandmann ihren schönen Nachnamen wegnehmen und mit ihr eine Familie gründen will. Doppelhaushälfte, Einzelgarage, Pampers und Heimvideo. Stichworte, die mir früher einen Schauer über den Rücken jagten, lösten jetzt Wehmut in mir aus. Was war los mit mir?

«Was ist los mit dir?», fragte Lorenz und nahm über die rote Tischdecke hinweg meine Hand. Der Gute. Ganz schön sensibel für einen Mann, der gerade seine Frau betrügt.

Heute bin ich zurück in München und wieder im Büro, etwas übernächtigt, aber voller schöner Erinnerungen an Prag, an die sinnlichen Stunden im *Hotel de Paris* am Platz der Republik, mit drei Paar neuen Schuhen und jeder Menge Badekugeln aus dem Lush-Shop. Der lange Arbeitstag ist zum Glück fast vorbei. Um acht bin ich mit Simon im *Bobolovsky's* verabredet.

«Simon», eröffne ich das Gespräch, «was meinst du, wie schnell kann man über seine große Liebe hinwegkommen?»

«Das kommt drauf an», sagt er und dreht sich eine Zigarette. Na toll. Ich hasse diese Antwort. Immer kommt es auf alles an. Das weiß ich selber. Ich will klare Ansagen. Zwei Monate oder so was in der Richtung.

«Bei meiner bisher größten Liebe hat es zwei Monate gedauert, bis ich nicht mehr jeden Tag an sie gedacht habe ...», fährt Simon nachdenklich fort und klingt dabei so, als seien zwei Monate eine unendlich lange Zeitspanne.

Ich bin entsetzt. Nur zwei Monate, bis er nicht mehr täglich an die Liebe seines Lebens dachte?? Mein Gott, was sind Männer unsensibel! Ob Paul auch schon in einer Woche nicht mehr jeden Tag an mich denken wird? Ich schildere Simon die Geschichte vom Ende meiner Beziehung zu Paul und meine Bedenken.

«Ähm», sagt er, als ich mit meiner Story fertig bin, «und er hat seit diesem ‹Lassen wir es doch einfach so laufen› nichts mehr von sich hören lassen?»

«Doch.» Autsch.

«Wie jetzt?»

«Ich habe ihm vor etwa drei Wochen noch eine Mail geschrieben», gebe ich zu.

«Ups. Na ja. Kann man nix machen. Und was stand da drin?»

Ich erzähle Simon von meiner offenen, schonungslosen Mail an Paul und dessen eiskalter Reaktion. Diese fiese Antwort hatte ich ganz gut verdrängt. Doch als ich sie jetzt aus dem Gedächtnis zitiere, kommt das blöde, wunde, wütende Gefühl wieder hoch, als hätte ich die Zeilen vor ein paar Minuten erst gelesen.

«Und seitdem nichts mehr?», will Simon wissen.

«Nein ...»

«Oh.» Er bläst Rauchkringel in die Luft. Das ist ein extrem schlechtes Zeichen, wenn Simon, der mir sonst die Männer immer so gut erklären kann, Rauchkringel macht. Und «Oh» ist auch nicht gerade das, was ich hören wollte.

«Meinst du, es ist endgültig aus?», frage ich, rühre mit dem Strohhalm in meinem Caipiroshka und halte die Luft an.
«Schatzi ...», beginnt Simon. Nicht gut. Sätze mit «Schatzi» am Anfang kündigen entweder die Bitte an, ihm Freikarten fürs Sportfreunde-Stiller-Konzert zu besorgen, oder eine unangenehme Wahrheit.
Simon will nicht aufs Konzert. «... ich denke mal, ja», sagt er und vermeidet es, mich anzusehen.
«Ja, das denke ich auch. Und weißt du was?», frage ich und schalte meine Stimme auf fröhlich, «ich habe mir einen Lover gesucht, um Paul zu vergessen. Und es funktioniert total gut!»
Dann erzähle ich ihm, wie ich Lorenz kennen lernte und wie super es mit uns läuft. Ich erwähne auch, dass Lorenz verheiratet ist und nicht vorhat, sich von seiner Familie zu trennen. Macht ja auch nichts. Will ich auch nicht, Gott bewahre. Schließlich bin ich nicht verliebt in ihn und werde das auch nie sein. Das ist ein reiner Übergangsmann. Jawohl. Und weil ich keine Lust auf Kommentare zu meiner Affäre habe, fahre ich schnell fort: «Und was machen deine Frauen? Wie läuft's mit der Bildhauerin? Die mit dem kleinen Sohn?»
«Nela? Och, mit der ist es aus. Ich habe mich von ihr getrennt.»
«Warum denn? Es war doch so toll mit ihr?» Sicher hat er Schluss gemacht, weil sie ihm zu sehr geklammert hat. Vielleicht hat sie den Fehler gemacht, schon nach wenigen Beziehungsmonaten einen gemeinsamen Urlaub anzupeilen, oder wollte ihre Beautytasche bei ihm im Bad parken. Määääp. Schwerer Fehler, Nela.
«Du, nachts sah die echt super aus», erklärt Simon, «aber tagsüber ...»
«Wie bitte??»
Er zwinkert mir zu und sagt mit gespielter Empörung in der

Stimme: «Weißt du, was die Geburt eines Kindes mit dem Körper einer Frau anstellen kann?»
Ich ordere meinen dritten Caipiroshka. Das darf ja wohl nicht wahr sein. Das Kartenhaus «Männer sehen Cellulite gar nicht» bricht in sich zusammen. Und ich kenne Frauen, die mit zwei Kindern eine bessere Figur haben als ich ohne ein einziges. Toll. Ich kann mich beglückwünschen. Ich habe Schwangerschaftsstreifen, ohne jemals schwanger gewesen zu sein.

Zur Strafe erzähle ich Simon, dass Kati jetzt wieder zu haben ist, weil Max sich von ihr getrennt hat. Und ich bin ein kleines bisschen stolz darauf, dass mein Ex sich vom schönen, klugen, engelsgleichen Traumwesen getrennt hat und nicht sie sich von ihm. Simon horcht auf. Schließlich hat er damals sogar einen Treuetester auf Kati gehetzt, um sie und Max auseinander zu bringen. Ohne Erfolg. Max hat davon nie erfahren.
«Hast du ihre Nummer noch?», will Simon wissen. Klar habe ich die noch. Kati war schließlich gerade dabei, eine Freundin von mir zu werden.
«Ich glaube schon», sage ich, «aber nicht auf dem Handy gespeichert. Ich kann sie aber suchen.»
«Das wäre cool!»
«Vielleicht finde ich sie schneller, wenn du …»
«Was kann ich für dich tun? Ich mache alles!»
«Du hast doch diesen Kollegen, der manchmal mit Paul zusammenarbeitet. Sprichst du den manchmal?»
«Ja, schon, wieso?»
«Versuch doch beim nächsten Mal unauffällig herauszufinden, ob er weiß, wie es Paul so geht.»
«Marie. Vergiss Paul. Der Typ hat dich gar nicht verdient!»

Wieder einer von diesen Sätzen, die immer fallen, wenn jemand Liebeskummer hat. Wahlweise hätte Simon auch sagen können:

Andere Mütter haben auch schöne Söhne. Oder: Der Richtige kommt bestimmt. Alles Bullshit. Natürlich weiß ich, dass Paul mich nicht verdient hat. Es nützt mir aber nichts. Weil es egal ist, ob er mich verdient hat oder nicht. Wenn man jemanden will, ist es unerheblich, ob derjenige sich dafür qualifiziert hat oder sich wie der letzte Idiot benimmt. Man will ihn trotzdem. Das ist ja gerade das Problem. Genau wie das mit den anderen Müttern und Mr. Right, der sicherlich eines Tages auf dem weißen Pferd dahergaloppiert kommt. Die anderen Söhne können einem gestohlen bleiben, wenn dieser eine blöde Sohn, den man leider liebt, einen nicht will. Und außerdem ist er natürlich der einzig Richtige, egal, wie er selbst das sieht. Ach Menno. Ich muss noch was trinken.

Ein paar Stunden später stehe ich einigermaßen angeschickert an der Münchner Freiheit und habe die letzte U-Bahn verpasst. So'n Mist. Ich brauche ein Taxi. Aber diesmal werde ich mich nicht wie eine schlechte Carrie-Kopie mitten auf die Straße stellen und «Taxiiii!!» brüllen. Einmal blamieren reicht. Ich gehe einfach schon mal los Richtung Neuhausen und halte mir unterwegs ein Taxi an.

Schon an der nächsten Ampel habe ich Glück. Da ist eines. Erleichtert öffne ich die hintere Tür und lasse mich auf den Rücksitz fallen. «Neuhausen bitte, Ysenburgstraße!», sage ich dem Fahrer.

«Äh, wie bitte?»

«Neuhausen, Ysenburgstraße», wiederhole ich etwas lauter und langsamer. Habe ich gelallt oder wie?

«Mh, ja. Und wo ist das?»

«Die Ysenburgstraße ist eine Seitenstraße der Nymphenburger, kurz hinter dem Rotkreuzplatz», erläutere ich. Der Fahrer sieht jung aus, sicher hat er seinen Taxischein noch nicht lange. Wollmamalnichsosein.

«Ach, in die Richtung muss ich eh», sagt er und gibt Gas.
Und schon, denke ich mir, du fährst hin, wo ich will, das ist der Sinn des Taxifahrens, junger Mann! Aber egal.

Als er vor meiner Haustür anhält, will ich den Preis auf dem Taxameter nachsehen. Doch da ist keiner. Komisch.
«Wie viel macht's denn?», frage ich vorsichtig. Will der mich über den Tisch ziehen?
«Nichts», sagt der Taxifahrer.
«Wie, nichts??»
Er lacht. «Ich bin kein Taxi!»
Hastig krabble ich aus dem Wagen. Und sehe, dass ich in einen hellen Mercedes ohne Taxi-Schild eingestiegen bin.
Der junge Mann, der kein Taxifahrer ist, winkt noch einmal freundlich und fährt dann davon.

FREITAG, 3. SEPTEMBER 2004 –
DRAGOSTEA DIN TEI

Eigentlich ist alles super. Der Job läuft gut und macht Spaß. Mein Konto erholt sich durch die regelmäßigen Geldeingänge. Oder dadurch, dass ich keine Zeit mehr zum Ausgeben habe. Wenn ich abends die Redaktion verlasse, machen die Läden gerade zu. Die knielange Tunika in Türkis, die ich unbedingt haben musste, bevor sie jeder hat (es ist echt praktisch, beim Kaffeemachen immer einen heimlichen Blick in die Requisite der Moderedaktion werfen zu können), habe ich übers Internet kaufen müssen. Außerdem spart Lorenz mir eine Menge Geld. Wenn wir ausgehen, darf ich nie bezahlen. Nein, natürlich bin ich nicht deswegen mit ihm «zusammen». Der Mann tut mir im Moment so was von gut. Er baut mein angeschlagenes Ego wieder auf durch seine vielen Komplimente, seine regelmäßigen SMS und vielen Mails. Er hat mich noch nie versetzt, und wenn er sagt, dass er mir eine CD brennt oder ein Buch besorgt, das ich unbedingt lesen muss, habe ich Tonträger oder Lektüre am nächsten Tag auf dem Schreibtisch. Und ich mag ihn. Er ist charmant, nett, witzig, gebildet und warmherzig. Und sexy. Plus: ein Wahnsinns-Liebhaber. In Lorenz könnte man sich glatt verlieben. Gut, dass ich da nicht gefährdet bin. «Sobald ich mich verliebe, bin ich weg!», sagte ich kürzlich zu ihm. Und ich meine das ernst.

Und er ist so süß eifersüchtig! Heute habe ich ihm erzählt, dass ich übers Wochenende mit Vroni, Marlene, Bernd und Max nach Holland fahre. Wir besuchen meine Freundin Jenny aus Krefeld, die eine Ferienwohnung am Meer hat.
«Wer ist Bernd?», wollte Lorenz wissen.
«Bernd ist Vronis Freund», beruhigte ich ihn.
«Und wer ist Max??»
«Max ist mein Ex!» Das beruhigte ihn weniger. «Der, mit dem du so lange zusammen warst?»
«Ja, genau der.»
«Der liebt dich sicher immer noch!»
«Max? Auf keinen Fall!»
«Und er ist solo ...»
«Ja und? Nicht jeder Solo-Mann ist verliebt in mich!» Schön wär's.
«Ich vermisse dich jetzt schon.»

Am Nachmittag traf ich mich mit meinen Freunden am Flughafen. Wir flogen mit *V-Bird* nach Weeze an den Niederrhein, wo Jenny uns mit ihrem alten VW-Bus abholte. Die Sonne schien, und wir waren bester Laune. Und zwar wirklich. Ich musste kurz an Paul denken, steckte den Stich ins Herz aber recht gut weg und verspürte eine große Dankbarkeit dafür, dass ich gute acht Wochen nach dem Ende schon wieder relativ glücklich sein konnte. Vielleicht hatte Simon doch Recht mit seiner Zweimonatstheorie? Oder war das nur eine gute Phase, und der richtige Zusammenbruch würde erst kommen? Ich spürte, wie das Denken meine Laune anknabberte. Schon komisch. Je älter man wird, desto mehr Ansprüche hat man an das Glück. Früher hätten das gute Wetter und die Aussicht auf zwei Tage Strand mit meinen besten Freunden gereicht, um mich in unbeschwerte, blendende Stimmung zu versetzen. Und noch länger ist es her, dass kleinere Ereignisse einen glücklich machen konnten. Das lang ersehnte Erscheinen des neuen Depeche-Mode-Albums, das Sonnwendfeuer auf dem Dorf oder der Beginn der großen Ferien. Vielleicht sogar der Kauf von fettigen Pommes im Freibad oder der Erwerb der lila Cordhose, auf die ich wochenlang emsig gespart hatte (und die ich neulich der Altkleidersammlung zugeführt habe, ohne mit der Wimper zu zucken). Heute läuft das alles so nebenbei. Klar freue ich mich auf die neue Scheibe von Coldplay, die hoffentlich irgendwann 2005 erscheinen wird. Aber dann werde ich sie mir kaufen, sie anhören und mich freuen, wenn sie gut ist. Das war's dann auch schon. Man fiebert nicht mehr auf etwas hin. Und wenn, dann nur noch auf Dinge, die man nicht haben kann. Beziehungen zu Männern, die einen nicht lieben, zum Beispiel.

Gleichzeitig mit dem Anspruch ans Glück steigt auch das Ausmaß, in dem man sich Gedanken über alles macht. Ich bin eigentlich ständig am Hinterfragen. Der Job, den ich mache: Ist es nicht völlig sinnlos, Redakteurin einer People-Zeitschrift zu sein und sich den ganzen Tag mit dem Leben, Lieben und Leiden von mehr oder weniger prominenten Menschen zu befassen? Hätte ich nicht lieber Ärztin werden und kranken Kindern in Entwicklungsländern das Leben retten sollen? Das Leben, das ich führe: Wäre es nicht besser, mit Ehemann und Kind in einer schmucken Doppelhaushälfte zu wohnen statt mit einer chaotischen, wenn auch liebenswerten Künstlerfreundin in einer WG in Neuhausen, die aus einer Notsituation entstanden ist? So könnte man das auf alle Bereiche des Lebens ausdehnen. Ständig gucke ich mir diese Marie Sandmann an und was sie gerade tut. Vergleiche mit Gleichaltrigen bringen einen nicht viel weiter. Denn die Frage ist: Ist das *mein* Leben, ist das authentisch? Sind das meine Ziele, die ich verfolge, meine Träume, die aus meinem Inneren kommen, oder sind das nur Dinge, die ich in der letzten BUNTEN gelesen oder bei Johannes B. Kerner aufgeschnappt habe? Die Kernfrage des Lebens ist nicht: Wie erreiche ich, was ich will, sondern: Was will ich eigentlich?

«Paul?», flüstert das Teufelchen. O nein. Gibt's die zwei auch noch.

«Falsch», zische ich leise. Es wäre viel zu einfach zu sagen: Ich will Paul, und alles wird gut. Abgesehen davon, dass ich ihn ja gar nicht mehr will. Vielmehr müsste ich mich fragen: Warum wollte ich Paul, was steckte dahinter? Was hatte Paul an sich, was ihn so begehrenswert für mich machte? Was wollte ich durch ihn leben? Welchen Traum verkörperte er?

«Marie!!»
Max stupst mich mit dem Finger in die Rippen. «Du denkst schon wieder zu viel», sagt er und lächelt mich an. «Ich weiß, es ist furchtbar oberflächlich, gute Laune zu haben, nur weil man mit Freunden ein sonniges Wochenende am Meer verbringt. Aber es funktioniert! Denk einfach nicht an München, nicht an Montag, sondern nur an Holland, heute und die beiden nächsten Tage.»
Ich glaube, er kann immer noch meine Gedanken lesen.
«'kay», sage ich und schüttle mich ein bisschen, um den Ballast abzustreifen. Tatsächlich. Es klappt.

Im Radio kommt «Dragostea din tei». Wird sicher der Wiesnhit dieses Jahr. Wenn sich die komischen Ossis mit ihrem noch seltsameren Holzmichl nicht in den Bierzelten breit machen. Wir singen laut mit, so gut das bei diesem Liedtext geht. Als das Lied zu Ende ist, bin ich wieder im Hier und Jetzt angekommen. Und unser VW-Bus in Scharendijke.

DIENSTAG, 14. SEPTEMBER 2004 –
FALSCHER FEIER-ALARM

Beate und ich sitzen in unserer inzwischen fertig eingerichteten Wohnküche, trinken Beck's Gold, hören Annett Louisan und führen endlich mal wieder eines dieser wahnsinnig wichtigen Gespräche unter Freundinnen. Manchmal ist wochenlang keine Zeit dafür. Schade eigentlich.

Beate hat die Trennung von Robert relativ gut verwunden, dafür, dass das Ganze erst gut zwei Monate her ist. «Wie machst du das nur?», frage ich sie, «ihr wart sieben Jahre lang zusammen, so was kann man doch nicht so schnell abhaken?»
«Weißt du», sagt sie und zieht an ihrer Zigarette, «es war eigentlich schon seit über einem Jahr vorbei. Ich hab's nur nicht gemerkt. Deswegen bin ich schon viel weiter, als ich eigentlich sein sollte.»
«Ich freu mich echt für dich», sage ich, «ach, ich wünschte, ich wäre auch schon so weit.»
Dann erzähle ich ihr ein bisschen davon, dass ich Paul immer noch täglich, stündlich, fast minütlich vermisse, obwohl es mir eigentlich nicht schlecht geht. «Lorenz tut mir wirklich gut. Ich meine, er nimmt nicht Pauls Platz ein, das kann und soll er auch gar nicht. Aber er lenkt mich ab, und ich fühle mich nicht so verlassen.»

«Ist doch auch total okay, Süße», pflichtet Beate mir bei. «Du brauchst Lorenz unbedingt, für dein Ego. Jede Frau braucht das.»
Und dann berichtet sie mir von dem geheimnisvollen Fremden, mit dem sie sich seit ein paar Wochen E-Mails schreibt.
«Wo haste den denn her?», frage ich interessiert.
«Durch ein Versehen», sagt sie und lächelt, «oder Schicksal? Na, egal. Du kennst doch meine Mailadresse, die ich immer verwende, wenn ich nicht will, dass jemand meinen echten Namen liest. Dafür habe ich feier-alarm@gmx.de. Nun ja, am 10. August bekomme ich also eine E-Mail von einem Lars. Er wollte einem Kumpel schreiben, der anscheinend die Adresse feier-alarm@gmx.net hat. Jedenfalls landete er bei mir ...»
«Und du hast zurückgemailt?»
«Klar, musste ihm doch mitteilen, dass er sich vertippt hatte mit der Adresse. Außerdem war seine Mail wirklich lustig!»
«Aha. Weiter!»
«Na ja – wir sind ins Gespräch gekommen. Haben ein paarmal hin und her gemailt, erst nur so lustiges Blabla, aber dann wurde es allmählich, fast unmerklich, ein Flirt ... Jetzt schreiben wir uns täglich. Es ist wirklich schön und super spannend!»
«Wie, und telefonieren tut ihr nicht?»
«Nö. Ich weiß auch nicht genau, warum. Hat sich noch nicht ergeben.»
«Und ein Treffen?»
«Du, momentan genügt mir ehrlich gesagt die Mailerei. Ich will ja noch keinen neuen Freund, und ich bin so viel unterwegs, ich hätte nicht mal Zeit für einen Liebhaber ... Außerdem lebt Lars in Hamburg.»
«Aber das heißt, ihr schreibt schon über mehr als das Wetter und die aktuelle Weltlage?»
«Klar», kichert Beate, «du, das wird manchmal richtig erotisch. Der kann richtig gut schreiben. Habe schon überlegt, ob

er vielleicht beruflich mit Worten zu tun hat, so wie du. Vielleicht ist er auch Journalist, so wie du?»
«Wow, das klingt echt spannend!»
«Magst du mal eine Mail von Lars lesen?», bietet mir Beate an, doch ich lehne dankend ab. «Lass mal stecken, Süße», sage ich, «aber halt mich auf dem Laufenden, wie das mit Lars weitergeht, okay?»

SONNTAG, 26. SEPTEMBER 2004 –
SITZT DENN DER JUNGE WILDMOSER NOCH?

Holland ist schon wieder unglaubliche drei Wochen her und gedanklich abgeheftet im Album der schönen Erinnerungen. Meine Bräune verblasst langsam, da hilft auch all das Peelen und Cremen nichts.
Seit ich wieder da bin, habe ich drei große Artikel und einige kleine geschrieben, und der äußerst fragwürdige Randfichten-Song ist leider doch Wiesnhit geworden. Allerdings singt das Münchner Wiesn-Publikum nicht «Lebt denn der alte Holzmichl noch?», sondern konsequent «Sitzt denn der junge Wildmoser noch?». Jener ist der Sohn des alten Wildmoser, seines Zeichens ehemaliger Präsident der 60er, und er, also der Junior, hat wohl irgendeinen Dreck am Stecken, der mit dem Neubau der Allianz Arena zusammenhängt. Genauer weiß das eigentlich keiner. Ist aber auch egal. Er wird die U-Haft schon verdient haben.

Ich habe viel mit Max unternommen. Unser gemeinsames Schicksal – jemanden geliebt zu haben, der uns nicht wirklich wollte – hat uns zusammengeschweißt. Max ist der Einzige, der mich wirklich versteht. Vroni, Marlene und Beate sind der Meinung, ich solle mich freuen, Paul los zu sein, ich wäre seinetwegen doch sowieso 80 Prozent der Zeit unglücklich gewesen. Als ob man Gefühle in Prozentzahlen ausdrücken könnte. Und selbst wenn ich 99,9 Prozent der Zeit mit Paul verzweifelt statt glücklich gewesen wäre, würde er mir jetzt fehlen.

Max ist da um einiges realistischer.
«Fehlt Kati dir?», fragte ich ihn gestern, als wir mit dem Rad durch den Englischen Garten fuhren.
«Nö», meinte er, «das dachte ich am Anfang. Aber sie ist nicht das, was ich vermisse.»
«Was ist es dann?», bohrte ich nach.
«Weißt du, Marie, wenn man einen Menschen nicht so sieht, wie er ist, wenn man Illusionen um ihn herum spinnt und Träume an ihn dranhängt und Dinge auf ihn projiziert, und wenn dieser Mensch dann weg ist – vermisst man dann wirklich den Menschen? Oder eher das ganze Drumherum?»
«Hm ...»
Das Gute an Max ist, dass er genau weiß, wann es angebracht ist, die Klappe zu halten. Hätte er jetzt versucht, mir seine Sicht der Dinge weiter zu erläutern, hätte ich wohl aus Prinzip auf stur geschaltet. Aber er radelte einfach weiter, pfiff eine Coldplay-Melodie vor sich hin und ließ seine Worte in mir arbeiten.
Und das taten sie.
«Du hast Recht», sagte ich eine halbe Stunde später, und Max wusste noch genau, worauf ich das bezog. «Ich bin gar nicht so traurig darüber, dass meine Beziehung zu Paul zu Ende ist. Was richtig wehtut, ist, dass meine Träume futsch sind. Und dass es nur *meine* Träume waren. Nicht seine.»
«Ja. Ich weiß», sagte Max einfach nur.
«Meinst du, man kann befreundet bleiben? Ich finde es so fies, dass ich gar nichts mehr von Paul gehört habe, dass er mich gar nicht mehr in seinem Leben haben will!»

«Freunde? Vergiss es!», lachte Max, «es gibt keine Freundschaft zwischen Männern und Frauen!»
«Gibt es wohl», protestierte ich, «Simon und ich zum Beispiel. Oder Philip und ich. Oder du und ich.»
«Alles Ausnahmen», widersprach Max, «Simon ist ein Kumpel, Philip ist so was wie dein Bruder, und wir zwei, wir waren mal zusammen, das gilt nicht!»

Wir waren mal zusammen. So wie er das sagte, klang es nicht nach Reue, dass unsere Beziehung Vergangenheit war. Ich ertappte mich dabei, das ein kleines bisschen schade zu finden. Natürlich wollte ich nichts mehr von Max. Aber ein bisschen Wehmut hätte er trotzdem zeigen können. Schließlich waren wir glücklich miteinander ...
Ich sagte nichts mehr zu dem Thema, denn ich wusste aus Erfahrung, dass die Diskussion sonst endlos dauern und zu nichts führen würde.

Heute bin ich mit Marlene auf der Wiesn verabredet. Genau drei Monate ist es nun her, dass ich Paul zum letzten Mal gesehen habe. Und ich stelle mit Erschrecken fest, dass ich sein Gesicht zu vergessen beginne. Ich habe ein Foto von Paul auf meinem Rechner in der Redaktion gespeichert. Dummerweise habe ich es so gut in meiner Ordnerstruktur versteckt, dass ich es nicht mehr finde. Das ist immer so, wenn ich versuche, ordentlich zu sein. Seit ich zu Hause meine Steuerunterlagen, Rechnungen und sonstigen Papiere nicht mehr durcheinander in den großen Görtz-17-Karton werfe, sondern in Ordnern mit Trennblättern abhefte, finde ich nichts mehr. Die Struktur, die ich mit viel Mühe und Disziplin in mein chaotisches Leben gebracht habe, wendet sich heimtückisch gegen mich.

Als ich an der U-Bahn-Station Theresienwiese die Rolltreppe hinauffahre, muss ich an den Tag vor ziemlich genau einem Jahr denken. Mein letztes Date mit Paul, bevor er nach Lesotho flog. Meine Nervosität, als ich ebendiese Rolltreppe benutzte, auf der ich jetzt stehe. Unser wunderschöner Wiesntag und die Liebeserklärung, die Paul mir zu später Stunde auf den Stufen der Bavaria machte.

«Egal, was geschieht, Marie – ich liebe dich.» Das sagte Paul damals.

«Nach zwei Maß Bier», wirft das Teufelchen ein, das anscheinend unbedingt auch wieder mit aufs Oktoberfest wollte.

«Betrunkene und Kinder sagen die Wahrheit!», entgegne ich.

«Ja. Momentwahrheiten», sagt das Teufelchen und verschwindet blitzschnell in der Menschenmasse, bevor ich es erschlagen kann. Vielleicht hat es ja Recht. Vielleicht liebte Paul mich an diesem Tag, in dieser Minute in der kühlen Abendluft auf den Stufen der Bavaria. Vielleicht auch später, als er versuchte, mir an den Frankfurter Flughafen hinterherzufahren, und vielleicht auch, als er um die halbe Welt flog, um mit mir bei *Hugo's* in Bondi Beach, Australien, zu frühstücken. Mag alles sein. Aber es hat halt nicht gereicht. Nicht für einen Alltag ohne Verfallsdatum. Nicht dafür, sein Leben mit mir zu teilen.

Einigermaßen frustriert treffe ich Marlene am Geldautomaten, versuche aber, mir nichts anmerken zu lassen. Und auf dem Weg vom Eingang zum Augustinerzelt rettet Lorenz mich mit einer SMS.

«Um diese Zeit in drei Tagen bin ich mit meinem Schatz auf der Wiesn», schreibt er, «ich freu mich so so so sehr darauf! Tausend Küsse, Lorenz.» Es geht mir gleich um 100 Prozent besser. Nein. Lorenz kann mir Paul nicht ersetzen. Soll er auch gar nicht. Keiner kann Paul ersetzen. Und Lorenz schon gleich gar nicht. Er gehört mir weniger, als Paul mir je gehörte. Lorenz gehört zu seiner Frau und seiner kleinen Tochter. Ein entzückendes Mädchen, die kleine Sophia. Ich kenne ja die Fotos. Und auch eines seiner Frau. Ich habe heimlich einen Blick darauf geworfen, als wir neulich in seinem Büro ... na ja, jedenfalls war ich kurz alleine im Raum, als Lorenz sich danach ein wenig frisch machte, und da guckte ich mir das Bild an, das – ganz klassisch – auf seinem Schreibtisch stand. Es zeigte eine schlanke Mittdreißigerin in weißen Caprihosen und einem blau-weiß gestreiften, sommerlichen Baumwollpulli, weiße Segelschuhe an den Füßen und eine Gucci-Sonnenbrille in den braunen Locken. Exakt wie in meiner Vorstellung, als Lorenz von ihr erzählte, in Prag. Die Frau lachte und lehnte dabei an einem weißen Mäuerchen, das spanisch aussah. Oder portugiesisch, kann auch sein. Vielleicht war das Bild auf einem Landgang bei der Kreuzfahrt entstanden. Ganz sicher. Die Frau hatte so ein AIDA-Lächeln auf den Lippen. So, als ob sie sich schon auf das Relaxen am Schiffs-Pool freute oder auf die La-Stone-Wellness-Behandlung. Alles inklusive.

Ich bin gemein. Dabei will ich das gar nicht sein. Ich habe nichts gegen Anja, Lorenz' Frau. Ich bin auch nicht neidisch auf sie oder eifersüchtig. Ich mag Lorenz, ich bin vielleicht sogar ein kleines bisschen verknallt in ihn, und ich begehre ihn, aber ich will ihn nicht. Lorenz und ich haben einen Deal, auch wenn wir das nie so besprochen haben. Er bekommt die Affäre, die er sich gewünscht hat, und ich bekomme Streicheleinheiten für mein Ego und Hilfe, die Zeit nach dem Ende meiner Beziehung zu Paul zu überstehen. Und das Verrückteste: Es funktioniert. Ich fühle mich gut, seit ich Lorenz kenne. Seit er mir SMS mit tausend Küssen schickt und mit mir schläft. Er gibt mir das Gefühl, eine Rolle in seinem Leben zu spielen.

«Was ist denn mit dir los?», will Marlene wissen. Wir sitzen inzwischen mitten im Schottenhamelzelt. Im Augustiner war kein Platz mehr.
«Wieso, was soll los sein?», schreie ich gegen den Lärm und die Musik an.
«Na hör mal, du bist lustig. Und was bitte ist das hier?» Sie zeigt auf mein Handy, das aufgeklappt auf dem Biertisch liegt. Ein animierter Telefonhörer ist im Display zu sehen und darunter der Name «Lorenz». Der sitzt jetzt gerade im Auto und lauscht dem Wiesnlärm aus dem Schottenhamelzelt. Das war seine Idee. «Ruf mich an, Kleine, wenn du auf der Wiesn bist, dann kann ich ein bisschen Bierzeltatmosphäre schnuppern und dabei an dich denken. So, als ob ich dabei wäre», sagte er mir, als wir heute Morgen telefonierten. Ich fand das eine gute und romantische Idee. Und deshalb liegt mein Handy jetzt auf dem Tisch und telefoniert.

«Du spinnst», sagt Marlene, als ich ihr die Lage der Dinge erklärt habe, «und wer ist eigentlich Lorenz?» Hmpf. Eigentlich wollte ich mein Verhältnis ja niemandem offenbaren. Beate zählt nicht, denn sie ist meine Mitbewohnerin, und deswegen musste ich ihr natürlich erzählen, wer dieser Typ ist, der ab und zu in meinem Zimmer übernachtet. Aber abgesehen davon gehört das zu den Grundstatuten einer Affäre – dass sie geheim ist. Geheim und verboten. Weniger für mich als für Lorenz – aber auch mir könnte es schaden, wenn jeder wüsste, dass ich was mit Lorenz habe. Oberflächlichkeit könnte man mir vorwerfen, weil ich kein Trauerjahr einlege, seit Paul sich aus meinem Leben verkrümelt hat. Weil ich eine Frau bin, könnte ich auch leicht in Verruf geraten. Rascher Sexualpartnerwechsel ist immer noch ein Thema, bei dem deutlich wird, dass Männer und Frauen alles andere als gleichgestellt sind. Wenn Paul nach dem Ende unserer Beziehung munter durch die Gegend poppt (o Gott, nicht daran denken), ist er ein toller Hecht, der sich halt ablenkt und lebt. Steige ich hingegen mit einem anderen in die Kiste, bin ich eine Schlampe.

«Hallo? Marie? Nun rück schon raus damit!», fordert Marlene. Also gut.
«Lorenz habe ich beim Halbfinale der EM in der Reitschule kennen gelernt ...», beginne ich und erzähle Marlene die ganze Geschichte. Vom ersten Kuss im BMW Cabrio über die traumhafte Nacht am Waldweiher bis zu Lorenz' Frau und seiner kleinen Tochter. Ich lasse nichts aus.
Als ich fertig bin, sehe ich Marlene erwartungsvoll an. Ich rechne nicht mit Applaus, aber mit wohlwollender Zustimmung und der Festigung meiner Annahme, dass ich das Richtige tue. Das, was Freundinnen halt so sagen, wenn man ihnen Geheimnisse erzählt.
Marlene jedoch hielt sich nicht an dieses ungeschriebene Gesetz.
«Und du findest, dass das richtig ist, was du da machst?»
«Äh, na ja, was heißt richtig? Richtig oder falsch ... Schwarz und weiß ...» Ich merke selbst, dass ich Quatsch rede.
«Lorenz tut mir gut», sage ich entschlossen.
«Ah ja?» Marlene genügt das nicht. «Und was ist mit seiner Frau?»
«Was soll mit ihr sein?»
«Weiß sie, dass ihr Mann einer anderen gut tut?»
«Natürlich nicht! Gott bewahre.»
«Also, ich fasse zusammen: Du hilfst einem Mann, seine Frau zu betrügen, und das tut dir gut.»
«Komm, Marlene ...» Ich bin jetzt wirklich ein wenig beleidigt. «Dreh mir doch nicht das Wort im Mund herum. Ich betrüge niemanden. Das tut Lorenz ganz allein. Und es ist seine Sache. Ich zwinge ihn zu nichts ...»

«Du machst es dir aber einfach, Schätzchen», erwidert Marlene. Au weia. Wenn sie «Schätzchen» zu mir sagt, verheißt das nichts Gutes.
«Hast du mal dran gedacht, wie es seiner Frau gehen würde, wenn sie es rauskriegt?»
«Nein.»
«Marie, der Mann ist verheiratet.»
«Das weiß ich. Ich will ihn seiner Frau ja auch nicht wegnehmen.»
«Du willst nur ein bisschen mit ihm poppen, dir von ihm dein Ego polieren lassen, Paul vergessen und ihn dann wieder heimschicken ins traute Familienglück?»
«Ja. So in etwa. Und ich weiß echt nicht, was so schlimm daran ist. Marlene, *ich* bin nicht verheiratet, ich betrüge niemanden!»
«Außer dich selbst vielleicht ...», sagt Marlene und schießt einen tödlichen Satz nach: «Aber du musst wissen, was du tust.» Diese sieben Worte sind das K. o. jeder Diskussion. Ich weiß aus Erfahrung, dass es keinen Zweck hat, jetzt nochmal anzuknüpfen. Marlene werde ich sowieso nicht davon überzeugen können, dass die Kiste mit Lorenz eine super Sache ist. Wenn ich moralische Unterstützung für mein Tun suche, muss ich es bei jemand anderem finden. Aber ich brauche ja eigentlich gar keinen Support. Ich weiß, was ich tue, und ich weiß, dass es gut ist. Für den Moment. Für diese Lebensphase. Im Grunde ist doch alles, was passiert, nur eine Phase im Leben. Und nur eines ist sicher: dass auch wieder eine andere kommen wird.

FREITAG, 1. OKTOBER 2004 – MEIN LEERES LEBEN

Das war ja klar. Der Klassiker. Was bin ich für ein gewöhnlicher und vorhersehbarer Mensch. Der Vortag meines 30. Geburtstages stürzt mich mal wieder in eine tiefe Lebenskrise. Dummerweise bin ich alleine zu Hause, was das Dilemma verschärft, weil ich mich ungestört meinen destruktiven Gedanken hingeben kann und vor niemandem Haltung bewahren muss. Tolle WG, wenn die Mitbewohnerin nie da ist. Beate ist gerade auf einem Vocal-Festival in Dubai. Singt dort für die Ölscheichs. Die hat es gut und sicher keine Zeit, sich zu viele Gedanken zu machen.

Das, was meinem Leben sonst Struktur verleiht – das Listenschreiben –, führte heute zu einer mittelschweren Katastrophe. Ich habe nämlich beim Wühlen in den Umzugskisten, die immer noch unausgepackt in der Rumpelkammer der schönen neuen Wohnung stehen und die ich schlauerweise allesamt mit «Diverses» beschriftet habe, alte Tagebücher gefunden. Das von 1991 ist mit hellblauem Stoff eingeschlagen, auf dem 1000 kleine weiße Herzen sind, und ein anderes stammt offensichtlich aus meiner umweltbewussten Phase, in der das Waldsterben meine größte Sorge war. Da hatte ich noch keinen Führerschein. Und keine Probleme. Waldsterben. Ich glaube, das gibt's heute gar nicht mehr. Seit unsere Wirtschaft so depressiv ist und die Welt vom Terror bedroht wird, geht es dem Forst entweder schlagartig gesundheitlich besser, oder die Kunde von kränkelnden Fichten und Tannen hat schlichtweg nicht mehr genug Kraft, die anderen Nachrichten an Negativität zu überbieten. Das wird's sein. Wen juckt schon das Lametta-Syndrom im Perlacher Forst, wenn ihm ab Januar Arbeitslosengeld II droht?

Das Umwelt-Tagebuch ist von einem leicht gräulichen Grün, besteht zu 100 Prozent aus recyceltem Altpapier und trägt die Silhouette eines Baumes auf der Vorderseite. Mitten im weißen Baumumriss habe ich einen Aufkleber angebracht. Damals. Ich muss wohl nicht extra erwähnen, dass es sich um die Weissagung der Cree handelt. Ja, genau die:

> *Erst wenn der letzte Baum gerodet,*
> *der letzte Fluss vergiftet,*
> *der letzte Fisch gefangen,*
> *werdet ihr feststellen,*
> *dass man Geld nicht essen kann!*

Aber kommen wir zum Punkt. In ebendiesem graugrünen «Diary» habe ich damals, 1992, fatalerweise eine meiner Listen angelegt. Titel: «Bis ich 30 bin, möchte ich ...» Als ich die Überschrift lese, habe ich noch den Bruchteil einer Sekunde Zeit, vernünftig zu reagieren, das Buch stante pede zuzuklappen, wieder in der Kiste verschwinden zu lassen und mich listenunbeeindruckt auf meinen Geburtstag zu freuen. Doch für diese Handlung braucht es zwei Dinge: Schnelligkeit und mangelnde Neugier. Beides kann ich mir nicht gerade auf die Fahnen schreiben. Und als der Sekundenbruchteil verstrichen ist, ist es zu spät. Ich lese die Liste.

Bis ich 30 bin, möchte ich ...
1. *den Mann fürs Leben gefunden haben*
2. *in einem Haus im Grünen leben*
3. *promoviert haben*
4. *einen tollen Job haben*
5. *genug Geld haben*
6. *immer noch nicht mehr als 55 Kilo wiegen*
7. *ein Kind haben*

Bei Punkt eins sinkt meine Stimmung rapide, um bei Punkt zwei und drei in vorher ungeahnte Tiefen abzustürzen. Punkt vier und fünf hebt meine Laune kurz, woraufhin allerdings bei Punkt sechs und sieben der finale Niedergang erfolgt.
Ich rufe Vroni an. Zu etwas anderem bin ich in dem Moment nicht in der Lage.

«Alte Tagebücher liest du?», kreischt sie in den Hörer.
«Äh, ja.»
«Ja bist du denn des Wahnsinns fette Beute? Das weiß doch jedes Kind, dass man das nicht tun darf, wenn man sowieso seelisch labil ist. Und schon gar nicht am Vorabend des Dreißigsten. Echt, Marie, dir ist nicht mehr zu helfen!»
«Vroni, nicht schimpfen. Bau mich lieber auf. Mach mir irgendwie klar, dass ich nicht versagt habe, obwohl ich weder Mann noch Haus, noch Doktortitel oder gar Kind habe. Von den 55 Kilo ganz zu schweigen!»
«Jetzt jammer mal nicht rum. Die Liste ist doch völlig utopisch. So 'nen Quatsch schreibt man halt mit 18, wenn man noch bei Mama wohnt, gerade fürs Abi lernt und keinen blassen Schimmer davon hat, wie das Leben da draußen wirklich aussieht. Und außerdem – du hast doch was, du bist doch wer, Marie. Du hast studiert, du finanzierst dich selbst, seit du 19 bist, jetzt hast du auch noch den coolen Job. Die neue Wohnung ist top und viel lässiger als ein Häuschen im Grünen. Und was viel wichtiger ist – du hast gute Freunde und Leute, die dich mögen. Du bist gesund, und es stehen dir alle Möglichkeiten offen. Na?»
Vroni, mein persönlicher Coach. Wenn ich dich nicht hätte. Nur Vroni schafft es, mir den Kopf gerade zu rücken, ohne dass ich dabei mein Gesicht verliere. Das ist sehr viel wert, vor allem, wenn man Kritik so schlecht verträgt wie ich. Ich weiß nicht genau, *wie* sie's macht. Aber selbst wenn sie mir etwas

Unangenehmes sagt, tut sie das so, dass ich mit ihr zusammen darüber lachen kann, mir nicht blöd vorkomme und später im Stillen über den ernsten Kern der Sache nachdenken kann.

Heute nützt aber selbst das Telefonat mit Vroni nichts. Denn als ich weiter nachdenke, komme ich darauf, dass es nicht die verpassten Ziele sind, die mich in die Krise stürzen. Das Problem ist eher diese Leere. Die Leere in meinem Leben. Mein leeres Leben. Das wäre ein schöner Romantitel für ein leicht depressives Stück Zeitgeist. «Mein leeres Leben – Roman» von Marie Sandmann. Auf dem in Schwarz-Weiß gehaltenen Buchcover sähe man eine junge Frau, die den Kopf in den Nacken wirft und lacht. Auf den ersten Blick ein fröhliches Bild, doch an ihren Augen würde man sehen, dass sie eigentlich wahnsinnig traurig ist. Statt einer Widmung würde das Buch ein Zitat von Jean-Paul Sartre tragen: «Der sensible Mensch leidet nicht aus diesem oder jenem Grund, sondern einzig und allein, weil nichts auf dieser Welt seine Sehnsucht stillen kann.» Es würde ein Bestseller werden. Das Buch wäre sehr komisch und zugleich tieftraurig.

Ich verlasse das Kisten-Arbeits-Chaos-Zimmer, mache mir einen Kaffee mit Milchschaum, verziere den Schaum zur Feier des Tages mit Karamellsirup und setze mich an meinen Lieblingsplatz in der Wohnung. In der Wohnküche gibt es eine verwinkelte Ecke, in die gerade mal ein alter Korbstuhl passt und an der Wand ein winziges Brett, auf dem ein kleiner Bambus steht, ein dunkelbrauner Holzelefant aus Thailand und ab und zu mein Kaffeebecher. Der Platz ist perfekt. Im Rücken hat man eine Säule, und vorne ist ein Fenster, durch das man am Balkon vorbei in die Hinterhoflandschaft Neuhausens schauen kann. Die Füße kann man auf das niedrige Fensterbrett legen. Das ist mein Platz. Allein seinetwegen hat sich der Umzug mit all seinen Mühen und Kosten gelohnt. Beate hat nie in Frage gestellt, dass nur ich an diesem Platz sitzen darf, ich musste nicht mal etwas sagen. Worüber ich sehr froh bin. Aber wahrscheinlich legt sie auch gar keinen Wert auf diese Ecke. Lieblingsplätze sind eine sehr individuelle Sache. Wo der eine sich zusammenrollen möchte und schnurren wie eine zufriedene Katze, könnte der andere vielleicht keine Minute still sitzen. Aber ich glaube, dass jeder seine Lieblingsplätze hat und braucht. Ich habe mehrere solche Orte. Einer davon ist der Steg am Waldweiher, an dem ich mit Lorenz war. Natürlich hat er keine Ahnung, welches Geschenk ich ihm gemacht habe, indem ich diesen Ort mit ihm geteilt habe. Ich glaube nicht, dass er ein Mensch ist, der die Magie von Lieblingsplätzen spüren kann. Paul konnte das.

Ich kuschle mich in den knarzenden Korbstuhl, lege meine strickbesockten Füße auf das Fensterbrett und schaue nach draußen in den herbstlichen Regen. Im Küchen-CD-Player läuft Coldplay. Ziemlich genau vor zwei Jahren saß ich auch mit einem Kaffee alleine da, damals noch in meiner alten Wohnung auf dem Balkon, an einem strahlend schönen, bunten Herbsttag. Und träumte. Von Paul und von Sex mit ihm auf einer Alm in den Bergen. Und ich war glücklich. Mein Leben war prall, voll und rund. Wenn ich heute darüber nachdenke, beschleicht mich jedoch der Verdacht, dass nicht Paul mein Leben füllte und ihm den berühmten Sinn (Sinn?) gab. Ist es nicht eher so, dass Paul und meine On & Off-Beziehung mit ihm mich einfach nur perfekt ablenkten? Ablenkten von der darunter liegenden, gähnenden Leere? Ach ja, der Roman. Mein leeres Leben. Ich sehe das Buch in Stapeln bei Hugendubel liegen, Leute begierig an der Information danach fragen, hohläugige, erschöpfte Buchhändler verzweifelt die Augen gen Himmel drehen: «Schon wieder nachbestellen ...» Artikel in der SZ, Feuilleton, Spiegel Bestsellerliste, Interviews, Vera am

Mittag, Johannes B. Kerner Show. «Wie wäre es mit dem Literatur-Nobelpreis?», fragt das Teufelchen frech. Was hat das an meinem magischen Lieblingsplatz verloren? «Der wäre ja wohl ein wenig übertrieben für einen Debütroman», kontere ich.

Mein leeres Leben. Manchmal glaube ich ja, dass das ganze menschliche Dasein nur ein Experiment ist von irgendjemandem, für den 80 Jahre Menschenleben nur einen Wimpernschlag bedeuten – oder vielleicht nicht mal das, weil diese Instanz kein Ende der Zeit kennt. Der Versuch kann nicht eskalieren, weil die Anordnung sich rechtzeitig selbst zerstören wird.
Abgesehen von diesem Verdacht, kann man bei näherem Hinsehen alles, was einem wichtig erscheint, als Ablenkungsmanöver und Zeit-Rumbringen enttarnen. Oder als Trick der Natur, um die Art zu erhalten. Die Liebe zum Beispiel. Liebe ist da, um Sex zu wollen, zu haben und dadurch Nachwuchs zu produzieren. Dieses geile Gefühl, wenn man verliebt ist, wenn man liebt und denkt, geliebt zu werden, die Inspiration, die daraus erwächst, die Empfindung, dass die Welt groß, bunt, leuchtend und schön ist, als ob jemand sie extra dafür geschaffen hätte, dass sie einen glücklich macht – alles nur durch Hormone hervorgerufen, um die Menschheit noch nicht aussterben zu lassen. Damit das Experiment in die nächste Runde geht. Träume und Ziele? Alles nur dazu da, um uns hinzuhalten und unsere Begeisterung für dieses Leben nicht erlöschen zu lassen.
Und Träume haben es ja sowieso in sich. Sobald man sich einen erfüllt – sei es nun die fabelhafte Wohnung in der Ysenburgstraße, der berufliche Aufstieg oder das Finden des Mannes fürs Leben –, ist der Traum auf einmal kein Traum mehr, sondern Realität. Und die kann nie so bunt sein wie der Traum. Ein weiterer Haken an der Sache: An nichts gewöhnt man sich so rasch wie an einen erfüllten Traum, an ein höheres Level. Was vorher Wunschdenken war, ist auf einmal Standard. Und

wenn man dann auf einmal kapiert, dass all das, wovon man träumt, nicht automatisch glücklich macht, ist man schon mitten drin in der Depression. Trotzdem. Es gibt glückliche Menschen. Und für ihre Zufriedenheit spielt es keine Rolle, ob sie arm oder reich sind, erfolgreich oder unambitioniert, dick oder dünn, schön oder hässlich. Es ist nicht wirklich von Belang, ob sie fünf Kinder haben oder Single sind, in Sydney oder Wladiwostock leben, ihre Wäsche im Keller einer Altbauwohnung in Neuhausen waschen oder in den trüben Fluten des Ganges. Was folgern wir daraus, Marie Sandmann?

Ich nehme einen Schluck von meinem köstlich süßen Caramel macchiato, bevor ich mich zu weiteren tiefschürfenden Denkergüssen hinreißen lasse. Und frage mich, ob das normal ist, am Vorabend seines 30. Geburtstags in der Küche zu sitzen, in den Regen zu starren und mit sich selbst über Gott und die Welt zu philosophieren. Egal. Normal bin ich sowieso nicht. Werde ich auch nicht mehr. Wer über ein Drittel seiner potenziell zur Verfügung stehenden Lebenszeit damit verbringt, nichts auf die Reihe zu kriegen, der lernt es nicht mehr. Dieses Kapitel kann ich getrost abhaken.

Weiterdenken, Marie. Wenn es also für das Glücksempfinden keine Rolle spielt, ob man seine Ziele erreicht oder nicht, dann muss das Glück woanders herkommen. Irgendwie von innen. «Auch ein schöner Romantitel», scherzt das Teufelchen, «‹Irgendwie von innen›. Super. So neu und vor allem so präzise!»
«Klappe! Ich denke.»
Jetzt bin ich an dem Punkt, an dem ich nicht mehr weiterkomme. Ist etwa alles nur eine Frage der Perspektive, nur Einstellungssache? Muss man vielleicht nur beschließen, sich glücklich zu fühlen, um es dann auch so zu empfinden? Nö, das ist viel zu wenig konkret. Ich muss die Frage anders angehen.

Wann war ich glücklich? Wenn ich mit Paul zusammen war. In seine Augen tauchte, in seiner Stimme badete, mit seinen Gedanken schwamm. Wenn ich ihm ganz nah war, im Gespräch, im Schweigen oder in seinen Armen. Weiter. Ich war auch schon mal glücklich, bevor ich Paul kannte. Und ich war auch glücklich ohne Mann. Auf einem Islandpony an einem Strand in Dänemark. In Thailand, auf der Rückfahrt mit dem umgebauten Fischkutter von Kho Phi Phi nach Ao Nang. Beim Fotografieren. Auf einer Bergtour im Werdenfelser Land. In meinem Job, total versunken in das Schreiben eines Artikels. Im «Klenze 17» mit meinen Freunden. Beim Radeln durch den Englischen Garten im schrägen Sommerabendlicht. Und so weiter.

Ich lasse all diese Glücksmomente an meinem inneren Auge und an meiner Seele vorbeiziehen und suche nach dem gemeinsamen Nenner. Und auf einmal wird er mir klar. Glücklich bin ich immer dann, wenn sich etwas richtig anfühlt, das heißt, wenn ich so in einer Sache oder Situation aufgehe, dass ich alles andere um mich herum vergesse. Wenn ich das weiter denke, heißt das, dass ich eine Art zu leben, *meine* Art zu leben, finden muss, die so gut zu mir passt, dass ich immer wieder für einige Zeit total in dem versinken kann, was ich gerade tue. Klingt gut, oder? Sicher bin ich die Erste, die darauf kommt. Ha, ha. Aber ist das dann nicht wieder einfach nur eine gezielte Ablenkung vom großen Rest des Lebens? Wenn ich nur glücklich bin, wenn ich alles vergesse? Ich glaube, ich werde wirklich langsam verrückt. So fängt es an. Wie es weitergeht, ist eigentlich klar. Abwenden der Freunde. Verlust des sozialen Umfelds. Gesellschaftliche Isolation. Nachlassende Körperhygiene. Wirrer Blick. Irrer Blick. Hausarzt. Neurologe. Psychiater. Bezirkskrankenhaus Haar. Geschlossene Abteilung.

Ich überlege gerade, ob es Zwangsjacken auch in rosa Tweed und von Mexx gibt und ob sedierende Medikamente wohl Pickel hervorrufen, als das Telefon klingelt.

«Hmpf?»
«Marie?»
«Max!»
«Alles klar auf der Andrea Doria? Keine Panik auf der Titanic?»
«Klar wie Kloßbrühe! Alles im Griff auf dem sinkenden Schiff!»
Ich muss lachen. Es ist wie früher. Hoffentlich hört keiner mit auf der Leitung. Sonst wird das doch noch Realität mit Haar.
«Spaß beiseite», sagt Max – wieder so ein beliebter Anti-Spruch von damals –, «ich dachte gerade an den Vorabend meines 30. Geburtstags vor fünf Jahren. Ich will dich nicht mit Details langweilen, nur so viel: Er endete in einem totalen Besäufnis mit Verlust der Muttersprache.»
«Genau das brauche ich jetzt!»
«Bist du sicher? Morgen ist doch deine Party. Willst du da aussehen wie Uschi Glas ohne Botox?»
«Max, wenn ich nicht wüsste, dass es nicht so ist, könnte ich glatt denken, du seist schwul!»
Jetzt klingt er ehrlich empört. Männer. Fallen immer wieder drauf rein.
«Jetzt mach aber mal halblang. Den ganzen Schmarrn hab' ich doch von dir gelernt. Früher dachte ich, dass Botox ein Pflanzendünger ist und DKNY was mit digitalem Fernsehempfang zu tun hat!» Das stimmt allerdings. Am Anfang weigerte Max sich, die BUNTE zu lesen, «Leute heute» zu gucken und sich länger als zwei Minuten über Menschen zu unterhalten, die weder wichtige Politiker waren noch zu unserem direkten Bekanntenkreis zählten. Doch als er merkte, dass man die Mä-

dels wahnsinnig beeindrucken kann, wenn man verinnerlicht hat, dass Manolo Blahnik keine Zwölftonmusik macht und die Nachfolgemarke der 7 *For All Mankind* Jeans *Citizens Of Humanity* heißt, begann er, sich einen Sport daraus zu machen, all diese überflüssigen, aber beileibe nicht nutzlosen Infos aufzusaugen und zu speichern. Und inzwischen ist es so weit gekommen, dass Max K & L Ruppert nicht mehr für ein Modelabel hält und seine Klamotten nun bei H & M kauft.

«Was ich sagen wollte», fährt er fort, «was hältst du von einem, zwei, sieben Bier in der *Schwabinger 7*?»
Och nö, nicht *der* Laden. Als ich das letzte Mal aus der Spelunke rausging, sah ich aus, als hieße mein neu entdecktes Hobby «Schlammcatchen in voller Bekleidung».
«Ein, zwei, sieben Bier klingt gut», sage ich, «aber wir könnten die doch auch im *Substanz* trinken. Da kann ich rüberradeln. Ich glaube, es hat aufgehört zu regnen.»
«Oki-doki», sagt Max, und ich muss schon wieder lachen, «dann um neun im *Substanz*!»
«Tschüssikowski, Max!»

SAMSTAG, 2. OKTOBER 2004 – ICH WILL DOCH NUR SPIELEN

30. Dreißig. Drei Jahrzehnte. Ich weiß, es ist nur ein Datum, und es ist total unerheblich, ob man einen Zweier oder einen Dreier vorne hat. Es ändert sich nichts, wenn man dreißig wird. Das Leben ändert sich oder bleibt, wie es ist, unabhängig von diesem runden Geburtstag. Trotzdem. Ich bin datumsgläubig. Und ich spüre, dass meine Jugend vorbei ist.
Besonders deutlich merkte ich das, als ich heute früh erwachte. So alt, wie ich mich fühlte, als ich die Augen öffnete, um

diesem besonderen Tag die Stirn zu bieten, kann ich gar nicht werden. Mag sein, dass das an den drei, sieben Bier lag, gestern im *Substanz* mit Max. Es war ein lustiger Abend. Nur wir beide, fast wie früher, als wir noch ein Paar waren. Die Kneipe war voll mit Männern in Lederhosen und Frauen im Dirndl. Kein Wunder, denn das *Substanz* liegt nur ein paar Fußminuten von der Theresienwiese entfernt, und wir schreiben das letzte Wiesn-Wochenende. Kurz vor Mitternacht verschwand Max kurz, um eine Minute vor zwölf mit einer Flasche Prosecco und zwei Gläsern wieder aufzutauchen. Und dann spielten sie «Ein Kompliment» von den Sportfreunden Stiller. Max sang inbrünstig mit und mich an:

Ich wollte dir nur mal eben sagen, dass du das Größte für mich bist ...

Mir standen die Tränen in den Augen, weil ich mich plötzlich daran erinnerte, wie Max mir früher nach jeder Party, auf der wir waren, sagte, dass ich die Schönste gewesen sei. Auch wenn das selten der Wahrheit entsprach. Aber es war damals seine Wahrheit. Aber nicht nur deswegen bekam ich feuchte Augen. Mein eigener Geburtstag rührt mich immer sehr, besonders, wenn jemand daran denkt. Und Bier und Prosecco taten ein Übriges. Nach dem Lied nahm Max mich fest in den Arm und gratulierte mir. Als wir die Umarmung wieder lösten, waren sich unsere Gesichter einen Moment lang ganz nah. Und ich schwöre, wir waren nur eine Haaresbreite davon entfernt, uns zu küssen. Doch eine Millisekunde, bevor unsere Lippen sich treffen konnten – ich konnte schon den vertrauten Duft von Max' Haut erschnuppern –, nahm er mich an den Schultern, lächelte und gab mir einen Kuss auf meine Nasenwurzel. So einen Schmatzer, der, könnte er sprechen, sagen würde: «Ich bin total freundschaftlich und nicht verwandt oder verschwägert mit dem erotischen Kuss.» Damit war die Situation entschärft, und ich hatte wieder etwas, worüber ich nachgrübeln konnte.

Worüber ich *heute* nachgrübeln kann, während ich fluchend meine Küchenschubladen durchwühle. Irgendwo muss doch da noch ein Alka-Seltzer sein. Wie immer, wenn ich etwas suche, finde ich tausend Dinge, die ich gerade nicht gebrauchen kann und von denen ich gar nicht wusste, dass ich sie besitze. Unglaublich, was man im Laufe der Jahre so alles ansammelt. Nicht mal der Umzug hat geholfen, die Masse der sinnlosen Besitztümer zu verringern. Wozu brauche ich sieben hölzerne Kochlöffel? Einer würde locker ausreichen, um die Spaghetti umzurühren, die ich alle paar Wochen zubereite und mit der praktischen Pesto rosso zusammen verspeise, die man nicht mal warm machen muss. Das nenne ich dann Kochen. Ferner besitze ich vier Dosenöffner, von denen drei nicht mehr funktionstüchtig sind oder es nie waren.
Statt Kopfschmerztabletten finde ich ein Fisherman's-Friend-Döschen mit namenlosen weißen Pillen drin. Ich schlucke beherzt zwei davon. Wird schon kein Zyankali sein.

Mein Handy piept. Das tut es heute natürlich nicht zum ersten Mal. Permanent klingelt es oder meldet Kurznachrichten. Ich bin freudig überrascht, wie viele Leute ich kenne beziehungsweise wie viele mich kennen und an meinen 30. denken. Ein paar habe ich vergessen, als ich vor drei Wochen die Einladung zu meiner Party verschickte. Aber die nominiere ich einfach schnell nach.
«Du, ich feiere heute Abend ein bisschen, hast du nicht Lust, in die *Josef Bar* zu kommen?» Klingt unheimlich lässig und spontan. Und überhaupt, die sollen froh sein, dass sie überhaupt dabei sein dürfen bei diesem Event.

Ich muss zugeben, dass ich bei jeder neuen SMS kurz hoffe und mich davor fürchte, es könnte eine von Paul sein. Ja. Hoffen und fürchten. Gleichzeitig. Das geht. Hoffen, weil ich einfach nicht glauben möchte, dass ich Paul so egal bin, dass er sogar meinen 30. Geburtstag vergisst. Und fürchten, weil ich nicht weiß, was so eine SMS bei mir auslösen würde. Obwohl Paul und ich nun schon ein Vierteljahr getrennt sind und ich seit über zwei Monaten kein Wort von ihm gehört habe, fürchte ich, dass ich immer noch in der Phase bin, in der die Seele die Luft anhält, damit der Schmerz erträglich wird. Lorenz lenkt mich super ab, genauso wie Max, mein Ex, dessen Absichten oder Nicht-Absichten mir ein absolutes Rätsel sind. Aber ich träume trotzdem noch fast jede Nacht von Paul. Er ist das Erste, woran ich denke, wenn ich morgens zur Besinnung komme, und sein Gesicht ist das letzte Bild, das ich nachts vor meinen geschlossenen Augen habe, bevor ich einschlafe.

Die SMS ist von Lorenz.

> *Hi Kleine, ich wünsche dir jetzt nicht alles, alles Liebe und Gute zum Geburtstag, denn ich möchte dich unbedingt sehen heute, und wenn es nur für eine halbe Stunde ist. Tausend Küsse, Lorenz*

Wie süß. Und das am Wochenende. Normalerweise ist, einer unausgesprochenen Verabredung zufolge, bei Lorenz und mir Funkstille von Freitagabend bis Montag früh. Das ist eben so, wenn man eine Affäre mit einem verheirateten Mann und Familienvater hat. Ich leide nicht darunter und habe mich schnell daran gewöhnt. Aber ich bin ja auch nicht verliebt in Lorenz. Trotzdem freut es mich, dass er heute diese Regel bricht.
Ich schaue auf die Uhr. Schon nach Mittag. Viel Zeit bleibt nicht mehr, wenn ich mich noch regenerieren will bis heute Abend.

«Wo, wann?», simse ich zurück.
«In einer Stunde in meinem Büro?», folgt prompt die Antwort.
In Lorenz' Büro? Seltsamer Ort für ein Date. Aber gut. Sein Office ist in Schwabing, am Hohenzollernplatz, ich muss nur die 12er Tram nehmen und bin in ein paar Minuten drüben.
«Bis gleich», tippe ich und tappe unter die Dusche.

Um kurz vor zwei klingle ich bei Lorenz' Firma. Er kommt die Treppen heruntergelaufen und öffnet mir grinsend die Tür. «Kleine! Geburtstagskind! Komm rein!» Kaum bin ich im Gebäude, küsst er mich leidenschaftlich. «Alles, alles Liebe zum Geburtstag!»
«Danke ...», schnaufe ich und schnappe nach Luft. Sosehr es mir schmeichelt, wie er mich begehrt – an dieses «von null auf hundert» muss ich mich jedes Mal aufs Neue gewöhnen. Aber auch das ist eben so bei einer verbotenen Affäre. Da kann man nicht viel Zeit mit Aufwärm-Talk verschwenden. «Wo sind meine Geschenke?», frage ich atemlos zwischen zwei Küssen und nehme Lorenz' Hand von meiner linken Brust. «Gleich», lacht Lorenz, und ich muss ihm zum Glück nicht erklären, dass ich nur Spaß mache und keineswegs Präsente von ihm erwarte.
«Erst muss ich dir meinen neuen Besprechungstisch zeigen», sagt er, und so, wie er es sagt, kann ich schon ahnen, dass es ihm nicht darum geht, mich die Maserung des Buchenholzes bewundern zu lassen.

In seinem Büro angekommen, spüre ich dann den neuen Tisch auch mehr, als ich ihn sehe. Denn Lorenz drängt mich küssend gegen ihn und zieht mich dabei aus. «Ich bin schon seit Tagen dermaßen scharf auf dich», flüstert er, «das war fast nicht auszuhalten ...» Einen Moment lang bin ich noch etwas überrumpelt, doch dann beginnt seine Lust, mich anzustecken. Begehrt zu werden ist das beste Aphrodisiakum. Ich setze mich auf den Besprechungstisch und schlinge meine Beine um Lorenz, der vor mir steht und mir inzwischen Jacke, Bluse und BH ausgezogen hat. Und dann treiben wir es auf dem schönen Buchenholztisch. Gut, dass ich nicht seine Sekretärin bin. Sonst müsste ich wirklich Angst haben, mich in einem Fernsehfilm des ARD-Abendprogramms zu befinden.

Immerhin habe ich meinen dreißigsten Geburtstag nicht sexlos verbracht. Im Gegenteil. Mit Lorenz gibt es keine schnellen Nummern. Wenn mir nach einer Viertelstunde nicht der Hintern an der Tischkante wehgetan hätte und ich ihn durch ein paar gezielte Bewegungen und Worte auf die Zielgerade geschubst hätte, hätte das stundenlang so weitergehen können. Unglaublich, der Mann. Und das mit fast vierzig. Als wir schnaufend und schwitzend voneinander lassen, erinnere ich ihn an meine Geschenke.
«Hier, Schatz», sagt Lorenz, geht nackt, wie er ist, zu seinem Schreibtisch und holt ein Päckchen heraus. Ich gucke blöd. Er hat wirklich etwas für mich. Ich hatte doch nur Spaß gemacht.
Lorenz' Geschenke treiben mir erneut die Rührungsfeuchte in die Augen. Ich bekomme ein Buch und eine DVD, beide Male «Die Brücken am Fluss».
«Eine wunderschöne Liebesgeschichte», sagt Lorenz, «ich musste dabei an uns denken.»
Ups. Wie romantisch. Ich wäre ausgeflippt vor Freude, hätte Paul mir jemals so ein Geschenk mit solchen Worten gemacht. Aber Lorenz …? Ich meine, wirklich, ich mag ihn, er ist ein toller Liebhaber, er sieht gut aus, ist nett, und ich kann mich gut mit ihm unterhalten. Aber Liebe? Hm. Nö. Wäre ja auch tragisch, wenn ich in einen verheirateten Mann verliebt wäre.

Noch einer, der mich nicht wollen würde. Nein danke. Diese bittere Erfahrung muss ich kein zweites Mal haben.

«Ich habe noch eine Überraschung für dich, Kleine», sagt Lorenz und strahlt mich begeistert an. Übrigens macht er immer noch keine Anstalten, sich wieder was anzuziehen. Er geht zu einem Ordner, auf dem «Lorenz Lederer privat» steht, schlägt ihn auf und entnimmt ihm ein DIN-A4-Blatt, das in einer Plastikhülle steckt. Huch? Was wird das? Eine Aktie? Ich wundere mich.
«Das», sagt Lorenz und präsentiert mir stolz das Blatt Papier, «wird unsere Insel vom Alltag!» Insel? Alltag? Wir? Wovon spricht der nackte Mann? Ich glotze auf das Stück Papier wie eine bayerische Kuh, der man eine Landkarte von Schleswig-Holstein vor die Nase hält.
Irgendwann, nach ungefähr acht langen Sekunden, begreife ich. Ich halte den Plan einer Wohnung in den Händen, genauer gesagt, den eines Apartments. Ich erkenne darauf einen circa 30 Quadratmeter großen Raum mit Küchenzeile, daneben ein kleines Bad.
«Wo ist das denn?», frage ich, damit Lorenz nicht denkt, ich hätte immer noch nicht kapiert, dass dies der Grundriss einer kleinen Wohnung ist. Im selben Moment könnte ich mich in den Hintern beißen für diese blöde Frage. Wo ist das denn. Oh, Mann. Richtig wäre gewesen, zu fragen, was das soll. Und wie er auf so eine Idee kommt. Und so weiter.
«In Haidhausen, in der Breisacher Straße», antwortet Lorenz unterdessen, «Altbau, 35 Quadratmeter, klein, aber fein!» Dann fährt er fort: «Weißt du, ich dachte mir, wir brauchen eine gemeinsame Bleibe. Ich meine, bei mir können wir uns ja nicht treffen», er grinst unpassenderweise breit, «und bei dir sind wir ja auch meistens nicht ungestört, wegen deiner Mitbewohnerin.»

Damit hat er allerdings Recht. Es war schon ein bisschen peinlich, als Beate neulich nichts ahnend in mein Zimmer gestürzt kam, weil sie sich meinen türkisfarbenen Pashmina ausleihen wollte. Ich hatte Lorenz ein Sex-Tipp-Booklet mit 666 erotischen Anregungen, das in diesem Monat auf meiner Frauenzeitschrift pappte, geschenkt, und wir waren gerade dabei, Ratschlag 124 auszuprobieren. Ich glaube, Beate kann nie wieder Erdbeeren essen, ohne rot zu werden. Aber das kommt davon, wenn man in die Zimmer anderer Leute platzt, ohne anzuklopfen.

«Und wirklich gemütlich ist es ja hier im Büro auch nicht», referiert Lorenz weiter, «da dachte ich, ich miete dieses Apartment für uns.»

«Quasi ein ... Liebesnest?», frage ich ihn ungläubig.

«Das ist ein schöner Ausdruck dafür», freut Lorenz sich, «ja, ein Liebesnest!»

«Lorenz, ich weiß nicht ...», gebe ich zu bedenken, «ehrlich gesagt finde ich die 600 Euro, die ich jeden Monat für meine neue Wohnung bezahlen muss, schon ziemlich heftig.» Es ist mir ein wenig peinlich, zugeben zu müssen, dass ich nicht über unbegrenzte Geldvorräte verfüge. Aber München ist nun mal teuer, und die Medienbranche zahlt schlecht.

«Hey, Kleine, natürlich zahle ich die Miete für die Wohnung», sagt Lorenz, «war ja auch meine Idee. Mach dir darüber keine Gedanken!»

«Hast du den Vertrag schon unterschrieben?», frage ich erschrocken. Hoffentlich nicht. Wäre ja auch ganz schön bescheuert, eine Wohnung zu mieten, ohne den anderen vorher ... Gut. Lassen wir das.

«Natürlich nicht. Aber wir können Montag vorbeischauen, und dann kannst du sagen, ob sie dir gefällt.»

Sehr gut. Aufschub. Ich kann mir bis Montag überlegen, wie ich Lorenz schonend beibringe, dass ich die Sache mit dem

Apartment in der Breisacher Straße für einen ausgemachten Schwachsinn halte. Ich will kein Liebesnest. Lorenz soll mich noch eine Weile ablenken und mein Ego streicheln. Als Gegenleistung bekommt er guten Sex und eine schöne Zeit, eine Auszeit von seinem anstrengenden Ehemann-und-Vater-Alltag. Es ist ein fairer Deal. «Vor allem der unwissenden Ehefrau gegenüber ist es unglaublich fair», mischt sich das Engelchen ein. «Du nervst!!!», zische ich. «Was sagst du, Kleine?», will Lorenz wissen. «Nichts, nichts», beschwichtige ich ihn, und zu Engelchen wispere ich fast lautlos: «Das ist nicht mein Bier, das ist sein Problem!» Trotzdem habe ich das Gefühl, dass Lorenz' Ehefrau misstrauisch aus ihrem silbernen Bilderrahmen auf dem Schreibtisch zu uns hinüberschaut. Mist. Sie muss sogar Lorenz' nackten Hintern gesehen haben, den er ihr zuwandte, als er mich auf dem Besprechungstisch ...
Auf einmal fühle ich mich unwohl in diesem Büro. Außerdem muss ich weg. Ich bin schon viel zu lange hier und habe noch einiges zu erledigen für heute Abend.

«Lorenz ...», beginne ich und streichle dabei entschuldigend seine Hüfte. Fehler. Lorenz der Zweite reagiert prompt. Wenn er grinsen könnte, täte er das jetzt. Sein Besitzer guckt nach unten, selbst überrascht, und lacht. «Er mag dich», sagt er, und dann wird seine Stimme einen Deut tiefer und rauer, «nein, mehr, er begehrt dich, Marie, er will dich, und er kann gar nicht genug von dir bekommen. Von dir und deiner ... Kleinen.» Aaaah. Immer das gleiche Problem. Wie nennt man die Geschlechtsorgane, ohne sie zu verniedlichen, ohne vulgär zu sein oder peinlich? Beim Mann ist das ja noch vergleichsweise einfach. Ich mag das Wort Schwanz. Es ist deutlich, aber nicht zu ordinär, und die Männer benutzen es selbst gerne für ihre besten Stücke. Glied ist auch noch okay, vielleicht einen Tick zu anatomisch. Aber was sagt man bei der Frau? Muschi?

Geht gar nicht. Da muss ich an Frau Stoiber denken, und alles ist vorbei. Das F-Wort ist schrecklich. Scheide klingt nach ausscheiden und damit eher nach Toilette als sexueller Ekstase. Und sonst? Yoni? Uuuh, Räucherstäbchenalarm. Schoß ist ganz gut. Aber nicht gerade konkret. Möse? Reimt sich auf böse. Nicht schlecht. Hat aber keinen schönen Klang.

Während ich noch über das sexuelle Vokabular nachgrüble, ist Lorenz bereits wieder zur Praxis übergegangen. Mein Slip hängt an meinen Knöcheln. Und Lorenz kniet vor mir. Ich spüre, wie meine Lust wiederkehrt. Begehrt zu werden ist toll. Klar hätte ich jetzt nichts gegen eine weitere Nummer mit diesem begnadeten Liebhaber, vielleicht eine etwas langsamere, zärtlichere. Aber ich habe doch keine Zeit. Verstohlen werfe ich einen Blick auf die Uhr. Schon fast vier. Und ich muss noch einkaufen, aufräumen, putzen, mir ein hübsches Oberteil zum Geburtstag schenken, essen, ein bisschen vorschlafen, duschen und schließlich um 20 Uhr in der *Josef Bar* sein, bevor meine Gäste dort eintrudeln. Es hilft nichts. Ich muss die Situation hier abbrechen.

«Sag mal, Lorenz», beginne ich, «hast du eigentlich noch Sex mit deiner Frau?» Sein Gesicht taucht zwischen meinen Beinen auf und sieht mich einigermaßen entgeistert an. «Was soll denn die Frage jetzt?» Und mit sanfter Stimme fügt er hinzu: «Lass mich lieber weitermachen. Du schmeckst soooo gut ...»
«Interessiert mich aber», insistiere ich, und um ganz sicherzugehen, schiebe ich noch einen Satz hinterher, in dem zweimal «deine Frau» vorkommt. Bei der insgesamt dritten Erwähnung seiner Angetrauten wird Lorenz endgültig von seiner Erektion verlassen.
«Was ist denn?», frage ich und tue enttäuscht. «Ist es schon so spät?» Ein Blick auf die Uhr. «Tatsächlich, oje ... Wahnsinn, wie schnell die Zeit vergeht. Es ist schon nach vier!»

Lorenz lässt sich seine gute Laune nicht verderben. «Ich freue mich schon auf unsere kleine Wohnung», sagt er und grinst, «da machen wir es uns so richtig schön gemütlich!»
Ich nicke und sammle meine Klamotten zusammen. Auch Lorenz steigt seufzend wieder in seine Joop!-Unterwäsche. Polo-Ralph-Lauren-Shirt und Boss-Jeans lässt er jedoch noch liegen. «Ich bring dich raus», sagt er und gibt mir einen Kuss. Wir gehen zur Bürotür. Lorenz dreht am Schlüssel, mit dem er vorsichtshalber von innen abgeschlossen hat. Kluger Mann. Wäre nicht so gut für seine Autorität als Chef, wenn ein übereifriger, samstags arbeiten wollender Mitarbeiter seinen Boss beim Vögeln auf dem Besprechungstisch überraschen würde. «Verdammt, das blöde Schloss klemmt immer», flucht Lorenz und ruckelt am Schlüssel. «Vorsicht», wende ich ein, doch da ist es schon passiert. «Knack» macht es, und der Schlüssel bricht entzwei. Ich brauche ein paar Sekunden, bis ich die Situation überblicken und «Scheiße» sagen kann. Na toll. Ich wollte heute Abend mit 80 Leuten ganz groß meinen Dreißigsten feiern. Stattdessen werde ich mit meinem überpotenten Liebhaber bis Montagmorgen in dessen Büro festsitzen und mir den Hintern auf dem Besprechungstisch wund scheuern. «Gibt es keinen zweiten Ausgang?», will ich wissen. «Nö», sagt Lorenz, «das ist ein Altbau!» «Na bravo. Ersatzschlüssel?» «Hat meine Frau. Keine Panik, Kleine. Ich rufe meinen Geschäftspartner Michael an, der hat auch einen Schlüssel zum Büro. Wenn ich den abgebrochenen Teil mit der Zange aus dem Schloss ziehe, müsste er von außen aufsperren können.»

O Gott. Ich glaube, mir ist das Ganze peinlicher als Lorenz selbst. Der ruft in aller Seelenruhe seinen Kumpel an und erzählt ihm irgendeine Geschichte.
«Er ist in fünf Minuten da», sagt er, als er aufgelegt hat, «jetzt bitte keinen Mucks, Mäuschen.» Und er schiebt mich sanft ins

Herrenklo. Wie erniedrigend. Geliebte zu sein ist nicht immer lustig. Mäuschen. Und was, wenn ich niesen muss? Natürlich muss ich nicht. Als ich höre, wie jemand die Tür aufschließt, lege ich selbstverständlich neugierig mein Auge an das Schlüsselloch der Toilettentür. Michael betritt das Büro. «Lorenz, alter Schwede», kumpelt er seinen Freund an, «was arbeitest du auch immer so viel, und das am Wochenende?» Dann guckt er auf einmal leicht irritiert. Ich brauche ein wenig, bis ich begreife, warum. Lorenz läuft immer noch in seiner Joop!-Unterwäsche rum. Aber cool ist er schon, das muss man ihm lassen. Während ich in der Herrentoilette tausend Tode sterbe und mich winde, behauptet Lorenz seelenruhig, er könne in Unterwäsche einfach besser und freier denken als in Jeans und Polo-Shirt. Lachend und sich auf die Schultern klopfend, verlassen die Männer schließlich – beide voll bekleidet – das Büro. Ich warte die verabredeten fünf Minuten, bis ich mich wie ein Dieb aus dem Haus stehle. Was für ein Geburtstag.

Josef Bar, Klenzestraße, nach Mitternacht

Paul hat sich nicht gemeldet. Hat meinen Geburtstag vergessen. Hat mich vergessen. Aus seinem Leben radiert. Wenn ich überhaupt jemals darin eingezeichnet war.
Trotzdem, und das verwundert mich ein wenig, kann ich mein Fest genießen. Alle sind da. Vroni und Bernd, Beate, Marlene, Simon, Martin, Max, Svenja und ungefähr siebzig weitere Freunde, Bekannte und Freunde von Freunden. Im schummrigen Licht der *Josef Bar*, das eigentlich nur durch eine rot angestrahlte Discokugel erzeugt wird, sehen wir alle aus wie direkt den Society-Seiten der BUNTEN entsprungen. Jeder H&M- oder Zara-Fetzen wirkt in dieser Umgebung und Beleuchtung wie ein Haute-Couture-Stück. Max markiert den DJ und legt

ein Lieblingslied nach dem anderen auf. Coldplay, Helden, Keane, Anajo, Depeche Mode, 2raumwohnung und The Cure – ich höre gar nicht mehr auf zu tanzen. Und habe wirklich Spaß dabei.

Doch gleichzeitig hoffe ich insgeheim bis in die frühen Morgenstunden, dass sich der Vorhang der Eingangstür öffnet und Paul auf einmal dasteht. Mit seinem leicht verwundert wirkenden Gesichtsausdruck, den Mantelkragen hochgeschlagen und mich mit den Augen suchend. Und dann würde er schweigend auf mich zugehen. Die Bewegungen der Tanzenden würden auf einmal in Zeitlupe stattfinden, ich würde die Musik nicht mehr hören, und meine Freunde würden eine Gasse bilden, durch die Paul langsam auf mich zukäme. Dann würde er eine kleine Ewigkeit vor mir stehen und mich einfach nur ansehen. Und dabei nicht lächeln. Schließlich würde er mein Gesicht in seine Hände nehmen und mich küssen. Aus, Ende, Abspann.

Wie es danach weitergehen würde, möchte ich gar nicht wissen. Die blöde Realität kann mir gestohlen bleiben. Mit ihren vorschnell abgeschlossenen Mietverträgen für Altbauwohnungen in Neuhausen und dem ganzen anderen Kram, der die schönen Märchen kaputtmacht. Vielleicht ist es doch gut, dass Paul und ich nicht mehr zusammen sind. So kann ich wenigstens ungestört von ihm träumen. Und das kann mir keiner nehmen. Nicht mal an dem Tag, an dem ich mich von meiner Jugend verabschiede.

DONNERSTAG, 21. OKTOBER 2004 – MAN MUSS NIE VERZWEIFELN ODER: BERLIN, BEN UND RILKE

Ich muss sagen, dass ich relativ stolz auf mich bin. Ich habe meine kleine Hilfe-schon-dreißig-und-noch-nichts-erreicht-Depression überwunden. Irgendwie geht es ja immer weiter, selbst wenn man zwischendurch echt keine Lust mehr auf dieses Leben hat. Wenn einen alles ankotzt. Wenn man sich fühlt wie ein Hamster im Rad, ständig am Machen und Tun, ohne dass ein Fortschritt zu erkennen ist. Arbeiten, um Miete bezahlen zu können, Miete bezahlen, um wohnen zu können, wohnen, um arbeiten zu können. Alles muss ständig gepflegt oder repariert werden, nur um den Status quo aufrechtzuerhalten. Das fängt beim Putzen an und hört bei Freundschaften auf. Und fertig wird man nie. Wenn das Bad blitzt und duftet, liegt garantiert im Wohnzimmer schon wieder eine Staubschicht auf den Regalen. Wenn mit Vroni und Beate alles klar ist, wir uns gut verstehen, ich gerade auf dem Laufenden bin über das Leben, Lieben und die Probleme meiner Freundinnen, fühlt sich garantiert Marlene vernachlässigt.

Oft bin ich kurz davor, entnervt alles hinzuschmeißen, den nächsten Flieger nach Sydney zu nehmen und dort die Zeit zu genießen, bis meine Probleme gemerkt haben, dass ich nicht mehr in München bin, und mir nachgereist kommen. Doch es geht immer irgendwie weiter. Im richtigen Moment kommt ein toller Abend mit den Freunden, eine besondere Begegnung, ein spannendes Projekt im Job. Man muss sich nur entspannen und darauf vertrauen, dass diese Momente eintreten, wenn man sie braucht. Ganz bestimmt.

Heute passiert so etwas. Ich bin mit Lorenz in Berlin. Das heißt, eigentlich sind wir beide geschäftlich in der Hauptstadt. Ich

darf für mein Magazin ein Interview mit Ben Becker führen, und Lorenz trifft ebenfalls ein paar wichtige Leute für seinen Job.
Nach wie vor bin ich begeistert, wenn ich ins Flugzeug steigen, in eine andere Stadt fliegen und dort abenteuerliche Dinge erleben darf. Und so was nennt sich dann auch noch Arbeit. Toll. Viele meiner Kolleginnen sind genervt, wenn sie frühmorgens an den Flughafen fahren und die Nacht im Hotel verbringen müssen. Ich nicht. Ich liebe Geschäftsreisen. Gut, und die Nacht im Hotel wird auch nicht langweilig werden. Eher kurz und ohne viel Schlaf. Denn natürlich teilen Lorenz und ich uns ein Zimmer.

Aber vorher treffe ich Ben Becker in der *Newton Bar* am Gendarmenmarkt. Ich habe mir extra für ihn neue Schuhe gekauft. Schwarze, spitze Pumps. Sie passen hervorragend zu meinem Outfit für wichtige Ereignisse: ein schwarzer, asymmetrisch fallender Rock, ein lavendelfarbenes Poloshirt aus weichem Stoff und ein enger, schwarzer Baumwollpulli mit V-Ausschnitt.
Ben sieht müde aus, ist aber sehr nett zu mir. Ein freundlicher Mensch mit Ringen unter den sanften Augen und einem Wahnsinn von einer Stimme. Er bietet mir das Du an. Und dann reden wir. Eigentlich sollte ich ihn tausend Dinge fragen. Unter anderem zu seiner Arbeit für das Rilke-Projekt und zu seinen Plänen für das Schiller-Jahr 2005. Das Interview ist schnell vergessen. Wir philosophieren über Rilke und seine wunderbaren Texte, und ich bin das erste Mal in meinem Leben glücklich darüber, dass ich Germanistik studiert habe und mich einigermaßen auskenne. Ben Becker soll mich nicht für eine ungebildete Lifestyle-Tussi halten.
«Mein Lieblingsstück auf der ersten CD ist ‹Du, nur du›», sage ich, und er beginnt zu meiner Entzückung mit seiner tiefen, schweren Stimme zu rezitieren:

*Du, der ich's nicht sage, dass ich bei Nacht
weinend liege,
deren Wesen mich müde macht
wie eine Wiege.
Du, die mir nicht sagt, wenn sie wacht
meinetwillen:
wie, wenn wir diese Pracht
ohne sie zu stillen
in uns ertrügen?
Sieh dir die Liebenden an,
wenn erst das Bekennen begann,
wie bald sie lügen.*

Während er den Text spricht, langsam und fast feierlich, sieht er mir die ganze Zeit in die Augen. Aber ich fühle mich nicht angestarrt, sondern wahrgenommen. Ich bin hin und weg. Diese Stimme. Sie erinnert mich an Paul. Seine Stimme ging auch in meine Ohren und breitete sich von dort in meinem ganzen Körper aus. Und dieser Text dazu. Er macht mich traurig und tröstet mich gleichzeitig. Rilke muss auch eine unglückliche Liebe erlebt haben. Sein Text benennt den einzigen Ausweg, den ich habe, wenn ich Paul nicht vergessen kann, aber ohne ihn leben muss.

Ben merkt, wie ergriffen ich bin. «So, wie dich dieser Text berührt, muss ich dir unbedingt noch einen anderen von Rilke zitieren. Der kommt allerdings nicht auf der CD vor. Aber vielleicht kannst du ja etwas damit anfangen.» Und er sagt:

*Man muss nie verzweifeln, wenn einem etwas verloren
geht, ein Mensch oder eine Freude oder ein Glück; es
kommt alles noch herrlicher wieder. Was abfallen muss,
fällt ab; was zu uns gehört, bleibt bei uns, denn es geht al-*

> *les nach Gesetzen vor sich, die größer sind und mit denen wir nur scheinbar im Widerspruch stehen. Man muss in sich selber leben und an das ganze Leben denken, an alle seine Millionen Möglichkeiten, Weiten und Zukünfte, denen gegenüber es nichts Vergangenes und Verlorenes gibt.*

Am Ende des zweistündigen Interviews habe ich keinerlei neue Informationen auf meinem Diktiergerät, dafür aber zahlreiche Verse von Rilke – von Ben Becker für mich gesprochen.
«Für das Interview können wir ja dann nochmal telefonieren», sagt Ben, als wir gezahlt haben und das Lokal verlassen, und gibt mir seine private Telefonnummer. Ja. O ja. Telefonieren.

Mit Rilkes Texten, ohne Interview und mit Bens Stimme in Ohr und Herz laufe ich durch das spätabendliche Berlin. Wenn ich mich beeile, bin ich in zwanzig Minuten im Hotel am Alexanderplatz, wo Lorenz sicher schon ungeduldig auf mich wartet. «Hallo Kleine», wird er sagen, wenn er mir die Zimmertür öffnet, «na, hast du einen erfolgreichen Tag gehabt?» Dabei wird er von einem Ohr zum anderen grinsen, weil er sich wirklich freut, mich zu sehen. Und weil er sich auf den Sex mit mir freut. Und weil er einfach ein Mann ist, der immer alles positiv sieht, das Beste aus jeder Situation macht und dessen Lebenssinn darin besteht, seine Zeit so intensiv wie möglich zu genießen. Nicht, dass das falsch wäre. Da das Leben eh keinen tieferen Sinn hat, warum sollte man es dann nicht maximal genießen und sich ein paar schöne Jahrzehnte machen? Manchmal steckt Lorenz' pure Lebensfreude und Fröhlichkeit mich an, reißt mich mit, macht mich sogar glücklich, für den Moment. Aber manchmal würde ich mir auch wünschen, ihn mal in einem melancholischen oder traurigen Moment zu erwischen, mit schlechter Laune oder in grüblerischer Stimmung.

Auf einmal merke ich, dass ich keine Lust habe, die Nacht mit ihm im Hotel zu verbringen. Was viel mehr mit meiner traurig-schönen, aufgewühlten Stimmung zusammenhängt als mit ihm. Aber wie sage ich ihm das, ohne dass er beleidigt, sauer oder traurig (?) ist? Kurz spiele ich mit dem Gedanken, den Mailboxtrick anzuwenden. Man muss nur eine zweistellige Zahl zwischen Vorwahl und Rufnummer eingeben und schon kommt man direkt zur Mailbox, auch wenn das Handy eingeschaltet ist oder der andere die Mailbox nicht mal eingeschaltet hat. Praktische Sache, wenn man zum Beispiel mit Jürgen und Irene auf dem Tollwood verabredet ist, plötzlich aber doch viel mehr Lust hat, auf der Couch liegen zu bleiben und beim Tatort eine Tafel Noisette-Schokolade zu vertilgen.

Nö, das kann ich nicht bringen. Ich muss ihn anrufen. Mit ihm sprechen.
«Kleine! Wo bist du?»
«Hallo Lorenz …»
«Schon fertig mit dem Interview? Wie war's?»
«Äh, gut. Sehr … interessant. Du, Lorenz …»
«Wann kommst du? Ich hab Sehnsucht nach dir!»
«Lorenz, bitte sei mir nicht böse, aber ich möchte heute Nacht lieber alleine sein. Es hat nichts mit dir zu tun.»
«Ist es wegen Ben Becker?»
Ja, will ich sagen, es ist wegen Ben Becker, aber nicht so, wie du denkst. Doch gerade noch rechtzeitig fällt mir ein, dass es nie funktioniert, jemandem zu erklären, ein Sachverhalt sei anders, als er denke. Im Gegenteil. Die Formulierung «Es ist nicht so, wie du denkst» bringt sogar den gutgläubigsten Menschen dazu, seinem Gegenüber zu misstrauen.
«Nein. Mir geht's einfach nicht so gut», schwindle ich also. Mir geht's prima. Obwohl ich melancholisch gestimmt bin, vielleicht sogar ein wenig traurig. Es ist eine schöne Traurig-

keit, und ich möchte gerne über Rilkes klugen Satz nachdenken, den Ben Becker mir sagte. Ich habe ihn gleich in meinem schwarzen Moleskine-Notizbuch aufgeschrieben.

Lorenz kapituliert. Er merkt, dass er heute keine Chancen bei mir hat.

«Ist okay, Kleine», sagt er mit sanfter Stimme, und ich weiß, dass er mir nicht böse ist. «Pass auf dich auf. Berlin ist nicht München, Berlin ist eine Großstadt. Soll ich dir noch ein Hotelzimmer organisieren?»

Der Gute. Jetzt bekomme ich beinahe ein schlechtes Gewissen. «Danke, nicht nötig, aber lieb von dir», antworte ich, «ich stehe hier gerade vor einer netten Pension in der Charlottenstraße, ich glaube, hier bleibe ich. Schlaf gut, Lorenz. Wir sehen uns morgen im Flieger.»

Eine Stunde später liege ich im weißen Federbett. Kann ein Satz ein Leben verändern? Können Worte überhaupt trösten? «Es kommt alles noch herrlicher wieder», murmle ich zu mir selbst, «es gibt nichts Vergangenes und Verlorenes.» Alles wird gut.

DIENSTAG, 2. NOVEMBER 2004 –
AUS DIE MAUS

Manchmal frage ich mich ja schon, ob nur ich mir diese Fragen stelle. Heute Morgen war ich bei Tchibo am Rotkreuzplatz, weil deren Newsletter mich überzeugt hatte, dass ich unbedingt mein Bad neu gestalten muss und dass das nur mit den Produkten geht, die es diese Woche dort zu kaufen gibt. Leider war alles, was ich gerne gehabt hätte, bereits ausverkauft. Ich liebäugelte kurz mit der Olivenschnecke, dem Espressoset und der Blümchenbettwäsche, die auch noch verfügbar waren, ließ es dann aber bleiben. Mein Keller ist auch so schon voll genug. Wenn Tchibo mal Container zum mülltrennungsfreien Entrümpeln im Angebot hat, werde ich beherzt zugreifen.

Im Tchibo-Laden duftete es wahnsinnig gut nach frisch gemahlenem Kaffee. Ob das das Geheimnis von Tchibo Erfolg ist? Erzeugt Kaffeeduft beim Deutschen ein Kaufbedürfnis? Aber wie machen die das dann mit ihrem Onlineshop? Jedenfalls ging ich zur Theke und sagte: «Einen mittleren Milchkaffee zum Mitnehmen, bitte.»
«Mir ham koan Ausschank», informierte mich die Kaffeerösterin hinter dem Tresen. Ich guckte irritiert. Stammelte eine Entschuldigung (warum entschuldige ich mich eigentlich immer, wenn ich nicht weiß, was ich sonst tun soll?) und verließ fluchtartig den Laden. Draußen warf ich einen verunsicherten Blick zurück. Doch. Tchibo. Ich war im Kaffee-Geschäft. Im Kaffee-Geschäft, in dem es keinen Kaffee gibt. Ich meine, ich sage ja nichts, wenn ich bei Gucci keine Pommes rot-weiß ordern kann. Aber keinen Kaffee bei Tchibo? Und wenn *mich* das schon so schockiert, wie muss es dann erst meiner 80-jährigen Nachbarin gehen? Die versteht doch die Welt nicht mehr.

Weitere Fragen, die vermutlich nur ich mir stelle: Warum laufen Freundinnen, besonders die in der Altersklasse von 18 bis 25, so gerne im gleichen Outfit rum? Okay, bei der Dünneren von beiden kann ich das noch verstehen. Aber meistens hat ja eine die schlechtere Figur. Und ist sich dessen hundertprozentig bewusst. Frauen sind sich jedes kleinen Makels ihres Körpers bewusst, kennen jede Cellulite-Delle mit Namen und vergeben eigene Postleitzahlen an Pickel, die Dritte gar nicht sehen. Die Dicke weiß also, dass ihre Freundin schlanker ist. Trotzdem zieht sie das Gleiche an. Letzten Sommer waren es zum Beispiel gekrempelte Dreiviertel-Jeans mit einem Tuch als Gürtel und dazu ein weißes Spaghettiträger-Oberteil und Flipflops. Natürlich wird dem Betrachter der direkte Vergleich leicht gemacht beziehungsweise aufgedrängt, wenn die beiden Mädels das Gleiche anhaben. Deswegen verstehe ich das nicht. Marlene und ich haben auch ein paar gleiche Kleidungsstücke. Doch wenn eine von uns eines davon anzieht, wenn wir uns hinterher treffen, schickt sie eine SMS an die andere, um Partnerlook zu vermeiden. «fcuk» steht zum Beispiel in so einer Textnachricht, was so viel heißt wie: «Hey Marie, ich ziehe heute das schwarze Shirt von french connection uk an, also sieh zu, dass du was anderes trägst, Bussi Marlene.»

Ferner frage ich mich, warum Mütter so viel Wert darauf legen, dass man Vorhänge in seiner Wohnung anbringt. Als ich meiner voller Stolz Beates und meine neue Bleibe in der Ysenburgstraße zeigte, verlor sie kein Wort über den wunderschönen Dielenboden, die gemütliche Wohnküche oder die weißen Flügeltüren. Sie sagte «schön, schön», kräuselte ihre Nase und meinte dann:
«Schnuppel, ich habe noch Vorhänge für dich im Keller. Wann hängen wir die denn mal auf?»
Schnuppel war irritiert. Schnuppel konnte sich nämlich nicht erinnern, einen Vorhangkauf in Auftrag gegeben zu haben.
«Mama, ich hatte eigentlich nicht vor, Vorhänge anzubringen.»
«Wie – keine Vorhänge?!», fragte sie alarmiert.
«Nö.»
«Aber dann kann dir doch jeder bis zum Bauchnabel gucken!»
Jeder war leicht übertrieben für die eine Wohnung auf der anderen Seite der Straße, von der aus man theoretisch einen Blick in Beates und meine Zimmer werfen konnte. Ich teilte meiner

Mutter mit, dass «jeder» eine alte und höchstwahrscheinlich ebenso taube wie fehlsichtige Frau war.
«Aber wie sieht denn das aus, so ganz ohne Vorhänge ...»
Schließlich einigten wir uns auf cremefarbene Raffrollos aus Stoff. Von IKEA. Die liegen jetzt seit drei Monaten originalverpackt in der Rumpelkammer. Aber bitte nicht meiner Mutter davon erzählen.

Ich werde mit Lorenz Schluss machen. Das mit dem Apartment, mit unserem Liebesnest, das konnte ich gerade noch abbiegen. Lorenz war Feuer und Flamme für die Idee, aber meine Gegenargumente überzeugten ihn schließlich. Zu gefährlich, so ein Zweitwohnsitz, zu hoch die Wahrscheinlichkeit aufzufliegen. Er stimmte mir letztendlich zu, aber ich hatte nicht das Gefühl, dass er richtig Panik hatte, seine Frau könne etwas merken. Und genau das machte *mir* Panik. Unser Spiel war dabei, seine Leichtigkeit zu verlieren. Es hatten sich keine großen Dinge verändert. Deswegen hatte ich den Wandel zunächst auch nicht bemerkt. Aber seit Lorenz diese Apartment-Idee hatte, habe ich etwas genauer hingesehen und einige Kleinigkeiten entdeckt. Er küsst mich zum Beispiel anders in letzter Zeit. Nicht viel anders, es ist eigentlich auch nicht der Kuss an sich, der sich verändert hat, sondern dieser Moment, wenn der leidenschaftliche Zungenkuss vorbei ist. Die Art, wie Lorenz dann noch einmal meine Lippen mit seinen berührt, passt nicht zu einer unverbindlichen Affäre. Ich kenne mich damit aus. Paul küsste mich auch so. Auf eine unendlich zärtliche Art legte er am Schluss immer nochmal seinen Mund auf meinen.
Engelchen und Teufelchen räuspern sich synchron. Aber ich beachte sie gar nicht. Ignorieren hilft immer noch am besten gegen meine zwei ungebetenen Ratgeber.

Aber wie beendet man eine Affäre? Geht man schön zum Essen in die Trattoria in der Klugstraße und bespricht bei einem Glas Chianti, dass sich die Wege trennen werden? Oder schickt man eine Mail, in der man seine Gründe erläutert? Macht man einen Spaziergang, oder ist man einfach nicht mehr erreichbar für den anderen? Nein, so werde ich es nicht machen. Das wäre nicht fair. Was du nicht willst, das man dir tu, das füg auch keinem andren zu. Irgendwo habe ich mal gelesen, dass man den Charakter einer Frau (oder war es der eines Menschen?) bei einer Trennung erkennt.

Ich gehe mit Lorenz ins *Maria Passagne*, eine kleine Bar in Haidhausen. Das Besondere am *Maria Passagne* ist, dass man es nicht findet, wenn man es nicht kennt. Die Tür trägt kein Schild, nichts deutet darauf hin, dass sich hinter der unscheinbaren Pforte eine angesagte kleine Lounge befindet. Am Anfang hat sich das Wissen um die Existenz dieser Bar nur durch Mund-zu-Mund-Propaganda herumgesprochen. Inzwischen ist das *Maria Passagne* leider in jedem zweiten München-Guide verzeichnet. Lorenz jedoch kennt es noch nicht.
Wir treffen uns am Weißenburger Platz und schlendern von dort die Kellerstraße entlang, biegen dann rechts in die Steinstraße ein. Es ist kalt. Aber trotzdem ein schöner Abend. Klare Luft, die nach Schnee riecht. Ja, wirklich, ich kann Schnee riechen. Man muss nur in einer kalten Nacht scharf einatmen. Wenn Schnee in der Luft liegt, fühlt sich das an, als sei ein Schwimmbad in der Nähe, dessen ganz leichten Chlorgeruch man einatmet.
«Hey, Fräulein Smilla», lacht Lorenz, als ich ihm von meinen übersinnlichen Fähigkeiten berichte.
«Du wirst sehen, es wird schneien. Morgen, spätestens übermorgen wirst du daran denken, was ich gesagt habe!»
Schluck. Morgen und übermorgen wird Lorenz mich vielleicht

hassen, weil ich mit ihm Schluss gemacht habe. Ich darf das Ziel dieses Abends nicht aus den Augen verlieren. Bin ja nicht zum Vergnügen mit Lorenz unterwegs.

«Nee, das glaube ich nicht!», lache ich und spucke beinahe mein Sushi quer über den Tisch.
«Äh, doch. Das war so», bekräftigt Lorenz.
«Du hast dir wirklich den Hintern verbrannt, weil du zu lange an einem neuseeländischen Strand gevögelt hast?» Ich stelle mir einen sehr jungen Lorenz vor und sehe seinen nackten Po bildlich vor mir, wie er am Ngaranui Beach über einer hübschen britischen Backpackerin in der erbarmungslosen neuseeländischen Sonne wippt.
«Das T-Shirt hatte ich extra angelassen», informiert Lorenz mich, «ich meine, ich war zwar jung, aber nicht dumm, und auch damals gab es schon die Problematik mit dem Ozonloch ...»
Ich überlege, welche peinliche Popp-Geschichte ich ihm im Gegenzug erzählen kann. Vielleicht die, als Paul und ich damals in der Wiese seines Gartens ineinander versanken und leider die Zeit vergaßen sowie die Tatsache, dass wir seine besten Freunde zum Grillen eingeladen hatten mit dem Hinweis, sie sollten doch nicht vorne, sondern durch das Gartentor hereinkommen. Ich öffne den Mund, um die Story zum Besten zu geben, als mir wieder einfällt, warum ich hier mit Lorenz sitze.

«Sag mal, ist Beate eigentlich grad in München oder auf Tournee?», fragt mich Lorenz, bevor ich etwas sagen kann. Ich weiß, was diese Frage bedeutet. Bin ja nicht blöd. Er möchte poppen. Nach dem *Maria Passagne*. Na ja. Lorenz will eigentlich ständig poppen. Ich meine das nicht abwertend, im Gegenteil. Es ehrt mich (denn momentan möchte er ja mit *mir* ins Bett, was heißt, dass ich auch mit 30 noch eine begehrenswerte

Frau bin). Und er kommuniziert seine ausgeprägte Libido so natürlich und offen, dass ich nichts Schlimmes daran finden kann. Da weiß frau wenigstens, woran sie ist.

Im Grunde wollen doch fast alle Männer ständig Sex. Aber die wirklich Schlimmen sind nicht die, die es uns sagen und zeigen. Die Schlimmen sind diejenigen, die so tun, als sei es anders. Diejenigen, die sich abendelang in Cafés und Bars mit uns herumquälen und Interesse für unser Seelenleben oder die Gedichte von Rainer Maria Rilke vortäuschen, obwohl sie nur eines wollen und auch an gar nichts anderes mehr denken können. Das sind die, die uns dann noch im Hausflur das Sommerkleid zerfetzen, hektisch und ungeschickt mit dem Gummi herumhantieren, bis uns selbst der letzte Anflug von Lust vergangen ist, und die dann (zum Glück) nach anderthalb Minuten keuchend kommen.

«Äh, nee, Beate ist leider da», schwindle ich, denn Sex mit Lorenz wäre in meiner Situation und mit meiner Zielsetzung wirklich kontraproduktiv. Obwohl es schon schön wäre, so ein letztes Mal ... Wer weiß, wann ich wieder mal so einen guten Liebhaber ins Bett bekomme ... Nein, Marie.

«Wieso?», kann ich mir trotzdem nicht verkneifen zu fragen.

«Och, weißt du», sagt Lorenz und guckt ein bisschen zerknirscht, «ich war heute beim Arzt, genereller Check-up.»

Hä?

«Willst du das Ergebnis sehen?» Er zieht ein gefaltetes DIN-A4-Blatt aus der Hemdtasche und reicht es mir. Oje, Lorenz wird doch nicht unheilbar krank sein? Und mich bitten, bis an sein nahendes Lebensende so oft wie möglich mit ihm zu schlafen? Um ins Guinness-Buch der Rekorde zu kommen und dann am Meer zu sterben? Bevor meine Phantasie vollends mit mir durchgeht, entfalte ich den Zettel und lese:

Gesundheits-Check für Lorenz Lederer
Praxis Dr. Wohlgemuth, Facharzt für Allgemeinmedizin,
Possartstraße 17, 81679 München
02.11.2004
Befund
Herz: unauffällig
Lunge: unauffällig
Nieren: unauffällig
Leber: unauffällig
Genitalien: unauffällig

«Du meinst ...», lache ich und schaue Lorenz an.
«Kannst du dir vorstellen, wie man sich als Mann fühlt, wenn man das liest??»
«Tröste dich, mein Lieber», sage ich, «ich kann dir versichern, dass deine Genitalien keinesfalls unauffällig sind. Mir sind sie jedenfalls immer aufgefallen. Positiv!»
«Danke. Aber ehrlich gesagt wäre es mir schon lieber, wenn du nochmal nachschauen könntest. Sicher ist sicher!»
«Ja, aber Beate ...»
«Ich kenne da ein entzückendes kleines Hotel im Lehel. Nicht weit von hier, fünf Minuten mit dem Taxi. Ich habe uns vorsichtshalber mal ein Zimmer dort reserviert ...»

«Lorenz ...»
«Ja, Schatz?»
Los jetzt, Marie. Mut gefasst und auf geht's. Tacheles.
«Ich genieße es echt sehr, mit dir Zeit zu verbringen. Macht total Spaß mit dir. Mit dir zu reden, zu lachen, spazieren zu gehen, durch die Bars zu ziehen, und der Sex mit dir ist wirklich traumhaft ...» Aaaaaaaaaah. Falscher Text! Neues Tape.
«Aber, Lorenz, ich glaube, wir sollten nicht so weitermachen. Ich möchte mich nicht in deine Ehe drängen. Die Affäre mit

dir war wunderschön, aber solche Verhältnisse haben nun mal eine Halbwertszeit ...»
«M-hm.»
Wie jetzt. Ist das alles? Ich bin ja froh, dass er keinen hysterischen Anfall bekommt, aber «M-hm» ist dann doch ein bisschen zu lau. M-hm sage ich, wenn mir die Bäckereifachverkäuferin bei Müller offenbart, dass die Krustis aus sind.
«Lorenz?»
«Entschuldige, Kleine, aber ich bin froh, dass du das sagst. Genauso froh, wie ich bin, dass du das mit unserem Apartment abgebogen hast. Das war wirklich eine totale Schnapsidee von mir.»
«...?»
«Weißt du», sagt er und nimmt meine Hand, «ich hätte sowieso nicht mehr lange so weitermachen können. Anja ist im sechsten Monat, und irgendwie kriege ich das gefühlsmäßig nicht mehr richtig auf die Reihe.»

Ich brauche etwa drei Minuten und muss meinen Caipiroshka, der gerade frisch gebracht wurde, austrinken, bis ich in der Lage bin, einen Satz zu formulieren. Subjekt – Prädikat – Objekt, Marie Sandmann, denke ich und stammle:
«Deine Frau ist ... was?!»
«Schwanger. In der 23. Woche. Es wird ein Junge», sagt Lorenz und trieft vor Vaterstolz. Ich rechne hastig im Kopf nach. Uff. Das Kind muss entstanden sein, bevor ich Lorenz auch nur kannte. Wenigstens etwas.
Die nächste Erkenntnis ist weniger angenehm. Ich habe drei Monate lang eine schwangere Frau betrogen. Klar, in erster Linie war es Lorenz, der das tat. Aber auf einmal fühle ich mich mitschuldig. Weibliche Solidarität? Vielleicht. Ich stelle mir vor, ich wäre schwanger. Puh. Zugegeben, eine sehr befremdliche Vorstellung. Mann, Marie, du bist jetzt dreißig Jah-

re alt, andere Frauen haben in deinem Alter schon Kinder, die das Gymnasium besuchen. Und bekommst bei dem Gedanken, einen Bauch vor dir herzutragen, der nicht von hemmungslosem Häagen-Dazs Strawberry-Cheesecake-Eis herrührt, Beklemmungen. Das ist doch nicht normal. Und es liegt nicht mal daran, dass kein potenzieller Erzeuger griffbereit ist.

«Marie? Alles okay?»
«Äh, ja, klar.»
«Es tut mir total Leid, dass ich unsere wunderschöne Begegnung so beenden muss, so vom Kopf her, aus der Vernunft heraus. Aber es muss sein. Ich muss jetzt ganz für meine Familie da sein, mit meiner ganzen Aufmerksamkeit, und ich kann einfach nicht mit Kopf und Herz bei einer anderen Frau sein, während meine Frau es immer beschwerlicher hat, unser gemeinsames Kind auszutragen ...»
Moment mal. Irgendwas läuft hier schief, verdammt schief. War nicht *ich* diejenige, die Schluss machen wollte mit Lorenz? Wurde es nicht *mir* zu eng, zu viel, zu nah, zu verbindlich? Und jetzt sitze ich hier im *Maria Passagne* und komme mir vor wie ein dummes Gör, das gerade von seinem erwachsenen Lover abgesägt wird, weil dessen Familienplanung keinen Raum mehr für eine Geliebte bietet.
«Das ist nicht fair», denke ich. Leider laut. Und natürlich versteht Lorenz mich miss.
«Marie, es tut mir Leid. Ich weiß, ich hätte es dir schonender beibringen müssen, und vielleicht hätte ich es dir auch früher sagen sollen. Aber du hast mich so mitgerissen mit deiner Lebensfreude, deinen leuchtenden Augen, deiner Fröhlichkeit. Ich hab dich wirklich total lieb, Marie, das musst du mir glauben, und es fällt mir unendlich schwer, dich gehen zu lassen, aber es geht nicht anders ...»
AAAAAAAAAH. Sülz. Geht es noch groschenromaniger? Und

überhaupt: Lebensfreude. Leuchtende Augen. Fröhlichkeit. Der Mann kennt mich anscheinend kein bisschen.

«Die Lebensfreude war ausschließlich hormonbedingt, und meine leuchtenden Augen kamen daher, dass ich froh war, dass du mich ein wenig von Paul abgelenkt hast, von meiner einzigen, großen Liebe!», will ich sagen, verkneife es mir aber. Es stimmt auch nicht ganz. Ich mag Lorenz, er gefällt mir, und vielleicht bin ich doch ein wenig verliebt in ihn? Egal, selbst wenn er hässlich, klein und ungebildet wäre, würde es wehtun, so schnöde abserviert zu werden. Vor allem, wenn man vorhatte, den anderen abzuservieren – wenn auch auf eine sensiblere und feinere Art.
Mir schießen die Tränen in die Augen. O nein, Lorenz soll mich nicht heulen sehen. Er würde bestimmt denken, ich würde um ihn weinen. Ich reiße die Augen auf (was man im Schummerlicht der Bar zum Glück nicht so sieht), damit sich die Feuchtigkeit besser in ihnen verteilt, meine Kontaktlinsen sie aufsaugen können und kein Nass mein Auge verlässt. Puh. Es klappt. Keine Tränen. Aber ich war kurz davor.

Und dann sage ich wieder mal diesen Satz, der mir so bekannt vorkommt: «Ich glaube, es ist besser, wenn ich jetzt gehe.»

Erst als ich durchs kalte Haidhausen zur Trambahn laufe, den Pashmina fest um den Hals gewickelt und schnellen Schrittes, fällt mir ein, wann ich diesen Satz schon einmal gesagt habe. Es war damals, als Paul mir eröffnete, dass er keine Beziehung mit mir wollte, weil er nach Lesotho gehen würde. Weil er etwas Besseres, Wichtigeres vorhatte – genau wie Lorenz jetzt. Irgendwie scheine ich immer den Kürzeren zu ziehen. In wessen Lebensplanung bin ich eigentlich von Bedeutung? Wer würde jemals etwas anderes *für mich* aufgeben? Warum werde immer ich für anderes aufgegeben? Und nun laufen mir die Tränen die Wangen hinunter, und ich bemühe mich nicht mehr, sie wegzutricksen. Meine Absätze klappern durch das nächtliche München, und ich weine, weine um das verloren gegangene, um das geklaute Gefühl, nicht alleine zu sein, jemanden zu interessieren, gemocht zu werden, wichtig zu sein. Ich beweine Paul, den ich so sehr vermisse, diese leere, wunde Stelle in meinem Inneren, die nie weggeht, und ein kleines bisschen trauere ich um meinen verlorenen Liebhaber. Er war wirklich gut im Bett.

FREITAG, 12. NOVEMBER 2004 –
AUFMÜPFIGE HORMONE

Sie verfolgen mich. Und sie sind überall. Morgens steigen sie am Stiglmaierplatz in die U1. Mittags hängen sie im *San Francisco Coffee Shop* herum, wenn ich eigentlich nur in Ruhe meinen Medium Caramel Macchiato genießen will. Abends stehen sie vor mir in der Schlange an der Kasse des Kaufhofs am Rotkreuzplatz. Auf einmal scheinen sie allgegenwärtig zu sein. Bauchansätze, kleine Kugeln, medizinballartige Ausbuchtungen unter sich spannenden Latzhosen. Egal, ob eine Frau im fünften Monat oder kurz vor den ersten Presswehen ist, ich bemerke jede Schwangere.

Und diese Verschwörung der rentensichernden Bevölkerungsgruppe macht nicht mal vor meinem Freundeskreis halt. Heute Nachmittag, ich brüte gerade über einem anspruchsvollen Text über die – selbstverständlich schwangere – Maxima der Niederlande, klingelt mein Telefon. Alexa ist dran.

«Naaaaaa, Marie?» Schon an ihrem Tonfall ist klar zu erkennen, dass sie nicht anruft, um hallo zu sagen oder sich mit mir auf ein Feierabendbier im Augustiner zu verabreden.

«Hey Alexa, schön, dich zu hören», sage ich und fange sofort an, ihr ein paar Storys aus meinem lustigen Arbeitsleben zu erzählen. Ich merke, wie sie immer ungeduldiger wird, während ich von Ben Becker erzähle, von Sandra Bullock und Denise Richards. Kurz bevor sie mir ins Wort fallen kann, erlöse ich Alexa.
«Und – was gibt's Neues bei dir und Marco?»
«Es stehen einige Veränderungen an», druckst sie auf einmal rum, jetzt, wo ich ihr eine Steilvorlage geliefert habe. Weiber.
«Veränderungen?» Okay, ich kann mich auch blöd stellen. Natürlich weiß ich längst, was los ist. Alexa ist seit zwei Jahren verheiratet und gerade mit Marco in ein Reihenhaus in Gröbenzell übergesiedelt. Schon seit längerem sind die beiden nicht mehr dabei, wenn Vroni, Bernd, Max, Marlene, Beate, Simon und ich abends die Landeshauptstadt unsicher machen. Manche Leute werden eben leider schon langweilig, bevor sie Veranlassung dazu haben.
«Habt ihr die Küche doch in Terracotta gestrichen? Plant ihr die Anschaffung eines BMW Cabrios? Oder wollt ihr etwa dieses Jahr nicht nach Sardinien in den Urlaub fliegen?» Boah, was bin ich fies. Na ja. Reiner Selbstschutz. Und Alexa nimmt meine Spitzen eh nicht wahr.
«Nein, Marie», kichert sie, «es ist eher so, dass unser Arbeitszimmer demnächst kein Arbeitszimmer mehr sein wird …»
«Wievielte Woche?», frage ich.
«Dreizehnte», sagt Alexa nach einer kurzen, überraschten Pause, und ich höre das Grinsen in ihrer Stimme. War klar. Alle teilen einem das bevorstehende freudige Ereignis in der dreizehnten Woche mit. Außer Lorenz. Der wartete bis zur 24.
«Herzlichen Glückwunsch!», sage ich pflichtschuldig und streiche in Gedanken Alexa und Marco aus meinem Filofax, Abteilung «Freunde, mit denen man auch mal weggehen kann». Was heißt hier, ich bin unfair und gemein? Ich bin nur realistisch.

Menschen, die Mütter oder Väter werden, pflegen ziemlich nachhaltig das Interesse an den schnöden Freuden ihrer Singlefreunde zu verlieren.

«Weißt du, wenn du ein Kind hast, ist dir so was wie Karriere plötzlich gar nicht mehr wichtig», sagte zum Beispiel Tanja, meine Sandkastenfreundin, als ihr Söhnchen Lukas auf der Welt war. Das Wort «Karriere» sprach sie dabei aus, als würde sie «gebratene Heuschrecken» sagen. «Und auch das Ausgehen, Kneipe, Kino, Club – das ist auf einmal so wenig wesentlich», fuhr Tanja damals fort, «weißt du, Marie, die Prioritäten verschieben sich, und du merkst auf einmal, was wirklich wichtig im Leben ist.» Auf jeden Fall nicht mehr dein Äußeres im Allgemeinen und deine Figur im Speziellen, dachte ich damals despektierlich, ich oberflächliche, kinderlose Lifestyle-Tussi.

Klar bin ich nur neidisch. Ich würde auch gerne einen Lebenssinn geschenkt bekommen. Ist doch super. Vorbei wären die verregneten Grübelnachmittage an meinem Lieblingsplatz in der Wohnküche, Vergangenheit die Sinnkrisen, wenn meine Textchefin mir mal wieder eine Doppelseite auf drei Absätze zusammenstreichen würde. Für solche Banalitäten hätte ich dann sowieso keine Zeit mehr, weil Klein-Franziska lautstark ihr Bedürfnis äußern würde, eine Stunde lang meine Brust zu deformieren.

Als ich das Telefonat mit Alexa hinter mich gebracht habe («Du, sei mir nicht böse, aber lass uns ein andermal weiterquatschen – ich muss dringend weiter*arbeiten*»), klingelt das Telefon erneut. Sicher hat sie noch ein Detail vergessen.
«Ja?»
«Äh, hallo. Ist da die Ilse?»

«Wenn ich Ilse heißen würde, würde ich mich erschießen!», fauche ich in den Hörer und knalle ihn auf die Gabel.
«Na, sind wir ein kleines bisschen gereizt, Frau Sandmann?», grinst meine Textchefin Katja. Scheiß-Großraumbüro.
Nicht mal in Ruhe telefonieren kann man hier. Zum Glück brauche ich das Internet für meine täglichen Recherchen, sodass es keiner merkt, wenn ich mal kurz privat surfe. Und zum Glück gibt es Google. Da kann man einfach Wörter eingeben. Ähm, ja. Irgendwas ist in meinem Körper durcheinander geraten. Eigentlich hätte ich vor einer Woche meine Periode bekommen sollen.

Was wäre, wenn ich jetzt schwanger wäre? Von einem verheirateten Mann, der mich gerade abgesägt hat, weil seine Frau das zweite Kind von ihm bekommt. Na toll. Super Voraussetzungen für eine unbeschwerte Mutterschaft. Vom armen Kind ganz zu schweigen. Mein schöner, neuer Job wäre futsch. Das ist der Worst Case, der Super-GAU einer Arbeitnehmerin wie mir: als Schwangerschaftsvertretung selber schwanger zu werden. Das Einzige, was passen würde, wäre die neue Wohnung. Platz wäre dort genug. Obwohl – dritter Stock ohne Lift, und das mit Kinderwagen? Ich schiebe all diese praktischen Probleme zur Seite und überlege: Würde ich ein Kind wollen? Ganz klar: ja. Unter einer Bedingung. Ich möchte nicht, dass mein Leben sich grundlegend verändert. Ich liebe es nämlich so, wie es ist. Das Wohnen im quirligen Neuhausen in der Wohnung über der Kneipe, die Stadt mit ihrem Lärm und ihrer Lebendigkeit, meine Freunde, meine Arbeit. Ich will frei sein, ausgehen, Erfolg haben, Geld verdienen, reisen, Herausforderungen annehmen, Abenteuer erleben.
«Ein Kind ist das größte Abenteuer und die größte Herausforderung, die das Leben dir bieten kann», sagt Engelchen sanft. Ach, halt doch die Klappe. Und was würden erst meine Eltern

sagen? So hatten sie das sicher nicht gemeint, als sie durchblicken ließen, dass jetzt allmählich mal ein Enkelkind angesagt wäre. Sie dachten da sicher eher in den Kategorien «Netten Mann finden» (vorzugsweise einen Rechtsanwalt oder Arzt) – «Heiraten» – «Immobilie im Grünen». Und dann bitte der Nachwuchs. Alles schön der Reihe nach. Wobei ich persönlich ja auch Anhängerin dieser Theorie bin. Spießig? Ja. Aber was soll ich in einem Reihenhaus in Baldham, wenn ich kinderlos bleibe? Dann hätte ich doch bitteschön lieber die schicke Maisonettewohnung in Schwabing oder Nymphenburg.

Andererseits – ich bin jetzt 30. Ich habe nicht mehr ewig Zeit, eine Familie zu gründen. Was, wenn ich das mit dem Kinderkriegen ewig vor mir herschiebe und es dann mit 36, wenn ein Baby in meine Lebensplanung passen würde, zu spät ist? Soll ja vorkommen. Vielleicht wäre es doch gar nicht so schlecht, wenn ich jetzt schwanger wäre. Dann hätte mir das Schicksal einfach die Entscheidung abgenommen. Hm. Ob man das Zusammentreffen eines potenziell fruchtbaren Zyklustages mit einem geplatzten Gummi Schicksal nennen kann?

«Marie?» Katja steht schon wieder vor meinem Schreibtisch. Hastig klicke ich Google weg, bevor sie mein Suchwort erspähen kann. «Einnistungsblutung» macht sich in dieser Redaktion, in der es um Hollywood, Glamour und Schuhe geht, die 800 Euro kosten, nicht so gut.
«Katja, was kann ich für dich tun?», frage ich zuckersüß.
Sie bittet mich um ein Update zur Bambiverleihung, die in sechs Tagen in Hamburg stattfinden wird.
Innerhalb einer Stunde habe ich die Aufgabe erledigt. Dann verlasse ich rasch das Büro. Destination Apotheke. Schwangerschaftstest besorgen. Diese Was-wäre-wenn-Quälerei muss ein Ende haben.

Es ist nicht das erste Mal, dass ich einen Schwangerschaftstest kaufe. Aber es ist das erste Mal, dass ich einen anwende. Ein denkwürdiger Moment? Na ja. Als ich so auf der Toilette sitze und versuche, exakt vier Sekunden lang auf den weißen Teststreifen zu pinkeln, kommt mir das nicht besonders bedeutungsvoll vor. Und nicht eben würdevoll obendrein. Und dann diese erniedrigende Warterei nach dem Zielpinkeln. Zwei bis fünf Minuten kann es dauern, bis man das Ergebnis sieht, steht in der Gebrauchsanleitung. «Vielleicht möchten Sie das Teststäbchen während der Wartezeit in die Verschlusskappe zurückschieben und ablegen», steht da noch. Wie, vielleicht. Ich brauche klare Anweisungen, keine Vorschläge. Und schon gar nicht von einer Gebrauchsanleitung.
Fünf Minuten später. Ist das jetzt ein Plus oder ein Minus? Ich brauche meine Brille. Hm. Auch mit Sehhilfe kann ich nicht mehr erkennen. Eigentlich ist es ein Minus. Also nicht schwanger. Puh. Obwohl? Ein ganz schwacher senkrechter blauer Strich ist da schon zu sehen, oder? Oje. Ich bin ein bisschen schwanger.

«Marlene?»
«Ja, Hasi?»
Marlene ist Expertin für Schwangerschaftstests. Ich glaube, sie macht jeden Monat einen. So wie andere Leute ihre Umsatzsteuervoranmeldung. Rein routinemäßig.
«Sag mal, Marlene, bedeutet ein ganz schwacher vertikaler Strich etwas??»
Sie weiß sofort, wovon ich spreche, obwohl ich gar nicht gesagt habe, dass es um einen Schwangerschaftstest geht.
«Nö, keine Panik. Das ist immer so. Hat nichts zu sagen!»
«Danke. Gut. Ach, übrigens, ich habe mit Lorenz Schluss gemacht!», berichte ich stolz und lasse elegant unter den Tisch fallen, dass ich mit Lorenz Schluss machen *wollte* und dass

er mir zuvorgekommen war. Solche Details spielen jetzt keine Rolle mehr. Hauptsache, die Affäre ist beendet, und Marlene schimpft nicht mehr mit mir.
«Sehr gut», sagt sie, «jetzt geht's dir besser, gell?»
«Ja. Na ja. Ja!», sage ich im Brustton der Überzeugung. Und dann: «Marlene?»
«Ja, was denn, Hasi?» Argh. Sie sagt schon wieder «Hasi» zu mir. Kommt sich jetzt groß-schwesterlich vor, weil ich sie um einen Rat gebeten und einen andern von ihr befolgt habe. Dabei ist Marlene gerade mal zwei Wochen älter als ich.
«Willst du eigentlich mal Kinder?» Seltsam, über dieses Thema haben Marlene und ich nie gesprochen. Wir lernten uns damals beim Studium kennen. Und zwar so, wie man sich an der Münchner Uni kennen lernt. Ich studierte Germanistik, wie Vroni, Marlene machte BWL. Vroni jobbte bei einer Versicherung im Telefonmarketing. Dort traf sie Marlene. Marlene und ich lernten uns im Dezember 1997 kennen, auf einem Demonstrationszug der Studenten durch München. Ich weiß nicht mehr, worum es genau ging, aber ich unterhielt mich recht angeregt mit Marlene. Dann sahen wir uns ein, zwei Jahre lang gelegentlich, unternahmen manchmal etwas zu dritt, Marlene, Vroni und ich. Aber irgendwie war sie immer Vronis Freundin, wertfrei – es war einfach so. Irgendwann fragte Marlene mich, ob ich mal mit ihr zum Skifahren gehen würde. Das war in der Zeit, als Vroni sich beharrlich weigerte, das Skifahren zu lernen. Gesagt, getan. Wir fuhren nach Hintertux und hatten eine Menge Spaß.
Seitdem sind wir befreundet. Und seitdem ist Marlene Single. Was nicht heißt, dass sie keine Männer kennen lernt. Sie sieht super aus mit ihren langen, naturgelockten, brünetten Haaren und ihrer hellen Haut. Sie ist klug (Wirtschaftsprüferin, ich glaube, da muss man klug sein), witzig, selbstbewusst. Und es ist nicht so, dass sich nicht ab und zu ein Mann in sie verlie-

ben würde. Das Problem ist eher, dass Marlene sich nicht in die Männer verliebt. Und wenn, dann in die total Falschen, von denen sie dann, konsequent, wie sie ist, die Finger lässt, bevor überhaupt etwas anfangen kann. Verheiratete Männer, gute Freunde und so weiter kommen für Marlene nicht in Frage. Manchmal hätte ich gerne ein Stück von ihrer taffen Geradlinigkeit. Ich würde ihr dafür ein bisschen von meiner schwachen Sanftheit abgeben, die könnte ihr ganz gut stehen. Eine Mischung aus Marlene und mir, das wäre super. Und der Traum aller Männer.

«Also ich weiß nicht», beginnt Marlene, meine Frage nach dem Kinderwunsch zu beantworten, «wenn ich mich so im Bekanntenkreis umschaue, tendiere ich eher zu dem Entschluss, dass Kinder nichts für mich sind. Mal ganz davon abgesehen, dass mir erst mal ein qualifizierter Erzeuger über den Weg laufen müsste.» Bevor ich etwas sagen kann, fährt sie fort: «Weißte, um mal Klartext zu reden: Die Leute werden doch alle zu Langweilern, wenn sie Kinder haben. Ob sie wollen oder nicht. Mein Chef zum Beispiel, du weißt ja, der ist vor einem halben Jahr Vater geworden, mit 40. Früher sind die immer schick in den Urlaub gefahren, Tauchen auf den Seychellen, Castello in der Toskana, Skifahren in Aspen und so weiter. Jetzt waren sie wieder im Urlaub. Am Neusiedler See. Habe ihn gefragt, wie es so war. Ich meine, Urlaub in Österreich ist ja an sich nichts Schlechtes, kann echt total cool sein! ‹Ja mei›, hat er gesagt, ‹wie das halt so ist, wenn man ein Kind hat.› Und dabei hat er ein Gesicht gemacht, als hätte man ihm seine Bang & Olufsen-Stereoanlage weggenommen. Weißt du, was ich meine, Marie?»
Ich muss lachen. «Ja!» Marlene ist noch nicht fertig.
«Und am schlimmsten sind die, die sich vorher noch über die Langweiler mit Kind aufgeregt haben. Das sind diejenigen,

die dir dann, wenn sie sich selbst erfolgreich reproduziert haben, eine halbe Stunde lang erzählen, was der kleine Dominik heute Tolles gemacht hat. Ich meine, was kann ein Einjähriger schon Tolles machen? Und selbst wenn: Interessiert es mich? Nö!»

Mist. Sie hat sich in Rage geredet. Als sie eine kurze Pause einlegt und hörbar an ihrer Zigarette zieht, nutze ich meine Chance und sage:
«Aber was ist mit dir, Marlene? Abgesehen von diesen ganzen Bedenken – spürst du keinen Kinderwunsch?»
Das ist nämlich genau das Problem. Klar weiß ich, dass ich a) eine miserable Mutter wäre, viel zu egozentrisch und spaßorientiert, und b) dass ein Kind denkbar schlecht in mein Leben passen würde. Aber er ist trotzdem da – dieser nicht erklärbare Wunsch nach einem Baby. Ich spüre ihn, wenn ich gleichaltrige Frauen mit Kind sehe, wenn wieder mal eine meiner Freundinnen schwanger ist und wenn Lorenz mir von Sophia erzählte. Aus unerklärlichen Gründen trieb mir das stets die Feuchtigkeit in die Augen. Mir, der unabhängigen, lebensfrohen, erfolgreichen Marie, für die ein Leben zwischen Windeleimer und Spielplatz die Horrorvorstellung schlechthin ist. Aber wenn Lorenz von seiner Tochter sprach, veränderte sich jedes Mal der ganze Mann. Verschwunden war seine Business-Härte, jegliche Nadelstreifenattitüde. Seine Stimme wurde weicher und einen Tick höher, seine Gesichtszüge entspannten sich, und der ganze Lorenz begann von innen heraus zu strahlen. Wahnsinn. Irgendwas muss da dran sein.

«Klar», sagt Marlene, «ist doch logisch mit dreißig. Aber das sind nur die Hormone. Das resultiert nicht aus meinem Charakter, sondern ist eine Message meines Körpers, der fruchtbarkeitstechnisch auf dem absteigenden Ast ist. Aber ich lasse mir doch nicht von ein paar aufmüpfigen Hormonen meine Lebensplanung aufdrücken!»

Ich liebe Marlene und ihre brüske Art. Sie hat mir schon so oft geholfen, die Dinge in einem anderen Licht zu sehen als in meinem, das oft viel zu sentimental und gefühlsbetont ist.

«Marlene?»

«Ja, Hasi?»

«Ich glaube, ich habe zu viel Beck's Gold gekauft. Kommst du vorbei?»

Das lässt sie sich nicht zweimal sagen. Zu Hause werfe ich schnell die Bierflaschen in das Gefrierfach, laufe ins *Ysenegger* hinunter, um zwei Packungen rote Gauloises zu holen, und freue mich darauf, mich mit meiner Freundin zu betrinken, zu viel zu rauchen und hemmungslos unsere kinderlose, von aufmüpfigen Hormonen unbeeinträchtigte Freiheit zu feiern.

MONTAG, 6. DEZEMBER 2004 –
DER MAX-TEST

Die Zeit vergeht wie im Flug. In den letzten Wochen habe ich gearbeitet wie eine Irre. Und Geld rausgehauen. Ebenfalls, als ob ich nicht ganz dicht wäre. Aber – ich habe keinen Cent ausgegeben, den ich mir nicht selbst erarbeitet habe, und mein Konto hatte stets einen gewissen Bodensatz. In Carrie-Bradshaw-Manier habe ich meinen Anrufbeantworter mit «Hier ist Marie. Ich bin Schuhe kaufen» besprochen. Wobei das gar nicht der Wahrheit entspricht. Von den hohen schwarzen Stiefeln, den Puma-Sneakers in hellblauem Wildleder und den Ballerinapumps in Altrosé abgesehen, habe ich eher andere Dinge erstanden. Sinnvolle, praktische Dinge wie die Federpuschellichterkette für mein Bad zum Beispiel. Als ich dieses

Objekt sah, konnte ich mir ein Leben und vor allem ein Baden ohne Federpuschellichterkette einfach nicht mehr vorstellen. Das Licht, das sie erzeugt, ist fast so sanft wie das von Kerzen. Wundervoll. Überhaupt ist mein Bad (ja, mein Bad, Beate hat ja ihr eigenes) mein liebster Rückzugsort geworden. Stundenlang kann ich in meiner Wanne liegen, im Rosmarinschaumbad von Clarins plätschern, immer wieder heißes Wasser nachlaufen lassen, indem ich mit dem großen Zeh den Warmwasserhahn aufdrehe, und alles, was außerhalb dieser vier Quadratmeter liegt, für eine Weile vergessen. Und an dieser entspannenden Atmosphäre ist meine Federpuschellichterkette maßgeblich beteiligt.

Außerdem habe ich meine Garderobe überdacht und festgestellt, dass es Zeit ist, dem ausschließlichen Klamottenerwerb bei H&M, Zara und s.Oliver auf Wiedersehen zu sagen und mich in teurere Gefilde vorzuwagen. Schließlich bin ich jetzt eine Redakteurin mit festem Einkommen. Also kann ich ruhig auch mal einen Rock bei Kookai kaufen und die dazu passenden Schuhe bei Bally, auch wenn sie 250 Euro kosten.

«Meinst du nicht, dass du's ein bisschen übertreibst?», meinte Max, als ich ihm von meinen Beutezügen durch die Münchner Geschäfte berichtete wie ein Broker von seinen erfolgreichen Aktienkäufen.
«Wieso? Geld muss fließen. Dann kommt auch wieder welches nach», widersprach ich. Das stammt nicht von mir. Es ist einer der Sätze, die ich mal irgendwo aufgeschnappt habe und die sich aus unerklärlichen Gründen in meinem Gehirn festgebissen haben. Manche dieser Sätze wird man sein Leben lang nicht mehr los. Und irgendwann glaubt man dann der Einfachheit halber dran. Und wenn man nur fest genug an etwas glaubt, neigt das dazu, Wirklichkeit zu werden. Das Phänomen

ist ja bekannt. Self-fulfilling prophecy. Ich hatte so lange Angst gehabt, Paul könne mich verlassen, bis er es irgendwann tat. Vielleicht wären wir noch zusammen, wenn ich daran geglaubt hätte? Wenn ich an uns geglaubt hätte? Aber selbst in unseren glücklichsten Zeiten, im Sommer 2003 oder Anfang diesen Jahres in Australien und Neuseeland, war da immer dieser kleine Zweifel, diese winzige Angst, ihn zu verlieren. Bingo.

Max schüttelte spöttisch grinsend den Kopf und nahm meine Nasenspitze zwischen Zeige- und Mittelfinger. Das macht er seit kurzem ab und zu. Und es irritiert mich jedes Mal aufs Neue. Was bedeutet diese Geste? Ist das brüderlich, freundschaftlich, neutral oder gar liebevoll bis neckisch-anbandelnd gemeint? Ich konnte ihn ja schlecht fragen: «Hey Max, was willst du damit ausdrücken, wenn du meine Nasenspitze zwischen Zeige- und Mittelfinger nimmst? Bitte erläutere mir doch mal detailliert deine Motive für diese Gebärde.» Der würde doch denken, ich hätte einen an der Klatsche.

Ich musste anders vorgehen. Max musste getestet werden. Also ließ ich, als wir gestern zusammen ins Kino gingen und «Die fetten Jahre sind vorbei» anguckten, mit voller Absicht meinen warmen, kirschroten Flanellmantel von More & More zu Hause und zog nur den dünnen schwarzen Sommer-Trenchcoat von H & M an. Schon in der Tram auf dem Weg ins Arri-Kino fror ich erbärmlich, doch als ich Max vor dem Kino in der Türkenstraße traf, biss ich die klappernden Zähne zusammen und ließ mir nichts anmerken.
Gut sah der wieder aus. Gegen die Kälte (ja, es war kalt, bitterkalt) trug er eine schwarze Filzkappe auf dem Kopf, die ich ihm einst aus einem Tunesienurlaub mitgebracht hatte. Bei jedem anderen hätte das Ding albern ausgesehen, doch Max mit seinen kurzen dunkelblonden Haaren verlieh die Mütze das gewisse

Etwas. Irgendwie intellektuell und doch sportlich. Schwer zu erklären. Als wir an der Bar des Kinos standen und vor Beginn des Films noch ein Bier nahmen, bemerkte ich diese speziellen Blicke der anderen Frauen. Sie streifen einen, und wenn man selbst Frau ist, weiß man, dass sie einen in Wirklichkeit in Blitzesschnelle scannen. In wenigen Sekundenbruchteilen rattert ein Haufen Informationen und gezogene Schlüsse durch das verwinkelte weibliche Gehirn. «Aha», geht das dann in etwa, «der gut aussehende, große Typ mit der interessanten, weil ungewöhnlichen schwarzen Filzmütze auf dem Kopf, die er jetzt gerade mit seinen schlanken Pianistenhänden abnimmt, ist zusammen mit der Frau hier, die trotz Eiseskälte einen billigen dünnen Baumwollmantel von H & M trägt, einen etwas zu pinken Pashmina – sicher unecht – und deren blonde Strähnen auch mal wieder eine Auffrischung vertragen könnten. Die beiden sind kein Paar, sie haben sich mit Küsschen-links-Küsschen-rechts begrüßt, aber entweder waren sie mal eines, oder sie würden gerne eines werden, denn ihre Gesten gleichen sich auf verdächtig harmonische Weise. Aber auf jeden Fall sind sie im Moment nicht zusammen, das heißt, der Typ wäre zu haben ...»

Und eine dieser Frauen mit dem Scannerblick kam dann sogar an die Bar, stellte sich direkt neben Max und streifte ihn aus Versehen, als sie ihren Geldbeutel aus der Handtasche kramte. «Oh, sorry», sagte sie und wimpernklimperte Max von unten an. «Nix passiert», sagte Max, lächelte und führte sein Gespräch mit mir fort. Ha, ha. Gewonnen.

Der Film war super. «Ich möchte eigentlich einfach nur wild und frei leben», sagte Hauptdarstellerin Julia Jentsch, aber sie sagte es so, dass es nicht platt und einfallslos klang, sondern wie eine komplette, in einfachen Worten ausgedrückte Lebensphilosophie. Auch so ein Kandidat für Sätze, die mich nicht mehr loslassen.

Max und ich traten in die noch schneidender gewordene Dezemberluft hinaus. Ich musste nicht so tun, als würde ich frieren. Ich tat es ganz von selbst.
«Mensch Marie, du holst dir ja den Tod», sagte Max prompt besorgt, zog umgehend seinen dicken Wollmantel aus und legte ihn mir um die Schultern. «Und Handschuhe hast du auch keine an!» Er nahm meine Hände zwischen seine. Die waren wie immer wunderbar warm. Obwohl sie aussehen wie die eines Pianisten. Max, mein Taschenofen. Ich zitterte noch ein bisschen weiter und rückte näher zu Max. Und der nahm mich in den Arm. So standen wir auf der Türkenstraße. Ich atmete seinen vertrauten Geruch ein, schloss die Augen und fühlte mich zu Hause. Mein Test war erfolgreich. Ich hatte bei Max die Beschützerinstinkte hervorgerufen, die Männer nur gegenüber Frauen hegen, die ihnen etwas bedeuten.

«Also wirklich», sagte Max da, «ich versteh dich nicht, Marie. Seit Tagen hat es unter null Grad, und du rennst in einem dünnen Baumwollmantel draußen rum, ohne Handschuhe und ohne Mütze. Wenn du morgen krank bist, brauchst du dich wirklich nicht zu beschweren! Wie kann man nur so gedankenlos sein ...»
Wie bitte?! Was waren denn das für Töne? Ich öffnete meine Augen wieder, rückte ein Stück von Max ab und erblickte sein ungläubiges Kopfschütteln. Von wegen «etwas bedeuten» und Beschützerinstinkte. Was Max da von sich gab, klang eher väterlich als sonst etwas.

«Passt schon. Ich nehme mir ein Taxi. Mach dir um mich bloß keine Sorgen!», fauchte ich, schmiss ihm seinen Mantel zu und ließ ihn einfach stehen. Ich bin sicher, dass er mir einigermaßen verdutzt hinterherschaute. Zum Glück kam gerade ein Taxi um die Ecke gebogen, in das ich mich flüchten konnte. Nicht ohne vor dem Einsteigen dreimal zu gucken, ob es auch wirklich ein gelbes Schild auf dem Dach hatte.

DONNERSTAG, 9. DEZEMBER 2004 –
LEIPZSCH

Irgendwie läuft es zurzeit echt beschissen mit mir und den Männern. Ich kann es leider nicht anders ausdrücken. Paul hat mich vergessen. So viel ist mittlerweile sicher.
Lorenz meldet sich zwar noch ab und zu, seit er mich absägte, als ich mit ihm Schluss machen wollte, aber er macht mit so viel – zu viel – demonstrativer Fröhlichkeit einen auf Freundschaft, dass es mich eher nervt als freut. Außerdem habe ich keine Lust auf Werdender-Vater-Geschichten. Nicht mein Thema, sorry.
Max spielt großer Bruder, und mein Freund Martin, der mich früher wenigstens immer noch ein wenig anhimmelte, plant gerade seine Hochzeit mit seiner Verlobten und darf ansonsten das Haus nicht mehr alleine verlassen, glaube ich. Und wie immer, wenn man dringend einen Verehrer bräuchte oder wenigstens einen feschen One-Night-Stand zum Angeben, sind weit und breit keine annehmbaren Männer in Sicht. Alles, was da draußen frei rumläuft und nicht glücklich verliebt oder verheiratet ist, gehört der Sorte Dummschwätzer an, ist langweiliger als ein Stück Roggenbrot oder beides. Beziehungsweise optisch inakzeptabel. Ich weiß, ein Mann muss nicht schön sein, und es kommt auch gar nicht auf Äußerlichkeiten an. Aber manche Dinge gehen trotzdem gar nicht. Der faszinierendste Charakter kann leider keine fettigen langen Haare, starke Oberlippenbehaarung oder zu kurze Stonewashed Jeans rausreißen.

Aber zum Glück gibt es im Leben ja noch andere Dinge als Männer! Und es tut mal ganz gut, nicht immer nur über Paul und seine Artgenossen nachzugrübeln, sondern zur Abwechslung mal was Sinnvolles zu machen. Wie ich heute. Ich fahre mit dem Zug nach Leipzig, eine Geschäftsreise. Ich soll dort für eine Serie über die Tatort-Kommissare Peter Sodann interviewen. Der Job ist wie gemacht für mich, die ich die Tatort-Reihe liebe. Wenn ich mich für ein Lieblings-Ermittlerduo entscheiden müsste, täte ich mich schwer. Franz Leitmayr und Ivo Batic aus München? Klar, Heimatstadtbonus. Und außerdem habe ich schon mal in einer Berliner Bar auf Udos Bier aufgepasst. Leider baggerte er, während ich sein Pils bewachte, auf der anderen Seite der Bar eine schnieke Brünette an, aber gut. Jeder kann sich mal im Geschmack verirren. Oder doch Ballauf und Schenk aus Köln? 10 Extrapunkte für Max Ballaufs Stimme. Er könnte die Örtlichen von Mecklenburg-Vorpommern vorlesen, ich würde die CD sofort kaufen. Hm, oder vielleicht Ritter und Stark aus Berlin? Til Ritter alias Dominic Raacke hat so was Verruchtes. Ein grimmiger, einsamer Mann. Wunderbar.

Guter Dinge besteige ich den Mittags-ICE nach Leipzig. Die Sonne scheint. Es ist kalt. Und ich habe fünf Stunden vor mir, in denen ich gemütlich iPod hören und mich entspannen kann. Dann ein netter Plausch mit einem charmanten älteren Herrn, ein leckeres Essen auf Arbeitgeberkosten und später ein hübsches Hotelzimmer im besten Haus am Platz, ebenfalls nicht meine Privatrechnung belastend. Morgen früh wieder zurück nach München, und am Wochenende fahre ich mit meinen Freunden wie fast jedes Jahr auf die Skihütte nach Obertauern. Das Leben kann so schön sein! Was brauche ich Männer.

Entspannt verlasse ich in Leipzig Hauptbahnhof meinen Zug. Der hat hier ein paar Minuten Aufenthalt und fährt dann weiter nach Berlin. Ich ziehe meinen Trolley hinter mir her und gehe Richtung Ausgang. Die Sonne ist gerade untergegangen.

Ich habe die weißen Kopfhörer des iPods noch in den Ohren, gerade läuft ausnahmsweise mal nicht Coldplay, Anajo oder Mozart, sondern U2.

> *Through the storm we reach the shore*
> *You give it all but I want more*
> *And I'm waiting for you*
> *With or without you*
> *With or without you*
> *I can't live*
> *With or without you*

Kurz vor dem Ende des Bahnsteigs – es ist ein Kopfbahnhof wie der Münchener – hat sich eine kleine Menschentraube gebildet. Ein Dutzend ältere Leute in einheitlichem Rentnerbeige studiert angestrengt den Wagenstandsanzeiger. Ich schlage einen Haken und umrunde die Gruppe auf der linken Seite. Durch den plötzlichen Richtungswechsel kommt mein Trolley leicht ins Schlingern, und ich werfe einen Blick über meine rechte Schulter, um zu sehen, ob er sich stabilisiert oder ob ich anhalten muss. Im nächsten Augenblick laufe ich frontal gegen einen Wollmantel. Ich blicke wieder nach vorne und stammle «Ups, sorry», bevor ich nach oben gucke und schaue, mit wem ich da gerade so unsanft kollidiert bin.

Ungefähr zwei Zentimeter vor mir steht Paul.

In meinem Kopf fängt Bono herzzerreißend und verzweifelt an zu schreien. «Wooohooohooohoooaaah, with or without youuuuuu ...» Wie war das mit dem Soundtrack fürs Leben? Na, passt doch. Unpassend wäre in diesem Moment zum Beispiel «Mit Pfefferminz bin ich dein Prinz» von Marius Müller-Westernhagen gewesen. Oder «Komm, o Tod, du Schlafes

Bruder» aus der Kantate «Ich will den Kreuzstab gerne tragen» von Johann Sebastian Bach. Beides ebenfalls auf meinem iPod gespeichert. Während ich all dies denke, vergehen nur Bruchteile von Sekunden.

«Hallo», sagt Paul.
«Hallo», antworte ich.
«Ähm, ja ...»
Schluck.
«Auf Gleis 11 steht zur Abfahrt bereit der ICE 1523 über Lutherstadt Wittenberg nach Berlin Zoologischer Garten. Bitte einsteigen, die Türen schließen selbsttätig», sagt Paul. Ach nein, es ist der Bahnhofslautsprecher.
«Ich ... ich müsste jetzt eigentlich da ... also ... hm», sagt Paul.
«Du, lass dich nicht aufhalten», erwidere ich cool. Und ich klinge nicht nur gelassen. Ich *bin* es. Klar hämmert mir das Herz in der Brust, klar bin ich einer Ohnmacht nahe, klar scheint mein pinkfarbener Pashmina sich immer fester um meinen Hals zu ziehen und mir die Luft abzudrücken. Aber abgesehen von diesem körperlichen Ausnahmezustand bin ich ganz ruhig. Und ich wünsche mir, dass Paul jetzt in seinen verdammten Zug steigt und nach Berlin fährt und ich ganz schnell vergessen kann, dass ich ihm begegnet bin. Schon komisch. Monatelang hatte ich beim Weggehen in München Angst, ihn in der *Josef Bar*, im *Haidhauser Augustiner* oder bei der 3-Uhr-morgens-Currywurst im *Bergwolf* an der Fraunhofer Straße zu treffen. Und wo laufe ich ihm über den Weg? Als ich am wenigsten damit rechne, 450 Kilometer von zu Hause weg, in Leipzig. Das Leben hat sie doch nicht mehr alle.

Paul steigt nicht in seinen verdammten Zug. Die Türen schließen selbsttätig und ohne ihn. Statt sich in Luft aufzulösen oder

wenigstens nach Berlin zu fahren, nimmt Paul mir meinen Trolley ab, mich mit der freien Hand am Arm und geht mit mir in das Bahnhofsgebäude.
«Lass das, nimm deine Finger von mir, lass mich in Ruhe und fahr hin, wo immer du hinfahren willst, aber bloß weg von mir!», will ich schreien, aber ich tue es nicht. Ich lasse mich wie eine sehr, sehr alte Frau von Paul durch den Bahnhof führen und auf der anderen Seite wieder heraus.

«Wo musst du hin?», fragt Paul mich auf dem Vorplatz, und ich höre mich antworten, als wären wir noch ein Paar und gerade zusammen von München nach Leipzig gereist.
«Okay», sagt Paul, «wann bist du fertig mit deinem Interview?»
«So gegen neun», höre ich mich weiter sagen.
«Gut. Ich bin ab neun in der Bar des *Best Western*. Bis später!»
Und weg ist er.

Ich habe keine Zeit, über das nachzudenken, was mir da gerade widerfahren ist. Ich habe nicht mal Zeit, meine Gefühle zu sortieren, geschweige denn, ihnen Namen zu geben. Aber vielleicht sind da auch gar keine. Geht das? Kann man etwas so wahnsinnig schrecklich Schönes erleben und nichts, rein gar nichts dabei fühlen außer einer gewissen Lähmung und diese seltsame Ruhe? «Sie steht unter Schock ...», wispert das Engelchen dem Teufelchen zu, und das nickt so heftig, dass die schwarzen Locken hüpfen. Na ja. Wenn die zwei da sind, kann es nicht so schlimm um mich bestellt sein.

Ich eile zu meinem Termin im Best Western Hotel *Victor's Residenz*. Und führe ein sehr nettes, lustiges, lockeres Interview mit Peter Sodann, dem Darsteller des Leipziger Tatorts. Es ist mehr als bloßes Funktionieren. Ich bin völlig klar im Kopf. Um drei

Minuten vor neun sind wir fertig, schütteln uns die Hand, und Herr Sodann wünscht mir eine gute Zeit in Leipzig und eine angenehme Heimreise.

Punkt einundzwanzig Uhr gehe ich an der Hotelbar vorbei. Wenn Paul jetzt nicht da ist, sage ich zu mir selbst, dann gehe ich schnurstracks durch die Drehtür, nehme mir draußen ein Taxi und fahre in mein Hotel, in dem ich übernachten werde. Und das erste Mal, seit ich Paul kenne – und das sind jetzt schon über drei Jahre –, zittere ich nicht, weil ich befürchte, er könne mich versetzen, sondern weil ich Angst habe, er könne da sein.

Natürlich sitzt Paul an der Bar. Und sieht mich sofort. Springt auf und kommt auf mich zu. Keine Chance zur Flucht.
«Ich brauche ein Bier und eine Kippe», sage ich, und wir gehen zurück zur Bar.
«Holla die Waldfee, du siehst gut aus ... Die längeren Haare stehen dir super!»
Ach ja?
«Wie geht's dir, Süße?», will Paul wissen, als ich einen tiefen Schluck von meinem Wernesgrüner genommen und an meiner Zigarette gezogen habe.
Süße? Er wagt es, mich Süße zu nennen, nach allem, was war?
«Gut, sehr gut», sage ich und erzähle ihm von der schönen Wohnung und meiner WG mit Beate, von meinem tollen und spannenden Job, von Vroni, die happy mit Bernd ist, von Marlene und davon, dass ich übermorgen auf die Skihütte fahren werde.
«Und du?», frage ich dann, aber eher, weil man das halt so fragt, wenn man gerade eine Viertelstunde aus seinem Leben referiert hat, und nicht, weil es mich wirklich interessiert. Was ist nur los mit mir? Wo ist meine große, unsterbliche Liebe

zu Paul hin? Ich habe ihn so vermisst, die ganze Zeit, immer wieder, habe mir gewünscht, er würde mich anrufen, mir eine SMS oder E-Mail schicken, sogar an meinem 30. Geburtstag habe ich alle paar Minuten zur Tür der *Josef* Bar geschielt und gehofft, Pauls blonden Kopf am Eingang zu entdecken. Und jetzt? Ich sehe ihn an, und es ist, als würde ein anderer Mensch neben mir sitzen, nicht der Paul, den ich so sehr geliebt habe, mit dem ich so gerne mein Leben verbracht hätte und der mir das Herz brach, als er diesen Vorschlag nicht für gut befand.
Paul erzählt nun aus seinem Leben, von seinen Aufträgen, der Katze, die ihm zugelaufen ist (Paul und eine streunende Katze adoptieren? Das sind ja ganz neue Töne!), von den Promis, die er getroffen hat, und von seinen Freunden.

Ich jubiliere innerlich. Ich bin über ihn hinweg. Ich kann hier ganz entspannt sitzen, Bier trinken und mit Paul plaudern. Es macht mir nichts aus. Ich habe es überlebt! Ich bin frei. Und todtraurig. So einfach stirbt die große Liebe? Ist das so? Ein halbes Jahr Sehnsucht, Ablenkung, Lover und Arbeit, und schon verdünnisieren sich die ach so großen Gefühle? Wohin gehen die? Waren sie je da? Oder war alles nur Einbildung? Kann ich vielleicht überhaupt nicht richtig LIEBEN?

Ich betrachte Pauls Gesicht, während er redet. Seine blonden Haare, die ziemlich wirr von seinem Kopf abstehen. Seine Stirn mit den vier wellenförmigen Querlinien darauf. Seine blonden Augenbrauen und die kleine Lücke in der rechten von ihnen. Die grüngrauen Augen. Seine gerade Nase, seinen schönen Mund mit der kleinen, senkrechten Kerbe in der Unterlippe. Die kleine Grube in seinem Kinn. Ich erkenne jedes Detail wieder, denn ich habe ihn so oft angeschaut, mir alles ganz genau eingeprägt. Jede Einzelheit, jeder Quadratmillimeter seiner

Haut ist mir vertraut. Das hat sich nicht geändert. Ich finde Paul nach wie vor wunderschön. Aber irgendwie hat das nichts mehr mit mir zu tun. Er ist einfach nur noch schön, ohne es für mich zu sein.

«Ich bin müde, Paul», sage ich, und er nickt, zahlt und meint: «Ich bringe dich noch in dein Hotel.»
Paul zieht meinen Trolley, und wir gehen die Viertelstunde bis zum *Hotel de Saxe* zu Fuß. In einem Schweigen, das nicht unangenehm ist. Ich hole meinen Schlüssel an der Rezeption, und Paul trägt mir mein Gepäck bis vor die Zimmertür.
«Ja dann ...», sage ich, «danke für die Biere und das Koffertragen.»
«Gern geschehen», sagt Paul, «gute Nacht, Marie.» Und er drückt mir einen Kuss auf die Wange. Was dann passiert, wäre nicht geschehen, wenn ich nicht einen kleinen Fehler gemacht hätte.
Als Pauls Gesicht dem meinen ganz nah ist, atme ich etwas tiefer ein, um Pauls Geruch in die Nase zu bekommen. Das soll der letzte Test sein. Wenn ich Paul einatme und nicht rückfällig werde, bin ich wirklich über ihn hinweg. Liebe ihn nicht mehr. Paul jedoch hört diesen einen etwas tieferen Atemzug, der ein bisschen klingt wie ein kleiner Seufzer. Und dieses Geräusch führt dazu, dass er mein Gesicht in seine Hände nimmt und mich küsst. Nicht stürmisch und leidenschaftlich wie früher immer, sondern zärtlich, vorsichtig und beinahe ein wenig ängstlich. Es kommt, wie es kommen muss. Es ist, wie wenn man beim Aufzugfahren oder im Flugzeug belegte Ohren hat, sie dann beim Schlucken mit einem Ploppen plötzlich wieder frei werden und man wieder klar und deutlich hört, was sich vorher wie unter einer Käseglocke zu befinden schien. So etwas Ähnliches passiert mit meinen Gefühlen, die ich schon als vermisst melden wollte. Hallo, Gefühle, schön, dass ihr wieder

da seid. Aber ihr kommt ungelegen. Ich kann mich nicht schon wieder von Paul ins Unglück stürzen lassen. Zwei Mal sind genug. Oder?

Ich löse mich sanft von Paul und lächle ihn an. Sperre meine Zimmertür auf.

«Gute Nacht, Paul.»

SAMSTAG, 1. JANUAR 2005 – TSUNAMI

Dieses Silvesterfest wird anders als die, die ich bisher erlebt habe. Vor fünf Tagen ist der Tsunami über Südostasien hereingebrochen. Als die ersten Fernsehberichte zu sehen waren, fühlte ich mich auf äußerst bedrückende Weise an den 11. September 2001 erinnert. Auch damals saß ich fassungslos vor meinem TV-Gerät und sah mir die Bilder an, die sich ständig wiederholten, immer und immer wieder. Was ich sah, ließ mir die Tränen über das Gesicht laufen, genau wie das, was ich die letzten Tage anschaute. Aber ich konnte nicht damit aufhören. Und natürlich bin ich sofort das Telefonbuch meines Handys durchgegangen und habe überlegt, ob nicht einer meiner Freunde vielleicht gerade in Thailand oder auf Sri Lanka Urlaub machte. Zum Glück fiel mir niemand ein.

Am letzten Tag des Jahres habe ich eine Fernsehpause eingelegt. Habe mir selbst eine Auszeit von den schrecklichen Bildern verordnet. Vielleicht muss man auch mal verdrängen, wenn es zu viel wird. Wir werden trotz Tsunamikatastrophe heute Abend rausgehen und das neue Jahr begrüßen, meine besten Freunde und ich: Vroni und Bernd, Marlene, Beate, Simon, Max natürlich, Martin, Jessica, Philipp, Nina und Ralf. Allerdings gehen wir nicht weit, zumindest nicht Beate und ich. Wir essen und trinken im *Ysenegger*.

Die Stimmung ist gar nicht so schlecht. Etwas gedämpft, aber wir haben trotzdem einen den Umständen entsprechend netten Abend. Die selbst auferlegte Fernsehfastenkur des heutigen Tages hat sich bemerkbar gemacht. Schon erstaunlich, wie schnell das geht und wie sehr der Mensch durch Bilder beeinflusst wird. Ein Tag lang keine grausamen Filmberichte aus Asien, und schon rückt die Katastrophe ein wenig von einem ab. Und das eigene kleine Leben geht sowieso weiter, egal, was draußen in der Welt passiert. In ein paar Monaten wird der Tsunami von Südostasien nur noch eine verblasste Erinnerung an eine der vielen Katastrophen sein, die man in seinem Leben so als Zuschauer miterlebt.

Nach Mitternacht gehen wir hinauf in Beates und meine Wohnung. Wir essen die Reste des Weihnachtsessens auf, das es bei meinen Eltern gab. Wie immer hatte meine Mutter gekocht, als würde ich mit ihren sieben Enkelkindern zum Heiligabend-Dinner anrücken. Dabei komme ich doch jedes Jahr alleine. Müsste sie allmählich wissen. Na ja, meine Freunde freut's. Lachspastete, Chili con Carne und Bayerisch Creme finden reißenden Absatz. Als dann alle pappsatt und jammernd («mir ist soooooo schlecht») auf Beates und meinen Polstermöbeln herumhängen, muss Schnaps her, um die Mägen wieder in Ordnung zu bringen. Das Ende vom Lied ist, dass ich gegen sechs Uhr morgens vor lauter Obstler kaum den Weg in mein Bett finde und obendrein zehn Übernachtungsgäste überall in der Wohnung herumliegen habe.

Drei Stunden später wachen wir wieder auf, mein Kater und ich. Nie wieder Alkohol, so viel ist sicher. Ächzend schleppen wir uns in die Küche, wo der Laptop ist. Apothekennotdienst herausfinden übers Internet. Wenn erst die andern elf Menschen aufwachen, die in dieser Wohnung den Sauerstoff verbrauchen, wird ein wilder Kampf um die drei Aspirin entbrennen, die ich noch im Bad gefunden habe.

Mein Laptop ist besetzt. Von Beate.

«Beateschatzwasmachsndusofrühiminternet?», interviewe ich meine Freundin. Oje, hoffentlich sehe ich nicht so schlecht aus wie sie. Das, was sie da unter den Augen hat, Ringe zu nennen, wäre, wie wenn man die Nürnberger Autobahn als Feldweg bezeichnen würde.

«Lars», sagt Beate nur, ohne ihren Blick vom Bildschirm zu wenden, «Lars hat schon geschrieben!»

Lars? Wer ist eigentlich Lars? Ach so, ja, der ominöse E-Mail-Verfasser, mit dem sich Beate seit dem Sommer mailt, ohne ihn bisher getroffen zu haben. Lars, der in Hamburg lebt.

«Er ist auf einer Hütte in Österreich», erzählt Beate.

«Aha. Von Hamburg fährt der über Silvester auf eine Hütte in die Alpen? Seltsam.»

«Er kennt auch Leute in München, die er besucht hat, er hat sogar mal viele Jahre hier gelebt ...», erklärt Beate.

«Hast du wenigstens mal ein Foto von deinem ominösen Lars?»

«Nein.»

«Warum nicht?»

«Du weißt doch, wie das mit Bildern so ist. Sie geben selten die Realität wieder.»

Das stimmt. Wenn man nur nach Fotos gehen würde, hätten weder Max, Paul noch Lorenz jemals auch nur in Erwägung gezogen, mit mir intim zu werden.

Beate klebt dicht vor dem Monitor und liest Lars' E-Mail.

«Süße, du verdirbst dir die Augen», sage ich automatisch zu

ihr, obwohl ich weiß, dass diese mütterliche Besorgnis inzwischen überholt ist. Man kann sich die Augen nicht verderben.
«Wo sind deine Kontaktlinsen?»
Beate zuckt mit den Schultern und deutet auf zwei leere Schnapsgläser, die auf dem Küchentisch stehen.
«Habe letzte Nacht den Linsenbehälter nicht gefunden und sie dort in Wasser eingelegt. Irgendeine Nase von den so genannten Freunden, die gerade komatös in unserer Wohnung abhängen, hat sie ausgetrunken.»
«Das neue Jahr geht ja gut los ...»
«Es geht los wie immer. Ich kann mich an keinen Neujahrsmorgen erinnern, an dem nicht irgendein Depp meine Kontaktlinsen getrunken hätte», sagt Beate und nimmt es gelassen.
«Marie, lies bitte mal», sagt sie dann und dreht den Laptop zu mir.
«Och Beate. Ich lese so ungern die Mails anderer Leute!»
«Ich bin keine anderen Leute. Falls du's vergessen hast, ich bin deine gute Freundin Beate, mit der du außerdem die Wohnung teilst. Und ich will, dass du jetzt auch diese Mail mit mir teilst. Lies!»
Widerspruch scheint zwecklos. Ich gieße mir ein großes Glas gutes Münchner Leitungswasser ein, ziehe mir einen Stuhl heran, setze mich seufzend und beginne zu lesen.

> *From: Lars ‹lars_menzel_65@gmx.net›*
> *To: Beate ‹dieschoenesaengerin@yahoo.com›*
> *Sun, 01 Jan 2005, 04:14:11*
> *Subject: Erster?*
>
> *Meine liebe Beate,*
>
> *ich hoffe, ich bin derjenige, der dir die erste Mail des Jahres 2005 schreibt, das jetzt gerade mal vier Stunden alt*

ist. Bitte verzeih etwaige Tippfehler, ich bin, wie du dir vielleicht vorstellen kannst, nicht mehr beziehungsweise noch nicht ganz nüchtern. Holla die Waldfee, war das ein Silvesterfest. Mein Freund Nick aus London ist extra angereist, und auch sonst habe ich viele gute alte Freunde wieder getroffen, die ich seit Jahren nicht gesehen habe. Und die Hütte ist großartig. Wir, also meine Freunde und ich, fahren eigentlich jedes Jahr hier nach Tirol. In dieser Hinsicht beneide ich euch Münchner – diese wunderbaren Berge sind ja quasi euer Vorgarten.

Ich will dich gar nicht über Gebühr mit meinen Saufgeschichten von dieser Nacht langweilen, meine liebe Beate, ich muss mich jetzt auch unbedingt hinlegen, bevor die Stube sich so schnell um mich dreht, dass mir schlecht wird. Ich wollte dir nur schnell schreiben und dir sagen, wie sehr ich mich freue, dass mein schludrigkeitsbedingter Tippfehler in der E-Mail-Adresse uns zusammengeführt hat. Ich hatte noch nie eine reine Brieffreundschaft (oder Briefbeziehung?) zu einer Frau. Wobei ich ja sehr hoffe, dass wir uns so bald wie möglich mal «live» sehen. Ich muss zwar leider morgen schon wieder auf direktem Wege nach Hamburg zurück, aber die Gelegenheit kommt bestimmt. Ich kann es ehrlich gesagt kaum erwarten. Und ich kann jetzt schon sagen, dass diese rein virtuelle Beziehung mit dir mehr Qualität hat als so manch reale, die ich in meinem Leben hatte. Ist das nicht verrückt? Man tauscht nur schriftlich Gedanken aus, aber es entsteht Nähe dadurch.

Beate, ich freue mich auf dich in 2005. Ich spüre es, das Jahr hält einiges für uns bereit. Ich würde jetzt gerne über deine duftenden blonden Haare streichen, dann meine

Hand in deinen Nacken legen und dich küssen. Und dann einen langen, dekadenten und furchtbar faulen Neujahrstag im Bett mit dir verbringen, ach, das wäre schön. Aber wer weiß ...

Ich küsse dich
Dein Lars

«Ich habe fertig», sage ich zu Beate und schaue sie mit gerunzelter Stirn an.
«Und?? Schreibt er nicht wunderbar?», strahlt sie. Sogar ihre Augenringe sind ein wenig feldwegähnlicher geworden.
«Na ja, äh, hmpf.»
«Hmpf???»
«Bisschen schwülstig, aber ganz okay.»
«Das ist nicht schwülstig! Das ist gefühlvoll!», protestiert Beate.
«Süße, bitte nicht streiten jetzt. Du wolltest, dass ich das lese, und ich habe dir meine Meinung dazu gesagt. Okay?»
«Hast du nicht! Du hast nur gesagt, Lars würde schwülstig schreiben. Das ist keine qualifizierte Meinung», entgegnet sie, viel zu engagiert für einen Neujahrsmorgen nach Schnapsorgie um halb zehn Uhr früh.
«Beate, für eine qualifizierte Meinung ist mein körperlicher Zustand wirklich zu labil, entschuldige! Ich freue mich ja, dass du die Mailerei mit Lars genießt, aber sei bitte ein wenig vorsichtig. Man weiß nie, wer wirklich hinter so einer GMX-Adresse steckt!»
Määäp, Fehler. Jetzt denkt sie, ich würde ihr nichts gönnen.
«Du gönnst es mir bloß nicht», sagt Beate eingeschnappt und klappt den Laptop zu, «ich kann auch nichts dafür, dass du immer so ein Pech mit den Kerlen hast.»
«Beate!!!» Autsch. Schreien schmerzt im Kopf. «Jetzt mach

mal halblang. Ich nenne dir jetzt ein paar Zahlen. Also. Halb zehn Uhr. Circa einskommafünf Promille. Drei Stunden Schlaf. Elf Schnapsleichen in der Bude verteilt. Was macht das? Null Bock auf Diskussionen!»

Ich verlasse die Küche und schleppe mich wieder Richtung Bett. Das fängt ja super an, das Jahr 2005. Tsunami, Kopfschmerzen und Streit mit meiner Freundin. Klasse, Marie Sandmann. Wärst du doch lieber gleich im Bett geblieben.

MONTAG, 17. JANUAR 2005 – J WIE JAN

Und es wurde nicht wirklich besser. Kaum war der erste Tsunami-Schock halbwegs verdaut und sichergestellt, dass sich keine Freunde oder Bekannten in Südostasien befanden, kam der nächste Hammer. Ich las es Freitag früh im Internet: Mosi ist tot! Ermordet, unser Mosi, das Münchner Original, der auf keiner wichtigen oder unwichtigen Party fehlte und immer diesen Wischmopp namens Daisy mit sich herumschleppte. Als ich von dem heimtückischen Mord erfuhr (von einem Stricher mit dem Telefonkabel erdrosselt zu werden ist nun wirklich kein angemessener Tod für einen Prominenten), fiel mir plötzlich auf, dass ich Mosi eigentlich ganz gern hatte. Und dass er mir fehlen wird. Mir und München.

Nach dem kleinen Neujahrs-Streit mit Beate um Lars machte ich mir einen Tag lang Sorgen, sie könne ernsthaft beleidigt sein. Diese Befürchtung stellte sich jedoch als unbegründet heraus, da Beate schon am nächsten Tag den Vorfall in der Küche schlicht und einfach vergessen hatte. «Wo sind eigentlich meine Kontaktlinsen?», fragte sie mich, als wir endlich unsere Freunde wieder in ihre eigenen Wohnungen geschickt hatten und das größte Chaos in unserer Bude beseitigt hatten. Da wusste ich, dass sie sich auch an unseren Streit um Lars nicht mehr erinnerte. Manchmal ist Alkohol schon eine feine Sache.

Die E-Mail von Lars jedoch ging mir nicht ganz aus dem Kopf. Irgendwas war seltsam an ihr. Aber ich kam nicht drauf, was. Beate ist erwachsen und weiß, was sie tut, dachte ich mir und verdrängte die Geschichte erfolgreich.
Genauso wie ich die Gedanken an Paul verdränge. Seit unserer Begegnung in Leipzig hatte ich nichts mehr von ihm gehört. Keine SMS, kein Anruf, keine Mail. Kein «Frohe Weihnachten», kein «Guten Rutsch», kein «Frohes neues Jahr». Aber das war eh noch nie wirklich Pauls Ding, an solche Jahrestage zu denken. Vroni meint, er sei beleidigt, weil ich ihn nicht mit in mein Hotelzimmer genommen hatte. «Verletzte männliche Eitelkeit, klare Sache!», attestierte sie, «sei doch froh. Mach einen Haken dran. Du willst ihn doch gar nicht mehr!»
Nein, natürlich will ich ihn nicht mehr. Es ist vorbei, ein für alle Mal. Meine Gefühle für Paul sind irgendwo, aber nicht mehr in meinem Herzen. Das hatte ich deutlich gemerkt, als wir in der Hotelbar saßen. Wäre dieser winzige Moment nicht gewesen, als er mich küsste, dieses Ploppen in meiner Seele wie das belegter Ohren ... Halt. Stopp. Hier ist jetzt Schluss. Ende Gelände. Das bringt doch alles nichts.

Um auf andere Gedanken zu kommen, werde ich aktiv. Im Job ist viel zu tun, aber auch das Privatleben kann einen vorgezogenen Frühjahrsputz gebrauchen. Ich nehme also mein Handy zur Hand und blättere das Telefonbuch durch. 124 Nummern und Namen sind darin gespeichert. 124 von 1000 Plätzen auf dem Telefon belegt. Tausend? Wer bitte kennt tausend Leute? Mit Telefonnummern? Ich fühle mich ein bisschen einsam, weil ich nur 124 Leute kenne. Und nicht mal das stimmt. Ich habe 124 Nummern in meinem Mobiltelefon gespeichert. Das

sind Handynummern, Büronummern, Festnetznummern. Na ja, egal.
Ich lösche alle Namen aus der Liste, bei denen mir kein Gesicht einfällt und mir die Nummer nichts sagt. Was brauche ich auch sieben Marions und vier Silkes in meinem Speicher? Als das erledigt ist, gehe ich nochmal durch die ausgedünnte Liste und notiere mir die Namen der Leute, mit denen ich wieder Kontakt aufnehmen möchte und die ich vernachlässigt habe. Freundschaften muss man pflegen. Das ist das eine. Aber auch Bekanntschaften bedürfen einer gewissen Arbeit. Alles nicht so einfach.

Beim Buchstaben J bleibe ich am Eintrag «Jan» hängen. Ich habe ein Bild zu ihm in meinem Kopf. Er ist nicht besonders groß, blond, mit etwas längeren, verstrubbelten Haaren und sieht immer ein bisschen so aus, als sei er gerade erst aufgewacht und wundere sich über die Welt und das Leben. Süß, eigentlich. Irgendwie knuffig. Aber uninteressant. Nicht zu verwechseln mit unsympathisch. Im Gegenteil. Er passt bloß so gar nicht in mein Beuteschema. Blond finde ich gut, aber damit hat sich's dann auch schon wieder. Ich stehe mehr auf den skandinavischen Typ Mann: groß, breites Kreuz, aber trotzdem schlaksig, hellhaarig und -häutig, hohe Wangenknochen, blaue oder grüne Augen, kurze Haare.
Nun von dem Typ Mann, der mir Magenflattern verursacht, zurück zu Jan. Ich kenne ihn schon lange, genauer gesagt über vier Jahre. Aber ich habe ihn bisher nur vier Mal gesehen. Wir lernten uns im Jahr 2000 am letzten Wiesnsonntag im Hackerzelt kennen. Ich gehe dort jedes Jahr hin, weil es einfach wunderschön ist. Als letztes Lied spielt die Band immer «Guten Abend, gut' Nacht», und dazu zündet jeder im Zelt die Wunderkerze an, die er vorher bekommen hat. Allein beim Gedanken an diese feierliche Stimmung im Bierzelt bekomme ich eine

Gänsehaut. Seit 2000 also treffe ich Jan jedes Jahr am letzten Wiesnsonntag im Hackerzelt, am selben Tisch. Wir verabreden uns nicht extra, es ist selbstverständlich, dass wir beide da sind. Dafür habe ich schon Urlaube verschoben. Also, für den letzten Wiesnsonntag, nicht für Jan.

Eigentlich ist es ziemlich blöd, dass wir uns immer nur einmal im Jahr sehen. Wir verstehen uns immer so gut. «Keine Kunst – im Volltee nach drei Maß Bier», raunt das Teufelchen. Ja, ja. Du mich auch. Jan und ich reden zwar jedes Jahr davon, dass wir unbedingt auch außerhalb der Wiesnzeit etwas miteinander unternehmen müssten, mal ins «Lido», ins Kino oder zum Inlineskaten gehen sollten – es scheiterte aber bisher immer an der konkreten Umsetzung. Und meistens hat so was ja Gründe. Wenn man wirklich etwas zusammen unternehmen will, tut man es einfach, statt nur darüber zu reden.

Hm. Ich könnte ihn einfach mal anrufen. «Jan» steht immer noch in meinem Handydisplay. Ich drücke die grüne Taste. Das Telefon beginnt zu wählen. Ich drücke die rote Taste. «Verbindung zu Jan beendet.» Was soll ich denn sagen? «Hi, hier ist Marie»? Und wenn er dann gar nicht weiß, wer ich bin? Möglicherweise hat er acht Maries in seinem Handyspeicher. «Die vom letzten Wiesnsonntag?» Hilfreich. Aber blöd. Und selbst wenn – was dann? «Gehma mal ins ‹Lido›?» Ach, irgendwie auch nicht gut. Ich tippe mich weiter durch mein Handy-Telefonbuch, rufe Daniela aus Essen an, schicke Ina aus Darmstadt eine «Na, wie geht's so?»-SMS und rufe mich bei meinem alten Schulwegehepartner Steffen in Erinnerung. Und schon bin ich einmal durch mit der Liste. Und wieder bei J. Bei J wie Jan.

Hey Jan, es sind doch tatsächlich noch zweihundertdreiundvierzig Tage bis zum Beginn der Wiesn. Und stell dir vor, es gibt dieses Jahr keinen letzten Wiesnsonntag, weil der letzte Tag nämlich ein Montag ist – der 3. Oktober und Feiertag. Blöd, ne? Deswegen dachte ich, wir könnten stattdessen am Donnerstag, den 20. Januar, was trinken gehen ;-) Liebe Grüße, Marie

Senden. An: Jan. Ok. «Sendet Nachricht 1/3.» 2/3. 3/3. Pling. Gesendet. Na bitte, geht doch. Was würden wir feigen Menschen eigentlich ohne die Erfindung der Kurzmitteilung tun?

DONNERSTAG, 20. JANUAR 2005 – HOLLA DIE WALDFEE!

Manche Dinge bedürfen eines Traums, um einem klar zu werden. Wenn man in einen Menschen verliebt ist, zum Beispiel. Ich bin eine von denen, die sehr, sehr lange brauchen, um das zu merken. Aber dann träume ich irgendwann davon, mit einem Mann Händchen zu halten. Es ist immer Händchen halten, nie Küssen, Sex oder anderes. Und dann weiß ich – mich hat's erwischt.

Natürlich träume ich auch mal von einem Mann, ohne in ihn verliebt zu sein. Letzte Nacht zum Beispiel, da träumte ich von Paul. Als ich heute früh erwachte, war ich mir nicht sicher, ob der Traum mich bis in die Realität der blassen Morgensonne hinein angerührt hatte, weil Paul darin vorkam oder weil er in Neuseeland spielte. Genauer gesagt in den neuseeländischen Alpen der Südinsel, irgendwo zwischen Wanaka und Milford Sound, dort, wo große Teile von «Herr der Ringe» gedreht wurden. Ich machte mit Paul eine Bergwanderung, und wir erklommen einen steilen Felsen, von dem man eine besonders gute Sicht hatte und bis zum pazifischen Meer blicken konnte.

«Holla die Waldfee», sagte Paul nur, als wir dort oben standen und staunten.

Holla die Waldfee. Hm. Ich reibe mir die Augen, strecke mich und verlasse widerwillig mein kuschelig warmes, weiches Bett. Warum ist das morgens eigentlich immer viel gemütlicher als abends, wenn man schlafen gehen sollte? Aaaah, der Dielenboden ist kalt unter meinen nackten Füßen. Ich hasse Aufstehen! Besonders im Winter sollte man das verbieten. Holla die Waldfee. Irgendwas klingelt da ganz leise in meinem Kopf. Zu leise. Ich beschließe, dass ich einen Kaffee und ein Schokocroissant brauche, bevor ich der Sache näher auf den Grund gehen kann.
Scheiße. Äh, Mist. Sorry. Kein Schokocroissant zum Auftauen mehr vorhanden. Wenn Beate noch einmal die leere Verpackung zurück in die Tiefkühlschublade legt, bringe ich sie um! Ein Blick auf die Uhr. 6 Uhr 30. *Ysenegger* noch nicht auf, *Ruffini* öffnet auch erst in drei Stunden. Also gut, nur Kaffee.
Während die Milch langsam warm wird und ich darauf warte, dass mein Körper es ihr gleichtut, fällt mein Blick auf den großen Wandkalender, in dem Beate und ich (und unsere Gäste) alles vermerken, was wichtig sein könnte. Geburtstage. Partys. Zu tätigende Einkäufe. Zahnarzttermine. Periodenfälligkeitstage. Im Feld des heutigen Donnerstags, 20. Januar 2005, lese ich: **Beck's Gold!!!** Ich schreibe darunter: **Schokocroissants (Beate)!!!** Ah, da steht noch was, ganz klein: J.? Was soll das denn heißen? Ist meine Schrift, glaube ich. J.? Johanniskrautdragees? Jogurette? Jodeldiplom? Nein. Jetzt fällt es mir wieder ein. Ich hatte Jan gefragt, ob wir heute was trinken gehen wollen. Päh. Der hat nicht mal geantwortet auf meine SMS. Frechheit. Aber egal. Ich hatte ja gar nicht mehr daran gedacht.
Als meine Latte macchiato endlich trinkbereit ist, setze ich mich an den Küchentisch. Beate hat wieder mal den Laptop

nicht ausgeschaltet. Wie oft muss ich ihr noch vorrechnen, wie viel Schleichstrom das verbraucht, wenn das Ding immer auf Standby ist? Ich fahre den Computer herunter. Und bei der Abschiedsmelodie des Macintosh fällt mir auf einmal ein, warum mich Pauls «Holla die Waldfee» aus meinem Traum stutzig machte. Er sagte das wirklich ziemlich oft. Zu wenig oft, um zu nerven, aber oft genug, dass es typisch für ihn war. Und da gab es noch einen Mann, der diesen Spruch strapaziert hatte. Lars, Beates E-Mail-Mann.

Ich fahre den Rechner wieder hoch. Und kämpfe dabei mit meinem Gewissen. Darf ich die Mail nochmal lesen? «Klar», sagt das Teufelchen, das beim Stichwort Gewissen sofort auf meine linke Schulter geflattert kam, «sie hat dich doch quasi bekniet, die Mail vom 1. Januar zu lesen, also was ist dabei, wenn du sie nochmal anguckst?» Okay. Klare Ansage. «Man schnüffelt nicht in E-Mails anderer Leute rum», wirft das Engelchen von meiner rechten Schulter aus ein, «sie hat dir am 1. Januar erlaubt, diese Mail zu lesen. Das heißt nicht, dass du dich jetzt in ihren Account einloggen darfst!» Genau das hatte ich vor. Und ich kann Beate nicht um Erlaubnis fragen, denn sie schläft noch tief und fest, hatte gestern einen Auftritt und kam erst um fünf Uhr früh nach Hause. Das hörte ich, weil sie im Bad meine Clinique-Range auf den Fliesen verteilte.
Ich tippe: www.yahoo.com. Login-Name: dieschoenesaengerin@yahoo.com. Password: ●●●●●●. Ich kenne es, weil Beate es mir gesagt hat. Ich weiß auch ihre PIN für die EC-Karte. Sie kann sich so etwas nämlich nicht merken. Nie im Leben würde ich dieses Wissen missbrauchen. «Tust du doch grad», sagt das Engelchen. Nein. Tu ich gar nicht. Schweig still.
Im Posteingang sind drei neue Nachrichten, eine davon von Lars. Ich ignoriere sie und suche die vom 1. Januar. Und lese.

Holla die Waldfee, war das ein Silvesterfest. Mein Freund Nick aus London ist extra angereist. Und die Hütte ist großartig. Wir, also meine Freunde und ich, fahren eigentlich jedes Jahr hier nach Tirol.

Holla die Waldfee? Nick aus London? Hütte in Tirol? Jedes Jahr? War ich eigentlich blind oder blöd, als ich vor drei Wochen diese Mail las? Warum habe ich es nicht sofort gemerkt? Weil ich noch betrunken war vom Obstler-Wetttrinken. Ich sollte meinen Alkoholkonsum überdenken. Vermutlich hat bereits ein ernstzunehmend großer Teil meiner Hirnzellen das Zeitliche gesegnet. Anders ist es nicht zu erklären, dass mich diese Parallelen nicht sofort stutzig machten.
Klar, Pauls Freund aus London heißt Steve. Und Paul lebt nicht in Hamburg – nicht, soweit ich weiß, zumindest. Ich bin schon länger nicht mehr «zufällig» an seiner Wohnung in Haidhausen vorbeigeradelt. Es tat mir nicht gut, in die erleuchtete Küche zu schauen und zu kapieren, dass Paul auch ohne mich lebt, kocht, isst, fernsieht. Mindestens das.

Beate, ich freue mich auf dich in 2005.

O mein Gott. Auf einmal klingeln alle Alarmglocken. Hektisch renne ich in mein Zimmer und krame in den Schubladen meiner Kommode. Irgendwo muss doch das alte Nokia von damals sein. Wäre ich doch nur ordentli... Ah. Da ist es ja. Ich *bin* ordentlich. Und das Ladekabel liegt daneben. Ich schalte das Mobiltelefon ein. Mitteilungen. Archiv. Blätter, blätter, blätter. Da. Da ist sie. Pauls SMS an mich vom 1. Januar 2003.

Ich danke dir für das letzte Jahr. Freue mich auf dich in 2003. Als Person. Als Frau. Als Geliebte. Du weißt gar nicht, wie sehr ich dich vermisse. Kuss, Paul

Kann natürlich auch Zufall sein. So außergewöhnlich ist dieser Satz nun auch wieder nicht. Eigentlich gar nicht. Jeder könnte das schreiben. Na gut, fast jeder. Aber die Hütte in Tirol? Holla die Waldfee? Der Freund aus London? Und seine Mailadresse: lars_menzel_65@gmx.net. Paul ist ebenfalls Jahrgang 1965. Sind das nicht ein bisschen zu viele Zufälle? Ich ringe kurz und heftig mit mir, widerstehe dann aber der Versuchung, weitere Mails von Lars an Beate zu lesen und Klarheit zu bekommen. Ich logge mich aus Yahoo aus und fahre das Powerbook wieder herunter.

Dann trinke ich meine inzwischen laue Latte macchiato und analysiere meinen Gemütszustand. Könnte schlimmer sein. Weitaus schlimmer. Ich habe kein Bedürfnis, zu weinen, zu schreien oder mit dem Kopf auf die hölzerne Tischplatte zu schlagen. Okay, eine Zigarette wäre jetzt nicht schlecht. Aber nicht mal die muss unbedingt sein. Und dann geschieht etwas Seltsames. Mein Gesicht verzieht sich, und ich fange an zu grinsen. Erst kichere ich nur leise in mich hinein, dann lauter, und schließlich lache ich laut. Hoffentlich kann mich jetzt keiner sehen. Bei diesem Anblick würde jeder die Männer in den weißen Anzügen rufen. 30-jährige Frau in verwaschenem Bondi-Beach-T-Shirt sitzt allein am Küchentisch und wiehert.

Mein Handy piept.

Hey Süße, klar, gute Idee, wann und wo?

Hä? Was ist eine gute Idee? Ach so. SMS von Jan. Die Antwort auf meinen Vorschlag vom Montag, etwas trinken zu gehen. Mal überlegen, ob ich noch Lust habe. Aber jetzt muss ich erst mal ins Büro.

Am Nachmittag fällt Jan mir wieder ein.

Treffma uns um 20 Uhr am Sendlinger Tor und schauen dann, wo wir hingehen?

Er antwortet sofort, wenn auch nicht sonderlich einfallsreich: «Gut! Bis dann, freue mich.» Eigentlich habe ich gar keine Lust. Der Tag ist stressig, ich habe meinen Schal zu Hause vergessen und außerdem wahnsinnige Lust darauf, heute Abend mit Beate Zucchini-Bananen-Curry zu essen, Rotwein aus Südaustralien zu trinken und einen Rosamunde-Pilcher-Film zu gucken.
Aber da muss ich jetzt durch. War schließlich meine Idee.

Als ich um acht Uhr abends aus der U1 steige, fällt mir auf, wie bescheuert dieser Treffpunkt ist. «Am Sendlinger Tor» kann vieles heißen: An der Westseite des Tores selbst, an seiner Ostseite, auf dem Sendlinger-Tor-Platz, im U-Bahn-Geschoss, in der Sonnen- oder der Blumenstraße ... Die Chance, sich an diesem Ort in München zu verfehlen, ist riesig. Aber wir haben ja unsere Handys. Doch die brauchen wir nicht. Als ich die Rolltreppe hinaufgehe, steht Jan schon oben ans Mäuerchen gelehnt und wartet auf mich, als ob er genau wüsste, wo ich immer den Untergrund verlasse. Lustig. Wir begrüßen uns mit Bussi-links-Bussi-rechts, und ich erschnuppere einen angenehmen Duft. Aftershave, aber nur ein bisschen. Ich mag das, wenn Männer einfach nur frisch geduscht riechen.
Wir beschließen, ins Gärtnerplatzviertel zu gehen, und schlendern die Blumenstraße entlang, dann die Müllerstraße. Quatschen über das Leben, das wir zwischen den letzten Wiesnsonntagen führen. Es ist ungewohnt, neben einem Mann herzugehen, der nicht so viel größer ist als ich mit Absätzen. Paul ist (war) eins neunzig, Max ist auch recht hoch gewach-

sen, und Lorenz hat (hatte) ungefähr Pauls Größe. Neben Jan fühle ich mich ganz anders. Irgendwie kumpelhafter. Mag aber auch daran liegen, dass wir das eben sind – gute Freunde. Oder gerade auf dem langen und schönen Weg, es zu werden.

SAMSTAG, 29. JANUAR 2005 – DIE FALLE

Über eine Woche lang habe ich meinen Verdacht, Paul könnte Lars und Lars könnte Paul sein, mit mir herumgetragen, ohne jemandem etwas davon zu erzählen. Zunächst dachte ich, ich täte das, weil es mich zu sehr schmerzen würde, mit Beate darüber zu sprechen und vielleicht die Bestätigung zu bekommen, dass ich wirklich Recht habe. So war das früher immer, wenn etwas mit Paul war. Wenn er sich wochenlang nicht bei mir meldete und ich Angst hatte, er habe mich aus seinem Leben gestrichen. Oder als Paul mit mir Schluss machte, bevor er nach Lesotho ging. Ich verbalisierte das alles nicht, nicht mir selbst gegenüber und nicht im Gespräch mit meinen Freundinnen.

Aber jetzt ist es anders. Ich komme erst drauf, als ich mich zwinge, darüber nachzudenken. Dieser Verdacht löst keine Panik in mir aus und keine Verzweiflung. Ich muss an den Moment denken, als ich mit Paul vor der Tür meines Hotelzimmers in Leipzig stand und er mich küsste. Dieser Moment, in dem meine ganzen Gefühle für ihn kurz davor waren, wiederzukommen. Und dann denke ich daran, wie er vor seinem Computer sitzt, rauchend, Kaffee trinkend, konzentriert und lächelnd, Mails schreibt und sich als Lars ausgibt. Und ich merke, wie meine Gefühle Abstand nehmen von Paul. Sie ziehen sich von ihm zurück wie das Fett in der benutzten Pfanne, wenn man einen Tropfen Spülmittel hineinfallen lässt.

Trotzdem muss ich mit Beate darüber sprechen. Sie hat auch das Recht, zu wissen, was da läuft.

«Das kann ja wohl nicht wahr sein», sagt sie, als ich fertig bin, und ihre Stimme überschlägt sich fast. Einen Moment lang befürchte ich, sie sei sauer auf mich.

«Dieser Wichser!» Puh.

«Beate, es ist nur ein vager Verdacht, ich bin mir echt nicht sicher, ob es wirklich Paul ist. Und selbst wenn. Mit uns ist Schluss. Und es ist ja nicht verboten, Mails zu schreiben.»

«Na klar ist er das. Wir können gerne alle Mails durchschauen und nach weiteren Parallelen und Indizien suchen. Aber ich denke, das wird nicht nötig sein.»

«Hm ...»

«Und überhaupt. Es geht hier nicht nur um Paul und dich, Marie. Er vereimert doch auch mich! Hamburg, dass ich nicht lache! Besondere Beziehung, spezielle Verbindung, Seelenverwandtschaft, blablabla! Ich fasse es nicht ...»

«Er hat was von Seelenverwandtschaft geschrieben?» Da ist Paul aber wirklich zu weit gegangen.

«Jetzt komm schon, Marie, lies alle Mails, dann weißt du Bescheid!»

«Nein. Ich will das nicht. Aber du hast Recht: Wir brauchen Gewissheit. Wir müssen ihm eine Falle stellen!»

Wir öffnen eine Flasche Averna. Und beginnen, uns filmreife Fallen für Paul auszudenken. Unsere Stimmung kippt ins Lustige. Das passiert ja oft, wenn man sich sehr aufregt. Eine halbe Flasche später beschließen wir, doch die einfachste und unspektakulärste Variante zu wählen. Das Leben ist nun mal keine Verwechslungskomödie.

Beate soll versuchen, an Pauls, äh, Lars' Handynummer zu kommen. Ganz simpel. Wenn Lars und Paul dieselbe haben, ist alles klar.

«Und was, wenn er eine neue Handynummer hat?», wirft Beate ein.
«Hat er nicht. Hätte er mir gesagt in Leipzig.»
«Und wenn er sich eine zweite Nummer zulegt?»
«Tut er nicht. Nicht so auf die Schnelle. Nicht Paul.»
«Na, du musst es ja wissen. Also gut. Ich schreibe ihm jetzt, dass ich vier Wochen lang auf Tournee durch das Baltikum gehen und dort keinen Internetzugang haben werde.»
Ich gehe auf den Balkon und rauche eine Zigarette, während Beate ihre Fangmail schreibt. Es ist eine bitterkalte, sternklare Winternacht. Draußen liegt Schnee. Fast schon kitschig. Ist das eine Nacht für den Abschied von einer großen Liebe? Die Nacht, in der die Gefühle endgültig erfrieren werden? Jetzt werd nicht pathetisch, Marie Sandmann, sage ich zu mir selbst und ziehe fest an meiner Kippe. Engelchen und Teufelchen schweigen ausnahmsweise. Ist ihnen wohl zu kalt draußen.

«Und?», frage ich, als ich bibbernd wieder in die warme Küche komme.
«Weg.»
«Gut.»
«Ja.»
Wir beschließen, jetzt nicht vor dem Laptop sitzen zu bleiben und auf Lars' Antwort zu warten. «Lass uns tanzen gehen», sage ich zu Beate, und sie lobt mich: «Du bist wirklich cool, Marie!»
Ja. Bin ich. Und ausnahmsweise mal ganz authentisch cool.

Wir gehen in den *Salon Erna*, einen kleinen, gemütlichen Club mit Wohnzimmeratmosphäre in den Optimolwerken. Heute ist französischer Abend, und die Bar ist ein Anlaufpunkt für in München lebende Franzosen. Sie spielen gallische Musik von Chanson bis Hip-Hop, die französischen Jungs sind kommunikativ, und es macht Spaß, ihrem Akzent zu lauschen. Beate und ich trinken ein paar Beck's und verbringen einen netten, unaufregenden, entspannten Abend.

Als wir gegen zwei Uhr morgens wieder in unsere Wohnung kommen, hat die Falle zugeschnappt. Lars hat geantwortet. Oder Paul. Wie man's nimmt. Ist ja sowieso das Gleiche.

SONNTAG, 30. JANUAR 2005 – WALKING IN A WINTER WONDERLAND

Süße, hast du Lust auf einen Winterspaziergang?

Diese Worte wecken mich heute Morgen. Jan. Freu. Winterspaziergang. Ich liebe Winterspaziergänge. Und dieser Tag ist wie geschaffen dafür. Der Himmel ist blau, keine Wolke ist zu sehen, und wir haben ungefähr dreißig Zentimeter frischen, glitzernden Neuschnee.
Gegen zwei Uhr hole ich Jan in der Au ab. Er wohnt am Mariahilfplatz, wo ein paarmal im Jahr die Auer Dult stattfindet. Sehr nette Ecke von München. Wenn ich nicht so verliebt in Neuhausen wäre, könnte ich mir glatt vorstellen, hier zu wohnen.
Wir fahren aufs Land. Jan ist natürlich auch kein echter Münchner, sondern irgendwann mal aus dem Emsland zugewandert. Macht aber nichts. Manchmal bleiben ja auch nette Leute hier kleben.

«Boah, ist das schön hier.» Jan ist beeindruckt. «Woher kennst du dich so gut aus auf dem Land? Ich wusste gar nicht, dass es vor Garmisch-Partenkirchen schon so schöne Ecken gibt!»
Ich erzähle ihm von meiner Jugend in einem Vorort von Mün-

chen und von den allsonntäglichen Spaziergängen mit meinen Eltern. Ich zickte jede Woche rum, weil ich zu dieser spießigen Aktivität gezwungen wurde, aber eigentlich liebte ich die Wanderungen übers Land. Und noch heute kenne ich jeden Weg, jede Anhöhe und jedes Gehöft zwischen Unterhaching und Bad Tölz.

Wir stapfen querfeldein durch den knietiefen Schnee. Jan erzählt von seinem Job, seinem letzten Urlaub, vom Snowboarden und seinen Freunden. Ganz normales Zeug. Und auch ich plappere locker vor mich hin, aus meinem kleinen Leben. Aber ich fühle mich wohl. Es macht Spaß, sich mit Jan zu unterhalten.

«Schön, dass es dich gibt», sage ich relativ unvermittelt – unser Gespräch ist eigentlich gerade beim Thema «beste Italiener in München». Ups. Wieder mal das Falsche im richtigen Moment gesagt. Hoffentlich versteht Jan das jetzt nicht falsch.

«Dito», sagt er einfach nur, grinst und zieht mich kurz an sich, um mich sofort wieder loszulassen. O Mann. Diese Norddeutschen. Ich bin ja selbst kein pathetischer Typ (von gelegentlichen sentimentalen Anfällen abgesehen), aber Jans Trockenheit sucht wirklich ihresgleichen. Was denkt der jetzt gerade? Dass ich in ihn verliebt bin? Hoffentlich nicht. Bin ich nämlich nicht.

Nachdem wir zweieinhalb Stunden lang durch die Winterlandschaft gestapft sind, über Felder, durch den Wald und durch malerische kleine Dörfer, treibt uns der Hunger in eine Wirtschaft. Wir essen ein Bauerngröstl, trinken dazu ein Weißbier und unterhalten uns weiter. Der Gesprächsstoff scheint endlos. Es gibt so viel zu erzählen.

Irgendwann greift Jan, ohne mit dem Reden aufzuhören, wie selbstverständlich über den Tisch nach meiner Hand. Und lässt sie die ganze nächste Stunde nicht mehr los. Ich tue so, als wäre nichts, aber ich spüre alles ganz genau, wie unter einer Lupe, nur dass ich eben nicht sehe, sondern fühle. Wie seine Fingerspitzen ganz zart über meine fahren, wie sein Daumen meine Fingerknöchel streichelt. Ich spüre Jans Wärme, höre seine Stimme und möchte wohlig schnurren, mich einrollen in diesem Gefühl wie eine getigerte Katze im Schoß ihres Herrchens.

MONTAG, 1. FEBRUAR 2005 – ZU HAUSE

Ich konnte die ganze Nacht nicht schlafen. Ich lag in meinem Bett und starrte an die Decke. Bis kurz nach ein Uhr lauschte ich dem gedämpften Lärmen der Kneipenbesucher des *Ysenegger* drei Stockwerke unter mir. Dann hörte ich bis etwa halb zwei den Verabschiedungen der Leute auf der Straße vor der Kneipe zu, bis die letzte Autotür zugeschlagen, der letzte Wagen über das Kopfsteinpflaster der Ysenburgstraße davongerollt und der letzte Nachtschwärmer mit knirschenden Schritten über Schnee und Streusand zur U-Bahn gestapft war. Danach war Stille. Sofern man mitten in der Stadt von Stille sprechen kann. «I wanna wake up in the city that never sleeps», fiel mir ein, und ich kämpfte etwa eine Stunde lang gegen den alten Ohrwurm. Als ich ihn aus dem Kopf hatte, fielen mir weitere interessante Dinge ein. Zum Beispiel, dass es in München nur zwei Straßen gibt, deren Namen mit Y beginnen. In der einen wohne ich, die andere heißt Yorckstraße und befindet sich auch in Neuhausen, nur drei Ecken weiter Richtung Taxisgarten. Dieses Phänomen hielt mich eine weitere halbe Stunde hellwach.

O Mann, Marie, dachte ich, so geht das nicht, du musst schlafen, morgen ist ein anstrengender Tag in der Redaktion. Schwerer Fehler. Jeder weiß, dass nichts dem Einschlafen abträglicher ist als der Gedanke, einschlafen zu müssen. Ein Trick musste her. Ich wandte einen an, der für gewöhnlich immer klappt.

Ich nahm mir etwas vor, wozu ich aufstehen musste. Eine Liste anlegen. Klar. Immer, wenn ich nicht mehr weiterweiß, lege ich Listen an. Steh auf, Marie, sagte ich leise zu mir, geh ins Wohnzimmer und hol dein Notizbuch mit dem schlichten hellbraunen Ledereinband, das du in Alice Springs in der Todd Mall gekauft hast, als du auf den Flug nach Cairns gewartet hast. Nimm es aus der mittleren Schublade des Mahagoni-Kästchens und drücke deine Nase an das kühle italienische Leder, das immer noch nach der Lavendelseife von Crabtree & Evelyn riecht, die im selben Laden verkauft wurde. Spätestens hier wäre ich normalerweise sanft entschlummert. Das Vorhaben wäre einfach zu ermüdend und anstrengend gewesen, in einer Nacht von Sonntag auf Montag. Aber in dieser Nacht war irgendwie gar nichts normal. Ich stand also tatsächlich auf, tappte über meinen schönen Dielenboden, holte das Notizbuch aus der Schublade, schnupperte an ihm, wurde durch den leichten Seifenduft von einer Welle warmer, staubiger, wehmütiger Australien-Erinnerungen überflutet und knipste, zurück im warmen Bett, meine Nachttischlampe an.

Things to do (someday)
- Die Jugendstilvillen in Gern fotografieren und eine Galerie für den Flur daraus machen
- Golf spielen lernen
- Brunchen in der «Villa Dante»
- Die Mongolei bereisen
- Einen Gitarrenkurs belegen
- Mit einem Mann schlafen, den ich liebe (ohne Verhütung)
- Meine CDs archivieren
- Eine Studiosus-Reise nach Griechenland machen und dort Olympia und Delphi besuchen
- Den Zauberberg fertig lesen

- Alle meine Freunde fotografieren und für mich selbst einen Bildband damit drucken lassen
- Ein BMW-Fahrertraining absolvieren
- Ausprobieren, ob Angeln wirklich meditativ wirkt
- Amsterdam besuchen und im Coffee Shop Marihuana konsumieren
- Alle Robert-Redford-Filme auf DVD erstehen
- Mullholland Drive von David Lynch zum siebten Mal ansehen und endlich kapieren
- Mit meinem Vater eine Reise in seine alte Heimat im heutigen Tschechien machen
- Zu Fuß die Alpen überqueren

Das hatte keinen Zweck. Es machte zwar Spaß, schöne Dinge aufzulisten. Aber müde machte es nicht. Im Gegenteil. Ich war munterer denn je. Klar – wegen Paul. Und weil Paul Lars war. Oder sich als Lars ausgab. Warum auch immer er das tat. Bestätigung seines Ego? Er konnte nicht wissen, dass Beate «meine» Beate war. Die beiden waren sich damals kaum begegnet, weil Beate in Pauls und meinem Sommer die meiste Zeit auf Tournee war. Und sie hatte mich in ihren Mails nicht weiter erwähnt.

Gegen drei Uhr morgens beschloss ich, einen letzten Versuch zu starten und meinen Gedanken freien Lauf zu lassen. Vielleicht würde ich dann irgendwann einschlafen können. Ich zog also den Stöpsel und gestattete meinen Gefühlen, frei zu strömen. Schlimmer konnte es sowieso nicht mehr werden.

Und dann passierte etwas Seltsames. Als ich so dalag und meinem Hirn erlaubte, sich mit Paul zu befassen, schob sich etwas anderes einfach dazwischen. Jemand anderes, stellte ich fest, als ich genau hinsah und -fühlte. Jan. Sein Gesicht, das ich schon so lange kannte und bis vor kurzem noch nie genauer betrachtet hatte. Seine graublauen Augen. Seine dichten Wimpern. Seine feinen Fältchen an den Schläfen, seine für einen Mann fast ein wenig zu vollen Lippen, die sehr zart und weich aussahen. Die kleine Lücke zwischen seinen Schneidezähnen. Seine nicht wirklich kurzen, blonden Haare, die er immer mit einer unwirschen Handbewegung aus der Stirn beförderte. Seine Hand, deren Daumen sanft und langsam über meine Fingerknöchel strich, und die Wärme, die sich an den Stellen auf mich übertrug, an denen er mich berührte. Die Sensibilität, die seine Fingerkuppen auf den wenigen Quadratzentimetern meiner Haut hinterließen, die sie streiften.

Vier Roibos-Tees, Toilettenbesuche und Stunden später zog ich meine Raffrollos hoch, ließ den dämmernden Wintertag in mein Schlaf- oder besser Wachzimmer, putzte mir die Zähne und tauschte meinen Blümchenpyjama gegen ein bürotaugliches Outfit. Premiere für Marie Sandmann. Die allererste wirklich und tatsächlich durchwachte Nacht meines Lebens. Nicht durchgemacht, nein, durchwacht. Ein kleiner, aber feiner Unterschied. Und das Ganze wegen eines Mannes, der nicht Paul heißt. Wegen eines Mannes, den ich zwar seit viereinhalb Jahren kenne, aber erst sieben Mal getroffen habe. Ein Mann, der zu klein für mich ist, zu lange Haare hat und keine tiefe, sonore Stimme, die mir durch Mark und Bein gehen könnte. Ein Mann, der doch eigentlich auf dem Weg war, eines Tages ein guter Freund zu werden. Ein Mann, dessen sanftes Streicheln meiner Hand bei mir nicht den Wunsch auslöste, über ihn herzufallen und auf der Stelle wilden, leidenschaftlichen Sex mit ihm zu haben. Nein, seine Berührung weckte die Sehnsucht in mir, zu schnurren wie eine Katze, die Augen zu schließen, mich in seine Hände zu legen und zu wärmen. Zu Hause zu sein.

In der Straßenbahn, zwischen Albrechtstraße und Leonrodplatz, erreicht mich eine SMS von Jan.

Guten Morgen, Süße. Ich hoffe, Du hattest eine gute Nacht. Würde mich freuen, Dich heute zu sehen.

Ich sehe aus dem beschlagenen Trambahnfenster hinaus auf die grauen, schmucklosen Wohnblocks der Leonrodstraße, die braun verfärbten Schneereste auf dem Gehsteig und die grellen Neonschriftzüge eines Münzwaschsalons.
Ich lächle. Ich bin zu Hause.

Allison Pearson
Working Mum

Sie ist Mitte dreißig und Führungskraft einer Londoner Investmentfirma. Außerdem ist Kate Mutter von Emily (6) und Ben (1) und schrammt chronisch am Rand der Katastrophe entlang. «Man muss nicht unbedingt Mutter sein, um dieses Buch zu lieben.» *(Gala)*
rororo 23828

Herzerfrischend direkt, umwerfend komisch: Romane über Frauen

Emily Giffin
Männer fürs Leben

Die Fotografin Ellen und der Rechtsanwalt Andy sind das perfekte Paar und genießen ihr Leben in Manhattan. Da läuft Ellen eines Tages Leo über den Weg. Der Mann, der ihr vor acht Jahren das Herz gebrochen hat. Ellen ist verwirrt. Und dann schlägt Andy vor zu seiner Familie zu ziehen, in die öde Vorstadt ... rororo 24981

Annie Sanders
Mister Mädchen für alles

Alex Hill hat nur noch Zeit für den Job. Sie engagiert deshalb eine Haushaltshilfe: Ella soll sich um die Wohnung kümmern. Doch dann stellt sich heraus, dass Ellas Bruder Frankie den Haushalt in Schuss hält. Für Alex gibt es nur eine Lösung – die sofortige Scheidung vom neuen Hausmann.
rororo 24801

Weitere Informationen in der Rowohlt Revue *oder unter* www.rororo.de

Kate Langdon
Abgeblitzt!

Samantha Steele ist 33, angehende Teilhaberin einer Werbeagentur und genießt das großstädtische Singleleben in vollen Zügen. Doch der schöne Unbekannte der letzten Nacht entpuppt sich als glücklich verheirateter Ehemann. Dummerweise ist er außerdem noch Kapitän der nationalen Fußballmannschaft. rororo 24328

Kämpfe, Küsse, Kugelbauch

Nina Brandhoff
Küssen in Serie

Janine ist 28, erfolglose Schauspielerin und dazu auch noch unglücklich verliebt. Aber das soll sich jetzt ändern. Janine ist nämlich fest entschlossen, keinem Mann mehr nachzuweinen. Auch nicht Arthur. Aber der ruft einfach nicht zurück. rororo 24563

Mia Morgowski
Auf die Größe kommt es an

Frauenheld Tom ist zum ersten Mal liiert und es gestaltet sich gar nicht so übel. Bis Luke ihn aufklärt: Routine killt den Sex. Tom ist alarmiert und beschließt, seinen Marktwert zu testen. Doch das viel dickere Problem kommt auf zwei Beinen daher: die hochschwangere Lydia. rororo 25322

Weitere Informationen in der Rowohlt Revue *oder unter* www.rororo.de

Ildikó von Kürthy

«Mit ihren Romanen trifft Ildikó von Kürthy den Nerv von Hunderttausenden Frauen.» Der Tagesspiegel

Mondscheintarif
Roman. rororo 22637
Cora wartet auf seinen Anruf. Stundenlang. Bis sich ihr Leben verändert.

Herzsprung
Roman. rororo 23287
Vielleicht hätte sie erst mit ihm reden müssen, bevor sie seine Anzüge mit Rotwein übergießt. Aber sie will Rache.

Freizeichen
Roman. rororo 23614
Gestern mit Übergepäck und Übergewicht in Hamburg, heute mit neuem Liebhaber auf Mallorca. Kein Problem für Annabel.

Blaue Wunder
Roman. rororo 23715
Abserviert! Und nur ein Monat Zeit für Elli den Mann ihres Lebens zurückzuerobern.

Höhenrausch
Roman. rororo 24220 «Liebe! Romantik! Ein supertolles Buch!» Harald Schmidt

Schwerelos
Roman
Werd endlich unvernünftig!
Geschafft! Jetzt muss ich nur noch «ja» sagen. Happy End, endlich. Gäbe es da nicht ...
Und ich frage mich plötzlich, ob «Ja» die falsche Antwort ist ...

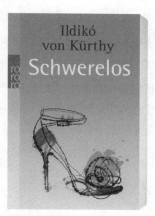

rororo 24774

Weitere Informationen in der Rowohlt Revue *oder unter* www.rororo.de

1, 2, 3, 4 oder 5 Sterne?

Wie hat Ihnen dieses Buch gefallen?

Bewerten Sie es auf

www.LOVELYBOOKS.de

Das Literaturportal für Leser und Autoren

Finden Sie neue Buchempfehlungen,
richten Sie Ihre virtuelle Bibliothek ein,
schreiben Sie Ihre Rezensionen,
tauschen Sie sich mit Freunden aus
und entdecken Sie vieles mehr.